櫻

張英珉 著

【出版緣起】

「長篇小說創作發表專案」作品出版(二〇二二年)

國家文化藝術基金會董事長
林曼麗

國藝會成立二十七年以來,致力國家全面性藝術專業補助,關注藝文生態發展、需求,營造有利文化藝術工作者的展演環境,並支持各藝術領域創作,推動具前瞻性、倡議性、符合時代發展的專案補助,在關鍵時刻注入關鍵活水。

啟動於二〇〇三年的「長篇小說創作發表專案」,是國藝會推動最為長久的專案補助。在推行之初,藉由對生態趨勢觀察,理解長篇小說於創作及出版的困難。在專業諮詢、資源盤點、嚴格把關及充分討論之後,我們決定搭建穩固的搖籃,給予創作者長期陪伴,從創作、出版到推廣進行一條龍補助,並擴大作品影響力。二〇二二年九月,長篇小說專案邁入第二十屆徵選;截至二〇二一年,已補助六十九部原創計畫,出版四十一部作品,十九部獲得國內外獎項肯定,其中不乏作家個人的第一本長篇作品。

我們也致力藝術與社會大眾連結、發揮影響力,達到「Arts to Everyone」目標,藉由國藝會「藝企平台」鼓勵企業參與藝文,特別感謝「和碩聯合科技股份有限公司」,從二〇一三年持續支持國人作品,贊助專案至今。我們也從「協作」的角度出發,結合高中教學現場、培育未來讀者及創作者。推動「小說青年培養皿」(二〇一七年)、建置「長篇小說專題資料庫&跨領域論壇」（二〇一八、二〇一九年）、結合馬來西亞華校舉辦「線上文學課程」（二〇二〇年），進而串聯國內北、中、南各高中學校，舉辦「線上&實體讀書會」（二〇二一、二〇二二年）。

本書作者張英珉，一九八〇年生，現為台灣藝術大學影音創作與數位媒體產業博士候選人，曾獲得時報文學獎短篇小說首獎、打狗文學獎小說首獎、溫世仁武俠小說短篇首獎、桃園鍾肇政文學獎長篇小說首獎……等肯定，兩度獲得九歌現代少兒文學獎首獎，也曾連續五屆獲得優良電視劇本獎，創作領域橫跨散文、小說、劇本及兒童文學，是創作能量豐沛的新世代作家。本書《櫻》是他構思長達二十年的作品，也為此收集大量二戰史料及田野調查。故事描寫二戰時期，在台韓籍慰安婦與日本神風特攻隊員遭遇的苦難，以及其他慰安婦在困苦生活的無奈、掙扎，即使面對戰爭的殘酷與無情，依然保有對生命的想望與渴求，是一部血淚交織的動人故事，期待作品未來能有跨領域改編的進一步發展！

我在二〇一九年接受《聯合文學》採訪時，曾提到「文學與其他藝術表現一樣，體現人類存在的重要價值。經濟可以讓國家強大，藝術可以讓國家偉大。文學是藝術的其中一部分，影響層面可以非常廣泛。」以文字記錄時代斷片及人類價值的長篇小說，不管對當代或未來都將產生深遠的影響，謝謝作家書寫動人的台灣故事，也感謝本書出版團隊，用心打磨細節，堅持打造文學經典，成就這一部精采作品！

【推薦序】

歷史想像、想像歷史

——早讀張英珉的《櫻》

彭瑞金

把小說寫得像歷史，和把歷史寫得像小說，分別是對小說創作和歷史書寫的負面評價。小說創作所以和歷史書寫糾纏不清，尤其是長篇小說，源於小說原名故事，歷史也是故事。說故事、寫小說，借位歷史，有其方便法門。戰後台灣小說，借古諷今借歷史說不方便直接說的話，曾蔚為風潮。通常「歷史小說」或「歷史素材小說」裡的「歷史」，指的是「大歷史」，取材於大歷史的小說，容易被史料綁架，限縮了創作的歷史想像。但沒有歷史背景的小說，少了可想像的歷史，創作容易貧血。

《櫻》所描述的一九四〇年代的慰安婦故事，不是大歷史，是二戰大東亞戰場裡分支的故事。二戰時，日本有三百萬軍人在海外作戰，為了安撫海外軍人的情緒、解決軍人的性慾，在各地軍營設慰安所，即軍營妓院。在日本及亞洲各占領地，以徵集看護婦或軍中服務人員等欺騙手段招募婦女入營，逼迫成為慰安婦，也有從占領區俘獲強擄民間婦女，逼良家婦女為慰安婦。從各種管道得來的婦女，一旦進入軍營，即被集中監控供軍人姦淫。中國方面推算，自一九三八年至終戰的七年間，日本軍方先後「徵集」的慰安婦約有四十萬人，半數是中國女性，朝鮮人約十四萬，其餘有日本、台灣、菲律賓、印尼等地的婦女，也有日本敵對國的西方國家婦女。

「鶴松屋」是設在台灣某空軍基地裡的慰安所，裡面的慰安婦有日本人、朝鮮人、琉球人、台灣原住民、客家人、福佬人，還有白人女子。據研究人員估計，約有二千名的台灣各族群婦女被迫被騙為慰安婦，一九九〇年代慰安婦聲援組織出現後，僅有五十八人肯站出來面對自己人生的黑暗歷史。《櫻》的故事發生於一九四四年一月至戰爭結束，也是被濃縮的故事。從小歷史看戰爭、看大時代，發揮的是歷史想像，呈現的則是想像的歷史。《櫻》呈現的歷史想像是什麼？鶴松屋所以被描繪成慰安婦的聯合國，日本女子的比重不輕，慰安婦在鶴松屋裡，沒有國族差異的待遇，就在避免慰安婦的「小歷史」被放大到民族主義的戰爭現象，進而合理化軍國主義泯滅人性的人性惡質，而忽略了假國族主義或戰爭之名遂行更令人髮指的惡行。藉由「鶴松屋」小歷史發揮大歷史大時代洞澈的想像，正是《櫻》刻意施展的歷史想像。《櫻》超越國族主義的想像是兩面刃，一面砍向軍國主義，一面也砍了國族主義。

《櫻》的作者出生於一九八〇年代，慰安婦是他出生四十年前的人間往事，即使舉世喧騰為慰安婦討公道的年代，他也尚在童稚之年。起心動念有這段歷史想像，肯定不會只是想說一段傳聞的故事，而且也絕對有不是說這段故事最優先順位的自覺。那麼，作者寫慰安婦故事的理由，就只剩下傳達他想像的歷史了。相對於戰後在日本、在大東亞戰火籠罩地區各方面的「戰後省思」，慰安婦現象的檢討，最為遲晚。固然是因為慰安婦是弱勢中的弱勢，被忽略了，慰安婦製造者把慰安婦打到人間最陰暗的角落，一方面奴役、壓榨、迫害她們，一方面汙名化她們，讓倖存者在終戰數十年之後，仍活在暗夜裡恥於曝光。戰爭結束了，戰犯清理了，但慰安婦的共犯結構並未被清理，犯罪的機制仍完好存在，製造慰安婦的「政治」依然故我在人間運作。這也是《櫻》奮力描述慰安婦故事非關國族之外的另一個重點——非關戰爭。

慰安婦新聞喧騰一時之際，媒體曾出現微弱的聲音——八三么要不要一併省思？「八三么」是一九五〇至一九九二年存在於國防部治下中華民國軍營設的軍中妓院。美其名為「軍中特約茶室」或「軍中樂園」，遍布於本島、離島、金門、馬祖的軍營裡，國防部以契約方式委託經營。金門軍中樂園的軍中電話分機號碼是八三么，因此全國軍中樂園都以此代稱。一九九二年，在輿論與民意的壓力下才全面廢止。但並未有人追究存在四十多年的軍中樂園國防部獲利多少？利入誰人口袋？更重要的是承平時代，公娼、私娼、菜寮、茶室、小吃店、掛羊頭賣狗肉的旅店、咖啡廳、理髮店……何處不得嫖？何人想得出這樣的逼良為娼的夭壽制度？促轉會轉了好幾年就是轉不到這塊陰溼人間。八三么的女郎怎麼取得？無從查證的市井傳聞說是，吸毒、販賣、從事色情交易或妨害風化（歌舞團女郎）犯案被逮的女子……以當軍妓換免刑。若然八三么的共犯結構還有警察和法院，想來怎不令人背脊發涼。清治時代台灣最大的貪瀆案主角是總兵柴大紀，他在任的前兩年即貪得五、六萬兩銀子，是大清會典正二品歲奉銀的四百倍，後來雖在林爽文事件時堅守諸羅城半年有功、功封一等忠勇伯，最後還是被福康安劾參廢弛貪黷，處斬棄市，其中一條罪名即「聽任兵丁開賭寓娼」擄逼本地女子為軍妓謀利。從慰安婦、八三么到柴大紀寓娼，帶來的是怎樣的想像的歷史？

《櫻》以朝鮮女子盧英珠貫串整個慰安婦故事，盧英珠父母雙亡、與妹妹寄居舅舅家，為脫貧自立報名看護婦而掉落慰安婦火坑陷阱。朝鮮自一九一〇年被日本占領統治，盧英珠是典型的殖民地女子，她的生命故事符合所有慰安婦故事的歷史想像。她又活過二十一世紀，活出完整的慰安婦的歷史，活到慰安婦從人間最陰暗的角落見到陽光，足夠令人有充分的想像歷史的空間。至於她和日本軍官佐佐木的戀情，不論是否出自作者的歷史想像一樣有想像歷史的意義。佐佐木出身反政府家族，投身軍旅當飛行員是為了逃避戰爭，當了軍官訓練飛行員時，故意讓優秀青年受傷喪失飛行資格，監督神風特攻隊執行自殺任務時，故意讓有為青年的飛機故障，以挽救他們的可貴性命，最後自己卻難逃好戰軍方的報復，成了特攻隊的犧牲品。佐佐木曾安排和盧英珠逃亡，可惜未能如願，似乎隱喻歷史的反抗想像，不是歷史，真正的人間公義，還在生命韌性的競逐。就像佐佐木和盧英珠心靈的通關密語：「活下去就有希望」。

盧英珠就是活得比強大的軍國主義強韌而長久，她代表的慰安婦，能從人間煉獄的暗黑活過來，沒被殺、不自殺、不自棄，活過戰爭、活過軍國主義的殘暴，撇開幸與不幸的運氣，還是那一句——活下去就有希望。苦命的人沒有放棄活命的權利。慰安婦是受害者，受害者沒有恥辱可言，卻有在人間堂堂正正活下去的理由。在鶴松屋工作的台灣少年小林，受害程度或許不及慰安婦萬一，也是從苦難人生走過來的人，戰後事業有成站出來為慰安婦做見證。相對於「主管」鶴松屋的軍人岡本，雖然只是軍國主義的忠狗，但戰爭中的作威作福，一旦軍國主義的戰爭神話崩解，既無法為自己戰時作為辯解，也無法假裝遺忘重返社會過正常生活，剩下的就是死路一條，和盧英珠、小林的戰後人生，正是極端的對比。《櫻》的作者未必有天道好還、善惡有報的創作本意，但歷史想像遵循人性、人道的演化軌跡，想像又十分自然。歷史想像小說，難免要省略許多細瑣，不是所有受苦的生命都能走到光明的彼岸，佛渡有緣人不正也是有佛不渡或渡不了的人。慰安婦的故事不斷地有人以各種理由、各種得已或不得已的原因，從生命的隊伍脫隊（死亡），能到彼岸的才是終局勝利者。《櫻》寫的就是那終局的勝利。

目次

本故事為作者以台灣過往歷史為經緯，所創作之時代小說，採用當時代之詞彙，用以還原當代之氛圍與細節，並無對個人、族群、種族與國籍不敬之意。

第一章 往事

層層疊疊的積雨雲，就像孩子們最愛的棉花糖，是亞熱帶台灣的天空特色。雲朵總是層層疊疊在高空中逐漸對流長大，向著天頂膨脹，宛如天空中的一座城市，儘管已龐然巨大，卻仍然不斷貪婪的向上發展，彷彿天空無盡就該如此恣意成長，直到水氣堆積成漫天灰雲。一陣響雷後，漫天雲朵化身午後喧譁的雨水，在落地後等待下一回蒸發，再次成為自由飛翔的雲。

這日早上七點半，從林桑房間的褐色木窗望向天際，才一大早，天空中已有數朵積雨雲，不知多久後會堆疊滿天際，在午後下起大雨。

這間老屋是民國五十多年時，林桑以紅磚灰瓦所蓋下的二層樓房，歷經多年居住後，屋子依舊保持古舊風味，屋樑榫接的木作，在經歷多年的颱風與地震後依然健壯。屋內一角，林桑房間的褐木窗外，粉色的扶桑花正在窗台一角伸吐花蕊，在早晨薄陽下隨風晃蕩。一隻黑棘蟻在粉色扶桑花的花瓣邊緣爬行，爬上花蕊後，隨著微風吹過而掉落綠葉上方。一隻柑橘鳳蝶正緩緩飛入紅磚圍牆，在院內一小叢的柑橘葉上產卵，柑橘葉上多日後將會孵出吃著綠葉長大的毛蟲，結蛹羽化為鳳蝶的那日，便會從牆內再次飛出牆外，尋求生存繁衍的機會。

現代的台灣已高度都市化，不分都會或鄉下，只剩老房子才能擁有一個小小露天庭院。對這些昆蟲來說，這小小庭院也是在人類都會中細密探尋，躲過鳥兒獵食和車輛撞擊後，才能暫存的棲身之所。

晨光穿過庭院內的花葉，再透過碎花毛玻璃窗，映在林桑房間窗台邊的洗石子牆上。微風正透過紗窗，吹得窗台上一盆鐵線蕨隨風的節奏輕輕擺動；木窗邊一張充滿刮痕，但始終擦拭乾淨的老木桌上，擺著一個早已停產多年的日本松下電熱水壺，桌上粗胚質感的陶杯正被日光照出薄影，杯影隨太陽升起而緩緩搬移，彷彿杯影是個日晷，時間已從這裡，走到那裡。

年近七十五的林桑，此刻正緩步走入廚房的窗光中，側光照出他臉龐的暗處，一雙如醃漬菜物般發皺的手掌，拿起抹布仔細擦拭五斗櫃，輕拍抹布後激起的塵埃，在透過毛玻璃窗的光束中細細漂浮。

廚房的米色灰牆面上，掛上總是嚓一聲撕去的藍字日曆，日曆時值四月初，春末夏未至，冷暖交替的季節間，林桑方才擦拭完廚房的東芝電鍋，這可是比大同電鍋更早使用的款式。電器貿易是林桑尚未退休之前的工作，當年的林桑進口日本電器進入台灣販售，直到成為地區代理商。對林桑來說，家中這些昭和時期就發展成熟的日本電器早已成為傳家之物，只要日日擦拭保養，便能持續再使用數十年。

清掃已是林桑多年來的老習慣，就連他的兒孫也不全然知曉，為何林桑總是猶如偏執狂似的清掃，彷彿要將屋中所有塵埃都擦拭乾淨，永遠將物品保持在出廠那日。對子孫來說，總認為日本時代長大的人，都保留著年輕時受日式「斯巴達教育」後的固執，更何況老人退休後能有事活動筋骨最好，林桑這潔癖性格反而能保持健康，子孫們也樂觀其成。

只是對林桑來說，擦拭、清潔與抹除，將灰塵與髒汙帶走，方才能「如舊」，林桑總如此體悟，深知人生在世，物品並不需常常更換，只需不斷保持它最初的模樣。無須「更好」，只因「如舊」便已是自己人生中的「最好」。

林桑總是在清晨掃除家屋後，緩緩走回木桌前，按下松下電熱水壺的開關，燒出一壺冒出汩汩蒸氣的沸水，噗嚕沸水聲冒起後，林桑將沸水倒入茶壺中，茶煙蒸騰散在家中四周，林桑再輕輕將茶湯倒入陶杯中，讓香氣緩緩散逸，看茶梗在陶杯中浮浮沉沉。這時刻，林桑總靜默躺坐老藤椅上，閉起眼感受茶香，一旁窗光打亮林桑臉上的輪廓，煙氣飄過他宛如山脈起伏的臉龐皺紋。

木桌前這張林桑最愛的老藤椅，隨時間老去而岔出的藤蔓纖維，已被老師傅以刀具修整乾淨，將凸出的藤蔓壓回藤椅，重新上膠黏合，將粗糙面打磨光滑後再上漆，坐上去一切安穩如舊，僅留下些許修飾的痕跡。對子孫來說，林桑總在打掃後，靜靜沉沉地坐在老藤椅上，晨光透窗照映林桑的臉龐，像是一張守在角落的油彩畫，安靜到有時讓人忘記他的存在。

鈴——電話聲突然鳴響，在寧靜早晨宛如雞啼響亮。林桑起身欲接，還在讀幼兒園的男孫阿明也早起，正在客廳玩模型飛機，突然電話鈴響，阿明的一雙小腳便在洗石子地板上跑出咚咚響，搶先在林桑前接起電話。

「喂——找誰？」阿明一雙大眼睛眨啊眨，但是話筒中傳來女子的老邁嗓音，接連冒出阿明聽不懂的外國語。阿明皺起眉，只能先問起。「啥？」、「什麼？」、「Who are you?」，年紀尚小的阿明詞語用盡，卻還無法溝通，趕緊呼叫身邊林桑。

「阿公，一定係你的朋友啦——緊來接喔。」

阿明這小孫子喜歡先接起電話，再轉交給全家人，彷彿自己是全家人的電話總機。林桑緩緩走來，左手撫著阿明的頭髮，右手順手接過電話，只想著或許是住在台灣的遠親，也或許是當年作生意的日本朋友吧，只是當林桑聽見電話中女子的老邁嗓音後，卻突然面色凝重，說不出一句話應答。

阿明仰頭不解，林桑到底聽到什麼，表情變化真快，阿明便拉了拉林桑的衣襬，仰頭問起：「阿公，是啥人敲來的電話？」

對阿明來說，他聽不懂林桑隨後連串的日文，只能明白林桑回覆時輕聲的「嗨……嗨……嗨……」，便是日文的「是」而已。

一會兒過去，林桑心事重重掛上電話，忍不住喃喃自語。

「我揣伊遮爾濟年，總算予我揣著……」

「阿公，你要找誰？」阿明從沒見過林桑這般沉靜的神情，便又抬頭追問：「阿公，是你住在日本的朋友打來的嗎？」

「這不是日本人，是韓國的朋友。」林桑將話筒慎重放好，喀啦一聲，對著電話深思些許，隨即轉過身，走回自己房間去。

「阿公，韓國人也會說日文嗎？」阿明跟上林桑身後，雙手放在背後，學起阿公腳步緩緩踩向前。

「韓國以前也給日本統治過，那時候的韓國人都會講日文啊……」

對阿明這代的孩子來說，阿公口中的過往實在太遙遠，說成故事都像天方夜譚，阿明也沒太大興趣，只是跟隨林桑回到房間，看林桑仰頭望向小窗外的湛藍天際。沉思些許後，林桑便回身打開一旁的木衣櫃，將木櫃中整齊疊好的老西裝移開，將一本本泛黃的相本拿出後，才將櫃底的一個方鐵盒拿出來。

「阿公，這是什麼？」阿明趕緊湊上，想看清楚阿公珍藏在衣櫃底的鐵盒。鐵盒外表古舊但依然保持漆面良好，彷彿卡通中才會出現的「寶箱」，還以為裡面藏著什麼神祕物品，讓阿明一雙眼睛好奇地骨碌轉。林桑小心翼翼將鐵盒放在木桌上，細心的打開蓋子後，拿出其中一個用白布巾包裹的物體。

林桑深屏息慎重，將白布巾層層掀開，裡頭包著一個直徑十來公分的指針時鐘。時鐘表面的玻璃清澈映出反光，看來是陳舊老物，狀態卻保持得非常良好，一點也不覺得老態，只知道指針時間為七點四十五分，但舊時鐘沒太多功能，分不出是清早還是夜晚。

「阿公，這是啥？」阿明實在好奇，仔細看桌上這老時計，比手錶大，卻比牆壁上的掛鐘小上許多。一不小心，阿明的手指便在玻璃面上按出指紋，林桑便拿起一旁的絨布細心擦起玻璃面，將方才阿明沾附上的指紋擦去，確保這時鐘乾淨如昔。

「這『時計』喔……已經五、六十歲……」林桑想開口，卻又欲言又止，沉入長長的靜默，宛若雕像般站立許久。

阿明不知阿公為何突然安靜下來，不解地看向表面玻璃，映著林桑不語的臉龐。

阿明並不知曉，林桑靜默凝視這「時計」的玻璃表面時，耳際正響起往昔時鐘的指針喀喀噠噠聲，彷彿朦朧恍惚間，耳中汩汩冒出女子們的幽微哀泣……

第二章　我是盧英珠

在這木頭打造的二層樓和式木屋內，一樓長長木走廊兩旁的紙木門中，不知道是左右哪間的房內，正傳來隱隱抽泣的哀怨哭聲，在夜裡彷彿女鬼哭泣，時而急促尖銳，時而緩慢隱沒，以為已安靜下來，卻又咿咿突然冒起。

對這一年才滿十五歲的小林來說，這哭聲並不稀奇，在這間名為「鶴松屋」的建築內，這種彷彿女鬼現身的稀微哭聲，總是一陣子便會氾濫一回。

突然有喀喀腳步聲從二樓走下階梯，腳步力量巨大，彷彿就要踏破木地板。

「是誰！」管理員岡本先生走下木階梯，走在長長的木走廊上扯開喉嚨大叫。岡本先生的喉嚨彷彿磨過砂紙，粗沙的叫喊割裂黑夜。更何況他手上揮舞竹棍，在地板反覆敲擊，碰——碰——碰——碰——每一次敲打的聲響，都讓人害怕得緊閉雙眼。

「是誰，是誰在哭啊——」岡本先生大叫喊完，走廊中的泣訴聲瞬間收起，岡本更是惱火，他那多年前在中國作戰，受炮擊重傷後削去一塊肉的手臂，再次拿起竹棍敲擊木地板，隨即扯開喉嚨咒罵。

「混帳東西，是哪個賤女人在哭啊，給我出來啊——」

若是在尋常的市區街巷，這聲響肯定大聲到周圍住戶都能知曉，只不過「鶴松屋」最初本是台灣地方仕紳的賞景交誼之屋，為求獨特與隱蔽，最初就蓋在偏遠之處，只是當日本政府決定在此設置機場後，這賞景之屋便被日軍徵用，將屋中隔間重新改裝為軍需使用。

「鶴松屋」的二層樓建築本體占地頗大，主屋的庭院四周有著高聳的木圍牆，由於位於機場邊，所以圍牆外四周空盪無邊。屋簷下已滅的紙燈籠隨大風喀喀搖擺，風吹過未點燈的石燈籠縫隙發出呼呼聲，四周只剩風吹聲與芒草聲沙沙呼呼嚓嚓彼此交響。此刻任憑岡本先生大喊咒罵，或猛力在地板上敲打竹棍，所有聲響都彷彿細砂投入大海一般，消失在機場盡頭的風聲中。

「敢哭不敢承認啊，每個都是賤女人，全都是賤女人——」

岡本先生不斷咒罵，一間間拉開走廊邊的紙木門，霎時間，每間已躺臥床鋪睡去的女子們，都隨著木門被拉開而陸續現身，女子們就算剛才被哭聲吵醒也只能繼續裝睡，免得被岡本責罵毆打，就算岡本激烈的扯開木門，眾女子們也只能當作沒聽見似的，拉起被子蜷身閉上眼，假裝早已沉沉入眠。

岡本先生沿著走廊拉開每間房門，房間內不管是皮膚白皙的日本女子、眼眶深邃的台灣高砂女子、來自台灣的漢人女子，這些來自日本領地各處的十幾個女子，各自在房間四疊半的榻榻米上裹著一件棉被入睡，這四疊半的房間，便是女子的生活起居處，也是「工作」處。

過往只要有「新人」到此，多半會無法適應而整夜哭泣，也就是如此，每有新人到達的這夜，其他舊人們沒人能夠安睡，卻也沒人敢出聲抱怨，只能瑟縮身體，盡可能的將被褥遮住雙耳，讓自己勉強入睡。這夜，只有平日負責清潔打掃，所有雜事都做的小林，發覺外頭的噪鬧聲響後，便從自己擺放掃除工具的邊角睡房內，偷偷拉開木門縫隙探出一隻眼，想知曉走廊上的變化。只是小林沒發覺，岡本早已將碩大的身軀貼站牆邊，待小林偷偷拉開木門一角後，岡本隨即將竹棍伸入拉門內，先卡住拉門，隨後一把抓住小林的衣領，將他直接拖拉出來。

「混帳東西，你也是個低賤的蠢貨——」岡本拉扯起小林的衣領，將他拉在走廊地面拖行，拖得小林的後腳跟在地上磨破皮。岡本走到傳出哭聲的拉門前停下腳步，隨即用力把木拉門拉開，再把小林直接丟進去。小林狼狽的打滾撞牆，一張臉扭曲貼在榻榻米上，儘管痛楚，卻也只能閉上雙眼，忍住不敢哀聲……

岡本吼著小林，比向房間牆角的女子。

「叫這個朝鮮女人不要再哭了——不然你也給我滾！」

小林睜眼，只知新來的女子來自朝鮮（韓國）釜山，名為盧英珠。她的雙頰紅腫瘀青，正抱膝蜷縮在牆壁邊啜泣。小林趕緊回身趴下，對岡本連忙磕頭。「是，是，我會的！」小林額頭嗑出叩叩聲響，直到岡本的腳跨出門邊，用力關上拉門後，還用竹棍敲擊地板幾下方才離去。

接連巨響過後一片寧靜，四周傳來荒野之間的蛙鳴與蟲聲，唧唧，吱吱，咕咕，咿咿——

在確定岡本離開後，額頭磕到紅腫的小林才敢抬起頭來，趕緊手腳並用先爬向前去拉上木門，才回身看向瑟縮在牆角邊的女子哀求。

「朝鮮來的姐姐，拜託妳安靜一點……我也好累，好想要睡覺啊……」

盧英珠正瑟縮在角落中啜泣，這才抬頭看向小林一眼，小林隨即嚇得後退半步，只因盧英珠的臉頰因為白日的毆打，已瘀腫成左大右小，額頭上還有指甲刮過的血痕，特別是右手臂上的瘀腫，看得出一個巴掌用力打下的掌形。不只如此，盧英珠的小腿上也有著被竹棍用力抽打後的條條瘀青，傷勢看來實在悽慘，讓小林也不禁屏息。

小林當然知曉盧英珠發生何事，畢竟小林已到此工作一年有餘，新來的女子們不分種族與來處，也不分學歷與原生家庭的地位，都會遭到岡本先生折磨而徹夜哭泣，盧英珠也僅是其中一人而已。只是小林早就因白天的勞動而疲憊不已，濃重的睡意襲來，他只能雙眼半閉，安慰啜泣的盧英珠。

「姐姐，妳這樣……其實還算好吧……」

盧英珠沒回應，鼻涕混合眼淚繼續浸溼衣領，小林窩在角落，抱膝打一個大哈欠，囁嚅說起。

「姐姐……別哭了啊，現在戰爭時間，我們都很辛苦啊……」

對個頭矮小的小林而言，他並沒有真正的「家」，在小林七歲那年，因為傳染病盛行，務農的父母兩人皆染上霍亂而過世。小林曾有個大他五歲的姊姊，從小給人幫傭來扶養小林，直到小林十四歲時，姊姊曾計劃讓小林去當個木工學徒，畢竟姊姊這年都快二十歲，說媒嫁人還被嫌棄年紀太大。還好終於等到隔壁村的媒人到來，與姊姊談定，要和隔壁村務農的劉家二兒子成親。

儘管萬事都說齊，只可惜出嫁前一個月，姊姊去山上工作砍竹子，想要賺錢給弟弟當拜師時的束脩，沒預料下山時竟瘧疾發病……和父母當年狀況相同，家無恆產之人沒錢就醫，買不起一顆治療瘧疾的奎寧，只能躺在床上等待疾病自然康復，但沒過五天，小林的姊姊便在深夜之間衰弱過世，在清晨時成為一具冰冷僵硬的屍身。

至親相繼因為傳染病離世，在這時代比比皆是，小林也只能哀嘆自己命不好……鄉間窮人就算因為親人離世而心底悲傷，但只要人還能呼吸還會飢餓，就要想方設法忘卻悲傷，先找飯吃，讓自己活下來。

小林的姊姊過世之時，小林才剛滿十四歲不久，太平洋戰爭正盛，此時台灣是日本前進南洋的不沉航母，各地皆開設許多戰爭設施，不管是港口、機場或各類後勤工廠，除了前線上直接戰場的軍人之外，各類單位都需要各種生產與勤務的人手，就像這間表面上附屬於機場，雅名為「鶴松屋」的庭院大屋，儘管「鶴」與「松」都是日本文化中的吉祥象徵，但這間「鶴松屋」實際上卻是間「慰安所」，實質上的「軍事妓女」集中處。

這居酒屋的名稱與外觀會如此迂迴，是因為「鶴松屋」專門服務機場飛行員和地勤人員，為了避免被敵方發現或滲透，才需要如此隱晦。也因為這「居酒屋」內的工作特殊，雖然看似民間單位，但管理者岡本先生是陸軍因傷退役人士，「鶴松屋」的大門口也有軍方哨兵確保安全，平常外人不能進入，內部工作人員也必須挑選無害之人，也就是如此，小林正因為營養不良身材瘦小，儘管已經十四歲，但外型看來就像個無害的十二歲孩子，正適合在交織情慾的慰安所幫傭。

「鶴松屋」有二層樓，只有岡本先生住在二樓房間，此外，二樓還有一個二十疊榻榻米空間的宴會場，平日只有軍官到來，或是辦理宴會時才會使用。大房間內有留聲機、唱盤與酒櫃，木櫃中還有著各種奢侈品。平日總是上鎖，就連負責打掃清潔的小林也不能隨意開啟，只有軍官的酒宴時，才會上樓來。

鶴松屋的二樓如此精緻，一樓則簡單許多，方型的主屋中有個貫穿的長走廊，走廊兩側都是四疊半榻榻米的房間，每間房只有簡單的木板當作隔間，薄到能直接聽見隔壁住房的清晰聲響，且木板接縫處沒做牢固，總能從牆縫孔洞中看見隔壁女子的身影。

由於鶴松屋內常態入住十來個慰安女子，小林整日維持內外整潔，協助烹煮食物，幫所有人燒洗浴熱水，有時人手不足，還得去門口賣票給軍人，光這些工作便忙不過來，還得等待女子們紛紛盥洗後，才有時間清理洗浴間，從清晨工作到深夜才得休息，小林早就疲憊不堪，營養不良又常沒睡飽，回到自己睡眠的兩疊榻榻米工具間時，趕緊將工具往一旁掛好，身體往被褥一鑽，才瞇上眼便隨即沉沉睡去。

小林本還以為今夜可以休息，沒想到才剛入睡，便被盧英珠的哭聲吵醒，又被岡本一把抓起丟入盧英珠房內，剛剛被岡本拉扯自己衣領拖行時，腳底因摩擦地板而破皮，臉龐也被岡本的指甲刮傷，正微微滲出血絲，真是折磨。

只是對盧英珠而言，她抬頭看向小林，因為眼皮腫起遮蔽些許視線，微光中，小林儘管被岡本摔得鼻青臉腫，但至少不像自己一身瘀傷，更何況自己如此淒慘，小林竟沒安慰她，反而接著靠牆打哈欠說著。

「姐姐……妳……妳都自願來台灣做這件事了……不用一直抱怨吧……」

一聽到這句話，盧英珠終於忍不住，這才憤恨的喊出聲。

「不是，我不是……我是報名參加『戰地救護隊』，我是想來當『看護婦』，不是來當……」

盧英珠一時心酸與小林爭執，但呼喊聲響太大，小林趕緊衝上去摀住盧英珠的口，免得她喊出直接「慰安婦」三字，兩人都要再被岡本責打。

其實「慰安婦」之事，在朝鮮民間早已流傳開來，市井之中都傳言日本軍方正在徵召年輕的朝鮮女子參加「女子挺身隊」，是帶去工廠流水線做炸彈，或修理飛機、坦克……但因為徵召的都是年輕女子，也總是傳言這些女子可能被送去慰安所……反正被日本軍人帶走絕非好事，流言也無人可完全證實或否認，也只得姑且信之。

不管如何，這年代的朝鮮家庭，只要有個女兒在家，爸媽心底都有個底，被日本徵召肯定沒有好下場，未婚女孩十六、七歲就被日本人帶走，對父母來說也捨不得，有些家長為了讓女兒迴避徵召，甚至趕快隨便找個村里男子結婚，就是為了逃避軍事徵集。畢竟身在朝鮮的庶民心底還是認為，太平洋戰爭是一場日本人對外的戰爭，只是朝鮮被日本統治，參戰是不得不為，但人們若能逃避參戰，還是會努力逃開。

盧英珠今年十七歲，早就明白被日軍帶走會有不幸之事，家族長輩也早就對日本政府的「女子挺身隊」徵召有所提防，要盧英珠千萬不要答應，甚至已和鄰居約定，若有必要，便讓盧英珠嫁給才剛滿十五歲的鄰居少年。

不過在兩週前，盧英珠去釜山市街辦事，發覺幾個女子湊在公布欄聚集討論，原來日本政府正在招募「戰地救護隊」的「看護婦」，這是身在前線的隨軍護士，在前線協助醫生治療受傷的軍人，和「女子挺身隊」去工廠做苦工，可說是完全不同。

此時是一九四三年底，戰火已蔓延到全世界，日本軍事占領之主要地域，北到千島群島，南到菲律賓與印尼。帝國已經沿著太平洋占地千里遠，既然各地都在作戰，當然需要前線看護婦。只是「去千里遠的前線」這種事，不分日韓的家庭只要家裡有些資源，自然都不願讓孩子千里遠行，所以最初盧英珠看向這張招募通知時，心底也在遲疑。

「讓開一下，讓我看看——」盧英珠還在疑慮，身邊卻有幾個年輕女子湊上，盧英珠只得讓開些許位置，與女子們一同看著公布欄窸窣討論起。

「去前線單位，也不會是真的打仗吧，看護婦也是在後面醫院工作吧。」

「天啊，一個月能有日幣一百多元的收入，真是高薪啊，平常的好工作也才日幣三四十元呢。」

「能有一個工作賺錢，還會被訓練成看護婦，以後戰爭結束回來朝鮮，肯定能去醫院工作……這樣看來可真不錯。」

「看護婦……是有錢人家的孩子才有機會的工作啊，我們這種普通人真的可以嗎？」

「是啊，反正我只讀了公學校（國小），現在要做好工作，可都要讀過高等女學校（國中）才行，我除了做工也不能做些什麼，如果能當看護婦，我當然想去。」

「去前線當看護婦，一定很快就能學會很多技術吧，雖然有點可怕，但經驗累積一定也很快，對吧？」

盧英珠身旁的幾個女孩們原本老鼠一樣的窸窣討論，愈討論愈是熱烈，一一說出盧英珠的心聲，這些條件讓她無比心動……

今年十七歲的盧英珠，父母都撐不過朝鮮的寒冬，陸續在前兩年因病過世，家中就剩一個十三歲的妹妹盧英子與自己相伴相依，兩人現在都住在舅舅家幫忙農事，只是寄人籬下總是卑屈，此時又是戰時徵稅，耕地糧食都不足，生活窘迫每日都得挨餓……也就是如此，當身邊的年輕女子們陸續走入登記「戰地看護婦」後，盧英珠終於也忍不住思索，只要能賺錢照顧妹妹英子長大，自己就算千里遠行，前線受苦也無所謂，只因這是她身為姊姊的責任，也是爸媽臨終前的託付。

在公布欄前心底掙扎幾分鐘後，盧英珠終於下定決心，忐忑的走入室內登記資料，拿到一張說明紙，儘管自己讀過公學校，日文聽說讀寫皆精通，但這張紙上的語意並不清楚。「去前線……接受管轄……軍事任務……服從命令……」盧英珠看著紙張上的文字排列，心底又不禁思索，畢竟課本上都說「內鮮一體」，既然內地日本和朝鮮已是同一國，去戰區當照顧士兵的看護婦，這種愛國之舉能有什麼錯？

更何況「看護婦」這三字如此誘人，也是因為這年代要當「看護婦」，要讀過高等女學校，才有機會達到這職位的基本學歷門檻，而能讀到高等女學校的女子，多半是有資產的家庭才有辦法支援學費，「看護婦」自然成為窮人家女孩無法做的工作。

盧英珠當年就讀公學校時成績總是前三名，但往後卻因為家庭窮困無法再升學，如今這改變命運的機會就在眼前，盧英珠屏息下定決心，便和身旁幾個女孩們陸續簽名蓋手印。隨後盧英珠便和應徵場合裡，十來個十七、八歲的女孩們聚在一起，再加上謊報年紀的幾個十五、六歲的女孩們，眾人湊在屋角討論未來。

其實眾女子們大多是釜山人，彼此想的都一樣，只要能當上看護婦，便有了未來維生的一技之長，戰爭結束後還能去醫院工作，總是比當雜工和種田來得有出息，真可說是人生的轉機。盧英珠更是沒想到，前來報名的女子比想像中更多，多到登記的日本職員說：「這還必須分兩批出發才行。」

盧英珠一聽，自己更是不能錯過機會，一定要爭取時機，第一批就要出發。

「拜託——如果能成行，拜託讓我第一批先去。」盧英珠積極的和報名處的日本職員介紹起自己。

「我當年學習很好的，我會聽說讀寫日本話，我讀公學校時成績總是前三名，我可以拿畢業證書和獎狀來證明，我很認真讀書，我一定可以成為合格的看護婦——」

盧英珠心底十分著急，深怕錯失這個機會，盧英珠趕忙回到家，馬上和舅舅交代要去海外當看護婦賺錢，月薪可是高達一百元。儘管對於那月薪一百元起疑，普通女子真能有這麼高薪的工作？舅舅也沒想太多，家裡少個人吃飯，多個人賺錢也好，要盧英珠想去便去就是。

「真能這麼好賺嗎？」倒是舅媽心底有點疑慮，握起盧英珠的手問起。「待在釜山不好嗎？」

面對舅媽親切的追問，盧英珠心底更是篤定，自己這年紀，更不能讓親戚為難，社會價值觀之中，既然兩個女子未來都得嫁人，此時也僅是因為親緣而暫留在舅舅家，戰爭時代多兩張口吃飯，就是增加舅舅的家庭負擔。更何況長女如母，自己必然要替妹妹盧英子打算，只要工作兩、三年回來，到時候妹妹年紀也正好十六、七歲，只要自己帶錢回來，便能讓妹妹順利出嫁。

自己未來會怎樣可以再打算，但是妹妹的人生幸福，掌握在自己手上，盧英珠內心篤定。

「舅舅，我不能遲疑，不會後悔……」盧英珠再次與舅舅和舅媽說起。「我一定要去……」

說完，盧英珠趕緊來到田間找妹妹英子。這一年，舅舅田裡的農作物，是日本政府要求的「男爵」品種的馬鈴薯，可以取代水稻上繳給政府。英子正在田間採收馬鈴薯，盧英珠一遇到滿身土沙的英子，起初還有些忐忑，決定說出口卻又欲言又止，直到兩人一起提起一籃乾瘦的馬鈴薯來到田埂邊時，盧英珠才告訴盧英子要去當看護婦之事，英子起初不懂意思，只知道盧英珠要出海去，這才終於意會過來，隨即在馬鈴薯田內怒吼。

「姊——妳要出去工作？要出去為什麼不帶我去——」

「妳才十三歲，年紀太小啊。」盧英珠趕緊安撫妹妹英子。

「不要啊——姊妳也讓我去啊，我也要去啊——為什麼姊姊可以去海外，留我在這裡——我不想要住在別人家啊……」

盧英子忍不住對盧英珠嚎啕哭起，自己竟被遠行的姊姊「放棄」，留在始終不親的舅舅家中。

「英子啊，妳才幾歲，年紀還這麼小，要出遠門工作這麼辛苦的事，就讓姊姊去吧——」

在旱田邊面對妹妹的呼喊，盧英珠想緊緊抱緊英子安撫她，沒想到盧英子卻用力捶向盧英珠的胸膛，雙手將盧英珠推開，兩人遂失去平衡跌入田間，沾上一身土沙。

「我也要去，帶我去啊，妳們都是騙子——騙子——媽媽也是這樣說，她說感冒而已不會死，還不是幾天就死掉了——爸爸也是這樣，都是騙子——姊，妳帶我去啊，妳不要留下我一個在這裡——」

面對英子不安的怒吼與眼淚，盧英珠慌張之間心底也生出念頭，不知能否謊報年紀帶英子一起去，但前去海外畢竟還是有些風險，英子這身子看來就是個孩子，謊報十七歲肯定不會被管理者相信啊……盧英珠只能屏息忍耐身體跌痛，任眼眶落下的淚珠被旱田吸去，忍不住起身上前，甩了盧英子一巴掌。

「我不是去玩，我是去工作啊，我會去學東西，我會去賺錢，戰爭肯定沒多久就結束，我會寄很多錢回來照顧妳……我會讓妳讀書，我會讓妳給嫁好人家——英子妳就相信我吧，只要讓我去兩年三年，以後我們的生活就不一樣了……」

「姊——」盧英子眼淚汩汩冒起，嚎啕到全身顫抖，讓盧英珠內心更是篤定，一定要狠下心來不能心軟，掌握好這個機會改變人生。身為無父無母之人，身為姊姊一定要好好工作寄錢回家，從此改善生活，不能讓寄人籬下的妹妹如此擔憂，此次工作勢必成行。

一週後，時間來到一九四四年正月初，十來位應徵的年輕女子們在釜山整隊完畢，來了一位中年朝鮮男子帶大家搭船，先去到日本長崎集合。輪船離開釜山港後，眾女子們對海岸邊的送別親人揮手道別，只有盧英珠不希望妹妹英子來送別，免得分別之時太過傷心。

盧英珠懷中口袋裡，有三年前與妹妹英子的黑白合照，那是爸媽還在的時候啊……在釜山街上，爸媽帶著姊妹兩人來到相館，兩人穿上租來的韓服，慎重的在蛇腹相機之前拍上一張合照。盧英珠看著照片中妹妹的青春臉龐，屏息收好照片，能往前去就不要回頭。

每個女子心底都有離鄉的酸楚與盼望，但畢竟能有這個人生轉機，就不要再遲疑回頭看，盧英珠搭上輪船後，只想望向前方茫茫大海。

同行的眾女子們儘管心底離愁，卻也不免卻有些雀躍。

「我們約好，以後有天回家鄉相見喔。」甲板上，一同出發的幾個年輕女孩興奮著說起，不管是個性文靜或熱情的女孩們，此時此刻想的都一樣。這一群來應徵當「戰地救護隊」的女子，都來自於農村或都市下階層，能遇到政府開出職缺來培訓，無非也是給窮困女子一個人生機會，眾人自然有著一同赴任的革命情感，忍不住便聚在一起討論未來。既然船前往長崎，或許大家將一起去長崎受訓，受訓後可能會去滿洲國的「新京」（長春）當護士，畢竟朝鮮離東北較近，也有朝鮮族在此生活，語言都能用上，對盧英珠來說心底較放鬆。

只不過，到了長崎之後，女子們還沒培訓看護婦之事，隨即與許多在日本出生的朝鮮籍女子們一同集合，從長崎再搭船轉到南方台灣去。聽見要轉去台灣的命令，一群被招募來戰地救護隊的女孩們依然沒想太多，仍舊興致滿滿討論起。

「反正能賺錢又能學習，去哪裡都好不是嗎？」

盧英珠與在日本出生的朝鮮女子們聊起天來，大家想法也相似，畢竟出生在日本的朝鮮女孩也多是社會下層家庭，大家都抱持著想改變家庭的可能出發。只要心底有所期盼，遠行便不覺艱辛。盧英珠也是如此想望，就連船期中的漫長降雨、陰暗擁擠的臥鋪，都沒有讓盧英珠心底生出些許陰鬱。

輪船到達基隆那日，一群朝鮮女孩們遠遠從海面望見基隆港區，這裡就是人生之中另外一段轉折點，眾女孩們不免微笑，航行飄搖後能遇見陸地，這才理解「腳踏實地」兩字的真實意義。女子陸續下船後，先在基隆火車站周邊整隊，女子們興奮新鮮的探向四周，車站附近的招牌全都是日文與漢字，身為朝鮮人能讀懂許多漢字，加上台灣人說著南方腔調的日文，對盧英珠來說，彷彿台灣就是另外一個遙遠的日本。

基隆身為一個軍事與商業港，四周人來人往，車站周圍的商業十分發達，不管是火車站或郵便局都如此高聳雄偉，盧英珠從小生長的釜山儘管同樣是港區，但與基隆的亞熱帶氣質卻大不相同。女子們提著簡單行李，站在港邊仰頭看，馬上發覺天空有隻老鷹正飛降而下，在港區的水面上抓起魚，女子們興奮的揮舞手臂，期盼老鷹陸續降落在自己前方的水面上，抓起魚帶回巢去。

在港區列隊，等待些許時間後，又來了一個日本女子引導，帶著眾朝鮮女子提起包袱，先前往基隆的旅社住上一夜，隔日一早，便又在基隆火車站搭上火車南下，眾女子內心無比興奮，以為自己要送去台灣南部的學校學習，所以才需要從基隆接駁。

一群朝鮮女子腳步輕快的搭上火車後，火車終於從基隆出發，先前往八堵，經過汐止，隨後松山、板橋、鶯歌、中壢、湖口、新竹……女子們初次搭上異鄉的火車，沿路好奇的望向車窗外風景，亞熱帶的台灣路邊滿是榕樹與樟樹，和朝鮮溫帶氣候的松、柏樹種截然不同，盧英珠彷彿都能用雙眼看出空氣中的潮溼水氣。身在異鄉風景中，思鄉之情很快便在心底汩汩冒起，盧英珠又從懷中口袋拿出與妹妹的合照，看著相片中盧英子的臉龐，盧英珠閉眼祈禱。

「我一定可以度過這段時間，學到最好的看護婦技術……我一定是最努力的那個人……」

盧英珠緩緩睜開眼，感受火車窗外的南國和煦陽光，想像一切希望都如窗外的縷縷光絲，映照每個同行女子們臉龐，興奮、期望，帶著些許忐忑，與盧英珠心底最深之處，那對於妹妹難以言喻的愛——只要自己能學成，這麼就能分擔家計，可以讓妹妹讀書，可以讓妹妹嫁個好人家……

盧英珠眼中浮現兒童時期的馬鈴薯田邊，妹妹英子總和自己正在夕陽下農忙，要回去家裡之前，英子便從田間起身追上自己，總是對著她親暱大喊一聲：「姊姊——」

盧英珠再次閉起雙眼，這回憶中妹妹親暱的喊聲，竟然蓋住火車行走鐵軌的匡啷聲，在心底不斷反覆迴響……

第三章　惡的深淵

火車行進緩緩，到達台灣的每一站月台停下，盧英珠看著旅客上上下下，直到半日後到達台中火車站。帶隊的日本人召集著朝鮮女子們搭上一台軍用卡車，既然要搭車就代表已快要到達學習的地點，幾個女子儘管才因為應徵看護婦認識不久，但光是肩並肩在船艙內來到台灣便已成了好友，微笑拉著彼此，一同踏上車斗。

車行緩緩，盧英珠眼看四周景物，已從繁盛的台中都會區，轉成釜山鄉下一樣的田間，都市與田野的分界十分明顯，此時四周甚至除了車路之外，已是比人高的芒草。卡車走在碎石混著土沙鋪成的道路已十分顛簸，車子搖來晃去，後車斗上的女子們開始陸續暈眩欲吐，還好已沿路停車放下女子下車，各自被帶入那些建築物前，彼此揮手道別後，車又緩緩前往旅途。

「再見了——之後見——」幾個女孩在短短旅程中已培養革命情感，彼此遠遠揮手道別，幾個女孩們竟忍不住眼淚落下。

只是女子們陸續下車後，不免讓盧英珠陷入困惑。

「要當看護婦……也是要經過學習吧，紗布要怎麼包，針要怎麼打，我全都不會……不用先把眾人集中在一起上課嗎？」

盧英珠儘管內心疑慮，卻也沒有疑慮太久，或許直接就在醫院學習吧，邊做邊學速度更快，就和她在田裡學會農事，在廚房內學會作飯一樣，沒有一件事情是學校教的，大概是這樣吧。

軍用卡車行進十分晃蕩，盧英珠暈眩中無法多作思考，更何況南方的島嶼台灣，就算是初春也比釜山熱上許多，盧英珠還不適應台灣氣候，暈眩也讓盧英珠煎熬出滿頭汗珠，索性低下頭忍耐旅程過去，昏沉間又不知過去多久，軍車才煞車停下，便聽見有個中年女子高聲叫喊。

「盧英珠——」

盧英珠聽見中年女子的嗓音，馬上抬起頭來一看，沿路都因為暈眩而低頭忍耐，如今被叫喚時才回過神來，看向來處的碎石子路與路邊兩旁高聳的芒草，已不知自己身在何處。

「盧英珠，下來啊，還在卡車上做什麼！」中年女子呼喊完，盧英珠的思緒這才完全醒來，四周皆是空盪荒草，只有斜前方有個高於視線高度的木圍牆，牆內有一棟二層樓木建築，屋簷下掛著燈籠，還有著木招牌寫上「鶴松屋」。

中年日本女子正站在鶴松屋的木門邊，對著盧英珠用力揮手，原來方才就是她叫喚自己。盧英珠趕緊起身，抓起包袱下了軍車，仰起頭來回望，幾個車斗上的女子低頭看向盧英珠，紛紛揮起手道別。「姐姐，一定要存夠錢啊。」、「妹妹，加油啊。」、「以後回釜山見啊——」

「我會的——再見——」真正踏上工作地點的土地上，一股踏實感從心底冒起，盧英珠和車斗上的女子們微笑著喊著。「大家回釜山見——」

「盧英珠？」中年女子拿著名條簿呼喊，盧英珠趕緊快步來到女子面前，再次點頭回應。「是的，大姐您好，我就是盧英珠。」

「盧英珠——妳幾歲啊？」中年女子聲響非常洪亮，上下打量盧英珠身型，帶著侵略性的目光讓盧英珠有些怯怕。

「我……再三天就滿二十歲。」盧英珠低頭，其實自己才剛滿十七歲不久，試著將年紀說得大一些，彷彿能多給自己一些自信。

「來自朝鮮釜山對吧。」

「是。」盧英珠再次點頭。

中年女子在紙簿上書寫登記，隨後便向著軍車司機揮手，軍卡啟動離去，激起地面一陣沙塵，盧英珠回望一眼，車斗上的女子們低下頭來，已看不清臉龐。

「盧英珠，妳跟我來。」

領走盧英珠的中年女人雙眼緊盯盧英珠身形，對盧英珠來說，自己一生中從未經歷這種奇特的目光，彷彿害怕自己隨時都會跑走似的，但畢竟這裡是異鄉土地，自己又能跑到哪裡去？

鶴松屋的大門口，軍人哨兵同樣嚴肅盯著自己，這種約束與警戒，讓盧英珠只能儘量低頭，迴避各種陌生的目光，猜想軍醫院是軍事重地，被如此掃視也是正常的。

哨兵推開沉重的木門，潮溼的台灣氣候讓金屬容易生鏽，木門鉸鍊的金屬摩擦，隨著門推開而傳出長長嘰聲，面對未來不定的忐忑，盧英珠深吸口氣，緊跟著這中年女子前進，彷彿每一步既輕快又沉重。

「盧英珠，我的任務就到此……妳等人來接妳進去吧……」在紙張上登記後，中年日本女子準備離去前，再轉頭打量盧英珠一眼，那皺眉的神情，盧英珠多年後都無法忘卻……儘管盧英珠誠懇道謝，這中年女子卻無太多回應，轉過頭後便快步走出大門，搭上大門邊一台等待著的轎車離去。

此行沿路上接駁帶領之人不斷更換，盧英珠至此已搞不清楚誰是誰，此地又是何方，只能知道門外哨兵等到這中年女人一走，隨即將大門口的厚木門緩緩拉上，已看不見木門外的世界。

盧英珠站立在庭院內的踏石上轉頭四看，圍牆中央是兩層樓高的木建築物，體積看來就是一個碩大的旅社，兩面的木圍牆前種著櫻花樹，四周是常見的日式庭園，有著立石、山水與矮杜鵑。微風吹來，門口掛著的紙燈籠輕輕擺盪，有一對燈籠上還有著渾厚的毛筆字寫上「鶴松屋」三字，看來十分雅致。圍牆內的櫻花樹上已有些許花苞，盧英珠這才走向牆邊，仰頭看像這些才兩人高左右的櫻花樹，冬季剛過，初春時櫻花正滿樹花苞待放。

「嘿——」庭院內轉角處，櫻花樹下有一位少年正大聲叫住盧英珠，小林原本正在掃地，看到盧英珠後馬上快步走來。

「請問……姐姐……妳……妳從朝鮮來的嗎？」小林匆忙中帶著禮貌問起。

「是的，我是從朝鮮釜山來的。」盧英珠禮貌點頭回應。

「那……跟我來吧……」小林放下掃把，引著盧英珠前進。

盧英珠眼前這矮小乾瘦的男孩，是個普通雜工吧，盧英珠心底思索，便跟著小林走入鶴松屋的大廳中，才推開門便看著高掛的天皇軍裝相片，盧英珠趕緊停下腳步立正，這是在釜山讀國小時的習慣，日本老師總會如此要求，一旦看到天皇相片，便要立正行注目禮。

盧英珠站定，看向一旁有個長走廊，兩側有許多木拉門，或許門全拉開就是教室吧。最前方的木拉門內，有個纖瘦女子正探出頭來，與盧英珠兩人目光交會，這纖瘦女子便趕緊縮頭回到屋內，一點都不敢多看。還在讀公學校時，盧英珠也曾如此偷看來探訪的外賓，明白這女子的害羞，心底也沒多想什麼。

盧英珠跟著小林亦步亦趨，走入這建造良好的木屋中，走廊兩旁的和式木門作工仔細，白色門紙看來貼合緊密，眼看整體環境比自己想像中更完善，盧英珠心底已感到些許滿足。

小林停下腳步，指著一旁木拉門內。

「姐姐，這裡就是妳的房間……」小林拉開走廊旁的和式木拉門，盧英珠便踏上房內的榻榻米上，放輕腳步走入小房內。

「我的……房間？」盧英珠以為要住宿舍通鋪，一時間忍不住欣喜。

見盧英珠的表情帶著喜悅，小林還想多說些什麼，卻也欲言又止，趕緊起身將木拉門輕輕帶上離去，盧英珠便跪坐房內，探看這窄小的房間四周。小房間只有四疊半榻榻米，是個日本住屋中常見的基本正方形配置，四周清掃得十分乾淨，就連木窗框上也沒有多少灰塵，還能從窗戶看見外頭粉色含苞的櫻花樹。

盧英珠在靠牆處的小木櫃旁放下自己帶來的包袱，雙手忍不住觸摸起屋內物品。木櫃雖小，但看來十分雅致，上頭還放有一個小梳妝鏡。四周榻榻米也沒有霉味，是個整理良好的屋子。盧英珠這才慶幸不已，沒想到因為戰爭的發生，像自己這樣出身窮困又無名的小人物，竟有機會能以看護婦為職，又能有一間自己的學習宿舍，心底不免欣喜，人生果真不能輕易放棄任何機會，人生真的還有另外一種可能。

盧英珠還在打探這陌生房間，外頭卻突然傳來呼喚聲。

「朝鮮女人來了嗎——」

門外走廊邊傳來粗沙且威嚴的男人聲響，如此低沉的喉音，想必是上課的男老師吧，盧英珠回想國小時，從日本來的老師總是嚴厲，盧英珠便恭敬的跪坐下，拉好衣袖，整理自己的領口，規矩的坐定原處。嘰——木門用力拉開，盧英珠正跪坐在榻榻米上，緩緩抬頭看向岡本先生。岡本先生的身形寬大，果真面容威嚴，盧英珠只望一眼便低下頭來，一時敬畏到不敢動彈。

「過來！」岡本口氣不善，一見面便大吼。

「啊？」盧英珠緩緩抬起頭，一時不解這責罵的口氣。

「過來，聽不懂嗎——妳是耳聾嗎？」岡本又大吼，盧英珠忐忑的起身，快步走到岡本先生面前。

「是的，老師你好，我是剛從朝鮮到來的盧英珠……」

「混帳！」話還沒說完，岡本先生便甩上盧英珠的臉龐一巴掌，突如其來的一掌甩得盧英珠失去平衡向後倒下，後腦勺撞到榻榻米而些許暈眩。才剛到此處不久，話都沒說仔細，便被如此用力打上一巴掌，盧英珠腦袋無比紊亂，一時間躺在地上怔著，哽咽吐不出半字。

門邊，小林見盧英珠挨下這沉重的巴掌，趕緊躲在木拉門後方，也不敢多看半分。門內，盧英珠趕緊爬起身，將目光投向岡本先生，盧英珠這才因為距離夠近，看清楚岡本先生缺去一半的右耳殼，肩膀也凹陷少去一塊肉，這些因戰爭而生的身體缺凹，讓岡本看來彷彿怪物，讓盧英珠驚駭不已。

岡本快步走向盧英珠，帶凶光的雙眼更是讓盧英珠十分畏懼，眼看又要被責打，盧英珠趕緊爬起身，立正站好在岡本先生的面前大聲解釋。

「長官——我是來當看護婦的，我是學員，我是學員來上課啊——」

岡本沒絲毫憐憫，舉起手邊竹棍打起盧英珠的小腿，盧英珠驚慌不已，只能向後退到牆邊，岡本先生隨即又一棍打下，盧英珠馬上失力跪下，小腿冒出條條瘀痕。

「這裡沒有學員，到這裡來的都是——妓女！」岡本丟下竹棍，一把扯開盧英珠的上衣，露出她瘦小的雙乳，儘管如此暴露，盧英珠卻也無力遮蔽，盧英珠早已全身顫抖不能動彈。

從小到大，儘管家世不好，寄人籬下常常暗自心酸，有時也會被長輩責打，卻也不曾被如此虐打過，岡本先生繼續伸手，將盧英珠衣服褲子全扯開，讓盧英珠全裸瑟縮在牆邊。

「小林——」岡本扯開喉嚨大吼。「給我過來——」

小林躬敬謹慎，低身走入房間，將手上這件藏青色，有著織錦花紋的和服攤開，要協助盧英珠穿上。只是盧英珠滿臉淚珠，緊靠牆面牙齒打顫，身體僵直不能動彈，便無法配合穿衣，小林只得先讓盧英珠披上和服，沒繫上腰帶，也無法整理領口平整，看盧英珠失魂落魄，已無法配合穿上和服，岡本先生便推開小林，隨後抓扯盧英珠的頭髮怒吼。

「都來這裡了，就給我好好配合啊，知道吧，賤女人！」

岡本看向愣住無語的盧英珠，隨即把她推倒在地，更是凶狠說起。

「別露出這種臉啊，賤女人，來這裡工作可是有錢的，妳們的錢我都收著，等到戰爭結束，我一次給妳們。」

盧英珠無法再發聲回應任何話語，除了全身顫抖，已驚駭到無力作出任何反應，岡本隨即關上木門，碰一聲在木屋內嗡嗡殘響。此時鶴松屋其他房間的女子全部噤聲，全都豎著耳朵聽著岡本先生踩過木地板的響聲，聽著剛本先生走回自己的房間內，接著傳來瓷杯與酒水聲。

原來鶴松屋雖然外觀看似旅社，實則是「慰安所」，一個個四疊半小房間看似能喝酒聊天的包廂和室，不過實質上卻是一間間的「慰安房」，還要充當女子生活起居的所有空間。所有進入鶴松屋的女子，在負責管理的岡本先生眼底，不分來自何方，不分自願與否，更不分國籍種族，就算原本就是色情風俗女也一樣，全都先以責打當做見面禮，只因任何女子只要受過家庭教育，都知曉要保持貞潔，男女授受不親，女子們並無法隨意敞開衣物讓男人進入身體，就算是最初自願當慰安婦的女子也一樣。

而來自風俗業的女子，就算曾有過與男子應召接客之經驗，但風俗業和前線慰安所有著極大差別，風俗女還需考量客人的滿意度，不會讓女子連續接客，一天頂多十來人。但殘酷的慰安所完全不同，由於軍人眾多，且常常集體放假之緣故，女子在此可是一天必須接客數十人，甚至到達百人之譜。要讓女子接受如此數量的男子進入身體，岡本先生的作法，就是必須先讓慰安女子們感到自己是一個「被隨意支配」的物品，才不會抵抗男子強迫的性事。

更何況，這裡可是機場旁的慰安所，會來鶴松屋光顧者，都是比陸軍士兵更加珍貴的陸軍航空隊飛行員，加上專業維修飛機的地勤人員，都是難以快速補充的高級技術人材。這些男子尋找慰安婦慰藉時多半裸身，前來發洩時的注意力可不在自身安全上，這時要是慰安婦手上有刀，甚至是花瓶碎片、一把帶尖刺的髮簪，就能趁軍人不注意時從喉嚨刺入，絕對會傷及性命。

對岡本先生來說，只要被毫無理由毆打過的女人就會乖乖聽話，盧英珠身披和服已不敢動彈，只能任由淚水滑出眼眶，一滴滴落在榻榻米之上。小林則被岡本先生命令後，快步進入房中整理被褥，隨即拿起乾淨的布巾擦去盧英珠臉頰的鼻血，再將毛巾帶點涼水，敷著盧英珠被甩過巴掌的臉頰。只是小林還無法將盧英珠打理好，不久後，一位機場中佐（中校）的腳步聲便喀喀走來木門邊，岡本先生趕緊畢恭畢敬走出，溫馴地與軍官交代。

「是的，長官，新的慰安婦已到來。」

小林手腳慌張，還沒完全擦去盧英珠臉上的血漬，只能匆忙的將盧英珠挨打的臉頰補些白妝粉，試圖壓抑瘀血痕跡，更沒想到還沒準備好，軍官便已到來拉門前，小林惶恐的繼續擦拭，但一抹去盧英珠鼻下血液，鮮血又汩汩從鼻孔中冒出，眼看軍官已走來，小林只得彎身快步走出木拉門。軍官進門後，小林便將木門關上，跪坐在門邊等待。

入內的中佐脫下制服疊在一旁，只剩一條內褲，看著跪坐在白鋪墊上的盧英珠，臉上殘留些許鼻血痕。「真是的，女子就是要好好疼愛啊……」中佐看向盧英珠腳上的瘀血與臉上的妝粉，忍不住憐惜。「這岡本怎麼這樣打人呢……」

盧英珠還是怔著無語，她始終無法理解，自己怎麼會瞬間從「看護婦」，成為岡本先生口中怒罵的「妓女」，又怎麼會來到此處被如此虐打？盧英珠腦中一陣空白，只有雙手仍不斷發顫，當這位軍官拉開自己的雙手時，自己身體已鬆軟，毫無抵抗被壓倒在白鋪墊上，隨後披著的和服被脫去，盧英珠雙腳被軍官撐開，儘管心底想逃，但身體卻彷彿痲痺一般，驚嚇到不得動彈……

中佐脫下內褲，隨即突然進入自己身體內，盧英珠心底還毫無準備，下身便傳來一陣撕裂感，比臉頰上火燙的巴掌更加疼痛……「啊──」盧英珠叫起，卻只能閉起雙眼忍耐，一個陌生男人突然進入自己的下身，這感覺令人十分詫異，進出之間拉扯著身體，馬上帶來下身撕裂的痛楚。

「怎麼會來這啊？」軍官一邊進入自己身體一邊問起。盧英珠不知該如何說起，額頭上已冒出滴滴汗珠，只能咬牙忍著痛楚回應。「我不知道……我不知道……」

在軍官不斷在自己下體進出之時，盧英珠腦中不斷竄出回憶，終於明白她為何來此，之前招募時的種種說法，全都只是誘騙女子的幌子啊……盧英珠內心一陣悔恨與自責，隨著淚水汩汩冒出。盧英珠雙腳與身體被毆打的痛楚，已讓她明白掙扎與抵抗完全無用，她只能咬牙忍耐，儘管眼眶中淚水滾燙湧出，她卻不敢再出聲，只能睜著雙眼，在眼眶中的淚珠如大雨時的玻璃窗一般，雨水匯聚滴滴滑下……

這位中佐軍官擺動著下身，隨即眉頭深鎖，突然喘息一聲。進入盧英珠身體沒幾分鐘後便結束，隨即離開盧英珠的身體，這一瞬間，盧英珠因為疼痛帶來的下意識反應而屈身蜷縮起雙腳，心底因為軍官結束而喘口氣時，這才發現被褥上有著下身流出的血漬。

軍官正拿著一旁的衛生紙擦拭下體，隨即穿起衣褲後，低頭看向白色鋪墊上的暗紅色血漬，忍不住脫口說起。

「好像櫻花一樣啊——」

好像櫻花一樣？疼痛之間，盧英珠愣著，眼角看向玻璃窗外櫻樹枝椏上的花苞，畢竟被褥上的血漬明明是暗紅色，這血漬怎麼會是鮮美紅豔的櫻花？

軍官微笑著把衣服穿整齊後，便打開木拉門準備離去，回身看向被褥上的盧英珠，忍不住喃喃。

「不愧是處女，真好啊。」

「是，祝福長官武運昌隆。」岡本先生在走廊邊等待，隨即對著軍官鞠躬，看軍官從大門離去。

儘管盧英珠不願再想，但是下身的撕裂傷隨脈搏跳動，產生一陣陣的發炎痛楚，讓自己只能緊閉雙眼忍耐，就連淚珠滑落的臉頰都變得熱辣。而軍官離去之後，岡本先生隨即跨步走入房內，看向盧英珠儘管不說話，沒想到岡本先生又舉高手掌，一巴掌打向盧英珠臉龐。

「剛剛和軍人說什麼啊，什麼不知道啊——賤人安分點啊，什麼話都不用說！」

岡本先生憤怒的手掌打向自己臉龐，原來剛剛只打大小腿和背部，單純只是要給使用「處女慰安婦」的軍人，保有慰安婦一張完好的臉……既然已經完成這個任務，岡本便不再客氣，一掌掌打得盧英珠臉頰紅腫瘀血，鼻血隨即從兩個鼻孔中滴答滑在瘦小的胸部上，盧英珠想掙扎卻又無力動彈，像是落入獸夾卻無力掙扎的動物，再也無法起身。

也就是如此，一盤食物全放在房間角落，盧英珠卻沒有精神吃上一口。她精神萎靡，只能在房內不斷渾身顫抖，直到深夜入睡的此時仍在啜泣，才讓岡本怒吼，將小林抓入盧英珠房內。

看盧英珠臉龐的腫脹模樣，肯定要許久後才能消退，小林只能嘆口氣後低聲勸告。

「姐姐啊……妳不要想抵抗岡本先生，他說什麼妳就都說對，他說這邊的女人只要打了就會乖乖做事，他對每一個人都這樣……你看，我剛來時也是……」

小林掀起衣服，原來肚皮上有道不規則的淺疤，小林的指頭比劃著腹部疤痕的走向。

「這就是他踢的……那天我都還沒走到裡面，才站在大門邊就被他一腳踢傷，我還發燒好幾天……而且發燒好幾天還要工作，真的好痛苦……」

盧英珠低頭看向小林的腹部傷疤，這肯定是被鞋底鐵片割傷，看到這傷口後，盧英珠更是難受，自己為何來到此處，為何要受這種苦頭，為什麼……為什麼……想著當初這麼多年輕女子們一起報名，一起遠行，既然這麼多女子一起，這肯定是正經的工作啊，政府不可能騙人，不可能騙這麼多人——

原來自己是傻子，那麼多女子們全是傻子啊，這世界根本沒有這樣的好事，全都是騙人的，全都是騙人的……

盧英珠疲累到哭聲漸緩，小林見四周已安靜，也聽不見岡本先生在二樓房間的任何聲響，便趕緊從懷中拿出白信封，將信封倒出摺好的藥包，攤開來看，裡面有幾顆白藥片。

「姐姐，這是軍醫給我的消炎藥，他說妳們有時候不舒服時，就先吃消炎藥……不過妳要小聲一點，不要給岡本先生知道……」

小林指尖捏起藥片，輕輕靠上盧英珠眼淚與鼻涕流過的嘴角，小心將藥片投入盧英珠口中後，讓她小心嚥下。小林再喘口氣，從衣服口袋中拿出一小罐碘酒，幫盧英珠擦拭傷口。

「姐姐，妳幾歲了。」小林低聲問起盧英珠，碘酒觸碰外傷所帶來的疼痛，讓盧英珠些許回過神，氣聲說出口。「我……十七……」

小林輕輕擦去傷口上的血漬，稍微的加壓，便讓盧英珠突然痛得猛眨眼。

「姐姐……我今年剛過十五歲，十四歲時來這裡幫忙，我們這邊有台灣人、高砂人，也有日本來的幾個女子，啊——先前好像還有個爪哇來的，加妳就有朝鮮人，日本國內的人好像都有了……」

小林看盧英珠一臉哀傷憤恨，深怕她做傻事，又仔細靠近在身邊叮嚀。

「姐姐……我是好心才和妳說，這間房間之前住的那個女子，是個來自新竹的女人叫做吳碧鳳……她原本是個農夫，體能很好，晚上竟然能翻牆跑出去——結果晚上摔在附近的大水溝裡淹死了，好幾天被發現時，身體已泡爛掉……」

盧英珠入住的這間房，原本住的客家女子叫做吳碧鳳，她有一天入夜後竟能翻出高聳的木圍牆，逃跑後失去蹤跡數日，小林本以為她能順利逃走，等再次被人發現時，她的屍體已在附近一條灌溉溝渠的水流迴旋處漂浮，身體浸水數日後變得浮腫，眾人將她從水中拉起翻回正面時，她的雙眼已給魚蝦吃去，成為臉上的黑窟窿……

「姐姐，就是因為欠一個女人，所以妳才會來到這裡……」小林喃喃說道。

若非因為吳碧鳳的死去，按照編制缺一個女子，也不會填補盧英珠這個朝鮮人，小林細聲說起這四疊半榻榻米房的前人之事，微光中忐忑又謹慎，深怕說出再多悲慘過往，會讓盧英珠更加驚駭。

「我有和那個吳碧鳳聊過……她說自己原本是個普通農家女，有結婚還有兩個小孩，是役所（區公所）抽籤叫她來的，她很不甘願所以才想跑，沒想到就這樣死了啊，真的太可怕了……妳不要跑出去，這外面很偏僻，哪裡都去不了……」

這些話聽在盧英珠耳中更是毛骨悚然，自己是被「就職詐騙」而來，顯然台灣女子遇到的狀況更直接，竟然表明就叫女子「抽籤」，抽中者來當慰安婦，遭遇這樣虐待毆打嗎？這是何等荒謬之事，加上盧英珠搭車到來時，因為沿路噁暈所以低頭忍耐，根本也不知道來時路徑，自己又是個朝鮮人，來到台灣身無分文也不認識任何人，再怎麼逃也不可能逃回朝鮮去，這些消息聽在盧英珠耳中更顯絕望……

「對了，姐姐，到這裡來的女人都要取日本名字，妳取名字了嗎，妳要叫什麼日本名字？」

盧英珠咬牙忍耐痛楚，不明白小林在說什麼，說不出半字回應，讓小林十分無奈。

「姐姐，這邊的女人都有日本名字，像有個台灣女人叫劉惠，就叫做『惠子』，也有番人女子取名『富士初子』，姐姐那妳呢，妳在朝鮮時有沒有日本名字？」

自己從來都沒有過日文名字，盧英珠依然不知該怎麼回應而靜默，小林只得思索盧英珠的漢字，因為名字裡的「英」（ing），和台灣話裡面和「櫻」（ing）一樣，小林便替盧英珠下了決定。

「姐姐，不然這樣好嗎……姐姐就叫『櫻子』，日本人喜歡櫻花，那些軍人聽了妳的名字會比較開心，妳會過得比較好。」

「さくらこ」這幾字音，是身為朝鮮人的盧英珠從未想過的名字，代表自己往後就要以身體取悅日本人，所以才要取日本名字，盧英珠無比怔然，依然顫抖著啜泣，無法回應小林的問句。

「姐姐，就取這個名字了，我就這樣回報岡本先生了，拜託了……」

小林抬頭看，還以為盧英珠已點頭答應，靠近些往盧英珠臉龐看去，才知曉原來盧英珠已哭到累癱，就算下體撕裂傷有著強烈痛楚，但身軀過於疲憊便靠牆抱膝睡去，臉頰上還沾附幾滴溫熱的淚珠尚未落下。

看著盧英珠的慘狀，小林先是嘆口氣，才將手上的布巾沾上些許涼水，再替盧英珠擦去臉龐上的些許血漬，隨後小林雙手輕輕解開盧英珠的上衣，擦拭她裸身的瘀痕與血跡。盧英珠的身材偏瘦，兩排明顯的肋骨與凹瘦的腹部，不過儘管如此，盧英珠和屋中其他慰安婦女子們還是有些不同，從小務農的盧英珠，身形相對於其他已被管制一年以上的慰安婦，已算是健康結實許多。

對小林來說，儘管每天放眼所及都是裸身女體，且每日四周都傳來男女交歡的聲響，但見識過女子的悲慘遭遇後，就算心底開始長出青春期的異性好奇與慾望，但只要見識到女子滿身的瘀痕與血漬後，任何慾念都隨即消散殆盡。也就是如此，小林會想替初來乍到的女子擦去淚水，也並非岡本先生的指使，也是私心希望這些女子能安靜下來，能快些撐過苦痛……

在鶴松屋快兩年時間，小林手上的消毒布巾曾擦過多少女子的淚珠？小林記得曾遇到的日本女人有藤本靜、阪田慶子、荒川美子、中山惠子、黑田陽子、竹中幸、鈴木信子、川口壽美子……她們的姿態和台灣人些許不同，身材大多瘦小，但看來雙眼大多炯炯有神，甚至還有高中、大學沒讀完，就來投軍報國的高學歷女子……不過儘管身為日本人也沒有任何優惠，要當慰安婦，都會先岡本毒打一頓，一樣是滿身傷痕。

至於台灣山地的高砂女子，小林記得名字的有富士幸子、高砂春子，富士晴子、高山陽子……她們有時私下說出高山族語，小林一句都聽不懂，更何況岡本先生要是聽見高砂族女子說起族語，可是會不由分說就責打她們，所以大家只會在身邊沒人的時刻說起家鄉族語。只是對小林來說，他逐漸明白高山族話語有很多種，好比台灣北部的泰雅，和南方布農族語言不同，若是不同族的女子們，也只有說起日語時才能溝通。

至於漢人，在小林眼中則無分客家或閩南，氣質都十分相似，小林記得李春虹、王紗、林桂花、林連枝、林阿甜、吳錦花、彭秀霞、蕭荷琴、趙明子、王來春、周蜜、邱娥、宋娟花、吳罔市……

其實，小林並非刻意去記得慰安婦的名字和姿態，畢竟自己身分更為低下，更何況慰安婦來來去去，身形都消瘦相似，但小林就是忘不掉她們的臉龐、身形與嗓音，畢竟不管來自於何處，說出不同的腔調語言，身而為人，被責罵時的淚水都相同，辱打後的瘀血都一樣，並沒有因為血緣族群有什麼差別，小林只要替她們擦過淚水與傷口，便難以忘記她們的臉……

就像眼前這位來自於朝鮮釜山的盧英珠，小林擦過她臉上傷口時，方才想起難怪自己有些眼熟感，原來盧英珠放下頭髮後，整張臉龐和兩年多前早死的姊姊有些角度相似，這一瞬間的相似感不免讓小林回憶起過去，但他無法再想太多，盧英珠已疲累到沉睡，小林輕輕讓盧英珠穿好衣物，安躺在榻榻米上，隨即將被褥蓋上盧英珠的身子，再回頭小心翼翼拉開木門，如黑貓輕輕踏步，躲回自己窄小的房間躺下……

才一躺下，蛙鳴與蟲唧隨即衝入耳際，小林的雙眼一闔，便沉沉跌入濃郁且無盡的夜暗裡。

第四章　右邊房間的早苗

這日天光亮起時，盧英珠紅腫的雙眼眨動，剛清醒過來時，盧英珠還以為自己身在釜山，應該聽見的是街上的麻雀吱喳，或靠近海港處的海鷗嘎嘎，沒想到耳中傳來的，是從未曾聽過的鳥鳴聲，兜兜兜咿咿咿……

盧英珠緩緩睜開眼，晨光穿過玻璃窗，照亮室內漂浮的塵埃。盧英珠雙眼眨著看向陌生房間，這裡是哪裡？現在是真實之事，還是一場惡夢？直到下體撕裂傷的痛楚，隨意識清醒而緩緩傳來時，盧英珠一瞬間回憶起昨日，自己從基隆先搭火車，隨後又轉卡車到此，還記得在基隆港區時的放鬆心境，看著老鷹抓魚時的欣喜，完全無法預料此時的痛楚。

逐漸清醒後，盧英珠看向木窗外的櫻花樹外，有著兩米以上的木圍牆四處包圍視線，每片圍牆上方都尖端帶刺，看來要爬出去甚是困難。櫻花樹上花苞正在成形，花苞與朝鮮看過的櫻花樹些許不同，不過到底是花色濃淡、重瓣或單瓣的差異，一時間自己大腦混沌，也無法明辨差別，只能回想起昨夜，有個雜工小林與自己說起，自己將有個新名字「櫻子」……

一隻花色繽紛的鳥兒飛降到櫻花樹上，仔細看，是五色鳥正在啄取花苞，這是盧英珠從未見過的台灣鳥種，或許剛才未能知曉的鳥叫就來自於牠。盧英珠好奇起身便牽動下腹的肌肉，下體刺痛讓她皺眉忍耐，只能先以雙手撐地，穩定好身體後，昨晚消炎藥錠的氣味突然從胃中冒起，由於空腹許久，口中有股難言的乾澀，想乾嘔但嘔不出東西，只感覺到一股酸氣炙喉，讓她捧腹欲吐。

昨晚到達此處後，只有喝水，什麼食物都沒吃，但盧英珠這才想，自己竟不餓，畢竟面對難堪的痛楚時，就連飢餓也會暫且忘卻。

眼前木窗的窗框外，黑螞蟻爬在窗台排成一列，正搬動一隻毛蟲，更沒想到五色鳥從櫻花樹上飛下，一口咬下被黑螞蟻扛起的毛蟲，五色鳥振翅飛離後，留下一群黑螞蟻慌張爬動。盧英珠看向慌亂的蟻列，再仰頭望向窗外藍天，真想變身為鳥，有翅膀能飛過木圍牆。

盧英珠艱辛起身，仔細探看窄小房間內的一切，昨日到來後就是責打，只知道這是一個木製屋房，房間是常見的四疊半榻榻米，難怪昨日探看這房間時，心底還想，這房間若當教室只能坐三四人，會不會太小……原來僅是一個慰安婦接客之處……

四周靜謐之間，傳來其他房間女子清醒後的窸窣聲響，小小聲的咳嗽，小小聲的翻身，伴隨屋簷上的麻雀叫聲，盧英珠內心疑問依舊——這裡到底是台灣何處？這時刻，天際遠方的藍天白雲中竟傳出奇特聲響，這聲響讓窗玻璃震動，讓窗台落下些許灰塵，盧英珠還不知曉這是什麼聲音，像巨大的車輛，但車輛可沒這麼大聲，聲波能穿透灰瓦木牆進入屋內。

對靠近機場的地面人員來說，這日日所聽的飛機引擎螺旋槳聲宛如雞啼，能夠飛行代表天光已明亮，能目視確保跑道安全，飛行聲也代表氣象報告，如果在清早能聽見螺旋槳聲響，無須探看窗外，便能知曉今日天氣穩定，無大風大雨，能夠安全飛行。

小林一聽到天空中傳來的引擎與螺旋槳聲，便趕緊翻身起床，儘管睡眼惺忪，但慌張間快速摺疊被褥，隨即從房內跑出，透過圍牆看向遠方天際的日本「一式戰鬥機」穿出雲朵。單人駕駛的「一式戰鬥機」，日軍又稱呼它為「隼」戰鬥機，又簡稱為「一式戰」。「一式戰」的左右機翼下方，各有一個明顯的日軍紅色國旗塗裝，飛機在空中迴旋後，再次進入雲朵中，只留下遠方的螺旋槳悶聲後，便不現蹤跡。

每日天光亮起時，小林每天都被雞鳴似的螺旋槳聲叫醒，便開始不眠不休的清潔打掃整日，先整理院內的花草樹木，將落葉撿拾乾淨，再將小庭院內的踏石青苔刷去，以免軍官走入時會跌倒，要是岡本先生責怪下來，小林又要被責打。

小林在鶴松屋工作近兩年，正好歷經到最大的政策變化，最初大門外並沒有哨兵，還能讓慰安婦們一起放假，搭軍車去市區採購，做些娛樂之事。只不過在一九四三年底，日本軍方在幾次與美國海軍作戰失敗之後，開始判斷美軍有進攻台灣的可能性，由於怕敵人會潛伏進入慰安所下毒破壞，所以才派士兵來站哨。對小林而言，因為他是內部工作人員，便能在哨兵的監視中，走出木門去打掃木牆外的落花。

近日令小林煩惱的事，來自於前年機場長官下令種下的「阿里山緋寒櫻」。種下的前兩年都沒有開花，只因櫻花是性好冷涼的寒帶樹種，儘管園藝工採用「漸次馴化法」，將櫻花樹不斷遷移下降海拔，先從深山移種淺山，再從淺山移往平地，讓這些樹至少先能存活下來，只可惜在溫暖的平地，每棵櫻花樹不管怎麼照顧，樹身都無法強壯，和平地上的榕樹、樟樹總是瘋狂開展樹臂的姿態截然不同，有時太陽一曬，櫻花樹看來便萎靡不已，讓負責照顧樹木生長的小林擔憂無比。

身為台灣人的小林起初還無法理解，為什麼日軍長官如此在乎櫻花，更何況將山上的冷寒地帶生長的植物，搬到較為溫暖的平地來種，豈不是自找苦吃?直到後來小林才知曉，原來櫻花是代表日本的國花，由於日本帝國正與英美等等敵國作戰，怎可看到象徵日本的櫻花衰敗與枯萎。

小林理解長官要求後，每日便小心翼翼澆水，有時還得抓走停在櫻花樹上的蟲子，除掉櫻花樹周邊的雜草葉，如今櫻樹栽種兩年有餘，終於在今年適應環境，陸續開出花苞，再過一個月便會有滿樹櫻花。小林又擔心大風雨會吹落花苞，每天都只能戰戰兢兢照料櫻樹，期待櫻花能成功盛開。

清掃落地的樹葉後，小林走回鶴松屋大廳，看向時鐘早上六點十分，小林快步走經過盧英珠的房間，從木拉門縫中偷偷探看，發現盧英珠已起床，身體緊靠牆面，不斷輕輕咳嗽。

「姐姐……妳還好吧。」小林推開門輕聲問起，趕緊準備好水桶，遞上溼毛巾給她冰敷臉頰用。

盧英珠記得小林是昨夜來替她擦拭的人，還給她吃消炎藥，只是昨日燈泡光影昏暗，如今有明亮窗光，更是看出小林的乾瘦身形，就像個普通的街坊少年。

「謝謝你……」接過溼毛巾，盧英珠輕輕擦拭用臉龐傷口，紅腫一夜未消，一碰就痛。

「姐姐臉上的瘀青……大概還要一週才會退吧，姐姐……請妳不要常碰傷口，這樣會快些好的……」

眼前個頭嬌小的小林對自己真是溫和，和昨天遇見那個粗暴的大塊頭岡本先生完全不同，盧英珠正思索岡本先生之事，木拉門外隨即傳來他的罵聲。

「出來啦！」岡本揮動他手上那竹節分明的竹棍，用力敲擊地面，每一間房內的女性們便倉皇快步離開房間，直奔向外。

「早上是洗衣服時間，姐姐妳快帶妳的衣服出去，不然又要被打。」小林著急喊著，盧英珠聽著便一臉疑慮，什麼是洗衣服時間，小林又趕緊催促。

「岡本先生因為戰爭耳朵受過傷，有一邊聽不清楚，又很容易生氣打人，姐姐遇到他動作要快一些！」

面對這一時間難以理解的「洗衣時間」，盧英珠不知該如何是好，便只能先抓起自己的衣服，跟著走廊邊初次見面的陌生女子們，一起快步排列走出大門去。

盧英珠後來才知曉，鶴松屋的慰安婦主要分成三段工時，早晨時段慰安婦必須做工，有時要替機場官兵洗衣縫紉、清潔打掃，直到用過午餐後，才開始安排機場的基層士兵到來鶴松屋，時間至入夜後，來客便轉成管理階層的軍官，在夜間飲酒享樂。

盧英珠忍耐下體撕裂傷的痛楚，快步來到庭院內靠牆的木水槽邊，才初次見到慰安所內全部女子，十幾個女子們已成排站立在水槽邊際，個個看來身型嬌小，面容些許憔悴，就連自願從日本前來當慰安婦的日本女性也全部面露疲態。大家隨即拿起地上一桶桶機場軍人的軍衣開始刷洗清理，小林便在水槽前雙手不斷壓著汲水器打水上來，方便女子們刷洗。

盧英珠眼看女子們沿著長長的木水槽勞動，聽刷洗聲響迴盪在這木圍牆內，深怕沒跟上又要被責打，便趕緊跟著洗衣，只是盧英珠初來乍到，手中只有身邊的衣物，上頭還沾著被責打後的斑斑血跡。衣物放入水槽中，清水便將衣物沖出血絲，血絲飄向一旁日本女子搓洗的衣服上，這日本女子便側過頭來看向盧英珠臉龐，忍不住罵聲。

「搞什麼啊，有血要先在旁邊洗掉啊，妳不知道嗎？」聽女子如此罵向自己，盧英珠害怕的側過頭去，看向身邊這位名為淺田早苗的女性。

早苗身形嬌小，膚色白晰，有一頭烏黑的長髮與明亮的圓眼睛，盧英珠這才發覺，有如此優秀外貌的女性，在朝鮮肯定要在上流家庭才能看見，怎麼會來此當慰安婦……

「嘿，新來的朝鮮人——」

不同於外表的嬌小柔弱，早苗口氣十分直接，邊搓洗衣服邊問起盧英珠。

「妳既然來這裡工作，就得多忍耐一些，像昨晚那樣哭是沒用的，岡本是不會可憐妳的。」

還以為這位看來美麗且嬌弱的早苗是要安慰自己，未料早苗竟對自己訓斥，盧英珠更是低下頭忍耐。

「妳知道的吧，妳們朝鮮人也是我們大日本帝國的子民，全部都要一生懸命，為日本帝國奮鬥！」

早苗說完便繼續低頭刷洗衣物，隨即拿起上衣甩水，水花噴濺在身旁的人們身上，首當其衝的就是盧英珠，盧英珠只能側過頭去躲避水花撲面，但依然被水花濺溼半身。

「妳看，有好多日本女人來當慰安婦，她們原本是酒家女，來台灣這裡是為了賺錢，但我不同，我是自願報名『女子挺身隊』，才能打贏這場聖戰！」

早苗甩乾衣物後，臉龐湊近盧英珠，忍不住微笑著說。

「我可是正統的大和之花，可不是妓女呢。」

這句話，說得一旁的日本女子們紛紛轉過身來看向早苗，早苗又忍不住抬起頭，看向盧英珠喃喃。

「朝鮮女人啊，我和妳說，這些男人在當兵，整天訓練很枯燥，如果沒有發洩的話，就會沒有精神好好當兵，沒辦法為國家專心奉獻，要是跑去外頭亂找女子發洩，被外面的髒女人傳染性病的話怎麼辦？」

早苗又拿起一件女子襯衣，甩了甩，拿著襯衣比劃著盧英珠的身形。

「這時候，我們慰安婦就非常重要，只要有我們存在，就能讓男人們專心為了國家，奉獻身體去戰鬥，妳說重不重要。」

早苗不斷訴說之事，對盧英珠而言實在太難理解，她愣著許久說不出話，只好膽怯的點點頭表示聽到了，繼續低頭搓洗著衣物。

盧英珠要再過兩個月後才能明白，原來早苗過往在日本東京，可是大家族之女，在日本偷襲珍珠港之後，便全家族動員投入戰爭。由於日本的青年男子幾乎全去當兵或投入後勤，已分散在日本各個戰區，在日本的女子們也紛紛投入各種軍需生產，不管是去軍工廠做炮彈，回鄉間種田，甚至去礦區挖煤礦，只要是戰爭需要的人力，全體國民都必須投入。

早苗甚至有幾個遠房表姊，直接嫁給村內要出征的年輕男子，儘管婚前男女雙方兩人都未曾見過面，但戰爭之前連相親手續也免除，直接將女子許配給出征士兵，度過新婚夜後，士兵便出征上戰場去，往後只能等待戰火平息，期許這一夜之緣的丈夫能平安歸來。

對美國英國這樣的世界強國作戰，日本帝國的子民不分男女都該奉獻身體，至於沒有婚配的女子，還有一個為帝國貢獻的方法，便是投入「從軍慰安婦」。

「朝鮮女人呀，妳要知道，雖然這裡掛了個招牌『鶴松屋』，看起來就像個旅館還是居酒屋，但都只是個幌子啊——這裡就是個軍事單位，妳要把自己當成女子軍人一樣奮鬥……」

盧英珠不能完全明白早苗所說，只知道早苗原本還想說更多，但管理者岡本先生走出門，對庭院水槽之前的慰安婦們扯開喉嚨大喊。

「富士初子，給我過來——」

盧英珠剛才洗衣時，左邊洗衣者是早苗，右邊那位則是台灣高山族面貌的女子「富士初子」。富士初子一被岡本先生叫喊姓名，隨即像冰凍似的不敢動彈半分，隨後才緩緩放下手上的待洗衣物，忐忑的走向岡本先生面前立正站好，眼神才與岡本先生交會的瞬間，岡本先生便開口大吼，口水不斷噴向富士初子的臉頰上。

「昨天晚上，機場的木下軍曹（中士）投訴妳，說妳竟然踢他下體，有沒有這件事情？」

富士初子想說些什麼，只不過一抬頭看到岡本先生那張嚴厲臉龐，便又怕得欲言又止，但富士初子忍不下這口氣，嘴角顫抖的出口辯駁。

「報告，我是踢了木下軍曹一腳……可是我不是故意要踢他……是那位木下軍曹……想要把酒瓶和抽過的菸蒂……放入我的下體裡面——」

富士初子愈說愈是委屈，忍不住就要啜泣。

「我是真的嚇到……才掙扎著踢開木下軍曹……我真的不是故意要踢他……」

岡本沒多說話，靜靜的盯著富士初子開口辯白。

「長官……我真的很怕酒瓶會裂掉，會割傷我的身體，到時候不能工作我又會被罵，所以我一直說不要不要，不要放進來……我真的不知道……木下軍曹為什麼要這樣子對我……」

「還狡辯！」岡本突然大吼，宛如雷聲一般嚇得全場女子們全都驚嚇不已，盧英珠被這吼聲嚇得頭皮發麻，宛如全身觸電般，一時間豎起身體屏住呼吸，絲毫不敢動彈。

每當有女子試圖反抗時，就算只是搖頭否認，岡本先生便會生氣大吼，揮舞他的竹棍狠狠敲下地面碰碰響，不待更多的解釋，岡本先生便高聲吼叫。

「全部過來，妳們這些妓女賤人，全都給我過來！」

女子們倉皇放下手上待洗衣物，快步走到小院內站成一列，盧英珠慌張無比，只能快步跟著女子走向前去，每一次踏步都感覺到下體在疼痛。

「全部站好，面對面！」岡本先生對眾人叫喊，早苗一聽命令，便早先一步走出，直接站定在盧英珠面前，一時間盧英珠滿是疑慮，還不明白現在要作什麼，只能看向正對面的早苗面容——好漂亮的女子啊，對稱的鵝蛋臉，看來不似病色的白皙皮膚，她過去肯定少在豔陽下工作吧，不像自己整天農事，曬太陽到皮膚黝黑。

盧英珠更仔細看，早苗有著深邃的雙眼皮，由於眼角的線條較長，所以讓眼睛顯得又大又圓。早苗的鼻子也直挺，不像自己的鼻子扁一些，更何況早苗下唇右邊有顆小小的黑痣，讓嘴唇線條看來更為突顯……盧英珠仔細看向早苗的臉，更是不能理解如此美貌的女子，在釜山的都會區也不常見到，美貌到連盧英珠自己身為女性也不禁看得出神，肯定是出生在有錢人家中的女子啊，怎會在這裡當慰安婦，任由男人糟蹋？

只不過，盧英珠還沒意識到發生什麼事，岡本先生便高聲叫喊。

「賤人們，衣服全脫下！」

又被岡本先生怒罵，盧英珠不知該如何，看身旁眾女子們隨即脫去衣褲，一時間十幾個女人全部裸體，讓盧英珠一看便不知所措，但要是自己不脫衣褲，肯定會被岡本注目，想起昨天猛烈的毒打，臉龐彷彿又熱辣起來，盧英珠馬上手腳發顫，但也只能盡力克制顫抖，快速脫去身上衣物……

從未想過自己竟會在光天化日下裸身，儘管台灣位於亞熱帶，但正月初春的天氣仍舊冷涼，盧英珠站立於早苗面前，兩人相近只差一步，眼前早苗有著比自己豐滿許多的身軀，淺藍靜脈的白色肌膚，相較自己受傷瘀血的乾瘦身軀，過往因為務農而每天曝曬太陽的小麥膚色……想到如此美麗的女子竟掃視自己的裸身私處，盧英珠心底不禁冒起濃濃恥感，臉龐止不住脹紅，想遮起自己私處，卻又怕被岡本先生怒罵而不敢動彈。

岡本先生揮動竹棍敲地，碰的一聲，讓盧英珠嚇得緊閉雙眼。

「打啊，賤女人，還等什麼！」

早苗一聽岡本先生大喊便馬上舉起右手，二話不說甩盧英珠一巴掌，啪一聲，盧英珠的臉被打得轉向，還沒想清楚大家在做什麼，早苗另一巴掌又打在臉上，身邊女子們陸續打向彼此臉龐，一時間啪啪聲響不斷冒起，盧英珠伸不出手打向早苗，隨即又被早苗再打上一巴掌。

聽到門內「面打」（打巴掌）的啪啪聲響，讓大門外的衛兵一時好奇，從門縫探視內部，發覺裸體的眾女子們打得彼此鼻涕眼淚直流，卻又咬牙繼續打下去，面打是常發生之事，岡本先生總是如此虐待慰安婦，衛兵已見怪不怪，轉回目光打起哈欠。

對盧英珠來說，這樣毫無自尊的面打，和昨天的責打完全不同，這面打更是毫無理由與目的，讓身邊之人彼此互打，只是要將身而為人的自尊徹底踐踏在腳下，盧英珠臉龐因為疼痛熱辣，卻只能低頭咬牙忍耐，直到早苗使勁一打，讓盧英珠被打得向後跌在地上。

「停止——」岡本先生大聲喊起。「繼續洗衣服！」

早苗輕輕拉回衣服披身，卻也沒穿緊，隨意袒露自己的胸部，無所謂似的走到引起這次面打的富士初子面前，一巴掌打下富士初子的臉，比打向盧英珠臉頰時更加用力，讓富士初子兩條鼻血隨即掛在嘴邊，汩汩流下。

早苗湊上富士初子的耳際，一字字仔細說起。

「妳要記得，不要抵抗，我會想辦法讓軍人對妳好一些，知道吧。」

看向一旁愣著不動的富士初子，盧英珠只能緩緩穿回衣物，一張臉紅腫顫抖走回洗衣處，喘口氣，剛剛才洗淨的衣服又沾上自己鼻血，滲在清水中緩緩散開。

「朝鮮女人啊，妳別洗了，衣服交給隔壁的人，妳和我來——」早苗看向盧英珠臉上的鼻血漬，便帶盧英珠前往浴室去。

「昨天被岡本毒打，對吧？」早苗一邊走，一邊側過身問起，只是畢竟早苗剛剛才面打自己臉龐，盧英珠害怕得只敢瑟縮身子前進，就連腳步都不敢踏快半步，直到走到陰暗的洗浴室內才停下，只是和剛剛面打自己的早苗待在同一空間內，盧英珠內心一股驚懼冒起，四肢因而凍住，忍不住害怕而鼻酸起，卻又不敢哭出聲。

鶴松屋當初為台灣仕紳所打造的賞景之屋，自然會有自己的洗浴間，將近六疊大小，地面鋪滿石板，將水流導引到石板縫隙再流到管道中，引到圍牆外頭的溝渠外。洗浴間中有著巨大的陶缸，缸中盛滿冷水。

早苗動手脫去盧英珠的衣服，隨即拿起毛巾在一旁儲水的大陶缸中沾水，開始緩緩擦拭盧英珠身上的血漬，在盧英珠耳際說起。

「朝鮮人，妳知道為什麼我挑妳嗎，因為妳新來的，不會打我巴掌啊。」

盧英珠更感委屈，每一次布巾在瘀青上擦拭，都讓盧英珠十分痛楚，終於忍不住鼻酸，淚珠滴答滑下臉龐，落在水氣氤氳的室內。

「不過妳來鶴松屋，我還是要說『算妳好運』啊，住在這裡還有個乾淨的小房間呢，只需要面對機場士兵，妳相信嗎，去年我才調來這裡，之前去別的地方『服務』過呢。」

早苗的布巾擦過盧英珠下腹，話語愈說愈急促。

「我說呀，其他的慰安所都不是人待的地方啊——妳知道在一些陸軍兵營附近的慰安所，房間就只有兩疊榻榻米而已，而且慰安婦人數不夠，一個慰安婦可是要應付幾百個男子啊，那裡的慰安婦每天躺在床上，雙腳張開讓男人們排隊來插——拜託，那是幾百個男人啊，光是擦下體的衛生紙，在一旁都堆成一座白色的小山呢。」

早苗微笑說起的內容無比恐怖，讓盧英珠光是聽都無比心悸，只能屏著呼吸繼續聽起。

「說真的，一天幾個男人我還能接受，但我還真不能想像我的下面，一天要被幾百個陌生男人插來插去呀，雖然我很想為國家奉獻，但我畢竟身為女人，也是會忍不住覺得噁心……妳看過的男人肯定很少吧，我說啊，有些男人是很髒的，下體的形狀也很奇怪呢，一想到可是會讓人起雞皮疙瘩呢。」

早苗的話語無比恐怖，已超過盧英珠人生所聽過的任何話語，只是早苗說得如此輕鬆自然，這兩天之事已如此讓人恐懼疲憊，難道……還有比這裡更恐怖的地方……

「妳呀，如果想離開這裡，就要去比這裡更好的高級軍官辦公室的慰安所，那裡只有將軍會來呢……只不過那裡的女子都是日本人，而且還得是真的看護婦，晚上才陪軍官——放心，我們這裡還算可以，妳就別想太多。」

盧英珠仔細聽著，若按照早苗所說，自己當初真成為「看護婦」，其實最後一樣會成為慰安婦？原來最初招募的目標就是為了女子的身體，盧英珠忍不住回想當初看見招募廣告時的雀躍，原來全是一場騙局，想到這麼多釜山女孩們歡天喜地的主動報名，想到旅程中那興奮的自己，愈想便愈是心酸。

「而且機場這邊的軍官啊，有好幾個是從南洋和緬甸調過來的，他們和我說，前線戰地有些地方運補不方便，那些『突擊先鋒』的保險套不夠用了，都還要洗一洗晾乾再用呢，天啊，那些保險套可是先進過別的女人身體之後，再用來進入我的身體，妳說這噁心不噁心啊。」

早苗說出許多盧英珠從未聽過的地名，轉調而來的軍官經歷過南洋戰場，因應戰地的臨時需要，慰安所就開在路邊臨時搭建的草棚內，有的在漆黑的山洞裡點盞油燈就營業，甚至有的在豬圈旁邊，男女的叫聲隨著豬叫此起彼落……甚至有的完全露天，就在叢林邊的草地上墊個草蓆就營業，排隊的士兵太多了，就算下起大雨，士兵們卻還繼續淋雨排隊，期待與慰安婦一親芳澤的機會。

現在這間機場邊的「鶴松屋」慰安所，最初就是台灣士紳所建之屋，建造品質比尋常人家的住宅更好。除了基本的堅固木建築結構，室內有寬大的洗浴間之外，竟然屋子東西兩側，各有一個半疊大的陶器馬桶蹲式廁所。加上每個乾淨的四疊半榻榻米房間可供睡眠，這可不是每個前線的慰安女子都能享用的生活條件。

早苗又說，雖然自己想參戰報效國家，但要是真去了南洋或緬甸那樣充滿土泥的原始戰地，躺在帶刺的木板上讓男人進出身體，一旁還有跳蚤蟑螂蚊子螞蟻爬來跳去，那還是真的作賤自己。

早苗邊說，邊將盧英珠的身體從頭到腳擦拭一遍，最後拿布巾靠近盧英珠的下體，逼近下體的布巾讓盧英珠尷尬不已，忍不住緊縮雙腳。

「張開啊，幹什麼……」早苗看向盧英珠反抗，便又在她耳際低語。「昨天那個軍官看妳是處女，所以不戴保險套對吧——妳肯定不知道要戴保險套對吧？」

早苗不斷提到「保險套」，但什麼是「保險套」，盧英珠昨夜還是處女，對這名詞全然未知。

「腳張開啊，妳下身一定要清理乾淨，不然可是會發炎生病的。」

早苗又說，盧英珠只得嘴唇發顫，緩緩打開雙腳，儘管下身仍痛楚，讓早苗拿布巾擦拭起下身，這一時間，盧英珠嗅出血液氣息，和月經的血氣又不同。早苗一邊擦拭，手指靠近而用力之時，下體撕裂痛楚便又陣陣冒起，盧英珠緊閉雙眼，想起昨日那軍官突如其然的進入，自己下體無預警被撐開後，每一次的摩擦都是撕裂的痛，結束後，只記得那軍官穿衣時說出的話語——

「不愧是處女……」

這痛楚來得毫無道理，這句話更讓自己不解，處女的好是什麼好？像盧英珠這樣毫無交過男朋友，只會在結婚後才嘗試男女之事的女子來說，自然一切都不懂。痛楚摻著委屈，在心底汩汩冒起後，眼眶又滲出淚水流下，混入浴室的水氣之中。

「哎呀，哭什麼。妳別擔心啦，被男人插過後，妳下次就不會痛了。」早苗幫盧英珠擦拭之後，清洗毛巾攤開。

「妳現在知道，來這裡要做什麼吧。」

早苗一問，盧英珠只敢怯怕的點頭。

「別想太多，我們都是為國家奉獻的人，軍人在前線貢獻生命，我們就在這裡貢獻身體，對吧？國家是一體的，這裡就是我們女子的前線啊，而且這前線還有錢領，妳做多少男子，就有多少錢。」

盧英珠正想爭辯自己並非情願，也不是因為錢而來當慰安婦，卻又感到自己臉龐被面打時的熱辣，一時間又說不出話，更讓盧英珠不可置信的是，早苗甚至聳聳肩說。

「呵呵，我也不是為錢而來，畢竟……我可是有一個準備結婚的男朋友，還不是為國家才到這裡來啊。」

聽到這句，盧英珠再也壓抑不住疑慮，側頭問起早苗。

「真的嗎……那他……怎麼願意讓妳來這裡……」

盧英珠脫口說出話語，早苗凝住表情，盧英珠還以為又要被面打，身體忍不住退縮，卻看到早苗微笑回答。

「太平洋戰爭開始，我那未婚夫大西每天都很熱情，他響應戰爭投入戰場，大學也不讀了，要去南洋找美國人決鬥，真是有武士精神呢！我可不能讓他自己一人面對戰爭，我當然也要參戰——我們約好，等他打勝仗回來，我們再來結婚。」

看著早苗說起自己決定「參軍」的驕傲神情，不免讓盧英珠怔住許久，自己是被拐騙來此，內心便無比委屈痛楚，難以想像這世上……竟然會有女人自願當慰安婦，看早苗說起大日本帝國戰爭那驕傲模樣，盧英珠便愈是退縮身體，想遠離早苗。

「朝鮮女人呀，我和岡本說過了，妳前幾天不用工作，讓身體復原再上工，知道吧——岡本先生那王八蛋對每個人都這樣凶，妳被欺負我當然知道，我也是這樣的。」

盧英珠低頭看向早苗一雙白皙雙腿上，有著許多的小小紅瘀痕，雖然這傷口已過去許久，但傷癒的疤痕黑色素累積在白皙的雙腳上，便顯得十分明顯。早苗與盧英珠說起初來乍來時的自己，竟忍不住笑出聲，只是早苗的笑還帶著早晨所抽的菸味，盧英珠只能低頭不語，靜默等待早苗的訓示……

「不過……下次如果還要面打，我還是會挑妳啊。」早苗嘴角輕輕笑起，她選擇新來的盧英珠，等於自己逃過這場「面打」，看盧英珠被打得漲紅的臉頰，早苗雙手浸入水中清洗，隨後才開門離去。

身體上的血漬與汗漬已被早苗擦拭乾淨，脫離昨日汗血交織的黏膩，只是面對早苗這女人，儘管身分同是慰安婦，卻彷彿和面對岡本先生一樣的緊張。早苗離去後，只剩盧英珠待在這陌生的洗浴間，一旁掛著的毛巾正滴落水珠，滴答滴答，所有聲響在此，都彷彿變成在山谷一樣的回響。

小林引著盧英珠回到房間後，盧英珠便跪坐在榻榻米上沉默不語，這是盧英珠入住鶴松屋的第一個「工作日」，小林帶水桶和抹布走入盧英珠房間，準備繼續擦拭清潔時，才低聲和盧英珠說起早苗之事。

「姐姐，今天打妳的那個早苗，妳不要看她個子小，又長得很柔弱的樣子，她的個性很強勢的。」

小林擦起牆面，先從牆縫中探向隔壁房間，確定早苗不在房間後，小林這才靠近盧英珠耳際低聲說起。

「她來的那天，也是很慘啊，我都有看到……。」

去年早苗也是轉乘卡車到來鶴松屋，到來的第一天，早苗在鶴松屋的大廳中挺胸面對岡本先生，解釋自己加入慰安婦的理由。

「我是來為國家的戰爭奉獻，我是要來打贏光榮的戰爭……我決定參戰時，還是個處女啊……」

早苗說起這事，還仰頭看著高掛的天皇相片，彷彿獲得勳章表揚一樣的驕傲，對岡本仔細訴說。

「為了要挺身參戰，我還特別和我的男人……練習了很多次……」

儘管早苗仰頭解釋，但岡本先生根本不予理會，凝視早苗面貌許久後，二話不說狠狠甩上早苗一巴掌，打得早苗跌倒在地，一時間因為疼痛而說不出話，讓引早苗進屋的小林嚇得停下腳步，更不知道自己是該扶起早苗，還是要趕緊躲開……

那天，岡本先生憤怒走到早苗面前，開口便大吼，口水噴得早苗滿面。

「妳誰都不是，誰管妳從哪裡來，誰管妳叫什麼名字，在這裡，妳只是大日本帝國軍隊的妓女——妓女——妓女——妓女——」

「我不是——我是來前線的打仗的女子！」早苗爭執，岡本先生便再度甩她一巴掌，打得早苗噴濺出鼻血落下，沾溼自己的胸膛。

「混帳東西，這裡就是前線，妳就是前線的妓女，這就是妳們參戰女子的前線，要上前線就和我一樣，接受戰爭帶來的這一切，這就是妳這個日本女人的戰爭！」

早苗這才發覺，岡本先生身體有著因戰爭而凹陷的肩膀，也有著變形的耳朵，早苗儘管忿恨卻不能說些什麼，岡本身上為國家所受的傷疤，證明他比自己犧牲得更多，這不免讓早苗低頭不語，但隨即又抵抗起，抬頭便喊出。

「男人和女人的任務是不一樣的！」

早苗話還沒說完，岡本先生便抓起一旁的竹棍毆打早苗，由於要保全女子的臉龐討好軍官，所以主要責打都針對雙腳，竹子上的竹節打上皮膚，便讓皮膚出現一條條瘀血破皮，早苗被打到腳上瘀痕都破傷，成為一道道冒血的傷口。

這是女子們初來這間慰安所的鐵律，不管抱持什麼心態，全都會遭到如此對待，當作「見面禮」。

「賤人呀給我閉嘴，妳誰都不是，誰管妳從哪裡來，誰管妳叫什麼名字，在這裡，妳只是大日本帝國軍隊的妓女——妓女——聽到沒有——妓女——」

這些話語多麼傷人，自己可是個英勇女子，自願加入戰爭，要成為慰安婦服務軍人，卻依舊是被當成下賤的「妓女」。聽到這句話，原本堅強無比的早苗，終於忍不住落下淚珠。

小林把玻璃擦得彷彿完全透明，與一邊盧英珠低聲說起關於早苗的過往之事，讓盧英珠聽到發愣，早苗性格如此剛烈，看來自己肯定招架不起。

小林擦拭完畢後，探頭看向外頭的掛鐘，趕緊與盧英珠耳提面命。

「盧姐，今天沒妳的事情，沒到吃飯時間請不要開門，先別給士兵看見妳。」

這鶴松屋曾經改裝過，為了隔出最多的女子房間，所以取消食堂，每天到了吃飯時間，便由小林搭配其他月事中不營業的慰安婦，一起分裝食物入碗盤，再一間間送入每間房內給慰安婦。小林說，真的忙碌起來，士兵來得太多，慰安婦們可是會忙到沒空吃飯，所以又交代盧英珠，只要有飯就一定要吃完，免得錯過吃飯時間又得挨餓。

盧英珠由於初來乍到，加上身體疼痛，所以吃完午飯後，只能坐在屋內空房間內，忐忑等待鶴松屋營業。先是軍車聲響從遠處而來，隨後外頭不斷傳出男子們的軍靴聲，眾多聲響讓盧英珠屏息，隨後聽著一個沉著的腳步聲，緩步走來隔壁早苗房前。

「你來了，好久不見。」木門拉開，早苗溫和說起，和之前教訓盧英珠時的口氣截然不同。

「是啊，好久不見。」這軍人的口氣不像陌生客，反而像認識許久的朋友。

隔著一道薄薄的木牆，早苗的話語清晰傳來，男子沒有多說，隨後只傳來脫下衣物的摩挲聲響，先解開扣子，再解下皮帶時的金屬碰撞聲，再沒多久，透過木牆便清楚傳來男女性行為時的聲音……咿咿呀呀嗚嗚，男子擺動身軀進入女子身體，便讓屋子彷彿開始輕度地震——而後，盧英珠左右的房內，鶴松屋內其他房間內的女子們也開始營業，四周都傳來男女身體碰撞的聲響，聲響逐漸裝滿耳際，讓盧英珠遮住雙耳卻也無用，直到數分鐘後，聲響緩緩歇息，隔壁早苗房內便傳來濃重的菸味，透過菸味傳來的方向，盧英珠這才移動膝蓋，學著小林將眼睛貼在牆面縫隙，便看見隔壁房的早苗正裸身一口一口抽菸，煙霧隨後籠罩房間，彷彿早苗是個噴出濃霧的煙囪，將自己逐漸包裹在濃雲裡。

前來解慾的軍人已穿衣離去，裸身的早苗安靜不出一點聲響，坐在房間一角就著窗光抽菸，抽得整間室內煙霧迷漫，氣味逐漸滿溢出房間，從木門的縫隙與窗口逐漸竄入盧英珠這間房，讓還不習慣菸氣的盧英珠光是嗅到便咳嗽不已，但房間這麼小，盧英珠也無處可逃，只能咬牙壓抑著咳嗽……直到下個男人走入早苗房內，二話不說便脫去身上衣物，走向衣服從未穿起的早苗，早苗這才把菸蒂放在一旁木櫃上的瓷碗中，用瓷碗充當菸灰缸……

周而復始，四周又響起男女之間的性事聲響，咿咿咿呀呀呀，男子們擺動下身引起的屋子震動，一場場輕微的地震開展又結束，盧英珠看著縫隙中的早苗就這麼躺著不動，任由男子不斷到來與離去，中間竟然毫無時間可以休息，甚至士兵太多，早苗連上廁所的時間也沒有；下一位男子到來後十分珍惜自己時間，不讓早苗離開去上廁所，早苗也不忍住尿意，竟在被男子進入身體時尿溼了被褥，但軍人似乎也不在乎，就這麼繼續擺動著下身，盧英珠看著早苗身體下方溼漉的被褥，突然明白早苗為何有如此強大的菸癮，畢竟菸味能覆蓋掉男人的汗臭與各種不堪的體味，也能覆蓋掉精液的氣息、尿液的騷味……

往後的日子，盧英珠更是知曉，所有的慰安婦都抽士兵給的菸，士兵大方時給一包，偶爾女子們隨手便拿上一根抽起，由於士兵排隊等待慰安婦的時間十分漫長，難以不抽上幾根，繚繞的煙霧和菸草氣味常常瀰漫鶴松屋……

盧英珠不忍再看，退回四疊半的中央，心悸到全身發顫，只能轉過頭去看向窗外天空的藍天白雲，閉上眼後，專心感受從各個房間逃逸而來的濃淡菸氣，畢竟只有以菸味暫時堵住眼耳口鼻，才能忘記自己身在地獄……

第五章　刀刃

身為慰安所的工作人員，小林總在所有女子營業結束，全體都洗過澡後，自己才能前去洗浴。為求能快速收拾浴室，若非嚴酷的寒流之際，小林幾乎都只洗冷水澡，用慰安婦尚未用盡的缸中冷水沖洗。

因為盧英珠是新人，所以洗浴時間總是安排在小林之前。與白日時進入洗浴間不同，夜間的洗浴間點亮頭上的幾盞燈泡，暈黃的光線照出人們濃郁的黑影。

「姐姐……最近還好嗎？」小林打開門，緩步走入洗浴間，昏黃的燈泡光影中，看向還在適應的盧英珠洗浴後，半裸身體正穿上輕薄的上衣。「我……」盧英珠想說什麼，卻又不知如何說起，也只能和小林點點頭，害怕被人看見自己只穿薄衫而露出的身體曲線，便趕緊錯身離去。

小林最後一人洗浴，用布巾從水缸沾上冷水來擦拭身體，洗去一身汗臭與髒汙。沒有敲門與喊聲，洗浴間的木門突然被推開，小林嚇一跳回頭看，原來是早苗正走入這窄小的洗浴間，黃橘色燈泡光映照著早苗的臉龐。

「早苗姐不是洗過了嗎……還要再洗一次嗎……」小林十分怯怕早苗，趕緊加速擦拭，隨後沖了一盆水。「我馬上出去，等我一下就好……」

小林比早苗更早到來慰安所，都是岡本先生所控管的人員，但小林畢竟只是個孩子，對早苗來說，小林就是個能使喚的下人。

「我剛又流汗了，擦個身體再睡吧。」

早苗一走入便脫下全身衣褲，露出自己全裸身體要擦浴，低身看著小林已開始步入青春期的身體，喉嚨有著喉結，下身也逐漸長出毛髮。對身處慰安所，從早到晚面對裸身男子的早苗而言，看男孩的身體開始逐步變化成為男人，便也覺得有趣。

「我走了，早苗姐晚安。」小林擰乾毛巾，還沒套上褲子，但早苗一見，便對小林喊聲。「你過來。」

「什麼？」小林被早苗命令後，也只能停下動作，回身看著早苗。

「過來啊，你是聾子嗎，還是台灣人聽不懂日語？」

「不會，我聽得懂……」小林先用毛巾遮住自己下身，緩緩走到早苗面前，早苗一把掀開小林手上的毛巾，看見小林已面臨青春期，下身長出稀疏捲曲的毛髮。

「哈，當初看到你的時候，我還把你當成小孩子啊，現在也長大了啊……」

早苗忍不住笑，面對尷尬的小林問起。

「小林啊，你天天看我們裸體，有不一樣的感覺了嗎？」

「早苗姐……我沒有……我什麼都沒有想……」小林連忙轉頭道歉，拿起毛巾想要再遮著下體。「時間很晚了，我要先回去休息了……」

面對小林的解釋，早苗二話不說伸出手，一把抓住小林下體。面對早苗這突兀的行為，小林嚇得瑟縮身子不敢動彈，畢竟早苗姿態如此逼人，小林嚇向後踉蹌靠牆面跌下，揮手抵擋時將水瓢弄倒，叩一聲水瓢落地，小林害怕在夜裡製造聲響會被岡本先生責打，一時間竟瑟縮著不敢動彈。

「噓——安靜點，你想被岡本先生打嗎？」早苗看向跌地的小林，繼續伸出手想抓住小林的下身。

「這兩年看你長大，我常常看到你從門縫偷看我和男人做啊，哈哈，是不是想試看看啊？」

小林從牆縫或門縫偷看早苗，是想知道早苗的現狀，如此才好迴避，但小林當然說不出真正的理由。

「沒有……早苗姐姐，我沒有想偷看妳……真的……」

面對早苗逼近問起，小林只能不斷後退，直到緊靠牆邊，再也無處可退。

「呵呵，插到女生的裡面可是很爽的，你整天看那些軍人來插慰安婦，不想試看看嗎？」

「早苗姐，我……沒有。」

不管小林如何求情，下身卻依然被早苗緊抓，小林像隻蝦子似的縮起身體想逃，早苗隨即更加戲鬧的抓著小林下體前後動起。被十分有男性經驗的早苗觸摸，小林儘管恐懼卻依然勃起，在早苗的操作下，小林沒幾分鐘便初次射精而出，滴答落在洗浴間的石地板上，但是比起愉悅，面對這種初次突然冒起的身體感受，小林卻是無比恐懼。早苗姐儘管面貌過人，但平日咄咄逼人的姿態讓小林只想迴避，現在卻被早苗如此控制身體……若是早苗告訴岡本先生該怎麼辦，自己會不會又被岡本先生打到鼻青臉腫，全身瘀血，躺床幾天無法起身……

小林光是想像，便為這初次的快感而恐懼。早苗看小林射精在地後，竟也沒有什麼愉悅感受，反而一臉欲哭，早苗便忍不住嘻笑出聲，坐在洗浴間的矮木凳上使喚小林。

「把你那邊擦乾淨，過來幫我擦背。」

小林這年才滿十五歲，外表看來矮小營養不良，面對裸身的早苗，自己眉頭緊蹙，趕緊拿溼布巾擦拭下體，隨後深呼吸後屏息穩定心情，拿起早苗的布巾替忙擦背。

一邊擦背，小林眼角看地上自己初次射出的精液，竟羞愧得不知所已，在早苗身後忍不住落下淚珠。早苗打個哈欠，頭也沒轉，便對身後的小林叮嚀。

「刷背要刷得再用力些——那些男人啊，總是想讓我們身上也沾上臭汗，要洗乾淨些，說不定還得消毒才行。」

面對早苗，小林點點頭，也不敢多說些什麼，只能奮力刷洗。早苗的上背看來肌膚雪白，下背到腹腰處卻有一條近十公分的淺疤，這是早苗到來的第一日，當早苗抵抗時，岡本用竹棍打下造成的傷口之一。

「是的……會好好清洗的。」小林忐忑回應，讓早苗聽出他的憂懼，忍不住轉頭回來看向小林淡淡說起。

「你怎麼這麼怕……你們男生不都喜歡射精嗎，呵呵，要不要姐姐讓你趕快離開處男啊？」

「不……不用了……」小林忐忑又擔憂的回應，十分害怕和早苗有所牽扯，早苗一看小林這膽怯又顫抖的喉音，便又忍不住恥笑出聲。

「看你這什麼模樣，真的笑死人，射精有什麼了不起，哪個男人不會射精，你看這些來慰安所的男人，要是不用戴保險套，哪個人不是射得到處都是，有的男人還想射在我身上，射在我臉上——你以後要結婚生小孩不也是要射，既然現在每天都在看，就好好學著點吧，哈哈。」

早苗笑完，打個哈欠後便將身體擦拭乾淨，披上衣物後便緩步離去，留下小林一人站立洗浴間內繼續收拾。直到早苗離去後，小林才趕緊沖水將地上的精液沖走，確定精液消失在排水孔後，小林隨後才深吸口氣平穩心情，穿上衣服關起洗浴間的門，彷彿一切都未發生。

小林躺回自己窄小的工具房內，在許多掃把、拖把和抹布旁邊，仰頭看著天花板的稀薄光線。小林畏懼岡本先生，同樣也畏懼早苗，儘管已無比疲累，卻因為剛才早苗對自己所作之事而忐忑不已，身體快感的確誘人，但是被強迫而來的身體感受，反倒讓小林在快感之後湧上更強烈的恐懼，真不知明天該如何面對早苗，也害怕早苗會不會告訴岡本先生，岡本會不會責打自己……

難眠的還有不遠處的盧英珠，早苗洗浴後的輕快腳步聲傳來房間內，盧英珠躺臥榻榻米上，下身依然隱隱疼痛，她只希望早苗不要走來打開她的房門，至少讓她能一覺到天明，還好早苗走回自己的房間去了，這讓盧英珠深深鬆了口氣，壓抑著心酸試著入睡去。

隔天一早，小林便跪坐站在盧英珠房門等待，對睡眼惺忪的盧英珠細聲說起。「早苗姐說妳這星期還不用上班，先跟我去工作……」

在盧英珠尚未正式接客的日子，便跟隨小林一起忙碌於清掃和煮飯，原本的清晨勞務也不能停下，同樣要清洗機場軍人的衣物。在盧英珠掛晾衣服時，慰安婦劉惠在隨風擺盪的衣物之間走來，刻意與盧英珠這位新人打招呼。

「來自朝鮮的妹妹啊，妳還好嗎？」

來自台灣的女子劉惠，先是瞇眼看向盧英珠，隨即拿起正在擦拭的眼鏡戴上，試著看清楚盧英珠的臉龐。

「姐姐……」盧英珠抬頭看向劉惠一眼，由於劉惠是慰安所內唯一戴著眼鏡的女子，儘管盧英珠十分好奇，但想起最初遇見早苗的不快經驗，讓她第一時間面對慰安所的女子時都不敢直視，只敢低頭輕聲問著。

「姐姐……為什麼妳要戴眼鏡……」

劉惠指著自己的圓眼鏡，對著盧英珠眨了眨眼。

「我當年上高等女學校（國中）時才知道，原來我是天生的近視眼呀。」

劉惠住在最靠近大廳的第一間房，盧英珠仔細回想，她就是當初自己走入大廳時所看見的第一個女子，只是當時的她並沒有戴眼鏡。劉惠有著齊肩的黑髮，是鶴松屋中頭髮最短的女子。劉惠語速較慢，聲音也較為溫和，話語條理分明且十分有禮，或許是劉惠小時候讀過私塾與公學校的關係。

「這副眼鏡，是我的公學校校長中村先生送我的，要是搞丟了，我還真不知道要去哪裡配上一副眼鏡……」

盧英珠更後來才知曉，不同於許多風俗業酒家女，都是出身悲慘，甚至毫無求學經驗，劉惠當年就讀公學校時，學業成績一路都是第一名，成績好理所當然還想升學，但是在這資源稀缺的年代，劉惠家中只有大哥可以讀書，所以劉惠高等女學校一年級時的十五元學費，竟是公學校的日本籍校長中村先生前來說情，自掏腰包讓劉惠就讀。中村校長還發現劉惠天生體質容易近視，在上高等女學校時竟已近視三百度，便騎腳踏車載著劉惠去市街的眼鏡行配一副眼鏡，當作升學禮物送給劉惠，劉惠十分珍惜這得來不易的眼鏡，每天小心的擦拭，讀書便更是認真。

只可惜，劉惠只就讀半年高等女學校，由於家中有九個子女，父母便無法再負擔劉惠的求學費用，便和十來公里外的養豬農戶陳家說好，將劉惠送去當養女，更沒想到養母與劉惠相處一週之後，竟然不想要再養劉惠，卻也沒將她退回原生家庭，竟然轉而將劉惠賣去艋舺的遊廓風化區。在遊廓內，劉惠自然便被軟禁，強迫當接客的風俗女，與原生家庭從此斷去音訊。

劉惠總想，自己被轉賣到風化區成為妓女，難道親生父母完全都不好奇自己無消無息？但幾個月後，劉惠便明白，既然父母或親戚未曾來營救自己，肯定就是當初將自己送出後，便再也不期望自己回家了……既然如此，那自己又有什麼身分可以「回家」呢？

劉惠甚至想像過能有一天，公學校的中村校長會突然現身，將自己帶離火坑……但月月年年過去，劉惠已在風化區從十四歲待到二十一歲，除了客人之外，從沒親友來找過她……

總以為人生就是待在艋舺遊廓，成為妓女度過一生，更沒想到太平洋戰爭如火如荼，日本政府要求各酒家都要送女子進入慰安所才行，劉惠就是在這種狀態下，被酒家老闆用來應付政府需求，輾轉送來到這裡。

劉惠小心對待自己的眼鏡，說沒幾句話便用指頭頂起眼鏡，只因為眼鏡戴久，已經不合臉型而常常滑下，卻又因為無法離開鶴松屋找人調整，只好常常用手撐回鼻樑上。

「我到了十三歲就近視，可真麻煩啊，做田時還好，但讀書時就得坐第一個位置了。」

劉惠笑著對盧英珠說。

「不過我常想，其實有近視也好啊，十六歲的時候，我在艋舺的酒家，第一次被好幾個男人包下，在一間屋內輪流做了一整天……那天我真的連腳都沒力氣站起來了，我就想，反正我也逃不掉，乾脆就把眼鏡拿下來……反正男人對女人做的動作都一樣，只要看不清楚，就算再多男人在我身體進進出出，其實也等於只有一個人，對吧？」

盧英珠難以置信眼前的劉惠，即使遭遇過這樣折磨之事，卻用如此慢條斯里的口吻分析辨證。

清洗的衣物掛在晾曬竹竿上，正隨著偶爾吹來的大風飄搖，劉惠看眼角還帶傷的盧英珠，在掛起的衣物間，更湊近盧英珠耳際交代起祕密。

「朝鮮妹妹啊，我和妳說，妳要趕快接受現實，趕快學會應付男人的方法，這些男人在當兵，常常鍛鍊，所以身體很有力氣，也很想找女人發洩，雖然數量很多，但是他們和我在酒家遇到的男人完全不一樣——」

劉惠再甩動一件軍衣，水花噴濺四周。

「常常去酒家的男人都很有經驗，很懂得怎麼『用女人』，他們甚至把自己的下體植入東西，放一些珠子什麼的，要不就吃些補藥，可以做了兩三小時都不結束……他們就是要來酒家折磨女人的啊，遇到那種男人可真麻煩——可是在這裡對付年輕軍人，妳只要主動一點，配合一下，每個男人都很快就結束，妳就有多一些時間休息，在這裡，休息才是最重要的事……」

劉惠趁著掛衣之際，直接湊在盧英珠耳際，輕聲說起。

「還有，千萬不要抵抗那個岡本先生……也千萬不要惹早苗不開心，她個性很壞，這裡的人都怕她，就連其他日本來的女人也怕她。」

早苗懷著報國熱情而自願投入成為慰安婦，與其他女子應付工作的心態截然不同，經過劉惠所說，盧英珠才知道，早苗入夜後的服務對象，幾乎都是高階軍官，而且會穿上一件紅粉色帶著花紋，袖襬上有著海浪紋的正規和服，看來十分耀眼，完全襯托著早苗勻稱的身軀。據說這件和服是一個機場將軍送早苗的禮物，相較之下，其他女子的和服全都是暗色，當女子們穿上和服一字排開時，便無人能比早苗更耀眼。

洗滌曬衣之間，也有人說起不同的早苗，她是一旁個子瘦高，來自北海道的長谷川洋子，聽到兩人在討論早苗，長谷川便也湊近加入，甩動衣物時，與劉惠和盧英珠小聲說起。

「早苗面貌好啊，說話起來又溫柔，男人都想指定她啊——聽說她剛來時個性很倔強，還打傷一個士兵，又被岡本毒打。」

纖瘦的伊藤清子同樣來自北海道，總是和長谷川一起同行，走向眾女子身邊低聲說起。

「早苗是長得好看，連我這個女生看久了都忍不住喜歡她，有時候我看著早苗，都想吻看看她的唇，看看到底有多柔軟，才能這麼吸引那些軍官？」

一旁的台灣高砂女子富士初子也低聲，深怕自己的話語說出口，就會被早苗聽見。

「我是聽說早苗……是用身體去陪岡本……才不會被他針對……聽說岡本先生的下半身因為戰爭被打壞，早就不能硬，所以會用手指弄女生一整晚……聽說只有早苗能接受這件事……所以岡本才會比較聽早苗的話，不然眾人都是慰安婦，為什麼只有早苗有特權？」

眾女子窸窣的低聲討論起，盧英珠聽到其他日本女子如此討論，才驚覺原來岡本會用手指虐待慰安婦？盧英珠一聽，更是害怕自己會被岡本叫入房內的一天，那會是更恐怖的凌辱……

劉惠又湊近盧英珠，趕緊交代。

「對了，朝鮮妹妹啊，與這些男人做久了，身體就會冷感，妳才剛來可能還有一些感覺，不過別擔心，到時候妳躺著就好，等男人進入身體也沒感覺之後，日子就比較好過。」

劉惠的話還太難理解，盧英珠只能輕輕點頭回應。

大風吹入院內，吹得劉惠的瀏海被風吹起，特別的是，劉惠的臉龐素淨，不過頭髮被風吹起後，盧英珠看見劉惠額頭上有一塊明顯的褐色痕跡，便好奇問著。

「姐姐……這也是被岡本打的嗎？」

「這是我生下就有的胎記。」見盧英珠對自己額頭上的胎記好奇，劉惠這也才撫著自己的額上胎記說起。

「不知道妳們朝鮮有沒有養女？就是被送去當別人家的女兒，但是幾乎都在做工人的事……我被送去當養女後，那個養母說我額頭上的胎記，實在太像『死』這個字，所以我去不到五天就被賣掉。」

劉惠也沒多想，撫平頭髮，便蓋住額頭這塊胎記。

「如果當時有一直當養女，或許最後就會變成童養媳，嫁給他們家的男人……是不是就不會來到這裡？」

劉惠撐著微笑，儘管是現實的安慰語句，卻說得盧英珠嘴角顫抖。

「反正……一切都是我們女人的命……」劉惠擦去額頭上汗珠，看向四周，再仔細看著盧英珠臉上的瘀痕。

「就像妳之前房間那個吳碧鳳，她在這裡和我最好……她是上個月被抽籤送來的，因為她很不甘願，所以才想辦法逃跑的……」

盧英珠聽著劉惠說起吳碧鳳之事，愈聽愈不可思議，慰安所最初除了風俗女子之外，後來才有盧英珠這種被就職詐騙而來的天真女子。更難以想像的是，竟然有女人是被區公所「抽籤」後送到慰安所來，吳碧鳳原本只是一個普通農家的女子，並非「就職詐騙」更非風俗女子，在公所抽籤後就將她送來這裡讓男人糟蹋，一個正常女子怎能接受自己有這種命運……

「不管怎樣，妳要好好活下來，先活下來再說，不要想太多。」

劉惠的許多細碎叮嚀，讓盧英珠受教許多，但這句「好好活下來」，意思是自己有可能會死嗎？就像不斷提起的吳碧鳳一樣？

盧英珠又忍不住思索家人，她們知道自己在這裡嗎，回憶中妹妹的臉龐與笑容，不斷反覆映在盧英珠心底，但愈回想便愈是難堪，趕緊搖搖頭讓自己回過神來。

許多女子們都陸續洗完衣物，隨後一一晾掛衣物後離去，劉惠也掛上衣物，短暫遮蔽其他人視線時，劉惠順手遞給盧英珠一件待洗的衣服，盧英珠不明就理，順手接過衣服，卻摸到衣服底下藏著冰冷的刀刃。

「這是……」盧英珠內心倒抽口氣，也不敢叫出聲。

「妳把它收好，我去吳碧鳳房間打掃時，發現兩把藏在榻榻米的縫隙中，一個我留下，另一個給妳……」

劉惠湊近盧英珠耳際，輕聲如蟻交代這起祕密，這是斷裂的裁縫剪刀刀刃，可能是吳碧鳳帶來的，盧英珠害怕地想將刀刃退回，劉惠卻用力推回，要盧英珠一定要收下。

「妳如果有一天……真的痛苦到受不了，妳在夜裡陪日本軍人睡覺時，用這刀子往軍官的脖子上刺下去，然後妳再自殺……這樣才不吃虧……」

劉惠語畢，轉身收起衣物離開，洗滌時間結束，現場女子陸續散去回到房內等待早餐。只剩盧英珠手握這十公分長剪刀刀刃而不知所措，要是被檢查後發現有一把刀，自己該如何解釋？盧英珠已對岡本先生無比懼怕，又怕刀刃會被早苗或其他女子發現，她緊張間只得彎身，先將刀刃藏在鞋底。腳踏在一片冰涼的金屬刀刃上，這感覺十足詭異，害怕被人發現，卻又擔憂刀刃會隨著踏步，刺入自己的腳底。

「姐姐，待會和我去裝飯吧。」小林走來，在一旁呼喚著盧英珠，盧英珠點點頭後，要先回房內準備，只是這回程之間，盧英珠小心翼翼踏步，踩上庭內的圓石上，腦中不免竄過千絲萬縷，自己要「殺人」肯定做不到，畢竟自己最原本還抱持著救人之心，才會加入看護婦的學習……

那用這把刀子「自殺」呢？思索起來，自己更是做不到……自己並沒有做錯任何事，為何要死……

過去在釜山時，日子儘管辛苦，吃的東西可以少，但只要夜裡能與妹妹擠在一起睡去，就算窮苦飢餓都能安然度過，只要能和家人在一起，便沒有過不去的日子，但此時走回房間時，盧英珠眼淚竟不自主流下臉龐，原來「活著」這兩字，竟有一日會如此動搖。

進入屋中需要脫鞋，盧英珠左探右看，確定沒有目光投向自己，脫鞋的瞬間便趕緊先用手心握緊刀刃，快步回到房間關上拉門。這季節的陽光照過窗外的櫻花樹，樹影穿過木窗在盧英珠房內搖搖晃晃。明明房間內看來是如此明亮暖和，但盧英珠的內心卻十足冰冷，且心悸到無法屏息。盧英珠張開手掌，窗外陽光正照亮這把刀刃，看得出刀身已有鏽斑，但刀刃尖端依然映出森冷光線，盧英珠深呼口氣看向四周，藏在房中哪裡都不對，直到盧英珠看見牆面與樑柱之間有著縫隙，便將刀刃藏在木牆邊的縫隙中，再用指甲尖端努力的推入，直到刀刃完全進入縫隙之中，外觀上無法發覺，彷彿從未有過刀刃的存在。

照著窗光，盧英珠喘息著閉上雙眼，希望自己所藏匿的一切，都在最深最深的角落，永遠不會被人發現。

第六章　妒恨

一週後，當盧英珠身上的瘀傷大多退去，只剩肌膚上的淺痕後，終於輪到盧英珠開始「營業」的日子。早苗每天都私下訓誡盧英珠許多次，要盧英珠記得，新來的女子不要反抗，甚至不要多說話。

「妳啊，要知道人都需要吃飯，妳要是真不配合，岡本先生會餓妳三、五天呀，餓肚子可是很苦的，妳好好張開雙腿配合就不會挨餓，能少些苦頭。」

早苗的話語讓自己十分警惕，沒有一個普通女人能天生習慣當個「慰安婦」，必然要被強迫才有辦法，只是在這一周理解現實後，盧英珠每天空閒時間便坐在房中，聽著四周男女交歡的聲響而忐忑不安，自己既然身處異鄉，還想活下來就得配合，更何況當初被岡本先生責打時的痛楚仍在腦中迴盪，一想起初來那日臉頰便突然熱燙，彷彿岡本先生正一巴掌打在自己臉上。

躺在床鋪上，清醒後看著窗外天光逐漸明亮，盧英珠不斷喃喃自語，天空不要亮，不要，不要，不要，不要，不要，不要，不要，不要……但儘管如此，任誰都無法阻止太陽上升。當日光乍現後，便能看見窗外滿櫻花樹的花苞正冒出花瓣，隨著晨風輕輕搖晃。天空已傳來戰鬥機的引擎聲響，小林便起床開始打掃與煮食，而後便是慰安婦們的洗漱與洗衣時間。

慰安婦下午的營業對象是士兵與軍曹、伍長等士官階級，要到晚上才面對軍官。下午時段，安排好的侍應時間一到，機場的日本士兵，不管職位是防砲、警衛或地勤，兵士們從機場內各單位到來。盧英珠坐在房間之中，便能清晰聽到圍牆外陸續傳來各種交通工具的聲響，有一次運送許多士兵到來的卡車，有喀啦喀啦響的腳踏車，也有步行兩三公里遠的士兵軍靴聲響。

此時儘管並沒有人說話，但盧英珠聽見大廳中傳來滿滿軍人們的騷動，軍靴聲已走入室內，在地上喀喀摩擦。

走入慰安所後，軍人們必須先在門口購票處，向小林或其他沒營業的慰安婦購買門票，才能與慰安婦發生關係，由於台灣軍方並無像海外殖民地那樣，對慰安婦的種族、國籍分出價錢等級，因此在鶴松屋不分日本、朝鮮與台灣人，士兵階級的購票價格都是兩元，若是軍官則是五元，皆可以使用三十分鐘的慰安婦，若要加時還得額外加錢，若想過夜得再加十元。

軍人們在票口付錢後，會領到一張票券與保險套、潤滑劑與擦拭的衛生紙，進入屋中時，把票券交給慰安婦，隨後才開始這服務……

只不過，時間儘管規定是三十分鐘，但只適用於後方無人排隊時，若是軍人在走廊上排隊滿滿，前方進入慰安婦房內的男子，便會聽見外頭的催促：「好了嗎？」、「結束了嗎？」、「快一點好嗎——」，聽到這些催促聲，軍人們便也只能緊張的加快速度結束。也由於需要快速營業，消化等待的隊伍，穿脫衣物在慰安所是浪費時間之事，女子們都只能披件外衣保暖，只要一掀開衣物就得躺下繼續接客，用最快的時間讓陌生男子進出身體。

盧英珠已準備好，僅罩上一件外衣遮蔽春寒……耳際聽見喧鬧的窸窣聲，明明那些話語隔著走廊有段距離，但在盧英珠耳中，卻彷彿聽見排隊軍人耳語交談：「是新的朝鮮慰安婦，我怎麼都沒聽說？」

彷彿聽見有人在討論自己，盧英珠如貓豎起耳朵似的，想聽清楚外頭的一字一句：「聽說有新來的朝鮮人……不知道長的怎樣……」、「別廢話，認真做就是了。」、「是釜山來的慰安婦啊，十幾天前才送來的……真是稀奇啊……我還沒用過呢……」

到底有多少陌生男人會出現在眼前？聽著門外各種男子的嗓音交雜，光是如此就讓盧英珠快要無法喘息，盧英珠按起胸口，聽腳步聲愈來愈近——

這位男子走過房間走廊，先去開啟別人的木拉門。呼，不是我，還好不是我。盧英珠心底禱唸，最好這些男人們全被分配到不同房間去，不要進來我的房間……盧英珠臉頰上的痛楚還在，陌生男人會不會和岡本先生一樣，走入門就一巴掌打向自己臉頰？臉龐的熱辣又隱隱冒起，這種折磨真是太難堪……被人隨便毆打，被人隨便剝開衣服，下身還乾燥著卻被不認識的男人隨便進入，像是下體被刺入一把刀，儘管下體被反覆割裂，卻又無法掙扎逃走……真的太痛太痛了，盧英珠緊閉雙眼，彷彿再思索下去就要昏厥。

突然間，喀——嘰——房間木門已被軍人打開，盧英珠不敢看，如觸電似的趕緊低下頭，只敢用眼角餘光看著男子緩緩踏上榻榻米的裸足。

第一個走入的男子沒有說話，盧英珠只能聽出他的呼吸略為急促，先將那張購來的「紙票」遞給盧英珠，但盧英珠不知所以，並沒有伸手收下，於是這男子便將紙票放在榻榻米上，隨即二話不說解開褲子露出下體，看似十分有經驗的，順手拆下手中的「突擊先鋒」保險套包裝……

聽著拆保險套包裝時窸窣聲響，盧英珠依然記得劉惠昨夜特別耳提面命，說要趕快躺在床鋪上，趕緊脫下衣服不要抵抗，主動把雙腳打開，刻意對男子展露自己的私處，這樣才能快速激發男子的性慾，還要確保男子有使用潤滑劑與保險套，絕對不能傳染性病，讓男子趕快結束。

盧英珠牙一咬，主動掀開外衣躺下，隨即將雙腳對著軍人張開，士兵一看見盧英珠如此行為，便被女體激起濃烈慾望，只因士兵面對日本軍國教條的斯巴達管理模式，常常過度苦勞，自然心有所冤屈難說，便把這種高壓下的身心無奈，轉而發洩在更為弱小的女性身上。

來了——盧英珠別過頭去，感覺到這陌生男子的腹部體溫，男子的下體正要進入自己的身體中，隨即便開始擺動腰際，讓下體在身體中出入，盧英珠閉上眼，仰頭對著天花板忍耐，然後還是忍耐，接續的依然是忍耐，不要去想自己為什麼在這裡，那都是徒增困擾的思緒，劉惠的叮嚀一點都沒錯——劉惠說不要去想自己為什麼在這裡，不要去想自己為什麼被陌生男人隨便使用，思考是徒增痛苦之事，只要不去想，時間便過得很快……

仰著頭，望向天花板上的木架結構，盧英珠不想看清楚男人的臉，只是還以為會像早苗昨夜叮嚀，只要有過性經驗就不會痛了——可惡，明明還會痛啊，就算用了保險套與潤滑液也還是會痛啊——早苗為什麼要這樣騙自己，這被陌生男子製造的詭異感受，讓盧英珠忍不住疼痛，委屈的眼眶泛紅。

「好了，下一個。」耳際突然傳來隔壁早苗的喊叫，早苗能主動控制場面，甚至能呼喊那些軍人，真不像自己那麼無助……

但是，劉惠說的也沒錯，要不斷去想「已經不會痛」。盧英珠便反覆想著已經不會痛，已經不會痛，已經不會痛，已經不會痛，已經不會痛，已經不會痛，只要在腦中反覆思索這話語，便真的不會痛。盧英珠咬牙忍耐，對方還沒結束，繼續擺動腰部，自己只能儘量仰頭，讓雙眼直盯屋樑上的榫，榫接入樑上的孔洞，支撐屋子的結構，彷彿只要失去一個榫，整棟木屋就會接續著垮下。

還沒思考完，甚至沒看清楚男子的正臉，男子突然雙手緊抱住自己，隨即全身顫抖，看來已結束，便匆忙的將下體從身體抽開，盧英珠下身的緊迫也終於鬆開，盧英珠終於抬頭看向男子的臉龐，但只看清楚男子的側臉，男子面容清澀彷彿與自己年歲相近，但他不斷迴避盧英珠的視線，彷彿彼此雙目相視便會無比尷尬……男子結束後便用木拉門邊一小盆的消毒水清洗下體，隨後趕緊穿上褲子套回衣服，打開木拉門後腳步喀喀快步離去。

當慾望解除後，對男子而言彷彿這室內是個汙染區，一步都不能多加逗留，只是男子離去後，霎時間的空盪讓盧英珠不知所措，畢竟是突然闖入的陌生男人，帶給身體痛楚後，一發洩完便關門離去，彷彿不曾到來似的。

小林看第一個軍人走出去後，便趕緊快步走來，在木門前對著發愣的盧英珠輕聲喊著。「姐姐，如果妳準備好了，妳要趕快喊：『下一個』……不然後面排隊的男子會生氣……」

原來有此規矩，的確聽過早苗如此喊著：「下一個……」，盧英珠嘗試喊出聲，卻羞愧得彷彿喉嚨有火焰在灼燒。「下……下……下一個……」自己終於吐出這三字，盧英珠些許閉眼喘息……思索剛剛第一個真正「接客」的男人，真搞不清楚他是誰，來自哪裡，不過這些資訊全都不重要，畢竟自己就是一個……被男人發洩的……

心底還沒思索清楚，木拉門外便又傳來喀喀腳步聲，木門又被拉開，隨即走入另一位陌生男子，盧英珠這回終於從頭到腳仔細看清楚男子的容貌，三十餘歲的臉龐，身材看來細瘦，到底是軍曹還是士兵，盧英珠還無法分清楚，只知道同樣的步驟又來一次，男子隨即脫衣脫褲，露出不同尺寸與形狀的下體，對了，要親眼看著他套上保險套……

啊——盧英珠這才想起，昨晚劉惠曾耳提面命保險套之重要……

昨晚，劉惠來到盧英珠房間，把軍方公發的「突擊一番」保險套拿出，先給盧英珠看清楚這正方形包裝的紙包裝上，上方印著「突擊一番」這四字，彷彿鼓勵士兵就算性交也要像作戰一樣向前突擊，不落人後……

劉惠隨後將保險套包裝拆開，將保險套取出放在盧英珠的手心，再緩緩將保險套的薄膜伸展，套住盧英珠的大拇指，說明這是男人陰莖戴上保險套的模樣，隨後劉惠便不斷反覆提醒。

「英珠啊，妳絕對要親眼看見他們戴上保險套，才能讓他們進入妳的身體，知道嗎——如果怎麼勸都沒戴，妳就大聲喊『有人不戴保險套喔』，大家都怕被傳染性病啊，只要其他軍人知道有人故意不戴，可是會有人衝進來揍人的啊，妳一喊，男人都會乖乖戴上……」

剛才第一個人時，盧英珠因為自己害怕而轉過頭去，雖然有聽見開保險套紙包裝的聲音，卻沒有仔細確認男子是否有戴好保險套，盧英珠心底十分懊惱。

劉惠說一定要親眼看男子戴上保險套，不只是預防性病，還要避免懷孕，加上保險套上有基本的潤滑效果，只要男人戴上就不會讓女子過於痛楚，能預防自己下身因為緊張而乾燥……對了，劉惠還有交代，下體真要是太乾的時候，一定要用自己的口水潤滑……總之，絕對不能讓自己被摩擦到破皮，下身受傷若無法請假，那男子進入不斷衝撞的數分鐘，自己便會彷彿被一根生鏽的鐵棍在身體內來回摩擦，真是生不如死，甚至有的女子會痛到直接昏厥過去。

劉惠耳提面命各種細節，全是要慰安婦保全自己安全的經驗談，只是前陣子還是處女的盧英珠對於男性毫無經驗，過了這一週後，竟然要成為一個每天讓陌生男子隨意進入身體的女人……這是一個普通女子無法想像的恐怖之事啊……

第二個軍人進入盧英珠的身體後，前後動個幾分鐘便又結束，擦拭身體之後開始清洗下身。對了，劉惠也有交代，要應付連串的男人時，切莫擦拭下身，也先不要清洗，必須讓下身不斷保持潤滑，要是嫌棄身體太髒而擦拭太乾，又可能會讓自己疼痛不堪，加上足夠溼潤的時候，能讓經驗不多的男人快速結束，只有將排隊的男子隊伍快速消除，自己才有愈多時間休息。

隨後是第三個男人，如之前的男人一樣程序，拿出票券後脫衣，盧英珠躺著不斷眨眼，等待男子進入自己身體，只是這位男子的體型比前兩位寬大健碩許多，宛如摔角選手似的體格，就連下體也較巨大，一進入盧英珠身體便讓她感到十分不適，想推開這個男子，但男子體型巨大，自然壓得盧英珠無法掙脫，盧英珠發覺掙扎無效，只能無奈的閉上雙眼忍耐，期待事情趕快結束——

此刻，一位機場的少佐走入鶴松屋大廳，正要尋找岡本交談，一名排隊的軍曹看到直屬長官，二話不說大喊一聲「立正」！

對受過軍事訓練的男人來說，「立正」這兩字彷彿是瞬間麻痺身體的電流開關，每一間慰安婦房內的軍人們，上一秒都還在進出女子身體，不斷擺動腰部，未料一聽到軍曹大吼「立正」兩字，隨及觸電似的反射動作立正站起，雙手緊貼大腿處，只見下體兀自晃蕩。盧英珠也被這聲「立正」所驚嚇，一時間反應不過來，雙眼怔著，看著男子彷彿一具雕像似的絲毫不動，眼神還透露出驚恐，剛才堅挺進出的下體，竟馬上嚇得癱軟宛如死去的毛蟲。直到少佐與岡本先生談話完畢，與軍曹揮手離去後，軍曹才大喊一聲「稍息」，房間內的眾男子們才重新回復動作。

只見這男子一臉懊惱，因為恐懼長官而疲軟的下體欲振乏力，時間快用盡了才能重新堅硬起來，才剛進入盧英珠的身體後，隨便再擺動幾下就結束，隨即二話不說低著頭收拾後，倉促著開門離去，彷彿剛剛的那聲「立正」兩字喚起軍人速戰速決的本能，盧英珠這才初次體會到，畢竟慰安所是軍人放鬆之處所，若是如軍營嚴肅，對軍人而言可是一秒都不想多待。

這一日，連續應付數個男人到來後，盧英珠這才知曉，前幾日劉惠耳提面命所說全是真的，若是對女子有情的男人，肯定不會這樣面對一個女子，如此毫無感情的速戰速決，隨便找個陌生女子摩擦射精，彷彿走到廁所解除大小便似的，一旦解除後便趕緊擦拭乾淨，快速關上門離去。

那麼自己算是什麼，一個便所嗎？

被男人進入時，盧英珠心底總在自問自答，又想起昨夜聚會時，來自北海道的長谷川曾說過，男人進來慰安所的目標在洩慾，其實女子的容貌都差不多，除非要像早苗那樣美貌之人，才會有特別的對待。

「那些士兵啊，只在乎妳下半身有沒有一個洞，把自己的東西放進去而已，所以妳千萬不要抵抗，趕快讓他們結束，甚至如果可以，趕快訓練妳的下身會『夾』，知道嗎，讓妳的下身能『夾』男人，只要練會這招，他們甚至一進來就會結束，知道嗎——」

昨夜聽聞前輩長谷川說明這種「性技巧」時，盧英珠呆愣許久，先前還是處女的盧英珠怎可能知曉這種性技，對自己來說，在這裡聽聞的一切，都彷彿天方夜譚。

長谷川輕輕拍著盧英珠的下腹，要盧英珠練習骨盆底部的「會陰」肌肉用力，就像是憋尿似的，周而復始訓練便能讓下身縮緊，只要練習慣後，當男子進入時，只要自己會陰處的肌肉用力，由於士兵們性經驗不豐富，這種等級的刺激便會讓士兵馬上忍受不住而結束，這樣慰安婦就輕鬆了。

長谷川經驗分享後，還躺在榻榻米上教導盧英珠訓練腰際的肌肉運動，整個人躺在榻榻米上，雙腳區起，先是臀部上升起伏，隨後下降貼地，一次數十回，可以訓練臀部和腹部肌肉，才能應付一天數十個男子的「使用」。

劉惠聽著，也跟著分析操作細節。

「啊，如果對方還是沒有馬上射出來，妳可以在他們耳朵旁邊說，『你真的好厲害啊長官。』、『長官，你幹得我好爽』、『喔，好想要你幹我啊。』，相信姐姐，這種話多說幾次，對方更快就射了。」

其他的慰安婦姐妹們一聽，也同感的搶著說起。

「是啊，那些男人就愛聽這些奉承的話，其實很多人都很沒用呢，兩三下就結束了——不過，愈沒用的男人，可就是愈好的客人。」

盧英珠謹記昨夜慰安所姐姐們的各種交代，在夜裡反覆練習這些能讓男人快些結束的性技訓練，只是等到這一刻，被眾多男人進入身體時，儘管腦袋都反覆回憶起前輩們的叮嚀，會陰處用力——用力——只是長谷川所說的，要用自己的下身去夾那些男人的下體，但自己就像被擺布的布偶一樣，心思無比紊亂之下，又該怎麼控制身體去「夾」？練習還派不上用場，盧英珠只能無能為力忍耐時間過去。

好幾次，在尚未走入新客人的短暫空檔，盧英珠低頭看自己的下腹部，有著被男人磨蹭過後的淫漉痕跡，不知道男人的保險套有沒有戴好，要是這些淫漉處是精液漏出可就糟糕，每個姐姐都交代絕對不能懷孕……更何況，看自己被陌生男人撞擊後的胯下皮膚開始泛紅，已起了一大片疹子，一瞬間便覺得自己可憐，竟湧上難堪心酸而啜泣，但隨即聽見門外的軍靴行走聲，只能趕緊擦去淚珠，要自己情緒穩定下來，面對接下來的男子。

下午時段三個半小時，是機場低階士兵來慰安所的時間，如今已到黃昏時段，窗外日光無比燦爛，紙門外等待的男人腳步聲也陸續消失，空氣中各種摩擦、喘息與哼叫也都平靜下來，只是盧英珠仍心悸著，只要聽到疑似腳步聲響，便壓抑不住心跳加速起來。盧英珠無法不覺得自己可悲，光是看到男人走過走廊，便會直接聯想「這人要來進入自己」，竟忍不住恐懼噁心，手腳忍不住發顫，竟抖得不能自己。

這是盧英珠「正式」成為慰安婦的第一日，如此強硬的變化，是這裡每一個姐姐都曾發生過的事，如此一想，便覺得更不可思議——她們怎麼能習慣這樣的事？

更令人不解的，是自己身體的適應力。

盧英珠在鶴松屋成為營業的慰安婦一週後，每天都必須要面對十來個男人，盧英珠有一日下午，突然意會到自己下身毫無痛楚並且十分溼潤——這不免讓盧英珠心底汩汩生出一股憤恨，儘管自己討厭這件事，但身體竟然背叛起自己，明明不想和這些男人做啊，但身體竟然會如此溼濡⋯⋯

可盧英珠隨即又突然思索起。

「不對啊，這肯定是自我保護啊，要是下身很乾燥，我肯定會痛死的啊——對吧？」

彷彿自己的下腹部是個獨立的個體，盧英珠在心底不斷對著下腹說話，安撫自己自然的生理現象，畢竟為了活下去，儘管內心不願意，但身體溼潤才能不受傷⋯⋯

盧英珠更是忍不住回想起妹妹盧英子，便在心底自我安慰：「還好受苦的是我⋯⋯」

回想當初報名之後，與盧英子在馬鈴薯田邊爭執，盧英子嘶吼著要姊姊帶她一起來⋯⋯還好當時自己沒心軟啊，盧英珠仔細思索，要是妹妹也被當成慰安婦，自己會有多心痛⋯⋯至少現在的痛楚，是自己去承擔⋯⋯

而後，盧英珠更是發現，雖然一天與十數個男人接觸，最後卻像是只對待同一人，盧英珠在被男子進入身體時，試圖用食指遮住男子的臉，畢竟這些男子不分高矮胖瘦與年紀，全在戰爭之中被馴化成同一種外貌，裸身後的身軀也都相似，只要被遮起臉，便常常分不清誰是誰。果真如劉惠所說的一樣，她摘下眼鏡後分不出那些男客誰是誰，便能減緩被剝削的感受，畢竟記憶一旦混淆後，便不會覺得那麼痛苦⋯⋯

黃昏過去，短暫休息與晚餐後，鶴松屋內的慰安婦們在夜晚轉成陪伴高階軍官。小林前來幫忙盧英珠先穿上一件藏青色，有著千鳥紋的和服，盧英珠心底想，果真如長谷川所說，眾人都不如早苗的紅粉和服，不過黯淡的色彩更好，自己只想安靜低調的在一旁，最好都不要被人發覺。

晚上大多是少尉到上尉等級的軍官前來，由於大部分軍官受過較高的教育，和低階士兵的草莽狂躁截然不同。軍官到來後，多半會謹慎地將制服摺好，規矩擺放一旁，每個軍官的身材看來也比士兵更為精實，更像是從生產線規律打造而出的機械。

這一夜，盧英珠初次應付一位中尉，中尉打開懷錶看時間時，盧英珠這才發覺在懷錶掀開後的內蓋上，有一張中尉夫妻穿著和服的黑白照片。當這中尉進入盧英珠身體，激烈的動起腰際時，盧英珠便一時好奇，在中尉的耳際問起。「長官……你在家鄉有妻子……她知道你在這邊嗎？」

中尉一聽便愣著，先是停住下身，隨即憤怒高舉手甩上盧英珠一巴掌。

「安靜別說話！」

突然的巴掌刺痛臉頰，讓盧英珠忍耐痛楚不發一語，然而眼眶卻忍不住滿溢，只能側過頭去，避免被中尉看見自己的淚珠，盧英珠索性抬起手，用手臂遮住自己臉上的淚水。

當夜更深之後，一台黑轎車到來大門外，走入一名更高階的大佐（上校）。機場大佐這軍階，通常已是單位指揮官或高級參謀，岡本先生一見便知曉絕對不可怠慢，先趕緊將鑰匙交給小林，吩咐去打開位於二樓的二十疊宴會廳。

夜間只要有高級軍官來此，岡本先生通常在宴會廳放上古典唱片討好軍官。盧英珠在自己房內細聽，二樓留聲機的唱針卡上唱片後，在蟲聲混合蛙鳴的機場邊際，蕭邦的古典鋼琴曲在黑夜裡緩緩流洩……明明在朝鮮時，盧英珠只要在街坊遇到有人放唱盤，都還會走靠近些偷聽音樂，但此刻的盧英珠在房內卻只能閉眼屏息，只期望自己不要與高階軍官有任何交集。

這夜，岡本先是安排來自北海道的伊藤清子和來自台灣的富士初子前去招待，但大佐看到身材乾瘦的伊藤便搖頭皺眉，和管理者岡本大喊。

「還有誰可以啊，這兩個我都不喜歡，全換了——對了，我要那個早苗啊，把她帶上來。」

岡本先生將伊藤清子和富士初子帶回後，先更換身材豐滿的早苗，再叫喚初來乍到的盧英珠去幫忙斟酒。初次走上二樓的階梯，盧英珠光是踏階都能感到腳步的沉重，深吸口氣穩定情緒，終於初次走到二樓。眼前木拉門全開著，早苗正跪坐在榻榻米上一副溫婉模樣，一身紅粉花色與海浪紋的和服，彷彿閃耀出光芒，凝聚了室內所有人的目光，盧英珠忍不住低頭看向身上這身藏青色和服，相較之下還真是黯淡……

大佐與早苗喝酒聊天，盧英珠便在一旁斟酒，大佐側過頭來問起盧英珠。「初次見面，妳叫什麼名字？」

「我是……」盧英珠忐忑想起自己有一個花名。「大人，我叫櫻子……」

盧英珠初次面對如此高階的軍官，深怕出錯所以看著早苗，早苗卻只是微笑，彷彿正等著看自己出錯。盧英珠忐忑說出自己被取的日本名字，只是軍官一聽盧英珠的口音，更是好奇。

「櫻子？從哪來？」

「朝鮮。」盧英珠一邊說，就連倒酒都發顫，深怕將酒給倒出酒杯。「我從朝鮮的釜山到來……」

「朝鮮？」朝鮮位於台灣的西北方，可是距離兩千公里遠啊，大佐也不免起疑，在他的印象中，朝鮮女子不是應該就近送去中國戰場更適合，怎麼會來到台灣來？就當盧英珠要開口解釋時，岡本先生走近，一看見這位大佐似乎面露疑慮，或許不喜歡來自朝鮮的盧英珠，隨即大吼。

「朝鮮來的女子——出去！」

「是……」盧英珠驚得一抖，趕緊起身走出木拉門之外，隨後看長谷川與自己錯身，隨即替補進屋中幫忙斟酒，盧英珠這才感受到，其實這名日本軍官只喜歡日本女子，自己身為次等的朝鮮之人，就算有個日本名字也不被喜歡。只是明明不用面對軍官，盧英珠下樓時，竟然忐忑無比的扶著牆面，突然雙腳發軟，一個踉蹌差點就要滑下階梯。

在盧英珠被叫回房不久後，正慶幸晚上能結束「任務」，早點入睡，但大佐沒多久已結束飲酒，聽著腳步聲下樓梯，隨即木拉門聲響，大佐已走入早苗的房間。與快速解決士兵的飢渴性慾截然不同，高階軍官能與慰安婦彷彿夫妻一樣的過夜，盧英珠更沒想到自己才躺下休息不久，早苗已在隔壁房與軍官聊天，鶴松屋的房與房之間只隔上一個薄木板，早苗與這位軍官談話的聲響在夜裡無比清晰。

「這是什麼？」早苗聲調輕柔，彷彿與戀愛男子說起話來，和她當初粗暴的面打盧英珠時的口氣完全不同，盧英珠因此愣著許久，才好奇的挪著身體湊向牆面，想聽清楚兩人說些什麼，索性從縫隙中看早苗正發生什麼事。

「這是小饅頭。」大佐嗓音低沉說起。「紅豆口味的，吃看看吧。」

小饅頭，盧英珠記得這日本食物，在釜山的市場時曾吃過，不像一般的饅頭包裹的是肉或菜，日式饅頭就是「和果子」之一，糯米麵皮包裹著以蔗糖細密熬煮的紅豆餡，咬在口中便會在舌尖緩緩化開，在這糖分仍十分高貴，且庶民因為戰爭而營養缺乏的年代，光是小饅頭這樣製作簡單的甜食，便宛如神明賜與的享受。

大佐彷彿餵食小動物似的，看早苗張開口等待，便捏著小饅頭緩緩放置在早苗舌頭上。早苗含回這小饅頭，先閉上眼感受小饅頭化開時的舌尖香甜，竟因這突然的甜意而傷感，戰前的求學時光，與當時未婚夫一起共度的回憶自心底冒起，儘管自己平日是如此堅強，但在難得的甜味之前，早苗竟忍不住心底激動而落淚。

這是沒有足夠食物可吃的軍事管制時代，更何況是被嚴格管制的慰安婦，乾瘦的女子對性慾飢渴的低階士兵來說沒有差別，畢竟就只是個發洩的管道，但對於見多識廣，又相對有資源的軍官來說可不行。權勢在身的軍官總會贈送一些營養品給熟識的慰安婦，對慰安婦來說，也希望能多多陪伴熟識的軍官，才能多獲得一些物資補充營養，保持身形不要消瘦下去。

光是從縫隙中看著早苗吃小饅頭時的滿足神情，盧英珠便突然飢餓起來，又看著這位大佐從提袋內拿出一罐可爾必思，隨即用配刀的刀柄打開玻璃罐蓋後，倒入玻璃瓶內給早苗一杯，倒飲料的流水聲在夜裡特別清晰，讓盧英珠忍不住回憶起，過去在釜山時也曾在市場看過有人販售可爾必思，和小饅頭不同，自己從未喝過可爾必思，總好奇這味道如何，只是為何剛剛在二樓時不拿出來飲用？看來……這是專屬給早苗的福利吧。

盧英珠實在忍不住，從牆縫中瞪大雙眼仔細看，早苗拿起玻璃杯，先是輕輕搖晃，看著杯中的可爾必思晃蕩出漣漪，隨後才靠近唇邊緩緩啜飲一口，不像飲酒後的面貌泛紅，早苗竟露出難以言喻的滿足笑臉，不免讓盧英珠更加羨慕。

大佐看早苗飲下可爾必思之後，姿態變的順服，溫柔的依偎在大佐肩膀邊，大佐便開口低聲問起。「早苗——乾脆和我回日本結婚吧。」早苗一聽這求婚話語，便像貓咪似的，將頭倚向大佐胸膛磨蹭。

「哎呀長官，你是真心的嗎，可不要騙我啊，說這種話，人家可是會真心相信呢——」

早苗輕聲回應，說得大佐一臉歡喜，忍不住湊近親吻早苗的耳垂。

盧英珠先是愣著，這軍官肯定知曉早苗是慰安婦，這些軍人真的想和慰安婦結婚？這肯定是謊言吧，更何況——早苗不是有未婚夫嗎，這是盧英珠親耳聽早苗說過的事啊……

更令盧英珠難以理解的是，早苗與這名大佐調情後，隨即主動脫下大佐的制服，雙手將大佐戲鬧著壓倒，隨即跨坐上大佐的身上……

這是女子主動時的性姿勢，盧英珠被迫營業一周以來，只被男人支配，從未見過這樣的性姿勢，而當早苗與軍官開始性愛後，早苗竟發出狂放的叫聲，彷彿要讓整棟鶴松屋的人都知曉，咿咿呀呀啊啊啊，這高昂的叫聲讓盧英珠更難以入眠，只能瞪大眼繼續看向未燈的陰暗屋內，期盼一切都快些結束。

房間震動聲與早苗的叫聲讓盧英珠滿腦子發脹，所有感官的痛楚都被放大，微光中，盧英珠只得數著樑柱間的榫接，疲累卻無法入眠的日子太過殘酷……盧英珠腦中突然想起那位被抽籤送來的農家女子吳碧鳳……自己藏在牆縫的刀刃還在吧，乾脆用刀刃劃破自己的喉嚨，一了百了。

只是盧英珠起身走向牆邊，試圖要摳出刀刃時，未料刀刃已被自己推得太深，怎樣都抽不出來，更何況，盧英珠又從牆縫中看見大佐與早苗性事剛結束後，大佐便喘息著擁抱早苗入眠，盧英珠仔細看著大佐雙手環抱著早苗的裸身，兩人如此親密，彷彿是夫妻或戀人似的幸福姿態……

這怎麼可能，隨意被陌生男子進入，還能露出幸福的神態？是因為是陪伴軍官，所以才能露出這樣幸福的臉，還是因為她是早苗，是和自己完全不同的人類……

早苗被裸身的大佐擁抱著，欠了欠身，臉轉向盧英珠這方向，最初盧英珠還趕緊轉過頭去，彷彿怕被早苗發覺自己偷看，但又回想起早苗根本不在乎他人目光，盧英珠這才緩緩抬起頭來，重新湊向牆面看個仔細，早苗不像自己面對男子時只有痛苦，此時的早苗竟能舒緩著入睡，嬌小的身軀因呼吸而緩緩起伏……

看著早苗這張幸福入眠的臉，盧英珠從未想過，自己過往逆來順受的順服心底，竟然因此產生難以言喻的妒恨……

第七章　命運

今日一早，盧英珠倚著窗看向藍天，發覺櫻花開滿了樹，已是燦爛的花季，但自己卻無心觀賞，只專注看著一隻闖入屋內的帶翅黑螞蟻，正在窗戶邊緣緩緩爬行，只是平常黑螞蟻都爬在窗戶外頭，今天不知怎麼進了屋，或許從窗縫中鑽入室內？

螞蟻可是能找個縫隙挖洞住下，搞不好會生出蟻窩鬧蟻患，說不定還會咬木頭發出噪音，影響自己入睡——但那重要嗎，這鶴松屋若是被螞蟻咬垮豈不更好？自己就能逃出去，要不乾脆垮下壓死自己，如此也是一了百了。

一日又一日，身體約束在這鶴松屋內被男人使用，自己哪裡也都無法離去，盧英珠只能放縱思緒紛飛，看著螞蟻有著雙翅，盧英珠突然忌妒牠能飛的自由，索性用指甲尖端切去黑螞蟻的翅膀。失去翅膀的螞蟻慌張逃去，原來窗戶邊真有個小縫，循著進入時的氣息，螞蟻便從窄小縫隙爬到達窗外。

窗台外，正有紅螞蟻列隊搬運小蟲離去，闖入隊伍的黑蟻便被紅螞蟻攻擊，隨即被眾多紅螞蟻扛起，六隻腳只能向著天際慌張擺動，無能為力的被搬移。眼看黑螞蟻被攻擊，沒想到竟讓自己心情好上些許，但一時間過去，盧英珠又覺得自己怎麼這麼壞心，連無辜的蟲子都欺負——

可是自己不也像是一隻蟲子嗎，像隔壁的早苗不也是如此欺負自己，這世界就是一物欺負一物，不是嗎？

一旦如此思索，盧英珠的心底便更加惆悵……

「集合！」岡本站在二樓房間的大吼，讓盧英珠像被電擊似的瞬間挺起身子，趕緊打開木門，三兩步到外頭集合去。

眾女子只穿薄衫，列隊站在院內，枯站許久後頭上都有蚊蚋飛舞，但岡本先生卻又不出來喊話，讓人搞不清楚到底他在想些什麼，眾女子們只能暫且低下頭來忍耐，盧英珠側眼看向身邊的慰安婦，劉惠正對自己嘴唇抿起微笑，儘管兩人未說一語，但盧英珠知道，劉惠要她別擔心。

岡本這才走出來，交代任務。

「各位啊，待會有軍醫會來，妳們知道吧？不要對軍醫多說什麼，給我安分點——」

慰安婦們必須定期面對醫生的健康檢查，以免性病傳染開來。岡本大喊說完，便兀自走回自己房內，女子們這才解散，各自腳步輕巧的回到自己房間等待。只是盧英珠還以為又要和早苗面打了，原來只是醫生要來，盧英珠站在院內喘息著，看著早苗的背影正走回房去，慶幸一切都不是自己想的那樣。

不久後，隔著木圍牆傳來引擎聲，一台汽車載運軍方的婦產科醫生到來。大門開啟後，中年白髮的醫生提起醫生包，轉頭探看屋內四周，緩緩走入門內。

「醫生，請往這邊走。」岡本先生對醫官畢恭畢敬，彷彿從凶猛的獅子變成溫馴的貓。

健康檢查這件事，盧英珠只有在應聘看護婦時，在釜山時曾給醫生看上幾眼，確認身體健康，四肢無傷且思緒正常後，便填上資料通知出發時間。盧英珠永遠記得，在釜山的孩童時期，有一回妹妹高燒數日，爸媽透過許許多多關係，才找到醫生來幫妹妹看病，當年找一個醫生這麼折磨，如今竟有醫生主動來到眼前……

只因為自己是慰安婦，需要無病無傷，不會傳染性病給軍人……

「我到來了。」醫生提著醫生包走入，脫下帽子與眾女子禮貌說話，與岡本先生凶惡的口吻截然不同。醫生沿著走廊看向每一間房，此時因日光角度的關係，盧英珠房間最為明亮，醫生便選擇在此看診，既然選在此，第一人便先看向盧英珠。

「請脫掉衣服躺好吧，讓我看看。」醫生一說，盧英珠便緩緩脫下衣物，躺下後張開雙腳讓醫生看個仔細。醫生戴上手套探入盧英珠身體觸診，和面對士兵不同，只有這時刻，盧英珠才能看清楚男人的眼神，特別是醫生仔細的看向自己身體時的眼神。

「妳下腹這裡紅紅的，會癢嗎？」

醫生伸手觸摸盧英珠下身，小心仔細，盧英珠點點頭。

「看樣子是受些外傷，士兵很多都不會憐香惜玉——妳來多久？」

「報告，一個多月……」盧英珠囁嚅說起，醫生才點點頭。「這樣才來不久啊？」

醫生從提包中拿出一疊資料翻起，查找厚厚一疊紙張，原來這都是慰安婦的資料？醫生初次翻閱時還找不到，直到第二次翻找，方才找到盧英珠的資訊，低頭寫下看不懂的文字病例。

「朝鮮來的女子對吧？」醫生嗓音低沉，盧英珠點點應聲。「是的，我來自釜山。」

「釜山啊……我去過呢，還被海鷗搶走手上的麵包，真是個好地方。」醫生微笑點點頭，看向拉門外的其他女子們。「下一個。」

盧英珠站立門前走廊等待，看身邊女子一個接一個走入，讓醫生檢查性病後，沒問題的女子才能繼續服務士兵，有問題的人可是會被中斷任務，送去醫院治病。

「絕對不能被送走——其他地方都比我們這裡還苦，要想辦法先留在這裡！」排隊時，劉惠低聲告訴眾女子們。「我們這單位要接的客人，只有其他慰安所的五分之一。」

劉惠所說的內容和早苗一樣，看來這鶴松屋還算業務量少。

「一定要戴保險套，千萬不能生病也不能懷孕，要小心有性病的壞心士兵，他們就是心理有問題，會想要把性病亂傳給我們，所以做之前一定要盯著男子的下體看清楚，遇到有問題的士兵一定要小心，要是送醫，治好後會被送去其他單位。」

盧英珠趕緊點頭回應劉惠，如同先前早苗對自己說過的，全世界的軍事單位，飛行員與地勤都是水準最高的軍事人員，所以這間位於機場邊的慰安所，有洗浴時間可以喘口氣，有時還能陪伴高階軍官休息一日夜，這可不是每間慰安所都能有的「福利」……

隔著門邊，盧英珠看著每個女子張開雙腿讓醫生檢查私處，對盧英珠來說，她也是人生中初次看見如此多個女人的私處，慰安婦年資較少的女子，下體還能保持尋常模樣，但也有從酒家來的三十多歲日本女子，下體早因為千萬次的使用，產生誇張的黑色素沉澱與外陰部變形，大腿內側還有性病康復後的點點疤痕。

這些傷痕與樣態，在婦產科醫生眼中是常見之事，但對盧英珠來說是難以言喻的痕跡——

我以後也會如此嗎，有著得到性病後的痕跡？

我以後也會這樣，下體被男子過分使用後的變形模樣？

盧英珠愈看愈是忐忑，那會是怎樣的痛苦，自己只能暫時閉上眼不願再想。

排隊讓醫生看診觸摸時，女子們還會先將木門稍微拉上，擁有些許隱私，只有早苗走進去時，木拉門也不關，直接脫衣全裸走在醫生面前，大方讓醫師觸摸。且當醫生探看其他女子的下身時，眾女子們都會低頭迴避，要不轉過頭去，保有女子的些許自尊，只不過早苗卻刻意將雙腿張得更開，還對著門外的女子喊著。

「給醫生看這麼好的事，有什麼好怕，大方點啊，腳要張開些。」

早苗對身體之事總是無畏無懼，且身體看來健康盈滿，讓盧英珠低下頭來看向自己，原本因為農事而強健的雙腿，只不過經過一個多月的身心折磨，此時看來竟瘦下許多，宛如兩隻枯槁脆裂的木柱，不知還能撐住身體多久。

「我的下面還不錯吧，又乾淨又漂亮，沒有性病的痕跡呢，呵呵，要是軍官看見我有性病的痕跡，可就不愛我了呢。」

早苗如此說起，讓一些原本從事風俗業的女子們聽著便低下頭來，彷彿在數落起她們似的。

這一日洗浴時間，盧英珠清洗到自己的下身時，這才注意到，最近彷彿就連毛髮都因為壓力而落下許多，身體看來無精打采。更何況不知怎麼著，盧英珠腦中，竟都是早苗對眾人刻意展露的下身……盧英珠這才發覺，這就是男子們前來慰安所時看見的畫面啊——自己雖然身為一個女人，但在這些男子眼中，或許自己並沒有「臉」，對前來慰安所的男人來說，或許只有自己下半身的三角地帶，才是自己一張屬於慰安婦的「臉」……

當盧英珠到來鶴松屋一個月後，為了存活下來，已逐漸習慣張開雙腿面對男人，岡本先生便不再緊盯她。當時間到達兩個月後，盧英珠已能完全配合慰安所的作息，在岡本先生眼中，盧英珠已被規訓成為一個「好慰安婦」，終於獲得一個難得的機會。

今夜，盧英珠初次被指定陪伴軍官過夜，岡本先生走來房間前，粗沙喉音喊出。「秋田中尉指定妳過夜，快去準備。」

「我……真的可以嗎？」盧英珠怯怯問向岡本先生，岡本先生也沒多說些什麼，轉身便離去。

新來的慰安婦，也能獲得這個「機會」嗎？畢竟對軍人來說，新人就是一種新鮮感。儘管只是陪伴中尉過夜，並非是去二樓宴會廳陪酒那樣慎重，但被指定過夜後，盧英珠這日便勞務暫停，不用洗衣煮食之外，早午餐都多了半份，吃飽才有精神應付軍官。下午時段不用應付普通士兵，更不用和眾女子分配洗浴時間。

午後，盧英珠獨自一人在浴室內勺起整盆熱水，小心翼翼擦拭身體，要將身體完全清理乾淨。在慰安所洗浴竟不用分配時間，直接一人享用洗浴間內的熱水，這是多麼尊貴的特權，盧英珠一時間慶幸自己能放鬆些許，卻又擔憂夜晚到來，不知該如何應付軍官才對。

盧英珠將身體與頭髮洗淨後，回到房間等待，早苗也被命令暫時停下工作，前來替盧英珠梳髮更衣。跪坐在自己房內，盧英珠不敢動彈，挺起半身，讓早苗替她梳理頭髮。

「朝鮮女人呀，妳來自鄉下，真的會穿和服嗎？」

早苗的問句帶著貶意，卻讓盧英珠回想時初次穿上精美韓服的那日。那是爸媽還在時，帶著盧英珠和妹妹英子到了相館，穿上韓服拍下一張照片。盧英珠十足珍惜這張照片，畢竟那是自己從小到大，唯一穿上美麗韓服的回憶，也是她唯一隨身攜帶到台灣的照片，每天至少看上一回。

「姐姐……沒有，我不會穿和服，沒有正式穿過……」幾次穿上和服，都只是倉促讓小林披上而已。盧英珠謹慎且忐忑的回應，早苗一聽，便又拿起梳子順了順盧英珠的長髮。

「妳的頭髮還好烏黑柔順啊，真不像我——妳看，我來快兩年，多了好多白髮啊。」

早苗翻找盧英珠頭上僅有的一根白髮，順手一拔，痛得盧英珠瞇起眼，身體也跟著發顫。

「那些軍人啊，就想要貪年輕女人的身體，不想要我這種老的啊，我不是才大妳沒幾歲嗎——會痛嗎？」

早苗將梳子的尖端壓著頭皮滑下，盧英珠再也忍耐不住，頭皮的刺痛讓眼珠滲出淚水，卻也只能咬牙忍耐著說起。

「早苗姐……妳不是只比我大幾歲嗎，早苗姐看起來很美麗，身材很勻稱，看起來比我健康多了，讓我看了很羨慕。」

早苗一聽，指甲尖又特意用力些梳理頭髮，這種壓迫頭皮的刺感，讓盧英珠渾身雞皮疙瘩。

「妳這個傻女人啊，都叫我姐姐了，還什麼『只大幾歲』，我就是老了啊，那些男人很現實的，現在不要我啦，還真是恭喜妳啊……」

突如其來的各種痛楚，讓盧英珠只能咬牙忍耐，每日面對如此多人的索求，下身有時到夜裡才不疼痛，還以為陪伴軍官是「休息」，沒想到早苗卻不放過自己。

「我才羨慕妳——能陪軍官可是一個尊榮呢，唉，想當初我也是這樣啊，剛來的時候，大家晚上都要我啊，真想要每天晚上都被軍官指名呢……下午就不用被那些士兵輪流亂插了，呵呵。」

早苗打理完盧英珠的頭髮，又幫盧英珠擦好臉上白粉，補上嘴唇上的口紅，才叫小林進來，和早苗一起幫盧英珠穿起這件藏青色的和服，讓早苗拉緊腰帶後繫上一個布結。

穿好衣服後才能整理頭髮，由於慰安婦不能用尖銳的髮簪，只能簡單的將頭髮挽起，再以布巾做髮結固定。將頭髮打理好後，早苗便回自己房間去，留下小林接著打掃室內，幫忙鋪上被墊，擺上枕頭。

準備一個下午，一切就緒後便已黃昏，只剩盧英珠待在室內，對著木櫃上的小鏡跪坐，看自己在鏡中的美麗溫順模樣。此時的鏡中的自己，竟是童年時從未能料想的「自己」，這件藏青色和服雖不是花紋錦緞，仍是平整的高雅素材，只有童年時代跟隨母親到市集去，看見官員夫人或富貴人家的妻子才會穿上，盧英珠總好奇的跟在她們後頭在市場漫步，發覺這些女子就算站在太陽照不到的屋簷暗處，但只要身穿高雅的和服，便彷彿整個人映出日光似的……

如此精緻的和服，是盧英珠這種窮困農家出身的女孩，過往根本不敢多加奢望的服裝。盧英珠對鏡反覆打量此時自己化妝的臉龐，只是對鏡愈看卻愈是惆悵，小時候曾希冀自己能擁有的服裝，從沒想過，竟然要成為慰安婦後才能穿上……

盧英珠突然心酸起來，自己怎麼會為了一天的放鬆，覺得服務軍官「很好」，反倒開始覺得自己無比下賤……

入夜後，秋田中尉終於來到，腳步聲嘡嘡是硬皮鞋的聲響，和士兵的軍靴聲明顯不同。皮鞋聲走過走廊，盧英珠彷彿狐狸豎起雙耳，和快速面對士兵不同，這樣想來，面對士兵的壓力還小些，畢竟士兵只是想要發洩，那行為模式自己早已習慣……

過去兩個月後，盧英珠終於掌握住前輩長谷川所說的「技巧」，不管是所謂的骨盆底肌的用力「夾」，或在士兵耳際說些淫穢的話，只要能讓自己過得舒服些，讓士兵快些時間結束，再下賤的話她都願意說出來。但面對軍官可不同，畢竟要相處一整夜，長夜漫漫之外，自己又只是個普通農家女子，要是說錯一句話，讓軍官不開心又怎麼辦……

秋田中尉已來到自己房門外，與岡本先生簡單交誼後，秋田中尉便拉開木門走入盧英珠房內，隨後輕輕關上木門，解開軍服仔細疊在一旁，才跪坐看向盧英珠的面貌。

「妳是朝鮮人，對吧？」

「是的長官。」盧英珠細語輕聲回應秋田中尉的問題。

為了服務軍官，免得出錯，盧英珠曾特別請教劉惠，劉惠便在自己耳際交代。「不要抵抗，不要疑問，對方說什麼，妳都要說他很棒。」

長谷川也對自己說過：「和那些男人做的時候，不管對方厲害不厲害，都要技巧性的哼叫，要裝作自己有些痛，因為對方下面很大，很厲害，所以自己才會有些痛——妹妹啊，妳一定要記得，應付軍官和士兵可是不同的，士兵只能爽一下發洩而已，軍官多的是發洩的機會，他們要的是身為男性的尊嚴。」

秋田中尉與盧英珠簡單交誼之後，隨後便上前去解開盧英珠的和服。被解開衣服的瞬間，盧英珠便如前輩們所說的「低頭露出羞澀狀」，來讓軍人覺得彷彿「拆開禮物」似的開心，只是盧英珠怎麼也沒想到，這一刻腦中突然浮出一個問句——他會不會也帶一罐可爾必思到來……

不過，秋田中尉顯然沒有準備可爾必思與小饅頭，更沒有帶餅乾或其他食品，秋田中尉並不想調情，就要直接進入盧英珠身體，盧英珠略帶遺憾的閉上眼，深吸口氣回想長谷川所說：「妳要自己主動躺下，彷彿已經主動好了，但不要馬上躺下，還是要讓軍官施些力，才把自己壓倒，這樣他才會有尊嚴。」

面對軍官時，一切都不同，一切都要有讓軍官有「尊嚴」。

秋田中尉壓下盧英珠後，隨即調整身軀，方才進入盧英珠的身體中。此時盧英珠腦中卻不斷思索，軍官要尊嚴，那自己的尊嚴呢？

還是說，身為女性慰安婦，所以沒有尊嚴？

話說回來，剛剛自己還因為沒有可爾必思與小饅頭，而感到些許惆悵——這樣的自己就有尊嚴可言嗎？

還是在這時代，生為女性，就是沒有尊嚴呢？

被軍官進入身體，腦中思緒千轉百迴。不過，盧英珠看向眼前這位秋田中尉，他要是出去打仗，也可能會死在戰場，戰爭就是隨時都可能屍骨無存，戰死就是一種尊嚴嗎？

只是軍官出去打仗，贏了可以贏到勳章，會有來自天皇的獎賞，那就像是一場自願付出的生命賭注啊，但自己在這當慰安婦，是被騙來的啊——

自尊是什麼？經過這兩個月，男子進入身體已經毫無感覺，盧英珠感覺到下身被這軍官進出，盧英珠壓抑心底委屈之外，卻還要裝出愉悅的哼叫聲，這樣的自己可真是下賤……

盧英珠心底反覆喊著自己，隨後氣憤的用力夾著骨盆肌肉，這才發覺秋田中尉被這刺激而突然結束，身軀些許顫抖後，便趴在盧英珠身上喘息。盧英珠回過神來，內心正疑慮自己會不會因為陪伴不周，而被秋田中尉嚴厲斥責，更沒想到秋田中尉彷彿按下睡眠的開關，竟已倒在一旁呼呼大睡，盧英珠聽著秋田中尉的打呼聲，一時也愣著不知所措。

秋田中尉翻過身，捲起被褥睡去，不像他清醒時的禮貌模樣，秋田中尉睡姿極差，一隻腳滾過來壓盧英珠，一時間盧英珠也不知道該如何是好，只能先試著掙脫秋田中尉的腳，卻又不能把他驚醒免得被責罵，畢竟盧英珠從未曾遇過男人在自己身邊如此沉睡，在這裡接觸到的男人，全都是在她下身進出磨蹭後，就快速離去的男人……

不過盧英珠也沒有煩惱太久，岡本先生房內的電話突然響起後，岡本先生便快步走來盧英珠房前，打開木門後恭敬問起秋田中尉。

「長官，機場指揮部來電，希望你趕快回機場去。」

秋田中尉正在沉睡，睡眼惺忪撐起半身回答「知道了」，便抓起一旁的軍衣穿上。

「請問長官怎麼了，不是放假嗎？」岡本先生緊張問起秋田中尉，但秋田中尉沒有回答，只回瞪岡本先生一眼，機場機密怎能和一個慰安所管理者說，秋田中尉穿上衣服後便在大廳等待，不久後軍車開來大門前，接走秋田中尉離去。

入夜後的機場外圍本就安靜，軍車轟然來去後，更顯得四周寧靜只剩風聲與蟲鳴，盧英珠在小房內聽著車聲遠去，心底突然放鬆起來。這一夜終於能不再忐忑入睡，此刻盧英珠終於能完全脫去身上的和服，與穿上這身華美卻拘束的和服相比，此時的她寧願裸身，儘管氣候還冷涼著，但坦露身體在榻榻米上，至少擁有短暫的自由。

不管是對軍官或是士兵來說，自己的身體就只是個物品，盧英珠一想到便覺得自己下賤，但念頭一轉，或許說來也僅是自己不習慣罷，要是自己習慣，說不定就不會有此下賤之感，就像早苗那樣如魚得水，輕鬆自在。

只要習慣自己就是這麼下賤的話……

月亮在窗外照耀，盧英珠對著窗戶，看自己身影投射在榻榻米上，明明就是有身體才能被照出影子，但為什麼看向自己的影子，卻彷彿自己不存在似的，彷彿自己完全透明……

※　※　※

隔日清晨洗衣時，長谷川看盧英珠沉靜模樣，便湊上來問起。

「昨晚那秋田軍官……還可以吧。」

「是比以前遇到的士兵好很多……」盧英珠點點頭，卻又欲言又止。「但是……」

長谷川微笑，知道盧英珠這神情，便也知曉她仍在適應期。

「姐姐，只要是男人都一樣啊——」富士初子在一旁回應長谷川，也微笑看向盧英珠，一邊洗衣一邊低頭喃喃說起。「只不過男人見多了，以後要是離開這裡，還得要小心面對男人呢，有些習慣可能會被男人發現自己很有經驗，要嫁人還得演出自己是個清純的女子呢……」

富士初子說起這句話時，被別的日本女子白了眼，劉惠趕緊對富士初子仔細叮嚀。

「妳絕對不能說，要是說出去，妳會永遠嫁不掉的……」劉惠低聲說起時，四周的洗衣女子全都低下頭來，側身聽起。

「是啊，出去以後，如果有機會遇到男人要結婚的話，妳要裝什麼都不懂才行。」瘦小的伊藤清子也如此忐忑說起。「要是遇到什麼和性相關的事，都要裝成很天真……雖然不是處女，但是要說『因為交過未婚夫，但未婚夫戰死了』……不然男生要是有天發現……可能就不要我們了。」

只有一旁的早苗十分乾脆，聽眾女子談論時，忍不住放下衣服大笑出聲。

「哈哈，搞什麼啊，妳們這些女人竟還想裝處女結婚啊，哈哈哈哈哈，太傻了啊，太傻了啊，哈哈。」

面貌最為姣好的早苗道破眾人心事，看早苗收起衣物掛起眾人便低身收拾衣物後陸續離去，只留下盧英珠站在洗衣區內，大風吹來，掛曬起的衣服搖搖擺擺。

「別管她。」劉惠看盧英珠正惆悵著不動，趕緊回身走到盧英珠耳際輕聲。「妳肯定以後還能嫁掉的，妳不像我們原本是酒家女風俗女，妳一定會離開這裡，比我們好命……」

大風正吹入圍牆內，曬洗衣物被風掀起一角，盧英珠這才注意到，劉惠頭髮也跟著被風吹起時，正好露出頭髮下的額頭胎記，盧英珠不禁想起劉惠先前說過，她因為額頭上的胎記像中文的「死」字，而被放棄成為養女的過往……

只是盧英珠終於與劉惠夠親近，近到能仔細看向那片胎記時，盧英珠才發覺，那不過是塊圓型的胎記，根本不像任何明顯的字跡。

第八章 洗浴間

到這慰安所一段時間後，盧英珠有天醒來，習慣的起身準備一日的工作，這才突然意會到，自己竟然已經習慣慰安所的作息……原來人類真的可以被關在這圍牆內不離開，更令自己不可思議的是，原來自己竟能適應這樣的生活——

隨意裸身躺下後，張開雙腿，讓男人目光掃視自己的下身，隨意使用自己的身體。

想起之前劉惠曾說，只要去到風俗業的女子，不管原本身體有多敏感，沒過多久身體都會對於性事冷淡，畢竟男人與自己性事只是個過程，已經毫無生理性上的愉悅，只要忍耐就能撐過去。

盧英珠想想的確是這樣，不管是身體或是心靈，只要忍耐就能撐過——如果毫不在乎苦，便能忘記苦，更何況面對的男人一多，彷彿下身已獨立於自己的靈魂之外，那並不是自己的身體，只是一個讓男人隨意來去的通道，而自己儘管是這通道的主人，卻又無法掌控自己的身體。

至此，盧英珠終於能明白，為什麼有些慰安婦前輩說，就連被男人插入下體時，哼叫都只是下意識行為，自己腦中其實在思考晚餐吃什麼，有時想起家鄉的市場攤位上，一個陽光映下的角落，照亮了一籃飽滿的馬鈴薯……想起公學校時的一次考試，在考卷上填上一個個複雜的漢字，卻忘了一個簡單的字該怎麼寫……想起和同學在田間追逐被風吹起的蒲公英，捕抓飛起的大鳳蝶……想起公學校時喜歡的男同學側臉，和他促狹的捉弄自己時，自己臉龐泛紅時的羞怯……許多隱藏在回憶中的畫面，常常在被陌生男人進入身體時喚醒，或許是自己足夠分心，才能喚出這些被深藏記憶的畫面，轉移注意力……

一早，小林來到盧英珠房內以抹布擦拭木窗，盧英珠正看著窗外櫻樹，花期已接近三個星期，眼前最後零落的櫻花隨風吹，彷彿有人捧著花瓣灑下似的，花瓣從空中緩緩飄零落下，儘管看來是個美景，盧英珠心底卻突然感傷得不能自己。想到家鄉的木槿，又稱為無窮花，能夠應付惡劣的寒冷環境，一朵謝落再開一朵，彷彿永不凋謝……盧英珠如今卻困在這木屋內，自己似乎和櫻花花瓣一樣，只能落地後等待腐爛。

看盧英珠正靜默望著這些落花的櫻樹，小林這才停下擦拭，拍拍抹布後，激起空氣中漂浮的塵埃。

「姐姐……前幾天我遇到過一個在東京皇居做過園藝的士兵，他來慰安所等待時看到櫻花，和我說冬天要是愈冷，來年就會有更漂亮的櫻花。」

小林說完便又跪地擦拭地板，聽小林話語，看櫻花被風吹落下，盧英珠無法理解寒冷之於花朵盛放的關係，只細語喃喃。

「在朝鮮……我沒看過這麼漂亮的櫻花……」

朝鮮當然也有自己的櫻花，只是不像日本將櫻花當成日本國族的象徵，培育出各種複雜的花瓣與色系。

「姐姐，其實這些櫻花也不是每棵都能盛開，院子裡種下這麼多棵櫻花樹，明明每棵樹都一樣時間種下，有的花開得稀疏，有的卻花開滿樹。有的長大很快，有的樹怎樣養都小小一棵長不大，每一棵樹都很不一樣，有它們自己的命……」

「有自己的命……」這句話在盧英珠心底迴盪。小林兀自說完，轉過身才發覺，盧英珠竟聽著自己所說的話而忍不住落下淚珠，趕緊倉皇走到盧英珠身邊安慰。

「姐姐，別哭了啊……要是被岡本先生看到，又要被打了……」

本日是休息日，每間房內的女人們在房間整理梳頭，有的去隔壁房間幫忙彼此挖起耳朵，女人們都忍不住，抬頭望向窗外最後的櫻花隨風落下。

富士初子與伊藤清子正在長谷川的房內，一起縫紉著衣服上的鈕扣和裝飾。兒時曾住在山邊部落的富士初子，曾看過一些日本軍人對櫻花樹感懷，內心也不免有些好笑，畢竟對住在山上的人來說，滿山都是會開花的樹，櫻花是漂亮，但也不算特別。

「不管是什麼樹，我最懷念的還是山上的梅樹，我的生父會帶我去摘梅子，放在陶甕中釀成酒，我們孩子都會偷喝這些酒，要是被發現會被打一頓，但總是會忍不住偷喝起啊。」

富士初子思索往事，靜默看櫻花瓣飄落，這世界上沒有永遠的花，終究是短暫的燦爛，花瓣總是註定要落下，修補衣物的富士初子便也靜默下來，欣賞窗外的落花。

「在我們北海道札幌那裡，到了春天，山上櫻花一開就是一整片呢。」長谷川在富士初子身邊喃喃細語，伊藤清子一聽，忍不住回憶起在北海道時的童年。「是啊，小時候，我曾經在櫻花樹下堆雪人呢……」看向窗外的櫻花，讓眾女子們有些感慨，畢竟身體困在此處，只能回憶往事舒緩精神。

「花落了又怎樣，每年不都會開嗎，有什麼好看的？」早苗提衣服走過，反倒不在意的，對各自倚在窗前的眾女子說。

這日簡單的晚餐後，夜間後的休憩時刻，眾人終於有清潔自己身體的時間。

「姐姐，熱水還有，請趕快去洗澡吧。」小林拉開木門與盧英珠說起，盧英珠總是倒數洗浴的女子，這才趕緊起身洗浴，沒想到浴室內長谷川洋子與伊藤清子還在。鶴松屋內十來位慰安婦只有這兩人是舊識，總在洗浴時私語，甚至說起童年時還有著難得的笑容。

盧英珠忐忑走入洗浴間中，瘦小的伊藤看盧英珠在角落，便湊上盧英珠身邊開始洗浴，伊藤清子瘦小的身子沖下水，水從身上肋骨凹凸間滑下。

「盧英珠啊，釜山的冬天也會下雪嗎？」盧英珠聽著伊藤清子提問，便和伊藤清子點點頭。

長谷川和伊藤清子是出身北海道的女子，兩人的臉龐看來都十分堅毅，只是相較於長谷川，伊藤性格顯得低調許多。

「盧英珠啊，我和妳一樣，其實我不是自願的。」

長谷川個子高，但體型一樣纖瘦，將毛巾擰出水後，便湊向盧英珠身邊細碎說起。

「兩年以前，我哥哥去參軍，家裡少了一個男人種田，家裡種的田剛好又遇到嚴冬，農作欠收，我爸媽說我必須要去接受政府的徵召，這樣家裡才能少一個人吃飯……不然可是會全家餓死……但我也沒想到徵召竟然是當慰安婦……」

拿起毛巾，長谷川索性幫盧英珠擦拭身體，盧英珠起初也是有些抗拒，不過來自於話語總是溫暖的長谷川，便也能接受這毛巾在身上摩挲。長谷川看到盧英珠背後已隨時間淡去的瘀痕，心疼的輕輕擦拭，彷彿只要反覆擦拭，便能將疤完全擦去。

「那時候，我在北海道時常常餓到頭暈，冰天雪地又感覺到肚子好餓，好想把烤火的木頭都吃下肚子裡去呢。」

長谷川面對如此窮困的命運，逆來順受的說笑，身旁的伊藤清子也忍不住回憶。

「我也是啊，北海道的冬天……真的好冷好冷啊，盧英珠妳住在釜山比較溫暖，雪應該不像北海道這麼誇張吧，妳相信嗎，我有一天打開門，門竟然打不開，原來外面下了一公尺半的雪啊，都快把我家給蓋住了……所以我怎麼也沒想到，有一天會來到這麼溫暖的台灣啊……」

長谷川拉著伊藤，對盧英珠介紹起。

「伊藤也是和我一樣，是聽說徵集後，被家人叫來當慰安婦的，剛來時我們都很不習慣啊，我在家鄉沒交過男朋友啊，根本不知道當慰安婦是什麼意思。剛來的時候，每天都要被男人粗暴的插入下身，真是很折磨，我骨頭都快散了……可是至少在這裡，我還有一口飯吃……要是在北海道，我們兩個人搞不好都已經餓死，要不然凍死成冰天雪地中的冤魂，搞不好都成雪女了……」

長谷川和伊藤清子在氣質上，與來自東京都會的早苗截然不同，或許是來自於艱苦的地域，較能同理他人，伊藤清子好奇著總是惆悵的盧英珠。

「這陣子過去……妹妹啊，妳下身還好吧？」

盧英珠點點頭，手輕撫腹部，輕聲回應。

「謝謝姐姐們教的方法……我下身已不會那麼痛了，每天的工作也能承受……沒有一開始這麼辛苦……」

日本女子會千里迢迢來到台灣擔任慰安婦，要不是悲苦農家出身，必須求生才報名，要不就是風俗業或酒店女子，來台灣時都抱持著「來前線賺錢，未來可以贖身」的心理。最初還有些彈性，更沒想到戰事嚴峻之後，會被關在這鶴松屋的圍牆內不得出門，大概只有早苗是純粹的自願「女子挺身報國」吧，主動加入成為慰安婦，當作自己的戰爭，心態肯定和眾人大不相同……

隨後走入洗浴室的富士初子，一看到前方三人正坐好洗浴擦拭，便湊近一起坐下，一起使用剩下的熱水擦拭身體。

在這浴室內，富士初子才終於與盧英珠有貼近的交談。到了此刻，盧英珠才知曉，富士初子是台灣高砂泰雅族。

「盧英珠，其實我和妳一樣，當初也以為……自己是要來當看護婦……」

由於富士初子說的日文聽不出腔調，甚至比來自北海道的長谷川更像東京人，畢竟她雖然身為血緣上的番人，但是在五歲左右便被山上的日本警察家庭收養，只是日本養父母因為戰爭變得嚴峻後，決定回到東京去，富士初子畢竟是生於台灣的番人後代，便將她留在台灣。

為了能有工作自立自強，看到「看護婦招募」的通知時，富士初子便二話不說報名，誰知道沒過幾天，她就被送到這裡。

「真的嗎？」盧英珠驚訝問起，卻又怕自己發出太大的聲響，怕被別人給聽見。「妳真的……也是想要當看護婦……」

「我才比妳早來兩個月啊，我剛來時也是很痛苦，也很想乾脆逃出去，但是看到吳碧鳳逃出去之後淹死了，我就不敢了……而且聽其他軍人說，我算是好運沒有離開台灣，和我一起應徵的女子們幾乎都送去南洋了……那邊聽說和美國人真的在打仗，真不知道她們怎麼了……」

富士初子無比感慨，儘管命運多舛，卻又覺得自己有些幸運，至少自己還活著。

由許多外地慰安婦女子前後到來台灣的方式看來，慰安婦其實已經不足額，既然招不到足夠的女子，政府乾脆就用「就業詐欺」的方法欺騙，富士初子和盧英珠是如此才來當慰安婦。

「所以妳來時，和岡本說的話，我都有聽見……」富士初子囁嚅說起。「我聽了之後，就躲在棉被內哭……」

倒水聲嘩啦，盧英珠側過身，微光中看見富士初子的側臉，深深眼眶之中，看來高挺的鼻子，臉龐卻是如此憔悴，說起往事也帶著淚珠。

小小的洗浴間內只聽得見水聲，熱氣蒸騰的微光中，映著女子的輪廓剪影，此時眾女子們彷彿化身一個個日文字，有的扭曲，有的彎起，不約而同的是在霧氣蒸騰之間，每個女子化身的筆畫都如此纖瘦與憔悴。

儘管水缸內的熱水溫度並不高，但盧英珠能感受到這洗浴間內的炙熱，畢竟在庭院內洗衣時，儘管能交談，但畢竟眾人都在，每次談話起來都得小心翼翼，此時在這水氣氤氳的窄小空間內，才能獲得一些短暫的談話自由。

甚至，在這小小的空間內，盧英珠初次見識到真正的「性愛」。

盧英珠到來鶴松屋兩個月後，由於資歷最淺，所以常常和小林一起去燒灶煮熱水，也幾乎是最後才收拾浴室的人，盧英珠這才發覺，長谷川和富士初子常常一起洗浴，由於兩人的房門相鄰，身高與體型相似，也十分聊得來，兩人約好時間一起洗浴也並非什麼奇怪的事，畢竟一天之中，也只有這一時一刻，可以好好洗去身上沾附的各種男人氣息。

只是當時間一久，盧英珠便漸漸發覺，兩人總是在彼此身邊，幾乎少見分開的時刻。更奇妙的，是有一天當岡本先生突然在夜間酒醉後大吼，叫喚眾女子在夜暗之中裸體面打。最初眾人都面面相覷，不知道該不該真的打下去，長谷川卻直接走到富士初子的面前，儘管就要彼此打巴掌，面對即將到來的疼痛，兩人卻都絲毫不畏懼似的，甚至露出難以掩飾的默契笑容，讓擔憂疼痛的盧英珠十分不解。

「打啊——」岡本高聲大喊，拿起竹棍用力敲擊地面！「妳們這些賤女人，給我打啊！」

長谷川和富士初子一聽到命令，總是互相面打得特別用力，那打上臉龐的啪啪響聲，彷彿是彼此遇見仇人似的用盡全力，讓盧英珠十分不解。

直到這次，當盧英珠進入浴室整理時，突然聽見門外有沉重的腳步聲，盧英珠一聽見聲響便屏住呼吸，還以為是岡本先生要走入浴室檢查。若與岡本先生在這窄小的洗浴間面對面，實在太令人畏懼，盧英珠便二話不說看向牆邊，有一塊水缸的木蓋板正倚在牆面上，盧英珠趕緊屈縮身體躲在木蓋板後方……但隨後開門走入的腳步如貓輕聲，盧英珠知曉並非岡本先生而是其他女子，只是自己躲在木板後實在太奇怪，盧英珠心底便計畫著，等女子們離開後再出來就好，便從木板後探出一隻眼，看見長谷川和富士初子。

長谷川和富士初子兩人一組，走入洗浴間後，先觀察是否會有人再進入浴室，確定已倒數洗浴，後方無人後，方才脫去衣服裸身，不像平常那樣聊天，兩人看著彼此後，竟開始裸身擁抱彼此，親吻彼此嘴唇……

兩人的親暱舉動，讓躲避木板之後的盧英珠忍不住瞪大眼，怎麼女子竟對女子做這樣的事……

長谷川與富士初子親吻之後，長谷川指尖輕輕觸摸起富士初子的臉頰，隨即再吻上富士初子的臉龐，彼此臉頰摩擦，儘管同樣是肌膚的觸碰，但感觸完全不同——軍人的皮膚都粗糙，就算是年輕人，也因為日曬雨淋而顯得比實際年齡蒼老，嘴唇都會乾裂，所以當軍人男子有時強吻女子時，都會刺痛女子的嘴唇，卻又必須忍耐應付。

此刻當長谷川與富士初子身體觸碰，兩人裸身更加緊緊相擁，長谷川的右手指腹緩緩往下試探，來到下腹之後，緩緩觸碰富士初子的下身，富士初子便忍不住哼叫出聲。

對盧英珠來說，她只能瞪大雙眼，原來女人也能對女人做這些事。

這已不是兩人初次的性行為，一個月前，長谷川與富士初子兩人在洗浴間內，因為富士初子的私處有摩擦受傷，長谷川便觸摸初子的傷處，試著擦上藥膏時，未料初子竟忍不住喘息，忍不住哼出聲。

富士初子本以為這樣叫出聲，是對前輩長谷川不禮貌，便趕緊道歉起來，但長谷川並不在乎，隨後緩緩伸出手，探索富士初子身體的其他部分，富士初子也忍不住心悸，這和白日時的男人碰觸是完全不同的質感。白日時的自己，只是提供男人解慾用的工廠生產線，彷若躺下後失去人型，只剩下雙腳張開後的中間點，長長的工廠履帶將男人送入，在女子身上磨蹭後，履帶再將這些男子送到出口，一個個套上衣物離去。

最初還是處女的女子們，被男人粗暴的隨意使用身體，從未有機會探索自己的身體感受，只有此時，竟在女子的指尖溫柔進入身軀時，才能獲得真正的撫慰。

長谷川更沒想到，身在距離日本兩千公里外的台灣，真正能照顧自己的，就是同樣在這空間內的富士初子，兩人一人從北海道輾轉到台灣來，一人從台灣山上被警察收養，隨後帶到平地生活，卻又被騙來此處。兩個原本生於寒冷地域與溼熱森林的女子，唯一的人生交集就是在此當慰安婦。兩人無分血緣和種族，只有在彼此溫暖相擁，照顧彼此感受時，竟才能體會到真正從心底湧現的「愛意」。

其實這段時間以來，盧英珠心底總疑惑不已，自己同樣和隔壁房間的早苗一樣，被男人「使用」，她卻毫無愉悅感受，完全無法像早苗那樣哼叫，男女之事真的能產生這種愉悅的感覺嗎——那眼前的女子與女子呢？疑慮還沒解開，聽兩人親吻時的唇水聲，與雙方手指在彼此身體進出時的溼濡聲響，兩個女子都忍不住哼聲，彼此都陸續迎向高潮，只是壓抑著聲響不能傳出洗浴間，免得被別人發現。

盧英珠聽著兩人歡愉的聲響，愈是屏息不敢動彈，但一旁擱在牆邊的木盆隨著潮溼的水流而逐漸滑下，喀的一聲，長谷川和初子兩人才驚嚇的趕緊分開，兩人雙眼四探，這才發現盧英珠身影，在遮蓋水缸的木板後方躲藏許久。

「盧英珠……妳怎麼躲這裡？」長谷川隨即拿起水瓢沖浴，無法掩飾自己的雙頰還潮紅著。

「我剛剛……以為是岡本先生要進來才躲起來，沒想到是……妳們……」

盧英珠低下頭來，雙眼不敢看向長谷川與富士初子，深怕被姐姐們責罵，不過長谷川並未迴避盧英珠眼神，對於女子之愛顯得大方，只有富士初子依然低下頭去兀自沖水，羞怯於與盧英珠眼神交會。

儘管盧英珠趕緊收拾，想離開洗浴間，但長谷川卻拉住她的手，輕聲請求著。

「這是我們的祕密，不能和別人說……」

盧英珠儘管忐忑，但趕緊點頭說起。

「沒問題……我……我絕對不會說出口。」

長谷川水瓢沖下，水聲嘩啦。

「大家都這樣……不是只有我們。」長谷川如此說，但「大家」還有誰呢？盧英珠想，莫非早苗也有一個女子對象，如果有，還真看不出來。

「我們已經決定要彼此互助，這樣才不會太辛苦，就連被岡本處罰時也一樣。」

長谷川試著解釋起與富士初子之間的事，盧英珠這才明白，為何長谷川總是和富士初子在一起，就算彼此面打，也要被自己最信任的人打。

「如果注定要痛，至少要是最信任的人給的。」長谷川看向富士初子，富士初子這才靦腆的抬頭看向盧英珠，一張臉害羞的泛紅。

自從見識過長谷川與富士初子間的祕密後，盧英珠看見女子們陸續走入洗浴間時總會多加注意。並非想知道誰與誰彼此有感情，而是心底思索，若是岡本這時候走近洗浴間，自己肯定要想方設法將岡本先生阻擋在外，以免被他發現後會強迫分開大家。

盧英珠仔細想，自己也必須擋住早苗，若是她肯定也會告訴岡本，在這間慰安所內，就只有早苗徹頭徹尾和其他女子都大不相同，明明白天已面對如此多男子，讓下身如此折磨後，早苗夜間入睡前，竟還在自慰——

這夜，盧英珠竟在準備入睡時聽見早苗的哼聲，盧英珠實在忍不住好奇，今夜早苗不是獨睡嗎，既然又沒有男人在此，她怎可能會發出這種愉悅的聲響？

盧英珠忍不住透過牆縫偷看，發覺早苗正在自慰，手指正在下身出入，身體正因為高潮而拱成一座橋……

對透過窗外月光偷看的盧英珠來說，自慰中的早苗，彷彿是個中邪的扭曲身軀……

盧英珠總試圖與早苗保持距離，直到這次盧英珠清潔洗浴室，試著將木桶都擦拭乾燥後倒放時，門外傳來聲響，是早苗走進來。

「早苗姐……現在已沒有熱水，妳要現在洗澡嗎？」盧英珠謹慎說起。

「天氣回暖了，我有冷水能擦澡就可以。」早苗脫下衣服，坐在木桶邊的小椅凳上，燈泡光影照出早苗曲線姣好的身體，對盧英珠來說，早苗的身體讓她想看卻又不敢直視，畢竟早苗就像是一隻森林中的老虎，儘管讓人覺得恐懼，卻也讓人好奇那身鮮豔的毛皮……

盧英珠趕緊替早苗汲了一盆冷水，讓早苗能夠擦浴，而後便一邊擦拭浴室，一邊好奇側目早苗的身體，只是盧英珠的掩飾太拙劣，早苗一下子就看出。

「盧英珠啊，妳對我有什麼問題，想問就問。」早苗如此開口後，盧英珠便也不再隱藏。

「早苗姐……為什麼沒有男人在……妳還會有這樣的聲音。」

「什麼聲音？」

「就是……就是……昨晚睡覺的時間，從妳房間傳出來這樣的聲音……可是沒有男人在不是嗎？」

「是嗎，是怎樣的聲音——妳學給我聽好嗎？」早苗湊向盧英珠身邊問起，這聲響盧英珠當然學不出口，雙頰馬上羞紅，喉嚨也哽住說不出話來。

看盧英珠怯怕又害羞的姿態，早苗忍不住發笑。

「白天那些男人啊，根本無法讓女生爽快啊，妳看看哪個男人不是一下子就射了，我們就是工具啊，當一個掃把，一個鋤頭，沒有資格說快樂不快樂啊，對吧？」

冷水擦拭過身體，早苗索性轉過身來，裸身逼近盧英珠，早苗看向盧英珠再次迴避的眼神，忍不住笑出聲。

「妳不懂嗎，所以我和那些男人都是演戲啊，當慰安婦是工作，工作時不要問快樂不快樂——但人生還是有爽快的部分啊，如果連這些爽快的部分都沒有，在這裡的女人就可以去死了啊。」

這句話說得盧英珠屏息，只能猜想，這都是早苗為了存活而生的自我辯解。

「難道……妳不會嗎？」早苗看向盧英珠那羞怯模樣，又忍不住笑。「啊——我知道了，在意義上，其實妳還是處女啊？」

早苗一想，索性伸出右手觸碰盧英珠的下身，雖然盧英珠穿上輕薄衫褲，並非裸身，但盧英珠感受到早苗的異樣行為，便趕緊瑟縮起身體抵禦。早苗看盧英珠想閃躲，左手便壓向盧英珠的胸前，讓盧英珠一時間只能靠在木牆邊不得動彈，下身便被早苗的指頭突然插入。

「早苗姐……不要……」盧英珠一臉眉頭緊皺，哀聲求饒，但早苗不予理會。「妳不要動，不然會痛啊。」

「早苗姐……拜託……不要這樣……」盧英珠再次伸手推開早苗的壓制，但早苗的右手從盧英珠下體拿出後，直接甩上盧英珠一巴掌，啪的一聲，聲響迴盪在洗浴間內，盧英珠臉頰一陣辣紅。

「安靜，不要動。」

挨下帶著自己體液的一巴掌，如同初次與早苗面打時的巴掌，讓盧英珠詫異不已，如此羞辱真是太折磨人，盧英珠又瑟縮身體不敢動彈，但早苗的手指繼續伸入棉褲內，手指滑向胯下，盧英珠馬上回想起自己到來的那一夜，被軍官壓迫，下身被入侵卻無法動彈……只不過和躺下面對男人不同，早苗雙眼正盯向自己雙眼，彷彿一條蛇面對獵物，盧英珠驚嚇得更加不敢動彈，任由早苗的手指愈探愈深，隨即進入自己的下體深處。

過往躺下讓男人進入，至少能轉過頭去，不需面對男人眼神，如今被早苗那雙銳利大眼盯著，卻又無法迴避，實在太過於羞愧，令盧英珠儘管不發一語，但眼眶便逐漸滿出淚水。

從未讓另一位女生對自己如此啊，就算是在朝鮮時，那些長輩姨母儘管責罵，也不曾如此對待自己……儘管早已被眾多男子進入過身體，但此時被早苗對待的這種感觸，比裸體面打更是羞恥——盧英珠身體忍不住退縮，沒想到早苗的左手竟又更加壓迫盧英珠的身軀，右手更用力在下身進出，盧英珠緊靠木牆面，一時間不得動彈。

「聽不懂人話嗎，叫妳安靜妳就安靜，不要亂動。」

盧英珠無能為力，只能任早苗的手指入侵自己的身體，自己要在這裡活下來，必須要臣服於她……只是沒數分鐘過去後，和白日時接觸的男人質感完全不同，男人們只追求快速解除自己的壓力，所以多半粗暴且直接的撞擊，早苗指腹沒入自己身體之內，讓自己羞愧中帶著疑慮與自責，身體卻在早苗的支配之下開始產生不一樣的感覺，生理性的愉悅感竟逐漸升高，不久後，早苗的手指竟讓盧英珠忍不住全身顫抖，迎來人生之中初次的高潮。

盧英珠雙手壓抑自己的嘴，以免傳出喘息與哼聲讓門外的女子聽見，高潮讓羞恥與罪惡交織得更加強烈，自己的身體竟不為自己所控制，就連在洗浴室內也被早苗所支配，盧英珠在感覺最強烈之際，終於伸出雙手將早苗用力推開，早苗這才將手指從盧英珠的下身抽出，但馬上用手掌壓住盧英珠的口鼻，讓她接著發不出聲哼叫。盧英珠瞬間冒出兩行淚珠，滴滴滑落在早苗遮掩自己口鼻時的手掌上。直到盧英珠安靜下來，早苗才緩緩放開手，微笑說起。

「妳安靜點就是，別被岡本那混帳罵了。」

早苗將手上的體液抹回盧英珠的臉頰上，盧英珠極度不安，初次被人如此對待，感受太過於詭異，明明是不甘願的折磨，卻又有難以言喻的生理快感——心底的痛楚讓盧英珠裸身靠在牆上，淚珠忍不住落在充滿水氣的地面上。

早苗將雙手浸入水盆中，洗去來自盧英珠身上的體液，這才回身說起。

「妳想要活下去，反而要好好珍惜這種感覺啊，這可是女人才有的，和那些男人的感覺不一樣啊，男人的高潮爽沒幾秒就結束，但女人的感覺可長了。」

看盧英珠說不出話來，仍瑟縮著身體不斷落淚，早苗便遞上毛巾，呼喚盧英珠來擦背。

「白天發生的事，咬牙就撐過去吧，妳要是乖一點，每個姐姐都會對很妳好的，日子也會過得舒服些。」

接過早苗的毛巾，盧英珠一邊擦拭早苗白皙的背膚，一邊思索原來這就是真正的男女間的「高潮」，但如此感觸怎麼會來自於早苗……自從被抓入這木屋後才初次接觸到男人，天天被迫性交但從未有過愉悅，初次的性高潮卻讓自己無比羞愧與罪惡……盧英珠嘴唇都在顫抖，只怨恨著上天為什麼要讓自己身為一個女人。

早苗沒有回過頭，低頭淺淺的說。

「好好珍惜這種女人的感覺啊，至少這時候，妳才是為自己真正的活啊。」

直到早苗穿衣離去後，盧英珠才趕緊拿毛巾擦拭臉頰的體液，隨即脫下褲子擦拭下身。第一次體會到下身因為真正的高潮而潮溼，盧英珠更加怨恨起自己的身體背叛自己，這感受竟比初次進入慰安所時被軍人強暴更為酸楚，盧英珠忍不住握緊雙拳，瑟縮靠在一旁木牆邊，全身竟忍不住心酸而發顫……

儘管顫得一旁木板喀啦喀啦發出聲響，為了不被岡本先生發現，也不被其他女子知曉，盧英珠咬牙含著淚珠，沒有哭出聲。

第九章　初遇佐佐木

自從來到鶴松屋之後，盧英珠就面對過各種委屈，卻都不如被早苗欺負的這夜來得痛楚。盧英珠躺在床上思索，心底便打定主意，既然人生已是如此悲哀，自己就不該活著。盧英珠總想著，或許從釜山搭上前往長崎的那艘輪船的當下，自己就其實等於死去了……

這夜，盧英珠終於下定決心，用細長的扁梳尾部，小心翼翼嘗試許久，才勾出先前藏入牆縫裡的刀刃，當刀刃成功勾出而掉落榻榻米上，盧英珠這才忐忑的撿起，看向那已然生鏽的刀身，回想起給予刀刃的劉惠所說，要殺了一個軍人報仇，自己才能去死，這樣才值得……既然如此，現在還不能馬上死去，就等到明天，不管明天進來的男人是什麼軍種或官階，盧英珠都要這個男人陪葬。

儘管……盧英珠並不知曉該如何切開人的喉嚨，在釜山時她只殺過雞，將菜刀劃過雞的脖子，讓活雞流去血液後緩緩死去，肉質才不會變壞……但短短的刀刃，該如何像銳利的大把菜刀那樣使用？盧英珠捏起刀刃，想著或許要遇到像之前秋田中尉那樣的男子，在自己身上磨蹭結束後隨即倒頭呼呼大睡，那麼自己肯定有著充裕的機會，可以將刀尖刺入他的脖子……

盧英珠看向森冷的刃尖反光，等到殺了一個軍人之後，就要了結掉自己這下賤不堪的性命。

隔天，白日的盧英珠依然營業中，只是內心既然已有死去的決心，面對這些男子的索求便更是無感。盧英珠已將刀刃藏在木櫃抽屜之中，等待一切時機到來，畢竟要等到入夜後，才會有如秋田中尉那樣過夜的機會出現。

時間快到黃昏時，大廳中等著的男子們，全都是機場地勤或防砲人員，猶如過往那樣快速到來，在解慾之後紛紛離去。盧英珠並沒有思索太多，只是猜想著今晚會不會來個中尉甚至是少佐、中佐，官階愈高愈好……那樣自己以生命為賭注的報復也就值得……

此刻大廳中一群年輕飛行員哄哄鬧鬧，正圍繞推擠其中的一位男子。

「佐佐木——你還是處男吧！」門外眾人高聲叫著，讓盧英珠豎耳聽著。

「我是處男又怎樣？」佐佐木身形和其他人相較單薄，他羞赧著看向眾人，儘管不斷退卻，但簇擁他的同袍卻不領情，依舊向前推擠，讓佐佐木失去平衡，差點踉蹌倒地。

「還是處男？那今天就是你的好日子啦。」同袍中島良寬湊近佐佐木的耳際興奮說起。「岡本先生說你可以遇到新來的朝鮮女人啊，你之前不是也說過想去朝鮮看看嗎，朝鮮女子最適合你啦！」

「這不用你們煩惱啊！」佐佐木想掙脫，卻又無法脫離眾人的包圍，不斷被同袍擠向前去，又聽見同袍大喊。

「你一定要去破處啊，不然你的飛機都常常遇到問題，哪有人這麼倒楣，就是因為你是處男的關係，沒有受到軍神的保佑！」

佐佐木的另一位同袍山本弘夫扯開喉嚨大喊，讓被簇擁的佐佐木整張臉害羞泛紅。

聽著外頭大廳的喧鬧聲，聲音聽來像是機場的飛行員，肯定是一大批人約好來解慾，一人選擇一間慰安婦女子吧？盧英珠這才心想，既然是飛行員肯定職級較高……那就擇日不如撞日，這便是個復仇的好對象……

盧英珠閉上雙眼，先是屏息深呼吸，給予自己信心後準備行動，只是腦中不禁竄過一個念頭，明年的今日就是自己的忌日，自己對不起爸爸媽媽的託付，沒能好好照顧妹妹英子長大，可是真的很抱歉，再也無法面對這種充滿疼痛與羞辱的日子……

盧英珠拿出木櫃抽屜中的刀刃，深呼吸做足心理準備，準備將刀刃藏在伸手可及的木櫃之下。

外頭等待區的佐佐木正被同袍包圍，已無處可躲。

「去啊，佐佐木——」盧英珠聽著外頭走廊間嬉鬧似的對峙，看來這位佐佐木是要去早苗的房間，只是未料突然「嘰——」一聲，盧英珠房間的木拉門突然被同袍山本弘夫拉開，佐佐木與盧英珠四目相交的尷尬瞬間，隨即被同袍推入房內，佐佐木失去平衡跌坐在盧英珠身邊，讓還在思索計畫的盧英珠慌張間挺起身子，只能先將手上刀刃握緊藏在身後，隨即將刀刃壓在身後的枕頭之下。

剛剛還以為這些飛行員胡鬧一會，完全沒料到會如此倉促的進入房間，在走廊打掃的小林湊上一看，木拉門外許多年輕飛行員正擠著身體，伸長脖子在門邊等著看好戲，小林趕緊跨步向前來，將木門唰一聲關上，隨即高聲叫喊：「請軍人哥哥們先離開，沒買票的人也不能進來——」眾多飛行員們才識相離開門邊，回到大廳內等候。

房間內，木拉門被小林關上後，只剩兩人相處的空間，佐佐木一時間不知所措，趕緊跪坐看向盧英珠，隨後抱歉的低聲問安。「那個……妳好……」盧英珠一時間也不知該如何應對，只能先點頭回應，眼看室內靜謐許久不發聲響，佐佐木才趕緊發言打破尷尬。

「真不好意思……我……我是佐佐木野……剛滿二十二歲……陸軍航空隊飛行員……現在是個伍長（下士）……我是被人推進來的，妳剛剛都有看到吧……」

佐佐木緊皺眉頭，手指比向門外那些促狹的同袍，正為此惡作劇而苦惱。

「其實我……沒有準備要到慰安所……真的是他們把我綁來的……」

忐忑的自我介紹完後，佐佐木這才挺起半身，看著盧英珠披著一件方便脫下的輕薄外衣，先看見胸前鎖骨與纖瘦的肋骨，窗外風吹稍微掀起外衣，盧英珠的胸部輪廓就在外衣下裸露，佐佐木霎時間便又害羞著低下頭來。

「是的，長官，謝謝你到來選擇我，希望我能讓你滿意。」

儘管盧英珠禮貌恭敬，但佐佐木實在不好意思，只是低頭看向榻榻米，迴避著盧英珠的眼神，看來並沒有要發洩慾望的模樣……

盧英珠也十分忐忑，要是動作太慢，招待不周，有些軍人會告訴岡本先生，盧英珠儘管想報復，但第一直覺仍深怕被責罵。

「長官，再不開始，時間很快就會結束……」

盧英珠湊近些許，但佐佐木不知如何繼續，皺著眉頭小聲說出。

「沒關係，結束就結束吧……」

「可是……那剩下的時間……我們要做什麼？」盧英珠怔住，這是她初次遇到這樣的狀況，如果男人來了卻不做，還能做什麼？兩人都尷尬時，門外又傳出同袍腳步聲嘁嘁嚓嚓，似乎正在偷聽房內兩人行為似的。佐佐木看盧英珠一臉不安，自己也十分不好意思，只好目光投向室內物品先轉移緊張，這才明白，原來慰安所的房間只有四疊半榻榻米，這大小除了讓女子睡覺之外，要是翻身兩圈就會撞到牆壁，房內也只有簡單小木櫃與一個擺放被褥的壁櫃，看來十分簡約。

「長官，您真的知道……來慰安所是要做什麼的吧？」盧英珠又低頭問著佐佐木。

「當然知道……就是男子和女子……」佐佐木點頭說起，卻無法再說下去。

眼看兩人又尷尬靜默，盧英珠不敢和軍官多說些什麼，深怕說錯話會被打，佐佐木也不知該和盧英珠說些什麼，彼此默默無言，如此時間實在太難挨，佐佐木只得先開口，試著轉移話題。

「聽妳口音是朝鮮人吧……我們機場維修部隊內，有好幾個從朝鮮來的維修兵，所以我聽得出來……」

「是的，長官，我從朝鮮到來……」盧英珠點點頭，也細聲回應。

深怕被外頭的人聽見，佐佐木這才雙膝在榻榻米上跪著移動，靠近盧英珠些許後，才開口提起這個嘗試打破尷尬的問句。

「那……妳為什麼會來這裡？」

「什麼？」盧英珠愣著，一時間不知該怎麼回應。

「我想知道……為什麼妳會來當……慰安婦？」佐佐木又追問。

過去遇到的男人都十足珍惜使用慰安婦的時間，甚至還得催促男子慢些，要先戴上保險套，還要男子先站定，才能仔細看清楚男子身上有沒有生病的痕跡，兩人之間對話不會超過三句，隨後就要進入慰安婦的身體……

本來盧英珠是想趁夜晚殺死軍人，但現在看向佐佐木年輕青澀的面貌，又連續問著問題，盧英珠便又起疑，若是遇見年長的日軍或像岡本先生那樣惡毒之人，自己一定能下定決心，將刀刃毫不留情刺向他的脖子，但眼前的佐佐木一臉青澀，且十分有禮貌，反倒讓自己有些卻步……

不，軍人就是軍人，嚴格來說都是來欺凌自己的人，盧英珠心底又下定決心，她不能心軟，要先讓男子躺下並且失去防備心才行。

「長官，我不能回答這個問題……時間不使用就會結束，要是沒有讓您滿意，我會挨罵的……」盧英珠邊回答，邊解下披著的外衣，露出自己的裸身。只是一看見盧英珠的雙乳，佐佐木更是尷尬，低下頭來說不出話。

佐佐木是喜歡女子，但畢竟自己是「被強迫」而來，「被強迫」這幾個字觸碰到佐佐木的心中底限，心中一旦生出疑慮與惆悵，便難以激發性慾……這是藏於佐佐木心底最深處的祕密，他並非自願當軍人，這時代的青年人們，無論自願與否，都無法逃過帝國的軍事徵召，他最初自願當軍人，也只是苟延殘喘之計。

「長官，要開始了嗎？」盧英珠十分不安，眼角不時看向枕頭被褥處，隨即要躺下張開雙腳，但佐佐木反倒伸手制止她。「不……不用了……」

盧英珠看佐佐木一臉不知所措，有著初次面對女人的怯生，盧英珠男人看多之後，也多少猜出佐佐木就是個處男，盧英珠為了能趕緊完成業務，隨即二話不說起身上前，雙手主動解開佐佐木的上衣鈕扣，裸露出他日常操練而健瘦的胸腹，只是佐佐木隨著被解開扣子，更忍不住緊張尷尬，一時間不知該如何是好而身軀僵硬，直到被脫下上衣後再也忍不住而起身後退，由於半身站起時失去平衡，碰的一聲向後踉蹌撞到木拉門，右腳也踢向前去，便將榻榻米上的被褥踢開些許，盧英珠的枕頭也因而被褥墊擠開。

小小四疊半空間內，摔跌在地的佐佐木向前雙手撐地，試著保持平衡，只是要起身時手指一角正好碰觸到冰冷刀刃，這才感覺有異。

「這是什麼……」佐佐木低身，仔細看向這斷裂的剪刀刀刃，表情隨即一變。「刀子藏枕頭下……要做什麼？」

沒想到自己倉皇間藏在枕頭下的刀刃，竟會被佐佐木意外發現，盧英珠一見事跡突然敗露，只能趕緊跪下用力磕頭，在榻榻米上撞出聲音。「不……我……沒有……我沒有要幹嘛……」

佐佐木拿起刀仔細瞇眼一看，刀刃上盡是鏽斑，若割到身體，就算只是輕微擦傷，也有可能讓人死在破傷風或其他病症感染中。

真沒想到復仇準備竟會先被軍人發現，自己真是太草率了啊……盧英珠低下頭不敢再抬起，一時間怕得渾身顫抖，回想起初來乍到來時被岡本先生責打，自己這等弱小之身，不可能抵抗青壯軍人的拳腳，說不定待會就要被活活打死……等等……盧英珠又思索著，明明自己想尋死，被活活打死不也是死，終究是解除漫長的苦痛，為什麼自己依然如此畏懼，不敢牙一咬就衝上去搶回刀子，刺向對方……

佐佐木看向盧英珠驚慌哭泣的神情，彷彿是隻畏懼責打的小狗，驚怕到全身顫抖。加上佐佐木仔細看，盧英珠的腿部與腰間有著未完全褪去的疤痕，佐佐木並不想責怪弱小的盧英珠，反倒忍不住露出一臉同情。

「妳……到底來自哪裡？」

「我是……朝鮮人。」

「我知道是朝鮮人，是朝鮮的哪裡？」佐佐木此時冷靜且嚴厲的口吻，就像是軍警在訊問犯人，讓盧英珠更不敢抬起頭，只能低聲呢喃。「報告長官……我來自釜山……」

「釜山啊……妳幾歲？」

「十七……不……我已滿十八……」盧英珠頭愈壓愈低，甚至感覺脖子被刀尖貼上，一陣冰冷。

佐佐木思索著，點點頭說起。

「才十八……原來……妳和我妹妹同年紀啊……」

盧英珠緊閉雙眼，頭貼在榻榻米上回答。

「是，長官……」

「妳的家人呢？」

「原本家裡務農……前幾年冬天，我的爸媽都生病過世，家裡剩我和妹妹……」

「原來爸媽都不在了啊……那妳怎麼來當慰安婦的……」佐佐木深呼口氣，再次問起這話題。

先前盧英珠逃避這話題，是因為害怕被陌生軍人責罵，但事已至此無法迴避，盧英珠忍不住嘴角的顫動，終於緊張開口說出過往。

「我……我是在釜山路上看到『看護婦徵集』的公告，我就去報名，但是沒想到被送到台灣……長官……我是被騙來的……」

「騙來的？」佐佐木皺起眉，仔細打量趴地求饒的盧英珠。「所以妳不是自願的？」

「不是……我不是自願當慰安婦……我是被騙來的……」

盧英珠閉起眼，正咬牙準備忍受各種責打，只是閉眼忍耐許久，不知為何責打還不開始，盧英珠已恐懼到額頭布滿豆大的汗珠，驚懼到連寒毛都在發顫，喉頭便因為緊張而嘔出一股逆流的胃酸，讓盧英珠難受得直眨眼。

佐佐木深吸口氣，看向盧英珠的慌張淚水正滴滴落在榻榻米上，這模樣讓佐佐木更加不捨。佐佐木屏息思索，便將刀刃放下一旁榻榻米上，隨即起身走向盧英珠，盧英珠一聽腳步聲，馬上將臉緊貼著榻榻米，發覺佐佐木的腳掌就走在自己眼前時，盧英珠緊閉上眼，咬牙準備要被這隻腳踢踹之時，佐佐木卻彎身扶起盧英珠，在她耳際細聲說起。

「不用怕我……要不是有戰爭，我家就不會被燒掉……我家人就不會死了……」

佐佐木說起往事，突然忍不住話語哽咽。

抖。

「如果我妹妹還活著，她就和妳一樣年紀了……」

盧英珠抬起頭來，看向佐佐木一雙眼眶正溼潤著，這軍人竟然同情著悲苦的自己？盧英珠初次看見軍人有這種「同情」，特別是對身為低賤慰安婦的自己……盧英珠一時間竟詫異著不知所措，想開口卻只有嘴唇在顫抖。

「我會當軍人……和妳一樣，都是身不由己的……」

佐佐木回憶起往事，想起自己不幸的一家人，回想到傷心處，眼眶也逐漸匯聚淚水。

「我只有當軍人……才能活下來……」

原來眼前男子和自己相似，似乎也有悲傷的身世，當軍人這件事也只是無奈被迫？更令盧英珠不敢置信的是，佐佐木在盧英珠面前說起自己身世後，竟然悲從中來，哽咽到眼眶冒出一滴滴淚水，眼淚滑落雙頰後，自下巴滴落在榻榻米上。

過往那些初次見面的日本軍人，多半外貌粗獷堅毅，怎會對陌生的自己有如此示弱的淚水，盧英珠反倒膽怯於佐佐木是否像岡本一樣，上一秒哭泣，下一秒就會瘋狂大吼，一拳一腳便又直擊而來……只不過，看佐佐木這青澀面貌與悲傷神情，啜泣時嘴角發顫……這樣的情感是真實的吧，便逐漸讓盧英珠卸下心防。

「原來如此……長官……」眼看佐佐木沒有要對自己動粗，盧英珠便將恐懼與擔憂釋放而出，也跟著眼眶瞬間滿出淚珠，滴滴落在裸身的鎖骨上。

此刻，門外的等候廳內，傳來眾年輕男子的窸窣交談聲響，就算隔著門仍能清楚聽見。

「佐佐木到底做完沒……實在太久了吧，該不會說自己是處男其實是騙人的？」另一位個頭較矮、臉龐寬大的同袍，是佐佐木的好友山本弘夫。山本弘夫正忍不住從走廊處探頭探腦問起其他人，飛行員同期之間，個頭最高大的中島良寛則搖搖頭，叫住山本君。

「山本呀，這是男人重要的大事啊，你可別過去亂來打擾人家，佐佐木過了這關之後，軍神才會站在佐佐木的身後啊，才會戰無不勝，武運長久！」

中島良寬縮起右手掌，彷彿手掌化身一架飛機正在空中飛行。

「佐佐木真是倒楣啊，哪有人已鎖定美軍機尾，機槍竟然卡住，這實在太倒楣，還好他飛離得快，要不然被美軍飛機發覺，被反咬可就死定啦。」

中島良寬右手扮演的這台飛機一個桶滾後爬起，飛機往上方飛一個「筋斗」，畫了一個圓之後，反倒來到左手這架飛機身後，儘管都已經追在尾部了，竟然發現子彈卡住無法射擊，既然無法擊落對方，便只好迅速拉開機頭，做了一個加速的右側大迴旋之後，隨即拉升入雲躲避身影，以免寶貴的飛機被呼叫來的美軍飛機反擊。

同袍們說到飛行，正好旁邊機場上空來了一架一式戰鬥機正準備降落，引擎聲喧嚣的數秒內，聲響覆蓋門內的所有話語，正好讓門內眾人索性安靜下來。中島良寬扮演飛機的左右手正放下時，佐佐木拉開木門緩緩走出，眾同袍們一看，馬上喧譁湧上圍著佐佐木，看向他制服扣子沒扣全，衣領也塌著，肯定完成了他被眾人託付的「任務」。

「欸——佐佐木你這個混帳呀，你說你是處男是騙人的吧，怎麼做這麼久，很厲害啊！」

同袍間彼此吵鬧拌嘴，佐佐木與大家面面相覷，嘴角忍不住笑。

「因為我……我……我很緊張啊……所以……」

佐佐木一張稚嫩的臉龐泛紅，他不想要和眾人坦白，其實和盧英珠都在說話，並沒有做「那件事」，只是看向眾人圍上想逼問自己，佐佐木便反問最年輕的飛行員中島良寬。

「不然，中島君——你第一次不緊張嗎？」

沒想到話題竟拋向自己身上，中島臉頰馬上一陣潮紅，支支吾吾說不出話，引起旁邊同袍們一陣訕笑，山本弘夫更是笑聲大喊：「是啊，我還記得中島的初夜啊，可是五秒鐘就結束啦，我還聽到那位來自東京的慰安婦大叫，說怎麼這麼這麼快啊，哈哈，我在外面都聽得一清二楚！」

山本的手掌比出「五」，象徵快速的五秒，眾人一看便忍不住捧腹大笑，戲謔笑起中島良寬，儘管中島君是名外貌英氣魁梧的男子，一說起這事竟滿臉羞赧通紅，伸手推開同袍。

「別笑我啊，我我我我……這又不是我願意的啊。」

「五秒？這樣那就不算初次啦，根本不算做到啊是不是，哈哈，五秒鐘還是個處男啦。」

同袍們陸續訕笑中島良寬，大家嬉鬧一團時，山本弘夫君走上佐佐木面前，誠摯的與佐佐木握手。

「佐佐木，希望你之後每次都能成功起飛，平安降落。」

兩人身為好友，彼此照料，儘管被好友架來鶴松屋這場景是如此促狹胡鬧，但佐佐木依然感受這握手的真摯，也回報以一個微笑。中島良寬馬上湊上一旁喊聲。

「恭喜啊佐佐木前輩，終於度過人生大關卡了，還是處男回去會被長官罵啊，我們一回去馬上報告久保田小隊長，讓你晚上有紅豆飯吃！」

「什麼紅豆飯，你別胡鬧啊！」佐佐木大喊，拍著中島良寬的頭，一群飛行員便嘻鬧著離開大廳往大門去。盧英珠聽喧鬧聲愈來愈遠，這才湊近門邊，偷偷拉開木拉門，從門縫中湊出一隻眼，看佐佐木在這群人之中挺起胸膛的姿態，一點都不像在盧英珠面前說話時的坦承與溫柔，這不免讓盧英珠感到些許奇特，或許飛行員真的和普通的陸軍士兵不同吧。

這些外頭等待的飛行員無人知曉，剛剛在一式戰鬥機飛過天空，引擎噪音填滿房間之際，佐佐木已準備離開，便湊上盧英珠耳際輕聲說起。

「妳不要死……只有活下來，才有離開的機會。」

這句話讓盧英珠瞪大雙眼，與佐佐木四目相交的瞬間，盧英珠突然感受到未曾有過的奇特心情，她從未聽過軍人要自己珍惜生命……待飛機聲遠去之後，佐佐木便故意雙手用力扭轉上衣，讓衣服充滿皺摺後，才踏出房間去。

盧英珠被拐騙來當慰安婦幾個月以來，這是她初次遇見入房的男子沒有進入她的身體，過往遇過的軍人無論走入時是羞怯或忐忑，都不會放棄進入女子身體的機會，更何況佐佐木明明發現了刀刃，卻一句話都沒有責怪自己。

盧英珠跪坐思索，看著榻榻米上的森冷刀刃，或許這真是個轉機，如果剛剛是岡本先生，自己此刻大概已成為一具冰冷的屍體。

盧英珠再仔細思索，雖然劉惠說要殺人復仇，但是像佐佐木這種人竟然在自己面前紅著眼眶，並且還放過了自己……或許要殺個軍人報仇的這件事，要遇到一個真正恨的那個人才下得了手，還不到要做這件事的那一天，必須從長計議……

盧英珠屏息把刀刃捏起，緩緩移動身體來到牆邊，這次她將刀刃藏到牆上更深處的夾縫去，隙縫窄小，盧英珠用指甲將刀刃往內推，直到刀刃進入黑暗之中，無法再用指甲摳出，也無法從肉眼中看清。

此時一架一式戰鬥機又飛過天際，聲響覆蓋耳際時，盧英珠忐忑的閉上眼，今日又度過了一次劫難，那之後呢，之後若又遇到劫難該怎麼辦？盧英珠望著牆縫深深的呼吸，閉上雙眼讓自己不要再想，直到飛機引擎聲飛過，四周又重新冒出男女的聲響，不知是哪間房的女子正呼喊著。

「下一個——」

「快點——」

「下一個——」

「快點——」

第十章　偽裝

在佐佐木與年輕飛行員們嬉鬧簇擁離開的那日晚上，岡本先生在走廊時緊盯著盧英珠，用他粗沙的喉音高聲呼喊。

「盧英珠，過來我房間——」

岡本的大吼，讓走過的盧英珠一聽，便彷彿重感冒似的不斷盜汗，畢竟只要看到岡本靠近，早苗之外的慰安婦們都會愣住，更何況傳聞岡本先生會用手指徹夜凌辱女子，直到女子下體紅腫流血……似乎看女子受苦求饒，是岡本的樂趣……

盧英珠聽岡本呼喚自己去他房間，一時心慌忐忑，要是岡本先生真的這樣對待自己，自己真的能忍耐得住嗎？如果下身撕裂疼痛，又不能服務士兵的話，岡本先生又會怪罪下來自己不認真「工作」，又會要女子彼此面打、限制食物與睡眠……真是生不如死……但若要用那把窄小的刀刃來對付岡本先生，肯定被一手拍掉，隨後自己被活活打死，可說是毫無價值。

要走去岡本的房間，就要走上二樓，那是個令盧英珠無比忐忑的空間呀，光是踏踩一階，盧英珠渾身汗珠便不斷冒起，彷彿每一步伐都有千斤重……一階一階都讓自己心悸不已，盧英珠終於走上二樓，緩緩踏入岡本所在的房內，低著頭忐忑說起。

「報告長官，我來了……」

岡本先生坐在木桌前翻閱文件，看盧英珠走入，便大喊。

「上級交代，接下來要對我們的飛行員更好一些，若有飛行員來此，妳們直接陪他一個鐘頭以上，要是兩個鐘頭也可以，時間可以讓飛行員安排，知道吧。」

一般士兵只能使用三十分鐘的慰安婦，一個鐘頭已是普通士兵無法獲得的充裕時間，一個鐘頭以上，已是高級軍官才能享有的福利，原來軍方對新進的飛行員也有著各種禮遇。

「是……知道了……知道了……謝謝岡本先生……」面對指示，盧英珠只能遵守。不只是盧英珠，有幾位特別被飛行員偏愛的慰安婦，都會被岡本先生告知，只是由於盧英珠才到來數月間，才被特別當面叮嚀。

走出岡本先生的房間後，盧英珠下樓時踏步都在發抖，張開手掌扶著木牆面，僅可能快步回到自己房間，沒想到才拉開木拉門，兩隻腳便癱軟跪下，身軀趴在榻榻米上。

小林正在拖地，看到盧英珠竟跪趴在門前，趕緊上前去扶起她。

「盧姐，妳怎麼了？」

「呼——呼——」盧英珠深呼吸許多次，忍不住落下緊張的淚珠。

「妳還好嗎，姐姐……妳被打了嗎，還是……」小林不能理解剛剛發生何事，一邊扶起盧英珠回到她的房間去，盧英珠卻轉頭，淚水落在小林的衣服上。

「我沒有怎樣……我只是很怕……怕岡本……怕他……」對著年紀比自己輕的小林，盧英珠竟說不出口自己畏懼之事，她真的很怕被岡本用手指性虐待，那會讓人生不如死。

長谷川和富士初子各自打開木拉門一小角，一隻眼睛探在門後，偷偷看向腿軟的盧英珠，儘管都知曉發生什麼事，卻也不敢多說些什麼。

對盧英珠來說，她不知曉的事情實在太多，她只能逐漸明白，飛行員是軍隊中珍貴的寶物，由於極度培養不易，和步兵相較是完全不同的訓練難度，所以一向給予最高的待遇，就連使用慰安婦的時間也不一樣。

一週後，佐佐木這次獨自到來。緩緩打開門時，盧英珠看著佐佐木便怔著，這是上次放過自己的軍人，一見到他，盧英珠便緊張挺起上身，連忙道謝。「是你，長官……謝謝你……」

「真不好意思，我又來打擾。」佐佐木入內跪坐，上身挺直，禮貌對盧英珠說起。

「是的長官，再次謝謝……」盧英珠再次低下頭道謝，手掌隨即鋪出宛若初雪似的平整床面後，隨後跪坐在榻榻米上，對著佐佐木溫順的說起。「請問長官，要開始了嗎……」

盧英珠如往昔對待其他軍官一樣對待佐佐木，只是心底一絲困惑，佐佐木到來之後依然跪坐許久，也不解開衣物，莫非不想對自己做些什麼，看來真的太不「正常」。

對佐佐木來說，回去部隊的這一週時間，佐佐木沒有忘記盧英珠上次滑落臉頰的淚珠，被欺騙而來當慰安婦的女子在枕頭下放刀，或許是要殺人，但更大的可能是自殺……佐佐木便也在心底牽掛著。只是上次到來時是被同袍簇擁而來，對佐佐木來說十足無奈且緊張，並沒有好好看清楚盧英珠的臉龐，這回到來佐佐木便仔細看向盧英珠的消瘦雙頰，又回想盧英珠說自己是被拐騙而來，不免深深感慨，眼前女子勢必是吃過許多苦頭。

這小小四疊半的空間內，佐佐木仔細打探四周，確認應該沒人監聽，畢竟這裡是慰安所，就算其他男人在隔壁，應該也只是專心與慰安婦做，不會去細聽隔壁男女說些什麼吧？佐佐木當然也不希望被人聽見，便移動著身軀靠近盧英珠，盧英珠明白佐佐木和上次一樣只想說話，身子也跟隨湊近些許，想聽清楚佐佐木說的話。

「上次聽妳說的事，妳的爸媽都過世……我的爸媽和妹妹……都是被人害死的……」

這一次獨自面對盧英珠，佐佐木終於忐忑的，一字一句吐露自己的心事。

在年輕的盧英珠眼中，日本是軍國主義到處征戰，她無法理解日本國內並非所有人民都支持戰爭。當一九四二年過去，日本與美國展開太平洋戰爭後，由於戰爭規模更加擴大，無論人民想要不想要，有沒有意願，家中男子只要年齡符合都必須投入戰爭。也就是如此，若是有懷疑戰爭者與逃兵者，日本政府便有「特別高等警察」，所謂的「特高」來收拾這些反政府者。

國家戰爭時期，軍警違法偵訊庶民，將人虐待致死之事比比皆是，只是在全日本傾力面對美國、英國等等盟國的巨大勢力時，這些內部死傷便被刻意遺忘。

由於佐佐木的大伯是個大學法律教授，抱持和平主義，曾經公開宣揚政府不應該在中國作戰，早在一九三九年便被憲兵從學校帶走，送入監獄多年至今都沒有消息。大伯父被送入獄後，整個家族成員便常常被「特高」與憲兵看管，總是有陌生男子在街道外站著監視，或在佐佐木屋外探看。

佐佐木一家人，對軍政府而言就是「反政府家族」，在這樣與盟國作戰的極端情勢之下，自然被嚴加看管，甚至曾有陌生男人走來屋外，對著同樣也在大學當老師的佐佐木父親高聲指責：「你們這一家人都是叛徒啊，不要動什麼歪腦筋，戰爭已開始，所有人都要為天皇奉獻，你們是逃不掉的！」

儘管佐佐木的父母親都十分低調，深怕引起政府注意，也怕那些民間的極端分子前來作亂，但家族內曾有人被當作反政府分子的過往，常讓父母親的生活備感困擾。

「我們就低調些，當作什麼都不知道，好好的過日子……」佐佐木的父親如此和佐佐木與妹妹交代，又不放心的重複叮嚀。「你們在學校什麼都不要說，如果有老師問起，就說我們是最服從政府的人民，知道吧。」

父親的交代，佐佐木徹底執行，自己這一家就是衷心支持政府的人民，絲毫看不出破綻。加上佐佐木已經就讀大學理科一年級，成績已十分優秀，當時總想只要大學畢業，以後日子就會改變吧，自己也不用思索太多。

由於珍珠港大捷和其他海外軍事占領都十分順利，所以大家總認為軍事任務會一切順利下去，所以對於庶民而言，沒人能想像到一九四二年四月十八日的事。

這一天佐佐木和大學同學一起去市郊的淺山抓昆蟲，準備製作昆蟲標本交付學校的生物作業，當兩人站立山頭看向東京時，沒想到眼前一向平穩的東京天空中竟傳來奇特的聲響，佐佐木轉頭看向十台飛在東京上方的B25轟炸機，第一時間還以為這是日本自己的飛機，更沒想到這些飛機竟然打開機腹倉後，從空中陸續丟下炸彈，隨後東京地面發生爆炸，陸續傳來火光。

「不會吧——那是哪裡來的飛機？」同學忍不住大吼。

「是中國來的嗎？」佐佐木愣著，一時間不知所措。

「不可能，我每天都看報紙，中國的空軍早就被我們打敗了，不可能是中國那邊的飛機啊。」與佐佐木一起抓蟲的友人在山上驚喊，兩人趕緊跑下山去，騎著腳踏車奔馳回家。

這是歷史上著名的「杜立德空襲」，一九四二年四月十八日，美軍將大黃蜂號航空母艦開入距離日本五百海里處，十六架B25轟炸機掛載炸彈從航母上起飛，飛往日本空襲。由於不到半年前的突襲珍珠港，已幾乎讓美軍在太平洋失去了戰力，也由於從航空母艦起飛的海軍轟炸機航程只有兩百海里，所以日本軍方從未想過在本土防衛圈之中，竟會有美軍B25這種陸地機場轟炸機的出現。

美軍的突襲實在遠超過日本軍方想像，對美軍飛行員來說，更像是一趟有去無回的宣示作戰。

「東京這麼大，不會丟到我們家吧！」佐佐木看著飛機飛過，內心實在忐忑不安，騎著腳踏車回到家前，家中一切安好，看見媽媽和妹妹在家中反覆訴說著美軍飛機凌空的恐懼，佐佐木趕緊抱著媽媽與妹妹，彼此確保平安。

這場空襲造成的損失並不算大，但是對佐佐木而言，最奇特的竟是隔天新聞報紙竟然毫無消息，佐佐木翻閱報紙從第一頁到最後一頁，什麼資料訊息都沒有，不免讓佐佐木感到十分詭異，他親眼所見這場東京轟炸，難道不算國家大事？

對任何只要具備思辨能力之人，都能明白新聞試圖遮掩的詭異之處，佐佐木便已感覺到情勢不太對勁。

這場杜立德的東京空襲儘管在轟炸本身戰果不大，但對日本軍方的心理卻產生重大的效果，整個社會也開始激化，過沒一周，佐佐木的父親儘管已三十九歲，卻突然收到徵兵兵單，一週內便被指派到菲律賓去……

出發之前，父親便心底明白，此次出征可能有去無回，便緊緊握著佐佐木的雙手。

「爸爸出發當兵是不得已的，你要好好照顧好媽媽和妹妹，務必好好完成學業，爸爸把這個家託付給你……」

那一日，佐佐木初次感受到父親彷彿交代遺言，而自己卻無能為力，只能看著一切發生……更沒想到四二年的五月，日本對菲律賓戰爭已經獲勝，但父親出發到戰區後卻不再寫信回家，到七月分時，家中便收到父親戰死的電報……讓母親深深相信，父親是一上到前線，就被派去赴死……

甚至，會不會殺死他的，其實是站在背後的日本軍人……

「為了小孩，大人可以去死也沒關係，我和你爸爸都已經有覺悟，現在他先走了……你們更要好好活下去。」

收到父親戰死消息的那一天，媽媽咬牙切齒的哭著，對著佐佐木與妹妹堅毅說出口這件事，一家三口忍不住相擁哭泣，而後，卻要當作不曾經歷這件事，才能繼續過生活下去。

父親上前線後便馬上死去，佐佐木內心總不斷起疑，但媽媽說的明白，爸爸的事必須吞忍，只因為家內還有佐佐木與妹妹要活下來。而在父親去海外作戰死去的消息後，有一天當佐佐木下課時，四周街道卻陷入一陣混亂，原來是前方火災，佐佐木跟隨滅火的街坊之人前進，卻沒想到陷入火海的竟是自己家啊——佐佐木奔跑回家在火光前焦慮大吼，街坊眾人趕緊接水滅火，但滅火的人手有限，大火已無法壓抑，漫天火光與灰燼之中，佐佐木只能枯站，等待數小時後一場大雨將火滅去……

佐佐木在漫起煙塵的殘骸中翻看灰燼，終於看見母親與妹妹相擁在屋角，已被燒成無法分辨的兩團炭色物體……

對佐佐木來說，母親與妹妹是他人生僅存的依靠，更沒想到親人的緣分竟如此短暫，佐佐木只能雙膝跪在燒成灰燼的餘熱樑柱上，對天嚎啕哭起。

那是佐佐木初次感覺到自己的弱小不堪，畢竟誰都能輕易看出，這把火若不是特務所放，就是支持戰爭的極端人士所為。凡是對政府軍事行動發出疑問，提出不同異議之人，在這年代要有隨時死去的覺悟。

這一年佐佐木已就讀大學，未來大有可為，過往父親的幾個鄰居親友，儘管想收留佐佐木，最後卻又因為不想牽扯反政府背景的家族，只能迴避自保而讓佐佐木離開。佐佐木在親友家庭之中流轉，甚至有數日，佐佐木竟只能住在枯水期的排水涵洞中，黑夜漫漫如此難挨，涵洞各種臭味瀰漫，黑暗之間彷彿隨時都會有惡鬼走出，尖利手爪拉扯佐佐木的腳掌，將他陷落黑暗深淵中……

「我要先活下來，才能考慮許多事情……」佐佐木自言自語，在涵洞內啃咬手指甲，把手指甲咬到殘缺不堪，這樣焦慮引發的壞習慣，讓佐佐木的手指甲總是過短……

聽著佐佐木說起過往時的哀悽神情，盧英珠忍不住看向佐佐木過短的指甲，內心也不免悵然……原來眼前這個年輕軍人，竟有如此不堪的回憶，聽來也十分令人同情。但佐佐木所說的這些往事，那些反政府家庭、特高與被放火之事，自己真的能聽嗎……盧英珠擔心自己知道太多關於軍人的私事，會不會有什麼不好的影響，但自己身為低賤的慰安婦，自然也只能承受，無法多表示意見。

對佐佐木而言，自己這悲慘的人生過往，在絕對服從的軍中自然不能說出口，這些無人可以訴說的過往，竟然只能講給軍隊最底層，同樣出身悲苦的慰安婦聽……只是佐佐木說著便停不下來，更沒想到，佐佐木愈說愈是傷心，竟然忍不住悲傷而抽泣，盧英珠先是愣著，自己身在慰安所內，男子進入房間幾分鐘後，盧英珠便會看見男子的精液，卻從未看見男子的眼淚……

儘管內心詫異，畢竟這男人曾放過自己一馬，盧英珠心底也忍不住生出同情，便趕緊雙膝跪著上前去，輕輕擁抱佐佐木抽泣時的身軀。

「長官，沒想到你這麼辛苦……」

這年代，軍國主義下的庶民只能如此，情勢終於已經到了，沒人敢大聲說一聲「不」的階段。當年，佐佐木已十分知曉，在這意見相左之人會被入獄或暗殺的時代，身為庶民更是沒有選擇，你只能選擇成為國家的子民，或是另一條路——不明不白的死去。

整個社會都在動員，每天街坊之間都有入伍的遊行隊伍，時勢如此，佐佐木知曉自己不可能躲避戰爭，他與幾個高中同學私下討論，與其被派去當海軍，上船與有著龐大資源的美國作戰，或是派去滿洲國、南洋和父親一樣當步兵被推上前線，成為一個填上防線的小卒，極有可能會死得不明不白，此時知識分子最好的出路，是去當軍方的研發人員。

「可我們才十九歲，不可能當什麼研究人員，家族也沒有背景關係，不可能去後方什麼研發工廠的。」一個同學研讀資料後，仔細對佐佐木分析。「我們最好的路，就是去當飛行員。」

從各種現有證據看來，飛行員是極為特殊的兵種，由於飛機昂貴，所以駕駛員必須聰慧反應快，體能又要好，還要能撐過各種訓練，是成本極高的兵種，因為堪用的人員稀缺，就算是反政府出身的小孩也會評估接受，只要願意加入並且撐過訓練，之後便會有著更好的照顧——

「就算未來要逃走也比較有機會——」同學甚至說得更明白，若有一天必須要投降時，還能駕機逃走，加上世界各國的空軍一向有著「騎士精神」，甚至會協助被擊落的對手飛行員獲得救助，和陸軍那種「完全殺滅對方」的精神截然不同。

懷抱這種趁機逃避戰爭的心理，既然失去家人無法好好讀書，在二十歲的國民徵兵令到來之前，佐佐木便下定決心，他直接放棄就讀大學的機會，先用高分考上軍方的飛行學校，隨後佐佐木憑藉就學時的學習能力，在飛行學校內成績名列前茅畢業，學習飛駕時也常被教官評價為十分優秀，不輸多年經驗的飛行員。

只是佐佐木加入航空隊，下部隊入基地後，在戰場上總是不太好運，受一式戰鬥機訓練的佐佐木，飛機有時不是起落架壞去，停在跑道盡頭上無法起飛，就是引擎漏油而中途折返。甚至有一回編隊飛行遇敵，自己也只是誘飛讓對手顯露破綻，讓主要的擊墜數算在隊友身上，因此飛行近一年半之後，許多最初的隊友都因為擊落敵機的戰功而破格高升，因而調去其他前線戰區，佐佐木卻始終停在原基地。

儘管同袍都為尚未拿到戰功的佐佐木惋惜，卻沒人知曉這是佐佐木消極參與戰爭的手段——不一定要殺死敵人，才能活下來，只要想辦法讓戰功被隊友拿走就行。

戰場現實就是「要打敗對方，就要派出自己最強悍的軍人」，但最強的人會遇到最強悍的戰場，所以反而不一定能存活下來。但是軍隊中的弱小單位，卻又會被派去當戰場誘餌或炮灰，死得不明不白。佐佐木十分明白，只有中庸之道，才是戰場上確保自己的生命的唯一方法。

半年前，佐佐木一有機會，便選擇申請來到台灣的機場服役，只因佐佐木覺得整個亞洲戰場最安全的地方，就是台灣。

將日本領地畫一個圓圈，台灣大抵位於中央地帶。位於中國的關東軍北方有蘇聯虎視眈眈，而在中國作戰，儘管日軍較為強勢，幾乎整體戰事都成功，卻會遇到中國軍隊或是來自民間的各方游擊隊，無法百分百確保安全。若在太平洋上守備島嶼，由於補給線拉得過長，只要有軍事常識之人，都能明白島上機場的後勤補給會有多困難。

相較之下，台灣正好在日本的太平洋戰區中心點，就算戰爭到來，也不會這麼快到達台灣，還有各種準備的機會。

「原來是這樣啊……」盧英珠點點頭，知曉了佐佐木主動和上級爭取，選擇來台灣的理由。

「和我……不一樣……」盧英珠忐忑說出口，畢竟上回已經和佐佐木說過，自己是被欺騙而來。

只是對盧英珠來說，她從不管進來慰安所的軍人為什麼來台灣，畢竟對他們而言自己只是個發洩管道，若非佐佐木主動提及，自己肯定是不能知曉。

對佐佐木而言，他更難說出口的，是自己來台灣的這一年多，當其他人因為飛行技術優秀，而選擇去更危險的單位時，只有佐佐木拍著胸膛，與所有同袍說明：「各位，台灣就交給我來守護了。」

佐佐木說得義憤填膺，說得冒出滿臉青筋，沒人知曉這是他演出的一場，只有自己知道的「戲」。

在佐佐木就讀國小時，日本國力正推向歷史高峰，不管是科技、藝術與運動，日本不斷送出許多留學生到外國去學習，積極的向世界擷取養分，邁向世界一流強國之路。日本就在此時興建眾多的維多利亞風格的建築物，開始接觸好萊塢的電影與明星，銀座與建人來人往的百貨公司，棒球場舉辦和美國大聯盟的棒球交流，劇場與電影院總是高朋滿座。

佐佐木就是在日本文化正興盛的時刻，接觸到「戲劇」。

戲劇是人類將「生活」轉化成為「表演」的一種藝術模式，將悲傷呈現在故事之中，讓閱讀故事之人在角色人物的經歷中獲得強大的情感宣洩。不管是莎士比亞還是大仲馬的劇本，佐佐木從朋友手中拿到後，總是讀完一遍又一遍，試著揣摩角色的心理，猜測作者到底是為什麼如此書寫。

到了中學校（國中）時，只要有免費的演出，佐佐木便從未放過，特別是當佐佐木有一回在公園看向小小木框內的「紙芝居」時便更是入迷。「紙芝居」是故事講者拿著一個木框，隨著故事起伏和切換場景時，講者便可以將木框內的圖畫紙張抽換，彷彿是一場最簡易的電影。

「我從沒看過紙芝居……」聽到佐佐木介紹紙芝居，儘管佐佐木比手畫腳，介紹木箱的大小，中間抽紙的地方，但盧英珠還是搖搖頭，畢竟自己身為釜山農家之人，自然和身在東京的佐佐木有著完全不同的文化差異。

那一年，當佐佐木初次看見「紙芝居」時，胸口便一陣洶湧，原來小小木框格內可以裝入這麼多的「故事」，只要自己想得出來，畫得出來，那一個框格就能裝入全世界。

佐佐木喜歡上「紙芝居」，每天課餘就會編寫故事，製作圖畫紙。還曾帶著自己釘的紙芝居木箱與其他圖卡道具，前往公園內的小廣場上練習說故事，試著和來公園玩耍的孩子們講一回故事。

裝設好木箱的腳架，將紙張疊好放入，準備完畢之後，佐佐木便喘口氣，開朗向公園內的孩子們叫喊。

「孩子們，我要練習說故事啦——今天我要說這個故事，可是有名的伊索寓言《龜兔賽跑》呢，有沒有聽過啊？」

正好公園內有著出來寫生的公學校學童，大家看松樹下來了個熱情大哥哥要說故事，孩子們便都好奇湊上一看，等到孩子聚集起來後，佐佐木便慎重的緩緩掀開紙芝居的木箱蓋子，展露出第一張圖畫，這便是《龜兔賽跑》的烏龜和兔子角色——一旁的美術老師也好奇湊過來查看，《龜兔賽跑》是個十分正常的故事，畢竟對孩子來說，有故事可看便是短暫的安靜時間，美術老師便放心坐在一旁石頭上等待。

「孩子們，烏龜就是慢啊，對不對！」佐佐木大聲呼喊後，小朋友們紛紛舉手，全都開心的七嘴八舌討論起：「是啊！」、「我養過烏龜。」、「烏龜真的很慢呢——」、「和蝸牛一樣慢——」

看孩子們陸續應答，已經專心在故事上，老師便坐在樹下乘涼，並沒注意到佐佐木的故事再翻兩頁後，故事便不太對勁。

「其實這隻烏龜不是普通的烏龜，是一隻——海龜！」

這隻烏龜並非普通的烏龜，是有名的浦島太郎所騎乘的大海龜。

那天大海龜去和兔子賽跑，跑啊跑馬上被兔子甩開，海龜在路上和別的動物比跑步，怎麼可能獲勝？自己的四隻腳都是水槳，根本不利於在陸地跑步啊。不過，海龜知道自己既然追不上兔子，乾脆去休息好了，海龜便離開跑步路線，來到一個沙灘上打盹，更沒想到竟然遇見——浦島太郎。

「反正你都來了，我又沒事做，我載你去逛逛好了。」海龜對浦島太郎如是說。

海龜載運浦島太郎到達海底龍宮，結束旅程回到原本的世界時，一打開箱子，噗碰一聲冒出煙，浦島太郎便瞬間老去——海龜看著浦島太郎變成老公公，突然想到一件事。

「我不是還和兔子比賽嗎？」

海龜慢慢回到當初比賽的地方時，幾十年過去，當初立下的終點線早就不見蹤影，草原上都長出了大樹，兔子也早已消失無蹤。

不過，海龜遇見兔子的鬼魂，正在路邊飄飄蕩蕩。

「這不是……當初和我跑步的海龜嗎？」兔子的鬼魂好奇飄過來看向海龜。「唉，我跑步是贏了你……但是，我活的沒有你長啊……」

看兔子如此感慨，海龜也忍不住嘆口氣。

「是啊，我活的比較長，但是你比我快到終點，這樣是我贏，還是你贏？」

怎樣是贏呢，海龜和兔子彼此都想不出來，不過夕陽正好落下，海龜和兔子的鬼魂便靜靜的坐在路邊，欣賞著今天的美麗夕陽。

「就是這樣，故事說完啦！」佐佐木抽出紙芝居木框的最後一張紙，開心的揮舞手臂，音調也拉高些。

「小朋友們，這個故事是海龜贏還是兔子贏呢？」

老師看向佐佐木的戲劇結尾也不免詫異，而孩子們同樣忍不住喧譁討論起來。「是海龜！」、「是兔子，贏了就是贏了——」、「沒有贏也沒有輸！」，眼看喧譁聲四起，孩子們熱鬧笑開懷，美術老師趕緊走過來大聲斥責。

「混帳東西——你說的這什麼故事，有人准許你這樣改故事嗎？」

佐佐木被帶隊的美術老師責罵，便趕緊收起木箱倉皇逃開，但逃跑的路上卻忍不住發笑，自己真的成功說了一次「故事」。更沒想到，當初自己學習戲劇只是喜好，許多年後卻也發揮了實際的功效，那就是能「演出自己愛國」。

佐佐木總是演出自己勇於上戰場的各種表現，每日認真努力，激昂報國，這都是為了「活著」的演出。從雙親與妹妹悲慘過世的過往，接連回想起這段胡鬧的往事，也不免令佐佐木終於止住眼淚，儘管都是多年前的事，但能在這窄小的房內，與來自朝鮮的慰安婦說起這段往事，自己多年前絕對無法想像到的一日。

「原來如此啊……長官……」盧英珠聽起佐佐木對自己說起更多過往，起初也只是專注聽著，並且不斷點頭回應，以免佐佐木會突然不高興，但不久後，聽佐佐木在操場邊落荒而逃的往事時，盧英珠終於忍不住笑出聲。

「長官……您以前……真的這樣嗎？」盧英珠忍不住笑意，謹慎問起。「真的會……這樣胡鬧？」

「真的啊，那時候我跑得可真快，還跌得全身都泥巴呢。」佐佐木忍不住微笑，盧英珠也忍不住嘴角的笑意，掩著嘴笑了出聲。

和其他間房中傳出的男女交歡聲不同，這間房傳出的竟是彼此壓抑著的憋笑聲，這可是不能給岡本先生聽見的笑聲。

由於自己的身分會被針對，要活下去就要偽裝，要比別人更愛國，看起來更堅持的投入訓練，要更認真的服從上級，若不是因為戰爭發生，佐佐木還想著未來有機會成為一個很棒的戲劇演員……

佐佐木心底也明白，儘管白日如此精巧的偽裝，只有來到這小小的四疊半空間內，面對並非軍方之人的盧英珠，才有機會釋放心底深層的祕密，當笑容與眼淚都無法隱藏時，才是真正的放鬆。

時間一小時餘，佐佐木看向手錶，與盧英珠點點頭。

「我必須走了，要回部隊了。」

盧英珠一聽，這才緩緩收起笑意，謹慎著點頭回應佐佐木，佐佐木也收起笑臉，回覆到嚴肅的軍人臉色，隨後緩緩起身，小心帶回木門後離開。

看著佐佐木離開這窄小室內的背影，盧英珠突然發覺，來這裡幾個月了，這麼多男人先前拉開這個木門，總是倉促又緊張，畢竟目標就是要來進入她的身體，所以這些中間的流程當然愈快愈好，所以開關門總是發出各種倉促的噪音，只有這個佐佐木打開門後，又如此緩慢輕巧的關回木門，不發出一點聲響……

盧英珠仔細看著佐佐木緩慢離去的背影，聽著他離去時的腳步聲喀喀噠噠，儘管這腳步聲在門外愈走愈遠，卻彷彿在心底走出巨大的回聲，反覆在心底迴盪。

第十一章 其他房間的男子們

入夏之前的白日，圍牆內外的紡織娘與各種鈴蟲不斷喧譁，蟬聲已近到彷彿就在耳邊狂放的鳴叫。今日白天時段的工作是修補機場日軍的衣物，盧英珠一邊修補軍衣，一邊在窗前仔細的聽著四周蟲鳴，忍不住回想起釜山，有感而呢喃自語。

「不管是釜山，還是台灣的蟲，其實叫起來也沒有太大差別啊……」

隔壁的早苗聽盧英珠的喃喃細語，與盧英珠隔著薄牆回應。

「男人不也是一樣嗎，不管是高矮胖瘦的男人，不管是軍官還是士兵，不管是日本的男人，還是台灣的男人，大家叫起來的聲音也沒有什麼差別，射出來的精液也都一樣啊。」

隔壁早苗一說話，盧英珠便安靜下來，不敢再多說些什麼。

「其實只要是人就是這樣呀，不分人種也不分種族，就是想找女人發洩啊，男人就是男人啊，妳們說是不是，哈哈。」

盧英珠不敢再說話，低頭安靜的一針一線縫補日軍服裝。這些服裝有些是手肘處磨損，有些是拉扯過度，因此掉了兩、三個扣子，這些衣物狀況平日應該是士兵自己修補，不過既然在機場邊緣，慰安婦空餘時間還需做事，如此才能讓日本帝國的士兵有更多時間執行任務，才更有機會贏得這場戰爭。

只是對慰安婦來說，軍裝布料比女子們平常穿的薄衫厚上許多，發下的細針不易穿過，盧英珠更用力些，終於將針頭刺穿衣服，卻無意間扎入自己的無名指中，盧英珠忍不住的痛噴一聲，下意識反應趕緊將針抽出。

「小心點啊，朝鮮人，妳不要讓這衣服染到血，想詛咒他嗎？」早苗一聽到盧英珠的痛噴，便自顧自的打開木拉門，進入盧英珠房內拿起衣服一看，果真沾附到些許血跡。

「這人是誰呀我看看——酒井曹長，哈哈，這傢伙可真倒楣，都當到曹長了還沾到妳的血，這是詛咒啊，這軍官要是上前線，肯定會戰死啊。」

在日軍的軍階之中，「伍長」是下士，「軍曹」是中士，所謂的「曹長」便是士官長。曹長是從軍多年才能到達的職位，只是被早苗如此說起，盧英珠只能低頭繼續搓起這件上衣制服，試著將血跡搓散，盧英珠這也才知曉，原來軍衣上可以看出官階和姓名，自己對於軍事真是一無所知。

只是愈是縫補軍衣，便愈是想念佐佐木啊，盧英珠繼續縫紉修補，竟把「酒井」這兩字看成「佐佐木」，再一回神才看清楚，只是自己的錯覺。

「還真想縫到佐佐木的衣服呢……」盧英珠心底如此思索，沒想到縫紉軍衣這件尋常事，竟然能在心底生出些許期待。

上次佐佐木到來後，盧英珠度過一小時餘的輕鬆時光，聽佐佐木說起不堪的家庭過往與有趣的少年之事，佐佐木是唯一不進入自己身體的客人，這不免讓盧英珠印象深刻，總在心底猜想，佐佐木何時會再到來？佐佐木平日是怎樣的人？盧英珠心底總反覆猜測，或許佐佐木平日也是如此溫和之人吧，畢竟待人和善，肯定也會被人好好對待，這便是「善意的循環」吧。

這日下午，當佐佐木再度到來時，盧英珠竟忍不住臉上的欣喜，但不想自己如此明顯的表現出來，依然平淡簡單問起：「你最近好嗎？」

「嗯，我還可以。」佐佐木說完，兩人便又陷入些許尷尬，彷彿上次的話題耗盡，不知該如何開啟新話題，不過天空中又傳來飛機聲，聽著引擎聲過去，佐佐木便指著窗外。

「啊——妳仔細聽引擎的聲音，從東邊飛到西邊對嗎，機場有固定起飛和降落的方向，妳仔細聽飛機的聲音，就會發現飛機的方向。」

盧英珠第一次注意到引擎的方向，真的是由東往西飛，這便是從機場起飛的聲響，飛機愈來愈遠，但隨即有一個聲響來自於另外一方。

「那聲音西往東飛，就是飛機在下降嗎？」盧英珠謹慎問起。

「沒錯，那是在下降——因為我們機場夜裡不起飛，所以每天早上第一次的聲音一定是由東往西。」

佐佐木仔細的介紹，盧英珠這才嘗試分辨引擎聲響的方向，果真引擎聲音愈來愈低，隨即混入風聲。

「仔細聽，現在飛過去的引擎聲是『一式戰鬥機』，就是我駕駛的飛機，那真是一台不錯的飛機，重量輕又靈巧，速度很快。」

佐佐木的右手掌縮起，彷彿是一台飛機正從地面加速起飛，在空中隨即拉開，做出一個筋斗繞圈。

「一式戰鬥機」是一台在西元一九四一年正式定型生產的單人戰鬥機，也是當初佐佐木所受訓，學習飛行的飛機，和海軍所用的零式戰鬥機的圓角機翼不同，「一式戰鬥機」的機翼略伸向前方，是陸地機場最常見的單座戰鬥機。

盧英珠看佐佐木一說起飛行便突然神情放鬆許多，儘管最初從軍不全然自願，但佐佐木看來是真心喜歡飛行，說起飛行時的雙眼彷彿會發光。

「我當時不是從日本開一式戰來台灣，距離太遠了，我是搭運輸機來台灣之後，才在機場開始飛行。」

佐佐木介紹起飛行便眉飛色舞，彷彿換了個人似的激動起來。

「啊，我第一次遠距離飛行，是把一台『一式戰』飛去菲律賓的克拉克空軍基地，然後我和其他飛行員一起搭運輸機回台灣……從台灣上空看台灣真的很美，四處都是田野，飛高一點就會看見陸地邊際的大海，那就是台灣海峽。」

佐佐木右手扮成的飛機往南方飛行，拉高高度，直上雲霄。

「有一回，我把飛機飛到巴士海峽上的時候，我真的嚇了一跳，這真是我看過最美麗的海洋，原來大海比自己想像的更寶藍更深邃，那不是教科書上寫的文字，或是照片可以比擬的啊……那天才早上四點半我就準備飛行，起飛之後我飛入寶藍色的天空中，雲朵都被陽光照出金黃色的光絲……」

盧英珠聽得入神，身體便離佐佐木愈靠愈近。

「那天折返的時候，我看見台灣的海岸線，綠色的線條在藍色的海洋上像一條很小的線……只要從天空看向地面，萬物都變得好小好小，田野和房屋都只是一個小小的物品，看著窗外，自己好像雲朵一樣飄浮著，好像自己也變成了一朵雲……那天我不知道為什麼，竟然看著雲朵就突然哭了出來，覺得真的太美了……突然覺得，如果能夠一直飛在天空中，人生好像不用計較這麼多事情……」

盧英珠明白佐佐木當初所說，他是因為逃避軍隊徵集而投入飛行，但飛行這件事情卻讓這個男人心底十分澎湃，開始逐漸成為自己喜歡之事，看著佐佐木說起飛行時的開朗神態，盧英珠也忍不住笑意，連忙說起。

「我是搭船來台灣的啊，沒看過你說的台灣風景呢，真的好想搭一次飛機，和你一起飛上天去看看呢。」

「呵呵，未來有機會的話，肯定可以飛上去。」佐佐木也忍不住笑著。「台灣的天空非常美麗的，真想帶妳飛上去看看呢……其實我有時候起飛時，還會看見妳們這棟建築物呢，妳抬頭就能看見我了。」

「可是……長官，我怎麼知道天空中飛過去的是你？」盧英珠一聽，忍不住皺眉看向窗外，忐忑問起佐佐木。

「飛機不都一樣……引擎聲也一樣啊？」

仔細聽引擎聲，的確無法從機械聲響分出誰是誰，但佐佐木微笑，移動膝蓋往前一步，比出自己的手掌。

「引擎聲當然聽不太出來差別，但我如果起飛，正好來到妳們這邊上空時，我就搖擺機翼三下，你只要看到，就知道那是我。」

佐佐木右手掌縮起扮演的飛機，正左右搖擺三次。看著佐佐木的手勢，盧英珠心領神會。

「三下嗎，我知道了，呵呵。」盧英珠終於忍不住笑起，其實飛機要如何要擺翅膀三下，自己又不是飛行員，自然是不能完全理解，但看著佐佐木與自己開心的對談時的天真與放鬆，這才是真正令盧英珠開心之事。

能遇見佐佐木，彼此聊天一小時，便讓自己心情整日都好，盧英珠心底真想整天都遇到佐佐木這樣的好客人，就算躺下讓其他男人隨意出入自己的身體，腦中也是思索著與佐佐木相處時的放鬆。

營業時間一久之後，便陸續出現能與盧英珠互動的軍人。

一天後，當酒井曹長打開木門走入後，迎面看見盧英珠便說起朝鮮語「안녕」（你好）打招呼，這一瞬間，盧英珠趕緊仰頭看向這人，由於太久沒聽見韓語，起初還以為是家鄉人，沒想到是個看來已三十來歲的日軍曹長。

「안녕하십니까」（您好）盧英珠先趕緊低頭，用朝鮮語敬語回應後，才小心用日語問起。「長官，你會說韓語？」

盧英珠這才抬頭仔細看，原來這位便是「酒井政也」曹長，屬於軍隊的防砲單位，盧英珠上回不小心刺到手指而沾上血珠的軍衣，便是這位酒井政也曹長的軍衣。

「我之前在朝鮮的機場防砲部隊十年，一年前才調來台灣，幫助機場部隊加強守備。」酒井曹長如此介紹自己，他在與其他地勤人員談話時發覺，有個新來的朝鮮女子到此後，便指定要找她。

酒井曹長多年的服役經歷讓他不苟言笑，只打完招呼語之後繼續進行自己來慰安所之事，與盧英珠完事後，才繼續說起久違的韓語。

「我年輕時曾去過朝鮮，還差點和一個朝鮮女人結婚呢……」

「原來如此，難怪長官會說朝鮮語……」盧英珠謹慎回應，酒井曹長突然凝視著盧英珠許久，才感慨說出。

「看到妳……我就想到那時候……」

對盧英珠而言，身在朝鮮時對於日本人總是畢恭畢敬，總想這人如果去過朝鮮，或許自己小時候也曾見過這人……對盧英珠而言，酒井曹長的話語至少能緩解些許的思鄉之情，雖然他說起的朝鮮語並不道地，詞彙也不足，但至少還是朝鮮語。

「那妳呢……妳一個朝鮮人……怎麼會跑到這麼遠的台灣來？」

盧英珠面對酒井曹長的提問而愣著，要是說出自己是被就職拐騙而來，又怕眼前軍人突然生氣，自己可能會被責打。

「我……」盧英珠欲言又止，酒井曹長看盧英珠這膽怯模樣，便沒再多說些什麼，穿起衣物之後，開啟木拉門後便又離去。

酒井曹長的出現讓盧英珠心底十分難堪，畢竟能聽到朝鮮語，舒緩些許思鄉之情，卻又隨即想到自己離鄉背景被騙來台灣，心底便更加感傷，如果都不曾聽到朝鮮語而想起家鄉，或許內心還好過一些。

「哈哈，盧英珠，真有妳的。」這日結束營業後，準備要去洗澡時，早苗看向捧起水盆與毛巾的盧英珠，忍不住訕笑起來。

「還以為妳最近勾搭上了那個什麼佐佐木的，現在終於又有個對象啦，妳真是很搶手呢，年輕人可真好。」

面對早苗的調侃，盧英珠也只能點頭回應。

「我也沒想到，會遇到去過朝鮮的人……」盧英珠話還沒說完，早苗便又搶說起。

「這機場的朝鮮士兵很多呀，大家千里迢迢從日本來，也是想要有人可以陪伴，對吧？」說著說著，早苗卻又若有所思，自問自答起來。

「話說回來，我們也是人啊，也是想要有人陪伴啊。」

慰安婦有追求者其實並不奇怪，像早苗就有許多個軍官對她有意。畢竟離鄉千里遠，能有一個傾吐心事的對象，任何人都不會放棄這個機會。盧英珠想起佐佐木，儘管自己和數以百計的男子強迫性交，已經多到連自己都無法計算數量時，卻只有佐佐木始終當自己是一個普通女子，保持禮貌的距離，安穩的「陪伴」，然後說話一小時，彷彿說話才是這房內應該做之事……

只是想起佐佐木，便希望他再來一次，只要他到來，有一個小時的休息時間能一直說話，自己心底便也放鬆許多，其實就算和他做也無所謂……但盧英珠又思索著，要是哪天佐佐木真的與自己做過之後，彷彿打破默契，便不會再來與自己聊天一小時？

愈是如此思索，盧英珠便覺得自己對佐佐木念念不忘，反倒覺得不太對勁，晚上時便輾轉反側，想起這位唯一不和自己做的男子，不知道他過得好嗎……

不久之後，盧英珠也才知道，看似冷豔的早苗有個特別的追求者，名叫秀夫。秀夫是機場的一兵，每次到來時，盧英珠都能從牆邊清晰聽見秀夫的開朗呼喊。

「早苗，我就是大名鼎鼎的秀夫，我終於來了呀，這次等了好久才放假啊！」

秀夫總是毫不掩飾自己的情感，讓盧英珠很快便能清楚分辨他的說話方式和嗓音。還不等早苗回應，秀夫便又接著喊。

「要在放假日排隊遇到早苗，可真是辛苦，其他女子我都不要呢。」

秀夫如此說起，隔牆的盧英珠才知曉，原來秀夫從未選過其他慰安婦，就只要早苗，偏偏早苗的時間有限，畢竟她有時要陪伴軍官，白日時便要去準備，排隊也不見得能遇見早苗。

秀夫過於特別，盧英珠對秀夫實在好奇，便從牆縫偷看秀夫那張單眼皮的臉。秀夫個頭不高，外貌看來十分純樸，不像軍官多半雄壯英挺，面貌也看來十分威嚴，秀夫的外貌一眼看來，就像個鄉野常見的農民。

「哈哈，這次我也有個小禮物要給妳啊。」秀夫熱情打開自己的小背包，將在軍中蒐集來的食物送上，拿出小饅頭，與小小塊的麥餅，隨後又拿出一個小小的紙包。

「昨天……我終於找到一個最特別的東西，想送給妳。」秀夫神祕兮兮，緩緩將紙包打開，拿出一個晶亮的物品。

「這是什麼？」早苗這才發聲湊近一看，秀夫雙手小心翼翼捧起一塊晶亮的珠寶，透過窗光看來十分閃爍，讓早苗一看便愣住，這秀夫不過是個士兵，哪來這種珠寶。

「這是機艙玻璃，漂亮吧，上次有一台飛機回來時，側面的強化玻璃裂開了呀，修理這片玻璃時，我真的覺得碎玻璃好漂亮，閃閃亮亮好像鑽石呀，所以我留下一小塊，用機器磨成這樣，送給妳。」

原來這是破裂的飛機駕駛艙強化玻璃，已被秀夫打磨成為一個水滴形的小小飾品，拿起對光一看，還真的晶瑩無比。

「這是我偷偷打磨好久才磨出來的，肯定子彈都打不破。」秀夫說起時有些憨厚。「嘿嘿，像結婚戒指裡面的寶石對吧，等到戰後回東京，我就找個做戒子的金匠幫忙，把它嵌在金戒指內送給妳呀。」

這些話語一說出來，早苗先是愣住，這外貌憨厚的秀夫竟大膽的對自己求婚啊，也不掂掂自己的斤兩，自己可是被眾多軍官指名的早苗啊……

只不過早苗愈想，心底卻愈是心酸，就算此時眾多軍官指名自己，但女子在鶴松屋都心知肚明，自己就是個臨時消解性慾的玩物，就算軍官對自己甜言蜜語，彼此的關係也只存在於這房間內。如此看來，只有秀夫明顯對自己展露出「真心」，就算這個真心只是一塊玻璃，卻不免讓早苗一時內心波動，竟些許哽咽起來。

「是……是……真是謝謝你。」

盧英珠初次見到早苗的情感波動，瞇著眼想看得更清楚，似乎還看見早苗泛紅的眼眶，儘管隔著細窄的牆縫看不仔細，但盧英珠這才明白，原來早苗也會哭泣啊……

「我呀，前陣子剛領退伍令，可是馬上又領到入伍令，兵要當兩回啦，但沒關係，這就是緣分啊，我一定是這樣才會遇到早苗，哈哈。」

盧英珠這才知曉，原來秀夫當了兩回兵，許多男子都已在西元一九四一年時，因為太平洋戰爭爆發而入伍三年，等到一九四四年時，早該依法令退伍，卻又在領退伍令的同時，又領到了一張入伍令，等於自己從未從軍隊離開。

秀夫是個特別的追求者，只不過幾天後，當另一位軍官青木少佐到來時，在早苗屋內發生的事，卻又讓盧英珠無言以對。

青木少佐（少校）年紀二八，身材十分高壯，因為有菲律賓戰爭的戰功，才能在這年紀便當到少佐，可見得軍方高層也想要栽培青木，讓他已升任機場部隊的參謀。

青木少佐到來時穿著整齊制服，彷彿熨斗才剛燙過軍裝。青木有著壯碩的胸膛，話語溫和，和三、四十歲的軍官是完全不同的氣質，能與如此優秀的青木少佐過夜，對早苗來說也是件愉快之事，更何況要迎接優秀的參謀軍官，就必須早早準備。不需面對那些低階苦勞，身上又有體味的士兵，早苗下午時便欣喜著將自己洗浴乾淨，彷彿自己是個禮物必須好好照料。對待軍官絕對不能怠慢，早苗午後開始準備化妝，打開房內的小木櫃抽屜，拿出資生堂出產的香粉、唇紅與粉底，早苗對著木櫃上的小鏡照著臉，輕巧的將臉頰鋪上粉底，將雙唇抹上唇紅，只有在這時候，早苗平時過於病色的白皙雙頰，看來才有些血色。

不同於對待士兵，彷彿生產線似的性交流程，早苗總沒穿上衣服，對著門外催促著快快快下一個再下一個，但面對青木少佐時，早苗身上的粉色和服反而要穿緊，腰帶要繫牢，要整個人看來雅致、傳統又謹慎，彷佛要前去參拜神社。

早苗的休息時刻，由於小林正在忙碌，許多勞務自己無法打理完畢，便索性找隔壁的盧英珠進來幫忙穿和服。

「盧英珠啊，去幫我拿片鏡子和那墜子項鍊過來。」

墜子項鍊？早苗如此吩咐，但一開始盧英珠在木櫃上方找不著，打開木櫃抽屜仔細翻找，這才發現抽屜中有著許多軍官贈送的裝飾物，不管是髮夾、髮簪或項鍊，才發現原來那天秀夫送上的玻璃珠，已被早苗卡在一個舊項鏈上，看來彷佛原本就是一體似的。

「這墜子項鍊不錯吧，看起來閃亮亮的，幫我戴上吧。」

盧英珠手捧項鍊，小心翼翼的將秀夫給的玻璃珠掛在早苗脖子上，晶亮玻璃在早苗胸前的白皙肌膚上，襯托鎖骨的曲線，看來更加耀眼。

「好看嘛？」對鏡凝視自己的妝扮，早苗滿意於這個墜子的光芒，彷佛自己也正在發光似的。

「早苗姐，妳真的很美。」盧英珠謹慎看著鏡中的墜子，忍不住喃喃說起。「戴上這個……更美。」

儘管心底知曉這只是玻璃，但只要內心相信這是寶石，它就是個寶石，盧英珠心中第一次有這樣的理解。

夜裡，當青木少佐到來與早苗過夜時，盧英珠與他在走廊打過照面，青木少佐真的十足有禮，步伐緩慢，就算對待慰安婦也會微笑點頭致意，並不像以往遇到的粗魯士兵那樣無禮。

青木少佐走入早苗房間後，盧英珠實在止不住好奇，便靠向牆縫中偷看青木少佐，這才發現青木少佐的行為果真和佐佐木有些相似，青木一樣跪坐好，與早苗親切談話數分鐘後，才規矩地脫下他的軍衣摺疊在一旁，儘管軍官能使用慰安婦的時間比士兵多，但軍官也是男人，能在慾望到來之際不呈現野獸模樣，已是十分難得。

青木少佐脫去上衣，露出肌肉分明的健碩的身體，將裸身的早苗擁入懷中，馬上注意到早苗的頸子上，掛著這顆晶亮的玻璃墜。

「這是什麼？」青木少佐瞇眼打量晶亮的項鍊，但誰都知道，在慰安婦這裡不會有真正的寶石。

「啊──這只是一個普通的玻璃，機場的士兵送的。」早苗欠了欠身，思索些許才緩緩說起。

「只是個玻璃啊。」青木食指輕輕摸著墜子。早苗一聽，卻趕緊從脖子上扯下這條項鍊，向旁邊隨意一拋，正好拋向盧英珠偷看的牆邊，項鍊撞到牆面喀噠一聲，讓盧英珠驚嚇到趕緊瑟縮起身子，縮回被窩內躲藏。

「呵呵，在你面前，我什麼都不用穿，什麼都不用戴……對吧？」早苗如此回應，青木便更加激烈的擁抱著早苗。

盧英珠縮身在被褥內，依然好奇隔壁，聽見早苗與青木少佐低聲問起。

「你出身這麼好，在家鄉肯定有對象吧？」

青木少佐一聽早苗這直接的問題，喃喃回應。

「本來有一個認識多年的青梅竹馬，戰前就快結婚了，但我被派到台灣來，對方的家長不願意將女兒嫁給我，說如果我很快調回去，才會將女兒嫁給我。」

青木說起這段過往還略感遺憾，早苗一聽卻促狹問起。

「呵呵，你在這邊常常幹我……她知道嗎？」

早苗問出這句話之後，房間中只剩長長的靜謐，盧英珠真想知道青木如何回答，儘管自己只是一個無關的他者，但盧英珠又想起，早苗不是有一個未婚夫「大西」嗎，為什麼早苗之前總是談到「大西」這人，卻彷彿將這段關係視若無物似的，隨意與其他男人戀愛一般的相處……

盧英珠更加迷惘之時，尚未聽到青木少佐親口的回應，便先聽見早苗狂放的呻吟，盧英珠不經意想起，當日秀夫送上這塊玻璃珠時的眼神，秀夫是真誠的，但這真誠……真的值得用在慰安婦身上嗎？

「或許只要是男人……都無法抗拒這樣的女子吧……」

盧英珠仔細思索，像早苗這等外貌，又十分懂得討好男性，若自己是個男客人肯定也喜歡她……可那夜，自己被早苗羞辱的回憶還沒忘記，早苗手指深入自己的身體而生的詭異感受，還將自己的體液抹在臉上羞辱，讓盧英珠一回想便羞愧，心底緩緩生出恨意，竟不希望早苗能得到幸福……

盧英珠忍不住再次起身，再次從縫隙偷看向隔壁房間，只見早苗躺臥在強壯的青木少佐身旁，彷彿已靜靜沉睡，像隻依偎在主人身邊的小貓。

看著早苗，盧英珠也不免回想起佐佐木，他對自己十分有禮貌，但為什麼不像青木少佐那樣對待自己，男人都有慾望想發洩，難道佐佐木沒有慾望嗎？盧英珠自己也想不明白……

不明白的還有許多感觸，酒井曹長陸續來找盧英珠，當最後一次到來時，終於與盧英珠輕鬆的聊天，不像過去那樣拘束少語。

「再兩天我就要調回我的故鄉廣島了，今天是我最後一次到來這裡。」

酒井曹長如此說起，既然是最後一次見面，酒井便沒有保留的對盧英珠說起，自己二十出頭時曾在朝鮮的京城（首爾）駐軍，有一次假日在京城車站要搭火車，見著一個嬌小的年輕女子在月台邊等待。

那時酒井曹長還只是個伍長（下士），要搭上火車回到駐地去，見女子正扛著行李要上火車，卻一時間失去平衡跌倒，一身行李摔在月台上，酒井曹長趕緊幫忙女子扛行李上火車。與女子簡單交流後才知曉，女子名為金孝珍，來自朝鮮與中國東北邊界的新義州，如今在京城的醫院內當看護婦。

金孝珍看來嬌小可愛，但最初酒井曹長並沒有太大情感，只不過是個月台偶遇的陌生人。下次見面時，則是酒井曹長送同袍去醫院就醫，才與金孝珍在醫院巧遇。只可惜，儘管兩人互有好感，但金孝珍的家庭十分厭惡日本人，父母在知道兩人已相處數月，有著感情後，竟從新義州連夜搭火車到來京城，押著金孝珍到滿洲國讀書去，不要再當看護婦。

酒井曹長突然連繫不到金孝珍，去醫院找尋才發覺已不見身影，醫院內的同事只能輕聲說，金孝珍人已去滿洲國，畢竟新義州對面就是丹東，要過去滿洲國也只是一橋之隔，十分方便。

都是十年前的回憶了，酒井曹長惆悵說起往事，邊從上衣口袋中拿出一個小布包，搖動之下傳出小東西摩擦的喀喀聲響。

「這是什麼？」盧英珠好奇拿起布包問起。

「這是當時……我要送她的禮物，她走了我就沒送出去……那就送妳吧。」酒井曹長緩緩打開布包，裡面有一些鈕扣、朝鮮硬幣，以及一個髮簪。

盧英珠拿起髮簪一看，是個銀製的無窮花，裡面有細碎寶石鑲嵌其中。這在朝鮮肯定是有錢人家的女兒才會配戴之物，盧英珠一看髮簪，便知曉酒井軍曹當初對金孝珍動過真情，才會送她這等精美的禮物。

至於布包內的鈕扣則是紀念品，不管是滿州、中國還是南洋，許多士兵要轉移駐地或結束兵役時，便會留下物品給慰安婦，有的士兵留下軍服的修補鈕釦，有的留下自己去戰地時的紀念品。盧英珠收到這個無窮花髮簪，一時間不知該說什麼，畢竟看來如此珍貴，這不是一個沒有關係的女子能收的禮物。

「我不能拿……」盧英珠收下鈕扣，但面有難色的捧著髮簪要送回。

「不行，請妳收下吧，這段時間內，只有妳讓我想起過去，回去廣島後，再一年我就會退伍，我的人生會重新開始，這就送妳吧，好好保重。」

盧英珠無法拒絕，只能接過髮簪，將它捧在手上，透過窗光看見頭飾上的寶石晶瑩剔透。一時間，盧英珠突然懂了，為什麼早苗看見秀夫送上的玻璃珠時竟會如此悸動，只因在這閃耀之間，收禮之人或許因為感動而動了真心……

「謝謝你。」盧英珠收下後低頭道謝，酒井曹長便轉身打開木門離去，就此不再出現身影。

盧英珠腦中不斷思索，像酒井曹長這樣來慰安所的軍人，對自己抱持怎樣的感情，儘管也是來「使用自己」，短暫的解慾，但卻多了一絲同情。或許自己對酒井曹長來說，便是一種短暫的心靈寄託……

盧英珠拿起髮飾，別在自己頭髮上，對鏡仔細打量，鮮豔的髮飾在這燈光昏黃的房間內特別顯眼，只是這髮簪雖好看，但畢竟是個男子過往的「遺憾」，盧英珠嘆口氣，便將髮簪拔下，小心仔細的放回小木櫃抽屜中。

也就是同一天，隔壁又傳來秀夫粗沙的招呼聲——「早苗，我又來啦！」

盧英珠實在好奇，隔著牆縫偷看，竟看到秀夫單膝下跪，手靠著胸口真誠喊著。

「嫁給我吧，早苗——我想戰爭快結束呀，回去日本後，我不在乎妳慰安婦的身分，和我結婚呀。」

早苗半裸著身跪坐，看著向自己單膝下跪的秀夫，竟忍不住嘴角笑意，噗哧笑出聲。

「我……我可是個下賤的慰安婦啊，我和幾百個、幾千個男人睡覺過啊，這樣的我，你還會想要結婚？你會回去家鄉告訴你爸媽知道嗎，啊哈哈，你是瘋了嗎？」

秀夫一聽，卻不等回應，向前握緊早苗的雙手。

「妳和幾百個男人睡覺過又怎麼樣，和幾千個，幾萬個男人、幾百萬個男人睡覺過，我也不在乎。」

秀夫那原本看來嬉笑的神情，卻突然變得無比慎重，讓早苗也怔住不再說話。

「我是飛機機工，現在飛行不像以前安全了，我好幾次跟運輸機去任務，都遇到美軍的戰鬥機，真的非常危險，好幾次我都以為我要死了……每次下來後我都想，人的過去根本就不重要，重要的是好好活著……只要活著，人生都可以重新開始，所以和我在一起吧，早苗，我才不管妳的過去呢。」

秀夫微笑著，握緊早苗的手掌。

「以後回去日本後……我們把這場戰爭全都忘掉吧，我們以後就是全新的人，全新的人遇到全新的人，能夠結婚在一起，不是很剛好嗎？」

秀夫的話語十分真摯，儘管早苗先前不免覺得秀夫十分天真，但聽見這些話，早苗心底也不免悸動，一時間靜默不語，伸出顫抖的手擁抱起秀夫。

「是啊……戰爭趕快結束……戰爭趕快趕快結束……」早苗細碎唸出聲，隔牆的盧英珠也能看出，早苗如此舉動的意涵——她竟然答應秀夫？

所有慰安婦都明白，發生在房間內的感情，都只不過是個軍事管制下的短暫安慰，自己就只是個解慾之物罷了。但是當秀夫輕撫早苗的臉頰，誠懇說起：「我等妳」時，儘管早苗已身經百戰，應付過不同男子的性慾索求，也應付過眾多軍官的感情追求，但是聽見秀夫如此真誠的話語後，早苗也不禁定住身體，頭靠向秀夫的胸膛，突然感慨到眼眶泛紅。

隔著牆縫，盧英珠再次愣著，平常話語刻薄又直接的早苗，原來真的會被男人打動啊……

那麼自己呢，如果有人對自己說出這句話，自己會如何反應？只是盧英珠仔細思索卻彷彿齒輪卡住似的，一時間大腦竟無法運轉，或許仔細想著，自己這樣下賤，是不可能有人向自己求婚的吧……

第十二章　請務必再來

這日一早，當木拉門突然被岡本用力扯開，這劇烈的木門碰撞聲之後，盧英珠隨即如觸電似的挺起上身，看岡本踏步在走廊上，扯開喉嚨大吼。

「妳們這群人搞什麼啊，全部集合！」

岡本先生清早大吼，又用竹棍敲擊木地板，盧英珠趕緊邁開腳步，打開木門後快速跑到庭院去站立，眾人隨即列隊等待岡本。

「出來，出來，全給我出來！」

岡本發怒著，看著列隊完畢的慰安婦們，開口就是大吼。

「好啊，妳們和那些飛行員說什麼啊——飛行員還不滿足嗎，給妳們兩個鐘頭不夠用嗎——妳們難道不知道，這裡是我管的嗎，可以這樣隨意亂說嗎？」

先前岡本先生受到指示要禮遇飛行員，也的確如此指示慰安婦，未料有慰安婦向飛行員抱怨起岡本先生曾虐待她們，飛行員向上級反應這狀況，岡本先生被長官責罵後，反倒惱羞成怒責怪起慰安婦。

到底是誰說出岡本先生會虐待人的事，盧英珠並不知曉也不願追索，她只是二話不說脫去全身衣服。清晨時光氣候微涼，眾多慰安婦彼此全裸面對面，早苗則如以往搶先站在盧英珠的面前。

「妳看來胖了些啊。」早苗看向盧英珠身體，忍不住嘴角微笑。「妳的胸部長大一些了，身材也勻稱一些，看來在這裡吃得比以前在朝鮮好，難怪那個飛行員會喜歡妳。」

「沒有……」盧英珠低聲，搖搖頭。「我沒有變胖……」

「要是我年輕一點，那個飛行員也會喜歡我吧。」早苗忍不住微笑。「他叫什麼，佐佐木對吧，你們每次都聊天得很開心呢，我都有聽見，很甜蜜呢。」

未料聽早苗如此說，盧英珠心底竟冒起一股濃重的羞恥，原來自己和佐佐木的聊天話語全入了早苗耳裡……仔細想想便是如此，如果早苗和其他男子的話語，自己都能全部聽見，那自己和佐佐木的話語早苗當然也聽得見。

「聽起來你們都在聊天，為什麼佐佐木不趕快做，這麼嫌棄妳嗎，這壞男人啊，欺負我們家的盧英珠呢，呵呵。」

盧英珠別過頭去，不想看見早苗嘲笑自己的臉龐，眼角餘光看見長谷川與富士初子，兩人正不發一語，專注的面對面，盧英珠想起先前長谷川所說的，她們在這種時刻因為信任彼此，所以用力打向對方臉頰，讓岡本先生無話可說。

「面打！」岡本大吼著下令，第一聲打下的耳光，就是長谷川打向富士初子的臉頰，富士初子隨即也打回長谷川臉上，接續冒出這啪啪兩下聲響後，早苗便舉起手要打向盧英珠的臉，只是盧英珠看著早苗高舉的右手，想起這手也曾進入過自己的身體，還羞辱自己……盧英珠心底的憤怒混合著心酸不斷湧起，突然下意識的伸出右手，搶先打下早苗的臉頰——啪一聲，儘管力量不足，也沒多少力氣，但這一巴掌竟讓早苗愣住，原來過往一向挨打的盧英珠竟然會反擊，讓早苗氣得面貌扭曲，再度高舉手，一巴掌打得盧英珠閉起眼睛側過頭去，但盧英珠只忍耐不到一秒鐘，便再次揮掌，打回早苗的臉頰上。

過往這麼多次面打，盧英珠都是被打的分，沒想到這朝鮮來的女子竟學會反抗了——早苗憤怒得瞪大眼，揮手用力打下盧英珠，盧英珠咬牙挺直身體，儘管每一下巴掌都打得自己轉過頭去，她卻再次舉手打回早苗臉頰。

儘管被早苗面打數下後，盧英珠才能回擊一下，但這樣的回擊已讓其他女子轉過頭來，兩人的巴掌聲啪啪用力，讓一旁的劉惠與身旁的長谷川面面相覷，盧英珠竟敢忤逆早苗，和初來時的忍耐羞怯已截然不同。

「停——解散——」岡本大吼後，隨即轉身離去，聽到岡本已進入自己房間的腳步聲後，眾女子們才陸續穿回衣服，遮蔽自己的裸身。

「妳長大了啊。」早苗平常白皙的左臉如今被打得泛紅，她披回衣服，隨即用手掌擦拭臉頰，跨大步伐離去。

儘管清晨微冷，盧英珠全裸著也不穿回衣物，只因左臉無比熱辣，整個身軀因喘息而劇烈起伏，口中吐出的氣息也成為凝結的蒸氣，直到一旁的劉惠走過來，幫盧英珠撿起落在地上的上衣。

「穿起來，一直吹風會感冒的。」

個頭小的伊藤清子也走過來，看向盧英珠囁嚅著說。

「妳真是比我勇敢多了……之前早苗都是打我……我都是挨打，從沒反抗過。」

眾女子們陸續回到房內，準備開始一日的工作。盧英珠走過走廊，看向木拉門敞開的早苗房內，早苗正拿起粉擦起自己的臉頰，將剛才被打紅的臉頰覆蓋，只是早苗側過身，眼角看到盧英珠正在門邊看著她，便氣得起身拉上木拉門，碰的一聲將門關起，遮蔽一切的視線。

盧英珠隱約知曉，今晚可能是青木少佐到來的日子，早苗可不想讓青木少佐看見自己被巴掌打到泛紅的臉頰。

跪坐在房內，盧英珠仔細看向自己右手掌，人生中從未賞過其他人巴掌，初次就給討厭的早苗，盧英珠竟不經意間微笑，彷彿自己真的長大些。

真想告訴佐佐木自己的心事，告訴他自己竟然不一樣了，只是佐佐木到來的時間不定，真想要他下午就出現在這房間內……盧英珠這才明白，自己的心底似乎也把佐佐木當成傾訴的出口，畢竟有些話語，就是無法和身邊的人訴說……

對佐佐木而言，在部隊內每天訓練與執行任務，也期待著可以放假的日子，只是今天部隊內出了些狀況。過去當日本帝國的戰爭順利時，軍力勢如破竹，部隊氣氛高昂。但這一陣子，當美軍在中途島戰爭獲得決定性的勝利，軍力逐漸逼近菲律賓之後，位於菲律賓北方的台灣部隊因為要支援前線，所以氣氛開始有些變化，一些小事就引發爭吵。

這日上午，在跑道邊的機棚內，來自朝鮮和沖繩的兩位機工竟打成一團。

「別打啦！」佐佐木發覺兩人正在扭打，便衝上前去隔開兩位機工，但朝鮮機工揮拳，正好一拳打上佐佐木的左臉頰，佐佐木忍耐痛楚，繼續抓著機工想隔開兩人，卻沒想到來自沖繩的機工竟將佐佐木過肩摔，讓佐佐木頭暈著躺地，一時間不得動彈。

朝鮮來的飛機機工與沖繩來的機工竟打成一團，只因為雙方互罵彼此。「就是以前祖先打敗仗，現在才會變成日本人，在這裡修飛機。」不管是朝鮮或沖繩，都曾和日本發生戰爭，也陸續被征服為日本國土，這話語刺激彼此的民族自信心才會打架。

佐佐木從地上爬起身，儘可能隔開兩人，直到其他人衝上來隔開雙方。只不過儘管機工互鬥，但修飛機的後勤人員已成為稀有資源，所以主官們多半只能簡單處罰，還是得讓機工們回到機棚繼續維修。

隔了兩日，當佐佐木再次與盧英珠見面時，盧英珠發覺佐佐木臉頰上竟然有擦傷，仔細探看傷口，軍服衣領處也裂開一角，露出一些線頭，忍不住對佐佐木說出口。

「我還以為你們飛行員因為會開飛機，所以比較會打架……沒想到也會被摔到受傷。」

佐佐木一聽盧英珠所說，也只能苦笑。

「修飛機的機工人員常常搬東西，每個人都很有力氣啊，我是攔不住他們的啊。」佐佐木高舉雙手投降狀，讓盧英珠一看便忍不住掩嘴笑起。

「啊，這裡破了。」盧英珠一看，佐佐木的衣服領口處因為過肩摔而撕裂，盧英珠想替佐佐木縫紉修補，便轉身打開木櫃，拿出抽屜內的針線，看著當初酒井曹長離去後所送的臨別禮物，其中還有幾個鈕扣，比對大小，應該可用。

「脫下來。」盧英珠轉頭看向佐佐木說起，佐佐木一聽到此句話，竟靦腆著臉紅。盧英珠見識過這麼多男人，初次在此看到如此靦腆的男人，突然覺得佐佐木的反應十分可愛。

「沒關係的……真的沒人會看見的，只有我們兩人在這裡……」

盧英珠湊近佐佐木身邊附耳低聲，自從上次早苗說自己聽得見佐佐木所說的話之後，盧英珠心底便有此計畫，以後兩人必須要湊近身體說話，如此才不會被隔壁的早苗聽見。

佐佐木便脫下自己上衣，裸著上身跪坐，將衣服遞給盧英珠，輕聲說道。

「那就……麻煩妳了。」

接過衣服後，盧英珠將銳利針頭穿過衣服縫縫補補，也將鈕釦縫上，一時專心在縫紉上，等回過神來才發現佐佐木竟已在地上躺臥，不過兩三分鐘過去，竟已累得沉睡？

怎可能如此快就沉睡，該不會佐佐木要和自己開玩笑？

「佐佐木？」盧英珠小心翼翼靠過去查看，這才發覺佐佐木真的陷入睡眠，身軀隨著呼吸而淺淺起伏。盧英珠用手掌感受佐佐木的鼻息起伏，再看向他閉起的眼睛——佐佐木真的很奇妙，剛剛與自己相視時竟靦腆的低下頭來。盧英珠心想，這裡可是慰安所，每個女人都和百千個男人睡過，相信佐佐木也能明白這件事，既然如此，佐佐木卻依舊對自己露出羞怯的神態，彷彿彼此就像是在學校走廊認識……

盧英珠在縫紉中隨即又思索起，自己經歷過太多的男人，或許是佐佐木沒有對自己展露「侵略感」，所以才會讓自己感受到親切與可愛。但念頭一轉，如果不是來這裡，便不會遇見佐佐木這種人……這樣的人生不是更好嗎？盧英珠嘆了口氣，畢竟現實上就已來到台灣成為慰安婦，多想已無用，至少此時還能遇到像佐佐木這樣的人啊……

衣服已縫好，但佐佐木依舊沉睡中，似乎一時半刻醒不過來，盧英珠便索性躺在佐佐木身邊，在榻榻米上蹭著身體，緩緩移動到佐佐木面前，仔細看向他熟睡時的臉龐，臉頰有曬痕與一些小小傷疤，耳垂上有顆黑痣，嘴角有乾裂開的皮膚。

如此近距離凝視佐佐木的臉，感受到一陣陣沉睡的鼻息，盧英珠這才想著，原來自己從未如此親近的看向男子的臉，原來看向讓自己心情放鬆之人，心底竟會汩汩湧起暖意，盧英珠忍不住心底又想著，為什麼佐佐木不和自己做……每個進入這屋中的男人都和自己做啊，佐佐木肯定也想吧……但盧英珠卻又猜想，一旦兩人真的跨過這段平穩的關係，是否往後見面時便不再如此放鬆。或許佐佐木會不斷將時間花在慾望索求上，再也不和自己聊天了……

佐佐木還在睡，下意識欠了欠身，隨後因為翻身碰到盧英珠，佐佐木雙眼一睜，發覺盧英珠就躺在自己眼前，便趕緊撐起身來。

「不好意思，我竟然睡著了……」佐佐木裸著上身，趕緊和盧英珠道歉起。

「沒關係，是我修補衣服太久，才讓你太無聊的……我修好衣服也累了，才躺在你的身邊……」

「謝謝妳。」佐佐木臉頰上滿是羞澀，趕緊穿回自己的上衣，把鈕扣陸續整齊扣上，撕裂的領口處已經修補好，鈕扣也補回，軍衣看來一切如昔。

盧英珠看著穿衣的佐佐木思索許久，自己也逐漸明白，若佐佐木和其他男人一樣與自己發生關係，那麼自己可能不會再對他抱持好感，或許，就只會待他如普通士兵，就只是一個進入屋中的過客。

「一定是飛行員的訓練太辛苦了，你才會一下子就累到睡去……我幫你整理面容一下，讓你有精神些。」

盧英珠微笑伸出手，主動拉著佐佐木過來，佐佐木反倒有些不好意思拒絕，順著手勢便枕在盧英珠的膝蓋上。盧英珠側身打開木櫃抽屜，從中拿出一個木耳掏，隨後小心翼翼深入佐佐木的耳道中清潔，只是佐佐木一枕在盧英珠膝蓋上，閉上眼睛沒有十秒鐘，竟又呼吸深沉起來，彷彿已沉入夢鄉。

「我又快睡著了……」佐佐木突然睜開眼，與盧英珠呢喃說起。

「那就睡吧，時間要是到了，我會叫醒你的。」盧英珠繼續小心幫佐佐木掏著耳朵，果真沒幾秒過去，佐佐木便又陷入沉眠，不禁讓盧英珠佩服起他的睡意，或許當軍人真的太疲憊，像營業時外頭排隊的那些男人，有時打開木拉門走入時，整個人看來十分萎靡，就只有下體還有些精神。

蟬聲四起，窗外也有青蛙嘓嘓鳴叫，日光隨雲朵明亮，透過木窗照射到榻榻米上，緩慢掏著耳朵的兩人身上。

佐佐木睡去後不久，又眨眨眼醒過來，隨後靜默無語，彷彿思索著什麼，動手捏了自己大腿一下。

「怎麼了？」盧英珠看著日光映在佐佐木臉龐上，吹了口氣將臉上的灰塵吹開。

「太舒服了……所以覺得很不可思議，現在不是戰爭中嗎……我能這樣和妳在一起，真的好像做夢呢，所以剛剛醒來，我還捏了自己一下，確認現在是不是夢。」

這句話讓盧英珠心底悸動，牽動嘴角微笑，便輕撫佐佐木的頭髮，在耳際說起。

「佐佐木君，這個耳朵好了，換個耳朵好嗎。」

「好的。」佐佐木撐起半身，轉過頭去露出另外一邊的耳朵，正好看向牆角小木櫃上的鏡子。鏡中的盧英珠正專注掏著自己的耳朵，看著她小小瘦瘦的臉龐，光影照下，這榻榻米室內看來十足溫暖，鏡中的盧英珠對自己而言，已是戰爭中難得一見，安穩沉靜的面容。

「真希望……我們不是在這裡遇見……真希望……我是在釜山遇見妳。」

佐佐木的話語讓盧英珠停下掏耳，思索這句話是什麼意思，盧英珠也不好開口回問，說起來，佐佐木對自己到底是什麼動機，自己還無法全部明白，但此時的盧英珠也不需要說明，兩人能擁有短暫的放鬆時間，如此便已值得。

對佐佐木來說，他當然也逐漸明白，自己對盧英珠有難以言喻的感情，或許最初僅是來自於同情，後來則是有個人能讓自己安全的傾吐心事，也或許是，只有在這最窄小的空間內時，他能不用「演出一個稱職又忠心的帝國軍人」，此時的他只是一個「原本的自己」，一個二十出頭歲數，原本應該快讀完大學的普通男子。

從軍的這幾年來，自己扮演得十分稱職，佐佐木只有對盧英珠說起自身的經歷與想法，儘管佐佐木也曾想過，或許盧英珠會告訴別人自己的祕密，但佐佐木又想，慰安所就是個解慾之地，軍人只會快速來去，一個慰安婦若和軍人訴說聽來的話語，又有多少人會相信？

「弄好了，你能睡就睡吧……」清潔完畢，盧英珠彎身放回木耳掏後，便在佐佐木耳際輕說，以免被早苗聽見，接著手掌輕撫著佐佐木的臉頰，梳理佐佐木的髮。

兩人窩在小小的房間，盧英珠拿布巾擦去佐佐木臉上的灰塵與汗漬，雲朵暫時遮住陽光，佐佐木的臉龐也暫時陷入失去陽光的暗處，但隨後雲朵飛去，陽光透窗照亮佐佐木的臉龐，盧英珠趕緊欠了欠身，移動身體擋住陽光，以免破壞佐佐木這短暫卻深沉的睡意。

其實佐佐木只是閉眼並未睡去，只因隔壁房間傳來女子的淺淺呻吟聲，佐佐木並不知曉那是隔壁的早苗，只是這聲響讓他些許意亂，腦中不斷竄過眾多念頭。

對佐佐木來說，從軍後，他總是以撕心裂肺的聲響呼喊「天皇萬歲」，每天面對日本所在的東北方，大聲呼喊與敬禮，甚至激動到哭泣——但那全是扮演啊。佐佐木心底明白，身為被標記「反抗政府」者的家族後代，家人甚至因此過世，他更必須展現忠心才能生存下去。

佐佐木十分明白，像自己這樣對戰爭沒有抱持任何浪漫幻想的人，才是戰爭中最痛苦的人。許多士兵投入嚴厲的鍛鍊，就是想展現自己是符合資格的「天皇子民」。佐佐木天天鍛鍊自己，卻只是想在戰場上苟且偷生。

有件事情讓佐佐木十分難忘，一九四三年中，佐佐木剛被派來台灣時，就曾在高雄火車站邊的空地上，看到高砂義勇隊正在準備搭車。佐佐木看向這些奇特的台灣軍人，全體隊員看來都非常強健威武，眉際高聳，一部分的男子臉龐像極了日本的少數民族「愛奴人」，讓佐佐木看得入神。

佐佐木更是發現，日本部隊會配發武士刀或長刀，但這一隊士兵的腰際，竟是配掛一把彎刀。

「他們……到底是哪裡來的？」當時，佐佐木問起身邊的同袍山本弘夫和中島良寬，兩人都搖搖頭，不知道這些台灣的日本軍人到底從何而來，又是台灣島內的什麼人？直到身旁年長些的中尉飛行官直接去詢問，這才知曉這一隊人的身分。

「這些人就是台灣高砂族啊，還記得嗎，霧社事件的時候，報紙上說的那種台灣番人。」

「霧社事件」在日本十分轟動，就算小孩也都知曉，當年台灣的賽德克族竟然突然反叛，殺害體育場上升旗的日本人，甚至將現場的小孩與女人全都殺死，又與日軍進行漫長的戰鬥。這些賽德克族因為敗仗而投降後，殘存的族人被遷移到「川中島」隔絕，卻沒料想到戰後倖存的族人竟又被其他入侵的高砂族屠殺一遍，這樣歷經重重屠殺後的賽德克族，被日本政府高壓管制殘存於世，成為傳奇。

只不過對川中島生存下來的後人來說，面對的便是不一樣的景況。由於長久被日本人歧視，川中島的後人為了表示對日本效忠，所以必須要積極的參軍，除此外還要獲得戰功，來挽回族人的社會地位。

「這些高砂人有一部分人的祖先，都是被殺掉的反抗者，所以他們得要表現得更好才行。」

聽年長些的飛行員解釋後，不免讓佐佐木心底一驚。

「那不就像是自己一樣啊……」佐佐木心底喃喃自語，竟對這些初次見到的高砂士兵投予同情。

佐佐木看到高砂族的黝黑臉龐便深刻記得，這些義勇軍準備派去菲律賓對抗叢林裡的美軍、澳軍與菲律賓游擊隊……真不知道他們是否能平安回來。

「那自己呢……又能扮演多久？」佐佐木搭上火車，光影在車窗中閃動，佐佐木看向窗外的台灣風景，天際中突然傳來一個呼喚自己的聲響，彷彿是母親呼喚似的溫柔聲響，讓佐佐木瞬間眼眶溼濡，抬頭望向天際。

「佐佐木，時間到了……」佐佐木睡夢中睜開眼，看盧英珠正低頭溫柔的說起。

「我又睡著了？」佐佐木眨眨眼，剛才作夢，彷彿回到剛來台灣不久時的回憶中。

「你睡得很熟呢……可是時間到了，我不得不叫醒你。」

「真是不好意思呢。」佐佐木起身，連忙對著盧英珠點頭致意。

佐佐木從未說出口，雖然當初是被同袍推入盧英珠的房間，儘管十分尷尬，但看著盧英珠的眼淚，卻也在心底生出不捨與同情。幾次前來相處後，當然對盧英珠有所慾念，但佐佐木心底卻十分矛盾，畢竟盧英珠可是因為戰爭體制的存在，而被誘騙成為慰安婦的委屈女子啊，一旦自己真的和盧英珠做了，那不就等於認同這軍事體制……將近三年過去，佐佐木心底依然怨恨這殺害全家人的軍國體制啊——爸爸、媽媽與妹妹的魂魄，仍在佐佐木的心底宛如地縛靈似的，時而現身於陰暗處，對自己靜默流淚……

更何況，佐佐木艱辛的扮演軍人這幾年，因緣際會才與盧英珠成了無話不談的朋友，盧英珠的房間無疑是自己在台灣唯一的心靈放鬆之處，要是真的與盧英珠發生關係，下次再見面時，還能與她保持如此舒服又切適的距離嗎？

佐佐木心底有著千百個疑問，但能表現出來的只有笑容，佐佐木趕緊起身，回到完全軍裝的自己，輕巧的拉開木拉門，與盧英珠微笑著揮手道別，關上木門準備離去之前，盧英珠突然問起。

「佐佐木君……你……你還會來嗎？」

盧英珠眼神懇切，佐佐木與盧英珠目光交會，緩緩點頭回應。

「我會的。」

「請……請務必再來……」

望向盧英珠的雙眼，佐佐木站立木門之前，儘管已要離去，卻又再度回過身來，謹慎且認真看向盧英珠，捨不得離去似的微笑說起。

「只要這裡有妳在……我就會來。」

不同於隔壁房間，傳來消毒液被軍人舀動的晃蕩水花聲，伴隨女子們高聲叫喊著的「下一位——」，只有佐佐木每次都是如此清爽的離去，對盧英珠沒留下任何負擔，甚至連開口送往迎來都不需要。

佐佐木關上門後，映在紙門前的模糊剪影緩緩離去，聽著他在走廊上慢慢遠去的腳步聲，盧英珠突然心底湧過一股難以言喻的暖流，雖然兩人每次都只有短短時間的相處……雖然兩人並未更進一步，但光是如此已足夠確認彼此的心意。

突然間，彷彿不能呼吸似的，盧英珠屏息閉眼深吸口氣，撫著自己的胸膛，她初次感受到這種莫名的心悸，一陣陣如海潮拍向心底，讓自己被浪花推得站不穩，彷彿落入海中而搖擺晃蕩……直到佐佐木的腳步聲都已消失許久，仍不能平息。

第十三章 泡菜

往後的日子佐佐木仍常常到來，與盧英珠短暫在屋內談心，那是盧英珠極為珍惜的舒緩時光，畢竟當佐佐木走入時，盧英珠不需快速掀開衣服，對陌生男子袒胸露背，擔憂懷孕與性病。不須小心犯錯便倉皇的磕頭道歉，也不用像面對軍官時的謹慎，擔心無意間說錯話就會被責打，光是如此，便是心靈上的徹底放鬆。

當佐佐木常常到來，一段時間後，盧英珠便愈來愈期待佐佐木的身影，甚至有時聽見相似的腳步聲，便會停下手邊一切事物，輕輕回頭看向門邊——儘管那並不是佐佐木。

掀開衣服，裸身開腿，每日如常讓陌生軍人進入自己身體時，盧英珠都回想，和男人做這件事情，已幾乎達到無感的地步，這只是一個「被強迫的工作」，所以不會在心底掀起任何波瀾，是這樣嗎？

盧英珠仰身思索且無意義的哼叫，看著眼前軍人正閉著眼睛努力衝刺，滿頭汗珠的模樣……

——那和佐佐木呢？

如果對佐佐木有感情的話，不是更應該進行這件男女之事嗎？想起隔壁早苗和男人交合時的狂放姿態，但自己是不可能這樣，或許會像長谷川與富士初子在洗浴間內的觸碰，心底已完全裝滿對方的身影……可是一旦做過，會不會彼此的關係就會改變……但是盧英珠又想，若其他男人能隨意進入她的身體，那為什麼彼此有好感的佐佐木卻不行，如此豈不矛盾？

更何況自己喜歡佐佐木，每次被陌生軍人進入身體時，盧英珠總閉起雙眼，開始幻想自己擁抱著佐佐木，一時間竟不覺得折磨，甚至有時忍不住輕哼出聲。

清晨時間，盧英珠睡醒後便獨自跪坐在這小房間內，閉上眼靜默許久，心想自己早已認識男人的各種模樣，但佐佐木就是如此不同——會不會佐佐木真正的模樣並非如此，說不定佐佐木更懂得如何駕馭女性，像現在這樣花錢購買慰安婦時段卻什麼都沒做，讓盧英珠能歇息甚至睡去……會不會這是更厲害的勾引技術，對女子欲擒故縱，讓盧英珠心底只剩下佐佐木的身影。

「真是這樣嗎……」盧英珠整個早上自問自答，忍不住說出聲，惹得早苗從拉門中探頭看向盧英珠。「朝鮮人，妳一大早在那邊碎唸些什麼呀，安靜點啊！」

盧英珠這才意識到自己喃喃自語，趕緊閉嘴做起手邊事，才不會一直思索起佐佐木。

下個放假日，佐佐木在下午到來。

「我來了，打擾了。」佐佐木打開木門，彷彿拜訪朋友家似的輕聲禮貌。

「好久不見，請進。」盧英珠禮貌著跪坐，與佐佐木回禮。

盧英珠一直謹慎且嚴肅著，直到佐佐木轉身將木門關起，盧英珠才終於放下身為慰安婦的營業臉龐，露出真正的笑容。

「妳最近……還好嗎？」佐佐木湊近彼此身邊細聲訴說。

「我啊……」盧英珠凝望佐佐木的雙眼，看著佐佐木因體能訓練而黝黑的膚色。「我還好……」

盧英珠回想最近發生的辛苦事，大多是讓男人磨蹭進入下身時帶來的苦頭，有時下身受了些撕裂傷，有時是被粗魯的軍人指甲刺傷皮膚……只是面對佐佐木的眼神，盧英珠便低下頭去，畢竟心底一旦對佐佐木有所喜愛，便說不出口與其他男子發生之事。

盧英珠早已明白，面對其他軍人自己並不害臊，但面對佐佐木，只得拋出別的話題。

「你……最近工作辛苦嗎？」盧英珠幫佐佐木倒上一杯水，佐佐木便雙手恭敬的接過。

「當飛行員一向是辛苦的，訓練不會停下……對了，我從伍長升等成為軍曹了……」

「啊……恭喜……」盧英珠不知階級的涵義，只知道既然是升級，就應該祝賀。

「因為升級了，所以我要帶領一些新來的飛行員訓練，所以比較累……」

看向盧英珠的雙眼，佐佐木靦腆的說起。

「今天能看到妳……真的很高興，妳看來精神還不錯，我就放心了。」

看著佐佐木笑容如此靦腆，惹得盧英珠連忙道謝。

「謝謝你……真的謝謝你來看我。」

佐佐木一聽，雙手連忙擺出拿著望遠鏡的模樣。

「其實我有時候在機場邊，也會拿氣象觀測用的望遠鏡看雲，順便遠遠看著這間屋子……我總想，說不定能看見妳們走出來，不過妳們似乎不能離開這間屋子是嗎？」

盧英珠只能點點頭回應，自己在這屋內被管制，是不能走出這棟木屋的圍牆。

「對了。」佐佐木趕緊回身，從自己放下一旁的背包中，小心翼翼拿出這圓玻璃罐。

「這是什麼？」盧英珠十分好奇，佐佐木便拿著這玻璃罐對著窗光看起。

「妳好幾次說起釜山，都露出一臉很懷念的模樣，我猜想妳也很想吃到泡菜吧……」佐佐木捧著泡菜說起。

玻璃罐是違禁品，酒瓶與其他醃菜的瓶罐不可出現在慰安婦的房內，只因破碎的玻璃尖端如刀尖一樣鋒利，只要刺入咽喉，就能讓慰安婦陪宿的軍官送命。只不過對盧英珠來說，一時間竟也無法去思索這些東西是否違規，離開釜山後她已太久沒見過泡菜，看著佐佐木手上拿著的泡菜，盧英珠顫顫伸出雙手捧起這玻璃罐，忍不住拿起映著窗光一看，玻璃罐內的泡菜竟彷彿如晶瑩剔透的寶石閃耀，讓她看著竟心神蕩漾。

盧英珠忍不住，激動問起佐佐木。

「這泡菜……去哪找來的？」

看盧英珠這興奮神情，佐佐木也方才也輕笑出聲，畢竟還怕盧英珠不喜歡。

「我部隊裡有一位來自朝鮮的金軍曹，我請他幫我做的——做泡菜不難，覺得自己也能做……但我沒在朝鮮生活過，所以應該做不出妳記憶中的味道，我才請金軍曹幫忙。」

佐佐木趕緊從盧英珠手上拿過罐頭，輕輕將上頭的玻璃蓋打開，隨即拿出背包內準備好的筷子。

「這玻璃罐還是我去醫務室用菸換來的，還好我不喜歡抽菸才有得換——吃看看吧，我也還沒吃過呢。」

盧英珠十分欣喜，又隨即畏懼的轉頭四看，明明就在自己房內也沒有別人，卻害怕被外人給看見……畢竟這裡可是慰安所，要是佐佐木離開後，岡本發現泡菜的氣味，又看到玻璃罐這違禁品時該如何是好。

「真的可以嗎……」盧英珠膽怯問起，佐佐木馬上明白盧英珠的擔憂，佐佐木隨即大聲喊出嚴肅的命令。

「盧英珠，這是我要妳吃的，妳怎麼不吃！」

「啊……」面對佐佐木突然嚴肅起來，盧英珠一時間不知該如何反應。

「我已從伍長升級成為軍曹，軍曹的命令怎麼可以不遵守。」

佐佐木嚴肅說完，看盧英珠被這喊聲嚇得面露畏懼，卻又低聲湊上盧英珠耳際說起。

「我都喊出來了，妳放心……是我強迫妳吃的，岡本先生如果要怪，那就怪我吧。」

佐佐木故意說出這些斥責的話語之後，便小心夾出泡菜，稍微輕甩，將泡菜上的湯汁滴回罐中，自己先吃了一口之後，確定食物是好的，並沒有發酵失敗，隨即夾起泡菜來到盧英珠嘴邊。晶瑩剔透的白菜在嘴邊晃著，盧英珠嗅出泡菜上的酸香，儘管心底仍有疑慮，但看向佐佐木篤定的眼神，即然信賴佐佐木，就嘗試這違規之舉吧。

一口咬下泡菜，喀嚓一聲清脆響起，這泡菜和家鄉口味仍有很大的差異，白菜切得太碎，辣椒並不夠味，不過這些口味差異並不重要，對盧英珠來說，這是離開朝鮮半年之後初次吃到的泡菜，從釜山搭上船開始，彷彿一切往事記憶從此割裂，如今看向玻璃罐內的白菜與辣椒，一時間竟讓盧英珠回想童年往事，只是一回想起從前，儘管雙手掩上臉頰，竟擋不住淚水冒出指縫。

「不好吃嗎？」佐佐木一看到盧英珠竟然掩面嗚嗚哭泣，擔憂的追問。「怎麼哭了，這麼難吃嗎？」

「好吃，太好吃了——」盧英珠忍不住，一邊啜泣卻又一邊咬唇壓抑哭聲，以免被外頭的人聽見。

盧英珠的哭聲傳到隔壁早苗耳中，就像是因為男人的魯莽而痛楚的啜泣聲，但這是盧英珠被騙到這慰安所後，真正初次內心的波動，小小一罐泡菜，是慰安所不曾拿來的食物，戰爭數年後物資逐漸缺乏，儘管一想到自己也算是戰爭中的「物資」，人命微小如蟲蟻，真是低賤不值。盧英珠心酸又起，淚水不斷滴答落下，盧英珠趕緊用指頭擦去止不住的淚珠，佐佐木一臉靦腆，再次夾上一口泡菜湊上盧英珠嘴邊。

「再吃一口吧——如果喜歡，我再請人做給你。」

佐佐木的笑容讓盧英珠邊啜泣邊點頭，先咬下這口泡菜，隨及情不自禁，雙手抓緊佐佐木的雙手，一雙淚目與佐佐木靦腆的雙眼相對。

兩人小心謹慎的吃上三分之一，每次咀嚼都十分珍惜，盧英珠深怕多吃一片，彷彿之後便再也沒有得吃。

這日離去前，盧英珠對佐佐木揮手道別，對佐佐木而言，眼前這女子因為自己的舉動而啜泣，不免內心也絲絲掛念，兩人在木門前彼此對看，時間已到，盧英珠十分捨不得，卻也只能看著佐佐木離去。

「我先走了……」佐佐木關上木門後，又突然打開木門，忐忑的站立門前與盧英珠追問。「我之後每週都會來，可以嗎？」

「可以……可以……」儘管門一打開會被外人看見，盧英珠裝回謹慎模樣，卻壓抑不住內心的期盼，跪坐的身體向前鞠躬，恭敬的說起。

「長官，那就麻煩你了。」

往後的日子，佐佐木每週準時在星期二下午到來，每次都帶來簡單的食物，不管是饅頭、麵餅或是香蕉。對盧英珠來說，佐佐木的出現彷彿是陰雨之後雲破去，仰頭看見一道從天而降的光。

與佐佐木相處數月後，這回當盧英珠送走佐佐木時，早苗倚在牆邊，看向與佐佐木點頭道別的盧英珠。

「看來妳也找到一個靠山啦。」早苗身上帶著濃重的菸氣，隨即轉身走入房間，卻又忍不住回身說起。

「朝鮮姑娘，看來妳也終於成熟點了啊，現在是有點菜吃了，可是沒肉吃還是不太行啊，身體還是會消瘦下來，只要太瘦，男人還是會不愛的啊。」

誰都能知曉，男人若是每週到來並且只選某個女子，便是迷上女色，彷彿暈船似的無法控制自己。只是盧英珠身體過分消瘦，和其他女子相較，說不上太多的「色」，像長谷川身材高瘦，整個人看來十分有精神、富士初子則是身材豐滿嫵媚。早苗則不用多說，眾多男性已著迷於她。盧英珠除了素雅之外，說不上太多女性特徵，如此平淡的女子對軍人而言，若是洩慾需求並沒有太大差別，但要投入感情，似乎不是最好的對象。

「妳……這麼喜歡佐佐木嗎？」

在早苗眼中看來，兩人之間的關係不言自明，那便是戀愛。

「沒有，我沒有……」盧英珠回應早苗，深怕早苗從中作梗，但早苗一聽笑得更大聲。

「沒有什麼呀，盧英珠啊，說妳傻還不承認呢，這麼年輕的飛行員能給妳什麼，妳還是早點想辦法換人啊，上次那個酒井呢？哎呀，他給妳嚇回廣島了對嗎？——妳還年輕，要戀愛就該找一個中佐啊、要不找大尉以上的軍人吧，不然妳吃那些沒營養的東西，還是會這麼瘦的——泡菜吃太多，辣椒會嗆到喉嚨啊，哈哈。」

再次面對早苗的言語調侃，聲響在走廊迴盪，盧英珠趕緊低下頭，迴避早苗的眼神。

不過盧英珠心底卻些許明白，其實早苗說的也不無道理，要活下去，眾多慰安婦都會有幾個保持長期關係的軍官，軍官才有資源帶來食物，有這些營養，身體便容易健康，只要好好珍惜健康，說不定便能支撐自己活到離開的那一日。

也就是如此，盧英珠不斷觀察其他女子是否與軍人保持「超過營業以上的關係」，盧英珠這才發現，就連看來冷靜聰穎的劉惠，竟也有一個追求者。

這一日，盧英珠由於生理期無法接客，要協助小林打掃走廊時，便一時好奇，走向小林問起。

「小林，今天……可以讓我掃地好嗎？」小林看向來幫忙的盧英珠，便把掃把交給盧英珠後，自己拿起抹布到處清掃去。

盧英珠一邊掃地，一邊注意其他房內的男女話語，從未完全關起的門縫中，聽見劉惠與奧田的「學習」，原來機場的機工兵奧田總是和劉惠在窄小的房內，練習他在台灣學習到的台語。

「你好。」劉惠口形仔細，說出台灣話的招呼語。

「李吼……」奧田口拙，如此發音惹得劉惠大笑，連忙更正。「是你好，不是李吼。」

「李吼屋。」奧田怎麼學習，都無法發出正確的音，劉惠忍不住掩嘴笑出聲，劉惠這一笑，讓奧田也跟著發笑，兩人笑意發動便停不下來。

聽見兩人的笑聲，在門外掃地的盧英珠竟也跟著生出笑意。

這一夜在洗澡時，盧英珠看四周沒人，有機會與劉惠在一起洗浴，便趕緊問起。

「姐姐，我在房間外面……聽到妳在和一個軍人說話……妳在教他台灣話嗎？」

「妳是說奧田嗎，他很好玩呢，每次來都和我學台灣話呢。」說起奧田，劉惠眼底彷彿透露出光，忍不住接連說起許多奧田之事。

「奧田他可是讀到大學文學部一年級啊，能讀書真令我羨慕啊。奧田說要不是戰爭，他想要成為一個語言學家，還真有可能呢，呵呵。」

劉惠說著，又指著自己的眼鏡。

「奧田在機場修飛機，我之前眼鏡不是怕歪掉嗎，上回就是他帶著一些工具來幫我修理的，要不是他，眼鏡說不定哪次滑下來摔破，我就和瞎子差不多了。」

看劉惠說起奧田時的舒坦面容，盧英珠便是明白，在這些窄小房內，並非只有佐佐木與自己有與性慾無關的交流，其他慰安婦當然也有。

「長谷川也有一個好朋友呢，有個地勤兵叫大佑，他也是北海道人，每次長谷川都和他聊起家鄉話，你知道嗎，長谷川和大佑都不做的，聽來很棒吧，長谷川有時候還和我說，要是有天能回去日本，能和這樣的人結婚也不錯啊。」

長谷川也是如此，盧英珠霎時間明白，其實自己並非少數。

「就連那個富士初子也是啊，之前有個叫立花的軍人，曾在台灣山上認識泰雅族的獵人，所以他會和泰雅族的富士初子聊天……也不是每次來都做的啊……」

劉惠細數起許多女子們的私事，盧英珠這才回想，的確自己並沒有觀察到這麼多，加上自己房間的左邊是早苗，右邊是平常安靜無比的伊藤清子，自己的注意力全都在早苗身上，也是理所當然。

「我知道了，謝謝惠姐。」

只是劉惠一邊幫盧英珠洗頭髮時，卻表情一變，謹慎說起。

「但是……妳一定要注意，妳最好還是讓這些男人……只進入妳的身體，但絕對不能進入妳的心。」

盧英珠聽這話，一時間不能理解，詫異的側過頭來看向劉惠。

劉惠這才說起，在這慰安所的時間，就算不甘願被男人隨便進出身體，但身體和心理也早已適應各種男性的要求，只要內心能堅強起來，就能將身心分離，那些男人的來來去去，便能毫無所謂的看待，彷彿身體就是個支配的工具，就連哼叫聲和身體顫動，都只是應付男人而自然誕生的下意識反應。

「可是……」劉惠說起時欲言又止。「要是想到自己有喜歡的人，下身就會特別溼潤……所以有時候被陌生軍人進出身體時，便會覺得自己……很可惡……很罪惡……」

劉惠的話語，讓盧英珠聽得不自覺心悸，畢竟她所說的，字字句句擊中自己的心。

「哪個女子會不想要遇到自己喜歡的人，然後將自己的身體，將自己的心全部都給他……可是只要在這邊，每天都被其他男人隨便睡，這樣內心便會忍不住責怪起自己啊……」

劉惠轉過身來，在熱水煙霧之中幫忙盧英珠擦拭掉身上的水珠，沒有注意到盧英珠低下頭時的眼眶，竟然也起了霧水。

「妹妹啊，妳可真不能和這些軍人有『愛』啊，他們不和妳做，那就是妳賺到休息時間，妳千萬不要被他們騙去，這些人都只是客人，絕對不能愛上任何人，心底才能撐下去……」

「是的，姐姐。」盧英珠勉強撐出笑容回應起。

「這些軍人啊，就算現在真的愛妳，也只是短暫的時光——他們會退伍的，離開後就是離開了，有些人有家鄉的女友，有老婆，他們不會再回來，也不會再理妳了。」

說是如此，但是劉惠話語卻囁嚅起來，隨後便開始啜泣，讓盧英珠更是不解。

「妳想想，如果妳是這些軍人的話……妳會娶一個普通女子為妻，還是娶一個我們這種……被幾百個，幾千個男人睡過的女人啊？」

說起這些，盧英珠才初次明白，劉惠心底強烈的自責，只因她真心喜歡士兵奧田，只是一旦明白心底有愛，便會生出難以言喻的委屈與折磨。

隔沒幾日，疲憊的奧田來到慰安所，與走廊上打掃的盧英珠點頭致意後，奧田便緩緩走入劉惠的房內。那日盧英珠因月經未結束而繼續勤務，她十分好奇，隨意抓一塊抹布在外頭走廊擦地，從門縫中看見奧田並沒有卸下軍衣，而是走到劉惠面前，兩人靜靜不發一語，竟也沒更親密的動作，而是彷彿怕永遠錯過似的緊緊相擁不動，宛如時間在此暫停。

盧英珠不敢置信，兩人在此環境之下認識，卻彷彿像是多年深愛的戀人。

「姐姐，妳還好嗎？」小林走過來，問起趴在地上擦地的盧英珠。「妳月事來要多休息，還是讓我來擦地就好。」

「沒事——」盧英珠彎身繼續擦拭地板，回想劉惠當時與自己說過的話，心底便能知曉，劉惠心底有多麼委屈與自責——只要真的心底有愛，在這種地方的女子，心便落在地獄。

只是擦地之間，盧英珠回想自己與佐佐木之間的關係，在這裡認識的愛，真的不能是愛嗎，誰能說自己這不是愛？但一想到彼此之間肯定不會有好的結局，不免又冒起汩汩心酸。

低下頭，盧英珠繼續跪地擦地板，轉過身去，沒給一同來擦地的小林看見自己滑下臉頰的淚珠，她只能將落在地板上的眼淚，快速的用抹布一一擦去。

第十四章　左邊房間的伊藤清子

「山本！」佐佐木在機場的宿舍邊叫住同袍山本弘夫，山本弘夫回過頭來皺起眉頭，看向一臉微笑的佐佐木。

「怎麼了，有什麼事這麼開心？」

「沒什麼，我是來謝謝你的介紹，讓我找到能做泡菜的人啊。」佐佐木興奮說起，跑向山本弘夫的眼前道謝。

「你是說金軍曹啊，他的料理能力很不錯呢，他說他少年時曾在餐館當過廚師助手，大部分的菜都會做呢。」山本弘夫等佐佐木跑向他後，兩人才一起走向機棚去。

先前佐佐木想去廚房探詢有誰會做泡菜，沒想到山本弘夫知曉後，便帶著佐佐木去機棚尋找一位朝鮮籍的機工金軍曹。

「請問金軍曹，你是朝鮮的哪裡人？」佐佐木好奇地看向外貌粗獷的金軍曹，金軍曹同樣好奇眼前這年輕飛行員。

「問這做什麼——我故鄉住在洛東江邊啊。」

「洛東江，那是哪裡？」對佐佐木來說，每個朝鮮地名都十分陌生。

「簡單說，洛東江再過去就是釜山了。」金軍曹手在空中比劃，釜山是朝鮮半島最南端，而洛東江就是釜山隔壁。

「靠近釜山？那太好了——可以請你製作一罐泡菜嗎？」佐佐木開口問起，金軍曹一聽，倒是先皺起眉頭。

「泡菜？……泡菜有什麼難的？很多人都能做，為什麼要找我？」

「就因為你住在釜山附近，能做一些家鄉口味的泡菜嗎，需要材料的話，我請廚房給你一些材料？」金軍曹答應後便繼續去機棚忙碌，山本弘夫轉身疑慮地問起佐佐木。

「佐佐木啊，對待朝鮮軍人不必如此低下。」

「有求於人，禮貌是必須的。」佐佐木不認同山本的說法，反倒問起。「山本啊，以後回日本去，你會想做什麼？」

「我？」山本一想到未來，便忍不住嘴角的笑意。

「我啊……我在來學開飛機前，可是考上大學的經濟學部，因為家人要我從軍就得來當軍人……說來還真是羨慕理科生，可以待在後線的工廠啊。」

山本弘夫仰頭看著雲朵，思索些許後才又回應佐佐木。

「說起來，我大學還沒讀完，真沒有一技之長，如果以後能回學校完成學業就好啦……如果回不去學校，我就會接下家業，我老家在山邊有一整片山，還有一個大概半里寬的小湖，我想在那片小湖養魚。」

「養魚？」佐佐木愣著。

「就是放養魚苗在湖裡，等魚養大再撈起來，帶去賣給東京人啊，東京人多，什麼魚貨都要，這樣肯定能賺錢的。」

看著山本君思索著如何經營，在腦中計算起成本與利益，或許真的經營養魚事業也會成功吧，佐佐木如此想。

山本君喜歡魚也喜歡釣魚，但由於飛行員訓練不易，總體成本極高，因此被長官下令不能過於勞累的運動，更不能私下爬山和下水，但是山本弘夫卻不聽命令，私下弄來一台腳踏車，只要遇到假期便騎腳踏車載著佐佐木，偷偷前往台灣的野溪釣起魚。

和其他飛行員的謹慎性格不同，山本弘夫已將釣魚工具全放在一個木盒內，就藏在機場邊緣的芒草堆之中，每次放假便騎車出發，先去拿出自己隱藏的釣具組，再和佐佐木一起騎車到野溪去釣魚。

這一日，當兩人在野塘邊釣魚，看水面上的波光粼粼，較深的水潭面上映著一朵朵天上飄過的積雲，有時練習飛行的各式戰鬥機也飛入倒影之中，這短暫的平靜總讓佐佐木心思舒緩下來——

突然間浮標被拉動，山本君熟練的拉起魚，釣竿頭隨即被拉彎。

「來了——來了——」山本君興奮高聲的呼喊，一邊拉起釣竿，卻也擔憂釣竿會被魚拉斷，小心翼翼的與大魚拉扯搏鬥數分鐘，終於將一隻四十公分長的大鯉魚拉回岸邊，佐佐木抓起魚鰓拉起魚，解下鯉魚口中釣勾後，捧著魚興奮不已。

「這裡可真多魚，快，繼續下勾。」山本君一邊繼續釣魚，一邊指揮佐佐木動手挖腳下的土，抓出蚯蚓來當餌料，只是沒想到就在兩人都在低頭挖蚯蚓時，剛剛拋下水面的浮標又抖動起來，一瞬間啪啦一聲，浮標整個被扯入水面中，就連釣竿也被拉入到水面下。

「啊——不要讓這條大魚跑啦——佐佐木，抓住釣竿。」

佐佐木會游泳，二話不說跳入水中，抓起被扯下水的釣竿奮力拉起，腳底卻因為池土鬆軟而滑倒，半身隨即沾滿泥巴，釣線十分緊繃，一隻大鯉魚隨即凌空跳出水面，身長可能超過一米，嘩啦落水激起巨大的水花。

「好大隻的鯉魚啊！」兩人驚呼，拉不起的鯉魚竟如此巨大，當鯉魚落水後，釣線隨即應聲斷裂，兩人失去平衡雙雙跌在池塘邊，看著水面上的殘留的劇烈漣漪，兩人面面相覷，喘息著不停。

「真的啊，真的有這麼大。」當佐佐木再次遇到盧英珠時，便興奮的張開雙手，比出一米多的長度，連珠炮的說起。「這鯉魚比我小時候在寺廟水池邊看見的大鯉魚還要大啊，真是了不起啊，魚在亞熱帶的台灣才能長這麼大吧，在日本的冬天，要是遇到池塘結冰，魚搞不好就先凍死了。」

佐佐木說起那日摔入溪水中的慌張神色，讓盧英珠聽著，嘴角也忍不住發笑。

「還有還有，我那飛行員同袍山本君也說，他小時候就聽人說過，野外可能會有超大的鯉魚，我小時候也曾聽過鯉魚怪的傳說，有些大河裡面的鯉魚成精了，個頭比小孩還長，我還以為只是故事，沒想到真給我遇見了！」

佐佐木那天和山本釣得滿載而歸，先把身體和衣物弄乾後才回到部隊，躲開軍官的看管，偷偷將六隻釣回的大鯉魚都交給金軍曹，報答金軍曹幫忙製作泡菜的恩情。金軍曹把鯉魚都交給廚工加菜，只不過魚的來源保密，眾人都不知曉，這是被下令禁止靠近水域的飛行員釣來的。

「我在釜山時，也曾看過有人來網池塘裡大鯉魚……我還記得我母親說，我們朝鮮的有錢人是不吃鯉魚的，因為太多刺要挑個不停，但我們是窮人，有什麼就吃什麼。」

盧英珠回應佐佐木，說起吃鯉魚便一臉幸福。

「真的好懷念在釜山時烤鯉魚的滋味啊，魚皮酥酥的，咬下去喀啦喀啦響的，倒是刺很多需要小心，小時候曾經被刺噎住喉嚨，很痛很痛啊……」

佐佐木一聽便也靦腆起，連忙跟著說起。

「有一天……我們會一起吃一大盤鯉魚，我幫妳挑刺……」

這句話說得明確，盧英珠也明白其意，表情便突然凝重起來，在慰安所這裡許諾未來，是不是太過虛無……佐佐木看盧英珠沉默下來，便也明白她的心思，隨即伸出雙手握緊盧英珠的雙手，只是這難以言喻的感情，讓盧英珠忍不住眼眶潮溼。

「謝謝你……」盧英珠忍不住說出口，能在台灣遇到佐佐木，真是太好了，眼前的佐佐木彷彿是美夢中才會出現的人，一點都不現實。

「真的……不是騙我的嗎？」盧英珠忍不住說出口。

「不是……不是……」佐佐木向前去，緊緊擁抱住盧英珠。

對盧英珠而言，這是兩人至今為止最親密的舉動，彼此臉頰貼近，感受到彼此的體溫呼息，以及心底所有情感的祕密。盧英珠忍不住微笑著落下淚珠，佐佐木便用指掌擦去盧英珠的淚水。

「不是騙人的……不是……」

盧英珠十分明白，還好自己能有一個這種對象，其他女子們也都有一個這種感情託付的對象，才能在這慰安所撐得下去……

但盧英珠也逐漸發現，隔壁房間來自北海道的伊藤清子卻始終沒有交往對象。早苗住在盧英珠右邊的房間，伊藤清子是在盧英珠的左邊房間，來自北海道的伊藤清子個子嬌小，平日看來文靜少語，所以總是不引人注目。

伊藤清子左邊臉頰有個小小的酒窩，笑起來有些可愛。只是嬌小可愛的伊藤清子沒有對象，或許也只是緣分未至，盧英珠如此想著。

這日，伊藤清子如常營業，直到接近中午之時走入一個將近一百八十公分高的軍人，比伊藤高上一顆頭，對女子們來說，還得要仰起頭才能看清楚他的臉。別拖延也別想太多，每一個慰安婦都已看多男人，高矮胖瘦都一樣，伊藤清子裸身躺下張開雙腿，正等待軍人進入身體，只是這軍人看來神色緊張，畢竟男人到此也會怯生，要完全不緊張也不可能。

「還沒準備好嗎？」伊藤清子看軍人站立門前許久，衣服完整尚未脫去，伊藤便起身喝杯水，沒想這男子卻突然吼叫。

「就是妳害的吧——還以為妳們身上都沒病啊，噁心啊！」

「什麼？」伊藤清子還不清楚這軍人的叫喊是什麼意思，軍人便向前一巴掌甩下，伊藤被打倒在地跌坐在榻榻米上，軍人再一步向前來，雙腳隨即跨坐上伊藤的胸前，左手壓住伊藤的嘴，伊藤臉頰鼓起想呼吸，但遮住嘴的手就要讓伊藤窒息。伊藤的手腳儘管掙扎，但軍人體重讓她無法移動半分。這軍人再一掌掌甩下，伊藤臉龐啪啪挨打卻無力掙扎，一張臉脹紅不已，彷彿再沒有幾秒就要窒息昏迷。

還好，伊藤剛才掙扎時，左腳踢到靠盧英珠那面的木牆。「咚——咚——」、「咚——咚——」。盧英珠便轉身起疑，這聲音不像過往伊藤房內所發出，畢竟伊藤身材瘦小又謹慎，平常很少踢到牆，更不像早苗那樣，總引起男性在房內翻騰的聲響，盧英珠愈聽愈是疑慮，好奇從牆縫中瞇眼看出，發覺伊藤的脖子已被手掌壓上，一張臉像氣球那樣紅脹。

「伊藤！」盧英珠大叫，匆忙快步跑向伊藤房前一把拉開木門，這軍人聽見開門聲，這才鬆手轉過身來，迎面揮拳打向盧英珠臉龐，隨後又轉身回去壓住伊藤的口，彷彿已將伊藤當成戰場上的敵人似的，非要置她於死地不可。

盧英珠被擊中臉，馬上痛得跌滾在地，但一想到伊藤清子這瀕死的臉，只得忍耐痛楚爬上前去雙手緊緊抓住士兵的手臂，卻仍被這士兵一把推開，滾向一旁。

「救命——救命——」盧英珠撐起身大喊，看向伊藤滿臉脹紅的痛苦模樣，要是再下去肯定會窒息死去，盧英珠再次爬上男子的背後死命抱住，任憑這男子怎麼甩動都不放手，直到隔壁早苗也快步走來，正要嫌棄這些女子不好好休息，弄出吵人噪音，走近一看才知道不對勁。

「你在做什麼啊——混帳，你想殺人嗎！」早苗上前來，左手抓緊軍人的手，右手用力捶打軍人的頭頂，眼看他還不放手，早苗索性咬上軍人的耳朵，這軍人才痛得鬆開手，一拳揮開打上早苗的胸膛，讓早苗痛得躺地捧胸快不能呼吸。

有兩位大門口的哨兵衝入門內，趕緊拿起步槍指向這軍人高喊。「住手——站起來——」，直到被槍口指著，這軍人才高舉高手，衣服拉起而離去。

長谷川今日在廚房勤務，聽到吵雜聲響後才從廚房跑來，看著伊藤清子正躺在榻榻米上，劇烈喘息而胸膛急促起伏，雙眼睜大彷彿已失了魂。

「伊藤，妳怎麼了，他為什麼要這樣……」長谷川雙膝一跪，擦拭伊藤的臉頰，看伊藤雙眼無神，已然失魂。

看著幾乎就要殺死自己的男子被衛兵推開，踉蹌的走出大廳外，伊藤這才牙齒打顫的說出口。

「他……剛剛對我說，他得了……性病……他說是我害的，他只和我做過……所以……」

語畢，伊藤清子嚎啕大哭，整張臉皺混眼淚鼻涕，長谷川馬上看向伊藤的下身，憤慨喊著。

「怎麼可能，如果他被妳傳染，妳一定也有一樣的病，但妳身體分明沒有病，對吧！」

幾天前的定期軍醫診斷，伊藤清子身體健康一切正常，所以才能被准許營業。只是想不到如今身上竟有著滿滿慘烈的瘀痕，伊藤只能瑟縮在屋角不得動彈，就連哭泣的鼻息都微弱。

喧譁許久，岡本先生這才從二樓走來伊藤門邊，看向伊藤躺地的孱弱模樣，馬上怒斥大家。

「妳們這些慰安婦啊，全給我回去房內，不要一群人全站在這裡——伊藤清子，妳不要哭，吵死人！」

伊藤幾乎瀕死，岡本先生卻還斥責起她，不免讓一旁的早苗憤恨喊出聲。

「剛剛那個士兵真的太過分了，岡本先生，你一定要和軍方上級的人說，我們這些慰安婦是來服務的，是來為國家貢獻的，不是來玩命的啊——」

岡本先生並沒有理會早苗，只側眼看向早苗一眼，便兀自要往回走到二樓房間去，早苗生氣，跑過走廊穿過岡本先生，直接擋在回二樓的樓梯之前。

「剛剛伊藤差點就死了，如果我們沒來，她肯定會死的，那個士兵就這樣回去了？這怎麼可以，這是殺人罪啊，為什麼沒有人把他逮捕起來，就這樣放他走了？」

看向早苗對自己的爭執與嘮叨，岡本先生依然沒有應答，反倒轉身給早苗一巴掌，甩得她匡一聲跌撞向木門。

「閉嘴，不要多事。」岡本大吼，早苗一聽，氣憤的撐起身，對岡本大吼。「她差點死了啊，什麼叫不要多事，王八蛋！」

盧英珠終於也忍不住，一步站出在岡本面前。

「岡本先生……要不是剛剛伊藤有踢向牆壁，我才會發現她求救……不然她真的會死啊，岡本先生，請幫她出口氣吧……」

幾個女子終於忍不住，紛紛上前爭取出聲，岡本看慰安所女子都感同身受的站出來，面對一雙雙質疑自己的眼神，畢竟自己是被軍方委託管理這間慰安所，經營所需的人和也十分重要，要是這些女子全集體和軍官抗議，自己也可能丟了工作。

「閉嘴，我知道了，我會報上去的。」岡本先生也沒多說，便走回二樓去，像是在撥電話給誰，但眾女子們也聽不清楚。

一天後，早苗才輾轉從其他軍官那裡知曉，原來這位毆打伊藤清子的士兵得了梅毒，症狀已嚴重到影響心智，人在部隊內有時會發瘋大吼、不聽控制，已被排入強迫退伍的行程中，更沒想到他還沒被送回日本，竟跑來慰安所發洩，幾乎就要殺死人。

知道伊藤蒙受委屈，這天之後，盧英珠便特別關心起伊藤。

「還好嗎？」盧英珠打開木拉門，探向角落的伊藤，這一次臨死之際的恐懼體驗後，伊藤便縮在屋角，手總是輕撫脖子上的瘀紅勒痕。

「還可以……」伊藤一靜下來，失神的眼眶便緩緩滑下淚珠。「我還活著……」

盧英珠走上前去，輕輕擦去伊藤的淚珠，試著撐出嘴角的微笑說道。「我們都在這，一定不會再發生這樣的事了……」

「謝謝妳……」伊藤清子雙手握緊自己的手，忍不住委屈的落下淚珠，感謝盧英珠對自己的關注，才能拯救自己一命。

只是這幾日，伊藤無法服務任何一個士兵，只要有士兵進入房間，伊藤便面色蒼白，就算勉強讓男人觸碰身體，伊藤就開始不由自主的全身抽搐，讓進入的士兵驚嚇以為伊藤快猝死，士兵便匆忙穿回衣服，深怕扯入命案似的逃離開慰安所。

「姐姐……沒事吧。」小林衝了過來，看見裸身的伊藤清子坐在房間角落全身顫抖，也只能先將衣服披上伊藤的身上，趕緊請外頭的軍人取消接續的購票。

伊藤發生這樣子的大事，岡本先生只得提早叫來軍醫，進行全體的健康檢查，醫生查看伊藤身體時便緊蹙眉頭，上下打量伊藤清子。

「哎呀，妳的脖子怎麼了？」醫生這一問，又讓伊藤難過得嘴角發顫，一時說不出口。「之前……被一個軍人……差點掐死我……」

看著軍醫將伊藤清子之事記錄在紙卡上，彷彿已經歷許多女子被如此對待，不足為奇似的繼續看向下一位。軍醫再次確定整間慰安所的女子都正常，目前健康無病，只要正確使用保險套與消毒藥水，性病便沒有傳播開來。

「我就說吧，你是無辜的。」長谷川在一旁聽著，馬上激動的告訴伊藤。伊藤清子一聽自己真的沒病，忍不住雙膝跪坐在地，彎著身體委屈哭泣。

「不是……真的不是我的錯……」伊藤雙手撐著地板，感慨著落淚。「為什麼這樣對我……」

僅管真相清楚，伊藤清子的確無辜，但她被士兵勒住的脖子勒痕並未消失，在頸上形成一道弧形的瘀青。身軀也愈來愈乾枯萎靡，讓伊藤開始被士兵嫌棄，加上被勒過脖子，過了數週後竟連舌頭都收緊，聲帶受損似的總是吐出啞聲，像是始終無法痊癒的重感冒。也因為喉音如此，就算是身體逐漸康復，願意點伊藤清子的軍人也逐漸減少，伊藤清子便被暫時取消侍應男子的任務，每天都與小林一起在廚房煮食。

由於廚房有火源，小林和慰安婦在廚房幫忙三餐，也是要就近監看這些慰安婦，確保不會做出一些自傷的舉動，好比伊藤清子在廚房工作到滿身大汗，索性脫去上衣，露出上回被男人毒打後半身未消的瘀青。伊藤在大鍋前炒菜時抬不起右手，是被男子攻擊後的後遺症，她只能用左手翻動鍋鏟。

伊藤清子每日靜默看顧爐火，將食材丟入大鍋之中，有時竟然蹲下望向爐火出神，竟然忘了攪拌和確定烹煮時間，以至於飯粥都有焦味。這夜吃飯時間，岡本先生走來伊藤房內，打開門後將碗摔在伊藤胸口，伊藤全身便被米湯灑到溼透。

「搞什麼，連個飯都煮不出來，廢物——」岡本先生面對伊藤清子怒吼。「我們這裡每個女子都比妳有用，就妳是個廢物！」

伊藤清子低下頭來不發一語，就連眼神都失了魂。

「我知道那個軍人是生病發瘋了——但他還能上戰場當個炮灰，妳連個炮灰都當不了，就是個浪費米糧的廢物！」

面對岡本先生的怒叫，伊藤清子不像之前還會委屈到哭泣顫動，表情竟已沒了變化，只點點頭表示聽見了。

這夜，正在睡眠的盧英珠聽聞隔壁的聲響，因而謹慎的起了床，半夢半醒意識混沌之間，好奇起隔壁的伊藤狀況，盧英珠便從縫隙中偷看伊藤清子的房間。微光之中，看到伊藤清子竟然沒入睡，中邪似的雙手勒住自己脖子，彷彿要掐死自己。

「呀——妳在幹嘛？」盧英珠低喊出聲，快步打開隔壁伊藤的房間門，忍不住撲向前去將伊藤撞倒，兩人雙雙跌滾在榻榻米上。

「姐姐，不要……」盧英珠緊抱著伊藤，一時間感傷大喊。「不要這樣……」

「沒事，我沒事——」伊藤撐起身，微光中看向鏡中模糊的自己，脖子上已出現泛紅的勒痕。

「我睡不著……起來看著鏡子，發現我頸子上那個勒痕好清楚啊，就連夜光下照著鏡子都能看得見，勒痕為什麼都不會消退？我就想，如果自己勒緊自己，是什麼感覺……我才發現原來自己要掐死自己是不可能呀，掐到最緊的時候，手還會自己鬆開啊……妳知道嗎……原來人是不可能這樣掐死自己啊……」

「姐姐……不要這樣……」看著伊藤清子的失魂模樣，盧英珠不知如何是好，伊藤清子隨即雙手比劃自己的頸子，長谷川剛好走來，看伊藤清子手又放在頸子處，便二話不說上前去打伊藤一巴掌。

巴掌聲在夜底如此清澈，儘管打上伊藤一巴掌，長谷川卻又向前去，緊緊擁抱起伊藤。

「誰准妳死的，我們一起來的，說好要一起離開……」

夜色之中聽見長谷川的低聲啜泣聲，透窗的月光下，眾女子們都在自己的房內嘆息，畢竟身在慰安所，誰也不曉得自己哪天會不會也和伊藤一樣倒楣，遇見一個因為梅毒或酒醉發狂的軍人，就在無聲之間將自己狠狠掐死，要不拿刀砍死，或拿出手槍對著眉心……

畢竟眾女子都知曉，自己在此只是低賤的妓女，要是真被怎麼了，也沒有人可以幫自己出氣。若無法像伊藤清子那樣好運，因為踢向牆壁而被盧英珠發現，等攻擊的男子離開後，自己就只是榻榻米上一具癱軟的死屍，最終成為焚燒的骨灰。

在伊藤清子精神崩潰，深夜間掐住自己脖子後，岡本才下命令要眾女子輪流陪伊藤入睡，就連洗浴之時都需要陪伴，但長谷川每天不等命令，都直接來房內陪伊藤入睡，在一旁看顧伊藤。

「我來了，伊藤。」長谷川將房內的枕頭帶來，就躺在伊藤的身邊，長谷川索性雙手抱環著伊藤睡去。

「謝謝你……長谷川……」

「別說了，就睡吧，睡醒了一切都會好轉的。」長谷川在伊藤耳際輕輕說起，手輕輕摩挲伊藤的頭，彷彿安慰著一個失眠的孩子。

「睡醒了，身體休息夠了，一切都會變好的……」

「都會變好的……」

「都會好的……」

第十五章　離去與遞補

午後雷陣雨在一陣閃電後轟隆落下，在鶴松屋的灰瓦屋簷上嘩啦響。

怕會因為雷擊而損壞機場設備，大雷雨讓機場暫停運行，管制所有軍人休假今日成為難得的放假日。盧英珠平靜跪坐室內，看著窗外風雨回想起釜山。在這世界上，只有太陽、雲與雨不分邊境與國界，在世界各地都相同……

每個慰安婦心底都生出難解的鬱悶，長久被男人當工具一樣使用，下身多半受過傷，有時被士兵責罵與虐打，或被岡本先生處罰挨餓。只要一遇到能休息之時，每個女子都在屋內躺著休息，聽窗外大雨嘩啦，幾乎覆蓋耳際所有的聲息。

盧英珠起身到走廊上，從木門縫中探看眾慰安婦，在這不用「上班」的空檔之中在做些什麼。長谷川正躺在枕頭上沉沉睡去，彷彿沉入童年的夢境；劉惠靠在窗邊，利用窗光看書，真不知道她看什麼書，常常沉默許久後才聽見翻頁聲；富士初子靠著窗，緩緩梳著自己的長髮，想將長髮梳得又直又順。

盧英珠突然想到伊藤清子，之前的白天每個人都要工作，許多雙眼睛盯著她看，盧英珠突然意會到，今日既然大雨覆蓋萬物聲響，平常陪著伊藤入睡的長谷川正在趁機補眠，那伊藤清子在做什麼？

盧英珠快步打開伊藤房間的木門，迎面看見一雙纖瘦的腳吊在空中晃蕩，盧英珠仰頭一看，一條灰色的和服腰帶正掛在樑上做了結，伊藤清子上吊後吐舌而亡。

「呀——」盧英珠嚇得跌靠牆面，也因為這一摔，讓伊藤清子的身體跟隨震動而左右搖晃。

盧英珠半躺在地，全身冒起雞皮疙瘩，仰頭看向比自己更瘦小的伊藤，不知道她是怎麼將腰帶拋過樑上，又是怎麼上吊成功？看來應該是踏上梳妝用的小木櫃，隨後墊起腳尖，將自己頸子掛在和服用的長布巾上，隨即跳開踢倒木櫃而懸空，榻榻米上便散落一地的細碎小物……若非雷陣雨聲嘩啦覆蓋萬物聲響，這踢倒木櫃的聲響不可能不被聽見……

「救命啊——伊藤她——」盧英珠尖叫不已，一聽到叫喊聲，剛才深深沉睡的長谷川隨即撐起身子醒了過來，隨即快步跑過走廊，看向伊藤那雙懸在空中的白皙腳掌，隨即失力的跪在地上，雙膝爬過榻榻米，起身撐著伊藤的雙腳哀泣。

「搞什麼啊——伊藤清子，下來，給我下來！」

伊藤清子的身體都還溫熱著，但已明顯死亡……長谷川忍不住痛哭出聲，全慰安所的女子們都湊在門前一看，看長谷川用力拍著伊藤的腳，這一拍，拍得伊藤的身體更加晃蕩，搖晃的拉扯力量更強，伊藤清子吐出的舌頭因此更伸長，眾女子們紛紛別過頭去，不忍再看。

長谷川不願再看向伊藤清子，只能跪在伊藤的腳邊。

「伊藤啊，妳這個混蛋啊……妳不是和我說，再一年就可以離開啊，妳不是這樣說過的嘛——」

長谷川眼淚撲簌落下在榻榻米上，滴滴答答被稻草面吸收。

「不是說好……不是說好我們不要回北海道，我們以後一起去東京啊，可以一起去沒關係的啊，妳好傻啊，不是所有的人都幫助妳了嗎，我不是每天都在幫妳了嗎……妳這個傻子呀——」

長谷川雙手撐著榻榻米，但再也撐不起身。

「不是說……有一天就算要死，也要死在日本嗎，死在這裡太不值得了，太不值得了啊——」

小林原本在大廳整理，又去到庭院內打掃，聽到盧英珠尖叫後才跑來探看伊藤。岡本先生正緩緩從二樓走下，看向伊藤的屍體先是嘆口氣，便揮揮手示意小林和其他女子一起將伊藤扛下，隨後將伊藤放在榻榻米上，長谷川跪在伊藤身邊，衣物敞開的伊藤清子露出瘦小乳房，長谷川便趕緊將她的衣服拉上，既然已經離世了，便不要再委屈而裸身。

「我去和上級回報……」岡本先生確認伊藤清子死去後，便走回階梯到房內打電話通報上級。盧英珠則跑去帶一桶水過來，拿布巾沾上水後，先將伊藤的身體擦拭乾淨，畢竟死亡之後，身體便會跑出各種排泄物而產生異味。

「讓我來……讓我好好送她走吧……」長谷川接過盧英珠手上的布巾，仔仔細細擦拭伊藤清子的身體，彷彿用力將失去血色的身體擦拭乾淨，就能讓她重新甦醒……

只要是與軍隊相關的單位，死亡是可以預期之事，不管是戰死、訓練而死，或無法承擔壓力的自殺。慰安所雖然表面看似民間經營，但其實也是軍事單位之一，在如此高壓之下，有人承擔不住壓力而自殺也是可預見之事。盧英珠也回想自己將刀刃藏於牆面之中，若當初自己在夜裡拿刀自殺成功，如今就是這樣癱軟在榻榻米上，成為一個蒼白的屍體……

大雨暫歇，不到一小時內軍車到來，兩個士兵帶著擔架走上走廊。

「會把她帶去哪裡？」眾女子們看著士兵以擔架搬運伊藤清子，長谷川忍不住喊聲。

「火化啊，還能去哪？」岡本先生一看運屍流程竟被長谷川阻擋，轉身怒斥長谷川。「人都死了當然衛生優先，屍體只能燒掉還能去哪？還是妳想從她身上得到傳染病嗎？」

對常常處理屍體的士兵來說，一切都是尋常任務，只把伊藤清子的屍體當成物品，搬運來去流利迅速，毫無常人對屍體的畏懼。當大門又關上，圍牆外傳來遠去的引擎聲後，伊藤清子便永遠消失在世界之中。

這一夜，長谷川精神無比萎靡，彷彿一夜之間從二十出頭的女子，蒼老成為一個冒出皺紋與白髮的中年婦女，就算富士初子擁抱給予安慰，長谷川依舊沉默不已。

夜裡，老鼠在走廊邊爬行發出聲響，長谷川一聽，竟突然拉開木門叫著。

「伊藤——伊藤——」

老鼠在木板上踩踏而出的聲響，與伊藤輕瘦的身體才能踩出的腳步聲如此相似，長谷川竟嚇一大跳，彷彿是伊藤鬼魂回來一探才如此大喊。小林一聽也趕緊開門，看長谷川正蜷縮在走廊轉角盡頭喃喃自語。

「那不是老鼠……是伊藤……那是伊藤……」

小林只看見老鼠的長尾竄過，正鑽入木板牆面縫隙之下。

「姐姐，剛剛那是……」儘管想解釋，但小林看著長谷川坐在角落啜泣，知道她因為同伴的死而傷心，一時間也說不出口。盧英珠趕緊將長谷川拉入自己房間，免得岡本先生又出門來大吼，可是會讓眾女子在睡眠中被叫醒去外頭面打。

映在雨後的窗前月光下，長谷川身形憔悴不堪，彷彿是個被燒成碎炭的木塊，輕輕一碰就會粉碎，讓盧英珠也忍不住感傷，緊緊抱著長谷川身子。

長谷川當然知曉，那不過是黑夜中的鼠輩。

「伊藤……我對不起妳……我沒有把妳帶回北海道……我對不起妳……」

這幾日洗浴時，富士初子輕輕撫摸長谷川愈來愈纖瘦的背，手指滑過逐漸清楚凹下的肋骨。

「看妳這樣，我很捨不得……」因為伊藤的死去，富士初子更加憐惜長谷川，兩人間的依賴感情更加濃烈。「能吃點時就多吃點，妳不能再更瘦了……」

富士初子將頭枕在長谷川肩膀上，忍不住也因為好友的消瘦而感傷，哭著親吻著長谷川的額頭。盧英珠正好走入洗浴間，但她沒有轉過身迴避，看兩人親密如情侶之模樣，雖是同性，卻讓她心底隱隱欣羨起，在這樣的窄小的木屋內，在每日面對這些陌生男人需索的狀態下，至少還有人珍惜自己。

「伊藤是死了啊——但妳要為了我好好活下去……」富士初子緊緊擁抱著長谷川，在如此惆悵的相擁依偎，不知能否覆蓋多少悲傷。

陶甕中裝入熱水，浴室間煙霧蒸騰，兩個女體在霧水中成為隱約的剪影。富士初子擦去長谷川的眼淚，在她耳際輕聲。

「這不是妳的錯……是那個士兵發瘋的錯，是國家要處理才對啊，為什麼最後是我們受苦……妳不要再自責了，長谷川……這不是妳的錯……」

這話語也同樣映在一旁的盧英珠心底，要不是自己被就職詐騙來到台灣，她不會遇見這麼多男人，便不會發生這些事情……時間有限，盧英珠小聲提示長谷川和富士初子：「姐姐，時間快到了……早苗可能會來……」

長谷川與富士初子心底明白，珍惜僅有的時間，繼續耳鬢廝磨，直到拉開洗浴室門後……兩人又回到尋常的姐妹關係，一前一後步履沉重，在走廊上陸續回去自己的房內，拉上木門，安靜得彷彿不曾發生過……

死亡這種事，對慰安所來說也不是初次，盧英珠還記得小林曾說過，要不是有人死去，自己也不會來到鶴松屋。只是死在這慰安所，既不是戰死，也不是入伍當軍人有個軍籍，對家鄉的人來說，就只是莫名奇妙的死在異鄉罷……

※ ※ ※

就在伊藤死去，以及另一個日本女子因為重病而前往醫院後，鶴松屋便空出兩個房間位置。盧英珠被吩咐去收拾這兩間房，等著迎接新的女子到來。

長谷川也因為情緒不佳，岡本先生讓她打掃環境與去廚房做菜，暫時不要接客。畢竟親眼所見從小到大的好友離世，任誰都可能承受不住，當年打過仗的岡本也面對過同袍戰死，就算岡本再嚴厲，也能理解這種心傷。

盧英珠在伊藤的房內，一邊收拾伊藤清子的遺物，想著生命就是這麼難以預料，盧英珠心底竄過許多念頭，那自己呢？若是自己和伊藤一樣的際遇，遇到幾乎奪命的毆打與傷害，又真的再撐得下去嗎？

長谷川一邊收拾一邊思索，望向伊藤的空房間呆愣許久，盧英珠明白長谷川還在惆悵，便也沒叫喚她，直到岡本先生怒喊。

「快點啊，新的人都要來了，怎麼這麼慢啊！」

「是……我們趕快。」長谷川回過神來，點點頭回應岡本先生後，繼續整理伊藤的舊衣舊物。

盧英珠打開伊藤房內的木櫃抽屜，看向抽屜內留下的幾個鈕扣與針線，抽屜深處的角落中有一張黑白照片，原來是一張伊藤清子與家人的合照，公學校六年級時的伊藤，穿上制服看來嬌小清秀，目光有神。

「到底好了沒，趕快把東西清掉啊，新的人要來了啊！」岡本先生又在外頭使喚，小林也跑入房內。「姐姐，好了嗎？」

其他雜物都可以不要，全收到一個布袋內等待分類，盧英珠只把伊藤清子的黑白照先拿出，收在自己懷中的口袋中。

外頭開來的卡車聲響正轟轟停下，牆外聲音總讓牆內之人有許多想像，盧英珠站定，聽大卡車聲便知曉可能有一群士兵到來，但大門推開後，門外只停著一台卡車，後方的車斗上爬下兩個女子，在士兵的呼喚與戒護之下，兩個女子低著頭走過敞開的木門，走入鶴松屋的庭院內。

「這裡還有士兵看管啊，還真好啊。」走入木門，前面那位的日本女子看來二十來歲，名為橋本幸子，可是待過東京著名風俗區「吉原」。橋本走入圍牆內便毫無緊張，四處探望，口中還嘮叨。

「天啊，這裡的庭園……和東京的相比，也太寒酸了啊……」橋本邊抱怨，迎面看著前方呆立的盧英珠便張口問起。「欸，妳打哪來的啊？」

眾女子們都是來到陌生地時擔憂不已，初次看見「前輩」們也是忐忑不安，盧英珠從未見過橋本幸子這樣放鬆模樣的女子，才剛到來，便對盧英珠試著聊天問話，更讓盧英珠驚訝的，是橋本後面那位低下頭的女子。

「嘿，走快點！」岡本先生叫喊，後方那位女子才抬起頭來，頭上包裹的布巾落下，盧英珠這才怔住。

後方的女子是一個白人少女，髮巾之下竟是一頭燦爛的金髮，看到她的容貌，慰安所內的眾女子們全都屏息無語，這女子當然是來自英美國家的俘虜。許多慰安婦生活單純，戰前也從未看過金髮外國人，只知道日軍現在與美國人作戰，從未想過這樣的金髮女子竟會出現在慰安所。眾女子竊竊低聲，畢竟金髮的白人少女就像個特殊之物，怎能不多看幾眼。

這位白人少女看來還一臉稚嫩，回頭望向大門正被士兵緩緩關起。令盧英珠不安的是，這個少女接下來會有一場「面打」當作見面禮，真不知兩人該如何承受，未料橋本與這白人少女走入後，岡本便大吼。

「安靜——」岡本先生看眾女子們十分浮躁，開口便是大喊。「有什麼好大驚小怪，金髮的這個女子，只不過是我們日本帝國的戰利品！」

盧英珠又怔住，這個金髮白人少女如果是「戰利品」而送到慰安所來，那如自己這樣被就職詐騙來的慰安婦女子，又算是什麼……更何況，還以為岡本會來個下馬威，要求這女子和橋本來個「面打」，更沒想到岡本先生就讓兩個女子走入門，毫無立威的舉動。

橋本與金髮女子望著大廳上方的天皇照片，橋本幸子雙腳站定行注目禮，白人少女趕緊跟著停下腳步，對天皇的照片鞠躬敬禮。小林趕緊打開房間門，先讓白人少女走入房內，但小林不會說英文，也只能慌張的指向前方，要白人少女走向前去，只不過白人女子一開口，便讓眾人震驚。

「我會說日文，我小時候在東京長大。」

聽到這純正的東京腔日文，眾人都怔住無語，看向這白人女子的臉龐。

「那妳……怎麼會……」小林一時間不知該說些什麼，話語都結巴起來。「來到……來到……這裡？」

「我爸爸以前是英國駐東京的外交官，所以我才會在東京長大，珍珠港事件之前的一個禮拜，爸爸剛好轉調單位，我和爸爸便搭船從東京搬到新加坡……結果日軍馬上就來了，後來我就被日軍帶走……上個禮拜才送來台灣……」

早苗在一旁怔住說不出話，這純正的日文口音，也讓早苗湊上看著女子的面貌，這一問原來這個女子叫做安妮，今年才十六歲。

安妮放下簡單的行李，在榻榻米上跪坐姿與小林談話，除了臉龐以外，身姿與口音都是日本模樣，若是遮起臉，或從室內隔著牆聽著安妮的聲音，誰都無法從聲音判別，眼前竟是一個純然的金髮白膚外國人。

日本帝國的各個屬地，不管是朝鮮、沖繩或是台灣，女子被日本軍方徵召、強迫抽籤，或是就職詐騙而來，都還算是「本國人」的事，但膚色不同之人，眾人都明白——「她就是被抓來當慰安婦。」看向安妮臉龐還帶有青澀的雀斑，盧英珠內心竟不知怎麼，心底竟冒起些許羞愧……等等，又不是自己去抓捕她成為俘虜，她會來此也並不是自己的錯，為何會生出羞愧之感，盧英珠自己也想不明白。

「她們會來，是她們國家打輸了，才會被抓來這裡……」早苗細聲和盧英珠說起，只不過盧英珠心中卻隱隱冒起問句。

「那……我們呢……」盧英珠回看眾女子的臉龐，除了少數日本風俗女陸續轉移到慰安所來，或如早苗這樣自願為國捐出身軀之外，其餘女子都是被拐騙與強迫而來。盧英珠更沒想到，自己既然身為「戰勝國」的女子，待遇和這些因為戰敗而成為俘虜的女性，其實並沒有太大的差別……

長谷川走來看著安妮，怔著許久後，才沮喪和身邊的劉惠說起。

「當初我是自願的，但我真的沒想到，有一天來這裡的女人，都是騙來和抓來的……」

盧英珠走入門內幫忙照料安妮，當木拉門關起，只剩下盧英珠與安妮兩人時，盧英珠這才著急的湊到安妮面前，趕緊低聲問起。

「妳知道，妳被送來這裡……會做什麼嗎？」

面對盧英珠的詢問，安妮天真的搖搖頭，喃喃訴說。

「這裡不是什麼俘虜收容所嗎，我印象中是這樣子。」

安妮這不知世事的模樣，讓盧英珠無比嘆息，著急的脫口而出。

「這裡是慰安所啊，妳會被很多男人幹啊，有時候一天十幾個人啊，那些男人會用他們的下體來插入妳的下體啊，每一天都要應付十幾個人，妳知道嗎？」

被盧英珠著急的告知後，安妮才一臉錯愕，這才轉頭看向房間四處，看向一旁的木櫃與被褥，還不知道自己會如何被對待。

「我不知道，姐姐……請問……我會被很多人……幹……是什麼意思。」

盧英珠話語直接，指著安妮的下身著急的說起。

「到這裡的男人會用他們的下體，進入妳的下身啊……妳要有心理準備……開始會很痛很痛，這些男人很多都很粗暴，不會珍惜妳的身體，妳會很辛苦——」

盧英珠不自覺，脫口說出這些與性有關的字彙，這些過往令人羞愧的字眼，自己半年前是不可能說出口啊，但看見安妮這青澀模樣，心底也不免擔憂，話語接連而出。

果然到這夜後，機場的一位中佐到來後，隔著房間牆壁便傳來安妮的哭喊聲——「好痛啊！」、「救命！」、「不要——」、「啊——」。隔著牆，安妮的哀號伴隨幾句聽不懂的英文，彷彿身體正被怪物的爪撕裂成兩半，而後又聽見啪啪巴掌聲，與隨後衣物被撕裂脫去的聲響，種種混雜的聲響讓隔著牆的盧英珠屏息，卻無法止住起伏的心情。

自己到來的那日就是被這樣對待啊，盧英珠嘴角壓抑不住顫動，一回想便十分不甘。更何況明明只要探過去牆邊，就能從牆縫看見安妮如何被軍人對待，但不知怎麼著，此刻的內心中竟只生出濃厚的厭惡，儘管只隔個牆縫一步之遠，儘管自己也對白人女子的身體些許好奇，此時卻什麼都不想看見。

「好痛啊——嗚嗚……嗚……」安妮的哭喊從哀鳴改為低聲啜泣，突然又傳來一聲響亮的巴掌聲，逼得盧英珠眼睛緊閉，安妮便安靜起來，連啜泣都無聲。

「還以為妳們這些外國人很開放，沒想到這樣扭扭捏捏。」

軍官的怒斥傳入盧英珠耳際，讓盧英珠心底不斷自問自答。

「是啊，因為英國美國打輸了，沒來得及撤退，就留下她們成為戰俘，所以這些女人就要承擔這件事……抓去被日本軍人隨便插……」

盧英珠一時心底又憤慨，握緊雙拳敲著榻榻米，心底無比憤慨。

「那我們呢，我們不是打贏這些外國人了嗎……要也是英國人美國人受苦啊——我在這裡做什麼，不是說日朝同一國嗎，為什麼我要在這邊……每天被人隨便睡啊——」

盧英珠對自己的際遇憤恨不已，握緊雙拳壓著榻榻米，等到軍官結束後離去，安妮依然傳來壓抑的低聲啜泣，想必全慰安所的人都聽見，但因為安妮是個白人，只有高階軍官有支配她的權利，岡本先生也不會因此打開房門教訓安妮，以免下次軍官來會不高興。

更奇特的，這啜泣低聲聽在早苗心中，卻有著不同於盧英珠的感受。

早苗內心冒起一股難以言喻的妒意，畢竟安妮才一到來，不用被岡本先生虐待，馬上就能陪伴軍官，眾人都明白她那金髮與膚色面貌，對於這些需要滿足「征服慾」的軍人來說，是多麼誘人。

早苗焦躁著抽起一根根菸，吐出的菸氣竄入盧英珠的房間縫隙，又飄到了安妮所在的房間中，讓安妮除了啜泣聲，又跟著引發因為菸味而不適的咳嗽。

隔日清早，當眾女子洗衣時，盧英珠因為捧著衣服靠近圍牆，竟聽到幾個大門邊的士兵正在木門縫中探望內側，好奇看著洗衣的安妮。

「真想試看看金髮女子的滋味呢。」一個日本士兵喃喃說起。「一定很特別。」

「別傻啦，金髮女子是軍官才有機會的呀。」另一個衛哨士兵如此低聲說起，試著從大門的門縫中探看慰安所內部。

「因為是白人女子，所以只有高階的軍官才能『用』她，沒有我們的分。」

盧英珠聽聞這些士兵的討論，知道安妮聽得懂，便不想讓安妮聽見更多，轉身走向依然紅著眼眶的安妮身邊。

「妳先跟我來——」盧英珠牽起安妮的手，走向洗浴間去。

洗浴間內，盧英珠正拿起肥皂將安妮清洗乾淨，安妮身體勻稱，從骨盆與大腿的形狀看來，西方女子明顯與東方女子身形不同，腿的比例較長之外，胸型輪廓也十足不同。只是安妮被盧英珠擦拭身體時，一雙眼眶忍不住又泛紅，下身還有著被強迫進入的撕裂痛楚，安妮忍不住拿起一旁的布巾，不斷擦拭清洗下體，儘管已經沖水擦拭乾淨，卻不斷重複沖水擦拭。

「夠了，下體皮膚很脆弱的，妳這樣一直擦拭會受傷的。」盧英珠制止安妮，但安妮還是忍不住想擦拭下體，握著布巾的手忍不住顫抖。

髒了就想擦拭乾淨，這是人性的基本反應，看向安妮的驚慌模樣，盧英珠不免想起當初自己到來時的姿態……原來當初的自己，在別人眼中看來就是這種倉皇不堪……而今日的自己竟然能「習慣」這樣的生活，如此一想實在荒唐。

「還很痛吧……」盧英珠在安妮身後親切的問起，安妮終於停下擦拭，落下兩頰淚珠。

「姐姐……我真的很痛……那個男人明明知道我很痛……卻還是……一直把東西放進來……我下面流血了……真的好痛……好痛……」

「我知道……我也這樣過。」盧英珠一邊擦拭，擦去安妮身上水漬後，再用布巾擦去安妮的淚珠，看向安妮稚嫩的臉龐。「妳只能忍耐……」

盧英珠想再多說一些什麼，但再說些什麼，都彷彿自己殘忍無情，盧英珠只能欲言又止，繼續擦拭安妮的身體。

盧英珠帶安妮走出洗浴間，兩人走在長廊時，一些外頭排隊的軍人正好奇起安妮的白皮膚，大家好奇湊上前來探看，盧英珠便嚴厲的回看這些等待的軍人，軍人們的目光都不好意思的轉頭迴避。

安妮隨後走入盧英珠房間，在榻榻米上跪坐，由於今晚安妮也必須陪伴日本軍官，和昨晚狀況不同，今晚的軍官軍階更高，會是一位大佐到此，必須要好好應對，可千萬不能失禮。岡本要其他慰安婦支援安妮的外貌整理，盧英珠便以扁木梳先梳理安妮的長髮，盤起之後便打開抽屜，拿出先前酒井軍曹送給盧英珠的無窮花髮簪，插在安妮盤起的金髮上，安妮便對鏡左右探看自己的髮簪，卻忍不住感傷說起。

「姐姐，妳把我打扮得好看一些，好送給那些男人當做禮物嗎……」

盧英珠這一聽，先是怔住，隨後竟忍不住內心憤慨，伸手打上安妮一巴掌。被打上這一巴掌，安妮也同樣怔住不動，不敢相信剛剛對自己無比溫柔的盧英珠，竟會對自己突然嚴厲起來。

盧英珠也為自己這一巴掌而忐忑，這不是過去的自己，她感受掌面上的痛楚，彷彿是打在自己臉頰上。

「我……我只是要妳過得好過一些，讓妳少受些折磨，才幫妳打扮的……我沒有要把妳當成禮物，沒有……」

安妮被甩上這巴掌，更是忍不住委屈啜泣，盧英珠看向她淚水瞬間落下，也只能深吸口氣道歉。

「忍耐一下，撐過去，這樣才能活下來……」

早苗正好要進來幫忙穿和服，站在木拉門邊，看著盧英珠打上安妮的這一巴掌，終於忍不住大笑。

「哈哈，盧英珠，我還以為妳人很溫柔呀，沒想到也是和我一樣不耐煩啊。」

早苗走入開始幫安妮穿上和服時，忍不住回身笑起盧英珠。

「安妮啊，來到這裡之後妳就會習慣的，妳看看這漂亮的朝鮮姐姐，她以前可不是這樣呢，她以前可是一隻只會吱吱叫的小老鼠呢，沒想到只要給小老鼠一些時間，有一天也會變成大老虎啊。」

盧英珠在一旁沒有回應早苗的話語，只是靜默幫忙拉起安妮身上的和服，盧英珠仔細看，這不就是自己被送來的第一晚，被小林披上身的那件藏青色的和服？在藏青色這種深色的襯托之下，安妮的白膚與金髮看來便更是顯眼，和盧英珠自己穿上時的黯淡截然不同。

夜晚又是軍官到來，這夜安妮又是忍耐的哀鳴，讓隔壁房的盧英珠咬牙忍耐，彷彿自己又重新經歷一次被強暴的痛楚。只是這日本軍官提早離去，並沒有過夜，等軍官一走後，盧英珠將木門一開，看安妮正全身裸體跪坐在榻榻米上，四周都是散去的衣物，月光透過窗，照亮安妮的身軀。

「我沒哭，我真的沒有哭……」安妮咬牙，淚珠正不斷滴答落下。

「你有沒有仔細看他……有沒有戴保險套？」盧英珠問起。「沒有保險套，妳可是會生病的。」

安妮嘴唇發顫，點點頭。

「有……我不敢問他，但是他有戴……」

安妮怯怕著，卻咬牙憤慨的說起。

「我以後……會把保險套拿掉，我要得到全部的性病，我要把性病傳給全部的軍人……」

看著安妮這自暴自棄的模樣，盧英珠也不免傷懷。

「噓……妳穿好衣服，過來我房間……」盧英珠低聲叫喚安妮，帶著披上衣服的安妮，輕手輕腳來到盧英珠房內，深怕腳步聲會被岡本先生聽見。

半月的光影透窗，盧英珠小心翼翼將牆角的櫥櫃打開，將疊起的被褥拿開，把藏在深處角落的泡菜罐拿出。

「這是什麼……」月光下視線不清，這玻璃罐內的物品到底是什麼，安妮並不知道，但盧英珠打開罐蓋，沒有拿筷子，而是用手指輕巧伸入罐中，捏起一片泡菜葉。

「我每次心情不好的時候，就打開罐子聞一下，吃一小口……真的很神奇，每次這樣做，心情就會變好了一些。」

安妮愣著，無法理解盧英珠的行為，畢竟燈光陰暗之間，看不清楚盧英珠到底拿出什麼。盧英珠看安妮還在遲疑這酸香氣味，便先張口吃下一片菜葉，輕輕咀嚼時發出微小的清脆聲，再捏出一片菜葉給安妮。

「吃看看吧。」安妮看盧英珠竟然敢咀嚼這不明的食物，這食物應該正常吧，便開口吃下這片泡菜葉。

由於物資不足，辣椒不夠，這泡菜只有些許辛辣，更多的是酵母菌與乳酸菌交織作用的酸甜，安妮咀嚼的這片菜葉，儘管只是簡單的辣與酸，已是戰爭時代難得的味覺刺激，竟能讓安妮有著「活著的感受」——

「真的是泡菜啊……」安妮咀嚼著，閉上眼感受這難得的味覺。「還記得上次吃泡菜的時候，我還住在東京……」

盧英珠十分明白，這泡菜就像慰安婦的存在，是戰爭下的男性軍人的強大刺激，依靠這些刺激，才能讓男人們有活著的感受。但不管如何，盧英珠每每小心翼翼在夜間開罐嗅聞，都能讓自己有被關愛照顧的感受。

安妮捏起菜葉再吃一片，連續緩慢的咀嚼，再次閉上眼睛感受這泡菜的氣味，一時心底湧上萬千感受，安妮終於忍不住上前來，緊緊擁抱著盧英珠。

「謝謝妳，姐姐……」安妮忍不住眼眶泛淚。「謝謝姐姐照顧我……」

「撐下去……不要傷害自己，以後離開這裡，就把這裡忘掉。」

盧英珠在安妮耳際輕聲說起時，像在對自己說起，也讓盧英珠回想起家中妹妹盧英子，離去釜山已久，英子過得怎麼了？要是妹妹英子知道自己在此受苦，又會怎麼想？

真希望妹妹能明瞭自己的苦痛，但思索此事卻讓盧英珠十分難堪，畢竟在鶴松屋內經驗過的一切，都不是常人能夠理解之事。

「以後離開這裡，就把這裡……全部都忘掉……」

月光下，盧英珠在安妮耳際反覆的低聲說起，也是對心底那個微小的自己，反覆仔細的叮嚀。

第十六章　安妮與橋本

不同於還是少女的安妮，對於慰安所之事感到無比畏懼，與安妮一起補充人力缺口的日本女子橋本幸子，來自於東京的馳名風化區——「吉原」，原本就是經驗十足的風俗女。

橋本幸子身材較高大，平日都梳個高髮髻，有些鳳眼，不像這裡的慰安婦大多消瘦，正常身材的橋本反倒看來十分豐滿。

安妮住在伊藤清子原本居住的房間，橋本幸子則是住在走廊最邊緣那間房，有時太陽西曬便讓她感覺十分燥熱，橋本便索性總是全裸，手上拿扇子搧風吹涼，甚至索性拉開木拉門，彷彿自己不需隱私，在接應過日本軍人之後，就躺在榻榻米上，張開雙腿拿著扇子對著下體搧風。

「哎呀，剛剛那個軍人的東西太大了，我下面都紅腫了，還得降溫才行，不然明天怎麼上班啊。」

看橋本竟能木門拉開，毫無遮掩的模樣，盧英珠也只能轉過頭去迴避，彷彿想保存自己內心中，對女子身體一點殘存的尊嚴。

橋本幸子從十來歲青少女時期開始，至今十多年來都從事風俗女工作，早已對與男女之事完全無感，所以看安妮初來乍到的種種不適應，聽著安妮在夜裡嚎啕哭叫，也僅是打個哈欠。

「這個外國人妹妹啊，叫安妮是嗎，真可愛的外國名字呢。」有日清早，當女子們洗衣時，橋本幸子便在刷洗之間，兀自對著身邊的安妮說起過往。

「像妳這樣的白人女子其實我也遇過好多呢，在我們吉原也有過許多混血兒，有些是外國水手和風俗女生的小孩，對了，還有些是外國旅客來日本風流之後生下的私生子啊。唉，真是現實啊，同樣是私生子，男的小孩就帶回國，女的就當風俗女——我和妳們說，外國女人真的很搶手呢，大家都喜歡比較稀有的款式啊。」

橋本的說法，讓一旁的安妮聽著便低下頭去，緊皺眉頭不想再聽。

「不過啊，我做這行十幾年了，男人看多啦，至少這個機場邊遇到的，有些還是水準比較高的軍人呢。」

橋本幸子緩緩說出過去經歷後，眾女子們紛紛轉過頭來，聽著她口中難以置信的話語。

「上個月，政府徵集前線的慰安婦，我們風俗店早已有多人被徵調去，政府卻說還不夠，每天都不斷來『討人』啊，風俗店要送年長的女子去當慰安婦還不行呢，政府說還得要年輕些的才行——還真是拜託啊，在吉原的年輕女子生意可是好得很，老闆怎可能放人啊，我們老闆只能四處問我們這種幹了十年的風俗女啊⋯⋯我聽了倒是想想，這樣可以暫時離開吉原，好像還不錯呢，可以趁著年輕離開日本，去外面到處闖闖看看，不也好啊？反正戰爭很快就要結束，我們就要贏了，到時候前線就不缺人了，我可就沒機會了呢⋯⋯」

橋本看來十足放鬆，轉頭看著女子們一雙雙陌生眼睛正投向自己，畢竟對後期幾乎都是「就職詐騙」而來的慰安婦來說，橋本的話語愈說，便愈令人難以置信。

「我是我家的老闆要我來的——那妳們也一樣吧？反正我在東京也是被男人幹，那去世界各地，面對不同男人還不都一樣，反正都是被男人幹就是了，我倒是想試看看，不同地方的男人有什麼不一樣，是不是下體比較長還是比較粗？我就出發來台灣看看——呵呵，沿路旅行真是有趣啊，台灣果真和日本不太一樣呢，台灣天氣真是好呢，日光照下還真是舒服，不像日本總是這麼冷呢。」

看向橋本才二十出頭年歲的外貌，但開口說出的話語，卻詭異得宛如另外一個世界之人，讓一旁站立的盧英珠愣著許久，想開口爭辯自己是被「就業詐騙」而來，卻不知該如何說起。

橋本看向安妮，微笑安慰起。

「妳放心啦，妳年紀還小，身體還很有『彈性』呢，女人的身體很厲害的，不會這樣被男人隨便插一插就壞掉啊，妳看我還活得好好的不是嗎，我可是從小到大和幾千個男人做過——欸，等等，我算錯了，不是幾百人也不是幾千人，好幾萬人次應該有了呢，甚至就連女人我也做過啊。」

橋本刷洗衣物，抖了抖上面的水花之後繼續說。

「像我剛去吉原時，年紀還很小呢，一天就和三、四十個男人做，我記得最誇張時一天竟然還有一百多人，真的是從早上做到半夜，我數到最後乾脆不算啦，你們要就來啊，我就躺著打瞌睡，睡了個午覺，餓了就轉頭咬了口飯糰，想尿尿就直接尿在被子上……我動都沒動，腦中還在想晚餐會吃什麼呢——妳看，我現在不是還活得好好嗎？」

眾女子們面對橋本的話語與姿態，全都不知所措，就連堅韌的劉惠都聽到牙齒打顫。安妮則是咬著牙，光是聽這些話，兩個眼眶便滿出淚水，真不敢置信自己會被這老經驗的風俗女子安慰，安妮委屈忍不住，全身都在發顫。

橋本看安妮面色愈來愈難看，卻也沒打算停下話語，反而驕傲的擺著雙手，像是在展現自己的身軀。

「我們女人的身體就是和男人不一樣啊，我們的身體生下來就是能和男人做啊，仔細想想，反正和一個人做一百次，或和一百個人做一次，意思不也一樣嘛？我就眼睛一閉，當作沒發生就好啦——放心啦，我們女人只是被插不會死人啦，我十二歲就做這行業啦，第一次初經之後，我就被爸爸賣到吉原啦，我還記得我被賣掉那天，我媽媽哭得死去活來，唉呀我真是想她——不過我也沒有再看過我的家人，所以我認命啦，腳打開讓這些男人隨便插，其實沒一個禮拜就會習慣啦，男人對我來說已沒有臉，都只有下半身啊，男人下半身有的長有的短，不過大部分都差不多啦，這樣想想也就輕鬆許多啦。」

盧英珠嘖口水，原來橋本已做這件事十多年，難以相信一個女人天天被男人們如此對待，竟然能過如此久的生活。

「不過，男人下半身看多啦，我每次和男人做，都會看一眼對方的下體，男生的下體要不長一些，要不短一些，有的頭大一點，有的頭尖一點，其實進來我們女人身體後，不都一樣嗎，一定也是有的人深一些，有的人淺一些，要不就感覺緊一些鬆一點，不過我們女人嘛，我們的下面是往裡面凹，誰也看不出來差別，對吧？只要男人下半身看習慣了，那上半身也就一樣啊，就像臉一樣啊，哪個人不是有眼睛、鼻子和嘴巴——所以啊妳別想太多，男人就是這樣，給他們放鬆一下射出來，男人什麼都好說——所以妳可不要這樣就想不開啦，太不值得啦。」

橋本愈說愈起勁，只是橋本那一切都無所謂似的爽朗聲音，說出難以置信的話語，讓盧英珠愈聽愈不是滋味，彷彿在責怪這間慰安所的女子們，全是無法勝任這裡的「工作」的弱者。畢竟盧英珠的木櫃中還收著伊藤的相片……儘管橋本並沒有指名道姓，也只是說起自己工作經驗，但聽在盧英珠耳中，彷彿也是責怪伊藤的死，是她自己不堅強的緣故……

「其實我們現在陪的這些男人，全是機場軍人，仔細想想還不錯呢，我以前在吉原遇到的那些男人更糟糕的啊，剛下班渾身臭汗的工人啊，去下水道打撈的工人，挑大糞的工人啊，他們才剛下班就來幹我——有些男人可是會把手指，甚至腳趾都插入我的下體，拜託，他們的手指縫看起來還沾有黃色的不明物啊，腳趾看起來還有長癬呢。唉呀，會不會有病啊？我每次說不要，他們還總是要用他長癬的腳放進來——糟糕的男人真是一籮筐啊，有時候還會有酒瓶、黃瓜要插我呢，真是的把我當什麼，當我是垃圾桶嗎——還有一回，那個人身上有跳蚤，被他幹完我全身都發癢，還得要找一個大水桶全身泡進去，連頭都得浸下去，才能把那些跳蚤給浸死，妳看多辛苦呢——哎呀，還有更多噁心的事我就不說啦，要是不提我都快忘了呢，這種事情忘了比較好，妳們可不要笑我啊，呵呵呵。」

橋本終於說完，便轉身去曬衣服，一副輕鬆自然的模樣，留下許多無言的女子們面面相覷，想說些什麼辯駁，卻又說不出口。

在慰安所，女子們不分自願或是被誘騙而來，最初都曾有著從小到大所接受過的「性」道德觀約束，加上面對身體不堪的折磨而痛楚一陣子，但是橋本幸子卻完全不同，她彷彿天生就沒有身體上的道德約束，總是一臉放鬆模樣，到來此處的第一天午後，無須精神上的轉變與接受，便已能連續營業。

當天下午，當安妮還在房間落淚時，橋本已開始面對各位軍人的需求，從小面對男人的結果，她真將身體當成一個工具，男人到來，男人離開，彷彿都未曾在她的心理造成些許傷害，她打了個哈欠，對著外頭呼喊著「下一位」，彷彿叫喚著雜貨店等待結帳的下一個顧客。

晚間洗浴時來到洗浴間，橋本幸子解開衣物露出碩大的乳房，對比眾女子的乾瘦身材，彷彿眾人都是營養不良的枯枝脆木。

更沒想到，橋本因為來自吉原風俗區，完全配合岡本的需求，岡本對她不實施「面打」之外，也不嚴加控管她，有時甚至可以看她獨自在院內散步，站立在櫻樹下，仰頭對著枝頭的小鳥吹口哨，更讓盧英珠難以相信，對比自己初來乍到時的心底痛苦，原來只有「完全無所謂給出身體」的女人，可以在這樣的體制之中，獲得——「自由」。

盧英珠愣著，原來能夠隨意張開腿，隨意被男人進入的女子，就能掌握這裡的生存之道——而這世界上竟然真的有這樣的女人？

盧英珠儘管已經與橋本相處一周，面對橋本的話語與行為如此狂放，眾女子內心有些許顧忌，就連早苗也對橋本感到不安，洗澡時，早苗刻意站得離橋本遠些，兩人要拿起衣物時身軀相近，早苗還瞪向橋本看，口中細碎說起：「千萬不要拿我和妳這個下賤的女子比較，我是不一樣的啊——」

只不過，就連這些咒罵的話語，橋本也彷彿沒聽見似的，彷彿將早苗的話語全當成一陣微風吹過，橋本竟然微笑著點點頭離去，心底絲毫不起波瀾。

這次佐佐木到達時，盧英珠難得主動躺臥在佐佐木身邊，將臉龐湊在佐佐木的肩膀邊際，輕聲說出只有佐佐木才能聽見的窸窣話語。

「我每次和橋本說話……都讓我覺得自己很下賤，但是她真的很有能力，很會討好男生，所以她一天可以接很多士兵，的確可以讓我們減少工作量……我每天都覺得比之前輕鬆一些，多了更多時間可以休息……可是……佐佐木……我覺得自己好奇怪……我又討厭她，又覺得她能幫上很多忙而感謝她……」

躺臥在佐佐木身邊，盧英珠一絲惆悵，細聲告訴佐佐木心底的困擾。

「難道……是我要自私一點，反正橋本就是一個天生的妓女，所以她才可以這樣，我心底看輕她也是理所當然的？但是我卻又因為她的存在而輕鬆一些，還得要感謝她才行……我覺得自己又討厭她，心底卻又感謝她，我覺得我好奇怪啊……」

佐佐木躺臥一旁，伸手輕撫盧英珠的頭髮，彷彿照料因發燒而夢魘的女孩。盧英珠揣想自己是橋本的狀況，若是自己從十二歲以來，就讓這麼多男人在自己身體進進出出又不得離開風俗業，肯定早已放棄一切對人間的想望，相信這種生活過不到幾年，便早已對世間麻痺了吧，真不知道橋本怎麼度過這十多年。

盧英珠轉過身，仔細看向佐佐木的臉龐。

「佐佐木……我會在這慰安所待十年嗎？我有辦法過這種生活十年嗎？但是橋本已這樣子十年了……佐佐木，我以後也會和她一樣嗎？」

佐佐木還沒有回應，盧英珠便發覺自己似乎說太多了，或許讓佐佐木感到壓力，這才趕緊提起別的話題。

「對了……我有將你送我的泡菜分給安妮一些，我很擔心她，希望你不會怪我。」

「我不會怪妳的。」佐佐木終於將臉龐湊上盧英珠的臉頰，感覺彼此的溫暖。「妳在這裡能照顧其他人，真的很溫柔。」

兩人身體竟已相依在一起，有時也能感覺到佐佐木下身的起伏，但既然如此，佐佐木為什麼卻不碰自己？這不免讓盧英珠心底猜疑，會不會是和佐佐木說出對橋本的感覺，讓佐佐木覺得尷尬？

「你……會不會……覺得我很髒？」盧英珠終於脫口說出這句話，卻又覺得不該說出這句話而後悔。

「我……」佐佐木撐起身，凝看著盧英珠的雙眼。「我當然知道妳們在做什麼，也知道妳會遇到什麼事情，但妳又是不得已的，我都知道……我什麼都知道……」

「那你……和我呢？」盧英珠一聽便難受，撐起半身，看向佐佐木的雙眼。

儒家文化傳遍亞洲，身體不能低賤毀傷，不能隨便給予非丈夫的男人。「女子守貞」的教育是父系社會中確保血緣的一種方法，女子們既然在這種價值觀中從小耳濡目染長大，心底便也接受這樣的價值，然而在慰安所中，卻又被強迫和別的男子性交，這便令盧英珠心底痛苦。

「佐佐木君，那……你為什麼不和我……做。」突破層層的心理防線後，盧英珠方才能鼓起勇氣，拋出艱難的問句，佐佐木聽著，便起身慎重跪坐，輕聲回應道。

「我當然想和妳……我很喜歡妳……」佐佐木慎重的握起盧英珠雙手。「但我不想讓妳覺得委屈，在我還穿上這身制服的一天，我不想這樣對待妳……」

看向佐佐木跪坐且謹慎挺胸的神態，盧英珠更加覺得自己髒汙不堪，只因心底真的喜歡這個男人，沒想到能在這裡遇見佐佐木，竟是對自己殘忍。

盧英珠一時間竟忍不住紅著眼眶，用雙手遮掩也無法阻擋淚珠滲出指縫。

「原來如此……謝謝你……謝謝你……」

看盧英珠忍不住鼻酸而落淚，佐佐木便向前緊緊擁抱著盧英珠。

「我也很謝謝妳，至少在這裡，只有妳能聽我說話……如果沒有妳……我會過得很痛苦……」

兩人落淚緊緊相擁，直到時間結束才分開，更是確認彼此的心意。

隔日，當盧英珠打掃走廊，走過橋本敞開的木拉門之前，看向橋本躺臥榻榻米上的豐滿裸身。橋本抓抓背癢，看來神態悠哉，毫無新來者的憂慮緊張。盧英珠看著橋本竟生出些許羨慕，也嫉妒她能如此的放鬆……

但盧英珠心底也明白，要不是橋本現身在此，就不會逼迫自己開口與佐佐木確認彼此的心意。

橋本蹭了蹭身體，轉過身發覺盧英珠正在門邊打掃，便對盧英珠慵懶的微笑，親切的喊聲。

「嘿，朝鮮妹妹啊，妳看起來真可愛——」

「謝謝姐姐。」盧英珠點頭禮貌回應，繼續低頭擦拭著地板。

「來幫姐姐抓一下背癢，待會姐姐來幫妳梳頭——」

儘管內心對橋本產生厭惡，但她卻對自己口氣如此和善，盧英珠便屏息走近橋本，橋本隨即將衣服全掀開，露出自己的裸身。盧英珠跪坐在榻榻米上，看著橋本這比自己寬大的身形，隆起的碩大胸部，與那無所謂的態度，盧英珠一時間情緒交雜……

下一回，該如何面對佐佐木的到來，要維持距離，還是更進一步與佐佐木索求？

盧英珠的指甲在橋本背上抓搔，冒起淺淺的膚紅，橋本欠了欠身，側過頭來看向盧英珠。

「啊，左邊一些些。」橋本瞇著眼說著。「右邊回來一點。」

盧英珠的指甲肩劃過裸背，刮出一條條指甲痕，終於止了癢，橋本終於滿足的側過頭笑著。

「啊，就是這裡。」

陽光透窗照耀著橋本的裸背，也照耀著盧英珠忐忑的臉。

第十七章　懷孕的恐懼

安妮依舊是軍官掌控之物，每晚當高階軍官到來後，只要安妮身體能夠負擔的每一夜都排滿工作，安妮也被迫習慣著如此生活，所有盧英珠在此學會的，包含讓男人快速結束的性技巧，如何用好聽話應付男人無邊的心理需索，如何減低自己的身心傷害，很快的，聰明的安妮全都學會了。

安妮很快便明白，要拋下過去受過教育的自己，必須讓自己的身心都成為一個下賤的妓女，才能在這種場合活下來，儘管一切都是逼不得已。更沒想到，安妮來到鶴松屋一個多月後，岡本先生便來宣布，安妮隔日就要被送走。

「我會被送去哪裡？」安妮面對岡本先生問起，卻聽見冷酷的回應。「沒人知道——至少我不知道，妳去問那些找妳的軍官，他們可能也不會知道。」

像安妮這樣的女子，既然是視同戰利品，便不會成為單獨軍官私有，要送到更高階的軍事單位去，或許之後只會被迫服務將校吧。當通知下來後，安妮便收拾起小房內之物，本來就沒帶什麼東西到來，便也沒有太多東西可以帶走，只有在夜裡，安妮特別將泡菜罐子送回給盧英珠。

「謝謝姐姐，我躲在被褥內，將剩下的湯汁給喝完的。」安妮輕聲說時，雙手隨即輕輕握住盧英珠的手。

「小小口的喝，真的很珍惜……」

「真的喝完嗎，不會辣嗎？」盧英珠也微笑握緊安妮小小的手掌，想讓她知道自己的心意。

「辣也好，至少有個味道。」安妮低下頭勉強微笑，看得出這一個月過去，她已成為不一樣的心境。

「我會想妳的，姐姐。」安妮低聲說起。「離開以後，我會想妳……」

盧英珠一聽卻皺緊眉頭，趕緊搖頭回應。

「不，安妮……妳不要想我，要把我忘記，把這裡全都忘記，永遠都忘記……」

看著安妮聽到這句話之後忐忑的臉，一時間也不知該如何安慰她。盧英珠從窗戶探看外頭天空，儘管已入夜，但還能看出雲朵飛快，看起來明日有下雨的可能，如果下起雨，只能坐在後車斗上的女子們，可是會被雨水淋到全身溼透，可能會因此感冒而痛苦許久。

「請等等我。」盧英珠快步走回房內，拿來了針線與方巾，開始縫紉起了晴天娃娃。

聽聞兩人窸窣說話，講到安妮明天要離開的話題，長谷川與富士初子也走了過來，劉惠也隨即帶著針線來到房間，幾個女子一起用擦拭的方巾，縫起一個個晴天娃娃，有的晴天娃娃的襬比較長，有的方巾是米白色，陸續掛上安妮的窗戶邊。

「希望妳……往後的日子平平安安。」盧英珠輕聲說起後，安妮面對眾女子們的祝福，終於忍不住低頭啜泣。「謝謝……謝謝……謝謝姐姐們……」

看著安妮青澀的臉龐，就像妹妹英子一樣還是個小女孩啊，為何在此受盡苦頭，盧英珠看向安妮也只能屏息以對，也不禁想起自己的際遇，現實已是如此，只希望離開鶴松屋的那天，不用淋著雨。

隔日，安妮提著一小包行李離去，與鶴松屋內的眾女子相視一眼，便轉身走出大門，只是大門被士兵拉開後，原來前來接送的並非當初的卡車，而是來了一台轎車，看起來是將校軍官特別派車來接送。當安妮踏上轎車的後座時，盧英珠更是感慨，這裡的女子可都是在卡車後車斗上暈眩著到來，或許有日也是如此離開，同樣是被日本政府殘酷對待的女子，卻有著膚色與階級的差別。

安妮上了車後，木門也被緩緩拉上，聽見轎車遠去的引擎聲後，盧英珠只希望自己再也不會見到安妮。盧英珠轉過身準備進屋去，正好面對著早苗。

「她終於是走了啊，真是莫名奇妙，怎麼會送來到我們這裡。」

早苗靠著牆面抽菸，隨手彈了彈煙灰。

「金髮的外國女子很稀有，又這麼年輕，那些長官肯定不會把她放在我們這種隨便的地方……真不知道她調去哪裡，但肯定全是高級軍官的地方去吧——哈哈，我討厭這個孩子，她在這我就沒軍官要啦，快走吧，免得讓我沒飯吃。」

早苗在一旁碎言碎語，卻讓盧英珠初次看向隔壁空房間而感懷不已，之前伊藤清子死在這屋內，安妮到來月餘後便離去，房間還是一樣的，只有女子來來去去……

那自己呢？要是能離開自己住的這房間，又是怎樣的女子會搬進來？進進出出，來來去去，這樣的小房間就和慰安婦的下身一樣，發生何事都不由得人拒絕……

橋本幸子並沒有來送安妮，她吃完早餐後打個哈欠要去庭院中散步，在走廊上發覺安妮已離去，看向這間空房，便直接走上二樓來到岡本房間，直接和岡本要求。

「親愛的岡本長官呀，我住的那間是走廊的邊緣啊，我在吉原時就住在最邊間，每天都會太陽西曬呢，實在是太熱了啊，風聲太大我也不喜歡，這邊可以換房間嗎？」

岡本先生沒有拒絕橋本，便讓橋本搬入安妮離去後的空房內。對盧英珠來說，隔著房間的薄牆，盧英珠總有偷看隔壁女子的念頭，但橋本到來，盧英珠卻一點想偷看的意思都沒有，畢竟偷看一個自己不想成為的人，便感覺自己更是低賤……只是盧英珠光是這樣一想，便發覺自己在鶴松屋七、八個月過去，似乎和早苗相比也沒太多不同，就只是慰安所內一個滿腹牢騷的女人。

還好，隔壁搬入橋本後，並沒有發生什麼奇怪的事，大多只傳來打呼聲。沒有客人的時候，橋本幾乎都在睡覺，彷彿眼睛一閉，側身一躺就能睡去，既然橋本能如此輕鬆生活，盧英珠總想，自己又在掙扎難堪些什麼？

又過了月餘，當橋本到來約三個月時，有一天清晨，當一式戰鬥機飛過天際，天光又重新明亮時，橋本突然在房內發出嘔吐聲。天未亮，為避免吵醒岡本先生，小林趕緊從被窩中撐起身，快步走去打開橋本房間的木拉門，橋本正在床鋪邊嘔吐，被褥上有著已成食糜的昨夜晚餐。隨後當胃部清空，已沒有食物能吐之後，橋本便又開始吐出酸液，難受的在榻榻米上蜷著身體。

「姐姐，妳怎麼了？」小林趕緊上前去，拿起布巾擦拭榻榻米。

「不知道……噁……」橋本才試著開口，便又感到一陣噁心，說不出話語。

小林看過慰安婦女子因為疾病昏迷，看過各種性病引發的發燒與炎症，也看過被毆打的女子失魂落魄的神態，卻尚未看過女子有如此反應。

「噁——嘔——」橋本的作嘔聲持續，讓盧英珠也跟著起身，趕緊和早苗一起探看橋本。

「妳是不是食物中毒了？」早苗拿起一塊布巾遮住口鼻，噁吐氣味令人作嘔。

「還是真的有吃了什麼？」盧英珠想起佐佐木也曾送給自己泡菜，因為戰爭的關係，食物進行基本控管，便常常聽說有人嘗試製作樹根醃菜之類的食物，但是製作食物也是一門專業，小林曾聽過軍醫說起，戰場上常有士兵會食物中毒，嚴重可是會死人的，莫非這就是橋本的狀況，或許從軍人那拿到有毒的食物？

盧英珠轉頭打探橋本房內，是否有什麼食物罐頭，但卻什麼都找不到。當小林擦拭完畢後，便和盧英珠一起扶起橋本，前往洗浴間去更換全身的衣物。橋本被盧英珠攙扶著，擦去口中酸液後，幾乎手腳癱軟的扶著牆才能走路。

倒是早苗在一旁看向橋本這難堪的姿態，先疑慮著叫住盧英珠，與隨後一同來幫忙的長谷川。

「妳們先不要靠近她……要是傳染病可就糟糕，先等醫生來吧。」

早苗的疑慮其實有理，若是傳染病該怎麼辦，更沒想到早苗隨即脫口說出。

「她是住入這房間後才這樣……莫非是……伊藤清子的靈魂看不過去，才出來對付她……」

早苗的話語讓走廊邊的長谷川十分忐忑，原本撐扶的雙手不禁鬆開，倒是盧英珠不敢再想，依然撐著橋本沉重的身軀走入洗浴間去，趕緊幫忙脫去橋本的上衣，協助擦拭橋本沾到噁吐物後而瀰漫酸噁的身軀。

倒是劉惠到洗浴間前探看橋本一眼，思索些許後，便走在橋本耳際說起。

「妳該不會……懷孕了？」

橋本擦去嘴角酸液，搖搖頭回應。

「懷孕？我不知道，應該不可能吧……那些軍人都有戴保險套的，我都有看過，才讓他們來插我……」

盧英珠皺起眉，與劉惠面面相覷。

「我聽軍醫說，用保險套，還是有可能會懷孕……只是機會不高，但還是有可能……」

聽劉惠如此一說，盧英珠趕緊先讓橋本先安穩下來。

「惠姐，不如等軍醫來了……再說吧。」劉惠一聽趕緊搖頭。「不行啊，要是軍醫先來，發現橋本懷孕，橋本肯定會送走啊……說不定還沒懷孕，只是不舒服而已。」

倒是橋本一聽，心底已有個底，眉頭全皺成一團。

「在東京時，我本來經期就很亂……有時候連續幾個月都沒有月經，但我都沒有這樣過……莫非我真的懷孕了……」

在自己人生之中，數萬次被男人進入身體都未曾懷孕過，還以為自己早已不會生育，原來還是有可能的……橋本想了想，自己才進來慰安所快三個月，要是真懷孕了，小孩的父親肯定是來自鶴松屋邊的機場軍人，但到底是誰，自己當然不可能知曉。

「拜託妳們，不管是不是懷孕，都先不要告訴岡本先生，求求妳……」橋本哀傷說起。「拜託，幫幫我吧。」

說完，橋本便把衣服全脫去，在洗浴間露出自己的肚皮，向盧英珠請求。

「快，幫我用力打下去。」

盧英珠和劉惠兩人面面相覷，盧英珠趕緊搖頭說起。

「我做不到……這種事情……」

「拜託妳們，如果我真的懷孕，我不想要小孩，我不想……我不要小孩……」

橋本突然轉而淒厲求情，與過往那樣什麼都毫不在乎的神態截然不同，彷彿整個人被野鬼寄生，靈魂都被更換，橋本貼在洗浴間的牆邊開始啜泣，渾身抖個不停。

橋本戰前就是風俗女子，被迫從業十餘年可說是老經驗，人身在此環境中，看過萬千風俗女子的生命史，不管是因為家世、償債還是被誘騙，尋常女子只要進入此道，成為風俗女之後便難以完全脫身，由於精神得不到紓解，反而轉而自虐。最常見的，就是拿梳子用力的刷頭皮，讓痛覺提醒自己還活著，人生不只是男人的洩慾工具。

而後，橋本還曾看過女子拿縫衣針刺腳底，只因傷害腳底不會被客人看見而投訴媽媽桑，以免生活更辛苦……當然，最嚴重者就是自殺，橋本看過風俗女子爬上三樓屋簷，不管任何人的勸阻一躍而下，運氣好則當場死去，運氣不好則摔得手腳骨折，哀號送醫治療，痊癒之後依然要賣身償付醫療費，更是苦痛。

對風俗女子來說，由於連續使用身體造成器官感染，疲勞損傷，許多女子最後都不孕，但總是有體質較強健者，身體器官能撐過如此折磨，自己懷孕卻不知曉，有時和上門光顧的男子營業之時，便因為意外小產而流得滿床鮮血，讓這些男子氣得離去，對這些女子的營業生意來說，數個月生計便成問題。

小孩不明的流去，還算好解決的事，但要是這孩子十分堅韌，經過這些折騰，竟活過三、四個月後，等到風俗女子肚子隆起後才被人發現，就是殘酷的現實問題。

「這裡是讓妳賺錢的，不是讓妳養小孩的啊，把小孩流掉！」

媽媽桑嚴厲的逼迫聲，在橋本耳中來來回回千百次，由於戰前日本社會不允許墮胎，只能去找密醫來刮除嬰兒，或是去找人拿些能打胎的中草藥，隨即而來的，便是風俗女子徹夜的啜泣。

但事情總有特例，若是用盡打胎方法，孩子竟然都流不掉，最後生下小孩，風俗女子也只能狠下心來將孩子賣掉，期盼孩子能遇到好人家扶養長大，只是這對剛身為母親的風俗女子來說，要拋下從身體生出的小孩，內心便又是一段痛苦掙扎……

身體就是常人的營利工具，軍人的身體也是如此，工匠的雙手也是如此，身為一個風俗女子，只要懷孕就不能營利賺錢，人就要餓肚子，更何況懷孕的女子只有少數人有興趣，更何況在風俗區內，還有百千個女子可供選擇——

橋本在洗浴間內，雙頰淚珠落個不停。

「一定是那些可惡的士兵，偷偷把套子拿掉，他們就是喜歡偷偷射在女生身體裡啊，反正男人走掉就沒事，孩子都是女子要生的啊……我在東京就看過風俗女懷孕後有多慘——那可是……不知道哪裡來的男人的野種啊——」

橋本裸身靠牆訴說，從未想過自己會懷孕，就是因為身為風俗區的女子，便無法思索生育，更何況——自己這樣髒汙的身體真的能懷孕嗎，自己真的能當一個母親嗎，連爸爸都不知道是誰的孩子，有資格被生下來嗎，真的生下來，該要如何和他說明身世？

橋本的疑慮，盧英珠聽著自然十分明白，面對橋本的擔憂淚水，盧英珠終於也心酸不止，忍不住跟著擦拭眼角的淚珠。

「先不要說了。」劉惠往門外看，還沒有被岡本先生發現。「想點辦法吧。」

這事沒有辦法，不可能只靠自己能解決，盧英珠打開了早苗的房門，訴說這問題之後，早苗倒是沒多說什麼，把菸熄掉之後。

「妳們這些人還是沒辦法啊，這種事還是要靠我。」

這天上午，趁著岡本先生不在房內的時候，早苗進入岡本先生的房間，翻著這時代的電話簿，一本市區內的商家廣告資料本，看著木匠、菸酒商與醫院的資料都已被岡本先生作上記號，早苗不斷忐忑的回頭看，深怕岡本先生這時候入門來。

岡本先生正在庭院中散步，被盧英珠與劉惠攔住，兩人詢問起岡本先生當年在中國戰爭的往事。說起這段往事，岡本先生興致一來，聲音大得連在二樓窗內都能聽得見。早苗聽著岡本先生喧譁講起過往，仍舊十分緊張，終於在廣告本的角落找到一組「助產士」的電話，早苗便趕緊先將桌上廣告紙邊緣撕下一小角紙片，用鉛筆抄下電話後再將資料紙闔上，彷彿那破裂的一角只是原本就存在的破損。

這日下午，岡本先生正好搭乘軍車去機場辦公事，從早苗手上拿到電話紙的盧英珠，便忐忑的爬上二樓，偷偷進入岡本先生的房間，盧英珠忐忑的拿起桌上的電話，呼叫了一位台灣籍的助產士，和助產士說這裡是「看護婦訓練中心」，需要助產士來檢查。

時間還不過一小時，這位台灣籍的助產士便騎著腳踏車到來，在小林與門口警衛交際後，便開門讓助產士進入。

助產士跪坐在橋本房內榻榻米上，拿著聽診器在橋本的肚皮左右聽著，手掌在肚皮上移動，像在探尋什麼。助產士蹙眉的神情，讓一旁的盧英珠也跟隨緊張，直到助產士將聽筒拿下，遞給盧英珠。

「妳聽看看。」

盧英珠小心將聽診器靠近耳朵，果真聽見一秒接近三次的急促心跳聲，孩子的心跳就在橋本的肚中震盪。早苗在一旁接過聽診器聽起，橋本腹中急促的心跳聲十分清楚，更讓早苗聽著便面色一變。

「看來是真的有啊……」橋本看盧英珠和早苗的面色改變，便知道自己真的懷孕。「那……要怎麼打掉？」

面對橋本的疑問，助產士只能搖搖頭。

「我們只能負責幫忙生產，要拿掉小孩的事情……我不能做，只能靠醫生……墮胎是不合法的，要是被人知道，我們會被抓去關起來。」

助產士說「會被人抓起來」，卻讓盧英珠突然愣住，這間「鶴松屋」內的女子們不就是「被人抓起來」嗎？反正都已經被抓起來了，既然如此又有什麼好畏懼的？

「姐姐——岡本先生快回來了——」小林在圍牆邊監聽外面變化，突然聽到引擎車聲，小林便在門邊倉促喊叫。大門正被推開，岡本先生的沉重腳步聲從外頭走來，盧英珠趕緊湊上庭院，故意遮蔽岡本先生的視線，岡本先生直覺有鬼，不斷快步走過大廳來到走廊，頭側過去一看，看見一名陌生女子在盧英珠的房內，正跪坐在橋本身邊。

「搞什麼啊——那個女子是誰？」岡本大吼。

「岡本先生，哎呀——」眼看遮掩不住，早苗便將手伸到自己背後，掐著自己的背肉到瘀紅，隨後才走上岡本的面前說起。「這女子是醫生，給大家看病，岡本先生要不要順便看病？」

早苗為遮蔽岡本視線，索性掀開衣服，露出雙乳與裸背，隨後轉過身面對岡本。

「橋本先看病，都還沒排到我啊，岡本先生你看看，最近我一直覺得似乎得皮膚病，岡本先生也幫我檢查看看……」

看向早苗的裸背的確有一塊泛紅處，岡本不知這是早苗剛剛捏出的紅痕，但岡本卻不理會早苗，繼續想看向前去，早苗只得讓自己雙乳靠近岡本身軀，試著遮擋岡本，終於讓岡本揮手推開早苗。

「別擋路——欸，妳到底是誰？」助產士並不知岡本先生的存在，一時愣著，不知該如何回應口氣嚴厲的岡本，不過岡本隨即見到助產士手邊真有個聽筒，還有一個醫生常用的醫務手提包，馬上恭敬起來。

「真的是醫生啊，我真失禮啊，女醫生在日本也很少見，不知道台灣也有——快去幫醫生呀，妳們這些混帳女人，看到醫生一點禮貌都沒有！」

岡本知道自己出糗，只想快步回房間去，邊罵著慰安婦邊走上樓梯，聽著岡本的關門聲後，眾人這才鬆口氣。

「還好那傻子欺善怕惡……」早苗嘀咕著，再問起助產士。「麻煩妳再聽仔細好嗎？」

助產士測量橋本的腹肚形狀，胎兒心跳頻率等等資訊後，這才說起。

「看狀況，現在胎兒大概是三個月大，所以這位小姐的身型還沒有很大的變化，之後肚子就會慢慢長大。」

時間一算，果真是來此後才懷孕的，橋本一聽助產士所說，眼角便滑下淚珠，忍不住掩面咿嗚啜泣起來。

更何況，助產士似乎意會到，這女人聚集的場合內，並沒有看見其他醫療設備，並非軍方的「看護婦訓練單位」，以助產士的職業直覺，馬上就發覺這是女子聚集的風俗區，只是助產士儘管內心知曉卻也不說破，收下早苗給予的金錢後，便趕緊轉身離開大門，騎腳踏車離去。

這夜，盧英珠洗浴時，突然感覺到大腿中間一陣熱意，低頭看自己月事來時的血液，從青少女開始的月經，滴答落下在石質的洗浴間地板上，隨著潑下的水而散去。盧英珠還無法想像，這些血液將會化成腹中的孩子，更無法想像的是……自己肚中的孩子會是陌生人的小孩。

陌生人的孩子……

雖然身為母親，肯定有小孩一半的血緣……但畢竟是陌生人的孩子啊，誰知道這孩子的父親到底是個怎樣的人，那些男人爽快後便離去了，誰知道自己會留下一個孩子在女人的身體內……這種並非自願而懷孕的心底痛楚，只有女性會承擔啊——

眼見橋本正在承擔這痛楚，但如果是自己呢……盧英珠來到慰安所後才知道，許多女子在從業風俗業多年之後，便因子宮受損不能懷孕，但自己才到來不到一年，身體比這些女子強健——

所以，如果是自己懷孕呢？

盧英珠手摸著腹部，光是閉上眼想像腹中的另一個心跳，內心便無比洶湧，忍不住便是一陣暈眩。

望著地上昏黃燈光中的血液，盧英珠用水瓢舀水澆下，血液渲開後被沖散去，但經血隨後又滑落大腿，再次將洗浴間的石地面染紅。盧英珠索性閉上雙眼，任由血液流淌，無法再思索一絲一毫……

第十八章　接二連三的孕事

無論再如何隱瞞，懷孕的肚子終究會逐漸變大，橋本懷孕到四個半月時，一個在醫務室服務過的士兵與橋本做完後，便直覺看向橋本已略微隆起的小腹。

「妳……該不會懷孕了吧？」

聽到這準確的詢問，橋本便微笑搖搖頭，故作鎮靜的回應士兵。

「才不會啊，我們可是都有避孕的，我只是胖了，來這裡吃得真是好呢。」

儘管橋本有所藉口，但醫務兵依然起疑，離去前便轉告岡本先生。岡本先生一知道橋本懷孕便怒不可擋，避免女子懷孕是岡本先生的管理業務，畢竟女子懷孕後就不能接客，必然要送去軍醫院或離開慰安所，慰安所只要缺一個女子，就必需再找女子來補充。

「混帳東西──」岡本先生憤怒的踩在走廊上，走來橋本的房內怒斥。「好啊，妳這傢伙，我還以為妳是職業的，我才對妳比較放鬆啊，竟然給我懷孕了，還拖到現在才說，妳這樣要拿掉小孩的話，對妳身體是有危險的──活該啊。」

面對岡本的怒斥，橋本也只能低頭喃喃。

「我不知道，我真的不知道……真不好意思，我還能回來嗎，我答應要完成我的工作的……但這真的不是我能決定的，如果可以，我也不想要小孩啊，我們做風俗女的，誰會想要一個莫名奇妙的孩子……不像你是正常人，我們做風俗女的，是沒有生小孩的權利的啊……」

聽橋本低頭呢喃，岡本先生愈聽愈是惱怒，伸手便怒打橋本一巴掌，不過也僅是如此，離開橋本房間後，岡本先生便走回自己二樓的房內。

橋本與岡本先生的對話，便也讓隔壁房間的盧英珠思索許久，橋本不像其他人一到來就被責打，生活在驚恐之中，但橋本如果懷孕就能離開這裡，這不算是一種幸運？

突然想起之前到來的安妮，正因為她的年輕美貌，加上符合「征服白人」的條件，所以才會受苦啊……盧英珠想起安妮，真不知她被帶去哪裡，會不會懷孕，還是染上性病？想起隔壁房間更之前的伊藤清子，還記得她在隔壁房間上吊時搖擺的身軀，盧英珠突然十足感慨，自己身為女人才會經歷到這樣的痛苦啊，這一刻盧英珠雙拳緊握，但儘管憤慨，卻也只是憤慨，面對自己的命運無能為力。

橋本被送走的那日，一台軍車到來後，木門緩緩被士兵推開，橋本提起行李緩緩走出大門，在門關起前的窄縫中，橋本回頭望向室內的眾人一眼，特別是盧英珠，畢竟橋本在這裡，說過最多話的人就是她。

「我先走了。」橋本與眾人點頭致意，盧英珠也揮手點頭，與腹肚隆起的橋本告別。看木門關上，橋本便永遠離開自己的視線，盧英珠想，或許只要離開這裡，便終身不會再見了吧。

「嘖，討人厭的人總算走啦。」早苗只看向橋本一眼便離去。「誰知道她是不是自己把保險套弄破，就是想離開這裡啊。」

只是對一旁看著的劉惠來說，內心無比感慨。

「其實……我也是和橋本一樣被迫從事風俗業啊，但我一開始以為橋本很厲害，有各種面對男人的方法，畢竟當了風俗女十幾年，肯定有很多絕招吧，我真想和她多討教幾招應付男人的方法，要是學會了，大家可以過得舒服些啊……」

劉惠嘆口氣轉身與盧英珠說起，長谷川在一旁倒是說得實在。

「橋本從小就做風俗女，現在才意外懷孕，說起來，不也算一種幸運嗎……」

說起來，要是橋本十二歲，初經剛來，被送來風俗業時便懷孕，內心還不成熟，可能還會可惜腹中的小孩，但要是真在那年歲生下小孩，毫無一技在身，又懷了陌生人的小孩，要如何替這個小孩找一個父親，又要如何帶小孩長大……

如此想來，風俗女懷孕就是場悲劇啊，橋本現在二十來歲，有了歷練腦袋清楚，肯定不會想留下孩子受苦，選擇也簡單清楚許多。

這些關於生育的思索，盧英珠從未有過，只是對盧英珠來說，每個女人都想遇見個好對象，就算是相親也行，與一個合適的對象結婚生子，好好的帶孩子長大生活，是這時代女性的小小想望。

只是一想到「結婚對象」這四個字，盧英珠便無法不想起佐佐木……

佐佐木好嗎，已一陣子沒遇見他，他去執行什麼任務嗎？還是有受什麼苦，所以無法來找她？愈想心底便愈是心焦，盧英珠這才突然理解劉惠對自己所說，只要心底有一個對象，心思便無比紊亂。

夏日快要過去，九月中一場場大雨降下，院內開始積水，有時水沒退去，盧英珠從窗內看小林冒著雨，拿臉盆舀開櫻花樹低窪處的積水。

「聽說積水一多，這些櫻樹可能會活不久。」渾身被大雨淋溼的小林，一邊扭乾衣服，一邊對屋簷下的盧英珠說起。

那日雨停的下午，劉惠竟突然無預警的小產，她在接客之時突然間的血崩，榻榻米上的被褥被染上一大片血紅，與劉惠做的日本士兵嚇得大叫出聲，讓眾多在大廳等待的男子都莫名驚嚇，不知木拉門內發生什麼事。

「我不知道我懷孕了……我真的不知道……」

小產後的休息時光，劉惠每日都在啜泣，隨後因為小產而來的發燒，讓劉惠整晚躺臥被褥上發抖冒汗，盧英珠整晚陪在劉惠身邊照料。

「奧田如果知道了，一定會很難過的，英珠啊，妳絕對要幫我保守祕密啊。」劉惠感慨的請託，盧英珠連忙點頭。

「放心吧，姐姐，我不會說出去的。」

只是未料幾天後，不只是劉惠出事，富士初子也連續高燒，軍醫診察時，這才發現她也懷孕。

軍醫冷靜檢查所有慰安婦後，喃喃分析給一旁陪伴劉惠的盧英珠聽著。

「非常可能……是這一批的保險套品質不好，所以才讓妳們懷孕的機率上升了，如果是平常人使用，可能沒有太大差別，但妳們一天面對這麼多男子，機率總是提高許多……」

軍醫邊書寫病歷記載邊皺眉，隨即翻找醫生包，一邊尋找退燒消炎的藥物一邊叨唸。

「軍部也真是的，會讓女子懷孕的保險套，性病流傳的風險可是大大增加啊，要是整個部隊都在治療性病，這樣軍人還用打仗嗎？」

富士初子回到房間躺臥著，知曉自己懷孕後，由於看多了慰安所女子的來去，等到自己終於要面對時便顯得十分坦然，反倒冷靜的和身旁眾女子們說起。

「軍醫說我運氣很好，幾個月前，軍方根本不理慰安婦，也不會讓慰安婦墮胎，現在因為戰事改變，政策也變了，政府現在讓女子能墮胎了……」

「唉，這也算一種好運啊。」早苗在走廊上抽著菸，邊說話邊吐出陣陣煙氣。

對早苗來說，她出身日本，十分明白法律嚴格規範墮胎行為，如果婦產科醫生要執行這項計畫，都要向管理單位書寫報告，對醫生來說可是十分麻煩，要不是太平洋戰場節節敗退，藥物資源逐漸被封鎖，墮胎這件事不會被允許。更沒想到竟有一天，「能夠墮胎」竟成為戰時的權宜之計，變成一項對慰安婦的「福利」。

「可是岡本和我說，軍醫會帶我去醫院墮胎，就要離開這間慰安所去醫院……墮胎以後……我不一定會回來這個慰安所……但是我不想去，我想要留在這邊墮胎。」

「辛苦妳了……」長谷川看向富士初子的微笑，卻擔憂到嘴唇都在發抖。

「別這樣說，我覺得一點都不辛苦啊，這不知道哪裡來的小孩，我才不想要……」

富士初子起身整理被褥，看來心底並沒有悲傷。

「我只要一想到肚子裡的小孩父親，可是個隨便找女人睡覺的男人呀，一想到我就覺得噁心死了，對吧，這樣的小孩我看著肯定就討厭，該不會生下來就想掐死他？我不會後悔的——這個孩子要是長大了，肯定也不會是個好孩子，對吧？」

和橋本發現自己懷孕時的歇斯底里完全不同，長谷川聽著富士初子所說的委屈話語，忍不住眼眶也跟著潮溼，只能上前去緊緊握住富士初子的手，彼此相對默默無言。

只是富士初子還不等預定的服藥與手術，才過兩天，富士初子下腹突然疼痛不已，痛得哀號大叫，正要請醫生到來時，富士初子痛得去廁所蹲起，下身如月經到來一陣潮紅，夜色微光之中，富士初子看見一個小小的血塊落入陶瓷馬桶中，隨即在沖水之後完全的失去蹤跡。

這一瞬間，富士初子明白自己和這個無名的孩子緣分已盡，儘管痛楚卻淺笑出聲，原來在慰安所裡，一個懷胎的骨肉，竟和糞便沒有太大的差別啊……

富士初子咬牙站起，直到回到房內方才覺得自己委屈，忍不住扶著牆面縮在角落，儘管口中十分不在乎，但流去的畢竟還是自己的骨肉，富士初子忍不住陣陣落淚。長谷川跟著回房，只能緊緊懷抱著富士初子，兩人透著窗外夜光，照成一個不斷啜泣的剪影。

只是流產在正常結婚的普通夫妻之中是傷心之事，但在慰安所，不用服藥不要手術就能流胎，富士初子竟然還慶幸如此，當眼淚落盡後，富士初子反而笑出聲。

「太好了啊，太好了啊。」躺臥床鋪上，富士初子對長谷川握緊手說起。「我流掉那個孩子了，我可以留在這裡了。」

富士初子流胎後，儘管十來天過去，富士初子的身體已康復，被岡本認為可以上班接客，但過去那些常常購票指名富士初子的軍人都不再出現。這就是風俗女的現實，說到底，那些男子口中說出的甜言蜜語或人生許諾，也只是個臨時間為了得到女子身體，而信口開河編撰出的謊言。

知曉軍人不喜歡指名富士初子之後，便讓盧英珠思索許久，畢竟慰安婦就只是個消解性慾用的陌生女人，小孩既然不知道是誰的，對這些男人來說，又會有什麼「責任」？但現實就是，一旦知曉富士初子才剛墮胎不久，或許自己可能是孩子的父親，便不想再面對富士初子，轉而指名其他的女子。

「這些男人真是混帳啊……」盧英珠心底忍不住思索起，自己遇過的那些男人啊，不管是當初在釜山報名詢問處遇見的日本男人……還是初次強迫進入自己下體造成撕裂傷的那個軍官……不管是毆打自己的岡本……不管是那些後來分不出臉龐，陸續進入自己下體的軍人啊……

那些男人啊，就是如此暴力又不負責任的生物，傷害女子，引發戰爭都是男人的事，彷彿只會造成人世間混亂的男人啊——

一想到此，盧英珠竟突然作嘔，口中不斷吐出酸液。

不知道是過度擔憂才突然做噁，還是近日因為眾多女子都出了事，盧英珠因為幫忙而無法好睡，才會引發反胃？這夜，盧英珠躺臥榻榻米上，儘管睡醒後就會好，但是整夜翻來覆去不斷作嘔，便起身撐起身子找塊布巾，擦去口角的酸液，好不容易平靜些許，卻還是不斷嘔出胃中酸水。

盧英珠突然想起橋本那時的模樣，真的極為相似——要是自己懷孕了，又該怎麼辦？更何況，自己要怎麼面對佐佐木……佐佐木要是知道自己懷上別人的孩子，又會怎麼想？畢竟自己是給軍人隨便使用的慰安婦啊，就像富士初子一旦懷孕，一旦墮胎，那些過去交往的甜言蜜語軍人都不再出現，說到底還是怕麻煩對吧，沒有男人會喜歡麻煩的女人對吧？盧英珠這才發覺，原來自己只是個麻煩的東西啊……

一想到此，盧英珠竟和橋本相同不斷搥起肚子，心底不斷吶喊。

「不能懷孕——我不能懷孕——」

自己從沒有和佐佐木發生過關係，小孩肯定不是佐佐木的，要是真懷孕，她只想懷佐佐木的孩子呀，但是佐佐木卻堅持著不和自己發生關係……如此一想，盧英珠更忍不住地搥動自己肚子。

「我不能懷孕啊——不能懷孕——」

盧英珠在夜裡未睡，不斷咬著牙壓迫自己的下腹，曲折身軀許久，直到體力耗盡才沉沉睡去。還好在隔日一早，等到定期檢查性病的軍醫到來，看向未眠而面色蒼白的盧英珠，先以體溫計測量，再看身體狀況後如此說起。

「怎麼會如此疲累的面貌？」

「醫生……我是不是懷孕了？」盧英珠低著頭，忐忑問起。

醫生檢查盧英珠身體之後，倒是說得篤定。

「不，妳沒懷孕，妳的不舒服症狀應該是食物中毒之類，好好休息就是。」

「是的……我明白了。」盧英珠虛弱回應著醫生，內心卻有著些許欣喜，但內心卻又懷疑，會不會醫生的檢查是錯的……

掛上病號躺臥房間內，養病期間，聽著鄰近房內傳來慰安婦營業時的呻吟聲響，盧英珠只能躺下看向窗光在榻榻米上緩慢移動，猜想佐佐木最近到底遇到什麼事。佐佐木已許久未來找自己聊天，自己要是懷孕，怎麼隱藏也終究會大起肚子，佐佐木肯定有天會知道，那他就會徹底消失——

但這又不能怪他，畢竟小孩真的不是他的，他又有什麼責任？彼此又不是真正的男女朋友，沒有過真正的承諾，既然如此，自己又在乎些什麼呢？

盧英珠愈是自問自答，心底便愈是自責，自己為什麼要喜歡佐佐木，若是真的懷孕，這孩子的父親到底是誰，那些來來去去的男人的臉，盧英珠記也記不清，又該如何追索，要是真生下來一個孩子，未來該怎麼和孩子交代。

「我不知道你的爸爸是誰，因為我被幾千個不認識的男人隨便幹，我根本不知道哪個男人是你的爸爸……」

光是想像便覺得頭皮發麻，自己實在太下賤了啊。盧英珠沒想到，過去幾個月為了存活下來，好不容易拋去的自尊，竟又因為眾人的懷孕事件而重回身上寄居，如今竟重新體會初來乍到時的心理傷口，比下體的撕裂傷更令自己傷心。

還好，隔天一早月經到來時，果真如醫生所說，自己並未懷孕。盧英珠看著染紅褲子的血漬，盧英珠便蹲在地上，忍不住哭出聲。

「我沒有懷孕，沒有懷孕……沒有對不起佐佐木……沒有……沒有……」

富士初子卻沒有如此好運，在流去孩子不久後，富士初子開始持續發高燒，持續一週的高燒不退讓富士初子徹夜痛苦難眠，趕緊叫來機場軍醫查看後，軍醫卻也是搖搖頭。

「還是帶去醫院吧，可能流產後子宮受傷，開始內部發炎了，有細菌在作祟才會發燒，我能開的藥物已經無法處理了。」

「我知道了……」富士初子一臉無奈，躺臥榻榻米上眨了眨眼，與醫生點點頭。

「妳也別再勉強了，也有可能環境不乾淨，去醫院才有活下來的希望，就去醫院吧。」

醫生勸說起富士初子，也是出於好心，富士初子便點頭應允。

富士初子隨即收拾行李，準備跟隨醫生離去，由於自己腳步蹣跚，長谷川幫忙富士初子提起行李到大門邊。富士初子回望門內的眾人，特別是與自己有感情的長谷川，兩人相視便無比心酸，畢竟兩人的感情既不能說出，也不能被岡本發現，要是被發現，肯定會讓留下的長谷川被岡本虐打，兩人此時儘管想說什麼，卻又無法說出口……

長谷川把布包交給富士初子後，自己也難以舉起手道別，這一道別後，沒有人知曉未來能否再相見，長谷川便開口大喊。

「走啊，走了就不要回來了，拜託妳別回來了，快走啊——」

富士初子轉過身要上軍車去，只是這小小十來公尺之路，每一步都走得顫抖。長谷川轉身低下頭去不再看富士初子，直到木門被關起後，長谷川才能抬起頭來看著這碩大的木門，聽著外頭愈來愈遠的引擎聲而閉眼悵然。

這日，長谷川與盧英珠坐在浴室內清潔身體，當長谷川擦拭身體時，原本看似平靜的心情，卻因為隔壁洗浴的小凳上不再有富士初子，長谷川一看便忍不住，對著盧英珠啜泣。

「妳相信嗎，我有在日記本上計算和多少個男人睡覺過，來這裡一年多，四百多天，我大概和男人做了快三千多次。」

長谷川的話語讓盧英珠怔住，一時間自己也忍不住心酸起。

「姐姐，算這個幹什麼……不要去算這種事……」

長谷川倒下一盆水沖去身上的男人氣息，水花四濺落地。

「我常想，如果我下身沒有一個洞，人生大概就只是個普通的農夫或木匠，也不會輾轉來到這裡了啊……我真希望自己是個男人啊，戰死在戰場也是一了百了啊，我待在這裡做什麼呢……對吧……英珠啊，我們為什麼會在這裡啊……」

盧英珠聽完長谷川的話，便看起自己的下半身，不同於男性有向外突出的陰莖，身為女子，自己雙腿股間有一個凹孔通往子宮，所有的人類都是從這凹孔中出生。「性」本是身而為人的繁衍天性，所有性行為原本只為繁衍，無分高低貴賤可言，但在慰安所內，性這件事不帶感情與繁衍的責任，只是男人單純的發洩。

「我被這些男人進進出出，我都沒關係了，我都已經都不在乎了……我現在只後悔，為什麼我今天下午沒有抬起頭來，看著富士初子離去……為什麼我連這種勇氣都沒有……」

長谷川眼角淚水滑落，趕緊用水拍臉，洗去落下的淚水。

「為什麼……我連好好和她道別都沒有勇氣，還說出這樣的話……」

長谷川正在感傷之中，突然聽見外頭岡本先生大聲喊叫

「出來啊，全部出來！」

岡本先生突然的叫喚，讓長谷川和盧英珠驚嚇著，趕緊擦乾身體穿起衣服，快步走出在走廊上排隊時，盧英珠看向前方的長谷川的背，輕輕湊上長谷川的耳際輕語。

「姐姐，妳沒有錯，不要責怪自己了……」

盧英珠站在後方看向長谷川的背，長谷川身體微顫，或許她在哭吧，盧英珠心想，自己並沒有像長谷川這樣，與另外一個女子有如此感情，但如果是自己又該怎麼辦？

如果是自己，能夠在這種情況下，開口說出一聲道別嗎？

自己能這樣和佐佐木分開嗎？

盧英珠回想著，竟無法對自己解答。

站立在長谷川背後，看著她不斷發顫的背影，盧英珠便也跟著眼眶泛紅，趕緊低下頭讓淚珠落下到地面上，隨後用腳掌輕輕移動，蓋住地上的淚珠，不想被隨即走來的岡本先生，看見自己的一滴眼淚。

第十九章　以櫻子代替早苗

富士初子隨著軍車離去後，不到一日，軍用卡車又來到大門外，送來兩個新來的慰安所女子，一個是台灣本地人喚作陳美芳。另一個是從九州來的風俗女，大家都叫她和子，兩人身材看來都乾瘦嬌小，剛來到鶴松屋，面對管理者岡本先生只能先低下頭。

「您好，我們是……」兩個女子提著包袱入內，大門關起後，連自我介紹都還沒說完，岡本馬上大吼。

「妳們這些女人太可惡了——每個人都太糟糕啦——不是死掉就是生病，妳們知不知道妳們有任務呀，妳們為國家奉獻，要好好工作不能隨便死掉啊，要是影響機場運作該怎麼辦？」

岡本高聲怒吼，面對這回到來的兩個女子，不像面對橋本與安妮那樣禮遇，兩個女子還分不清青紅皂白，岡本一巴掌馬上打得兩人陸續跌在地上，鼻血止不住汩汩的流。

盧英珠早先曾聽過其他女子傳言，說不定岡本先生的下身已壞去，身有殘疾不能投入軍旅，才會被指派來管理慰安所，所以在其他軍人面前抬不起頭來，這或許就是他暴躁的原因之一。

「妳看看，男人不能發洩也是很辛苦吧。」

早苗排隊看兩個女子挨打時，突然與盧英珠低聲說起。

「男人不能發洩，就會變成岡本那個樣子，這不就天下大亂了嗎……所以我們還是要好好和男人做啊。」

早苗苦笑說起，但岡本的傳言是真的嗎，腦中竄過的念頭，竟讓盧英珠緊盯岡本的褲襠中的下體位置。仔細思考，若是管理慰安所的男子亂搞男女關係，這慰安所營運可是會出困難，或許軍方派一個性無能之人來掌管慰安所，才能不與這些女人發生感情，冷靜的管理好這間慰安所？

盧英珠緊盯岡本的暴躁面貌思索著，又聽見岡本高聲怒吼。

「脫光衣服——全體給我脫光衣服！」

這訓斥羞辱人的手段又來一次，盧英珠這回直接脫下衣褲，她已無過去那樣懼怕，要裸身就裸身吧，只是兩個新來的女子還不知道發生什麼事，看眾多女子全裸站立，一時間彼此面面相覷，又不知道該如何。

「脫啊！」岡本走來兩人身邊大喊，聲響如雷。

「真的要脫嗎？」和子話還沒吐出口，馬上又被岡本一個巴掌打得暈眩跌地，新來的台灣女子陳美芳在一旁馬上全身哭顫，趕緊將衣服脫去，看起來彷彿是個隨手捏死的小動物啊，看在盧英珠眼中，這就是過去自己的可憐模樣……

女子們站立兩排，裸身看向彼此，早苗盯著盧英珠的胸前皮膚，正因為風冷而冒起滿滿的雞皮疙瘩。

「面打——」岡本一喊，早苗二話不說，揮手過去甩向盧英珠的臉頰，明明該用力，但最後早苗卻收手些許，這力量明顯放輕，便讓盧英珠也怔住，這不像過去早苗的作法，她可是會狠狠打向自己的臉頰才對。

盧英珠高舉雙手，但打回早苗的臉龐時也收起力，這不免讓早苗也怔著，彼此眼神互視，彷彿也有著難言的默契。

眾多裸身女子在清晨冷風吹拂的此刻不斷哆嗦，早苗舉起手卻不再打向盧英珠，索性轉個方向，往屋簷下的岡本走去。

「早苗，妳要幹什麼，回去——」岡本怒斥著早苗，但早苗但隨即走到岡本面前，突然將右手竄入岡本先生的褲頭，一把抓住岡本的下體，手再一緊捏，彷彿捏不到東西似的，早苗忍不住的微笑，抬頭對岡本說起。

「岡本先生，聲音這麼大聲，我還以為你的玩意很大呢，哈哈，真沒想到你的東西這麼小啊——那這麼大的脾氣從何而來呢，我可真搞不懂。」

這一摸一捏，早苗吐出充滿酸意的語句，讓岡本先生一張臉氣得發脹，隨即一腳踢向早苗腹部，讓早苗往後踉蹌跌坐地上，岡本先生順手拿起竹棍打向早苗的背，儘管每一下都十足疼痛，但早苗卻趴在地上，在哀嚎中頂起嘴。

「你打啊，我今晚和一個軍官有約，今天我如果受傷，軍官找不到我的話你怎麼交代啊，老二這麼小的你……有這個膽子打我嗎——」

岡本怒氣正盛，早苗的威脅起不了作用，岡本再一竹棍打下早苗的肩膀，早苗哀號出聲，痛得倚在牆上無力遁逃。看向早苗被打的姿態，兩個初來乍到的女子更是停不了痛哭，皺起一張臉也不知該如何是好。

岡本氣憤著拿起棍子，不斷用力打下早苗的雙腿，一邊打一邊吶喊。

「我以前打仗受過傷，都是為了日本啊，我為日本失去這麼多，妳們有嗎，妳們有嗎——」

岡本的傷勢來自於在中國時與地區游擊隊作戰，這游擊隊並非國民黨軍，而是占據山頭一角的民間武力，當岡本和部隊進攻山頭時，卻遇到炮火炸傷而昏迷過去，送醫手術醒來後，岡本躺臥病床上才想清楚，由於對手只有輕兵器，岡本很快便明白，自己是被友軍炮火所傷。

最初知道是被自己人打中時，岡本心底還想著，友軍炮火是無法避免的戰場現實，自己受傷是為國家犧牲，痛苦也值得。但岡本復原緩慢，身體殘缺之外聽力又受損，岡本便難以回到部隊退役，也因為不斷有著頭痛與幻覺的後遺症，當痛苦層層襲來之際，岡本一張臉龐從此變得猙獰，常常哀聲。

「我應該要獲得勳章啊，為什麼沒有——」

「為什麼被打中的人是我——」

「為什麼那些砲兵這麼沒用，連個目標都打不準，卻是我在受苦——」

岡本先生無比憤怒，面對眼前這些弱小的慰安婦，岡本更是握緊竹棍，彷佛當年握緊手上的步槍，不斷裝填上子彈，對著前方山坡林霧之中的人影不斷開槍。

「我可是差點死掉的人啊——和妳們這些只是躺著被男人插的妓女比較起來，妳們這些付出算什麼！」

岡本先生再一竹棍打下早苗的背，看早苗已躺地彷彿失去呼息。「長官——別打了！」盧英珠終於忍不住，撲上前去趴在早苗身上，肩膀也替早苗挨上幾棍，盧英珠馬上痛得趴下，一時間也撐不了身。

「垃圾，你們這些賤女人……全是混帳東西——」岡本先生氣得甩下竹棍在地，便氣憤著踩踏走廊地板回到二樓房間去，隨後碰聲甩上門去，留下現場的女子們的哭泣與喘息聲……

一時半刻內沒人敢上前來，女子們只敢站在原地，只有長谷川和劉惠聽到關門聲後，又等待約莫半分鐘，確定岡本不會再出來之後，才敢邁開腳步前往扶起兩人。

早苗由於身體被責打太多處，便因為身體大面積受傷發炎，才過了一小時便開始發燒，必須暫停所有營業接客，躺臥病床上先養傷，盧英珠也受了傷，便走去早苗房間照顧她。

「早苗姐，下次不要再這樣了……」盧英珠看向早苗發燒的身體，整張臉頰開始泛著猩紅，被責打的背部位置也有許多竹棍尖端刮出血痕的傷口，深怕感染患病，盧英珠便趕緊拿著乾淨的布巾，將傷口擦拭乾淨。

躺臥病榻，面對盧英珠的照顧，早苗低聲虛弱的說。

「盧英珠呀，妳以後也不要這樣……沒人要妳上來幫我……」

「早苗姐，別這樣說，妳替我們出聲，我很感謝妳……」盧英珠繼續擦拭掉早苗額頭上的汗珠，這話語不免讓早苗感慨許久。

「是我看不慣岡本的，沒有我們慰安婦配合，他這個沒用的廢物，早就會被上級處罰……」

「我會想辦法請醫生來的。」盧英珠將傷口清潔乾淨後，倒上一杯水給早苗。

「妳不用叫醫生來……我死了不也好嗎，我們本來就是個物品，一個物品壞掉，換另外一個物品來補充就好，呵呵……」

早苗說著，竟忍不住淚水流淌，讓盧英珠看著一時也不免起疑。

「姐姐，妳怎麼了……」盧英珠擦拭早苗滿頭汗珠。「最近的妳……很不像妳……」

早苗被盧英珠這一問，停頓許久後，才低聲回應盧英珠。

「之前……我從那個助產士的聽診器中，聽到橋本肚中的心跳……不知道為什麼，我竟然想到我的未婚夫啊，參戰之前我們在一起時，我真想和他生個孩子，我們還討論到孩子要叫什麼名字，以後要帶他們去哪裡玩……但是我真的沒想到……他就這樣死了……」

「死了？」盧英珠直到今日才知道這件事。「妳的未婚夫死了？」

「軍方說……我的未婚夫大西和菲律賓的游擊隊作戰，才去不到半年就死了啊……」

早苗說起這消息，終於忍不住淚滴滑落眼眶。

「不是說一定會平安打贏回來嗎，卻這樣死了，留下我在這裡……」

到了今天，盧英珠才知曉早苗的未婚夫早就過世一年多，這才回想起早苗的許多行為，或許都來自於心底不想面對未婚夫的離世……盧英珠無法想像，若自己和早苗一樣對戰爭如此狂熱，面對戰爭帶來的苦處時又該怎麼辦，畢竟要是有些許懷疑與後悔，彷彿就是在否定自己的人生，做錯全部的選擇……

早苗聽見橋本腹中孩子的心跳，著實給了她強大的震撼。畢竟再怎麼對身體無所謂，但心底依舊是個女子，有著難以言喻的母性，聽見腹中胎兒的心跳聲，回想起戰前自己的天真無邪，想到原本和大西兩人可能會有的家庭與孩子，一時間竟心底止不住的心酸，但她只能壓抑悲傷，抬起頭來對眾人依舊高傲——只有裝著比大家更勇往直前，才不會被看見心底不堪的弱處。

這夜早苗發高燒，整夜胡言亂語，盧英珠便在一旁鋪蓆睡去，聽早苗整夜呢喃：「大西，對不起……我……我……」

或許未婚夫大西走入早苗的夢境，或許這是場悲傷的夢，才會讓她如此痛苦，就連夢話都說得如此哀傷，盧英珠便趕緊握起早苗的手，要是在夢中感覺到自己被人握起手，惡夢便會被人拯救，盧英珠過往也是這樣對待妹妹盧英子。

不對啊——盧英珠才握緊早苗的雙手，便又想著，早苗若還能夢見未婚夫，這依舊是好夢吧？能夠看見思念之人的臉，還能回憶起過去而傷懷，至少也是「好夢」呀，不是嗎？不像自己來到鶴松屋，從沒夢過家鄉之人，沒夢過釜山的風景，就連妹妹英子都沒入夢過……

「大西……大西……謝謝……」早苗睡夢喃喃，手掌突然也握緊盧英珠的手。

早苗的手十分纖細，緊握時卻十分有力量，夢魘呢喃之間，竟不斷落下淚珠，盧英珠從未看過早苗如此落淚，儘管早苗先前也曾對自己欺壓相待，但她這次是為了保護新來的慰安婦，才會被毆打成這模樣，盧英珠心底一陣複雜的悲悽，知曉了早苗的過往便能明白，早苗或許也不是自己所想的那麼不堪。

夜裡隱約聽見稀微哀悽的哭聲，宛如女鬼現身哀哀啜泣，盧英珠便起身離開早苗房間，特別去探望新來的陳美芳與和子，兩人如今先住在走廊最尾端的兩間房內。打開木門後，兩人都各自瑟縮身子，壓抑哭泣聲，深怕被岡本發現。

盧英珠先拉著陳美芳來到和子的房內，兩個女子見到盧英珠到來，忍不住哭皺一張臉。

「別怕，可以撐下去的。」盧英珠跪坐兩人面前，掀開兩個女子的衣服查看，從微光中看見皮膚傷處，一邊檢查傷口，一邊輕聲問起。

「妳們知道……來這裡是做什麼的嗎？」

陳美芳看著一眼和子，兩人面面相覷，和子表示自己是風俗女，但陳美芳子卻啜泣著搖搖頭。

「我一開始以為……是要去當清潔工……但我後來才知道是要來當慰安婦，已有著心理準備，但是我不知道……還會被人這樣對待……」

原來新來的兩個女子，在這夜間被叫入岡本先生的房內，除了責打之外，岡本竟用手指進入兩人下體，粗暴的對待兩人出氣。

「前輩……我下面真的很痛……我沒想到會這麼痛……他很用力……我不知道他為什麼要這樣子對我們……」

和子痛得緊皺眉頭，盧英珠掀開她的衣褲，看向女子下身紅腫的模樣，這發炎紅腫沒有一週以上是不可能消腫，另位台灣女子下身還持續流血，染紅著地上的鋪墊。

「先忍耐住，我會請小林帶藥來幫妳們，先想辦法睡去吧，身體要趕快復原，不然之後無法應付每一天，會很痛苦的。」

兩個女子信賴盧英珠，各自點點頭，忍不住擦去眼角的淚珠，低聲發顫的說起。「知道了，前輩……」

過去都是早苗當著「大姐」，擔任私下管理女子們的角色，但因為早苗不舒服，幾乎躺臥榻榻米上一整日，原本隔天早苗要侍應軍官的任務，便只能讓盧英珠先來取代。

這日，盧英珠打扮得漂亮乾淨，坐在早苗房木櫃前，聽著早苗說明那些瓶罐。「先用那一罐粉，那是戰前買的資生堂，現在可買不到了……」

盧英珠拿起化妝品打理自己，讓身上充滿各種平常屬於早苗的香氣，頭髮梳得整齊之外，還在小林的幫忙下，穿上早苗那件紅粉色帶著花朵，袖襬上有著海浪紋的和服，還特別學習早苗應付軍官時的口氣，那是身為東京人才有的一種帶著傲氣的自信，是盧英珠原本生於農村沒有的口氣。

時間已到，盧英珠梳妝完畢，便穿著一身沉重的粉色和服，走上「二樓」的宴會房。

盧英珠踏上木階梯，二樓只有宴會場和岡本的房間，本就是禁區，過去上樓時多是許多女子一起，今日只有自己獨自上樓。小林已打開這二十疊的房間，看見裡面的木酒櫃與留聲機，還有幾張唱盤在角落。

盧英珠跪坐其中，不斷張望四周，等到一位大佐打開木拉門，緩緩走入房內，看見盧英珠穿著早苗完整高貴的和服。

見到門邊全身軍裝的大佐，盧英珠開口便溫婉說起。

「久仰長官大名，請長官到此來，讓櫻子來為您斟酒。」

「妳是……櫻子？」這位大佐聽著盧英珠帶著朝鮮口音的溫順口語，又穿著早苗的和服，也忍不住笑著問起。「那早苗呢？」

「親愛的長官，實不相瞞，早苗還在生病中，必須躺臥病榻休養。」

盧英珠邊說著，邊拿起身邊的酒瓶輕輕搖晃，聽著滿滿的酒水聲，便斟滿了眼前的酒杯。

「若非早苗生病，我也無法有這緣分能夠伺候您，這是我難得的福分，請長官接受小女子魯莽的決定。」

看盧英珠話語如此溫順，大佐坐在盧英珠身邊拿起酒杯飲下，清酒三杯下肚，在盧英珠的服侍下，便讓這位大佐忍不住笑開懷，將盧英珠擁入懷中。

「妳還真會說話啊，以前都不知道妳這朝鮮人這麼可愛呢——」

盧英珠一張白妝臉，趕緊低下頭來，委屈感慨的說著。

「長官，請您切莫如此說起……還不是早苗把長官您給霸占走了，櫻子才沒有這個機會可以親近您。」

盧英珠微笑起，讓這位大佐更是開心，飲下多杯清酒後，看盧英珠刻意營造出來的嬌媚神態，讓軍官一時性慾大起，隨即吻上盧英珠的頸項，伸手脫去盧英珠的和服。軍官馬上解下外褲，將褲子踢向一旁去，隨即壓上盧英珠身軀，扯下她的和服腰帶後，魯莽的將自己發脹的下體，進入盧英珠下身去。

今日替代早苗的任務就是如此，務必讓機場的高階軍官能滿意，以免追問下來，知道早苗被岡本先生毆打而臥床，岡本先生又會轉而責怪慰安婦。盧英珠小心扮演溫順又美麗的女人，一切都在計畫之中，只是看軍官不斷擺動腰際，一張臉醉紅著，要轉換性姿勢時，竟一時腿痠軟而向後一個踉蹌，跌坐在榻榻米上，盧英珠便索性反過身來，隨即騎上大佐。

「長官，讓我來吧。」盧英珠坐上長官腰際，反倒控制自己的身體，開始搖動自己的腰，這是盧英珠曾從牆縫中看過早苗的作法，是自己從未知曉的性技巧。

「哈哈，妳這個朝鮮人好淫蕩，好爽啊！」滿臉醉紅的大佐忍不住叫出聲，盧英珠一聽，更是學起早苗，奮力擺動腰部說起。

「呵呵，我就是淫蕩——每次我都被長官幹，沒想到有一天……長官會被我這樣的女子幹吧——」

盧英珠順勢說出口，她正學習著早苗，吐出自己也難以想像的下流話語。這是一年前，還在釜山的自己難以置信的話語啊，更沒想到數秒後，盧英珠便被這位軍官甩上一巴掌，因而跌向一旁去。

這位大佐喘息著，看向無比詫異的盧英珠。身為高階軍官，還是喜歡自己掌控整個部隊的威嚴，怎能被一個慰安婦如此說起，更何況，是一個朝鮮女人。

「朝鮮人，給我躺下！」

盧英珠詫異著撫著自己的臉，直到巴掌再次落下後，臉頰上的紅腫如萬千螞蟻爬竄，盧英珠便無語向後躺下，欠了欠身後才張開雙腿，讓這大佐緩緩向前逼近，將自己剛才疲軟的下體擺動數次，操作許久終於硬起後，才能重新進入盧英珠的下身，並且伸手又是一巴掌，對著盧英珠怒聲大喊。

「妳們這些下賤的朝鮮人，只要乖乖被我幹就好，說什麼話啊，閉嘴不會嘛！」

無奈之間，盧英珠只得閉上眼，感覺到軍官沉重的壓迫……早苗身為日本人，盧英珠還不曾看過她被軍官如此對待，原來身為朝鮮人便是如此低下啊，原來自己怎麼偽裝成日本女子的服裝與語言，都無法討好軍官……

這大佐吃力的擺動腰際，身上汗珠匯聚，滴答落在盧英珠身上，盧英珠嘗試假裝無所謂，假裝一切都沒有發生，假裝身體早已失去感覺，但眼淚依然忍不住兀自滑下眼眶，在大佐擺動身軀時別過頭去，讓眼淚從眼角滴滴落下。

第二十章　消失於大海的山本君

因為在慰安所經歷許多不愉快的事，盧英珠愈來愈思念佐佐木，總是跪坐在房間內，閉眼感受身後的窗光照暖了的背脊，就像佐佐木總是讓自己感到暖和。真希望長廊上走過的那些人影，每個人都是如此溫和的佐佐木……

這一週佐佐木終於到來，兩人相處兩小時，當佐佐木正要離去時，兩人又禮貌著點頭，期待下次的見面。「回去之後，我會想妳。」佐佐木湊近盧英珠耳際，溫柔輕聲的說起。「我每天都在想妳……」「我也是。」盧英珠與佐佐木握起雙手，深深擁抱之後分別，仍舊依依不捨的說起。「我永遠期待……你的到來……」

兩人感慨的分離，彷彿每次的相見都是最後一次。對佐佐木來說，能夠在這樣隱密的空間內，不用對眾人演出愛國的姿態，能與盧英珠放鬆的聊天，說起過往的自己，光是如此，便已是軍隊中難以想像的幸福。除此之外，放假時與山本弘夫到處釣魚，也是緊張生活中的些許調劑。

今日一早進行每日的體能訓練後，下午便是飛行任務。兩人上機之前，還在討論著下次該去哪裡釣魚，等待上級呼喊任務時間到達，兩人便將一式戰鬥機飛上天空。

今天兩機前後飛行，除了定期練習飛行技術之外，也是培養團隊默契，與飛往台灣海峽上進行定時巡邏。只是今日當飛機在台灣海峽上方巡邏，佐佐木看向飛機內的機表，上面顯示此時是午後一點十三分，佐佐木與山本弘夫的兩台飛機隨後按照最初設定的時間折返，兩機穿過雲朵後，前方山本弘夫駕駛的一式戰鬥機的引擎卻突然劇烈抖動，機首引擎處隨即冒出濃濃黑煙，幾乎遮蔽了山本弘夫的駕駛視線，讓山本弘夫不得不減速。

「搞什麼啊？」佐佐木趕緊減速，將飛機飛到山本弘夫的旁邊，低頭探向駕駛窗邊打手勢。「怎麼了——」

山本弘夫駕駛的飛機高度正愈降愈低，一看便知道是引擎動力逐漸消失，由於沒有機內無線電，山本只能趕緊打出手勢，表示引擎快要失效，佐佐木只能從玻璃駕駛艙內理解山本的手勢，山本正慌張打著。「你先回去，我會追上你。」

「什麼追上，引擎都快壞了，怎麼可能追得上。」佐佐木忍不住大喊，眼看山本駕駛的飛機愈飛愈低，必然落海，只有水上飛機有配備浮筒能降落海面，一般戰鬥機落海可是有必然的生命危險，佐佐木轉頭四看，後方有一片漆黑的濃雲遮蔽，可能隨即會下起暴雨，自己駕駛的這台飛機油料已不足，無法在此盤旋，若是來不及飛回基地，最後自己也只能迫降大海之上，對於山本更是不利。

「可惡啊——」佐佐木大吼著，但是想著山本弘夫的飛機上有簡單的救生設施，加上山本弘夫體能非常好，就算落海肯定也能游泳自救，佐佐木便打出手勢，自己要快速將飛機飛回機場。

「沒問題。」山本打回手勢，佐佐木便加速飛行回到機場，在落地後掀開艙蓋，匆忙跑去機場邊大喊。

「山本的飛機落海了，快點去展開搜救啊！」佐佐木激動喊叫，引起機棚內的人們一陣騷動，眾人陸續跑動起，打電話聯繫水上飛機展開救援，用佐佐木提供的座標去尋找山本。

救援行動已經開始，佐佐木只能坐在備勤室等待，只是等待一下午，依舊沒有飛機將山本送回，機場這也沒有接到「搜救成功」的通報電話，佐佐木忍不住焦慮，索性起身站在跑道邊等待，突然看見天空中一台水上飛機正飛過，讓佐佐木心底有了些希望，還以為找到山本，但水上飛機卻又遠遠離去，可能只是要轉場去南方的其他機場而已。

「可惡——」佐佐木向前奔跑，一個踉蹌絆倒跌在跑道上，又爬起來看向天空中的水上飛機大喊。「山本——」

機場猶如各類飛機的「母親」，只有母親會如此不期待任何報酬，永遠等待孩子的歸來。佐佐木枯坐在跑道盡頭的地面上，到黃昏之際，天色已暗，歸返的飛機引擎聲偶爾覆蓋四周風聲，直到入夜後不再降落為止。

今日飛上天空之前，佐佐木其實心底有些憂慮，是來自於發現油料品質的改變。

一九四二年太平洋戰爭開展之時，油量還算足夠，但是到一九四四年夏日時，油料供給已經大不如前，儘管日本控制了印尼的油田，但是重型油輪已經無法開回日本，總是在航行的半程便被美國的潛艇給打下。由於海外占領地和殖民地的煉油水準無法跟上需求，燃料供給也開始因地制宜，採取各種代用燃料的混合法。

在台灣這樣的殖民地能做的，就是將各種作物加工廠，如糖廠改裝為燃料酒精廠，將生產出的燃料酒精混入飛機燃油之中，減少航空燃油的使用。但這對於飛機引擎來說便是一個考驗，混合燃料在引擎積碳和燃料爆震的穩定度上，當然不如精煉的航空燃油，引擎會出事便是單純的機率問題，誰都不能預料自己會不會遇見。

只是更令佐佐木傷心的，是來自於那天編隊練習的出發前，山本弘夫走來佐佐木原本要駕駛的一式戰機旁，打量這台戰機許久後，便湊向佐佐木問起。

「今天……讓我試飛看看你這台好嗎？」山本弘夫仰起頭，問起站在駕駛座邊擦拭機艙玻璃的佐佐木。

「怎麼了，你那台飛機不好嗎？」佐佐木攀下飛機後，彷彿拍老友的肩膀似的拍著飛機機身，期盼這台飛機能「好好相處」。

佐佐木和山本弘夫所駕駛的這兩台戰鬥機都是「一式戰鬥機」，只是佐佐木的這台是「一型」，山本弘夫駕駛的是更新款的「二型」，有著些許的設備更動，其實只要整備完成，測試合格，都是能符合戰鬥需要的飛行器，對部隊管理來說，新舊款的應用上並沒有太大的任務分別。

「我想試飛看看啊。」山本弘夫也十分喜歡飛行，兩款新舊飛機在操控上的細微差異，他都想體會看看。

只是沒想到平日正常飛行的飛機，今日竟會引擎出錯而迫降海面？儘管飛機已經盡力照料，但飛機之中的零組件眾多，發生問題也只是機率問題……只是對佐佐木來說，如果兩人沒有更換飛機，這次墜海的不就是自己嗎？

佐佐木坐在地上低沉許久，自己能活下來的原因，竟然是因為朋友無意間，替代自己受難……

「但這都是整備好的飛機，沒人知道會出事……不是我的錯啊……對吧……」

彷彿是自己陷害山本，佐佐木心底十分自責，卻又有臨死逃生的幸運感，一時間心思無比紊亂，再也說不出一句話。

夜間時終於電話回報，黃昏時刻，搜救船艦已來到座標處搜尋飛行員，發現海面上有一些油汙、但尚未發現飛行員。機場的飛行員一聽便都知曉，如此狀況已不用多說，山本大概已葬身大海之中。

「看來是沒辦法啊……遇到這種事就是這樣……」

幾個飛行員窸窣討論起，只有佐佐木依然枯坐機場邊際，直到其他飛行員走來通報消息。

「佐佐木君啊，你不用再等了，長官剛剛已經把山本君判定失蹤……我想沒有意外的話，摔飛機沒在海面上等待救援，大概是摔的當下就暈倒，跟著下去大海了……」

聽聞這些心底也預料到的現實，佐佐木也只能深深嘆了口氣，人存在於世間，也要十幾年的時光過去，才能駕駛飛機在空中熟練飛行。然而人要如此失蹤死去，卻只是數秒間墜落海面就足夠，並非死於與敵人戰鬥，而是死於機件疲勞故障，死於老鼠咬過後接觸不良的線路，死於混雜的油料品質不穩定……

山本弘夫是佐佐木從軍以來最好的朋友，飛行員因為任務操作複雜，多半教育程度高才能勝任，和陸軍老粗的士兵風格完全不同。飛行員們經過團體訓練後感情更佳，更何況佐佐木總想，正因為山本弘夫君是如此溫和、聰明又有想法，所以在小組中戰技超群，若是這個人能活下來，回去當老師，一定可以教出許多聰明的孩子吧，而他就這樣消失大海中，對未來毫無作用啊……

對佐佐木來說，自己好幾次差點和山本君說起自己的祕密——其實自己根本就不想要參戰，根本就不想要獲得空戰勳章，從軍根本就只是一場漫長的求生應付……但這些話語，在這時代怎能說出口？畢竟若是山本君知道自己真正的心思，去舉報自己的話又該怎麼辦？要是不舉報自己，讓好友隱藏一個難言的祕密，對好友不也是難堪的心底負擔？

為了存活下來，佐佐木什麼都不能講，什麼感受都只能吞入腹肚之中，人生之中喜怒哀樂都只能壓抑……

「山本啊——」佐佐木忍不住握拳，用力捶著自己的雙腿，悲悽的在夜裡哀號。

佐佐木是面對同袍墜落的目擊者，精神產生變化也是正常之事，儘管如此，面對部隊，誰也不能裝出軟弱的模樣。

小隊長久保田中尉緩緩走來，面對佐佐木這歇斯底里模樣，開口便是大喊。

「佐佐木，我命令你回到飛行員宿舍去，不要再待在跑道上！」

眼看佐佐木不聽，依然站立在跑道邊際，平常溫和的久保田中尉便用力地揍向佐佐木臉龐一拳，佐佐木向後失去平衡，一屁股跌坐在地上。

「醒來啊！」久保田中尉在跌坐的佐佐木耳際怒吼。「他是死了，可是我命令你活下去，知道吧，醒來吧！」

佐佐木突然感傷啜泣，屬於自己生命的一切，為何都一塊塊剝落殆盡，爸媽，妹妹，與無話不談的摯友山本弘夫，佐佐木憎恨自己是個帶來厄運的人，只要與自己沾染就會死亡。

「為什麼！」佐佐木起身走回營房，他拳頭緊握，繼續捶起一旁的路樹，捶到落葉飄起，雙手冒血，直到他被其他軍人給拉開。佐佐木仰頭看向天空中，自己捶打樹幹而驚飛的鳥羽飄落。不像鳥兒失去一兩根羽毛無所謂，飛機上一個零件壞去，人便會因此死去。

佐佐木深呼吸多次卻無法壓抑，起身走回跑道那端的屋內去，但又忍不住，對著天空嚎啕大吼。

「混帳——山本——回來啊——」佐佐木聲嘶力竭，扯開喉嚨叫喊的殘破聲響，都成為風聲窸窣混入機場四周的芒草聲中，只留下蟲鳴與青蛙的嘓嘓聲，在大自然中鳴響依舊。

山本弘夫就此消失在台灣海峽，水上飛機搜尋三日，接續搜尋的船艦也找不到人，山本就在一個無戰事的午後消失無蹤，或許已葬身大海之中，肉身成為魚蝦的食物，永不復見。

機件毀損無法預料，飛行員就算有著王牌等級的飛行技術也無用，沒人能預料引擎會損壞，沒人能在空中維修，沒人能臨時生出機油來潤滑乾裂的機件，也沒有人能在空中變出汽油，延長自己的作戰進攻。

「說起來，這就是註定的啊……」躺在床上，看向宿舍牆面的木紋，佐佐木思索著，那些傳說中的空戰王牌，說起來也是無比強運之人，如果第一次駕駛飛機上天，便因為引擎毀損而墜地死亡，也不可能成為獵殺數十台飛機的「王牌」。王牌自有其強運處，但只要墜海，不過就是孤寂地在海面上等待死亡的普通人類罷了。

佐佐木在隊上就和山本弘夫的交情較好，山本弘夫出事之後，佐佐木在隊上的行動更是常常獨自一人，更因為部隊有經驗者，常常調動去前線戰區，佐佐木這年才二十三歲，卻已是年輕飛行員間的老大哥。

平常訓練時，佐佐木都十足冷淡，只有短暫離開軍營的假期時，他才不需扮演自己的另外一面，只有和盧英珠說話時，這幾個鐘頭的時間，才是自己最真實的模樣。

騎車前往尋找盧英珠，佐佐木在小路上行進許久，總覺得自己無比疲憊，該怎麼與盧英珠說起，同袍因為更換了自己的飛機而死去？如此令自己內疚之事，該如何委婉的說出口？

佐佐木還在思索，距離鶴松屋三百公尺遠處，竟然先看見小林坐在路邊石頭上，雙眼都是淚水。

「怎麼了？」佐佐木隨即停下腳踏車，問起路邊的小林。「你怎麼會在這邊？」

「我把一瓶清酒摔壞了……」小林一臉欲哭無淚，眉頭焦慮緊蹙著，看著地上碎裂的酒瓶。

今晚鶴松屋要舉辦送別軍官的宴會，岡本命令小林去附近的鎮上採買宴會所用的清酒，小林只能走路出發，回程時雙手提著喀啦喀啦的沉重清酒，就快走到鶴松屋之前，右腳卻無意間踩到石塊青苔而打滑，儘管下意識間抱緊酒瓶，但一瓶清酒在身邊摔裂，酒水散地被土壤吸收，冒出濃厚酒氣。

「岡本先生說晚上軍官要來，沒有酒了，要我負責去買來……可是我……」

清酒打破了，肯定要購買一瓶補充，除了賠錢之外，單次的步行路程就要一小時，等走回時一定就要天黑了，肯定會被岡本先生毆打出氣，小林因為害怕而委屈不已，不知該如何是好，無奈的坐在路邊哭著。

「原來如此啊，快上來後座——」佐佐木看著小林坐在路邊無助啜泣，二話不說，指著自己腳踏車後座位置。

「我載你去吧，我有錢可以買，沒問題的。」

「拜託你了，我以後還你錢好嗎，佐佐木大哥。」小林囁嚅說起。「真的拜託了……」

「先別說這麼多，問題先解決再說，你快上來後座，我載你一定來得及。」

清酒本身有掛繩，可以掛在腳踏車龍頭手把上，小林坐上腳踏車後座，雙手緊抱著佐佐木的腰際，看向前方佐佐木厚實的肩膀，有這個大哥拯救自己，小林心底終於安穩下來。

小林一坐上腳踏車，佐佐木便開始用力踩踏，日常訓練操練嚴格，佐佐木就算載著小林，仍能保持高速前進，掛著的清酒瓶便隨著前進，發出瓶身摩擦的鏗鏘聲。

「佐佐木大哥，開飛機是什麼感覺？」小林從佐佐木初次到來時的喧鬧中知曉，這一行人全都是飛行員。小林對飛行員十分好奇，但是直到小林這回坐在後座時，才有機會問起佐佐木。

「這個啊……飛行是很刺激的，但是也很危險呢。」佐佐木只說了這句話，便更加奮力踩腳踏車向前去。

這世界上的許多男孩們都有著「飛行夢想」，想像自己坐入飛行器的駕駛艙中，便能在天際自由的飛行，那是何等的榮耀與驕傲，這是極少數人才能體驗的自由——掙脫地心引力的束縛，飛在雲朵之上。只是對佐佐木來說，當飛行員並非最初是自己所願，如今又面對好友山本弘夫死亡的內心苦楚，佐佐木想說些什麼卻又感傷，只能繼續奮力踩踏腳踏車。

「佐佐木哥，飛行好玩嗎，告訴我啦，拜託……」

小林在後座，看佐佐木依然奮力騎著腳踏車，彷彿因為風聲過大而沒有聽見，小林便更大聲問起佐佐木，佐佐木索性不隱藏了，一邊前進，一邊沿途大聲喊著飛行用語。

「飛行人員出列——」

「自準備區確認，飛行衣物全部穿戴正常——」

「小跑步前往飛機，上機之前，與機工長確認機器正常——」

「坐上駕駛艙，啟動油門後，確保所有儀表正常——」

「確定機表上的起飛時間，對比儀表上的油量，確定航程──」

「儀表配平正常，引擎轉速正常──」

「準備起飛，加速桿前推加速──」

「離地速度一百海里，拉起機頭，注意配平──」

「起飛──」

「收機輪，襟翼收──」

佐佐木一串流暢的飛行操作詞說出口，小林在後方聽得目瞪口呆，終於破涕為笑，彷彿自己正跟隨佐佐木的駕駛而飛上天空的雲朵中。

「看到前方天空中的雲朵嗎，穿過去，對方就看不見你。」

小林隨著佐佐木的命令，抬頭看向前方天空中的積雲，想像自己正飛過天上的雲朵，沒想到佐佐木突然高聲喊叫。

「看見敵方──小林，進行右迴旋！」

前方是右轉彎路，佐佐木將腳踏車龍頭向右邊轉去，彷彿自己的飛機正飛到對手的身後。只不過要是真的射出子彈，擊落對手，便有可能調去更嚴重的戰區，只要擊傷對方的機翼造成損傷，確保些許戰果之後，自己便要脫出戰場，切莫戀戰。

過去在海面上飛行巡偵，佐佐木便遇過幾次美軍軍機，佐佐木都選擇遠遠發覺敵人蹤跡後，便嘗試與這些戰機保持距離，這是飛機上只有機槍的年代，飛機必須接近到一公里內開槍，才有機會擊落對方。如此逼近的戰鬥狀態，其實上便是「狹路相逢勇者勝」，看誰有著高超的駕機技術，與不怕死的勇氣。

但佐佐木總是不和對方直接戰鬥，對他而言狀態十分清楚，被敵軍擊落會死，擊落對方會調去第一線戰區，也可能會死……只要確保發現對方的存在之後，獲得有價值的情報之後，佐佐木便脫出戰場，飛回機場回報情資，這就是佐佐木既有足夠的功績，又不致過於冒險的生存方法，只是這祕密可不能告訴別人，只能隱約透露給盧英珠知曉。

甚至有一次，佐佐木在定期的訓練飛行時，最後必須獨自回程，在巴士海峽上看見一台飛機正在獨飛，佐佐木駕機逼近一看，發覺這是一架受損的美軍艦載魚雷轟炸機「復仇者式」（TBF Avenger）。這台魚雷轟炸機的引擎正冒出黑煙，機翼抖動著緩慢跟蹌的飛行。佐佐木再靠近仔細判斷，原來這台魚雷轟炸機的後機艙位，原本該有兩個機槍操作員能夠操作機槍反擊，但機艙中彈受損，玻璃艙位破損嚴重，猜想後方的兩名機槍操作員與投彈手都已在機艙中死去。

這架飛機應該是出任務後被空中追擊，只能選擇脫離戰場，此時倖存的飛行員，肯定是要將這台轟炸機飛回南太平洋，尋找美軍占領的島嶼基地或航母來降落。佐佐木反覆確保不會被這台轟炸機後方的機槍艙位攻擊後，一個左迴旋飛向飛機後方，隨後加速逼近這台魚雷轟炸機的背後。轟炸機上的駕駛員早已發現佐佐木的到來，卻也知曉自己這架飛機已無力抵抗，被佐佐木追尾之後竟然索性放棄逃生，不做出任何戰術迴避動作，就這麼繼續讓佐佐木跟飛。

佐佐木跟飛數分鐘後，同樣身為飛行員，佐佐木十分明白這美軍飛行員已在等死，雙方距離已不到八百公尺，只要佐佐木追上到三百公尺遠處，機槍瞄準後連射三秒鐘，便能將它輕鬆擊落海面。對這架魚雷轟炸機上的美軍飛行員來說，此刻已無能為力，只能握緊操縱桿，腦中竄過各種人生回憶，等待生命的終曲。

這是飛行員都知曉的宿命，若被飛機上的機槍打到駕駛艙，駕駛員的身軀會瞬間碎裂，若是沒被直接打死，也將會因為駕駛失能而飛機墜落……

身為軍人，早已有了面對死亡的心理準備，只是為什麼後面這台日軍的一式戰鬥機僅是追尾，卻不開槍擊落自己，若是跟著回去美軍機場，馬上便會被機場的防砲人員打下，如此行為毫無價值，後方這台飛機到底在幹嘛？

美軍駕駛員不免疑慮往後探看，更沒想到，後方佐佐木駕駛的戰機卻突然向右加速，飛到前方轟炸機的身邊，近到能仔細看清楚彼此的臉龐。這位美軍駕駛員有著白皮膚與金褐色頭髮，而佐佐木是個亞洲黃皮膚之人，兩人四目相交數秒後，佐佐木向右邊拉開，讓這台美軍飛機陸續回去南方，佐佐木便返航而去。

這並非佐佐木有「騎士精神」，理解戰場規則的人都知道，就算是受傷的飛機，只要擊落都能算戰功，凡是建立戰功者都會被視為勇武者，但是在美軍與日軍經歷「中途島戰爭」後，由於美軍在此戰擊毀日軍三百多架飛機，日軍前線飛行員缺乏，只要有經驗飛行員都會被快速補充到前線去，佐佐木當然知道這事，能不被調動最好，當然不能回報自己擊落任何的飛機，既然不需要回報，又何必擊落。

而後，果真如自己預料，在一九四四年六月的菲律賓海戰後，佐佐木身邊許多因戰功而調去前線機場的舊識，都已陸續失去消息，身為飛行員，佐佐木心底十分明白，這些人已是有去無回。佐佐木並不希望調入第一線，行事一定要謹慎才行。

「佐佐木大哥，能夠駕駛飛機真的太厲害了——」小林在身後高聲喊著。「真的太帥了——」

「哈哈，普通而已——」大風之中，佐佐木叫著回應身後的小林。

佐佐木一邊騎腳踏車，一邊回憶自己的戰場作為，終於騎車回到小鎮上的賣店，佐佐木幫忙出錢買回一罐清酒，重新掛上腳踏車，確認綁好穩定後，再度載上小林回程。

「佐佐木大哥，我……我以後一定會把錢還給你……」小林忐忑說起，畢竟他現在沒有錢能償還佐佐木。

「放心，我等著你還我錢啊——所以你一定要活過戰爭，以後賺錢把錢雙倍還給我啊。」

佐佐木的說法，小林還無法完全理解，只是點點頭。

「是的，我會活著，我以後會好好賺錢的。佐佐木大哥，別說雙倍，十倍我也還給你！」

看小林急忙點頭，佐佐木這才微笑起，要小林趕緊上後座來，趕緊回慰安所去。

回程時，天空中傳來轟隆聲，佐佐木仰頭看見一架掠過天際的一式戰鬥機，佐佐木突然失神，彷彿那是山本弘夫駕駛飛機回來。

佐佐木明白自己仍在自責，但要不自責真的太難。

「不是我的錯，不是我的錯……」佐佐木心底反覆呢喃。「這都是命……」

奮力踩踏，想要忘記一切，佐佐木踩出滿身汗珠，終於回到慰安所前，停好腳踏車後，小林小心翼翼提起清酒進入木門內，回頭看向佐佐木。

「對了……佐佐木大哥，你不進來嗎……英珠姐很想你呢，常常和我提到你。」小林的叫喚，讓佐佐木聽著便高興微笑。

「真的嗎？」佐佐木滿身汗珠，看著小林真摯的笑容，想了想後便搖頭。「不用了，難得放假，我還想去逛逛。」

佐佐木踩踏腳踏車離去的背影，讓小林看著許久，直到騎到路彎處消失身影後，小林才提著清酒回去鶴松屋內。

對小林來說，佐佐木真是個親切的日本大哥，或許自己是在慰安所工作，大部分遇見的，都是情緒緊繃的男人，但佐佐木真不像平常所見的嚴肅軍人，更不像岡本先生那樣令人恐懼。

更何況小林也有發現，每次佐佐木到來，幾乎都是與盧英珠談話到結束，這真是令人不敢相信，原來這世上真的有人，會與慰安婦有真正的感情。

小林總是心想，今年才快十六歲，若是戰爭持續下去，也有一日要去當兵，但真正的當兵是怎麼回事，小林還無法想像太多，畢竟以自己這樣的身世和瘦小的身材，或許就連自願入伍當軍人，也不會被政府接受。小林只希望有一天自己年紀到達，被徵召去當軍人時，也能遇見像是佐佐木這樣子的好人，不會有太大的壓力。

佐佐木奮力踩踏車離去，身邊的芒草不斷被風吹掩，一陣風沙吹得佐佐木瞇起雙眼，卻也不想停下速度。他邊踩踏邊想念盧英珠，只是今日心情特殊，心底還抱持著對山本弘夫君的歉疚，佐佐木會離去的理由，除了時間不夠之外，也是不想讓盧英珠感染到自己惆悵的情緒。

佐佐木騎著腳踏車，到達一片草原間的沙路上，兩旁芒草彷彿要將他給掩蓋似的，當風呼呼吹起，被風吹掩而過的芒草之上，看見一片湛藍的天空。佐佐木索性下了車，惆悵的躺在路邊草地上，仰望湛藍的天際與積雲，看著雲朵被風吹得飛快，彷彿一台台轟炸機編隊飛過天空……佐佐木還在日本飛行學校受訓時，也曾如此躺下看向天空中練習編隊的轟炸機，在高空中成為一個個白色的飛機標記。

「戰爭不會真的到台灣，就會結束吧……」

佐佐木思索戰爭的發展，目前看來，任何軍人都能感覺到日本處於劣勢之中。

「不——就算是日軍劣勢，美軍也不會針對台灣攻擊……會集中力量直接攻擊日本本土吧……」

佐佐木又如此思索，他選擇來到台灣，就是相信台灣不會成為前線戰地。只是山本弘夫突然離世，接下來自己又該怎麼辦，能夠請調單位離開嗎？沒有山本一起配合，之後派新人來和自己搭配的話，又該如何應對才不會被看出自己的心思，如何遮掩才不會露出破綻？

雲朵飛快而去，頭髮被風狂亂的吹起，對佐佐木來說，內心千頭萬緒，只能寄託一朵朵飛快的雲，想像自己跟隨雲朵而去，飛翔消失於天際。

第二十一章　必須嚴厲的佐佐木前輩

飛行員宿舍內是連排的雙層床位，一間可住十二人，山本弘夫的床位已清理乾淨，儘管單位將山本君先列為失蹤，但其實眾人都知曉，出征未歸若非被俘虜，就是已墜毀在茫茫大海上，實際意義上已等同於殉職，便把位置上的物品清空、被褥更換，準備迎接床位上新的男子。

佐佐木躺在宿舍床上，細數這房內，當初到來時的小隊，除了自己之外其他已大多是新人，今年的自己才快二十三歲，竟然成為這個小隊上的資深飛行員，真是不可思議……回想往昔，當初自己在進行訓練時，小隊原本那些三十歲以上的資深飛官都已不見身影，佐佐木由各種前線戰報，和隊上參謀不小心透露的言語中推測，這些人大概都已沉沒在太平洋的海水中了吧。

大風吹來，穿過營房牆面的縫隙，穿入時的聲響，都彷彿有人正在說話似的。

「佐佐木，是我啊，佐佐木，我在這裡啊。」

佐佐木原本閉起眼休息，聽著山本弘夫的呼喚，還以為是山本的魂魄回來宿舍現了身，佐佐木趕緊睜開眼一看，四周卻只是呼呼風聲而已。竄入宿舍門窗的聲響隨風吹，時而興起時而平靜，佐佐木望向空蕩的室內，明白會如此清楚聽見風聲，正是因為飛行員們紛紛離開後，室內少了談話聲響，才會讓空間變得如此靜謐。

過了一週後，新的飛行學員們從日本搭乘運輸機來到台灣，陸續進入宿舍內，補上山本弘夫的位置。

「敬禮——」這日，佐佐木還在床上躺臥休息，幾個新來的後輩學員正對著每一張空蕩的床板敬禮，再將自己行李放上去床板上。隨後，後輩們便集體走來佐佐木躺下的床邊，每個人都立正挺胸，手貼褲縫。

「報告前輩，我是鈴木政雄——」帶頭的鈴木政雄正挺著胸膛，立正在躺臥的佐佐木面前大聲呼喊，但佐佐木沒有先抬頭看向鈴木政雄，也沒有發聲回應，讓他枯站許久，四周寧靜間又響起呼呼風聲。

「報告前輩，學員十名與學長報到！」鈴木政雄等待許久之後，又立正發言，佐佐木才蹭了蹭身體，冷淡說起，「鈴木政雄是嗎……你是成績不好才來我們這裡，對嗎？」

說完，佐佐木翻過身背對著鈴木，彷彿不想看見鈴木政雄的臉似的，讓鈴木趕緊高聲訴說。

「報告前輩，我是飛行學校第二名畢業，主動分派來到這裡！」

佐佐木一聽，這才側過身抬頭看向鈴木，發現鈴木這張臉竟彷彿中學剛畢業似的稚嫩，一問之下，原來鈴木才十七歲便分派到前線？再看向鈴木身後同齡的飛行員，竟然全員都是一臉稚嫩，分明就只是個青年學生模樣。

鈴木政雄一臉嚴肅，等待佐佐木的回應，但佐佐木只嘆了口氣，便閉上眼再次躺回床上，欠了欠身，喃喃問起幾句。

「你第二名成績很不錯，幹嘛來我們機場，不選更南方的部隊去？」

「報告前輩，我從小看新聞報導，對帝國南方的台灣十分好奇，我就想來台灣看看。」

「原來如此啊。」佐佐木翻過身背對鈴木，便不再說話。「那就祝福你了。」

冷淡的佐佐木前輩，是新進飛行員鈴木政雄的唯一印象，佐佐木表情總像是討厭這些新進飛行員似的，就連一日後的機場跑步訓練，佐佐木回頭看向鈴木跑步慢了些，便轉頭等他跑上來時，索性伸出腳絆上鈴木一腳，讓他失去平衡倒趴在地上。

「新來的，跑這麼慢，給我退隊啊，追不上就快退隊——我們飛行隊不是你可以來的地方——退隊啊——」

在佐佐木的心中，看向整隊還不滿十八歲的男子面容，誰都能輕易看出這場戰爭的問題。簡單來說，不管是在前線衝鋒，或是在後方維修武器，都需要大量身強體壯的成年男子來負擔。當合理的役齡男子用盡之後，便會往老年與年輕人徵用去。

只是理所當然的，駕駛飛機需要腦袋靈光身體強健，自然不會選擇高齡的人員，而是往青少年徵選。當初一九四二年時還在徵選十九、二十歲的飛行學員，沒想到才過兩年餘，儘管新聞每天宣傳又打下了幾架美國飛機，又擊沉幾艘船艦，但只要看到這些年輕人來到機場，誰都能知曉戰況無比嚴峻。

看向鈴木政雄的身材與年紀，佐佐木馬上疑慮軍方研擬政策的人，到底是腦袋有什麼問題，竟要讓他們直接來開戰鬥機？就算學校研習再厲害，也不過是個孩子啊，自己可是滿了十九歲，才投入飛行學校的徵選，鈴木政雄這年紀，也才比嬌小的小林大個一、兩歲而已，真的要讓他們上戰場？

「退隊啊，給我退隊——」看鈴木政雄跌倒在地，一時間疲憊而無法起身，佐佐木索性揍起鈴木，一拳一拳落在他臉上，但鈴木卻不反抗，閉上雙眼，忍耐起佐佐木的拳，讓佐佐木一看便更是生氣。

「滾，給我退出軍隊，滾啊，這裡不是你可以來的地方，滾啊！」佐佐木大吼大叫，直到眾軍士快步跑來，拉開憤怒的佐佐木，鈴木政雄一張臉腫起爬起身，還被佐佐木從背後踢了幾腳，儘管鈴木政雄如此委屈，卻對佐佐木土下座道歉。

「前輩，我一定會更認真的——我會更認真訓練——請給我機會——」

「我不要你認真，你這沒用的東西，給我退隊——」

佐佐木掙脫其他士兵的拉扯，竟然加速往前跑去，狠狠飛踢鈴木的胸膛，踢得鈴木向後滾甩兩圈，摔得頭暈無法站起。

「其他人繼續跑啊，跑啊！」佐佐木大吼，眾學弟們原本正站立一排看鈴木被責打，全都忐忑著不敢出聲，直到被佐佐木命令後，一群人便轉過頭去，繼續向前奔跑。

佐佐木仰頭看向蒼藍天際，再次握緊雙拳揍樹幹出氣，然而又能如何，自己將力氣全都撞在樹上，也無法撼動這棵大樹半分，只能讓樹葉沙沙響起，驚嚇樹上的烏鴉嘎嘎飛去。

對鈴木政雄來說，台灣的一切都如此新鮮，而飛行員的訓練也無比扎實，逐漸習慣在台灣的生活後，才經過幾次放假，鈴木政雄便被同期的同袍帶去慰安所。

年輕的鈴木政雄臉上瘀青未消，和當初佐佐木到來鶴松屋時狀況相似，鈴木被推擠來到了大廳中，隨後幾個同袍便押著他，來到早苗的房間之前。

「進去了啊，你還等什麼，票我們都買好了。」

同袍如此說起，鈴木政雄轉頭看向跟著來的部隊前輩們，全坐在大廳的椅上嚴肅等待，讓鈴木一張青澀臉龐不知所措，隨後鈴木政雄被同袍們嬉鬧的推入早苗房內後，木門一關起，鈴木不知怎麼辦，便只能跪坐在榻榻米上。

鈴木才十七歲，不同於軍隊許多成年的飛行員前輩堅硬剛強，更何況慰安所內眾多看來白皙柔軟的女性，都是比鈴木政雄年長許多的姐姐，面對早苗皺眉掃視起自己的身體，鈴木政雄十分扭捏難堪，只能紅著臉與早苗介紹自己。

「我的名字叫作鈴木政雄……十七歲……」

此刻，盧英珠因為月事到來沒有營業，正在房內縫紉修補衣物，聽見隔壁鈴木的聲音中帶著稚氣，與當初到來的佐佐木些許相似，更何況先前聽到他被飛行員推入時的喊聲，正和佐佐木到來的理由一樣，便讓盧英珠忍不住豎耳聽起。

只是早苗看著鈴木那羞怯的姿態，忍不住笑出聲。

「哈哈哈，你不用自我介紹了，我才不管你叫什麼又是幾歲……時間寶貴呀，你不過來嗎？」

早苗話語催促，反倒讓鈴木有些畏懼。「是……我要過去了……」鈴木說要過去，卻雙腳如結冰似的凝住不動，讓早苗看著便又白了他一眼。

「呵呵，所以我才討厭年輕的男人啊，膽小又害羞，連要爽一下都不會——」早苗拋下沾溼水的毛巾給鈴木。「你先把下體擦乾淨吧，會戴保險套吧？好了再叫我啊。」

說完，早苗轉身便兀自起身梳起頭髮，鈴木接過溼毛巾，身軀忍不住發顫。

「姐姐，謝謝……」鈴木政雄看早苗梳髮時的素淨臉龐，一臉無所謂似的打個哈欠，而鈴木自己緊張得滿頭汗珠，只得先拿起毛巾擦拭滿頭汗水。

「你才剛來部隊，就被帶來這裡——是不是有任務啊？」

聽見早苗若有似無的問起，但鈴木政雄也不清楚任務編組的現狀，也不知該回答些什麼，一張臉依舊脹紅。早苗再也看不下去索性故意扯開上衣，對鈴木政雄露出右側乳房，讓鈴木更是低頭不敢看起。

「呵呵，原來你什麼都不知道，唉，你們這些臭孩子不是飛行員嗎，不是要開飛機殺人嗎，拜託有點勇氣啊，連和女生做都不會嗎，要怎麼開飛機啊？」

早苗索性上前去，動手把鈴木政雄衣服全剝掉，這才看見鈴木的背上竟許多紅紫瘀痕，但早苗沒多問這傷痕從何處來，隨後一把抓住鈴木的下身。

「把你的這個又臭又髒的東西戴上保險套，插到女生的身體裡，然後一直插到射精啊，你還是處男不會吧。」

「是的……是的……」鈴木政雄被早苗一抓便咬著牙，更是倉皇的搖頭。「我不會……不會……」

「呵呵，沒戴過保險套嗎？」早苗再度用力一握，鈴木政雄尷尬又緊迫的搖搖頭。「沒……沒戴過……」

「喔，哈哈哈，這可真是有趣。」

早苗索性抓住鈴木政雄的下體，隨後幫他戴上保險套，便將鈴木的下體放入自己的下體內。鈴木被早苗支配操作，一張稚嫩臉龐不知所措，只能忍耐著，看早苗指揮自己擺動身軀，這感覺從未體驗過，鈴木只能緊皺眉頭，一張臉忐忑不安，壓抑著生理的刺激發出氣聲哀鳴，直到終於忍不住，沒一分鐘便結束。

「哈哈，處男還真是快啊，真是沒辦法。」

早苗起了身，看著鈴木政雄這突兀結束後一臉難堪又沮喪的臉，彷彿自己做錯事後，準備要被老師責罵的表情，又忍不住發笑。

看著鈴木身上的許多瘀痕，猜想這個青少年做錯什麼，便順口問起。

「你身上怎麼這麼多瘀青，做錯事被處罰？」

鈴木小心初次解下保險套，仔細捏起要丟棄在垃圾桶中，要不是早苗提到自己身上的傷，早已尷尬得無話可說。

「報告……因為……因為佐佐木前輩對我十分嚴格，我在訓練之中受傷的。」

聽見鈴木政雄口中吐出佐佐木三字，隔壁房的盧英珠原本正在縫紉衣服，隨即挺起上身，差點被針尖刺入手指。

「佐佐木？」盧英珠緊皺眉頭，稍稍移動身體過去牆邊，想聽得更清楚些。

上一週，佐佐木沒有如常來到慰安所，便讓盧英珠生出擔憂。後來小林跑來與她解釋，原來佐佐木有來到慰安所的大門口外，最後卻沒有進來，是因為幫助小林購買清酒，免得小林挨揍。那夜，小林還對自己低頭深深道歉，說佐佐木救了自己一命，但是耽誤到盧英珠與佐佐木見面，內心實在過意不去……

只不過隔了一週沒有與佐佐木見面，竟感覺彷彿已數月沒見，真不知道最近佐佐木發生什麼事，卻是聽到後輩鈴木說起佐佐木的消息。

「喔——原來是佐佐木打的啊……哈哈，我還以為他是個溫柔的人呢，他對我隔壁的朝鮮女人盧英珠好溫柔啊，溫柔到我都羨慕呢。」

鈴木政雄還在忐忑中，面對早苗的追問，只能緊嚥口水，囁嚅說起。

「前輩很嚴厲的……因為我看過他的飛行，他真的很厲害，每一個飛行動作都很仔細，他對自己很要求，所以對我們嚴厲是應該的，在佐佐木前輩的訓練底下，我才能成為最好的飛行員。」

盧英珠提起精神，想要聽得更清楚，便將身體更貼近牆邊。盧英珠這才回想起來，其實自己從未見過佐佐木日常的模樣，只見過他來到房間內的溫柔姿態……佐佐木對待自己的確十分溫柔，但他竟然會傷害別人？

盧英珠還想聽到更多，但鈴木政雄擦拭好身體，用過消毒水清潔之後，便忐忑的打開拉門，緩步走了出去，隨後聽著外頭一群初來乍到的年輕飛行員們嬉鬧簇擁的聲響，直到眾人逐漸離去……盧英珠靜默思索，想要更去理解佐佐木的心思，卻只能一個人靜靜坐在室內，凝視窗外照入的光，在榻榻米上照出一個窗光方塊，隨著時間而不斷推移。

盧英珠又思索起，自己怎麼可能看過佐佐木的不同面向，自己就只是一個待在小小房間內不能離去，等待男人到來的慰安婦而已。不只是佐佐木的另一面不知曉，自己也不曾看過其他男子的另外一面，這小小的四疊半空間就是自己的全部，其餘的，就是另外一個世界。

「佐佐木，希望你趕快來找我……」盧英珠竟然對著窗光合掌，閉起眼向神明祈求佐佐木的到來。「你會來的吧，佐佐木，我就在這裡等你……你會來吧……佐佐木……佐佐木……」

隔日，佐佐木在完成帶領學弟飛行的必須操作課目後，佐佐木將一式戰鬥機先飛回跑道後，便站立在跑道邊想念起了盧英珠，他思索著下週該帶什麼禮物去彌補？

不過在與盧英珠見面那天到來之前，必須先屏息面對眼前這件事。

佐佐木仔細看向鈴木政雄駕駛的一式戰鬥機正在天空迴旋，完成操作課目後下降，對準跑道降落後滑行停下，將飛機轉到待機位置，整體操作可謂是一氣呵成。

因為具備作戰經驗的飛行員都有任務在身，所以過去兩個禮拜時間，由佐佐木對這些後輩進行基礎的訓練考核。當佐佐木讀到這些後輩的背景資料，才發現鈴木政雄和自己的出身有些接近，父母全是老師，是有錢的士族出生，評價都是十分有禮貌、學習能力優異，且具備一定的領導能力。而從佐佐木帶飛時的觀察看來，的確新來的十個後輩之中，只有鈴木的飛行能力最優秀，所有操作科目都做得非常流暢。幾個戰術動作，不管是筋斗或英麥曼飛行也都做得十分實在，每一個測考都高分通過，也沒什麼可以挑剔的部分，難怪他會是飛行學校的第二名畢業，一點都看不出他是這部隊中最年輕的飛行員。

鈴木政雄才到來沒多久，便將一式戰鬥機的所有能力都摸透，佐佐木做出的迴旋動作示範，隊內就只有鈴木能接上，這年紀能夠如此操作飛行，又有膽量能夠跟上，有這樣的技術一定會被上級發現，相信再沒多久，就會將如此優秀的鈴木派到前線去。

佐佐木剛剛在飛行中，從駕駛艙中回頭望向鈴木政雄的飛行僚機，心底突然生出一個稀微的期盼——這麼好的孩子，絕對不能和山本弘夫相同，就這麼無意義的死去啊……

佐佐木突然想要讓鈴木政雄回日本去，不要再開飛機，如果可以，最好再也不要回到戰場來。

「你和我不一樣，不應該這樣虛耗在戰場上啊……」佐佐木忍不住如此思索，畢竟自己的人生被親族牽連，家庭成員都死去，對未來可說是沒有抱持著什麼想像，但鈴木政雄不一樣啊……

佐佐木下定決心，他要讓鈴木政雄離開這裡，等待鈴木政雄將飛機降落完成，停好飛機後爬出駕駛艙，朝向一旁的休息區走來時，佐佐木便快速奔跑過去，鈴木政雄看著前輩向自己奔跑而來，還以為要大力稱讚自己的飛行如此完美，沒想到佐佐木竟然在靠近自己時飛踢而來，一腳踢向鈴木的胸膛，將鈴木踢倒後，佐佐木隨後便用力踢踹向鈴木的小腿，鈴木嚇得縮起自己的腳，想爬起卻又失去平衡而摔倒。

「王八蛋，為什麼這樣降落——你想把飛機摔爛嗎！」被佐佐木被這樣一問，鈴木先是怔著，趕緊爬起身，立正回應佐佐木。

「報告前輩，我這次的降落速度非常平順，所有的飛行參數都在安全的範圍內！」

「用這種角度降落正確嗎？」佐佐木走到鈴木耳際高聲呼喊，巨大的喊聲讓鈴木被罵得閉緊雙眼，一時間身體不能動彈。

「我問你，飛機是什麼，對你有什麼意義，你要保存我們僅有的飛機，就要用更嚴格的標準！」

「是的，報告前輩——飛機是國家珍貴的寶物！」鈴木也跟隨扯開喉嚨大喊。「是全體國民的期待，是為了天皇戰鬥的寶物，是能夠擊下萬惡美軍飛行器的寶物！」

聽著這句話，佐佐木忍不住大笑出聲。

「既然如此，你這樣是什麼爛飛行，你掉下的高角度現在可以，但如果天氣不好，你的飛機就會重落地，要不就是滑到跑道外，飛機就保不住——你真的愛國嗎？」

被訓問自己「愛不愛國」這句話，鈴木政雄緊張的立正，一時間說不出話來，他覺得自己飛行的還不錯，在合格的範圍內，就算沒有，也不應該被如此對待。光是忍耐佐佐木的逼問口氣，鈴木便牙齒打顫，但在軍隊內階級就是一切，佐佐木已是軍曹，而自己僅是伍長，必須聽從前輩與長官的指教。

這天下午，鈴木政雄被佐佐木處罰，背起木槍在跑道邊緣來回奔跑，佐佐木也跟在鈴木身邊長跑，直到鈴木終於在極度疲憊時，和佐佐木抗議。

「前輩……為什麼對我……像對普通陸軍士兵一樣嚴厲，我是個飛行員，沒有必要做到像野戰步兵的體能鍛鍊……」

在幾乎虐待似的疲憊訓練後，鈴木終於對佐佐木說出第一句抵抗的話，這句話說得佐佐木內心十分欣喜——只要開始抵抗，才有機會能好好思考。

一看到策略逐漸成功，佐佐木索性站立到鈴木的面前，開口便是大吼。

「拜託啊，鈴木，不要以為你最年輕就能亂說話，現在上級為了保存飛行員，所以讓你們這些年輕人為所欲為——你到哪個機場都一樣，沒有人能接受你那樣的飛行，為了活下來，進行更嚴格的體能鍛鍊是必須的！」

這麼優秀的人，高中學業成績優秀，未來考上大學也是理所當然之事，家世又好，人又溫和有禮貌，實在沒有必要投入這場野蠻又無理的戰爭啊——佐佐木忍不住想起故友山本弘夫，山本也是如此優秀的人，卻因為引擎故障而消失大海，怎麼回想都悲愴。

佐佐木下定決心，既然要做就要做得早，真的不能等鈴木政雄的前線命令下來，一定要想更激烈的辦法，將鈴木送到後線去。

「你為什麼想來台灣，你說啊——」佐佐木又對著跑步的鈴木大吼。

「報告前輩，因為台灣位置很重要，隨時都有可能支援太平洋上的艦隊，也會負擔菲律賓方向的防務……所以我才想來。」

「又說這什麼爛話，以你的爛技術，真要飛出去，肯定沒兩下就被擊落了，只是浪費飛機而已——台灣不歡迎你——滾啊——」

佐佐木再次大吼，彷彿要喊破鈴木的耳膜。鈴木被激得牙齒打顫，卻依然在忍耐，繼續向前奔跑。

連續數日過去，鈴木政雄都被佐佐木虐待似的體能訓練，這日清晨，鈴木政雄再度在清晨被叫醒。

「鈴木，早上訓練任務，沿機場跑步一小時。」佐佐木拿起竹棍，敲擊鈴木的床沿，讓鈴木睡眼惺忪地爬起床，看向床邊一臉怒目的佐佐木，趕緊看著自己的手錶。

「前輩，可是今天是……休息日……」

鈴木如此喊著，佐佐木索性用力捶向床板，讓鈴木嚇得坐起，也讓其他床上裝睡的後輩們嚇得震動起，佐佐木便對著宿舍高聲怒吼著。

「混帳，戰爭有休息的嗎，敵人會等你休息就不來攻擊嗎？」

此刻，宿舍中許多後輩都裝睡，真希望自己不要被佐佐木針對，只有鈴木政雄顫抖且不甘的嘴角顫動說起。

「是，我要訓練——是的前輩，我要訓練——」

鈴木政雄轉身看，如果自己不趕緊起來訓練，待會全部的同期成員都要被處罰，儘管已十分疲勞，鈴木政雄依然撐起精神，應付起佐佐木。

不等下床，佐佐木怒罵的口水，噴濺到鈴木政雄的臉頰上。

「拿起精神來啊，我怕你們莫名奇妙戰死啊，這樣一點戰果都沒有，對我們大日本帝國來說，你們一點貢獻都沒有，算一個稱職的軍人嗎？只是廢物，全都是廢物——我真擔心你們在戰場上會被擊落，你們都沒發現自己有多爛嗎？」

鈴木又被怒吼，但是隨即挺起身子，立正看向佐佐木。

「是的前輩，我一定會立下戰功，不會被擊落，我會為天皇奉獻，打敗那些邪惡的美國人！」

佐佐木聽著，這才微笑指著門外。

「非常好——鈴木，和我一起去外面跑步吧！」

鈴木政雄沒有再回應，隨即跳下床去穿上鞋子，跑去外頭。

看鈴木政雄與佐佐木離開宿舍後，眾年輕飛行員後輩這才忐忑的陸續爬起床，彼此私下討論起佐佐木。

「聽說幾個月前，佐佐木前輩的好友山本可能摔到海裡面，被鯊魚吃掉了，好像只被找回一隻手……」幾個人細碎討論起各種流言。「所以他才會這樣發瘋……」

經過這段時間後，眾年輕飛行員都陸續知道，佐佐木的隊友山本弘夫在飛行中墜海，或許佐佐木因為過度傷心，變成一個狂人，總是拿後輩出氣。

「但我猜，或許佐佐木前輩是忌妒吧……他已經飛這麼多次，但是都沒有戰功，曾經和他同組的人都調走了，他肯定羨慕這種成績好的後輩吧……」

幾個才十七歲的飛行員們陸續討論起，看門外的鈴木已沿著跑道來回跑到全身都是汗水，看來真是疲憊不堪。

「鈴木那精實的個性，不被佐佐木前輩喜歡啊，鈴木從小成績就好又認真……去哪都被忌妒。」

「說不定他們私下有仇，只是我們不知道而已……」

窸窣的流言來去，眾人都害怕佐佐木將目光投射到自己身上，對自己嚴加看管。

佐佐木在鈴木身邊一起跑步，兩人都已滿身大汗，但畢竟鈴木是才到機場的新飛行員，每天還要接受訓練與考核，睡眠時間已經不足，還要在休息時間被額外針對，鈴木早已跑到精神不濟，速度放緩踉蹌前進著，儘管沒踢到東西，卻突然失去平衡跌在跑道上，隨即抱緊自己的右大腿，仰頭痛苦的大喊。

「前輩——我的腳——我的腳——」

鈴木的痛楚尖叫聲讓士兵都跑出來一看，佐佐木也停下腳步，回頭跑向鈴木政雄的身邊，伸手觸碰起鈴木的傷處，儘管看來並無大礙，只是一觸碰下去，鈴木卻又彷彿骨折那樣的疼痛。

基地的高階長官，一名中佐聽到哭叫聲後，隨即走到面前來，對著佐佐木大吼。

「佐佐木，你實在太過分了，我們是要訓練，不是要你這樣虐待後輩。」

佐佐木站立聽訓，挺起胸膛。

「報告長官，鈴木政雄無法符合我們對於保存飛機的戰術學習，科目分數沒有達到，我進行的是合理的處罰。」

「我看是你推他跌倒吧！」中佐忍不住，當面怒斥著佐佐木，沒想到鈴木政雄明明還在痛楚，卻咬牙撐起半身，用一腿站立著替佐佐木說情。

「報告長官，佐佐木前輩並沒有推我，是我自己跌倒的……佐佐木前輩也是為我好，所以才如此嚴厲的……」

只是才說完，鈴木便又痛得失去平衡，跌坐地面哀號著。

不久後，兩個醫護兵帶來擔架將鈴木送走。飛行員身分不同於地面上的軍官，一發現飛行員受傷，單位馬上派出機場駐守的軍醫準備進行治療，軍醫觸摸大腿，馬上就發覺傷勢。

「這個飛行員大腿應該是骨折了，雖然沒有折斷，但大概是嚴重骨裂了，先帶去醫院照X光……」

醫官如此說起，馬上指揮醫務兵，把鈴木送上軍車帶走。

「搞什麼，跑步為什麼會跑到骨折？」中佐看向佐佐木問起，佐佐木立正乾脆的回應。

「報告長官，只有最嚴厲的訓練，才能訓練出真正好的日本帝國士兵，鈴木連跑步都會骨裂，意志力這麼薄弱，根本不可能開飛機上去，飛機如此寶貴，不能交給沒有堅強意志的士兵來駕駛。」

佐佐木立正，仰起頭來。

「鈴木意志不堅定，我懲罰他只是剛剛好而已！」

「混帳，鈴木他是第二名來的，你當年第幾名啊？鈴木政雄的飛行我也看過成績，他飛得還比你好啊——混帳，你也給我跑機場十圈啊！」

長官大吼，口水噴著佐佐木滿臉。

下午，換佐佐木被長官處罰，豔陽高照之下，要跑十圈機場肯定要跑到黃昏。佐佐木渾身汗水滑下，愈靠近機場單位時，佐佐木的表情便愈發冷靜，但只要跑向跑道盡頭，無法被其他人員看清楚表情時，佐佐木便突然忍不住邊奔跑邊發笑，忍不住心底這難掩的雀躍。

雖然傷害別人身體是件惡毒的事，十足牴觸心底的道德觀，但能讓鈴木骨折住院，就有機會能把他送走……佐佐木怎麼也沒想到，這一次能成功的傷害他人，竟是他這幾年來最快樂的時刻。

鈴木政雄被後送到軍醫院一周後，佐佐木身為前輩，前去醫院探望鈴木。鈴木一看到佐佐木到來，趕忙從病床上撐起已經綁上夾板固定的右腿，從床上起身。

「前輩……謝謝你來看我。」鈴木看向佐佐木，儘管是逼自己受傷的人，且畢竟軍隊有著階級禮儀，鈴木依舊還是有禮與佐佐木問好。

佐佐木坐定，拍拍鈴木政雄的肩膀，再看向鈴木受傷腿上的夾板。

「鈴木，我已和長官報告，由於你的傷太嚴重，暫時不能飛，但是考量到你的成績很優秀，如果都不能飛實在太可惜，所以上級要把你調回東京去。」

沒想到鈴木一聽便屏住呼吸，不可置信的看著佐佐木，彷彿結巴一般問起。

「啊——前前前前……前輩……這怎麼行，我好不容易才來到台灣啊，我這個傷不嚴重的，我還年輕，說不定一個月後傷就會好轉，我會很認真的復健，我每天都撐拐杖去外面練習，加強其他部分的肌肉，我希望能夠回去開飛機……」

鈴木政雄皺眉頭激動喊叫，惹得一旁的看護婦和傷患都轉過頭來看著他，更沒想到佐佐木一臉冷靜，搖了搖頭。

「很遺憾，這是機場指揮官的命令，成績良好的飛行員可以申請回日本本土去訓練飛行，鈴木君的調任令已經下來，後天就能搭飛機回去東京繼續治療吧，晚了可就沒機會。」

事以至此，鈴木政雄不可置信的躺在枕頭上，淚水隨即落下沾滿枕頭，他艱苦的完成訓練，好不容易爭取才來到台灣，竟要被送回日本去。

「回去日本，天空就交給你保護了，我看過你的X光片，醫生說你的骨頭上有兩條大裂痕，我想，康復之後還會被考核，你至少還要半年才能被准許回到飛機上吧……你先答應我，沒有完全痊癒時，絕對不要回到飛機上，乖乖待在醫院復健，知道吧。」

「可是……前輩，飛行的技術會退化的，我想要飛上去……」

聽到鈴木政雄表情如此慎重，佐佐木這才靠近鈴木耳際，低聲的勸說。

「我知道你想要保護國家……但是保護國家的方法應該有很多種，不是只有把飛機飛上去而已。」

鈴木政雄還如此年輕，不能理解佐佐木所說的話語背後到底藏著什麼意思。鈴木政雄忍不住在病房嚎哭，佐佐木直到走出醫院的大門，都還能聽見鈴木政雄的哭聲。

佐佐木離開醫院後，走著走著竟忍不住微笑起。

佐佐木完成了自己的計畫，成功讓一個優秀的年輕人離開部隊，卻又做得如此自然，完全不顯露出自己的動機，彷彿是鈴木自己犯的錯。

就連回去找盧英珠時，鈴木都忍不住發笑。

「到底在笑什麼？」盧英珠看著枕在自己膝蓋上的佐佐木，幾週未見甚是思念，盧英珠一邊撫摸著佐佐木的頭髮，一邊皺著眉頭問起。

「我在想像戰爭後的日子，大家都過得很好，一想到就忍不住笑了。」

佐佐木仰頭看向盧英珠的臉龐溫和說起。

「戰爭結束之後嗎……」盧英珠看著佐佐木的臉，想起之前從早苗房間聽來，鈴木政雄說佐佐木很嚴厲，但自己實在看不出如此溫柔的佐佐木，竟是個嚴厲的人……但盧英珠念頭一轉，或許那位年輕飛行員鈴木，就只是個無能的下屬，會說佐佐木過分嚴格，也只是自己沒有能力的推託之詞吧。

「戰爭後一定會不一樣，我們都會自由的⋯⋯」佐佐木若有所思的說起。盧英珠一聽，便輕輕撫著佐佐木的髮，內心也不免期待那一日的到來。

往後的時間內，佐佐木已抓到方法，只要看見聰明又有禮貌的後輩，確定值得自己「栽培」後，便在飛行的空檔之外，用前輩的權威，讓後輩經歷無法負擔的體能訓練，直到累垮受傷去醫院休養，最後調去其他訓練單位，或轉往後勤去。

由於如此的淘汰流程，在大多數的長官眼中，文書記載上看來就像是個普通的「無法負擔訓練」而已，更何況前線的考核和訓練學校本就不同，訓練學校飛得好的人，也不一定能面對真正的飛行，飛行員本就高風險，每一梯次淘汰掉幾個飛行員，就只是普通的「汰弱留強」的流程。

只不過在佐佐木眼中，每一個離開的人，都是非常優秀的孩子，性格穩定腦袋聰明。但是不管是誰，身而為人，只要身體受到超過強度的訓練都會受傷。

每次這些後輩被迫離去時，佐佐木都會收起自己嚴厲表情，轉而微笑打氣，對這些被轉隊的學員來說，彷彿看見佐佐木人格分裂，對自己溫和的說起「加油——」之時，全都張目結舌，說不出話來。

只是佐佐木今日又送走一人後，回到宿舍內，發現宿舍內又到來幾個新人，每個人的年紀看來，竟是比之前鈴木這幾批飛行員的年紀更小，看來彷彿才十五、六歲左右而已，不管是身材還有面貌，都比鈴木更像個孩子。

「立正——」新來的後輩們發現佐佐木正在房內，便趕緊拍拍彼此肩膀，提醒嚴酷的佐佐木前輩在這裡，隨後眾人聚集站在佐佐木床前拜碼頭。佐佐木前輩操練新兵十分嚴格，在這機場已十分有名，但只要通過他的訓練，肯定可以成為非常好的飛行員。

幾個後輩新人立正站好，仔細看向佐佐木，輪流扯開喉嚨大喊。

「前輩，我們會努力的！」

「我從飛行學校畢業過來，就是想面對最嚴厲的訓練，才選擇有前輩在的單位！」

「前輩，我想成為最好的飛行員。」

一群男孩脫下帽子，為了展現自己的誠意，竟然全員都已剃髮成了光頭，對佐佐木開口高聲喊。

「前輩，請好好指導我們！」

「讓我們一起打敗萬惡的美國人。」

「我們要拯救日本！」

每個男孩的青澀容貌都讓佐佐木凝視許久，只因為這群彷彿才剛長出喉結的孩子們，竟然要來飛戰鬥機投入戰場？儘管已過去數分鐘，但佐佐木依然不敢置信，最當初來此飛行，是自己逃避災禍的存活想法，更沒想到戰爭到此，許多高技術的軍種，都已不一定能順利收到士兵，只有飛行員沒有招募的問題——

但眼前這些未成年的孩子，真的要送去戰場嗎？

「前輩——請鼓勵我們——」成員高聲對佐佐木喊著。

看向後輩全體剃髮來表現誠意，佐佐木並未產生憤慨，只是心底汩汩冒起感傷，佐佐木轉過頭去不說話，只聽見四周風聲穿過建物，彷彿就在耳際呼呼吹起，彷彿山本弘夫正對著佐佐木呢喃。

「是我啊，佐佐木——」

「是我啊，還記得我嗎，佐佐木——」

「是我啊，我在這裡呢，佐佐木——」

「佐佐木……」

「佐佐木……」

「佐佐木……」

「……」

第二十二章　台灣空戰那一日

「……」

「……」

「佐佐木……」

「佐佐木……」

彷彿又聽到山本的呼喊，如此細小幽微，不仔細聽還會以為這是風聲，但這聲音真的是山本弘夫沒錯……

「山本，你會責怪我嗎，畢竟那台飛機原本是我要開的啊……」佐佐木心底難掩憂傷，內疚說起。「對不起……對不起……對不起……」

佐佐木呢喃間睜開眼，這才發現自己剛剛睡去，此時正躺在盧英珠跪坐的大腿上，被她掏著耳。

「怎麼了，睡著了還動來動去，一直咿咿嗚嗚發出聲音，做了惡夢嗎？」

盧英珠溫和問起，佐佐木眨了眨眼，先是看著自己手掌，手指屈起確認自己還活著，隨後起身看著手錶，已經到了該回機場的時間，剛剛夢境如真，彷彿真的聽見山本的聲音。

「最近……有可能會有一些變化。」這日，佐佐木在離去之前，才透露出自己的擔憂。

佐佐木身為軍人，總會聽聞各類型戰報穿梭來去，但只有真正理解戰爭近況的「參謀計畫人員」，才能用戰爭資源去判斷戰況已達何種階段，基層的軍官士兵僅能依靠各種傳言去猜測真實戰況，更何況是接受新聞資料的庶民，總是最後才知道戰況的演變。

佐佐木對戰況的判斷，來自於部隊新進更多年輕的飛行員，代表在其他地區的飛行員已不足，有經驗者轉調過去，後線便只能不斷補充更年輕的兵員。

再者，佐佐木發覺許多地勤人員開始加緊工作速度，機場後勤正不斷整備可用的飛機，就連原本放在機庫中的舊式的「雙翼型教練機」，竟然也都拉出來整備，讓佐佐木直覺不對勁，這些教練機要是真的飛上天作戰，小小的機槍也不可能擊落那些強固且巨大的美軍轟炸機，就算直接開著教練機以機翼壓迫轟炸機，都可能因為體積差距過大，而沒有多大影響……

盧英珠看著憂慮的佐佐木眉頭緊蹙，也只能先微笑以對，希望佐佐木的情緒能安穩下來。

「那……以後還會怎麼樣呢？」

面對盧英珠的提問，佐佐木欲言又止，不想讓盧英珠過於擔心，卻又擔心她會被戰爭波及。但是仔細思索，就算鶴松屋在機場旁邊，也還是離最重要的塔台、機棚有一大段距離，美軍就算飛來轟炸機場，也不會浪費彈藥去轟炸一旁的民居吧。

「不管怎樣，妳都要好好照料好自己。」

佐佐木微笑著說，盧英珠便也微笑回應，兩人如常的溫和道別，緊握起雙手感受彼此手掌的力量，期待下一次的相見。

日子開始有了些許變化，一九四四年的十月初，對盧英珠來說，儘管並非軍人，也能從天上的飛機引擎聲聽出差別，過往起飛的聲音有一個由遠而近、音量大小的規律變化，但最近起降的引擎聲音聽來十分倉促，聲音忽大忽小，讓盧英珠習慣性的抬起頭看向窗外，想從那些尋常的雲朵之中，看見些許不同。

岡本先生總在自己房內，對著檯燈翻過報紙，頭版正刊登著大日本帝國的戰報，講述日軍不斷戰勝美軍與中國軍隊的大小消息。對岡本先生來說，每每翻閱報紙，都彷彿戰爭之神永遠站在日本這方，每戰必勝，連戰皆捷，每每都讓岡本先生看著報紙都忍不住笑。

對地位低下的慰安婦來說，儘管沒有報紙可看，卻能在與軍人保持親密關係之間，問出些許消息。

「最近發現美國航空母艦群，正在菲律賓附近的太平洋上聚集，參謀都在猜，可能是要針對沖繩，但也有可能針對台灣……」

這一日，一位機場的參謀大尉與早苗做完後，竟然與早苗附耳細聲說起這件軍事機密，這些軍官平常把守口風，但慰安婦關在此處哪裡都不能去，說的話也不會有人相信，反而會有軍人對慰安婦吐露心聲，說出些許機密。

「呵呵，長官，我們大日本帝國的軍人特別強壯勇猛，一定能打敗那些鬼畜英美。」

早苗如此鼓勵著這位大尉，但對這大尉來說，就算在慰安婦身上獲得短暫的放鬆，但戰爭的現實就在眼前，面對早苗的打氣話語，隨即理解早苗是不明白戰場現實的天真女子，也只能嘆了口氣交代早苗。

「機場肯定是對方第一打擊的目標，這裡又算機場旁的軍事單位，還是有點風險——對了，這裡有防空洞吧，裡面最好要放好飲水和食物，聽到防空警報就躲進去，應該還是安全的。」

與早苗交代這個祕密後，這位大尉就打開木拉門離去，留下讓早苗無比愕然的「防空洞」三字，雖然鶴松屋有軍人站哨，管理者也是軍人退下的岡本先生，但這裡根本沒有防空洞。這間大屋是多年前的仕商之屋改建，當年興建時並未考慮過戰爭，怎可能憑空生出防空洞？更何況大家被管制，住在木圍牆屋內又不能外出，屋內也沒有多餘地方能往下挖，更何況能夠躲藏十來個女子的防空洞又該有多大？對早苗而言，一切都如此陌生難解。

不只是早苗被告知要躲防空洞，劉惠、長谷川，許許多多慰安婦都從到來的機場軍人中，感覺到眾人心裡的變化，軍人們閒話家常的時間變少了，只想快速的解慾，許多熟識的軍人也減少出現，一問之下才知道被管制休假，彷彿看來有什麼事就要發生。

日軍與美軍作戰的一切根源，都來自於一九四一年十二月，日本突然宣戰並且偷襲珍珠港，摧毀珍珠港中許多船艦。同一時間，具備優勢的日本軍開始勢如破竹的作戰，在南洋戰無不勝，陸續打下新加坡、馬來亞、菲律賓與印尼。本以為能夠藉此戰果逼迫美軍投降或談判，卻完全沒預料到美軍艦隊才過半年便重生，到了一九四二年六月的中途島之戰，自認強悍的日本海軍竟然初嘗大敗，接連損失兩艘重型航空母艦與兩艘中型航母，加上二百四十八架零式艦載機被毀，高達三千名海軍精銳死亡，可謂是損失慘重。

又過了不到一年，一九四三年瓜達康納爾戰役時，日軍再次大挫敗；到了一九四四年六月菲律賓海海戰時，日本又再次戰敗。仔細評判，日本海軍在「偷襲珍珠港」之後，幾乎毫無戰略等級的勝利存在，一路上的重大決策都只有敗績，不斷損失重要的海軍船艦。

由於台灣正好位於日本所謂的「大東亞共榮圈」的中心地帶，島上因此建有各種陸海軍的航空基地可以支援四處戰區，可謂是一艘「不沉的航空母艦」。也由於台灣一直是太平線戰線的防線後端，所以台灣本土一直只有面對少量的聯軍空襲，直到當四四年的六月，菲律賓開始被美軍攻擊時，軍人們都明白，菲律賓的防禦和台灣條件相似，戰爭可能就要來到眼前。

時間來到一九四四年十月初，日軍發覺美軍艦隊已來到台灣附近海域，但不知位於何處。軍方一直不斷提高戒備，為了避免美軍的進攻，每天都派遣水上偵查飛機不斷地搜尋美軍艦隊的蹤跡，終於在四四年的十月十二日，發現美軍艦隊在蘭嶼六十海里外的海域集結。

在台灣近海發現大軍集結，戰爭態勢便十分清楚明白，美軍已箭在弦上，一定會對台灣展開攻擊，只是不知道美軍何時會發動戰鬥，只能讓全島軍事單位開始高度戒備，但軍事通報都還沒完整傳到參謀單位，十月十二日的清晨開始，所謂的「台灣空戰」便正式開展。

這夜過去，就在佐佐木還沉睡於夜間的蟲鳴之中時，清晨六點整，日軍的雷達螢幕上突然出現從東方而來，滿滿的美軍飛機光點。

「報告——超過百架美軍飛機進攻台灣！」雷達士兵抄錄雷達資訊後，軍官火速層層上報，四處彙整消息，原來不只是東方，台灣的西方、西南方都有美軍飛機正大規模編隊飛向台灣，總計超過五百架架次的飛機到來——

聽到這「五百架次」的數字，所有軍事參謀全都挺胸屏息，畢竟台灣機場的飛機數量與防空能力，都不可能阻擋這種數量等級的進攻。

狀況警報隨即響起，機場內眾人不斷奔忙，高階參謀軍官們直接被帶入機場防空洞內，以免因為轟炸而中斷指揮鏈。負責防砲單位的軍人全來到炮位上屏息，一邊備彈，一邊觀察天空某方會有敵機到來。負責整備飛機的機工組員正在機棚下不斷探看，一邊倉皇的整備飛機，一邊抬頭望著天空，畢竟誰都知道敵機就快要臨空了，要是整備得太慢，飛機上不了天空就只是地面的廢鐵，喪失生存的機會。

「全員──集合準備──」長官呼叫，將宿舍與備勤室內所有飛行員呼喚出來，佐佐木與十來個飛行員正在機棚下著裝準備，等待長官的命令電話響起。

等待之間，佐佐木已滿額頭汗珠，只能先試著深呼吸，壓抑自己心底瀰漫的焦慮。過去在日軍數量占優勢的狀態下，佐佐木只要負責飛好自己在天空中的位置，限縮對方的飛行路線，逼迫對方落入包圍圈，不需要當主要開火擊落者，也從不和對方彼此追尾狗鬥，讓空戰功績被同袍拿去都無妨，但這次軍官緊急告知，雷達螢幕上有難以計數的大編隊光點，單位從未遇過這種狀況，沒人知道該如何應對。

「全體警戒，上空去對抗！」整備區的電話終於響起，上級的戰情電話傳下每個機場單位。

「台灣的機場全員起飛，目標進攻的敵人，全體禦敵──」

「全體人員準備升空攔截──」佐佐木一聽到命令，便和許多飛行員一起跑出機棚之下，快步搭上每個人的戰鬥機。佐佐木爬上了他的一式戰鬥機，就在拉上駕駛艙門之前，一位參謀人員從辦公室衝出，倉皇著與眾多飛行員交代。

「大家上去能打就打，不能打就疏散……這數量肯定是來炸機場的，務必保留飛機下來──」

這位參謀焦慮得滿頭汗珠，手指著天空。

「他們是從航艦出發的飛機，油料有限，只能進行一次攻擊，等他們走了再回來，不要硬拚──」

參謀軍官緊急說起這件事時，佐佐木還不敢置信，畢竟尚武的日本軍方若有攻擊機會，參謀一定希望能將對方全員殲滅，但這次的說法卻完全不同，佐佐木還無法想像，對方的進攻數量到底有多龐大……

「明白了——」佐佐木與參謀人員敬禮之後，關上駕駛艙蓋後開始準備飛行。

一切對佐佐木來說都還沒有真實感，只因佐佐木至此仍有避戰的心理，真的遇到雙方「狗鬥」該怎麼辦，那是飛行員間的生死較量。儘管佐佐木對自己的操控技術有著強大信心，但參謀要求大家保存飛機數量，看來美軍的力量肯定非同小可，這下該如何是好……

佐佐木不敢再反覆想著待會的戰事，也只能先在駕駛艙中坐好，準備見機行事。

「準備起飛——」引擎已啟動，螺旋槳轉速正常，佐佐木流暢的查看儀表板正常，油料半數，配平穩定，地勤人員比出手勢要佐佐木開出機棚，佐佐木深吸口氣，雙腳踏好方向舵，開始推桿加速向前滑行，上了跑道之後準備起飛，隨即在跑道上直線加速，時速已達百里，佐佐木在引擎怒吼之中奮力拉起機頭，一式戰鬥機便仰起機身，飛上天際。

佐佐木雙手握緊操縱桿，跑道飛機陸續飛上天後，佐佐木心底明白，自己一定要衝上最好的位置，先拉高，再拉高，最好衝上三千呎以上的高度，但還沒衝上預定的高位，竟然馬上就在視線中發現美軍編隊。原來美軍已到達機場前方不到三十公里處，由於從東南方而來，美軍機群半側著日光，一眼望去密密麻麻，竟無法判斷有幾十架。

由於天氣良好，視野可以看見更遠方，佐佐木拿起裝配的望遠鏡，在望遠鏡中看見更遠處的飛機編隊，那肯定是去攻擊其他機場的美軍編隊啊……初次看見如此大的美軍編隊，讓佐佐木張目結舌，雙手握緊操縱桿繼續往上衝，想拉高再拉高——但要逃去哪裡，佐佐木一時間無法抉擇，現在天空到處都是美軍飛機，要是判斷錯誤，獨自飛去美軍其他方向的編隊之中，那肯定會被數台戰機追殺而墜毀死去。佐佐木只得繼續加速升空，至少要保存自己駕駛的這一台「一式戰」，這可是之前好友山本弘夫駕駛的一式戰啊，絕對不能被打下——

佐佐木拉起機首，機頭繼續攀高，沒想到斜前方竟傳來一陣機槍火光追擊，佐佐木這才注意到，因為逆光的緣故，沒看見斜前方這台F6F戰鬥機，俗稱的「地獄貓」正在自己斜上方天空中往下俯衝，佐佐木腳踩方向舵，猛力偏側拉起機身，子彈光束紛紛在機艙四周閃過，讓佐佐木嚇得屏息。

轟然之間，佐佐木的飛機與高速向下的地獄貓迎面錯身，被這閃過的光影驚嚇，佐佐木在駕駛艙中瑟縮起身子，詫異之後回過神來才大喊「混帳東西——」，佐佐木趕緊回頭看向那台與自己錯身的地獄貓，回想剛剛子彈就在機艙周圍差不到三十公分，差點就要被擊落，佐佐木壓抑不住劇烈起伏的呼吸，繼續帶桿加速向前逃去。

「地獄貓」是美國航艦上的海軍艦載機，也是海軍二戰後期的主要戰鬥機種，佐佐木之前就曾與這款飛機在海上打過照面，但佐佐木從未想過，會有滿天的海軍艦載戰鬥機來到駐地機場上方攻擊……更沒想到對方早已站好天空中的高度位置，升空的日軍飛機竟一一落入被設定攻擊的位置。

剛剛攻擊自己的這台地獄貓向下俯衝後，並沒有與佐佐木狗鬥，而是隨即又去追獵其他剛起飛的飛機。佐佐木往空域的四處探看，由於天上戰鬥機實在過多，機場跑道上陸續又有飛機逃難似的起飛，飛機在空域之中需要操作空間，佐佐木明白待會若是捲入混戰，根本沒空間迂迴，別說作戰，光是避免自己人高速飛行相撞，想保存飛機都是一件困難的事。

佐佐木壓抑自己忐忑心情，繼續再往高空飛去再說，已飛到兩千呎之後，觀察西邊空域目測並無飛機，佐佐木便想往西邊飛去，至少能夠保全一台戰鬥機，只是佐佐木心情無比忐忑，仔細回頭看，有其他一式戰升空後，正與天空中幾十架地獄貓作戰，但紛紛落地成了在地面燃燒的火球，要不是剛剛自己有躲過第一擊，也早已落地成為火球。

第一波到達機場上空的美軍戰鬥機全是F6F地獄貓，一部分的地獄貓戰鬥機與日軍飛機空戰之外，另一部分的地獄貓正往下降搜尋防空單位。四周高射炮位面開始掌握美軍方向反擊，但高射炮彈藥射完後的重新上彈時間，天空中的地獄貓戰鬥機便抓準時間低飛掃射，一陣陣機槍子彈打得跑道地面火花閃起，操作高射炮的軍人們面對直擊而來的子彈已來不及逃開，便被連串射擊的機槍彈打得身軀破碎，成為一地破裂的殘肢。

眼看美軍飛機如此肆虐，機場的防砲單位補充兵跑上前來，把座位上的殘肢先全部踢開，重新坐回沾滿鮮血的炮位開砲，但才發上數炮，未有戰果之前，便又被下飛的地獄貓重新掃射，接連引起一旁炮彈的殉爆成為一團火球，後方的預備兵也只能閃避殉爆而緊趴在地上，已驚嚇得不敢動彈。

除此之外，在跑道上尚未起飛的飛機馬上被打出幾個破洞，一台起飛中的一式戰鬥機被掃射之後，玻璃駕駛艙中馬上布滿一片血紅。滑行中的飛機馬上衝出跑道，機身撞得四分五裂。

「可惡——」佐佐木低頭掃視地面上的各種爆炸火光，參謀說的是對的，保存飛機才是重要之事，能夠起飛的飛機除了一部分嘗試抵抗之外，其餘飛機都向外疏散，畢竟飛機在地面上就是無用的廢鐵，飛走還有保存的機會，落地挨了一炮就只能報廢。

倖存的飛機與美軍周旋中，幾架教練機仍然趁著空檔陸續從機場加速起飛，一台起飛中的學員飛機還沒拉起機頭完整起飛，就被下降的地獄貓掃射，隨即從百公尺的空中直接落下，栽在跑道的盡頭，航空所用的燃油爆炸力十足，隨即成為一團冒向天際的火球。

不能再回頭看，佐佐木記得剛剛試圖起飛的飛機塗裝，那是與鈴木政雄同批入隊的年輕成員，不知是來自四國的遠藤，還是京都的川內，這些都是剛從日本來台灣不久的飛行員，如今才滿十八歲啊，就這樣毫無作用的死了啊——

佐佐木憤慨著，卻已無法思考太多，直到後方一式戰鬥機加速飛來佐佐木的左邊，看駕駛員比出手勢，要佐佐木先上去雲裡，以免被美軍包抄。

佐佐木還記得，剛剛與自己做出動作交代的，是機場其他小隊的台灣人飛行員，名叫做陳榮生，儘管並沒有太多交誼，但同一機場中，光看身型就知道是誰。只是才剛了解彼此的預備動態，突然幾道火光閃過，隨即又看見右邊有一排子彈由上到下掃射，陳榮生的一式戰鬥機隨即拉起機身在天空中大迴旋，試著擺脫追擊的戰機。

「走啊，不要被追上啊！」佐佐木眼看陳榮生駕駛的一式戰吸引了兩台地獄貓的注意，佐佐木自己便往另外一方逃去，只是陳榮生面對兩台飛機後追，索性往上空拉了一個筋斗想要繞開，但筋斗動作還沒做完，便被右上方飛下的第三台地獄貓追擊掃射，一式戰中彈後便在空中爆炸，散成數塊機身落下——

「啊——」佐佐木大叫著，一塊塊飛機殘骸從佐佐木右上方的天空落下，佐佐木只能腳踩方向舵偏轉，趕緊向左方拉開，儘管飛機機翼被殘骸撞傷，但還好並無大礙。佐佐木側過頭來，看著一團冒火的機身殘骸已成火球紛紛落地，在田野之間摔成一片劇烈的火勢。

「混帳啊！」佐佐木生氣的握緊操縱桿，逃吧，打不贏美軍的，自己只能往沒人的空域逃，逃得愈遠愈好——轉頭看後方沒有戰機追來，眼前有一大片濃厚白雲，佐佐木二話不說飛入其中，只是穿出這一片雲之後，才發現已飛到其他機場的空域，這才發覺其他機場逃出的戰機在眼前紛紛被追獵，一架一式戰鬥機在尾翼中彈之後，正逐漸失去平衡，隨即向下轉圈後墜落在田地上。更前方一架屬於海軍的零式戰鬥機正被擊落，其他機場試圖起飛的轟炸機也是如此，混亂之間中彈後，都已被地球重力拉回地面，各自成為碎裂的殘骸……

眼前的空域之中，宛如一場追殺小動物的狩獵遊戲，佐佐木第一次感受到身為日軍的脆弱，過去自己占盡地利之便，能夠站好高度的位置隨便補個機槍交代，但這次竟然連假裝的餘裕都沒有，完全不能知曉下一秒鐘的自己，會不會與航空燃油一起化身為爆烈的火焰……

如果這才是真正的戰爭，那之前自己沒有遇見，所以才能夠做出那些規避與脫離，說來也不過是當時的僥倖啊……佐佐木無比憤慨，儘管自己一路避戰，但眼前所見的慘狀，終於讓他被激發出獸性。過去是自己太天真，當敵軍飛機來到眼前時，那些隱匿躲藏都只是無意義的事——「不殺人，就被殺」是戰場簡單的道理，自己此時在天空迴旋躲避，只是單純又幼稚的想法而已。

如果可以，一定要想辦法保護剛起飛的飛機，能救一架就得救一架，儘管違抗參謀交代的「保全自己飛機」的命令，但佐佐木再也忍不住，腳踏方向舵大迴轉後，轉向飛回自己當初逃出的機場方向。

佐佐木加速飛向擊落陳榮生飛機的那台地獄貓後方，那台地獄貓的塗裝佐佐木還記得啊，機身上有著紅色色塊，機艙側面畫著許多擊墜的飛機符號，看樣子也是老經驗的飛行員。此時這架地獄貓正好落在瞄準器的準心中間，佐佐木對準之後，憤慨的按下機槍扳機，第一排機槍彈擊中對方右側機翼，佐佐木更沒想到擊中對方機翼後，竟然只有減緩對方的速度，並沒有擊裂機翼的效果——明明日本的飛機只要被美軍機槍穿過，勢必會碎裂分解啊。

「這怎麼可能……」佐佐木看向這台中彈減速中的地獄貓竟能拉出一個大迴轉，做出戰術規避。佐佐木一時間不能明白，為什麼美軍飛機竟能有這程度的裝甲，還能有與日軍戰鬥機抗衡的速度，既然如此，日軍的戰機又有什麼對抗的可能……

「混帳啊！」佐佐木壓緊操控桿，再一個迴旋想要追上，卻發現自己正被兩台地獄貓戰鬥機從後方追尾，左右兩邊都有子彈從後方穿梭向前，佐佐木一發覺，馬上握緊操縱桿往身體方向一拉，同時踩方向舵，往天空拉高之外還轉翼躲過子彈。隨即飛出一個「筋斗」，往天空劃出一個圓形之後，順利繞回後方追逐的地獄貓的背後，佐佐木二話不說扣下扳機，再次射出兩列子彈從地獄貓的身旁劃過，但是機槍開關卻喀喀響，無法再做動，這才發現機槍射出兩排子彈之後便卡彈，無法再攻擊。

「混帳——混帳——」佐佐木失控的大吼，從未想過自己會因為無法反擊而如此憤怒。

前方這台地獄貓隨即做出與剛剛佐佐木一樣的「筋斗」動作，從上方繞圓，想要繞回佐佐木背後，佐佐木仰頭看著這台飛機正在自己頭上，但因為剛剛拉出一個「筋斗」，佐佐木的身體還帶著高G力後的不適，滿臉脹紅的佐佐木儘管想往左邊竄去，但反應已慢了一拍，對方已飛到自己身後。這一瞬間，佐佐木突然預感自己就要死去，更沒想到後方有一式戰鬥機飛來，隨即射中追擊佐佐木的地獄貓機翼，這架地獄貓的機翼隨即冒起黑煙，二話不說馬上脫離交戰空域，往一旁逃去。

自己還活著，佐佐木慌張間沒看清楚是誰救了自己，空域中太多飛機，彼此戰線混雜。另一台從左後方到來的一式戰，正加速穿過佐佐木的右前側，試圖追擊這台機翼冒煙的地獄貓。

「啊，別追啊——讓他走啊……」佐佐木忍不住大叫，直覺不對勁，這時另外一架從高空降下的地獄貓隨即射擊機炮，打中這架試圖追擊的一式戰鬥機，一式戰的機翼中彈後隨即在空中解體，失去機翼的一式戰便在空中旋轉落下，沒多久便落地冒成一團火球……

地面田野之中，放眼望去，到處都是日軍飛機的燃燒殘骸。非常明顯的，美軍飛行員比自己這方更有經驗，總是能站對天空中的位置，甚至亂中有序，光是等待日軍這方出錯，就能撿到不少戰果……佐佐木這才明白雙方竟有如此明顯的能力落差，或許下一個被擊落的就會是自己，難怪參謀叫自己脫出作戰空域不要回來，看來自己沒有真正理解戰爭的可怕，還抱持著憤慨就能成事的想像……

後方還有一架地獄貓正在追擊自己，佐佐木腦中一瞬間浮現往事，他和盧英珠曾在上次告別時，彼此慎重說起：「期待下次見面。」

但或許再也沒有下一次……

佐佐木雙手握緊操縱桿，看著駕駛艙正上方一串串從後方射擊而來的子彈曳光，只要敵機修正射擊點，自己馬上就要被擊落。佐佐木索性閉上雙眼，等待生命最後一刻的到來，這一瞬間，佐佐木的腦中浮現出盧英珠的笑容。並非親愛的父親，也並非疼愛的母親與妹妹，竟是盧英珠……

「盧英珠……對不起了……」佐佐木握緊控制桿，耳中傳來穿過自己飛機四周的子彈噠噠聲，佐佐木嘴角顫抖著在心底吶喊。「請原諒我先離開了……」

但過數秒鐘後，佐佐木雙掌抓緊著操控桿，明明自己應該要被擊落了，但後方的地獄貓怎麼還不開火？佐佐木這才側過頭看向後方，發現剛剛追殺自己的地獄貓已不在後方，佐佐木左右探看，這才發覺地獄貓戰鬥機全體向著另一個空域撤退，已重新編隊離去。

美軍的地獄貓戰鬥機集體臨空，進行不到五分鐘的攻擊，造成機場嚴重的傷害後便陸續集結脫離空域……和參謀說的一樣，海軍航艦上的飛機有航程和油料限制，作戰時間不長，如此說來，剛剛自己不應該回來，既然要進行保全飛機的任務就應該好好執行，不應該因為憤怒而回來作戰……

佐佐木不斷責怪著自己，還在思考該如何降落在破損的跑道上，但又隨即覺得不對勁，眼角餘光之中又出現一陣密集的光點，這才注意到另一旁的天空中，竟又出現另外一組飛機編隊到來，但這不是地獄貓，而是大編隊的航艦轟炸機TBF，之前遇見過的「復仇者」轟炸機……

復仇者轟炸機的機群編隊逆著太陽光，佐佐木瞇著眼，第一時間只能張目結舌，原來還有另外一波攻擊……難怪第一波的地獄貓戰鬥機要集體離開，並非油料限制的戰術撤退，只為了要清出空域啊！佐佐木無法判斷，眼前的復仇者轟炸機到底是三十架還是五十架，只能眼睜睜看著轟炸機紛紛打開機腹，丟下腹中一顆顆五百磅炸彈。

佐佐木無能為力，只能看著炸彈紛紛落地，在地面陸續冒出一團團焰紅的火光。

第二十三章　無法實現的諾言

對鶴松屋內的慰安婦來說，機場的空襲警報聲響起時天已明高，已有女子在院內清洗衣物，大家聽到空襲警報後先停下刷洗，彼此好奇探看四周天際，一時間還分不出到底發生什麼事。

「那是什麼聲音啊……」早苗一聽到警報便仰著頭，看不見水平方向的機場發生什麼事，畢竟鶴松屋內的女子們只能從圍牆高度看到一部分的天空。

只有對曾經當過軍人的岡本來說，這警報聲一聽，便全身寒毛豎立。

「怎麼可能會有防空警報……」岡本原本在桌前看著報紙，聽著警報聲先是愣著，畢竟這聲響可能只是演習，岡本隨即放下報紙，緩步開啟自己位於二樓房間的窗門，二樓的房間窗戶高過圍牆，看向遠方天際中，有著一個個銀白色的反光點——

岡本一眼即知那是美軍飛機的巨大編隊，當年在中國作戰，岡本常常看見飛機去轟炸對方山頭，儘管自己這方從沒有被轟炸過，但畢竟當年被砲兵友軍炸傷的恐慌自背脊冒起，這是岡本來台灣後未曾感受過的恐懼，本以為台灣不會捲入戰火，但位於關鍵中點的台灣終究難逃硝煙。

機場四周竟傳來奇特的聲響，眾女子們都是初次聽到真正的防空警報，以及不斷起飛而不中斷的飛機引擎聲。

「怎麼一直起飛啊，以前沒有這樣——」長谷川發覺不對勁，豎耳聽著警報，透過圍牆外不間斷的引擎聲，任誰都能感覺到詭異，長谷川儘管想看得更多，但木圍牆比眾女子都高上太多，長谷川不管是踮著腳尖，或刻意站上庭園中的大石上，都無法看得更遠。

女子們各自在院中仰頭，好奇到底發生何事，直到一台美軍的地獄貓戰鬥機飛入圍牆內的視野時，眾女子們全都目瞪口呆。

「那是什麼啊？」這些飛機機翼上沒有紅太陽符號，不是機場常見的日本飛機，眾女子心底滿是疑問。

「呀——那是美國人的飛機——」早苗仔細看，原來飛機機翼下有美國空軍的五角形藍色標誌，儘管遙遠，但誰都能清楚看見。

日軍飛機正匆忙從機場升空，一時間美日雙方的飛機就要交會，首先看見一台地獄貓在空中掃射，遠方天際的機槍聲透過空氣成為陣陣悶響。「美國飛機開火了啊——」女子們紛紛仰頭驚呼，遠遠的空中傳來機槍彈的光束，直到一架一式戰在中彈後爆炸，成為一團火球落下地面，更讓眾女子們驚呼。

「爆炸了——我們的飛機被打下了！」

摔落爆炸的飛機機翼上有著日本國旗「日之丸」，辨認起來如此清楚，一時間眾人屏息，全都說不出話來。

「啊——那邊——」長谷川大叫著指著天空一角，日軍飛機正不斷從機場起飛抵抗，但沒多久，便紛紛被美軍的地獄貓戰鬥機擊落，讓初次體會空戰的女子們全都驚駭無比。短短的數分鐘內，天空中的飛機亂成一團，到處都是爆炸燃燒後的黑雲與中彈產生的煙尾跡。

眾女子們終於理解到，自己遇見「真正的戰爭」，那些派駐到南洋、中國，與太平洋小島的軍人會遭遇的畫面，正在眼前一一上演。盧英珠看著天際中的戰鬥，腦中突然竄過一個念頭——那佐佐木呢？盧英珠不會分辨飛機，哪一台是一式戰？儘管佐佐木有教過自己，但飛機都有相似的雙翼與尾翼，自己始終無法分辨飛機的型號差異……盧英珠只能在內心中不斷疑問，佐佐木有開飛機上去嗎，他還好嗎，該不會被擊落了……

隔著高聳的木圍牆，更遠方的什麼都看不見，盧英珠內心忐忑無比，直到岡本大吼，喚回了盧英珠的注意力。

「終於來了啊，這群美國的王八蛋！」岡本聽到警報聲，看著窗外的空戰失了神，直到日軍飛機被紛紛擊落後，岡本這才衝下一樓，來到庭院之間，不斷大喊之際還揮舞雙手，指揮小林。

「把全部的女人都帶出來，如果對方亂掃射，屋子垮下就全部死了，全部都帶出來！」

岡本先生大吼，要眾人不要躲在屋內，卻又怕慰安婦跑出圍牆後不會回來，岡本只得指揮女子們全躲在圍牆邊角，站立在一棵榕樹的樹蔭下。到了此時，早苗才理解為什麼之前有軍人問自己：「有沒有防空洞？」站立樹下就是露天在外，早苗驚駭得全身汗珠，不敢置信自己真遇到戰爭，卻無處可以躲藏。

眾女子們全躲在樹下，從樹葉縫中看向圍牆約束的天空，優勝劣敗十足明顯，滿天空的日軍飛機正不斷起火落下，四周防砲單位原本一束束火砲從地面向天空射擊，但天空中幾架地獄貓向下飛行後，地面防砲撐不到一分鐘便冒出彈藥殉爆的火光——突然間，圍牆四處又傳來爆炸聲，陣陣爆炸讓女子們迷惑，到底是左邊、右邊，還是正前方有炸彈落下？轟隆爆炸聲在四周陸續冒起，讓女子們額頭上擔憂得緊冒汗珠。

「該不會……飛機掉下來，會在我們這裡吧？」

長谷川突然焦慮大吼，劉惠也滿額頭汗珠，眾人望向日軍戰鬥機紛紛在天空中爆裂成火花，像湛藍的天空中出現一朵朵紅色花瓣，只不過一瞬即逝，瞬間盛放後凋謝落地。

「美國飛機不會飛下來對付我們吧？」劉惠轉身看向女子們倉皇說起。「美國人要攻擊……應該只會攻擊機場吧……」

盧英珠看向天空中的交戰雙方，大家都知道慰安所在機場外，雖然並不如跑道或飛機是轟炸目標，但子彈不長眼，只要是個屋子就有被打中的機會……盧英珠轉頭看向慰安所，要是這木屋真被飛機攻擊，肯定會全部垮下成為廢墟，那麼屋內的物品全都會毀壞……

等等，還有一張自己與妹妹的合照在房間裡啊，要是鶴松屋真被擊垮成為廢墟，肯定找不回照片……對了，還有佐佐木給自己的泡菜空罐，要是被炸壞該怎麼辦，儘管只是個玻璃罐，但對自己充滿意義——

等等，盧英珠念頭又一轉，要是這棟屋子被炸毀，自己和這些姐妹不就能逃走嗎？盧英珠才如此思索，再看向四周卻突然明白現狀，眾人都躲在圍牆範圍內，要是屋子真的被炸，被炸毀的屋瓦木片肯定會四處飛射，如同子彈穿過自己的身體，圍牆內的這些人全都會死啊，既然如此，讓眾人留在屋內躲藏還乾脆些……

在四周不斷響起的爆炸聲中，彷彿自己隨即就會死去，盧英珠過於恐懼，已喘息到暈眩，但是自己無處可逃，待在樹下又不知該如何是好，盧英珠只能緊閉雙眼，聽四周爆炸聲響一波又一波傳來，不曉得天上已有多少飛機摔落，榕樹不斷因為震波而落下樹葉，木圍牆也跟著陣陣爆炸的震波而抖動著。

直到此刻，盧英珠這才明白，過往來到慰安所的日軍男子啊，在女子身上加速衝刺的男子啊……不管是精壯的地面防砲士兵們，或是粗獷卻又仔細維修飛機的地勤整備人員們，或那些總是自負著，彷彿不可一世的機場長官們……盧英珠突然明白，之前還以為這些男人作戰能有多麼勇猛，還在報紙上說要打敗亞洲、腳踩英美，實現大東亞共榮圈的不敗日軍啊，原來真正面對美軍時竟是如此不堪，仰頭看向漫天的飛機中，掉落的全是有著日之丸的飛機啊——

到了此刻，女子們已不再抬頭看向空中的戰況，而是全都怔住，縮在樹下不敢動彈，大家都已心知肚明，日軍看來輸得徹底，女子們只能面面相覷不發一語……

「不可能——不可能——」岡本先生雙拳緊握，每被打掉一架有著日之丸的日本飛機，岡本先生都不斷哀嚎，現實竟是如此殘酷，原來日軍竟打不下天空中的一台美軍戰鬥機。

「妳們看，美國的飛機都走了！」劉惠指著天空大叫著，原本在天空中肆虐的美軍戰鬥機突然全部脫離視線。數分鐘的短暫交戰，便把升空的日軍飛機幾乎擊落殆盡，也把地面上尚未起飛的飛機、防砲單位都擊垮，更沒想到美軍飛機竟然毫不戀戰，隨即編隊離去。

「不對，他們又來了——美國飛機又來了——」早苗比向另外一方，這一次的機群，是艦載的「復仇者轟炸機」，與一小部分的地獄貓戰鬥機集合編隊。很明顯的，第一波戰鬥機進行「驅逐和毀滅」，將能夠傷害轟炸機的日軍戰鬥機全部都擊落，地面的防砲單位也全都打到失能，如此才能夠進行「不被反擊的轟炸」。

就在眼前圍牆上方的視野處，復仇者轟炸機紛紛打開機艙蓋，開始落下機腹中的五百磅炸彈。每一台復仇者轟炸機都能攜帶四顆五百磅，一共兩千磅的炸彈，更何況這是一次三十架編隊的轟炸機群，當一顆顆黑影從機腹落下後，便在天空中成為映著日光的密密麻麻黑色炭點。

「啊，轟炸了！」岡本先生看向天空中的轟炸機腹落下眾多黑點，不出數秒，地面上就發出轟隆爆炸聲。五百磅炸彈的爆炸威力，並非之前掉下的飛機殘骸能夠相比，一波波的爆炸火光陸續襲來，亮光閃爍之後隨即傳來地震，慰安所的姐妹們只能悶著頭緊緊依靠在一起，就連驚訝都喊不出聲——

圍牆外的轟炸火球陸續冒起，機場跑道與機棚被陸續轟炸，最近的落彈只離鶴松屋不到一百公尺，彷彿隨即就要炸到自己。盧英珠儘管眼皮緊閉，卻依然能感受到照耀在臉上的一波波爆炸光影。持續的劇烈爆炸聲響，震得盧英珠耳膜無比痛楚，更沒想到機場建築物陸續被炸飛，轟炸過後數秒間，一塊三十公分左右的水泥塊竟從百公尺外被炸飛而來，從空而降砰一聲撞破慰安所的木牆，隨後砸破庭院內的石燈籠，激起漫天煙塵。

撞破木牆的這一瞬間，盧英珠嚇得緊靠牆面，「呀——」眾女子們大叫不已，已被這聲撞擊全嚇得跌在地上。盧英珠恐懼的緊緊握著早苗的手，睜眼轉頭一看，早苗一張臉上全是灰燼，已嚇得淚水流下，成為灰臉頰上兩條淚水的軌跡。

復仇者轟炸機拋彈之後，全體朝向同一方向繼續飛去，引擎聲響逐漸遠去。遮住視線的塵埃隨風而散，眾女子們這才注意到，竟然能從被水泥塊砸破的圍牆破洞中看見外頭——這是盧英珠來到鶴松屋十個月的時間裡，第一次看向木圍牆外的芒草與灌木，儘管看見的只不過是芒草、樹叢，與遠方冒起的轟炸煙塵，但至少是圍牆外的芒草與樹叢……

盧英珠在煙塵冒起之際看向洞外景色，視線模糊不清又伴隨著強烈的耳鳴，煙塵未消之際，盧英珠竟彷彿在芒草之間看見一個童年時的自己，與妹妹盧英子在芒草中奔跑。

「姊姊——」英子正遠遠呼喊自己名字。「英珠姊姊，等我啊——」

這年盧英子還沒十歲，芒草隨風吹掩而隱沒著盧英子的身形……

童年的盧英珠回身望著冒起煙塵的芒草中，卻怎麼也看不清英子的容貌，模糊朦朧之間，自己已是滿臉恐懼的淚水。

「盧英珠——」早苗踉蹌來到盧英珠面前，對著失神的她大吼。「啊——回神啊——」剛剛的轟炸力量太令人恐懼，在如此震波之下，許多女子都暫時暈眩，儘管盧英珠看似醒著，一張臉卻望著牆洞外愣著不語，彷彿已暫時靈魂分離，直到早苗呼喚之後才醒來。

一回過神來，盧英珠隨即發覺前方天空中還有殘存的日軍飛機正要反擊——那會是佐佐木嗎？盧英珠瞪大眼仔細看著天空中的一式戰鬥機，但這台戰鬥機隨即被復仇者轟炸機上的機槍群集火，左邊機翼被打裂後，隨即失去平衡在空中不斷失控翻轉，直到摔落遠方田野冒出火光，隨後才傳來爆炸聲響。

盧英珠怔著看向牆洞中的遠方地面，正冒出陣陣燃燒的黑煙，從來都不明白原來死亡如此接近，原來戰爭就像是一陣陣的煙火，盧英珠不禁回想起童年時光，在祭典時看見的各種煙火，只是當時的煙花伴隨孩子們的笑容，而此刻的每一個火光背後，都是殘忍的死亡。

那佐佐木呢？

佐佐木……

現在駕駛這台飛機的人是你嗎……

一瞬間，回過神來的盧英珠心底冒起無盡酸楚，眼淚隨即失控一樣的撲簌流下，和早苗同樣，在沾滿土灰的臉上流出兩條淚水的軌路。

「真難相信啊，他們上天空原來是去送死啊。」早苗親眼所見戰爭，雙手全是緊張而生的汗珠，沾附上灰塵後全擦拭到衣服上。

「飛機摔掉下來肯定會死人啊——」長谷川也忍不住焦慮大喊，連續看見戰敗的日機全成了火球，恐懼的緊緊握著身邊劉惠的手。

更令盧英珠難以置信的是，當第二波攻擊結束後，原本伴隨復仇者轟炸機一同到來的數台地獄貓從空中飛下，就在三四十公尺的高度上，針對機場的地面掃射。

這是美軍的轟炸機群戰術，當轟炸結束後，敵機還有機會從堪用的跑道空隙起飛，趁機從轟炸機尾部追擊，便可能會帶來轟炸機群巨大的損失，所以美軍會派遣護衛的戰鬥機，在轟炸後飛向剛剛被轟炸處，只要看見人影就攻擊。

數架地獄貓飛降，在機場上空來回飛巡，機首的機槍彈不斷擊發，陸續打在機場殘餘的機棚上冒出火花，金屬撞擊的噹噹聲響十分接近鶴松屋，也因為低飛的緣故，所以眾女子們能從地獄貓的駕駛艙內，看見那些美軍飛行員的臉龐。

美軍的地獄貓飛行員在無須供氧的低空飛行，直接摘去面罩露出自己的面貌，不斷左右探看搜尋射擊目標。盧英珠從未想過，竟然能從低飛的飛機中看見這些美國人的臉，儘管都能看見他們的臉了，卻絲毫沒有抵禦的方法，只能任由他們在機場低飛，子彈不斷射擊地面，只要看見活動的生物都要消滅……

盧英珠不知道的是，佐佐木此時還活著，剛才復仇者式轟炸機到來時，佐佐木的右側天空中有一台殘存的一式戰，一看到美軍的機群編隊，二話不說向前方加速衝刺，對著復仇者轟炸機攻擊，只是復仇者轟炸機為四人配置，後方有兩個機槍手，一旦敵機靠近便以編隊的數台機槍集火掃射，佐佐木隨即看見這台一式戰的駕駛艙先是中彈，被大口徑機槍打中的人體隨即碎裂，原本透明的駕駛艙突然充滿血色的肉塊，飛機失去控制者後，隨即從空中失去平衡，垂直掉落地面。

「可惡啊——」佐佐木氣憤著，過往避戰的心情，在這一次的美軍進攻之中一掃而空，然而心中的理智告訴自己，絕對不能靠近這些轟炸機，除了犧牲自己的飛機去撞擊對方的機翼之外，此時絕無擊落對方的方法，而現在日軍極需保存戰鬥機與飛行員……

佐佐木已明白這場空戰在最基本的數量比較上，日軍本就不可能獲勝，與其虛耗，不如保留飛機逃開才是正軌。佐佐木放棄攻擊，隨即雙腳一蹬，拉起操控桿，想將飛機飛入斜上方的雲中。駕駛艙外正穿過一朵又一朵的雲，更沒想到有一架地獄貓正結束高空的追擊，與佐佐木在雲中交錯，幾乎只差上下一公尺就要撞擊，交錯的瞬間讓佐佐木無比驚嚇，趕緊將機身拉起，害怕這台地獄貓會返回，穿過雲朵追擊而來。

沒有良好的偵測儀器，駕駛飛機躲在雲中是不智的，畢竟一旦脫離雲朵後，沒有機上雷達可以判定外界，目視會來不及反應。佐佐木終於出雲，躲在一層積雲上方，直到遠方的轟炸機編隊成為藍色天空中的一個個黑點，不管是轟炸機或是戰鬥機已全數飛離數十公里遠……佐佐木才雙手發顫著，將飛機飛下雲層。

「戰爭」本身只有生存與死亡，沒有邪惡與善良的分別，這是所有受過教育的軍官都能明白的基本道理，但是士兵需要被煽動，需要戰鬥的熱情，才能投入戰爭機器中完整的奉獻生命。只是對佐佐木來說，過往他從未感受過戰爭的熱情或憤怒，畢竟自己內心抵抗參戰，直到這次戰鬥之後，佐佐木初次面對如此多人的死亡，心底燃起濃濃的不甘，更是思索自己過去避戰的心理是錯的嗎……

佐佐木胸膛激烈起伏，不斷深呼吸穩定情緒，不管如何，至少自己有完成參謀所說的任務，一定要保全這架飛機，但是佐佐木掃視機場跑道，已因為轟炸而出現數個大坑洞，縮短每一段可以降落的距離，現有的跑道長度已不足以降落。

「可惡——可惡——」佐佐木大吼著，他知道附近的機場肯定也是如此被毀損，畢竟此時轉頭四看，那些遠方四五十公里遠處的黑煙，肯定也是其他機場被轟炸後而生的黑煙啊——

佐佐木已沒有選擇，低頭四處查看，只能嘗試第一次將飛機降落在田野中，先在天空反覆迴旋，將油表上的油料盡量用完，隨後才深吸口氣，要自己面對這重要的一刻。佐佐木降低油門，注意配平，佐佐木這才發覺因為飛機中彈受損，飛機下降時有著從未體會過的抖動，此時開始減速飛行，佐佐木雙手緊握著操縱桿，深怕一個操控失誤，飛機便會失控撞毀。

從空中放眼四處探看，搜尋地面上沒有電桿的一條田路，再次確定這條田路沒有人車，也沒有耕田的牛隻，正好適合降落。佐佐木隨即減速，將飛機放下襟翼後再放下機輪，減速下降再下降，直到田野逐漸靠近視線，佐佐木終於忐忑的將機輪觸地，只是飛機來到不平的地面，就連滑行都充滿震盪，佐佐木在座位中震動著，要不是有繫上安全帶，頭顱就要撞上玻璃艙，還好減速得宜，終於滑行來到路底時，佐佐木大喊一聲，機頭栽到水田中才終於停下。

還好飛機並沒有爆炸，自己還活著……還活著呀，佐佐木牙齒打顫，匆忙從駕駛艙中爬出，只是才爬出駕駛艙，隨即便看見右邊數十公尺處有一架飛機殘骸正冒著濃濃火焰，駕駛艙中有個垂頭的人影正在燃燒……

佐佐木愣著，親眼所見這殘酷情景，逼得他快不能呼吸，但自己不能再想，佐佐木倉皇爬出駕艙後隨即摔落水田之中，半身沾滿泥水，撐著疲憊的身體爬回田埂上……

佐佐木雖然逃過了一劫，但內心十足痛苦，原來這就是戰爭的滋味，原來這就是敗戰的滋味——雙手撐回田埂上，佐佐木不甘心的嚎啕大哭，整個身軀在田埂上顫動不停。

對於跑道盡頭那端的鶴松屋圍牆內，正在榕樹下躲避的慰安婦來說，親眼所見戰爭，終於能理解日軍士兵的緊張從何而來，此時機場四處火焰燃燒的機油氣味，交雜各種飄過的燃燒灰燼，伴隨殘存飛機的引擎聲，讓女子們感覺彷彿自己的生命就要到達盡頭……

直到空戰與轟炸都結束，眾人仰頭看美軍飛機都散去，才發現一架試圖飛回機場的一式戰鬥機因為跑道被轟炸破壞，只能無能為力的選擇迫降在田路上，又引發慰安婦們驚叫——

「呀——那台飛機降落田埂，栽到水田了——」劉惠高聲喊著，盧英珠看向前方，還沒來得及看清楚那倖存的飛行員是誰，岡本先生早已忍受不住這場明顯的戰敗，這才指著屋子大喊。

「不能再看了，混蛋，全部回去，全部給我滾回去！」

女子們全身沾附煙塵，走回木屋之前，盧英珠再次轉身看向圍牆四周冒起的黑煙，心想剛才的那顆水泥塊如果落在木屋，肯定能把屋子打破一個大洞，要是恰好落在眾女子身上，肯定全部打到身體分離，殘骸處處……

盧英珠緩步回到鶴松屋內，將乾淨的走廊踩出一個個帶著土沙的腳印。盧英珠回到躲過一劫的房間內，先趕緊翻開包袱，拿出自己僅有的一張與妹妹的合照，便緊緊懷抱這合照許久……

盧英珠剛剛彷彿看見人生走馬燈似的，一瞬間在那破洞之中看見了童年的妹妹，內心湧起濃濃的哀悽，忍不住淚珠落在照片之上。

「英子啊，為了妳……我要活下來，是吧，英子……妳肯定不知道我在台灣發生過什麼悲慘的事，但不管發生什麼事，我要活著回去……我要活著回去……」

盧英珠抱著這張照片落淚，耳際又突然傳來敲打聲響。

「小林，快一點，再來——」岡本先生正吼叫著命令小林，趕緊拿出工具室的鐵槌與鐵釘，拿起堪用的木板在牆洞邊敲敲打打，試圖把剛才被飛石打破的牆洞封起。

碰碰，碰，碰，鐵鎚敲擊的音節反覆起落，每一下的敲擊都讓盧英珠緊閉起雙眼，直到數分鐘後鐵鎚聲停下為止，便將一切關於圍牆之外的想望，全都封鎖殆盡。

第二十四章　逃

盧英珠看向窗外，此時突然噹的一聲，窗戶玻璃居然被一隻甲蟲撞上，盧英珠仔細看，原來是一隻飛行的金龜子，撞上玻璃窗後掉在窗沿上，一時間翻過身起不來，六隻腳便對著空中抓動，直到抓到牆壁邊後才借力翻回正面，彷彿暈眩許久終於平穩下來，金龜子才再次展開雙翅飛去。

盧英珠順著金龜子飛起的方向，看向斜向的那塊牆洞。破洞已經修繕完畢，但此刻卻有沒太多意義，只因一九四四年十月發生的這場「台灣空戰」，是連續五日的海空戰鬥，機場連續被拋下炸彈轟炸，所以修好的牆洞在數日之間因為爆炸的震波而反覆破損，小林只得在牆洞加上麻繩，綑綁住部分的木板，牆洞四周便成為一塊不規則的複雜補丁。

因為飛機不斷來轟炸機場，鶴松屋的作息也有了很大的改變，由於知道美軍會來轟炸，每一間窗戶在入夜後都要遮著黑紙，避免夜晚的燈泡光線漏出，讓夜間轟炸的飛機找到可轟炸點。到了夜間也要準備好行李在一旁，如果響起空襲警報，就要馬上奔跑而出，在夜間的榕樹下躲藏。

在這五日之間，美軍三八特遣艦隊的反覆攻擊，讓台灣駐軍直接戰損三一二架戰鬥機與轟炸機，更何況地面上、被轟炸的後勤人員。在第一波的空戰後，在台灣的日軍飛機竟然僅剩下六十架可用。第二波空戰之後，在台灣的日軍戰鬥機已幾乎被摧毀殆盡。

機場跑道被炸幾個大洞，都還能快速修復，不會是系統性的崩潰，但是經過數次的空域獵殺，兩軍的數量已無法對峙，此時日軍的一兩架戰鬥機就算能成功飛上空域，也只是準備被包圍擊落。無意義的犧牲無法改變戰局，眾飛行員們便只能一連數天都躲在防空洞內，等待空襲結束。

轟——今日機場又被炸，眾飛行員只能坐在防空洞坑道內，仰頭看著轟炸後的燈泡閃滅，凝視彼此陷入陰暗與明亮交會的無奈臉龐。

美軍的軍機此時臨空，已沒有戰鬥機攔截，也沒有防空火炮的反擊，美軍的地獄貓戰鬥機全天都能出擊，便直接在白天低飛尋找各種獵物，甚至直接在市區低飛威嚇庶民，讓日軍飛行員們儘管隔著防空洞都還能清楚聽見地獄貓的引擎聲響。

「這架地獄貓也太狠了……聽起來沒有五十公尺高吧……」一位飛行員頭上綁著受傷後的止血繃帶，緊靠著防空洞牆壁囁嚅說起，他和佐佐木一樣都是迫降在田野之間，運氣好保住一命。

「太囂張了啊——這些美國人，多可惡啊！」小隊長久保田中尉憤慨的一拳拳捶上牆壁，捶出自己雙手都是血跡，畢竟隊員已死亡多人，機場幾乎被摧毀，軍敵機竟還在上空示威，身為一個小隊長卻只能窩囊躲避，無法上空迎戰，怎能不讓人心痛。

飛行員的訓練成本和一般陸軍士兵完全不同，飛行員必須聰慧、身體健壯且反應靈敏，要訓練一個飛行員的總成本太高，送上空域若只會被打落，是一項毫無意義的浪費行為。與陸軍會使用的自殺「萬歲突擊」完全不同。此時的航空兵對於保存實力還是以理性對待，既然上去結果也是送死，考量戰況，就算之後跑道陸續修理好，也暫時無法放行起飛。

佐佐木坐在防空洞的椅上，肩膀已包紮起來，只能靠著牆面安靜不動。三天前能平安在田路上降落，沒有引發油料或引擎爆炸而倖存下來，佐佐木明白自己十分好運，只有落地撞擊帶來的全身肌肉痠痛，此時殘存之人最好的選擇就是縮緊身體，休養生息。

佐佐木身邊一位年輕的飛行員又忍不住，對著防空洞的鐵門外大喊。

「混蛋，等機會來了，換我上天空中去把你們全打下來啊！」

聽著年輕飛行員大喊，佐佐木只是怔著，畢竟此時沒有飛機可升空迎擊，若真的飛上去，遇見美軍殘酷的攻擊，還能有這樣的勇氣嗎？

佐佐木無法再思索，由於燈泡閃爍之後完全斷電，佐佐木只能看向前方純然的黑暗等待空襲結束，在這深沉且濃郁的黑暗之中，竟然逐漸映出山本弘夫的臉龐。

轟炸燃燒的聲響，讓防空洞不斷震動，喀啦喀啦喀啦——竟然逐漸化為山本弘夫爽朗的笑聲。

「哈哈哈……」

「哈哈哈……佐佐木啊——」

「佐佐木，你躲在那邊幹什麼啊——」

佐佐木在黑暗中猛力眨眼，確認自己看見的是否為真，但再一眨眼，山本君的身影已消失無形，全是一場凝視黑暗而生的幻覺罷了。但佐佐木再用力眨眼仔細看，卻發覺盧英珠站在前方黑暗中，原本只是背影，但盧英珠隨即轉身過來，一雙笑眼看向佐佐木。

「佐佐木——」盧英珠對他親暱的叫喚，讓佐佐木一聽，竟也忍不住微笑起來。

「嗨，佐佐木——我很想你呢。」盧英珠微笑揮手，瞇著眼拿出掏耳棒。「幫你掏耳朵好嗎，你每次都睡著，一定很舒服吧。」

「佐佐木君，我好想念你的泡菜喔，呵呵，真的好好吃喔，什麼時候可以一起吃呢？」

「佐佐木君，你還要和我說什麼故事嗎？」

「佐佐木君，什麼時候能看到你啊？」

「佐佐木每次來我房間都睡得很沉呢。」

「佐佐木君……」

「佐佐木……」

黑暗中，儘管自己知曉眼前的盧英珠全是幻覺，但佐佐木卻放任這幻覺不斷蔓延——就算是幻覺又如何，佐佐木微笑看向黑暗中的盧英珠，這才知曉在人世之中已沒有多少在乎之事，自己的家人都已離世，好友也落海死去，這世界上的知心之人都遠離自己而去……佐佐木明確知曉，這世界上能讓自己掛心的，就只剩盧英珠一人，才會不斷在黑暗中看見她……

彎下身，一股鼻酸突然強烈襲來，戰爭如此發展，佐佐木知曉自己或許再也見不到盧英珠，如此滿溢的情緒讓他不斷落下淚珠，在黑暗中無聲的落淚。佐佐木深切的明白，自己真的喜歡盧英珠，就算她是一個朝鮮人，就算她是一個……慰安婦……

這幾日面臨戰事，軍人當然不會來到鶴松屋，盧英珠總在房內反覆看向窗外，期盼藍天之中不會出現任何飛機。當一周過去，確認美軍不再到來之後，眾女子們才開始回到過往生活，不再躲到榕樹下等待飛機離開，但軍人們因為維修機場設施而管制放假，已無暇到慰安所來，眾女子們便先和小林一起打掃鶴松屋，而後修補各種事物，不管是破損的牆面、地上散落的樹葉，與屋簷上散開的瓦片……

轟炸過後，幾天內空氣中都是塵煙氣味，隔著木圍牆，女子們看不清楚外頭發生什麼事，只能從偶爾打開的大門邊看向外頭，但大門外只是一片樹林與連接的土路，和上次從牆洞看見的草地與田路完全不同。

「這幾天……機場都已經都沒有飛機起飛，有沒有發現？」劉惠在洗衣時與盧英珠低聲說起。「會不會飛機都已……被炸光了……連一台都沒剩下？」

盧英珠無法看見機場，只能從氣味和一些線索去判斷四周發生什麼。對慰安婦來說，最大的差別就是慰安所已暫停營業半個月，由於機場受傷人員需要醫治，軍醫也不可能來診治，所有過往的經營規律全都改變，直到二十天後再次能見到士兵時，這才發現之前許多熟面孔已然消失，眾人口語相傳，不再到來的軍人，大多是第一天的轟炸當下，就已在爆炸的火燄中死去了。

清洗衣物之際，眾人低聲說起這些事，彼此之間愈聽愈是擔心。

「不可能吧，這些軍人又不像我們沒地方躲，肯定躲在防空洞內。」

劉惠皺眉思索，與長谷川不斷討論起戰事。

「可是那幾天的轟炸，我們都有看到……要是其中一顆炸彈掉到防空洞外面，那爆炸威力可是連鐵門都會炸毀吧？」

「該不會……那些不見的人全死了……」長谷川皺起眉頭，面對如此戰事，光是自保都來不及了，身為慰安婦如此低下，也只能期盼自己存活下來，如此而已。

雖說眾女子是被迫來到此處當慰安婦，但營業一段時間後，也是有些親近之人。人只要有交誼便有著感情，面對親近之人消失，心底不免有些傷感。

聽著劉惠與長谷川討論起軍人，盧英珠馬上回想佐佐木，又聽聞身旁幾個日本女子一邊洗衣，一邊窸窣討論起。

「我有聽到一個勤務士兵說，有一間飛行員的宿舍好像直接被炸到……他們勤務兵可是拿著臉盆去撿拾屍體，唉呀，真的可怕啊……」

兩位日本慰安婦彼此低聲，深怕被人聽見討論悲慘的戰事。

「宿舍都被炸掉，這樣看來……一定有飛行員死了啊……如果是我，死了就算了，但要是缺手缺腳，眼睛看不見，躺在床上哪裡都不能動，可是比死還難過啊。」

日本女子的討論，一字字襲擊盧英珠的內心。盧英珠心底算起，此時已步入十一月，已三週以上沒見到佐佐木，算起來佐佐木應該要再一次放假才對，為什麼佐佐木不來找她？

盧英珠愣著，腦中竄過萬千念頭，莫非……佐佐木在這場轟炸中也受了重傷……還是他已死了？要是他真的死去，自己又該怎麼辦？

長谷川一邊洗衣，一邊好奇靠近胡思亂想的盧英珠，低聲問起。

「妳的朋友呢，那個每次都來找你的佐佐木呢？」

盧英珠搖頭不語，繼續清洗這些衣服，洗刷間才低聲回應。

「姐姐，我不知道他怎麼了……我沒有任何他的消息……」

長谷川一邊洗衣，趕緊甩甩手，隨即拍拍盧英珠肩膀安慰著她。

「放心吧，我覺得他一定沒事的，現在飛行員一定很忙吧。」

真的沒事嗎？盧英珠一顆心七上八下，只能屏息期盼悲慘的想像不會發生。畢竟若想和其他軍人打聽佐佐木，卻又擔心自己問出真相而傷心。若佐佐木沒事，會不會自己多嘴，反而給佐佐木帶來困擾？

盧英珠僅是思索佐佐木的各種可能，內心便無比震動，來這裡這快一年，自己原本只有恨意與委屈，從未有過這種心境……竟然會擔心一個……原本應該要憎恨的日本軍人，有沒有來找自己……

一向碎嘴的早苗近日卻突然安靜，原來先前追求過早苗的秀夫，已在戰爭第二天被炸死在機棚前。這消息在某日下午先傳來慰安所，直到隔日清早洗衣時，眾女子們沒發覺早苗正在聽，便低聲討論起。

「我聽一個地勤人員說，秀夫真的很盡責，美軍轟炸之前，竟然從防空洞跑出來去機棚關緊門，想要保存更多飛機呢……結果他跑回來時剛好遇到炸彈落下……等到美軍飛機走了，大家去打掃機場時，才發現秀夫的上半身完全都炸不見了……就只剩下半身啊……」

另個日本女子一聽先是寒毛直豎，隨即湊上問起。

「下半身……炸得只剩下半身……這樣還能認出是誰嗎？」

這問題的確讓眾女子們好奇，忍不住討論起。

「點名一下，找不到的人就是死了啊，……盡責是好，但命只有一條不是嗎？」

炸彈不長眼睛，要掉落哪裡也無法百分之百確定，也不會只挑軍官才炸。人在戰爭中會死會活，在此刻成為沒道理的事，只是女子討論的話語聽來駭人，下半身炸成糜爛的肉塊，又怎能知道誰是誰？

盧英珠在一旁洗衣，聽著這事也思索許久，當初來慰安所不久後，看見的男人都失去「臉」，存在的意義就只有「下半身」，而現在這位對早苗極好的男子秀夫，竟然真的只剩「下半身」。

盧英珠知道秀夫的消息後，轉頭看著不斷刷洗衣服的早苗，真擔心這消息會傳到她耳中。直到與早苗同時間洗浴的時刻，盧英珠水瓢舀水，起身擦拭時，才忍不住低聲問起洗浴的早苗。

「早苗姐……妳……妳知道了嗎……」盧英珠忐忑說出口，煙霧蒸騰之間，沮喪的早苗起初靜默不語，卻突然忍不住哽咽。

「我都知道……」

早苗想起秀夫這人如此開朗，每次到來都說要娶她為妻，儘管早苗不太喜歡這男子的外型，但畢竟相處久了，彼此也有著些許感情。早苗回到房間去，打開小木櫃的抽屜，看著那條之前被她拋開的玻璃珠項鍊。早苗拿出項鍊在窗前映著光，看著晶亮透光的玻璃面，回想著秀夫所說過的情話，原來緣分如此稀薄，一時間只能唏噓無語。

十二月到來後，台灣天氣已開始轉冷，微冷之際，機場已開始修復，飛機如昔的一台台飛上天空訓練。天氣陰鬱著，就連慰安所內的女人也是如此，那日早苗與前來的青木軍官伴眠時，一場激烈的性愛之後，喘息休息之間，早苗依偎在青木身邊的話語，在隔壁的盧英珠聽得一清二楚。

「青木，我只有這件事情拜託你……」

早苗說著竟忍不住開始啜泣，不免讓盧英珠好奇，趕緊從被褥中起身，試著聽得更清楚些。

「可以……可以把秀夫的骨灰……早點帶回去日本，送還給他的家人嗎……」

隔著牆，這是盧英珠初次聽見早苗的委屈嗓音，如此哀愁的請求，讓盧英珠聽得也不禁惆悵起來，又不禁想起一個月未見的佐佐木。

「好，我答應你。」青木也十分大方，儘管這是他人的感情之事，卻不加思索直接回應。

青木撫摸早苗的臉頰，也趁機在她耳際問起。

「我答應妳一件事，那妳也得答應我……戰後就和我走吧，我們結婚去東京去。」

早苗先是怔著，過去許多男子說要娶她，都只是歡場話語，自己也只是隨意應付，但經歷過殘酷的轟炸之後，早苗心思轉變，既然未婚夫大西早已戰死，對自己十分疼愛的秀夫也陣亡，既然此刻青木說要娶自己為妻，早苗也不再迴避如此情感。

「好……」早苗輕輕點頭，雙手握起青木的手。「戰爭結束以後，你去哪裡……我就去哪裡……」

隔牆聽到這句話，盧英珠竟忍不住紅著眼眶，原來早苗也期待幸福……儘管之前早苗曾欺負過自己，但現在已對自己開始轉變，兩人愈來愈親近。此時的盧英珠突然發覺自己的心底，也希望早苗也能幸福。

盧英珠已連續數月不再從牆縫中偷看隔壁，這夜的她難得的探向縫隙，看到早苗與青木兩人彼此承諾之後，再次緊緊相擁。

「說好了，我去哪，妳就跟我走吧。」青木的手輕輕撫著早苗的臉，早苗便感動的留下兩行淚珠。隔著牆縫看著，這是盧英珠未曾見過的早苗，或許是抓住感情的浮木，或許是追求真誠的愛。早苗與青木彼此撫摸臉頰，隨後吻起彼此，再次投入性愛，但這次的性愛讓盧英珠看得出，儘管早苗是個性格剛烈之人，也擅長利用身體，但兩人的姿態並不像支配關係，已像是有愛的夫妻。

更沒想到數日後，青木少佐一身整齊制服來到慰安所，與早苗謹慎的對坐。

「我已將答應妳的事情做到，秀夫遺體火化後，已經跟著軍官的骨灰送回日本去了，也會通知他的家屬。」青木一字一句仔細交代。

「真的嗎……太好了……」早苗聽著隨即點點頭，感謝青木能幫忙成全這心中的期盼，與秀夫的緣分已斷，至少還有青木可以依靠……

跪坐許久，面對靦腆的早苗，青木一張臉緊緊皺起，狀似欲言又止，但最終說出口。

「今天來……我也要告訴妳，上級下了派令，要將我送到沖繩去管理機場，這是我最後一次到這裡來。」

早苗一聽怔住許久，看著青木緩緩低下頭來。

「我本想帶妳一起去，但是我……我無法把妳帶去沖繩，沖繩現在加強管制……我有和上級請求，但上級不讓我帶妳去，甚至我想先和妳結婚，把妳用親屬的資格帶去，上級也不准許。」

早苗屏息許久，只剩嘴角在顫抖。

「這次一去，不知道能不能活下來與妳見面，所以……我今天是來和妳正式告別的……」

聽青木一言一語訴說現實，早苗終於忍不住憤怒，一張臉皺得不像原本的自己，挺起上身湊向前去，一拳一拳捶上青木的胸膛，不斷大吼。

「你不是說可以把我帶走嗎，你不是這樣說嘛？」

「不是說要和我一起度過餘生嗎！」

「你不是說要和我結婚嗎？」

「軍人全都是騙子——」

「騙子——騙子——」

「全都是騙子啊——」

早苗一拳一拳用力捶著青木胸膛，捶出一聲聲悶響，但不管如何怨懟，軍令無法違背，早苗將氣出在眼前青木身上，也只是無能為力的發洩。早苗歇斯底里的捶打青木厚實的胸膛，但青木竟然無感似的挺著胸膛忍著打，早苗索性走到木櫃邊，打開抽屜後不斷將物品丟向青木，直到青木起身退出拉門外，卻因為絆到木拉門而跌坐在地。

「早苗，住手！」平日溫和的青木少佐竟忍不住對早苗大吼。「夠了啊——這不是我能決定的啊……我也想把妳帶走啊……不是嗎！」

隨後青木也壓抑不住悲傷，淚珠滴答落下在走廊地板上，任誰都能看出他對早苗真的有感情，但軍令難違，青木也知曉自己不一定能活過戰爭，既然不能帶早苗離去，就只能放早苗自由……

幾個女子聽到早苗砸物的聲響，趕緊快步來到早苗房內，眾人拉住崩潰的早苗，以免她將手上的木梳刺向青木，要是傷害到軍官性命，早苗肯定再也無法離開這慰安所，甚至會被軍隊處死。

「早苗——請原諒我……」

沒想到青木竟然雙膝跪下，與早苗道歉。

「如果可以，妳一定要好好活下來……我一定會來找妳，一定……一定……」

語畢，青木眼眶溼濡的面對早苗，竟然彎身對早苗鞠躬，隨後起身快步離開慰安所。青木的腳步噠噠，在木地板上踩出規律的聲響，早苗轉過頭去不想再看。

那日開始，早苗彷彿失去了魂魄，就連衣服都穿不好，盧英珠總在走廊經過時，看著早苗衣服落下半露出乳房，便快步走上前，將早苗的衣服拉上。

「姐姐，十二月底了，這樣會著涼的……」

儘管盧英珠溫和問起，早苗卻仍舊彷彿失魂一樣呆坐著。

那陣子，盧英珠總在洗浴間替早苗擦背，早苗在刷洗聲中惆悵的回過頭來，看向盧英珠的臉龐。

「妳們朝鮮人……不管戰爭怎麼樣發展，最後還是能回家吧。」

「姐姐，我不曉得以後會怎樣……」盧英珠老實說起心底想法。「我……我們連明天會怎樣都不知曉了……」

早苗嘆口氣，額頭上的水珠滴下臉頰。

「畢竟這是我們日本人自己的戰爭啊……朝鮮人畢竟是朝鮮人，能回去也好……像我們可能哪裡都回不去了……」

盧英珠知曉，青木的身影還在早苗心底縈繞，那數日早苗沒事時，總在房內枯坐，拿起菸含在口中，劃過火柴後抽起，菸氣又滲入房屋四周，透過縫隙傳到盧英珠的房內。

盧英珠也在思念久久未見的佐佐木，嗅到菸味，彷彿連早苗的孤寂都隨著菸氣滲過牆壁，更顯得惆悵。隔著房間，盧英珠深吸一口菸氣後，索性走到早苗門前，屏息打開拉門後，跨步走入早苗眼前。

「姐姐，別抽了。」盧英珠感慨說著，但早苗沒有多理會，又吐出一陣瀰漫的煙霧。盧英珠索性接過早苗手上的菸，先深呼吸一口氣，隨即大力吸一口菸，盧英珠的喉中瞬間充滿炙熱菸氣，馬上忍不住咳嗽起，過於刺激的菸氣讓盧英珠咳得滿臉鼻涕淚水，趴在地上咳嗽到胸膛痛楚，因而暫時忘卻佐佐木……

盧英珠才發覺早苗過去總是不斷抽菸，此刻終於明白，原來早苗抽的盡是讓淚水流下的發洩……抽的是無處可說的哀傷。

第二十五章　墮入深淵

隔了數日後，洗浴間內只剩劉惠和盧英珠之時，兩人熱水淋上身子，煙霧蒸騰中，劉惠才緩緩移動身軀，靠近盧英珠耳際，低聲說起自己打聽來的消息。

「妳應該都知道了吧……美國人肯定會來登陸攻打台灣。」

登陸？這兩字讓盧英珠瞪大眼，如果真的要面對美國士兵，像自己這樣弱小的女子又該怎麼辦。

「奧田和我說，美國的飛機一直在台灣四周飛行，船艦也都在附近海域，判斷美軍要登陸台灣，所以士兵都拉去做工事，現在軍隊兵力不夠用……所以不會再對我們看管得這麼嚴格──」

劉惠深怕被別人知曉自己的祕密，便緊貼在盧英珠耳際，訴說自己的結論。

「我們……就能趁機逃跑了。」

士兵奧田是劉惠的親密好友，所說現況應該不假，但是劉惠將「逃」這字說得篤定輕鬆，卻讓盧英珠聽得無比忐忑。想逃離開這片高聳的圍牆談何容易。加上自己被關在鶴松屋一年，已不像當初務農時強壯，更何況在台灣人生地不熟，當初才到台灣就被送到鶴松屋，如今就算能逃出去，往後該躲去哪裡，如何找東西吃，如何有個工作，如何認識當地的人──

「離開鶴松屋，像我們這樣的慰安婦，要如何活下去？」

這個問題在盧英珠心中盤旋不已，只不過看向劉惠明亮的眼神，盧英珠心底知曉劉惠已篤定要逃，自己如果跟隨劉惠一起逃去，兩人彼此照應，或許才有活下來的機會。

「但……這樣……真的好嗎？」浴室中水氣氤氳，盧英珠低聲，憂慮著看向劉惠。「會不會很危險……」畢竟盧英珠始終記得小林曾說過，當初盧英珠房間先前那位台灣女子「吳碧鳳」，就是「被抽籤」來此當慰安婦，不甘心而趁夜逃出去後……因為視線不清，摔入灌溉水渠內淹死……

劉惠閉上眼思索些許，隨後微笑看向盧英珠。

「我不知道逃出去後會怎樣，但我一天都不想待在這裡，我們在機場旁邊，炸彈又沒有長眼睛，要是下次一顆炸彈落下在我們頭頂，屋子一定被炸垮，我們肯定全部被炸死，一個人都活不了——」

劉惠謹慎的說起心底祕密，突然聽見門外的喀喀腳步聲，劉惠便忐忑的停下話語，深怕有人突然打開洗浴間的門，直到聲響遠去後，再度靠向盧英珠的耳際。

「妳還記得上次被轟炸嗎，那沒用的岡本……竟然要我們躲在榕樹下，我們這些女人可是連個防空洞都沒有……我們可是被炸成爛肉都沒人在乎的低賤女人啊……」

劉惠擦拭臉龐，抹去臉龐上的水珠，和盧英珠更低聲說起。

「我逃出去之後，會想辦法回台北找個工作活下來……我只能說，等戰爭結束後再見面吧，英珠啊我的妹妹，今天的事情就當我沒說過，妳也不要和別人說……我們以後見……說不定……最好永遠都不要見面。」

劉惠如此篤定，握緊盧英珠雙手，盧英珠也不知如何回應，只能握緊劉惠的雙手，感謝起劉惠。

「惠姐……我真心祝願妳順利成功……我永遠祝福妳……」

劉惠是自己初來乍到時，對自己十分照顧的台灣姐姐，若非有她存在，給予精神支持，自己肯定無法活過第一個禮拜……如今知道她要逃，盧英珠心底儘管擔憂，卻有著更多的祝福。

事實也真如劉惠所說，機場被美軍轟炸過後，由於機場跑道修復需要大量人力，慰安所的大門衛哨被調走，已經一週以上未現身影，但慰安所內的女人們卻一步也不敢離去，甚至連靠近大門太久都不曾有過。眾女子們都十分明白，人在這鶴松屋內還能生存，要是真離開這裡也不知道接下來該怎麼辦，眾女子們早已內心自我限制，如今就算大門全敞開，也不敢離開半步。

就在衛哨不再出現後，劉惠判斷現在是軍事緊繃時刻，到了夜晚衛哨更不可能出現。果然入夜後衛哨也沒有到來，在深夜周圍一片死寂的時刻，接近滿月的月光照亮大地，劉惠便走來先前被水泥塊撞破的圍牆邊。

上次被美軍轟炸時，一塊水泥塊撞破圍牆，儘管小林敲敲打打修補牆面，但畢竟不是專業木工師傅，只是勉強修補，更何況才剛補好，又在隔天的轟炸中被震垮，一連數天過去，如今牆面上只有簡單的麻繩綑綁和木條修復，已能從木板縫隙中望向牆外的黃綠芒草，在夜色中隨風吹掩一片。

這一夜，劉惠拿著先前從吳碧鳳房內搜來的剪刀刀刃，小心割開麻繩後掀開木板，露出牆面上一個窄小洞口，儘管洞口僅有三十公分大小，宛如一個狗洞，但慰安婦都營養不良而體型纖瘦，乳房也因為缺乏營養而縮小，僅需如此大小的洞口便已足夠逃出，劉惠將細瘦的身體擠出洞口後，只留下幾個倉皇的鞋印，便消失於黑夜的芒草之中。

這一夜，只有小林被遠方的狗吠聲驚醒，卻也沒想太多而繼續睡去，畢竟有時候機場的軍官也會騎腳踏車在機場四周巡邏，野狗只要嗅到軍官的氣味，老遠就會大叫……

等到隔日清晨，當岡本先生看向圍牆邊的破口後，隨即召集眾女子點名，劉惠房間內已空無一人。

「那個台灣女人劉惠逃走了啊──那個王八蛋女人啊──虧我還這麼信任妳啊，王八蛋──」

清晨時間，岡本嚎啕怒吼，口水噴濺在每一個慰安婦臉上，岡本要所有女人脫光衣服，拿起竹棍怒打每一個女子的背。

「那個王八蛋女人要逃走，妳們為什麼沒說，為什麼啊──」

岡本先生用力揮下竹棍，哀號聲此起彼落，彷彿每一個女子都是戰場上的敵人。

「混帳啊，妳們這些下賤的女子，全部都是賤人，根本是串通好的對不對，今天她先走了，明天就換妳了對吧？」

岡本先生不斷揮打怒吼，鶴松屋內的每個女子都被打得滿身傷痕，哀號遍野，卻也無力反抗。

「我怎麼會知道她要逃，我只恨她沒帶我們一起走呢。」輪到早苗要被打之際，早苗挺直身子看向岡本，岡本先生氣得雙眼突出，滿是血絲。一棍打下早苗的背，讓她痛楚哀號。

岡本先生最後這一棍落在盧英珠身上，啪嚓一聲打下，黃色皮膚上隨即透出紅色瘀血，但盧英珠儘管挨打而無比痛楚，心底卻忍不住在發笑，這背後的紅色瘀痕，就是自己對劉惠姐姐的祝福呀……劉惠姐姐真的逃走了啊，從牆上那麼小的洞鑽了出去，真的很勇敢啊——

劉惠真的是很不一樣的人，說到做到，又有勇氣與智慧，不像自己這麼怯弱，這麼膽小。

「惠姐，這背後的傷，就是我對妳的紀念……」盧英珠儘管在岡本先生面前露出焦慮神情，內心卻是陣陣愉悅，這是難以言喻的爽快啊——

但隔沒一天的早上縫補日，岡本先生又是大吼。「出來——全部女子都出來——」盧英珠正在房間中縫紉，沒有多想就走出來，大概又要生氣，讓女子們彼此面打了吧。

盧英珠來到走廊上列隊，所有慰安婦排成一列要走出到庭院中，遠遠從大廳門口看出，庭院外的大門口正敞開，一陣軍車與士兵的喧鬧聲後，兩個士兵扛著一個擔架來到庭院中，隨後將擔架傾倒，一個人體便在庭院中翻滾出一道土痕。

「全部過來——想跑的結果就是這樣！」岡本先生揮舞著竹棍大喊，盧英珠遠遠從走廊看出，地上竟是人類的屍體……

「哈哈哈，這個下賤的台灣妓女啊，死得好啊——大家跨過去，看清楚這傢伙的臉啊，想逃跑的賤女人，就是這樣的結果啊！」

盧英珠愣著，所以這屍體……就是……劉惠？

盧英珠顫抖走向前去，隔著數公尺之遠，看這屍體上有一層乾去的暗紅血漬，臉龐幾乎糜爛到分不出五官……盧英珠內心震撼尚未停息，卻被岡本先生要求眾女子列隊，一個一個跨過劉惠的屍體。

「不——不——」盧英珠在內心大喊不斷翻騰，光是看劉惠的屍身躺地，盧英珠便腹肚欲嘔，但女子隊伍正往前踏步，輪到盧英珠跨過劉惠頭顱，低頭看見劉惠死不瞑目的破爛臉孔，又聽著岡本在眾女子耳際扯開喉嚨大喊。

「不要以為從機場軍人哪裡得到什麼消息，就可以為所欲為啊——妳們是逃不掉的，逃的結果就是這樣子啊——」

盧英珠其實已無法看清，這半身赤裸，胸口還有一個豆大的槍孔，且滿臉血漬混雜土沙，有著幾乎潰爛到看不出五官的屍體……真的是劉惠？但盧英珠低頭一看，這屍體旁的地上有著一個鏡架歪曲，鏡片破裂的眼鏡，這是劉惠的眼鏡沒錯，要是失去眼鏡，她便失去視線，到哪裡也走不掉。

「妳們還以為自己可以逃到哪裡去，妳們是軍方的妓女，哪裡都不能去！」岡本先生高舉他的竹棍大喊。

「給我乖一些啊，妳們這些賤人，給我安分當妓女，不然——就去死！」

盧英珠跨過劉惠的屍體瞬間，看向她破爛到血肉模糊的五官……如果前一夜自己跟著劉惠逃走的話，這也會是自己的模樣嗎？這是盧英珠初次近距離看人類屍體，更何況是熟人的身體……盧英珠跨過之後便閉起雙眼，不忍再看。

「全部回去——」岡本先生大吼，盧英珠隨即轉身走回室內。因為一整日過去，劉惠的屍體開始僵硬發臭，引起四周蒼蠅飛降，一隻蒼蠅飛上盧英珠的臉上，盧英珠揮開蒼蠅，但蒼蠅卻又不斷飛回來盧英珠臉上，盧英珠彷彿能聽見蒼蠅搓手的窸窣聲響，嘁嘁嚓嚓，嘁嘁嚓嚓，盧英珠心裡怒恨，不斷拍打自己的臉龐，要這些蒼蠅不要再搓，不要再搓，不要再搓……

回到房內，盧英珠全身發癢，在榻榻米上蜷縮著身體，這次，她竟然傷心到一滴眼淚都流不出來，彷彿榻榻米成為一個無盡下陷的流沙，盧英珠身軀在榻榻米上不斷下沉再下沉，直到自己完完全全淹沒。

又過幾日後，一位在機場擔任警衛的軍人，在與長谷川做完後的短暫時間內，訴說自己那一夜的見聞。

劉惠跑出的那一夜，深夜一點鐘時，遠方傳來貓頭鷹的咕咕鳴叫，劉惠趁天暗時來到圍牆邊，割開麻繩，掀開木板上，終於從圍牆邊鑽了出去，來到機場邊際的芒草地。

儘管月光能照出身影，但劉惠慌張不已，畢竟這裡地處偏遠，又是機場周圍，方圓半里內沒有一戶人家，加上被美軍轟炸之後，所有的建築物都會進行燈光管制，到了夜間根本都不開燈，放眼所及只是一片陰暗的大地。劉惠不知該往何處去才好，想著不能讓別人看見，便在夜裡遁入草叢間。只可惜，當劉惠從草叢中跑出時，被草根絆到腳而跌倒，眼鏡因而摔落在草叢中，明明應該掉落在周圍，一時間伸手觸摸四處，卻怎麼都摸不到眼鏡。

劉惠因為失去眼鏡而看不清楚四周，一時間不知該如何是好，緊張得滿頭汗珠。這時在遠方的機場草坪上，一隻軍犬先嗅到空氣中的陌生汗水氣息，便開始奔向草叢前去，很快便發現劉惠的身影，軍犬便對向空嚎啕，隨即向草叢追去。

劉惠最初並不知曉軍犬的存在，聽見附近的狗吠後，還以為是普通的野犬，但她才摸到眼鏡，戴起眼鏡站起，便看見草叢外一隻軍犬正奔向自己，機場的守衛也跟著奔跑而至，對著草叢中的劉惠身影開槍射擊。

劉惠被槍聲嚇得愣住，加上眼前微光之中的軍犬更是無比凶猛的野獸，她只能轉身跑回草叢之中。對守衛士兵來說，半夜現身在機場邊的人影，說不定是來破壞機場的美國游擊隊，士兵拿起槍就向著草叢中開槍，十幾發子彈過去後已不見人影晃動，士兵才快步跑過去一看，原來芒草堆中躺下的人，並非美軍入侵者或反抗游擊隊，而是一個瘦弱的女子。

劉惠身軀中彈未死前，胸口還在喘息起伏，一個士兵點燃火把看清楚，這才發現，這是自己曾光顧過的鶴松屋慰安婦呀，看著劉惠口中不斷湧出鮮血的悽慘模樣，士兵嚇得大叫跌在後方，軍犬隨即不聽命令，聞到血腥味後便瘋狂咬上劉惠的臉，就算士兵呼喊「放開」的命令，軍犬仍是緊咬不放，直到劉惠已皮開肉綻，徹底死亡為止。

猜測還有人逃出，機場的支援士兵隨後牽著軍犬，在草叢中四處搜尋其他躲藏的人，這才判斷劉惠是獨自一人逃跑，可能是因為慌張而走錯方向，反而沒有順利遠離機場，可惜只要走到軍犬能順利嗅聞氣味的距離，便失去逃生的契機。

長谷川在洗浴間內，轉述機場守衛的話語給盧英珠知曉，兩人靜默著洗浴，彼此背後的竹棍血痕突然刺痛起來。

長谷川也發現，自從劉惠死後，士兵奧田便不再現身，幾次詢問軍官之後終於知曉，那位奧田彷彿精神出了問題，好幾夜徹夜不眠之外，成天坐在機棚一角愣著，問話也不回答，被體罰也不回應，已經被上級裁定強制退伍。

「應該是知道劉惠發生什麼事，所以受不了吧。」長谷川嘆了口氣，沖出嘩啦水花。「可能……奧田其實想要和劉惠一起逃吧，沒想到卻發生這樣的事……」

盧英珠知曉這事之後，忐忑的回到房內，靜默跪坐許久，思索起劉惠曾與她說過的話，便忍不住喃喃自語。

「姐姐……其實應該要死的人是我才對，怎麼會是妳……」

沒人發現盧英珠的心聲低語，就連淚珠都只能在心中落下。劉惠是少數會照顧自己的台灣姐姐，算起來，她今年只不過二十四歲啊……她在自己剛到來時，就告訴過自己要忍耐，要想方設法活下來……為什麼會這樣就死去了？

無止境的焦慮從內心瀰漫開來，盧英珠又想到佐佐木，時間至此已經超過一個月未見，他已失去消息好久……佐佐木是真的死去了嗎，還是美國人已來到台灣抓走了飛行員？

「還是……他不要我了？」盧英珠心底一股悲愴，只能無止境的瞎猜測，自己身為慰安婦，儘管與軍方關係如此密切，卻因為身分低賤，什麼資訊都不知曉……

此後，盧英珠只要來到戶外洗滌衣服，抬頭看見附近飛機起飛，盧英珠都會下意識的仰頭望向天際，想要從她從未認識的飛機中看出一些端倪，然而盧英珠什麼飛機型號都不懂，飛機從頭上經過，也只不過化為一道遮蓋地面的陰影。

盧英珠嘗試從到來慰安所的士兵身上獲得更多消息，只是士兵愈來愈急躁，從他們集體的倉皇眼神中，盧英珠便知曉戰況愈來愈不安，軍人將心裡的不滿、戰爭的退敗，同袍死亡的恐懼……全用下體發洩在這些女性上，儘管女子們說出：「慢一些好嗎？」、「保險套戴了嗎？」但軍人們卻彷彿失了魂，依舊蠻力一樣的對待女子們。

最近每當軍人離去時，盧英珠便感受自己下身悶痛，長久的疼痛便又讓她想起自己藏在隱密牆縫中的刀刃，每當陌生軍人進入房間，在自己身上衝刺時，盧英珠腦中總想像著，是不是刀刃劃過皮膚，就能順利劃開血管，流出燦紅的鮮血……

軍人正在自己的下身衝刺，盧英珠側過頭去看向窗外的櫻樹，就要入冬，櫻花綠葉轉黃，之後就會紛紛落下，佐佐木到底在哪裡？會不會就像枯葉一樣，早已隨風吹落地面……

盧英珠無比安靜，儘管士兵正在身上衝刺，盧英珠卻雙眼彷彿中邪似的，側著頭呆愣看向窗外的遠方。這士兵覺得不對勁，搖動著盧英珠卻沒有回應，終於忍不住甩上盧英珠一巴掌。

「賤女人，妳叫啊，混蛋——妳是死人啊！」

巴掌熱辣打得盧英珠回過神來，深吸口氣，看著這士兵的臉卻依然無語。

「叫啊，妳死了是嗎，叫啊——被我打也不叫，啞巴是嗎，叫啊！」

巴掌紛紛落在盧英珠臉上，盧英珠卻不躲也不閃，任憑自己被打倒在榻榻米上。由於房內傳來的男子喊叫聲，小林奔跑過來，在木拉門縫中看見盧英珠在挨打，趕緊奔跑去和岡本先生報告。岡本先生腳步沉重的走來拉開木門，看見裸身的士兵竟對自己的慰安婦出掌，便先一拳打向這士兵臉龐，再一把抓住這士兵。

「不能打我們的慰安婦，混蛋——」岡本先生儘管身有殘缺，但力氣頗大，一把將士兵摔在地上，隨即怒斥著他。「要是受傷了不能上班，你能賠嗎！」

「她……沒反應啊，我還以為她是屍體啊，我以為她死了啊！」

這位士兵在之前的轟炸中，親眼看見許多同袍在身邊死去，因此精神已不安穩，一看到岡本先生便嚎啕大叫。

「我真的以為她死了，我以為她死了啊——」

「混帳，我要把你交給憲兵，送去槍斃啊——」岡本先生再次大吼，士兵被岡本先生再次踹倒在地，側眼看盧英珠正裸身倒在一旁，依然彷彿失神似的沒有動彈。

幾個姐妹匆忙進入室內，拿起衣服遮住盧英珠的身體。儘管有所遮蔽，但盧英珠臉龐的熱辣痛楚提醒自己，就算有佐佐木疼愛自己又如何，盧英珠緩緩低頭看自己的裸身，肩膀被毆打之後生出新的瘀痕，疊在已褪去的瘀痕之上……層層疊疊的傷疤，代表自己只是一個被國家所支配，專門給男人下體發洩用的物品，在軍隊層級最為下賤的慰安婦罷了。

盧英珠忍不住想起劉惠——忍不住在心底追問起她。

「惠姐啊，如果是妳，接下來的生活該怎麼辦啊，該怎麼辦啊？」

彷彿劉惠靈魂現身在房間一角跪坐，如常的溫和婉約，正對著盧英珠微笑。

「該怎麼辦啊——」

盧英珠落下淚珠，對著那不存在的劉惠靈魂哀哀泣訴。

「該怎麼辦啊——」

第二十六章　決定特攻

佐佐木終於到來，那腳步才剛走上走廊，盧英珠便聽得出來。

真的是他嗎？說不定這人世間還會有另外一個腳步聲相似的人？但儘管如此思索，盧英珠依然心底不斷盼望，是你，是你，是你，一定是你，真的是你，這世界上不可能會有另外一個人有如此相似的腳步聲，所以這是你，一定是你，肯定是你，務必是你——

木拉門緩緩向著一旁打開——果真是佐佐木，打開拉門後，佐佐木依然禮貌的點頭微笑說起。「我回來了。」

「你來了——」盧英珠也禮貌點頭回應，彷彿內心不起波瀾，彼此行禮如儀，直到佐佐木走入房內，緩緩側過身將木拉門關上，當房門關起的一瞬間，兩人偽裝的表情一變，僅是隔著一公尺半的距離相望，便忍不住落下滿臉頰的淚珠。

「我以為你死了……但我想不可能對吧……你答應過我的，你會回來的……」盧英珠擦去不斷落下的眼淚，輕聲說起。

「我沒死，我不能死……」佐佐木微笑著，但淚水也不斷占據臉龐。「我不能死……」

兩人緊緊相擁之後，隨即湊在一起，不斷對彼此訴說。

「前陣子，每天都有空襲警報聲音，我真的好擔心，岡本要我們全躲起來不能看，我一直想……佐佐木會不會飛上天空，開飛機對抗那些戰機呢。」

「我有開飛機上去，還好我沒死去……」盧英珠聽著佐佐木說，他有飛上天抵抗美軍而些許興奮，卻又一時想著，只要飛上去天空就有被美軍擊落的可能，要是掉下來肯定屍骨無存，想起那天所見的滿天火花與煙塵，便又捨不得佐佐木而拚命搖頭，喃喃細碎的激動說起。

「不要去……不要去……拜託你不要去……」

兩人緊緊相擁，感受彼此呼息體溫，彷彿確認彼此眼前之人並非鬼魂，而是真實存在的人類。原來在戰爭中，光是能存活下來靜默陪伴，便已是最幸福之事，佐佐木用破損的衣袖不斷擦去盧英珠的淚珠，自己的淚水彷彿陣雨落個不停，兩人不再說話，只能繼續相擁，就連淚水都混雜一起，浸溼彼此的衣領。

這一日的相處，兩人如常說話聊天，討論起這幾日被轟炸造成的影響，說起躲避在防空洞與大樹下的心情。佐佐木說起現在機場開始修復，為了欺騙美軍轟炸機，還用竹子編出了許多「竹飛機」放置在跑道一端，專門讓美軍飛機來轟炸用。

佐佐木遠遠看著士兵齊聚在跑道盡頭，拿著竹條編織飛機，這一景象馬上讓佐佐木內心有著結論。

「軍方既然如此做，就代表之後還會有美軍來轟炸，妳一定要小心……」佐佐木忐忑說起。

「期盼美軍不要再來了……」盧英珠點頭，雙手合掌期望，也為佐佐木祈福。「期盼佐佐木一切平安……」

儘管兩人並沒有多餘的食物可以分享，但就算這樣，兩個思念之人能彼此依偎，一時的飢餓也不算什麼。兩個小時內，兩人緊靠身邊，話語絮絮叨叨，佐佐木真不希望假期結束，盧英珠也不希望佐佐木離去。

只是在這次珍重道別後，佐佐木又過一個多月沒來慰安所，盧英珠並不能完全知曉佐佐木近日發生之事，畢竟飛行員肯定有許多任務，盧英珠只能明白，當佐佐木又不能每週來到慰安所時，便是有密集的任務，她只能望著天空中的雲朵，閉上眼來合掌祈禱。

「不管是什麼神明啊，請保佑佐佐木能平安歸返……平安的起飛……平安的降落……」

庭院內的櫻花開始盛開，每次經過時，盧英珠便闔起手掌閉眼期望。營業時面對那些軍人男子，盧英珠常側過身看向窗外櫻花，盧英珠也在心底唸禱，人生之中已沒有什麼期盼，現在的自己，只期盼佐佐木能夠平安回來。

三月將盡，盧英珠看向窗外的阿里山緋寒櫻，花瓣即將落盡，只剩樹枝角落還殘留些許花瓣，其餘皆落在地上，只見小林打掃勤勞，一見落花，便趕緊低身撿起，盧英珠反而好奇問起小林。

「你怎麼不等早上再清掃就好？」

小林渾身汗珠，委屈著看向盧英珠。

「姐姐……有些軍官還會來喝酒，他們只要看到櫻花飄滿地面，會認為是不好的兆頭啊……岡本要我一看到落花，就要打掃乾淨……」

盧英珠皺起眉，不能理解這行為的意義。

「可是季節過去，花朵就會落下，不是嗎？」

小林仰頭看著樹上櫻花，也只能苦笑說道。

「岡本先生說，反正只要讓長官看見燦爛的花就對了……」

小林繼續匆忙打掃，留下啞然的盧英珠，這句「只要讓長官看見燦爛的花就對了」，讓盧英珠有極度不安的念頭，一道從機場起飛的飛機陰影，正好遮住盧英珠頭上的天空，盧英珠仰頭看向快速離去的機腹，心底更加不安。

「期盼你平安——」盧英珠又如之前一樣，每天合掌對著窗戶外天空中的雲朵祈禱。「不管是什麼神明啊，請務必讓佐佐木平安……平安起飛，平安降落……」

對庶民而言，因為新聞封鎖的緣故，無法知曉四四年十月這場「台灣空戰」對日軍影響極為沉重，除了軍力受到毀滅式的打擊之外，也將日軍的戰場現實全暴露出來。

第一是日軍已缺乏高等的飛行員，過去三年多的太平洋作戰，日軍的作戰方法，讓有經驗的飛行員大多傷亡殆盡，飛行員難以在短期間訓練補充，畢竟空戰的世界極為殘酷，通常「空戰王牌」往往能以一抵百，而菜鳥飛行員就算數量再多，也都將成為被擊落的殘骸。

第二是由於日軍資源已耗盡，又被美軍封鎖運輸，所以再也無法生產足夠的飛機，進行大編隊的作戰，只能開始思索更有效的小股力量進攻。加上日軍政府就算資源耗盡、人員不足，卻也從來沒有投降的打算。

綜合一二這兩點因素，既然此時訓練出的新飛行員上天作戰，也只是被擊落死亡，資源投入毫無成效可言，軍方便開始思考以少勝多的方法——那便是「特別攻擊隊」。

「特別攻擊隊」簡單來說，便是讓訓練不久的飛行員，駕駛著掛載炸彈的飛機，隨即直接撞擊美軍軍艦引發劇烈爆炸，如此便能讓一艘軍艦「失能」而退出戰場。特別攻擊只要成功，只訓練不到數月的年輕飛行員生命，就能換到美軍一艘船艦上的數百位專業人力，這將是難以想像的交換比，成為重大的戰果。

其實軍方在思考航空隊進行「特別攻擊隊」之前，海軍早已計畫要將小型潛艇，所謂的自殺魚雷「回天」，或小型快艇「震洋」之上裝上炸彈，方法完全相同，就是直接用人力駕駛自殺魚雷和快艇，直接衝上軍艦，便有可能以小搏大獲得戰果。

而後，海軍竟又研究出一款人力導引飛彈，叫做「櫻花」，這是一款小型人力導引飛彈，和「回天」這種「人坐進去操控」的魚雷一樣，這便是一款「人坐進去操控」的超音速自殺飛彈，當「櫻花」從轟炸機下脫離啟動後，「櫻花」便會啟動後方的火箭推進器，以時速六百公里以上的速度，朝向三十六公里內的目標攻擊。且由於「櫻花」沒有起落架，就算任務失敗，也不可能回到機場降落，所以在出發的一瞬間，便注定終究會戰死於茫茫的太平洋之上。

只是對日本軍方來說，不管是「回天」、「櫻花」或「震洋」，這三款自殺兵器早已研發使用，歷經多次作戰卻無法獲得顯著的戰果，卻因此延伸出著名的「神風特攻隊」。

當台灣空戰發生後，日軍因為航空能量消耗殆盡，且見識到與美軍之間的科技與數量落差，便執行初次的「神風」計畫。在一九四四年的十月二十五日，海軍飛行員「關行男」上尉出征成功，率領的五架神風零戰，擊傷三台護衛航母，且擊沉「聖羅號」航空母艦。日軍的軍部收到戰果報告，更加確定神風特攻隊這戰術確實有效，終將影響全日本各地的飛行員。

一九四四年的十二月到來後，一位來自軍部的大佐，對機場集合的飛行員宣布要事，所有人都仔細聆聽。

「各位大日本帝國的軍人啊，這次的行動，我們將要化身神風——將飛機撞向台灣周圍的美軍船艦！」

佐佐木和眾隊員立正聆聽訓話，原本以為大佐會來說明新飛機的款式，或改變節約能源使用的政策，完全沒想到新命令，竟是要飛行員直接駕機衝向敵方？佐佐木雙眼瞪大不敢置信，儘管壓抑情緒，貼緊褲縫的雙手卻不自覺的抖個不停。

「任務已經下達，身為軍人必然要完成，既然如此，我也就不發意願通知了。」

大佐踱步打量著每個挺胸的飛行員，開口便問。

「這一次，誰要去出征？」

大佐開口一問，沒想到佐佐木身後的許多年輕隊員先是大喊著，隨後紛紛憤慨舉起手。

「我要去！」

「長官，讓我去！」

「我也是！」

久保田中尉小隊長掃視自願者，便在前方黑板上書寫自願者的名字。佐佐木身後的年輕飛行員們看身邊隊友都參加了，便陸續舉起手加入特攻名單，大聲與長官呼喊。

「長官，請將這個任務交給我——」

這任務太沒道理，佐佐木實在說不出口，不到兩個月前的「台灣空戰」到來之際，機場參謀還跑到飛機旁，告訴大家要試圖保存飛機，怎麼過沒兩個月，軍隊長官竟然要大家開著飛機直接衝撞軍艦？

這實在太荒唐，佐佐木不敢置信竟會有如此劇烈的轉變。只是佐佐木前後左右的飛行員都參加，反倒顯得佐佐木並不合群，面對軍官掃視自己的目光，佐佐木無比憤慨，自殺攻擊是任何受過訓練的飛行員的恥辱呀，培養飛行員非常不容易，受過訓練的飛行員的最高準則都是保住飛機，保住飛行員的生命，好好活著並且再次打擊敵人，如果要開飛機去送死，又何必經過重重嚴厲的訓練考核，簡直荒唐。

由於自願的人還不夠完成一次出擊編隊，大佐隨即敲著黑板。

「還有誰要加入的啊——」

眼看還欠數人參加特攻，久保田中尉隨即走到年紀最小的中島良寬面前，臉龐湊上追問。

「中島良寬，你這個混帳，我們大日本的軍人有像你這樣膽小的嗎？」

「報告，不是！」中島君立正大喊。

「不是就舉手啊！」

中島君怔著，畢竟誰都知道特攻的意義是有去無回，便不敢舉起手。

「混帳！」

長官大吼，儘管未出手責打，但這耳際的大聲怒吼，讓中島君緊閉雙眼。

「你飛行成績不錯啊，但我有教出你這種廢物嗎？」

「報告，不是……」

中島被這怒罵聲一罵，便再次瞇著眼忍耐。

「垃圾，舉手啊！」

中島害怕的雙眼睜著，始終不願舉手，委屈的淚水便滑落眼眶。

「還哭啊——垃圾——不要說你是我隊上飛行員啊，上次美軍來的時候，你怎麼沒上去被打下來啊，混帳東西，你當炮灰都不夠格啊，垃圾東西——」

久保田中尉還沒等到中島良寬同意，走到另外一個成員渡邊的身邊，渡邊壓抑不住臉龐的顫動，緩緩舉起手。「長官，請讓我去……」

「很好，渡邊，雖然你舉手是慢了些，但日本帝國有你這樣的軍人，我們才能打贏那些可惡的美國人。」

久保田中尉說完，便又轉身走回中島良寬的面前。

「中島，你這個廢物，舉手啊！」

中島在十來分鐘的怒罵逼迫下，不斷緊張的眨著眼睛，最後渾身顫抖的緩緩舉起手，久保田中尉這才點點頭和大佐說起。

「非常好，優秀的中島君同意加入特攻了，你們都是我們的勇士，加入特攻隊會先進行訓練，讓你們能成功打敗這些罪惡的美國軍艦……」

佐佐木一雙眼全是血絲，再也聽不下去，儘管有話想抗議，但喉嚨卻彷彿哽住而無法出聲。久保田中尉看相對年長的佐佐木抬起頭來，似乎有話想說，便高聲命令他。

「佐佐木，上次你在機場空戰時能艱難的迫降，保存一台珍貴的戰機，這是了不起的戰功，經驗比較豐富的人要負責護衛飛行，你知道吧，解散──」

大佐接著對大家精神喊話：「日本萬歲，天皇萬歲──」儘管心底並不甘願，但佐佐木的喉嚨卻不聽使喚，也跟著眾人大喊。「日本萬歲，天皇萬歲──」

護衛飛行，過往是由戰鬥機來陪伴轟炸機編隊，由於轟炸機較不靈活，要由伴飛的各式戰鬥機來護航，只是過往轟炸機大多能歸返，但這一次的護航對象，將有去無回……

高階軍官的命令下達後，隨即轉身走出門去，部隊解散休息。任務幾天後執行還不知曉，但這次任務的目標明確，開著飛機衝向航艦的甲板，引起航艦爆炸，以一艘飛機換一台航艦，獲得難以計量的戰果。

只是對任何受過飛行訓練的人都知曉，穿過美軍軍艦的層層火網，光是要投彈都不容易，更何況要直衝入艦橋或是甲板，這難度比高空投彈更困難。飛行員宿舍內因此眾人氣氛低迷，後輩們窸窣的討論聲，穿過假寐的佐佐木耳際。

「渡邊，你真的要去嗎？」

「我心意已決，我們日本帝國……怎麼可以輸給美國人，我不甘願……」

「我也是。」單位內，頭髮始終剃光的藤田君如此說起。「野口呢，你怎麼想？」

「我當然要去，如果都會戰死，不如換對方一條船，這不是很有價值嗎？」

「是啊，我家鄉的父母一定也會覺得光榮的……」

在宿舍內，幾個還不滿十八歲，同意參加特攻的年輕飛行員們，彼此聚在一起精神喊話，只有佐佐木躺臥床上，拉起被褥遮蓋耳際，不忍再看也不忍再聽。

隔日開始，原本的各種戰術飛行常態訓練，不管是迴旋、編隊英麥曼飛行、筋斗、桶滾與投彈都全體取消，只剩下特攻飛行員的訓練，便是先將飛機飛上三千呎高空之後，開始俯衝向下，到了五百呎高度之後再拉回天空，反覆模擬衝刺敵艦的過程。

「目標是航母的甲板，各位知道嗎！」帶隊的久保田中尉如此高聲喊著。「你們不需要畏懼，各位飛行員，等你們都去了，就輪到我了啊！」

佐佐木不想再聽，只能在一旁看著入隊不久的年輕飛行員開始練習這種技術。飛機反覆拉上天空，隨後直直衝下，佐佐木心中十足不解，如果可以逼近航母，那為什麼不直接丟下炸彈就好，為什麼還要衝向敵艦自毀？

「瘋了，這不合理，完全不合理——」佐佐木內心不斷掙扎，就算他只是護航者，只需要將這些人送到航艦前方空域即可，但內心依然無比掙扎。

空戰是高度腦力思考的作戰，飛行員所受的訓練，就是要在空中分分秒秒以自己的飛機性能去思索解法，看著長官要求學員做這樣的自殺訓練，佐佐木難以忍耐內心的疑慮，但部隊內的氣氛，在大多數人決定特攻之後驟變，加上自己好友山本弘夫早已過世，佐佐木已無法找任何人討論這一切。

這天下午，佐佐木如常走到機棚去檢查飛機時，看到一個飛機機工正在焊接，本以為只是個普通的維修任務，但佐佐木走近一看，原來機工正將炸彈的掛架，與飛機機身焊接起來。

「等等，這是怎麼回事？」佐佐木深覺不對勁，趕緊追問著機工，怎麼可能會把二百五十磅的炸彈焊接在掛架上。

「把炸彈焊接起來……如果沒成功執行任務，若是回機場迫降的話……飛行員不也就死定了嗎，跑道也毀了啊！」

這是個顯而易見的問題，機工無法回答佐佐木，大家回頭繼續焊接，隨即更是專注拆卸飛機上的各種儀表，佐佐木更是愣住，這些儀表如此重要，怎能拆除，再次上前大聲追問。

「喂──你們到底在做什麼？」

佐佐木快步跑過去一看，地上已都是拆下的各類型儀表、時間機表、引擎轉速表，甚至誇張些，連油錶都拆下。

「做什麼啊！」佐佐木一看便生氣起，走到機工面前。「沒這些儀表，飛行員看什麼飛啊。」

機工們先看向佐佐木，儘管有著階級上的差別，機工們幾乎都是士兵或伍長，但機工至此已不想理會一個軍曹飛行員，便低下頭繼續拆卸飛機上的物品。

「搞什麼，給我停下來啊！」佐佐木看這機工如此無禮，便伸手拉住機工的衣領，讓機工也不得不停下，這才和佐佐木大聲解釋起。

「長官叫我們拆的，你去和長官說啊──長官還說，不要管飛行員抗議，這些飛機出去就不會回來，上面的東西能少就少，愈輕愈好，油料也要少，只有那顆炸彈不能少！」

佐佐木一聽便屏息，一時間竟哽著喉嚨，無法回應一個字音。

「拆掉這些重量減輕，才能飛得更遠啊！」這位三十來歲的機工兩手一攤，對著比自己年輕許多的佐佐木搖搖頭。

「混帳！」佐佐木氣得一拳打向這位機工，但機工隨即閃過，一拳揍回佐佐木的臉頰，讓佐佐木摔跌在地。

眼看機棚內竟然有人打架，幾個機工們便拋下工具，趕緊從飛機上跳下來隔開兩人，以免兩人繼續衝突。

佐佐木先前委託過製作泡菜的金軍曹也聽到喧譁，趕緊湊近一看，竟然是有著交情的佐佐木，趕緊快步跑來排解紛爭，迎面便對佐佐木大喊。

「我們也不願意啊，我們做整備的人，哪一個人不希望飛機正常飛行啊——沒有人誰想要飛機飛出去……就不回來啊……」

金軍曹咬牙搖頭，感慨地握緊手上扳手，又轉回到工作崗位上，拆下那些不影響飛行的儀表。

感到疑惑的不僅是佐佐木一人，當佐佐木在機棚與機工紛爭時，消息馬上傳回到飛行員教室，飛行員之間內聚力特別強，可不能讓地勤機工欺負自己人，全跑到機棚要替佐佐木出氣，但眾年輕飛行員一跑到機棚，看到滿地拆去的駕駛艙儀表，眾人便全都怔住，彼此面面相覷。

久保田中尉走來機棚，看向佐佐木與眾多年輕飛行員，趕緊高聲怒斥。

「佐佐木，你在做什麼?這拆除命令是我下的，焊接命令也是上級給的，你不要為難機工。」

「長官——如果他們出去沒找到美軍飛機，最後能飛回來的話，還能有第二次攻擊機會不是嗎，這些炸彈拋不開，也不能降落回我們機場啊！」

佐佐木大吼，指著地上拆下的機體儀表，再指向一旁跑來的年輕飛行員們，讓這些飛行員聽著全怔住。

久保田一步走上佐佐木的面前，嘆了口氣說起。

「佐佐木，東條長官的《戰陣訓》說道，『我們不能當俘虜，也不能求敗』，你一定在飛行學校時學過這段吧，我們既然決定要『特攻出征』，就不要想活著回來。」

久保田中尉的話語讓佐佐木嚥著口水，不敢置信這樣的犧牲會發生。也讓原本同意要去作戰的年輕飛行員們全愣住。

這天，佐佐木被久保田中佐罰站，立正站在機棚外看向跑道上空的藍天，白雲就在眼前快速飄過。看著先前被美軍轟炸後修補回來的跑道，佐佐木突然回想起幾個人，特別是故意攆走的鈴木政雄。

鈴木政雄要是還留在這個機場，肯定會對久保田中尉高舉起手，自願參加特攻隊。接著駕駛飛機出去，肯定有去無回……佐佐木真心希望鈴木的腳還沒康復，不會再從軍醫院送回機場，最後搭上飛機出擊……

不僅是鈴木，曾有好幾個後輩被佐佐木特別照顧，還記得有一位是武田，一位叫做菊地，另一位是大塚……佐佐木記得曾有五個後輩，都被佐佐木的高壓威逼，最後受傷調離一線，他們回到日本了嗎，最近過得好嗎——

還活著嗎？

站立機場邊罰站時，佐佐木心想，或許他們永遠都不會知曉自己的苦心，自己也不過就是希望他們能活下去，像他們這樣聰明的人，肯定能有一番作為，要是能活著，說不定能讓更多人活得更好……

可是，那自己呢？

自己就不該活著嗎？

佐佐木又回想起投入軍隊的過往，就是因為家族有人反戰，所以才被那些激進的人針對，最後讓自己家破人亡，要是有一天自己還要開飛機自殺死去，甘願嗎？

佐佐木內心無比忿怒，就算自己開的是護衛機又如何，已經開始減量飛行，機器整備也可能出問題，就算是護衛機也不一定能飛回來……駕駛這樣殘弱的飛機，就算自己想和美軍投降也無法，只要遇到美軍肯定不由分說就會被擊落，連閃躲的飛行，搖擺機翼的機會都沒有——

佐佐木一路站到黃昏，看向夕陽而感慨萬千，但他只能壓抑情緒，不讓眾人看見自己的感傷。

這一夜的飛行員宿舍中，年輕飛行員們看到機棚內的現實後，彼此戰鬥赴死的熱情開始改變，眾人全開始竊竊私語討論。

「如果把飛機的儀表拆下，就算沒打到敵人，自己也回不來啊，連有沒有油都不知道，說不定沒飛成功，半途就摔到海裡去了。」

「炸彈焊接起來……如果飛機沒油了，失去平衡落地一定會引發爆炸，這樣飛出去就一定死。」

眾人起初「特攻」，以為是自己勇猛的開著飛機出航，遇到敵機之後英勇作戰，捨身報國，沒想到竟是開著一台什麼儀表都沒有的飛機，進行殘破的最後一回攻擊……

知道真相後，眾人話語愈說愈是輕聲。

「我當初報名飛行員，本就打算抱著出征就不回來的決心，要戰死才能對得起家人，但我也沒想到……會是這樣……隨便就……」

「我們先前上課時教官不是都說『飛行員是國家的寶物』，一次飛行戰鬥不成功，難道不能準備好，等到下次再次出擊嗎？」

「對了，如果飛出去之後引擎壞了要折返怎麼辦，回機場時要把飛彈丟在哪裡，還是不能丟了，要直接找一個田撞下去……那不就白死了……」

夜裡，佐佐木的後輩隊員們才開始質疑上級的命令，佐佐木躺臥在床上無法回應，只能仰起頭看向天花板無語。面對死亡沒有人會毫無疑慮，佐佐木當然不甘願，但軍隊命令已下，除非叛變逃亡，但這些年輕飛行員大老遠從日本來到台灣，又能逃去哪裡？事已至此，隊員們儘管討論，卻也只能接受現實。

二月間，就要進行第一次的特攻，佐佐木要護衛伴行，在機場正準備好出勤，確認引擎正常、儀表正常，佐佐木上飛機後準備起飛，低頭看向駕駛艙內還有完整儀表板，便能理解自己不屬於赴死的這批飛行員。佐佐木深吸口氣準備飛行，護衛機率先加足油門起飛上天，隨即在天空中等待盤旋，讓特攻的飛機在機場上一台台飛上天空，隨後才組合編隊，一起尋找海洋上的美軍艦隊。

出征的「特攻機」全都是先前轟炸時殘餘的一式戰鬥機，只是機況不佳，或是以堪用的部分零件，拼湊出能飛的飛機。一共有五架一式戰鬥機擔任護衛機，保衛十五架拆去機槍子彈，只掛上焊接炸彈的一式戰鬥機。佐佐木知曉，儘管自己擔任護衛任務，但心底也明白這是「押送」與「監視戰果」……

目標尋找美國的航母艦隊，編隊逐漸脫離陸地防衛圈，飛在台灣東南部的蒼茫太平洋海上。出征之前，佐佐木謹記參謀給予的命令，找到美軍軍艦後全員攻擊，優先目標當然是航母，次要目標就是其他戰鬥艦，而佐佐木這些護衛機，便是遠遠觀戰確認戰果，回程還要寫觀戰報告……只是會如此順利嗎，佐佐木也不能知曉……

飛行編隊之中，突然其中一架飛機引擎出現漏油狀況。仔細看，這是中島良寬駕駛的一式戰鬥機。

「回去——」佐佐木駕機來到中島良寬的飛機旁邊，隨即在駕駛艙中打手勢，要中島良寬快點折返，沒想到中島還想再飛，似乎不理會佐佐木的命令，佐佐木只好加速來到中島的飛機前方，直接擋在中島這台飛機面前，讓中島良寬只能空中煞車減速，沒想到引擎一減速，漏油卻更加強烈，露出的油幾乎沾滿了駕駛艙玻璃，還噴向後方其他飛機的駕駛艙玻璃上。

由於被油料遮掩視線，為了避免撞到其他飛機，中島良寬隨即往下方脫離隊伍，只能折返回頭。

佐佐木確定中島良寬折返之後，才向前追上編隊。佐佐木看向一旁特攻機只剩十四架，對佐佐木來說，這樣有去無回的出征沒有意義，能讓更多人活下來也好……佐佐木甚至想著，若前方遇到雷雨，遇到颱風，或是某台飛機引擎出問題而去擦撞到其他飛機，說不定能夠讓編隊全員折返，只是若被其他護衛機發現，自己這行為也過於可疑……回到機場落地後肯定會被軍法調查，甚至押送槍決……

佐佐木握緊駕駛操縱桿，一旦明白自己無能為力，便只能靜靜在一旁陪伴飛行，注意前方雲朵之下的海面。

美軍艦隊早就在台灣周圍編隊，特別是三月底的此刻，沖繩戰役開始之前，美軍便早已陸續集結在海面上，台灣四處海面上到處都是美軍船艦，果真往東南方飛行，沒多久就找到美軍航艦船團。

佐佐木前方的護衛機領隊正在搖擺機翼，提醒前方已出現目標，護衛機便向兩側迴旋帶開。佐佐木的飛機往側面飛開後，便遠遠看向這十四架飛機繼續向前飛。很快的，特攻機已向前飛到十公里遠，等到飛進美軍船團兩公里遠時，就如訓練時一樣，飛機開始自三千呎處開始往下俯衝，只是這次無須拉回，將引擎螺旋槳方向對準前方，將操縱桿帶桿全壓——俯衝的G力會讓飛行員全身發顫，全身的肌肉都被重力壓縮，眼前出現俯衝重力引起的「紅視」，眼球充血所以讓四周視線彷彿戴上紅色濾鏡，飛行員頭痛欲裂，眼睛無法睜開，朝向美軍船艦而去——

在距離十公里遠的高空中，佐佐木遠遠看著這場進攻，攻擊並不是護衛機的任務，只能靜默飛高，避免對方航艦上的飛機起飛追擊自己。對佐佐木來說，來到一定高度往下看，便先看到美軍船艦上的高射炮射擊，只可惜距離太遠，連爆炸聲都被引擎聲蓋過，彷彿只是遠處上映的一場電影……

只見一台台試圖靠近的特攻機都被船艦發現，軍艦的防空彈幕開始在天空中炸出火光，空中便冒出一陣陣散開的彈幕，特攻機還沒到達軍艦前方，便已被擊落兩架飛機，在空中碎裂成為破片而散落海面。

隨後剩餘的飛機開始俯衝，儘管並未中彈，但又有兩架飛機因為機體是拼湊而來，無法承擔加速重力，竟然就在空中解體墜毀……

佐佐木內心無比震動，這和過往的護衛任務不同，過往要是護衛轟炸機，就是一趟漫長的陪伴之旅，但今天這場飛行完全不同，任何戰鬥都帶有自我犧牲的英雄精神，但眼前這場戰鬥，卻僅是無意義的迎向死亡。

佐佐木遠遠看向特攻機愈靠近，要不尾翼被打斷後在天空搖晃摔下，要不被打中機翼後在空中旋落，最終只有一架特攻機靠近巡洋艦，但是在靠近不到百米之際，卻因為機翼被擊破已無法平衡，最終一個弧線栽入海中，冒出了劇烈的水花之後，隨即沉落海中，就此失去蹤影……

短短三分鐘的進攻便全員陣亡，掛載的兩百五十磅炸彈自始自終沒有引爆過，毫無任何戰果，十四架飛機無一發揮功效，唯一可說的戰果，僅僅就是消耗對方的彈藥。

這場特攻任務已經結束，佐佐木目擊了一切，護衛機全員脫離戰鬥區，按照計畫歸返。護衛機是完整良好的飛機，佐佐木一定要將飛機飛回基地，只是飛回基地的航程中，佐佐木內心不斷冒起疑惑，這不合理，實在不合理，再怎麼說，年輕的飛行員也是資源不是嗎，培訓下去也有可能成為王牌啊，為什麼上級會下這種命令，這不是過去會珍惜資源的軍隊啊——

雙手握緊飛行操控桿，不知道是引擎的震動，還是自己失去體能，佐佐木雙手顫抖，彷彿就要失控。

就算自己再怎麼隱藏內心，再如何扮演一個「投入戰爭的人」，親眼所見這樣的慘狀，瞬間便是十四條年輕生命的消失，在駕駛艙內歸返的飛行時間時，佐佐木終於忍不住悲傷而痛哭出聲，儘管自己對這些後輩無比嚴厲，但那是出自於好心啊，這些都是自己身邊照顧的後輩，就像自己弟弟一樣年紀的男子們，隨隨便便就死了啊，在天空爆成一個個火球，一架架落入海中折成數片殘骸。既然派新人接觸到船艦的機會實在太低，被打下機率又如此高，如此飛行宛如飛蛾撲火，又有什麼意義？

「為什麼——」佐佐木咬牙吶喊，聲響全混入引擎聲中。

哭泣之人不只是佐佐木，其他護衛飛行員們也難忍傷心，全在駕駛艙中哭泣，飛行員都受過訓練，知曉這些年輕生命消失得毫無價值，就算要赴死，也不該是這樣毫無意義啊——

飛回機場降落，佐佐木沮喪的回到機棚時，看見中島良寬駕駛的那台特攻機正停在一旁，玻璃艙上滿是機油遮蔽，真不知道中島良寬是如何在沒有良好視線之下平安降落回機場，如此看來中島君的技術實在優秀。只是中島良寬平常每天高喊為國奉獻，死亡在所不惜，但真的飛行失敗，被迫返回降落機場時，他一下飛機卻雙腳軟弱跪地，根本站不起。

「回來了，這怎麼可能？」負責小隊特攻作戰的久保田中尉正在機棚中等待，看到中島良寬竟折返回機場，馬上氣憤的快步走出機棚，二話不說便開口怒罵。

「混帳東西，既然沒有成功又何必浪費油料，你跟隨去就是了，為什麼回來！」

久保田中尉在中島良寬身邊歇斯底里大喊，讓中島良寬全身顫抖。

「報告長官……佐佐木駕駛的護衛機要我折返……因為我的引擎壞了所以……我也計算過油量，我已無法飛到美軍那裡……」

這一聽，久保田中尉更是暴烈獅吼。

「混帳東西，垃圾東西，你的飛機明明就沒有油表，你怎麼計算油量啊，我看是你出去就飛回了吧——你說啊——自私的膽小鬼啊，整個機場的人都為你的任務努力，你竟然活著折返，真是沒用的廢物，廢物——」

久保田中尉怒斥中島良寬的模樣，讓一旁列隊的地勤人員全低著頭咬牙忍耐，怒罵許久後，就連護衛機旁的五位飛行員都已歸返，要回來向小隊長報告時都被拖延。

佐佐木枯站一旁，看著中島良寬沮喪扭曲的面容，反倒讓佐佐木怔住，難道想辨法讓他停止任務歸返，反而是一場錯誤……

入夜時，白日飛行出去的特攻者床位都已空蕩，成為一張張空床，特別是中島良寬四周的床位已全員離世，只剩中島自己躺在床上惡夢不斷，整夜夢魘喃喃。

「長官……我不知道該不該追上去……長官……我……不敢……」

佐佐木眨了眨眼，隨著中島的夢魘聲起了床，他知道是中島良寬已精神失常，想到白日時那悲慘的特攻，若是自己是歸返的那個人，想著同袍全都戰死，又會怎麼想？

佐佐木起身看向夜間的四周空床，室內只有一盞燈泡的微光，照著每一張空床，被褥依然平整，枕頭也摺出四方角，乾淨清潔的床鋪，上頭的人卻已沉沒在大海之中……

「我不敢……不敢……」中島依舊喃喃。

已是深夜，宿舍窗戶已封閉貼上黑布遮光，燈光管制的室內也只有一盞小燈，屋中飛蛾正對著屋中的發光燈殼鏘鏘撞擊，明知疼痛與無效，燈蛾卻不斷持續撞擊，鏘鏘，鏘鏘，鏘鏘，鏘鏘，鏘鏘，鏘鏘，鏘鏘，鏘鏘……

飛蛾反覆撞擊整夜，直到疲乏失力之後，終於飄然墜地。

第二十七章　約定

燈蛾始終能在白日時四處亂飛，找到屋子的空隙潛入，隨後在夜裡對著酷熱的燈殼不斷撞擊，直到斷送生命。等到一大早，當佐佐木走到宿舍門邊，看著一旁夜燈下方的地面上，散落著許多隻飛蛾屍體……佐佐木好奇多看一眼，未料一隻壁虎正好從牆縫中竄出，大快朵頤吞食飛蛾屍體，佐佐木走近一看，壁虎面對佐佐木的身形逼近，馬上嚇得自斷尾巴逃逸而去，留下脫離的尾巴在地上不斷跳動著，讓佐佐木看著出神許久。

佐佐木還想叫宿舍的其他人一起看，只不過回頭一看，原本能住十二人的飛行員宿舍，現在只剩三人還在……

宿舍沉默得只剩風聲，那跳動的壁虎尾巴，最終失力癱軟著。

隨後的兩個月間，佐佐木經歷過三次的護衛伴飛，小隊內的後輩飛行員幾乎全都出勤投入特攻，甚至當人員不夠十五架次編隊，便與其他小隊的新人一起組織編隊。甚至當第三次找不夠特攻隊員後，便縮減出任務規模，只要三架特攻機就能出擊。

三架護衛機，陪伴三架特攻機飛向死亡，佐佐木沿途都冷靜著駕駛，看著這三架特攻機投入戰場之後，彷彿碎片一樣散落大海，這便是現實的殘酷啊，畢竟當自殺攻擊執行兩個月後，美軍便通令全軍知曉，日本正執行駭人的神風戰術，船艦便將炮彈設置全改為「近發引信」，讓防空炮彈在接近特攻機時才引爆，更有效率的打到日軍的特攻機。

除了戰果縮減之外，日本資源耗盡，更少的飛機能夠出動，便更難以轉移船艦上那些防空炮操作官兵的注意力，特攻機一架一架飛去，便是一架一架等待被集火打落，在天空中化為一個個燃燒的火球。

佐佐木只能遠遠看著自願出特攻任務的年輕同袍啊，一個個宛如奔向燈火的飛蛾，就這麼無意義的鏘鏘撞擊燈殼，隨後消失在遠方的海面中，成為一陣稀薄的白色浪花，幾次海水翻騰之後，就此消失於人間。

佐佐木每次護衛，回程都是哭泣著歸返，儘管自己厭惡戰爭，只想在戰爭中苟且偷生，但任誰看見如此慘狀，心情都無法平復，佐佐木總是在回程時哭到全身顫抖，雙手都握不住操縱桿。

經歷這三次飛行之後，佐佐木很快就能在心中歸類出特攻隊員的特色，其實只要官階夠高，或從陸、海軍正規的飛行軍校畢業者，大多不會投入特攻任務，而那些後來因為人員不足，而從各地的飛行學校補充的年少飛行員，便是特攻隊員的首選。

也就是如此，佐佐木思索著，正因為自己早一些當飛行員，已是前輩才不會被選去特攻，但人員逐漸耗盡，戰爭就在自己眼前，命運之神還會眷顧自己嗎？

那麼以後呢，日本軍力已如此脆弱，所以戰爭會很快結束嗎？什麼時候會結束，又會怎麼結束，以後又該怎麼辦？

第三次護衛飛行後的返程，佐佐木不斷整理著情緒，飛回機場下飛機後，自己又將是那個沉穩且愛國的佐佐木。只是佐佐木思緒千絲萬縷，心底逐漸計畫這件事……

結束飛行後的第一個假日，佐佐木二話不說離開機場，前去探訪久違的盧英珠，他憤怒的踩踏腳踏車穿過小徑，穿過一陣清冷的霧雨，身上沾滿一層細密的水珠，隨著每次腳踏車輪胎經過石頭而震盪時灑落。佐佐木一心只想向前，也不管地面上的大小碎石帶來的震動，這些震動和護衛飛行時的操縱桿相比，碎石帶來的抖動彷若無物。

經過這些任務後，佐佐木和以往從容神情大不相同，一張臉看來疲憊不堪，雙頰都著實消瘦下來。過往進入盧英珠的房間時，佐佐木總會擔心木拉門被自己魯莽而破壞，所以佐佐木總是輕手輕腳，小心翼翼對待萬事萬物。但這一天，當盧英珠聽到開門砰響而轉身時，起初只以為是個陌生的地勤士兵，沒想到轉身一看，竟是……佐佐木？

這一看實在不可思議，盧英珠瞬間挺起半身。「是你……」盧英珠光是看見佐佐木的臉龐便全身寒毛豎立，先快步走上前來將木門關上，隨後便轉身凝視著佐佐木，隨即以全身力量抱緊佐佐木，淚水忍不住滴答落下。

「為什麼又不來了……怎麼了，又過一個多月了，你為什麼不來找我，你去了哪裡……」

盧英珠自然不知曉，佐佐木被找去擔任殘酷的特攻隊護衛飛行，盧英珠只能看著佐佐木冷靜跪坐，過往晶瑩剔透的一雙眼睛，竟看來無比混濁渙散。

佐佐木喘一口氣，彷彿人生逃過一劫似的，一跪坐在盧英珠面前時，雙方四目相交時，彼此眼眶都不斷落下淚水。

「佐佐木……你還好吧？」面對盧英珠的溫柔詢問，想起那些護衛飛行時的內心痛楚，佐佐木幾乎無法喘息，索性向後躺下在榻榻米上，不斷深吸口氣，隨後將頭掩在盧英珠懷中兀自落淚，淚水沾溼了盧英珠的衣服。

「我後來又去戰場幾次……真的很可怕，我有時候想，會不會我回不來了，真的回不來了……」

看見佐佐木竟是如此悲愴的模樣，盧英珠一時也忍不住跟著落淚，不斷撫著佐佐木的頭髮，試著安撫佐佐木。

「我不想你死掉……佐佐木……我不想……」看著盧英珠的憂慮神情，佐佐木不願再說謊，他的確有生命危險，一時間忍不住眼角又落下淚珠，過去兩個月擔任特攻護衛機緊繃的情緒，全化為淚珠被榻榻米吸收。

佐佐木深怕門外有人影偷聽，隨後便在盧英珠耳際低聲。

「之前大家都猜想美軍要進攻台灣，但現在看起來，美軍比較可能是要進攻沖繩……我們每天都在練習戰鬥，部隊裡已經有些年輕學員被選去神風特攻隊，很多人都死了。」

「神風，那是什麼？」盧英珠不敢置信，這是她初次聽到「神風」兩字。「很多人都死了……是什麼意思？」

佐佐木看向盧英珠雙眼，這才喃喃交代。

「妳不能說出去……『神風』就是開著飛機，直接衝向船，引爆對方的船艦……」

盧英珠一聽隨即臉色大變，趕緊伸出雙手握緊佐佐木的手掌。

「你絕對不能去……你不能就這樣去死……」

盧英珠雙手忍不住激烈顫抖，對盧英珠來說，光是住在這慰安所便見識過許多死亡，更何況眼前真正的軍人，會面對如何殘酷的戰場？

話都還沒說完，盧英珠的淚珠便又滑落眼眶，一滴滴落在佐佐木的手掌上。

「你不能死……不能……答應我，你絕對不能參加特攻隊好嗎！」盧英珠淚水一滴滴落下。

「我答應妳，我討厭特攻隊，我絕對不能這樣死去——」佐佐木說完這句便再次四處張望，在盧英珠耳際輕聲說。「我們……一起走吧……」

一起走？

盧英珠不可置信，豎起身子看向佐佐木眼神，不似說謊。

「走什麼……」

面對盧英珠的追問，佐佐木先是警戒四探，甚至看向窗外沒人靠近，才湊向盧英珠的耳際。

「讓我先準備軍隊內的事……然後，我打算一周以後來接妳，那天是滿月，半夜三點時……妳在外面櫻花樹下那邊等我。」

「我要怎麼離開這裡？」盧英珠忐忑不安，儘管現在軍隊人手不足，衛哨都撤退，但自己根本一步都不敢離開大門。

「走大門出去會被岡本先生發現，妳可以爬樹出圍牆……我會從外面接妳！」

盧英珠怔住，轉頭看向窗外的櫻花樹，就在佐佐木沒有到來的這段時間，櫻花樹已開了又謝。仔細思索，雖然這些櫻花樹幹並不粗壯，但自己十分纖瘦，應該能爬上樹幹逃出圍牆去，但……這是過去自己從未思考過的可能，盧英珠突然不知該如何回應。

「我是說真的……」佐佐木雙手握緊盧英珠窄小的肩膀，盧英珠別過頭去，更加不安的說起。

「可是前一陣子……惠姐跑了出去，就被機場的士兵打死了……我看過她的屍體……非常可怕……」

佐佐木一聽，也不免謹慎起來。

「我知道……劉惠的事大家都知道——所以我們不能隨便逃走，我已經計畫好了，我們半夜三點集合，然後我騎腳踏車載妳離開……接著找機會搭第一班火車，我們一起去台北躲起來，只有待在人多的地方，才不容易被找到。」

「是……是真的嗎？」聽著佐佐木說起逃走的計畫，盧英珠閉上眼，她不敢想像這件事情能否順利，她從到台灣之後就被關在此處，完全不認識台灣任何一處，更何況一想到要在黑夜躲避，儘管是滿月但依然讓人不安，又想起劉惠破爛的屍身，不免心底恐懼，忍不住又渾身寒毛豎立。

「我當初選擇來到台灣，就是相信台灣的位置不會發生什麼大戰……沒想到日軍會打成這樣，說實話，我想是不可能贏了，現在送死一點價值都沒有啊，軍部的人一定都知道，我們這樣去死有什麼意義？」

佐佐木感慨訴說，一片寧靜之際，盧英珠只能屏息聽著。

「妳願意嗎？」佐佐木突然緊握緊盧英珠的手。「一周以後，十號那天的深夜三點……我會來找妳，請務必看好日期，我一定會來……」

佐佐木擁抱著盧英珠，隨即吻向盧英珠的額頭，將盧英珠深深擁入懷中。

「逃出去以後，我們就在一起……我相信戰爭就快要結束……就要結束了……我們就在一起……」

盧英珠忍不住仰頭望向佐佐木的神情，只有說起未來時，佐佐木才又重回原本清澈的眼神，這讓盧英珠深刻的明白，佐佐木是認真的。

「走吧，你去哪，我都跟你去……」盧英珠屏息，吻回了佐佐木的臉頰，緊緊抱著這個全身顫抖的男人。

兩人彼此緊緊相擁時，盧英珠又忐忑問起。

「真的……不是騙我的吧？」

「發誓，我絕對不是欺騙妳。」佐佐木立下誓約。「我一定會與盧英珠一起離去，永遠在一起。」

盧英珠從未想過自己的人生，竟然會在台灣，與一個日本飛行員互許終身，這是一年多前的自己怎樣都猜想不到的人生……

在佐佐木走後，盧英珠一直心神不寧，想到一週後就要逃跑，這轉變太急促，自己真的能爬過櫻樹的樹幹，跨出木圍牆嗎？會不會踩裂樹幹而摔落，會不會……死……而死又是何滋味，死是一種從未忍受過的痛楚，若是中一槍之後倒地不起，像劉惠那樣悽慘的死去嗎？

被子彈打中身軀，是毫無知覺的死去，還是劇烈痛苦的離開人世……盧英珠閉上眼思索著，卻不能再想下去，她只能趕緊站起，做事情轉移對死亡的恐懼。但每天只要想到與佐佐木一同逃去，盧英珠便無比心悸，就連和機場軍隊的男子營業時，盧英珠腦袋仍舊想著那天晚上該怎麼逃去，庭院內的櫻樹真的能承擔自己的體重嘛？如果自己從上面踩斷樹幹摔下來，肯定會被岡本狠狠打死吧……但盧英珠又忍不住想，自己本就一無所有，流落異地，還成為一個如此低賤的慰安婦，日日夜夜被奪走身體與靈魂，在這裡能遇到佐佐木，已是人生萬幸，能一起逃走便是不幸中的大幸……

睜開眼，盧英珠看著這位正滿頭汗珠，閉起雙眼在自己身體內衝刺的男子，盧英珠又心想，如果真的不幸被岡本打死，被路上的軍人槍擊而死，被軍犬咬著咽喉而死，至少那也是死在佐佐木身邊……回想起自己顛沛的人生，就要在此作個決定，竟讓自己無比心慌，但盧英珠隨即又想著，能夠對於自己這殘弱的人生終於有些主控權，竟有些難言的憤慨與激動。

盧英珠每日如常維持自己步調，吃飯睡覺，讓身心保持穩定狀況。這是佐佐木的交代，每天都要睡好，才能面對如此吃力的行為。

而就在佐佐木離開的那幾天起，鶴松屋中開始產生些許變化，之前用過就拋棄的保險套「突擊一番」，現在竟然必須回收。軍方先準備一個桶子，讓男子們使用的保險套丟入，時間到了會有衛生兵到來，將整桶的保險套帶回去清洗、消毒，再重新包裝後帶來慰安所這邊。

這次接客的軍人離去後，並沒有將保險套完整丟入桶中，一半的保險套掛在桶外，準備營業的空檔之間，盧英珠便將這用過的保險套用指尖捏起，丟入桶內，精液的腥味便撲鼻而來，盧英珠從未想過，這氣味集中起來，竟讓人如此作嘔。

台灣空戰之後，各種因為戰爭而生的資源困苦接連出現，糧食與夜間用電都需要管制，這「突擊先鋒」保險套會被回收，上了滑粉，重新包裝，套在軍人的下體，再來進入自己身體，不免讓每個女子心底都有些擔憂。

「這真的能用嗎，用了不會懷孕吧？」早苗看著軍方行為，每天在回收保險套，又回想之前橋本、富士初子、劉惠等人都因此懷孕，不免也十分懷疑保險套回收的成效，忍不住唉嘆。

「原來連個新的保險套都沒有，要是全部男人都得性病了，還打什麼仗啊？」

儘管慰安所女子們紛紛討論起，卻也只能私下抱怨，畢竟要是給岡本先生聽見，便又是一頓毒打。

盧英珠因為回收保險套而擔憂，要是在逃跑之前懷孕，或是染上性病該怎麼辦……

更何況眾女子們又感覺到軍隊氣氛改變，軍人從焦慮不安轉而暴力，過往還會送往迎來，說著「你回來了」，在離去時對慰安婦點頭說聲「辛苦了」的士兵們，彷彿突然性格全改變，一來到慰安所，便多是尋找過往自己不熟稔的慰安婦，而後彷彿要用盡全身力量似的，進出慰安婦的身體。

「他們這些人是有什麼毛病？」長谷川在休息時擦拭著下腹，忍不住有噁心感。「我的下面都快被撞壞了。」

過度激烈的下腹撞擊，對女性子宮來說是一種傷害，就連平常吃得開的早苗，也從其他軍官那邊發覺情況不對勁。

「這麼用力，是把我當成敵人衝刺嗎，王八蛋。」早苗撫摸著悶脹的下腹部，有著過度撞擊後的痛楚。

早苗忍不住與幾個女子在洗浴間內討論起，前來光顧的士兵神情變得倉皇，來慰安所竟絲毫沒有放鬆之感，彷彿每次來慰安所都是最後一次，那種恐慌不言自明，軍人的情緒如緊繃的弦，就連來慰安所都像是找女人揮拳搏擊似的，讓每個女子都不好受。

「姐姐們，我也是如此……」盧英珠當然感受也相似，下腹總在隱隱作痛，但她已與佐佐木承諾過要一起逃走，自己必須忍耐這樣的不堪，只要能一起離開，牙一咬就撐過去，現在的苦都不算什麼。

更奇怪的是，長谷川有天傍晚和一名地勤人員做完之後，竟收到一個「機表」當作禮物。機表就是飛機上的時鐘，長谷川並不明白，自己收到一個不會動的時鐘有何意義，但是為了不被挨罵，軍人餽贈之物都必須收下，也不敢多追問一句。

收下機表後的那晚，長谷川便拿起這機表走到走廊，給擦地的小林看一眼。

「姐姐，這是什麼啊？」小林拿起機表左看右看，上下打量，不免也覺得奇怪。

「有一個軍人拿給我的，說是要出征了，所以從飛機上拆下來的時鐘——我拿壞掉的時鐘幹什麼呀，時鐘不會動還有什麼用啊……想來想去，真的好觸霉頭。」

長谷川覺得不會動的鐘代表晦氣，小林則是看這機表，在機場邊工作這段時間，猜想這機表若是從飛機上拆下，代表的就是「不需要時間」，但飛機怎麼可能不需要「任務時間」，除非代表……這是……有去無回？

盧英珠正在走廊一角擦地，長谷川與小林討論機表之事都看在眼底，她逐漸明白佐佐木所說的「情勢愈來愈緊張」的問題，她日日夜夜忍耐，倒數著那夜的到來……只要度過這幾日，自己便會有不一樣的人生……

終於等到約束好的這一日，深夜之間，佐佐木就會前來執行逃亡計畫。盧英珠在黃昏時刻應付完軍人後，便不斷看向窗外櫻樹後的圍牆，會不會有佐佐木的身影……當初說要一起離去，心底緊張之間，卻忘了問起佐佐木到來時，會做什麼信號提醒自己，是拋上石頭入內，還是他會翻過牆來，帶自己離開？

盧英珠這才發現，外頭這棵櫻花樹其實花瓣早已落盡，枝梢早已開始長出新葉，但是不知為何，自己心底總認為櫻花還盛開？或許是自己只在乎如何逃去，而完全分心，就連花朵飄落都看不在眼中……

小林正在匆忙打掃，來到盧英珠周圍時，盧英珠便問起小林。

「小林，櫻花掉光……要很久嗎？」

「姐姐，我們這裡的櫻花三月底就全掉光了，現在都五月了，不可能有櫻花還開著。」

小林渾身汗珠，仰頭看向庭院內的一棵棵櫻樹。

「今年花落完就要等明年了，聽園藝師說過，只要冬天不冷，春天的櫻花就開得又少又慢，去年冷了些，所以今年的花期還比以前久一些。」

盧英珠聽著小林所說，便惴惴不安站在簷下，或許是自己過於擔憂逃亡之事，連記憶都有些混淆，看向屋外夕陽照耀那棵櫻花樹，心想今天不管如何，都是最後一天看向這些櫻樹。

當最後一束陽光消失在櫻樹下，盧英珠收起情緒，她要自己不能再想，轉身回到房內後靜默坐下，等待夜色降臨，滿月爬升，月光照亮櫻樹的長影，映在鶴松屋的庭院內。

晚上八點，慰安所早已歇息，儘管聽見隔壁早苗的哈欠聲，但盧英珠並沒有睡意，她安靜收拾著所有要帶走的行李，抽屜內那些軍官送的物品都不用帶走，只有與妹妹盧英子的照片一定要隨身攜帶。之前伊藤清子的照片還在抽屜中，長谷川一定會發現拿走的……櫥櫃內的泡菜玻璃罐該怎麼辦？儘管是和佐佐木有感情之物，但帶著又顯累贅……盧英珠還在思索該如何減量，才能帶著最輕便的物品離去時，圍牆外的卡車聲正緩緩由遠而近，在大門外緩緩停下後，傳來一陣整齊腳步聲。

「怎麼了，營業時間早就過了，這時間還來？」盧英珠還在思索到底是哪位軍官，或許又會選早苗過夜，但聽腳步聲有好多人，並非如過往只有一個軍官。

盧英珠心底正起疑，隨即聽到岡本先生扯開喉嚨大吼。

「女人們，全部出來——全部都到二樓——」女子們全部集合，陸續走上二樓，踏上那二十疊的大房間。

但這時間並非過往陪伴軍官的營業時間，所以女子們只穿著簡單的襯衣，便聽從岡本先生的指令，成排跪坐在榻榻米上。

「到底怎麼了？」女子們趁岡本暫時離開而竊竊私語，隨即看見一隊軍人走來二樓大房間，就在盧英珠抬起頭時，正好看見佐佐木竟穿著整齊軍服，跟著隊伍直挺著上身，直到走到盧英珠眼前便跪坐在榻榻米上。

「佐佐木？」盧英珠愣著，嘴角細微牽動叫著佐佐木的名字。但佐佐木與盧英珠彼此四目相交，卻彷彿將盧英珠當作陌生人似的，一張臉宛如石頭般，毫無情感變化。

「佐佐木……你怎麼會在這？」盧英珠儘管內心忐忑，但這情境下卻不能說出聲。

最後走入之人，是部隊軍官久保田中尉與一位大佐，當軍官與岡本先生打過招呼後，便示意儀式開始。

「拿酒來——」岡本先生對著女子們大吼。「每個女子都要，敬這些英雄！」

小林趕緊打開一旁的木酒櫃，將櫃內的清酒陸續遞給跪坐的女子們，再將酒杯遞給對坐的飛行員們。

「替英雄們斟酒！」一聲令下，所有女子上前斟酒，盧英珠捧著清酒，將酒倒在佐佐木的酒杯中，明明與佐佐木四目相交，但佐佐木卻依然眼前空無一物，彷彿並沒有看見盧英珠似的。盧英珠雙手在顫抖，差點將清酒斟到杯外，心底直思索著不可能，今晚就是約好要逃亡的日子，為何佐佐木會出現在這裡？更何況盧英珠從未看過佐佐木在部隊中的模樣，真看見佐佐木嚴肅堅毅的神情，盧英珠一時間竟不知該如何面對，甚至只感覺恐懼。

慰安婦們陸續將飛行員面前的酒杯斟滿，最後方的大佐便拿起酒杯，高聲大喊。

「為我們的天皇，敬我們勇敢的英雄，明天各位就要成為大日本帝國燦爛的煙火，就像春天的櫻花那樣燦爛開放啊——各位英雄，舉杯！」

這句話一喊畢，盧英珠心底一驚。「煙火」兩字讓盧英珠思索涵義，又回想起佐佐木曾說過的「神風」。佐佐木曾陪伴特攻隊擔任護衛，但如果只是護衛，又為何會出現在這？

眾軍人們一個口令一個動作，舉起酒杯定住。

「眾人啊，我們大日本帝國的英雄啊，喝下這杯酒吧！」

只見飛行員們眼球滿是血絲，全體拿起酒杯一飲而盡，小隊長久保田中尉也感慨的仰頭喝下一杯酒，隨即對眾人喊話。

「各位先我而去為國家奉獻身軀，我馬上就會追隨各位的腳步，今夜，各位不醉不歸！」

佐佐木身邊，上次因為漏油而歸返的中島良寬，拿起酒杯的雙手卻強烈顫抖，飲下時竟灑出酒水，濺出在自己領口上。

「中島君，你這次出征，絕對可以順利找到敵艦，不會再空手回來，為天皇殉死，可以直接到達天國去，你是最幸運的戰士啊。」

大佐拿起酒杯，敬著中島良寬一杯。中島已空杯，面前的早苗再替他斟過一杯酒。中島良寬聽畢大佐的訓話後，馬上拿起酒杯一飲而盡，咬牙切齒說起。

「諸位……我們……靖國神社相見！」

上次中島良寬特攻失敗，引擎受損無功而返，每天都挨罵：「你為什麼不去死？」，第二回與第三回的特攻出征，卻因為生病與沒排上特攻飛機，就待在機場內每天都被體罰毆打，在年輕學員面前罰跑步機場。

中島早已不堪這段時間的羞辱，此時的他一臉猙獰恐懼，雙眼都睜出血絲，他這次一定要成功，不想要再被責罵與歧視。中島緊握酒杯，仰頭一杯接著一杯喝下肚，要將自己灌醉。

不僅是中島良寬，這一次編隊的成員中，還有幾位原本航空母艦的「艦載機飛行員」，只因為日本的航空母艦大部分都被擊毀，只好將飛行員送往陸地基地去，編入陸上機場的飛行員，準備要進行各種航空決戰。

看中島良寬義憤填膺，大佐轉頭看向一旁雙眼如鷹的佐佐木。

「佐佐木，雖然你出身不好，家人有過反政府之事……但這不會阻擋你成為天皇的子民，現在是你證明忠誠的時刻——佐佐木啊，下午面對久保田小隊長的邀約，馬上就答應要參加特攻，你是最棒的戰士！」

佐佐木聽著大佐訓話，仰頭便喝下一杯酒，開口就是大喊。

「是的長官，我要將我的一式戰鬥機開向美國的軍艦，用一台飛機，將這些軍艦全都炸到爆炸。」

佐佐木說完，大佐滿意的點頭，眾飛行員們隨即用力鼓掌，一時掌聲喧譁。

只是佐佐木所說的話語，讓眼前的盧英珠全身如冰，感覺到胸膛彷彿被重重捶下一拳又一拳，一時間竟無法喘息……上次才和自己說要「結婚」的佐佐木啊，不是說好要一起逃跑嗎，不是說絕對不會答應參加特攻嗎？為什麼竟在自己面前說要「去死」，要將美軍軍艦炸到爆炸，那口氣堅毅的模樣，讓盧英珠一時難以忍耐，儘管不發一語，但盧英珠眼眶中的淚珠滾動，就在佐佐木面前滑落臉頰，滴落在榻榻米上。只是就算自己在佐佐木面前難過落淚，但佐佐木卻依然宛如一顆石頭不動，彷彿眼前盧英珠是個毫無感情的陌生人。

「佐佐木……你真的要去赴死，為什麼之前……還要來和我說這些話……」

盧英珠心底反覆責問著佐佐木，身體卻因為震驚而僵直著不能動彈，眼前的佐佐木不是她過去認識的佐佐木啊，彷彿被靈魂置換，彷彿眼前一切全是惡夢——

盧英珠看著軍官帶隊一杯一杯的飲下，自己卻無能為力，只能一杯又一杯的斟酒，讓佐佐木飲下……許多年輕飛行員不堪酒力，很快便滿臉通紅酩酊大醉，一位飛行員突然立正，開唱日本國歌《君之代》：

「我皇御統傳千代，一直傳到八千代，直到卵石變岩石，直到岩石長青苔……」

全體成員開口跟隨一起合唱，盧英珠看佐佐木跟隨鏗鏘唱起，和在耳旁柔軟細語的他完全不同。眾人合唱完，久保田中尉便看向手錶確認時間，隨即一聲令下。

「全員——理髮！」

理髮是個對出征軍人來說是神聖時刻，岡本先生此時把慰安婦們全都趕回房間內，只留下小林在二樓宴會廳的門外準備打掃。盧英珠儘管走回房內，內心依然牽掛著佐佐木，她忐忑在房內坐不住，索性起身要往二樓去。過往因為害怕，所以從不曾自己主動到二樓過，但今天不一樣，盧英珠快步踏階上二樓去，看見小林正拿著掃把和水桶在走廊外等待，盧英珠便接手掃把，隨即站立木拉門邊。

「姐姐？」小林疑慮著，擔憂盧英珠會被發現，但盧英珠卻沒多說話，隨後鼓起勇氣透過門縫看向房內，原來長官們正把特攻飛行員們全剃成光頭，剃下的頭髮全綁成一束。盧英珠便從紙門縫隙中發覺，佐佐木此時正在落髮已成了光頭。

「這些頭髮都會寄回去給家人，當作珍藏的寶物。」久保田中尉高聲喊著，正因為特攻出征連屍骨都不存，只能剃髮寄回家中，當作唯一的遺骨。盧英珠一聽便又愣著，佐佐木說自己在日本已沒有家人啊，這些頭髮要寄到哪裡去？

盧英珠看向門縫隙之中，榻榻米上有著散落的凌亂髮絲，許多顆青年男子的剃髮頭顱，眾人就像等待處決一樣的感傷……盧英珠心想，這些人明天真要去死嗎，難道這些人瘋了？難道佐佐木瘋了，難道他與自己所說的承諾，全都是謊言？

「我要為天皇效忠！」一位方才喝醉，滿臉通紅的飛行員看著宴會廳中高掛的天皇相片，隨即開口大喊，後頭幾個飛行員也跟隨喊叫。

「天皇萬歲！」一時間，房內滿是男子吶喊聲。「天皇萬歲——」

這呼喊讓盧英珠無比忐忑，小林也跟著盧英珠一起看向門縫內的佐佐木……過往溫文有禮的佐佐木明天就會死去？佐佐木和許多軍官的性格完全不同，溫文有禮，又曾幫助過自己，如今開口說要去死，也不免讓小林無比心酸。

「來，接下來，明天出征的人都要，去每一間慰安婦的房間吧！」剃頭結束開始清理後，久保田中尉大喊，盧英珠聽到這句話，只得輕聲快步下樓去，回到自己房間後，趕緊拉起木門。

久保田中尉命令之下，特攻飛行員們一個個帶入慰安婦房間內，佐佐木在走廊上，軍官隨即指著一旁房間。「你，這間——」拉開木門，佐佐木走入的卻是早苗的房間，中島良寬排隊於佐佐木的後方，則被指派到接著的盧英珠房內。

盧英珠起初還想著，自己肯定誤會了佐佐木，畢竟在二樓大房間發生之事遠超於自己想像，此刻佐佐木肯定會選擇自己房間，與自己說明白到底發生了何事。當軍人混雜的腳步聲接近，盧英珠分不出這些腳步聲是誰——唰，木拉門突然開了，只是沒想到打開拉門的不是佐佐木，而是一臉醉紅的中島良寬，一看見盧英珠的臉，中島良寬便醉語呢喃。

「呵呵——女人啊……」中島良寬微笑著走入，馬上將木門拉上。「明天我就要死了，妳就讓我爽一下吧……」

中島君和佐佐木同年生，剃光頭之後竟有些面貌相似，紅著臉看向盧英珠，這是酒精也必須管制的年代，平常沒喝酒之人，無法適應宴會上高量的酒精，喝下如此的酒量，又面對明日赴死的壓力，每個人都展露出另外一面。

此時四周冒出每間房間內的不同聲響，有飛行員醉倒在榻榻米上，或靠牆跌坐，或放縱哭泣，或倚著牆面作嘔……這是特攻任務之前的最後一個夜晚，至少有酒精，有女人能放縱——只是盧英珠思緒還沒反應過來，中島良寬便向前撲抱起盧英珠，吻起她的頸項。只是中島一跨入室內，盧英珠嚇得閉起雙眼，這撲向自己的重量如此沉重，瘦弱的自己當然無力阻擋，盧英珠便被中島壓得失去重心，兩人砰聲撞向牆面。「呀——」盧英珠驚慌叫出一聲，牆面也被撞得砰響，中島良寬緊緊擁抱著盧英珠，看著衣服掀開而裸著半身的盧英珠，隨即解開衣褲，要進入盧英珠的身體。

「長官，你還好嗎？」盧英珠倉皇的問著，身體稍稍抵抗，但中島良寬一張臉皺起，酒精彷彿讓他成為另外一個人，盧英珠忐忑問起，中島便硬是張開盧英珠的雙腳，隨即進入盧英珠身體之內——

直到自己被進入身體的一瞬間，盧英珠這才意識到，自己所愛的佐佐木就在其中一個女子的房內，與其他的女子……

盧英珠突然聽見隔壁房的早苗，傳來激烈的喊聲。

「佐佐木——佐佐木——」

早苗突然高聲喊出佐佐木的名字，彷彿要讓全世界知道似的，自己怎樣都不可能聽錯。盧英珠不可置信，畢竟早苗的叫聲，並不像平常應付官兵們的無味冷淡，竟然有著歡快高潮咿咿呀呀，盧英珠看向眼前，在自己身體進出的中島良寬，盧英珠便知曉自己終究是被背叛了啊，她憤慨的環抱著中島的肩頸，然而此刻的自己卻依然想像著，與自己擁抱的是佐佐木……

心思痛苦之間卻依然想像擁抱著佐佐木，而這想像真的奏效，一股奇特的灼熱感自下腹冒起，已分不出是愉悅或是痛楚……然而中島卻突然停了下來，原來是中島良寬竟然猝然睡去，盧英珠低下頭來，仔細看向中島君的臉龐已酒醉脹紅，雙眼也闔上，隨即睡到打呼，盧英珠只好緩緩靠向牆面，將中島放倒榻榻米上。

盧英珠喘息著，不可置信看著中島的臉龐，光頭上還有著未剃乾淨的細微雜髮，臉龐看來還十分青春的中島啊，就像鄰居大哥哥一樣的男人，盧英珠回想起剛才他那堅決怒吼的神情，難以想像眼前這人竟然明天就會死去，更沒想到盧英珠還在思索，中島便醉翻過身，手揮向盧英珠的身上，一張吐出酒氣的口中細碎喃喃：

「媽媽……媽媽……」

媽媽……媽媽……這細聲呢喃，讓盧英珠望著中島的臉便悲從中來，忍不住輕撫著中島的臉龐。這個男人明日真的就會死去嗎？維繫一個國家的重任，交給這樣的男人去負責嗎，那些有著作戰經驗的軍隊長官在做什麼啊，將國家交給一個還想念媽媽的青年嗎？

那隔壁的佐佐木呢，佐佐木也會死嗎？只是儘管擔憂佐佐木，但此時早苗房內仍傳出早苗歡快的呻吟聲……

盧英珠跪坐著全身發顫，心中止不住的怒吼。

「佐佐木啊——你都是騙我的啊，還以為你不和慰安婦做，是你的堅持……原來只是不和我做——」

盧英珠嘴角無比顫抖，難道過去這一年多佐佐木對自己說的話，全都是謊言，約定好的承諾，都只是拿自己找樂子……

是啊，還記得劉惠曾提醒過自己，怎能對這些軍人動真心呢，自己真是太傻了啊，這些軍人就是謊言，全都是謊言啊，難道這一年來看的還不夠嗎，佐佐木也不過……就是這些男人的其中之一罷了啊……

盧英珠再也忍不住心酸，聽著隔壁早苗與佐佐木的聲響終於停下，淚珠便在靜謐之間撲簌落地。

一小時後，軍隊召集出征者準備回營準備，軍官便前來打開木門，撐起睡去的中島良寬離去。就在這刻，盧英珠忐忑的走向門前走廊，看見隔壁早苗房中，跪坐的佐佐木穿著一身發皺的制服，額頭頸子滿是汗珠，盧英珠內心一陣悵然，佐佐木額頭上的汗珠已說明一切。

「佐佐木，我們終究是不可能的啊……你欺騙了我啊……」

盧英珠低著頭，放縱的讓眼淚滑落臉頰，滴滴落在走廊地板上，隨即跨回房內，用力砰聲關上拉門。

盧英珠屏息照著窗前的滿月光影，忍不住想起劉惠、富士初子，長谷川，清子，安娜與橋本……盧英珠忍不住想起許多許多多張女子的臉龐，竟突然忍不住哭著發笑出聲——哈哈——哈哈——自己真的太蠢了，真的太蠢了啊——竟然在慰安所內尋找愛情，這不是太蠢了嗎，那些姐姐曾說過的話語是真的啊，怎能在這樣的場合給出真心，這些軍人只是想要發洩啊，就只是想要射精，想要插遍慰安所內所有的女子，那些男人就只是這樣而已啊——

眼淚撲簌，痛得盧英珠索性咬著自己的手指出氣，但儘管咬得無比痛楚，卻都無法轉移內心的痛楚——就算先前佐佐木非常溫柔，但那全是一場遊戲，只是讓自己在嚴酷的軍隊生活中，有些放鬆的時間罷了，親眼所見那些姐姐的遭遇，如此教訓還不夠嗎，為什麼自己看過這麼多，卻仍無法躲避……為什麼，為什麼——

盧英珠聽著飛行員在走廊上陸續離去的踏步聲，當這些特攻飛行員全部離去後，鶴松屋內只剩春末的風吹過屋房的回響。盧英珠半裸著身坐在榻榻米上，無助的淚水一再盈滿眼眶，但她要自己這次忍住，她不能再軟弱下去，忘掉佐佐木吧，一切都只是謊言，她該睡去，忘記一切苦痛。

盧英珠憤恨著起身，將木拉門再次關緊，不讓門縫透出呼呼風聲，不留一絲能夠被人入侵的空隙……

第二十八章　錯過

深夜之間，機場四周因為在夜間轉暖，一時間起了雪白的霧氣，滿月照亮的一片霧白之間，傳來四周的蟲鳥蛙鳴，隨後，竟傳來齒輪與鏈條交織的喀啦聲。

佐佐木正奮力踩踏著腳踏車穿過白霧，儘管因為夜霧而看不清前方，但這條路已走過許多次，佐佐木身為飛行員，對於方向的直覺與可視物的辨認，讓他順利的穿過田野路徑，回到鶴松屋之外。

看手錶顯示，現在是深夜兩點五十五分，鶴松屋外頭大門緊閉，但衛哨因為人手不足，天亮後也不會到來，儘管佐佐木如此確定，但依然避免煞車製造尖銳聲響會引起他人注意，便在到達鶴松屋之前便減速滑行，直到腳踏車停下，才用雙腳停在地面上。

來到鶴松屋後，夜霧已散去過半，明亮月光照出自己的黑影，佐佐木停在圍牆邊，抬頭看向櫻樹，靜默且忐忑的等待盧英珠翻牆到來。

戰爭至此，人力已大量不足，慰安所並非最重要的軍事單位，就算擔憂被潛伏，卻也早已沒有軍人來站夜哨。儘管如此，佐佐木也不敢闖入其中，怕讓岡本先生發現起疑而回報上級，只是枯等令人焦躁，佐佐木內心無比焦慮，真想要直接翻入圍牆中叫醒盧英珠，但這樣做實在太過招搖，佐佐木只能靜默看著自己的影子映在圍牆上，開始漫漫等待……

明日將要對美軍海艦進行特攻，飛行員們全因為惜別酒宴而醉倒，但佐佐木在昨夜來到鶴松屋時，一邊仰頭飲酒，隨即一邊遮掩，想方設法吐在另外的杯中，或裝出噁吐樣，將酒部分吐在衣服上。佐佐木讓自己飲下的酒並不多，還在可負擔的範圍內。

昨夜，當盧英珠與佐佐木相對坐時，看著佐佐木這冷淡陌生的模樣，盧英珠便難過得落下淚珠。佐佐木當然看得出來盧英珠傷心欲碎，但自己正在扮演忠心耿耿的帝國軍人，儘管面無表情，但佐佐木內心卻無比憤慨，一邊喝酒回應長官，一邊思索今夜逃去的計畫，只希望眼前的盧英珠明白自己的心意，與身不由己的無奈——

就在昨天早上，佐佐木已經策劃好逃跑的方法，準備好行李與金錢，要在深夜執行逃亡的計畫，但同時突然又有一個軍部大佐來到部隊視察，隨即集合起隊伍，宣達更新的作戰命令。

「由於沖繩戰役已經開啟，我軍為有效讓美軍受到殘酷打擊……要對沖繩海域的美軍，再集合進行一次特攻！」

聽到這句話，佐佐木立正聽著，本以為自己在逃走之前，又要護衛航行一次，但大佐看向現場倖存的隊員，經歷台灣空戰，隨後又歷經幾次特攻，小隊上已經減員剩下五分之一，佐佐木已經是最年長者，剩餘者全是十七八歲，從飛行學校剛畢業的學員……

「本小隊全員都要參加特攻。」大佐掃視一輪之後，高聲喊著。「你們知道吧！」

全員都愣著，佐佐木這才理解這次的作戰計畫，原來已連護衛機都不需要，全員出發都是特攻機……

這是戰爭的現實現狀，機場的人員與物資不足，連護衛機都已編不出來，既然如此，特攻機能否飛到美軍船艦都還不知曉，又何況是戰果……佐佐木不敢置信，只能屏息看向前方，期盼這是一場錯誤的宣達，只是這位大佐已告知完命令之後，突然舉手大喊，「大日本帝國萬歲——」佐佐木儘管無比壓抑著，卻依然跟著舉起手來呼喊：「大日本帝國萬歲——」

準備室內的所有飛行員，儘管內心無比忐忑，卻全都與佐佐木相同，舉起手高聲喊。「大日本帝國萬歲——」、「大日本帝國萬歲——」……

隊伍隨即解散，要去準備明日的特攻，只剩佐佐木憤慨著，對著還在準備場的小隊長久保田中尉追問。

「請問長官，如果我也去的話……誰來護航飛行？」

久保田中尉看佐佐木追問，先轉身看上一圈，確定四周無人後，方才忍不住苦笑。

「我當然知道特攻機需要人來護衛，真的當我是傻子嗎……我本來提報你要擔任護衛，但軍部說你的大伯是反政府人員，你也被特別註記，所以一定要把你排進特攻……」

知曉這現實後，佐佐木怔住許久，過去數年間，他從未與任何人提及大伯是反政府而入獄之人，原來那是跟著自己終身的註記嗎？

久保田中尉感慨看著佐佐木許久，彷彿也說不了謊似的，抿了抿嘴才說起。

「當初機場這邊要收你的請調命令時，上級就問過我這件事，你曾是反政府家庭，會不會有什麼問題？但我想，我才不管是誰，反政府的家庭出身也不重要，人就是人，我只管飛行技術好不好，只要好的人我都收，佐佐木君，你的確飛的不錯，可惜啊……」

久保田中尉說出這背後的真相後，佐佐木再也說不出話，回想當初自己父親一去前線就陣亡，原來自己也無法逃離這難堪的宿命。

「佐佐木君啊，戰爭到此，我想你也知道各種困難……但是為了表現我們對日本帝國的忠心，你帶著這次的部隊出發吧，不久後，我也會隨你們而去……」

久保田中尉感慨的轉身離去，留下無比傷感的佐佐木。

這一天確定出擊人員一共有十名，有的年輕飛行員倒是乾脆，彷彿不用再經歷面對軍官詢問時的忐忑，這一刻要赴死就赴死吧，有著一了百了的堅決。

中島良寬則與眾人不同，他第一次出擊時，因為引擎漏油歸返，卻被長官嚴厲責怪，後來還因為患上瘧疾去醫院休息一個月，沒搭上第二、三波的出發。中島良寬完全病癒回到部隊後，卻每天都被上級責罵「你怎麼還不去死啊？」、「我們單位不想要一個只會吃飯的廢物——」，此刻等到小隊全員強迫出擊，中島良寬的內心反而解脫。

「反正我……我沒有選擇了……」中島良寬忐忑著面對同袍，也只能低著頭如此說起。「既然要死，我一定會擊沉美軍的航空母艦……我會……我一定會做到……」

既然參戰就有可能會死，既然會死就希望能有戰果，但佐佐木已飛過三次的護衛航行，他十分明白「可能會有戰果」這想法，只不過是無意義的赴死之前，讓心理寬慰的藉口罷了……

過去的特攻並沒有產生有效的戰果，也許其他單位，有因緣際會擊沉或重傷美軍船艦的機會，但在佐佐木的護衛飛行過程中，光是躲避美軍巡邏的戰鬥機都不容易，更何況美軍不只是一艘航空母艦在海面上，美軍的艦隊是數十艘大小船艦排列，形成一個距離寬廣的海面防衛圈，別說要靠近中央的航母，連各種外圍艦艇的防空火網都無法穿過，更何況戰果呀……

特攻的命令來得太突然，打亂佐佐木的計畫，佐佐木心底還在思索該如何應對，該如何在入夜後先逃去某處躲起，再來尋找盧英珠。只不過入夜後，小隊長卻突然將特攻飛行員們全體集中起來，搭乘卡車帶去鶴松屋。

機場邊際的慰安所不止是鶴松屋一間，最近也有新設的其他民間慰安所，佐佐木心底只期盼不要去鶴松屋，他並不想在這種場合下遇見盧英珠，但是隨著卡車的前進路線，愈來愈靠近鶴松屋，佐佐木內心便愈是不安……

在踏入鶴松屋時，佐佐木依然期盼盧英珠會因為生病或任何理由，不要出現在自己面前，但是非常遺憾，當佐佐木一踏上二樓宴會廳，盧英珠竟然已跪坐在榻榻米上，且恰好就在自己面前斟酒……儘管如此，佐佐木依然堅毅著扮演一個忠心且服從的軍人，絲毫未露出自己的不願。

佐佐木當然看得出盧英珠的驚訝與不捨，也看到盧英珠臉頰上滑下的淚水，但佐佐木身在軍隊沒有選擇，他只能忍耐尋找各種機會，一定要想辦法離開，他不能真的喝醉，不能鬆懈下來——只是剃髮之後，所有出征飛行員都被送入女子房去，佐佐木多希望自己能按照剛才斟酒時的順序，被分派進入盧英珠房內，與盧英珠解釋清楚，卻早一步被久保田中尉推入早苗房內。

佐佐木儘管與早苗打過幾次照面，但從未來過早苗的房內。此時站立在早苗房內，佐佐木看著半裸身的早苗，半掩的襯衣露出身體的曲線。佐佐木內心還在遲疑，卻先聽見隔壁中島君與盧英珠一聲跌倒的撞擊聲，盧英珠呀叫一聲，佐佐木便怔著站立許久，一時間心底竟生出難以言喻的妒忌，忍不住雙拳緊握而顫抖……

儘管早已知曉盧英珠就是個慰安婦，和男子做這件事，就是她被迫在台灣存活的必需……但畢竟自己過去每次來到「鶴松屋」都是和盧英珠同房，不曾聽見她與其他男子的聲響……但此時的佐佐木也才知曉，原來已與盧英珠有了愛與許諾的此刻，就算光是聽見盧英珠與其他男人的聲響，自己心底竟也會生出如此強烈的妒忌啊——

只是佐佐木被送入房內，面對眼前半裸身的早苗，自己又該怎麼辦？

慰安所的眾女子們已被交代，這些飛行員明天就要出征，肯定有去無回，這些男子因為年輕而未成家，有些甚至還是處男，務必要讓他們在今夜結束處男，成為一個「男人」。早苗當然知道眼前的男子是佐佐木，是盧英珠常常相處的對象，但自己既然被上級指派要服務他，也不能將佐佐木與隔壁的男子交換，早苗隨即脫下一身衣服，將一雙白皙乳房貼上佐佐木身軀。

「長官，要開始了嗎？」儘管聽著早苗的問句，但佐佐木耳際依然不斷想聽清楚盧英珠房間之事……他們應該正在做吧……佐佐木儘管明白這是這些女子們的任務，但內心依然不甘，但佐佐木閉上眼安慰自己，就算如此，盧英珠也是不得已的，既然是不得已的就不要思索太多，自己心情必須趕緊穩定下來，今晚的逃亡任務才有可能成功。

「長官，叫你怎麼沒反應——啊，我想起來了，你不是不和盧英珠做嗎，大家都知道呢，是不是下面壞掉了……」

早苗附在佐佐木耳際輕聲提問，隨後伸手觸摸佐佐木的下身。佐佐木看著早苗的裸身，又聽著盧英珠房內的聲響，一時間竟出氣似的抱緊早苗，將她壓倒在榻榻米上，雙手緊環抱早苗的身軀。

「呵呵——還以為你有什麼不同，原來也一樣，就是個男人啊……」

早苗在佐佐木耳際輕聲說起，看佐佐木緊抱自己也不放開，便乾脆直接熟練解開佐佐木的褲頭扣子，再用腳趾勾住褲頭往下緩緩踢下，隨後一手抓佐佐木的下體，直接引導佐佐木進入自己身體裡。

就在此刻，早苗發出了愉悅的咿咿嗚哼，而隔壁盧英珠的房內也傳出女子的愉悅哼聲，佐佐木真希望自己若真的要死，最後一次也應該是和盧英珠……但一切都不由人，這個在慰安所內的「任務」自己也必須完成，佐佐木環抱著早苗動起下身，聽著隔壁盧英珠的哼叫聲，佐佐木不斷抽動著自己的腰身，想像眼前的女子，就是盧英珠……

「佐佐木……佐佐木……」早苗忍不住喊出佐佐木的名字，對早苗而言，獻身給這些為國家出征，準備有去無回的男子們，彷彿自己也投入前線的戰鬥似的。早苗終於感覺到自己為國家奉獻肉身與靈魂，進而感到莫名而生的自尊，那是當初與未婚夫大西一起追求的國家榮光。

佐佐木聽著早苗呼喚自己名字，便更是用力的擺動下身，早苗正緊閉雙眼，沒有看見佐佐木泛紅的眼眶之中，再匯聚就要落下的淚珠。

早苗體會到光榮所帶來的高潮來臨之際，早苗雙手抱緊佐佐木，在他耳際輕聲。「好好赴死吧……佐佐木……」

這句「好好赴死吧……」讓原本陷溺於感傷之中的佐佐木驚醒，突然睜眼回過神來，一時屏息著將早苗推開。

「怎麼了——出來了嗎？」早苗被這突兀動作愣著，望向深深喘息的佐佐木，並未結束卻將自己推開，不知是什麼意思。

明白自己差點跌入深淵，佐佐木驚懼到牙齒都打顫，全身劇烈起伏喘息著。

「明天都要去死了……你不是不肯和盧英珠做嗎，那和我不行嗎？」

早苗又湊近佐佐木耳際低聲問起，佐佐木只能搖頭。

「不是……不是這樣……不是這樣……」

佐佐木難以與早苗解釋自己心思，畢竟自己過往的心事，參戰的不甘，與家人冤屈的死去，一切無法言說的過往，都只有盧英珠知曉。

「那怎麼不幹我啊，你都要死了，插我和插她有什麼不一樣嗎——」

早苗手再次摸向佐佐木的下體，佐佐木卻向後退卻。

「啊——我懂了，你真的很愛她呀，為她保守處男？真沒想到啊，都要去死了還這樣，看來你真的愛她啊？」

早苗若有所思，感慨的嘆了口大氣。

「唉，可惜啊，要是你的第一次是給了我，也沒辦法啊——」

早苗低聲說起，隨即披回襯衣，佐佐木便在一旁倉促的穿起全身衣物，跪坐一旁等待時間過去，聽著隔壁依然傳來盧英珠與中島的親密哼聲，一時間竟焦躁到滿頭汗珠……

早苗倒是再沒多說什麼，安靜梳理起自己散亂的長髮，還順手點起火柴抽起菸，微笑將菸氣吐向佐佐木，用菸氣包圍著佐佐木，彷彿在笑著佐佐木的愚昧與癡傻。

死亡的氣息是如此逼近，只有經歷過戰場的人才能明白，不管是如奧林匹克的選手有最強韌的肉體，或曾在戰場上獲得勳章的人類啊，只要一顆子彈進入頭顱，不管是準確擊中或是跳彈不偏不倚的反彈，都會一瞬間奪走生命，只有親眼見證過戰爭死亡的人才會從此對生命改觀。有些人面對戰爭便更加積極追逐生命價值，但更多人放逐自己，在死前滿足所有的身體慾望——

知道自己差一點成為這樣的人，佐佐木彷彿從惡夢中醒來，厭惡起自己剛剛竟然進入早苗的身體裡……四周男女交雜的聲響與氣息，讓佐佐木緊握雙拳，提醒自己明天就要將自己當做炸彈，砰的一聲之後灰飛煙滅，落入海中屍骨不存……他做不到啊，絕對做不到，自己的人生目標便是「活下來」，而牽絆自己此刻還活著最後因素，就是——盧英珠。

當軍官呼喚全員離開時，盧英珠走出門看向佐佐木一眼，佐佐木當然知曉彼此之間的事，但他只能先忍耐自己的焦急，看著盧英珠奔跑回房內關起門……

離開早苗的房間時，佐佐木地懊悔不安的回頭看向盧英珠房間一眼，更是提醒自己今晚一定要準時到來。

回去宿舍後，眾多準備特攻的飛行員都已酒醉熟睡，佐佐木也假裝入睡，最後趁隊內所有人都入睡後，佐佐木從床上起身，戴上飛行帽抵擋夜冷，也避免顯眼自己剃髮的顯眼頭顱被人發現。佐佐木拿出準備的物品，一出門卻發現一片霧白，這豈不是天助我也，佐佐木翻出軍隊的宿舍圍牆邊，在霧白之中吃力奔跑，隨後找到放在機場邊際的芒草叢中，自己預先準備好的腳踏車。

佐佐木終於來到鶴松屋外，就在伸出圍牆的櫻樹枝椏下等待。夜色蒼茫，夜霧終於淡去，佐佐木仰頭看著長出嫩葉的櫻花樹……上次賞櫻花，是還在東京讀中學時，全家坐在櫻花樹下舒服的野餐……怎麼也無法想到只過去數年，此刻的自己仰頭看著櫻樹，卻帶著死亡的恐懼……

時間已到，佐佐木心底無比緊張，和盧英珠約好了不是嗎？三點整，盧英珠始終都沒現身，又過了約定時間十分鐘，盧英珠仍沒出現，佐佐木不知該如何是好，猜想盧英珠並非無法出來，自己是要大膽一些翻牆潛入其中，還是要丟小石頭在盧英珠那面的窗戶，提醒她自己就在外面？

風大，吹得鶴松屋的燈籠四處搖擺，也吹動大門發出嘰——嘰——的摩擦響，佐佐木不知所措，只感覺到身體被風吹冷——突然間大門喀啦打開，讓佐佐木心底一緊，瑟縮身子躲在牆邊，莫非是盧英珠走大門出來？

瞪大眼睛仔細看，原來是小林在半夢半醒間走出，由於大門似乎沒關緊，被風吹動而發出的摩擦聲吵醒了他，也由於大門沒有衛哨沒人管理，所以小林只好在半夜出門來，試著打開大門後，再次將大門關緊。

「小林——」佐佐木低聲叫喚小林，只是這叫喚著實嚇到小林，畢竟清晨未亮的夜色下，竟然有人出聲呼喚自己，還以為是鬼魂在呼喚自己，小林害怕的轉身一看，更沒想到會是佐佐木。

「佐佐木大哥，你怎麼……」這不是常人該出現在此處的時間，更何況小林知曉飛行員多半有去無回，已有許多熟面孔不再來到慰安所……小林看著此時的佐佐木愣住許久，彷彿佐佐木已是駭人的魂魄。

「佐佐木哥……你怎麼……這時候來——」但小林突然意會過來，他是來見盧英珠最後一面，但小林忐忑說起。

「可是我剛剛看……盧姐還在睡……」

「她怎麼了？」佐佐木皺起眉，既然要準備逃走，怎麼會睡去。

「我也不知道，她昨晚哭了一整晚，後來就睡去了……」

「哭了一整晚？」佐佐木愣著，約定好要逃去的日子，為什麼盧英珠要哭一整晚。「英珠怎麼了？」

「她說……」小林愣住，不知道該不該說出口，但眼前是即將要去特攻的佐佐木，或許這是最後一面，小林便還是喃喃說出。

「她說你們飛行員……全都是騙人的……她說你也是這樣，她再也不相信任何人……她一直哭到睡著……」

一聽到盧英珠如此說起，佐佐木便心底一酸，明白盧英珠已放棄與自己一起逃去，所以時間到了才沒出現……說來都是自己的錯，畢竟自己也曾經與盧英珠承諾過絕對不會參加特攻隊，自己出現在這裡便會讓她誤解。更何況在與盧英珠面對面斟酒時，自己不應該演出如此堅決，便不會讓盧英珠如此誤認。

「我……」佐佐木滿懷惆悵，只是一切都已經太遲，這麼重要的抉擇時間，如果此時盧英珠睡去，那意思便也明白，她已不想和自己一起逃去，此時就算自己走進去，親自喚醒她也無用……

「我明白了……」佐佐木面對如此結果只能屏息以對，儘管不甘心，但現實便是如此，人生錯過便是錯過了，只是看著自己準備的包裹，若非與盧英珠一起離去，自己單獨逃去又有何意義，佐佐木把腳踏車後掛著的布包拿起，輕輕遞給小林。

「小林，拜託你……幫我交給盧英珠。」

「佐佐木大哥，這是什麼？」從佐佐木手中接過這物品，有些重量，讓小林也不禁好奇問起。

「這是我的……」佐佐木試著說出口，但「遺物」兩字太傷懷，自己一時間話語竟哽在喉嚨，說不出口。

這是自己駕駛的一式戰鬥機駕駛艙機表，機表時間已停在七點四十五分，就像宣告自己的時間已經永遠停下……昨日決定參加特攻後，下午金軍曹惆悵的前來，將這個機表交給相處良好的佐佐木，說也能寄回給東京的家人當做紀念……但對佐佐木來說，他在東京早已沒有真正的親人，又能夠將這個機表寄給誰？

佐佐木無比感慨，加上昨夜被命令要剃頭，眾飛行員們理下的髮都要寄回日本老家去，佐佐木把黑髮和機表都束起，一起包在白布中。佐佐木原本計畫，如果能和盧英珠一起逃跑，他要把這些東西丟在附近田野間，誤導軍方去尋找可能人還在附近，就像蜥蜴斷尾轉移獵食者注意……但既然自己不再逃去，這些物品如今已用不著，不管如何，如今這些物品都是……遺物……

「請和盧英珠說……我不會忘記她。」佐佐木無比感慨，話語都哽咽起來。「請幫我和她說，對不起……我沒辦法和她……一起……成為夫妻……」

只因佐佐木哽咽說起，小林一聽也忍不住跟著紅了眼眶。小林顫抖的雙手，戰戰兢兢拿起布包，連牙齒都在打顫的回應。

「是的……我會的……謝謝佐佐木大哥的照顧……」

小林與佐佐木相望，心底忍不住一酸，隨即落下兩行淚來，自己無父無母，孤苦來到鶴松屋工作，這期間被責罵毆打過多少次，也只是苟活於世……這些遇見的軍人之中，就只有佐佐木如此真誠的對待自己，彷彿將自己當成弟弟似的照顧，面對如此親愛之人要去赴死，自己當然捨不得。

看小林落下兩行淚水，佐佐木原本要離去的腳步停下，轉身握起小林雙手，真誠的交代。

「小林，你要好好活著，答應我，不要對人生絕望……」

佐佐木交代完之後，月色下，佐佐木便轉身騎腳踏車離去，緩緩消失在眼前的路底轉彎處。

「謝謝……謝謝……」小林怎麼也沒想到，夜半之間會出現佐佐木前來告別，彷彿夢境一般情境，小林只能用衣領擦去止不住的淚水，哭顫著將大門關起鎖上，讓風不再推擠大門發出吵雜的聲響。

這夜，盧英珠半夢半醒，她已淚溼枕頭許多回，知道佐佐木與早苗做，又答應去參加特攻赴死，佐佐木竟然違背與自己的承諾，還說要與自己結婚，說要與自己逃去，佐佐木這個騙子，騙子，騙子，去死——盧英珠心底反覆咒罵，卻又感傷的看向角落的泡菜空罐，這一年多的溫柔真的是謊言嗎……盧英珠心底還在掙扎，淚水卻不聽使喚流下，整夜啜泣直到疲累到底，癱在榻榻米上睡去。

深夜半夢半醒間，盧英珠卻聽見外頭彷彿有佐佐木與小林說話的細碎聲響，朦朧間不知真假，盧英珠驚醒後撐著半身細聽，對話聲響卻消失殆盡，僅剩下風聲爾爾。

盧英珠無比惆悵，又忍不住鼻酸而落下淚水，彷彿人生全都是幻覺，盧英珠思索自己對佐佐木的感情，全是自己一廂情願啊，全都是幻覺啊——盧英珠咬牙又流著淚，將枕頭全都哭溼。

疲累閉眼間，盧英珠又跌入睡眠，直到圍牆外傳來轟轟車聲叫醒了盧英珠，盧英珠一睜眼，發現外頭天光已明亮，一縷黎明的光絲穿過窗，照亮了自己哭腫的臉龐。

一台軍卡開來鶴松屋前方，車斗上跳下幾個士兵，帶隊的中尉軍官推開了大門，軍靴聲響便踩在地面喀喀響。

「通通出來——全部出來！」軍官大聲呼喊後，岡本先生也被吵醒，便從屋內快步來到一樓，看中尉軍官臉色嚴厲指揮士兵，岡本先生便趕緊追問。

「長官……怎麼了，一大早就要營業嗎，這些女子都還沒醒來啊——」

「軍事任務，不相干的人別問這麼多，把女子全帶出來就是！」中尉軍官對著岡本大吼，面對上級的命令，岡本也只得站立一旁，開始呼喚眾多女子們全出來。

「出來——全部出來——」岡本先生怒吼著，女子們衣物都沒穿好，露著半乳就被軍人架出，彷彿是犯錯要被集體抓去處決似的。盧英珠一見外頭紛亂，軍人呼喊的聲響雜沓，便知道此時又有變數，昨夜她已對佐佐木心死，又想起過往聽過的消息，那些陸軍基地的慰安所十分殘酷，女子躺下後張開雙腿，一天可是要營業百人之譜……自己既然被所愛之人佐佐木欺騙，又無法回到朝鮮，更不可能被釋放，未來肯定會遇到更悲慘的生活……

「女人們全部出來——快點收拾——」軍官大吼，士兵沿著走廊開門拉人。

「就這樣吧……」聽著外頭混亂的催促喊聲，盧英珠已心如死灰，她下定決心尋死，快步打開木櫃抽屜拿出扁梳，以扁梳的細細尾柄，挑出牆縫中藏入的剪刀刃。

盧英珠心意已決，今天就是自己的死期，便忐忑的試著將刀刃摳出，直到刀刃終於掉落在榻榻米上，盧英珠低身撿起，刀刃似乎比之前劉惠交給自己時有著更多的鏽斑。儘管並非是鋒利的刀刃，但盧英珠已準備朝脖子用力割下，當刀尖貼著自己脖子時，盧英珠深吸口氣，突然間木拉門被拉開，並非是在外怒叫的軍人，而是早苗——

「搞什麼啊，盧英珠——」早苗見盧英珠竟要自殺，趕緊一步向前先抓住盧英珠的手，另一手拍落刀刃，盧英珠痛得哀嚎一聲，側臉被刀尖劃傷，血絲隨即從盧英珠的臉頰上汩汩滲出。

「我剛問過那個軍官，只是要先移動去其他地方，妳不要做傻事，我們要走了，快走啊。」早苗大吼，踢開落地的刀刃到牆緣，隨後將盧英珠從地上扶起。

一切都發生得太突然，盧英珠反應不過來，早苗順手抓起盧英珠整理好的簡單包袱，隨即拉著盧英珠手臂就要離開房間，盧英珠回頭看這房間，透窗的清晨光絲照亮榻榻米上那片帶血的刀刃……

怎麼也無法想到，當初到來時如此突然，要離去也是如此倉促。

「快走啊，卡車要開了啊，妳們這群混帳。」岡本先生在門邊大吼，揮舞竹棍驅趕著女子。每個女子都只能帶一個小包袱就得離去，看著大門就在眼前，真的能走出去嗎，幾個軍人走在眾女子後方，推擠所有慰安婦離開，盧英珠無比忐忑，直到終於走出鶴松屋的圍牆大門，踏上卡車之前，盧英珠慌張回望鶴松屋。

過去一年多，自己未曾離開過圍牆範圍，就算小林平日能出入打掃，就算已經沒有軍人站哨，女子們卻也不敢離開半步，如今被軍人推離大門邊，盧英珠這才重新看清楚建築物的外貌，「鶴松屋」兩層樓高度，占地算大，所以能有許多房間藏入其中，若從外觀看去，還真看不出這裡竟是慰安所……但此時真能離開了嗎，女子們坐定在軍卡的車斗上，每個人都回頭望向鶴松屋的屋簷灰瓦，與圍牆內成排的櫻花樹。角落那棵躲避轟炸時的榕樹，被炸飛而來的水泥塊撞破後，反覆修補的木牆洞……

眾女子們都忍不住為了未來擔憂，幾人細碎低聲交談，不知道是要離去解散還是轉移地點，直到車斗後方的欄杆鐵架關上後，事已沒有轉圜餘地，眾女子才安靜下來。

後車斗沒有雨棚，鐵架彷彿牢籠，將士兵與女子們全關在其中，車子引擎正在抖震，盧英珠坐在木箱座位上，雙手緊緊捧著自己的包袱，臉頰上的刀痕這才開始刺痛，盧英珠用衣物擦拭自己臉龐，臉上傷口的血漬還在滲血，血液一滴滴沾附在衣物上。

一切都太過突然，突然到來不及思索，昨夜的自己如此傷懷的哭了一夜，當軍卡緩緩離去時，盧英珠回望向路底漸遠的鶴松屋，由於被佐佐木所心傷，盧英珠不忍回望，別過頭去看向路邊猖狂的芒草……

「盧英珠——」直到此時，早苗才拉扯盧英珠的衣服一角，要她回頭看，盧英珠這一轉頭才發覺，小林正吃力奔跑，追逐軍卡前來。

「盧英珠——姐姐——」小林正在路上大吼著，試著全力跑步追上卡車。「盧姐——」

小林跑出木門追出，懷中拿著一包東西，只是盧英珠遠遠看去，還真不知道小林抱著什麼奔跑，只能隱約聽見小林口中傳來遙遠的吶喊：「佐佐木——佐佐木晚上有來找妳——」

「佐佐木？」早苗也不知道什麼事，側過頭看向不知所措的盧英珠。「小林說佐佐木晚上有來找妳，是什麼意思？」

昨夜，小林看佐佐木騎腳踏車離去，天光將亮之前，佐佐木映著芒草剪影消失在路底，小林內心無比傷心，佐佐木去特攻肯定有去無回，真不知該不該把這包物品交給盧英珠，但畢竟受人之託，且又是對自己有恩的佐佐木……

小林回到走廊後，探向盧英珠房的木拉門，盧英珠還在榻榻米上睡去，小林便想，要在盧英珠醒來時將布包交給她。

天光將亮之際，小林清醒後先去倉庫整理，沒想到軍車一大早突然倉促到來，小林聽著雜亂聲響並沒想太多，軍隊的行為常常就是如此倉促，直到小林走出倉庫，發覺女子們竟全部被帶走，軍卡已要發車離去，一切就在數分鐘內完成。小林趕緊衝回房間，抓起布包後吃力向前追逐卡車，但卡車加速前進，小林已被軍卡遠遠拋在後方。

隔著距離與風聲，耳際又被引擎聲掩蓋，盧英珠聽不清楚小林所說，只能看向小林的口型開闔，彷彿他正倉皇說起佐佐木，卻又聽不清楚是什麼。直到小林腳步追不上車，又踢到路上突出的石塊而向前撲倒後，小林方才撐起半身，一隻手比前方天空。

「啊——盧姐——那邊——」

盧英珠這才看向小林所指的方向，空中正傳來螺旋槳轟隆隆聲響……盧英珠仰頭看向天空，此時有許多台飛機從機場陸續起飛，正要往遠方飛行。

只是怎麼也無法料到，此刻其中一架一式戰鬥機竟然愈飛愈靠近鶴松屋，盧英珠仰頭看向這架脫隊的飛機，竟然退下駕駛艙蓋，看得出一個男人正在裡頭駕駛，只是距離太遠依然看不清臉龐，但這台飛機突然左右搖擺機翼三下，看向這三下搖擺，盧英珠瞬間理解，這就是佐佐木曾說過的話，如果飛來慰安所上空，他會搖擺機翼三次……

在飛機與軍卡短暫平行的幾秒內，盧英珠這才完全理解剛剛小林口型的意思，就是「佐佐木」啊——

盧英珠完全明白，佐佐木真的有來過啊，原來昨夜那說話聲響並非夢境幻覺，他真的到來過，要與自己一起逃去，佐佐木不是個騙子，他沒有說謊——但這架一式戰鬥機在擺動機翼結束後，隨後拉起機頭飛高，等待後方起飛的飛機一起飛成編隊，便成群消失在一陣低處的雲中。

發覺自己竟與佐佐木錯過逃走的唯一機會，盧英珠心底一股濃重的後悔與遺憾襲來，一時無法接受到嘴角扭曲，整張臉顫動。盧英珠仰頭向著天空不斷扯開喉嚨大叫「不！」、「不要！」、「對不起——」，其他的慰安所女子們都不知道盧英珠在哭喊什麼，只有早苗靠近盧英珠，趕緊攙扶著她。

「妳還好吧，盧英珠，振作啊——」

押車的軍人也察覺有異，看向盧英珠正崩潰哭喊，一時間不知道盧英珠發生何事，好奇的看著這個崩潰的女子。

「不——」盧英珠雙手握緊車上欄杆大叫，長谷川看盧英珠崩潰哭著，趕緊上前來扶起嚎啕的盧英珠。

「怎麼了，到底發生什麼事——」

只是盧英珠再也無法理會他人，她崩潰欲死的哭喊，抓起鐵架看向天空嚎啕大哭「為什麼——為什麼——」、「對不起——對不起——」，直到一同押車的士兵再也無法忍耐盧英珠失控的吶喊，隨即上前來將她壓制在鐵欄杆邊。

「欸，女人，給我安靜！」盧英珠的臉被上前來的士兵壓在鐵架上，看著天空中的飛機編隊，全都消失在遠遠的雲朵後方。

不管如何用盡氣力，盧英珠的哀號沒能傳出天際，來到佐佐木的耳中，也沒有被追逐的小林給聽見，盧英珠正被眾多軍人的力量壓制，在被士兵身軀壓制的空隙中，盧英珠再也無法吶喊，最終只在物品與衣物的夾縫中露出一隻眼珠，瞳孔中映著最後一架飛入雲朵的飛機殘影。

盧英珠眼眶中裝滿的淚水，全被吹起的大風給滴滴吹散……

第二十九章　重逢

湛藍的天色之下，飛翔的白雲彷彿正在拚命趕路似的，在天空中快速移動。

一九四五年的五月十一日早上，盧英珠與慰安所女子們從「鶴松屋」被集體送去他處。而後，由於美軍陸續在東京丟下劇烈的燃燒彈，讓東京陷入火海之中。美軍又在八月時在廣島與長崎投下原子彈，造成歷史首見的巨大傷亡。就在盧英珠離開鶴松屋的三個月後，一九四五年的八月十五日，日軍宣布無條件投降，第二次世界大戰終於正式結束。

戰後的台灣情勢變化飛快，先是中華民國代表盟國派兵來到台灣展開實質統治。台灣通行的官話從日語成為中文，隨即開始ㄅㄆㄇㄈ的注音與四聲調教育，台灣的庶民文化開始有了不一樣的風景。更沒想到隨後國共戰爭又起，戰後的紛亂之間，台灣發生了悲慘的二二八事件……而後在一九四九年，國共內戰戰局已定，隨著中華民國政府撤來台灣，台灣轉而成為美國與共產國際之間的第一道冷戰封鎖線……

任何一個人都無法預料得到，台灣在四年之間有著劇烈的轉變，也沒人能猜想得到，當初以農業為主的台灣，竟能在短短六十年內，在美國的經濟計畫的援助與控制下，成為世界上經濟實力驚人的強大島國。

西元兩千年初，已距離第二次世界大戰近六十年，在這尚未有高鐵的年代，一個尋常的暖和春末，路上的台灣欒樹已開出整片嶄新的綠葉。機場邊仰頭便能看見飛機飛過，嗡嗡轟轟占據耳膜。湛藍天空中，一台從台北松山機場轉來的飛機，正緩緩落地在跑道上。

機場尖峰時段，機場內外來往人潮中，林桑和兒孫一夥人站在出關口等待，小孫子阿明手上正拿著一張大紙板，上面用麥克筆寫上黑粗的「노영주」三字。孫子阿明對韓文無比陌生，不知這就是「盧英珠」三字的韓文，只知道對出關旅客用力的揮舞紙板，但人群卻紛紛走過，不免讓林桑有些憂慮。

「阿公，你說的那個阿嬤，她真的會來嗎？」阿明仰頭問起，林桑憂慮卻篤定，呢喃說起。

「她會來的……我相信……她會……」

林桑嘗試尋找盧英珠已有十數年時間，先前都音訊全無，好不容易兩人才電話聯繫上，儘管路程千里迢迢，但她一定會來……

一週前那通清晨打來的電話，近六十年未見的林桑與盧英珠重新聯繫上，林桑心底為此十分激動，他知曉盧英珠一定會來台灣，但林桑心底也明白，盧英珠或許真有難處才會隱密自己身分多年，直到老年才願意現身……要是她不想面對那段難堪的回憶，而從機場直接折返，也是合情合理之事……

只是林桑心底仍抱持希望，希望能再次見到盧英珠，希望一切希望都不成空……終於，眼前數十人陸陸續續出關後，人潮快步散去，僅剩下最後一位女子走出關口，只是並非七十來歲的老人，而是五十來歲的女子……這一看，林桑便忐忑不安，畢竟被強迫當過慰安婦的女子，身心都受過沉重的傷，不願出現才是常態……

只見中年女子轉頭四探，望向阿明手上的「盧英珠」韓文紙板後，方才快步走來，開口便是韓國腔的中文。

「你們是……林先生家人嗎，我是盧英珠的翻譯……」

「我是，我是。」林桑一聽，趕緊與中年女子點點頭。

中年女子的韓式中文口音，讓孫子阿明十分好奇的探頭看起。

「真不好意思，再等等我們，盧女士坐飛機不太習慣，身體不舒服。」

翻譯說完後又快步走回幫忙，原來在機場人員的攙扶下，盧英珠現在才緩步走出關口。

林桑怔著，看向盧英珠一步步緩緩走來的姿態，讓林桑愈看愈是忐忑，真難相信這個身軀萎縮的老邁女子，竟是數十年前青春姿態的盧英珠，當年的「盧姐」啊……

老邁的盧英珠儘管因為久坐飛機而不適，但精神已慢慢回復，此刻終於來到林桑面前，當翻譯正想要開口時，盧英珠卻先用日文問。

「小林，真的是你嗎？」

盧英珠打量林桑，畢竟當年的小林還是個未滿十七歲的瘦小少年，分離數十年後，一眨眼過去竟已成為一個白髮老人。

「是我啊，我就是小林啊，我們一起度過一年多啊……盧姐……還記得我嗎？」

林桑激動喊出聲，讓林桑家人也覺得吃驚，原來平常十分溫和的林桑竟有此激動的一刻。

當年日治後期推行皇民化政策，由於慰安所也算軍事單位，小林在日本軍隊打雜，有日本名字方便做事，便取個日本名字為「小林」，戰後來到國民政府時代回復漢姓時，又重新改回「林」。

「盧姐……這麼多年……真的好久不見……」林桑看向盧英珠，兩人滿是皺紋的雙手緊握，彼此都難掩激動而顫抖。

「這些年……過得好嗎？」林桑忍不住顫顫問起盧英珠。「回去後，過得好嗎？」

「我啊……」盧英珠欲言又止。「我回去後，因為我曾當過……慰安婦，所以……」

「妳辛苦了……」林桑一聽便眉頭皺起，再次緊緊握緊盧英珠的手。

盧英珠伸起手，摸著林桑布滿皺紋的臉龐，彼此久久不語，明明是喧囂忙亂的機場，兩人的相遇，彷彿讓雜沓的機場都安靜下來，就連身旁的兒女、翻譯也都安靜不語，不忍打斷這難以言喻的寧靜。

※※※

廂型車開在公路上，下交流道後，車子緩緩從大馬路轉入村鎮小路，最後轉入稻田邊，產業道路輾轉蜿蜒，道路從平緩到顛簸，正往荒野地開去。

車窗外的台灣景色正不斷消逝而過，盧英珠看向車窗外的風景久久不語，透窗的光，照亮盧英珠已凹凸如山谷般的老邁臉龐。

看著窗外，盧英珠想要回想起過去，然而過去卻怎麼都回憶不起，只因為當年自己在台灣的回憶十分切片，先坐火車又轉乘卡車，四周景物都陌生，加上被關在鶴松屋內，車窗外的台灣風景自然與回憶無法連結。

「這些年……小林都做些什麼？」盧英珠忍不住轉過頭，問起身邊的林桑，對林桑來說，一切都必須從日本戰敗那天開始說起。

一九四五年八月十五日的那一天，聽著天皇投降的玉音放送後，日軍的雇員當場直接解散，小林也只能離開機場回到老家投靠親人，試著找其他工作維生。

隨後，當國民政府到來台灣後，為了適應戰後的中文環境，小林就讀國小補校，一邊工作一邊就讀到國小畢業。林桑因為瞭解台灣人還有日治時代留下的習慣需求，所以林桑在一九五五年後，開始嘗試從日本引入商品來台灣販售，不管是藥丸、收音機，還是後來的電視，靠著勤勞打聽消息，林桑的貿易工作賺上第一桶金，開始嘗試代理電器商品，等到越戰初起，美軍駐台的人口一多後，小林再接著做美軍生意，終於逐漸致富。

一直以來林桑扎實努力的做生意，從未與他人提及，當年未滿十六歲時的他，曾有過一段在慰安所時的低下過往。畢竟在酒家討生活的女子，就算後來從良也會被另眼相待，戰時投入慰安所的小林也是如此，加上戰後的台灣社會只想忘卻過往，有過戰爭經歷的人們，都不約而同避談過去。

經營電器進口貿易公司的小林，掌握住各種賺錢的機運，結婚生子，買房購地，一切就是尋常的人生軌跡。一直到二戰結束三十多年後，當小林已年近五十，四周的同儕與下屬都改叫他林桑之時，首先勾出林桑回憶的，是一九七四年時，一位躲藏在菲律賓盧邦島的日本軍人「小野田寬郎」。

小野田寬郎當年在菲律賓盧邦島上服役，就在日軍要被美軍擊敗之際，長官對小野田寬郎下了「繼續游擊」的命令，小野田寬郎便隱沒在山野叢林間打游擊，由於始終沒有收到「戰爭結束」的軍令，小野田寬郎竟然在菲律賓的盧邦島上繼續作戰長達三十年，不斷襲擾與殺害當地菲律賓人，直到當年的長官谷口少佐回到島嶼上，下令小野田寬郎投降為止——

新聞消息傳來台灣時，林桑看著報紙怔住許久，太平洋戰爭都已經結束三十年，人們都已過著戰後的新人生，沒想到這個日本人竟還在「作戰」？小野田寬郎的游擊作戰，讓經歷過二戰的林桑不可思議，初讀報紙時，林桑渾身寒毛豎立，彷彿喚回自己深藏內心的回憶。

只是「小野田寬郎」畢竟是日本人，自然還有些情感上的距離，更沒想到在一年後，一九七五年時，當身處在印尼「摩羅泰島」上的「中村輝夫」現身時，更讓林桑無比震撼。

「中村輝夫」是前「高砂義勇軍」的隊員，阿美族名「史尼育」，躲藏在森林內三十一年終於被人發現，最終帶回台灣。中村輝夫被人發現後，被中華民國政府取漢名「李光輝」。儘管李光輝有著漢名，只受過日文教育的他，在記者會上只能全程用日語回答。

林桑看向各篇李光輝的新聞報導，在電視前總是不語許久，彷彿也有一個自己隱身在孤島已數十年，因為他人的現身，也嘗試走出幽黑的叢林。

但林桑內心卻也明白，儘管自己內心洶湧，但李光輝之事畢竟還是「別人的事」，更何況李光輝是個真正的日軍，還是個特殊的高砂義勇隊。當年的自己就只是個卑微的少年雇員罷了，現在的自己只要能賺錢，照顧好家人和公司就已足夠，已經過去的就該完整忘卻，人才能好好活下來。

只是遠離二戰三十年後的林桑，當他每每翻看衣櫃深處，打開收起的鐵盒蓋，再翻開鐵盒內包藏的油紙，便看見當年要交給盧英珠的黑髮束與戰鬥機機表……林桑每每看著這兩個物品時總是情緒無比翻騰，不斷回憶當年自己曾答應過佐佐木，要將物品拿給盧英珠……

只是這件事談何容易，當年錯過之後，便再也沒見過盧英珠，也打探不到任何消息，畢竟每個人都想忘記不堪的過去，努力追求更好的生活，自己也不過就是隨波逐流的人之一罷了，更何況盧英珠可是個韓國人，台灣的戒嚴年代出國十分困難，在茫茫人海之中找一個人猶如大海撈針……

林桑儘管心底惦記著與佐佐木的約束，但現實卻難以做到，便只能把黑髮與機表放回鐵盒內，收回衣櫃深處存放數十年。也將那些鶴松屋與慰安婦的回憶，深壓在心底的最深處，直到林桑六十五歲退休的一九九〇年代，台灣解嚴之後，這些台灣的歷史過往終於能被重新提及與探索。關於慰安婦之事才終於逐漸被人知曉，林桑這才重新思索，該如何將這個機表與黑髮，交還給盧英珠。

盧英珠畢竟是個韓國人，林桑不會韓語並不方便找尋，但林桑左思右想，要找到盧英珠還有個辦法，就是從各種當年有可能與她聯繫之人找起。林桑決定先透過日本的友人，聯繫日本民間的退伍軍人協會，試著旁敲側擊聯繫到盧英珠。

只是難以預料，經過調查與詢問，林桑第一個找到的，竟是嚴厲的岡本先生。

岡本先生在戰後回到日本，因為身上受過戰爭的傷，讓他走路跛腳，又有聽力問題，不容易找到加工廠操作機台的工作，只能回到老家去種田。沒有後代的他，在田間年復一年不斷生產甘藷和玉米，直到年約六十歲時死去。

在四國找到岡本先生的親戚後代時，一名五十來歲的男子，謹慎的與林桑回應岡本的事蹟。

「是的……他是我的小叔，他走路不是本來就一跛一跛嗎，年紀大了之後，有一天在田裡摔斷腳，因為受傷走不回來，我家那耕作地點又比較偏遠，那一天晚上……又剛好下雪，所以………小叔就凍死在田裡，被雪覆蓋住……」

據岡本先生的親戚後代說，戰後的岡本從未談過戰爭的事，若非林桑來此問起，甚至不知道岡本先生在戰爭時曾來到台灣。

「我們一直以為……他是擔任什麼滿洲國的特殊任務，都是機密，所以才不能說啊……」幾個岡本的姪子與姪女面面相覷，不能理解這位長輩在戰前的事，更不知道他去過台灣的過往。

「我叔叔不像其他從海外回來的軍人，總是喜歡喝酒談論戰爭時的事，我叔叔不喜歡談戰爭，他從來都不和我們說。」

家族們總覺得岡本很奇怪，因為戰後的岡本沒有參加戰友會，也沒有當兵時的同袍聯繫交誼，當時家族成員都猜想，或許因為岡本從事機密任務，一切都須隱藏，就連其他同袍也不知道他的身分。

林桑知曉這件事後，正想說出當時岡本是如何凶惡不講理，他在戰時曾毆打、辱罵與性虐待過慰安所的女子，也讓林桑的肚子上留下一道長疤。當林桑知曉岡本餘生都在隱藏自己的戰時過去，猜想他是因為罪惡感而不願面對過往。

只不過，林桑吃驚於一位六十來歲的後輩，在說起岡本先生時，竟緬懷著岡本而雙眼落淚。

「我小叔當年要去當兵時，我真的好捨不得他，他真的是一個好好的人啊，書讀得很好，常常偷藏糖果給我呢……那時候我爸很嚴格的，只有叔叔會給我糖呢，所以叔叔凍死時，我真的好傷心，抱著他的遺體哭了好久好久……」

而已經八十五歲，岡本的大哥說起這段過往時，更讓林桑無比驚訝。

「我小弟真的是個很好的人，當年其實是我要去當兵……但我弟就說，大哥要養家，當兵這件事情就交給我……他當了好多年的兵，好像先去過中國，一直沒退伍，聽你說我才知道，原來他又去了台灣……戰爭時他把薪水都交給我，我們家可以說是靠他撐起來的……戰後等他回國，我才看到他受的傷啊……耳朵變形，肩膀還少了一塊肉，看起來很可怕，所以村裡面也沒女人想和他結婚……」

岡本的大哥說起這段過往，八十五歲的老人也難忍悲傷，落淚兩行。

「就是因為戰爭，這麼好的人這輩子沒結婚沒孩子，最後竟然凍死在田裡……我真的好不甘心啊……我小弟是一個人在替我們整個家族承受痛苦啊……」

林桑怔住許久，若沒有戰爭，岡本或許一輩子都會是這樣的「好人」，經歷轟炸讓岡本大腦受損，腦傷足以改變一個人的性格，讓他用極端嚴厲的方法對待女子們……

看著親族緬懷起岡本的模樣，林桑儘管想掀開自己衣服露出傷疤，拿出自己記錄岡本所有惡行惡狀的資料遞給後代，但最後這一刻，林桑還是收手。

「謝謝你們接受我的訪問。」林桑禮貌回應，家屬也感激林桑的探訪，緊緊握著他的手，感謝他的到來，喚起了眾人對於小叔的美好回憶。

回程的路上，林桑不斷思索當年在鶴松屋的過往，那些責打、怒罵，挨餓與無眠的痛楚，這些回憶畢竟發生在青春期階段，便讓林桑終身難忘，總想要親口聽到岡本一聲道歉，只是知曉岡本孤身死在天寒地凍中，埋身於雪地之下，回台灣的飛機上，林桑靠著飛機窗，一陣難忍的感慨。

「若是沒有戰爭，真的會是另外一個世界啊……」

林桑滿是皺紋的臉龐，從機窗望向起飛時的東京上空，如此深思不已。

當年日本戰爭造成整個亞洲的動盪，戰爭多年後，社會才開始不斷檢討戰時的許多作為，倖存的特攻隊員們開始不斷訴說當年的過往，社會才開始逐漸明白特攻隊的殘忍真相，並非如同當年政府宣傳的那樣，只有英勇愛國的那一面。

要尋找盧英珠，或許往當年的特攻隊去找，也會是一個明確的方法。更何況，林桑想要知道當年佐佐木的消息，到處打探之後，終於遇到幾位當年倖存的特攻飛行員，其中一位便是當年被佐佐木過分訓練，最後骨折送醫的鈴木政雄先生。

兩個滿頭白髮的台灣與日本老人，約在成田機場的咖啡店見面。

當年鈴木政雄和許多受傷的飛行員，整批人一起搭機飛回日本去，由於傷勢一直沒好，拖延到八月才重新回到部隊，鈴木政雄也曾答應要加入神風特攻，只是飛機還在整備中，戰爭就結束了。

由於戰時神風特攻隊的資料逐漸揭露，鈴木政雄這才知曉同期成員大多已死在特攻任務中，戰後的鈴木政雄不斷思索，自己要是沒骨折入院，可能也早已死在太平洋。

「我每次回想起過去，總覺得當時的自己駕駛技術真的厲害，那台一式戰就像匹勇猛的馬啊，真的又快又敏捷，如果能讓我飛去前線作戰，我一定有機會擊落幾架美軍飛機啊……」

鈴木政雄說起過往總心有不甘，情感十分複雜難言，畢竟自己因為骨折住院，沒有實際的戰績。一直等到骨折的傷勢完整康復，復建完畢通過考核之後，才在八月初回到軍隊。一知道能參加特攻隊，鈴木政雄也憤慨的舉手同意，要不是飛機來不及準備，自己肯定已死在戰爭中。

「但戰爭過好多年以後，我才知道軍方要我們這些年輕飛行員隨便犧牲，愈到後來，就愈像是把豆子灑在大海裡，一點用都沒有，其實讓我們好好訓練，還有一戰的機會啊……」

鈴木政雄為沒有戰功而感嘆，畢竟當時的自己真心愛國，用盡全力學習飛行，如今卻因為能夠存活而感慨。

不同於岡本死在荒野田地間的殘生，鈴木政雄回日本後，在戰後完成大學學歷，歷經多年努力，最終管理一間研發製作管線閥的公司，由於產品精密度領先世界，多年來收入頗豐。

「說起來我當年回日本後，真的什麼都沒有，不過我一直在想，如果戰爭時我連死都不怕，那其實我還有什麼好怕……我當年大學畢業後，從做螺絲開始研究，最後開始做起工業用的閥，我不斷累積能力，後來我們工廠老闆決定把女兒嫁給我，讓我繼續投入發明，現在美國市場的工業用管線閥門，幾乎都第一時間採用我公司的產品。」

鈴木政雄喝一口咖啡，儘管已七十餘歲，還是親自到美國洽談業務，也就是如此，鈴木的氣質並不像「戰前日本人」，反倒帶點西化的特色，全身西裝卻戴著花紋領帶，只是走路時雙腳有點高低落差。

「當年戰爭時期醫療沒做好，我受傷的左腳明明骨裂而已，但最後用夾板保護，最後康復之後，左腳竟然短了一些，年輕時我都靠鞋墊來補，免得走路一跛一跛，不過現在年紀大啦，我已經不在乎別人怎麼看，對吧。」

只是看向癒後的長短腳，常讓鈴木常常回想起佐佐木，他當時為什麼要對自己如此嚴厲，甚至還與自己說「日本讓你來保護」那種詭異的話語。

「當年我也曾去找佐佐木的消息，我真的想問問他，當時為什麼這樣對我啊……」鈴木喝了口咖啡，和林桑如此說起。

戰爭結束多年後，鈴木政雄與許多戰時同袍都還保持聯繫，只是當眾人說起佐佐木時，便十分不解。

「他當年肯定是看過朋友死去，才變這麼凶，好多人都被他過度操練，最後弄到住院。」

另一位也曾住院的同袍，如此感慨的回應鈴木政雄。

「不過我後來經歷過幾起同袍的死亡之後，我也變成很嚴厲的前輩了，我嚴厲的訓練後輩，就是希望他們不要輕易就死了……」

「我還在戰後聽說過，佐佐木曾有一天不歸營，長官還以為佐佐木要逃亡離去，差點要判他軍法死刑啊。」有飛行員後輩如此繪聲繪影說起。

「他看起來這麼愛國，真沒想到會讓人以為要逃亡呢。」

「佐佐木是一個好運的人啊，當時機場空戰，我就在機場下面看啊，他那天飛行就是一直逃，所以才沒有被擊落，而且迫降沒死掉，真的算他好運。」

當年一個同袍無比感嘆。

「畢竟那天迫降的好多人都死了啊……一切都是命啊……」

說起戰時回憶，眾人與鈴木政雄說起各自所見的佐佐木，對林桑來說，那數年間的記憶裡，佐佐木就是一個無比溫和的日本大哥，原來佐佐木私下竟是如此暴躁無情，在戰場上也不是什麼勇猛之人？

只是對鈴木政雄而言，戰後的佐佐木已然失聯，僅能從一些當初的戰友身邊問起消息，知曉他曾在五月分時出征飛行，卻也沒有戰報傳回。鈴木政雄常常思索起這件事，或許是因為戰時通訊不佳，佐佐木去其他機場降落，又或是被美軍擊落後俘虜起來，但四處探查卻也問不出什麼消息，一切都成為自己人生中的謎團。

「小林，我會答應你的邀約……就是因為我也想知道佐佐木的消息，如果他還活著……我真的好想謝謝他……」

鈴木政雄看向林桑一頭蒼白的髮色，呢喃說起。

「佐佐木曾對我說，日本要讓我來守護……的確啊，要保護一個地方不是只有戰爭，還有各種方法，像我們變成世界上重要的公司，讓日本賺全世界的錢……讓後代的日本人有各種好的機會，這不就是一種『守護』嗎……」

鈴木政雄感慨地笑著回應林燊。

機場正在廣播，一旁的年輕助理趕緊說明已到登機時間，鈴木政雄起身後便先與林燊鞠躬致意，林燊也趕緊回禮，看向鈴木一跛一跛的背影離去。

在偌大的成田機場中，林燊轉身看向旅客行人忙碌倉促的身影，如今的日本已成為世界第二大的經濟體，已沒有多少人能直接聯想到，這可是二戰中，幾乎所有軍事單位都被摧毀的國度……不管是工廠、軍營、機場、指揮所……都化為灰燼……

也難以想像這裡曾是戰後缺乏熱量，疾病橫行，每天都有數十人路倒，餓死街頭的悲慘國度……

第三十章　藏匿的女子們

遇見岡本的後代，與前飛行員鈴木政雄之後，儘管對於連繫一些過往之人有所助益，但林桑卻依然還無法找到與盧英珠有關的訊息，仔細想想的確不易，畢竟當時人員流動快，而盧英珠又是一個遠從朝鮮到來的外地人……

林桑依然不放棄尋找盧英珠，只是已七十好幾的林桑竟生出後悔之感，悔恨當年自己為何不在五十歲，或更年輕時就去找尋慰安所的姐妹啊，如今已年歲七十有餘，就連步行都感疲勞，要是當年就下決心，肯定不會像現在覺得倉促且疲憊，加上許多人早已隨年歲過世，早已無法得到第一手資訊……

尋找盧英珠之事又經過多年，林桑透過書信往來，詢問各地戰友會、基金會，電話詢問過往之人多年，可以確定當年遇見的風俗女子「橋本幸子」早已徹底失聯，至於那位短暫被送入鶴松屋的英籍女子「安妮」，如今也查不出真實姓名訊息，或許她也不願讓人知道自己的過往……

仔細想想也是如此，一個十六歲的女子遭受如此性虐待，要怎麼在戰後說出口這一切，或許對許多女子來說，只有隱瞞過往，才能在往後的日子存活下來。

還好，林桑多年努力有所成果，終於聯繫到幾個當年的慰安所姐妹與親屬，林桑感懷之心洶湧而上，尋人的旅途竟不感疲憊。

首先找到的，是淺田早苗。

對林桑來說，最意外的，原來是早苗曾在電視上的綜藝節目亮相過，螢幕中的早苗是一個儘管老邁，卻又十分開朗的沖繩酒吧老闆，由於話語睿智卻又帶有喜感，曾經成為地方節目的螢幕寵兒。也就是如此，當林桑在日本憑著回憶去嘗試搜尋早苗的名字後，沒多久就發現早苗的所在，甚至還有雜誌專訪早苗來沖繩開店的心路歷程。林桑趕緊請人找來雜誌一看，方才知曉早苗在戰後回到日本，沒過多久便去沖繩定居，為了營生開設一間酒吧，主要服務駐沖繩的美軍和觀光客。

當林桑與早苗約好，邁步走入尚未營業的酒吧時，林桑一眼便認出櫃檯後的早苗，早苗正在準備營業所需的酒和其他飲品，隨後擦拭櫃台上的塵埃。

這一年早苗已七十五，儘管臉上的妝粉都沒入皺紋中，但依然打扮得十分雅致。

面對過去曾欺負自己的早苗，時光荏苒，多年後能再相遇，林桑心底已沒有恨。兩人坐近，早苗調了兩杯雞尾酒，自己喝上數口後，望向窗外的沖繩藍天，才感懷與林桑說道。

「那些雜誌上寫，其實都不是對的……我會來沖繩，並不是什麼『人生中一定要找尋藍色的海洋』這種理由，那都是我騙記者的……」

早苗微笑著，看著身旁無語的林桑。

「我會來沖繩，是因為……我總猜想青木可能還沒死吧，我一直相信他還活在這裡……」

早苗又低頭飲下一小杯酒，感慨看著眼前瘦小的林桑。

對身在東京的日本人來說，西元一九四五的八月十五日一早，街坊女子們還為了出征的男子書寫千人針，沿街歡送入伍，眾人完全無法想像得到，中午十二點時便傳來了玉音放送，由天皇的口中宣布日本戰敗。

對庶民來說，更想像不到的是，原本自珍珠港事變之後，全民視美軍為仇人的日本社會，當時間來到一九四五年的十二月，戰敗四個月後，東京的馬路上便處處走著美軍士兵，常常發送巧克力和口香糖，給沿街追逐吉普車的日本孩童。

在日本的各級學校，一九四五年八月分的教科書中，學生們還要朗讀「替天皇作戰」的各種文章內容，才過到一九四五年的年底，這些文章便已全部消失，彷彿這些過去全是虛幻的夢境，在清醒之後毫無痕跡。

同一時間，一九四五年的十二月，早苗終於在基隆搭上輪船回到日本，迎面而來的，便是各種難以想像的現實衝擊。

當時早苗為了回到日本，將在台灣的和服全換了錢，只穿著褪色又起了毛球的素色洋裝回到日本。戰後的日本社會，為了美軍的存在有了極大的改變，四周已響起西洋音樂，出現美國食品，憲法也將重新變更，彷彿一眨眼間，日本已變成另外一個國度。

早苗在神戶下船，要搭火車回東京時，自己的座位對面是個返國軍人，懷中正捧著一個遺骨盒，全身消瘦的軍人顴骨瘦得突出，一看就是知道是從戰場受苦回來。更沒想到在火車上，這軍人被上車的不良分子推擠而撞倒，遺骨盒便從懷中滾摔到地面打開，火車內的眾人十分害怕骨灰打散在火車內，只不過遺骨盒就只是個空木盒，裡面什麼遺骨都沒有，只有一小布包的指甲與頭髮。

最初與早苗有過婚約的大西，早已死在南洋的燠熱森林內，當時同部隊的戰友說，美國的炮彈陸續落下後，那一瞬間大西便消失無蹤，再也不成形體，也就是如此，那些帶回給家屬的骨灰，其實並非是大西的骨灰，而是蒐集戰地的士兵屍體，集體焚燒後留下的骨骸灰燼，還得混著地上的土沙才夠分量分給每個家屬……

早苗看著此景十分忐忑不安，原來現在竟是日本年輕人……連屍骨都不存的世代。

早苗又從同火車、且從南洋回來的慰安婦知曉各種悲慘遭遇。在南洋的慰安婦受盡苦頭，除了在地的霍亂、瘧疾與其他風土傳染病之外，還有各種因為保險套不足而生的性病。慰安婦甚至直接被軍醫切去子宮絕育，甚至也有慰安婦因為懷孕，而被行軍的部隊拋棄在森林中。

「我在菲律賓的時候，親眼看著一個懷孕的菲律賓慰安婦……因為美軍打來了，前線到處是傷兵，沒人可以幫那個女子接生，也沒人可以照顧嬰兒，所以她就被士兵帶去廣場……開槍打死……」

說起這件事，這位二十來歲的日本女子深吸口氣，只能低下頭感慨起。

「還有些菲律賓女子們想逃，抓到就被燒燙一個傷口符號在背後，每個人都被燙記號在身上，就不敢跑走了……」

早苗靜默看著車窗外的殘破風景，隨著火車聲響匡隆匡隆而過，早苗內心的罪惡感隨著戰爭的真相而不斷冒升。因為戰時台灣的資訊封閉，早苗忐忑的問起座位旁的東京女子，這才明白日本戰敗的真實狀況，也才知曉廣島長崎被丟了原子彈，僅僅一日便死去數萬人。原子彈是歷史上首次出現，讓眾人無比恐慌，更令早苗不可思議的，是東京大轟炸的死亡人數竟比原子彈死亡人數更高。

當火車來到東京時，早苗從車窗外看見東京大轟炸後，許多市街已成廢墟的模樣，由於大轟炸後殘活的市民們無家可歸，只得用蒐集來的建築廢料，搭建出一個個廢墟房屋容納家庭。十二月時東京下起了雪，廢墟上重建的各種廢料木屋上都積上一層雪屋簷，看來搖搖欲墜。

回東京後，早苗內心卻不知怎麼，因為難以言喻的愧疚而不敢回到老家去，就像個遊魂四處漂流，畢竟戰後重建的生活非常辛苦，離開家鄉後真可謂孤苦無依，好幾回露宿街頭時，早苗唯一能想到的，竟是戰時曾答應要娶她回家的青木……

說來奇特，林桑在台灣搭機去沖繩尋找早苗時，首先和居民問起「開酒吧的早苗」時，眾多年邁的居民便知曉這位「東京來的早苗」。畢竟，當年的早苗只要遇到在地軍人或老人，便會倉皇問起這句：「請問你認不認識一位青木先生，右邊臉上有一個傷疤，看來人很正直，說話很有禮貌……」

二戰過後，沖繩死亡二十多萬人，是整個沖繩歷史之中傷亡最慘重的時代。沖繩戰爭到了後期，當時的日本軍人竟強迫居民集體自殺，甚至到了敗相已露之時，日軍士兵開始失控，沒有保護居民之外，反倒開始強暴與殺害沖繩女子，所以說起二次大戰的過往，沖繩住民對日軍真是苦不堪言。

早苗在島上見人就問：「你有遇過青木嗎？」被詢問的沖繩居民不知道青木是誰，也不願追憶戰爭過往。甚至有位中年女子被早苗問起戰時記憶，沒有數秒鐘便落下豆大淚珠，早苗先是愣著，中年女子便一步走上前來甩早苗一巴掌，打得早苗詫異無比，只能別過頭去忍耐。

「滾——妳們日本來的人——滾——」看向這中年女子歇斯底里的哭號，旁人這才和早苗解釋起，在沖繩戰爭的中期，這女子整個家族的人口因為說方言，而被日軍認為是間諜，整個家族人口不分老少全被處決。而這位中年女子在戰爭前正帶著魚貨去另一處交易，戰爭時交通阻隔，女子躲在山洞中而回不了家，終於等到戰後回老家一看，才發現自己全家族的人都已幾乎死滅……

每個倖存之人說起戰爭便無比痛楚，早苗感到臉頰的熱辣，交雜心底難言的愧疚，這才明確感受到軍國日本帶來的痛楚，自己當初熱切的投入戰爭，到底是對還是錯？

當年太平洋戰爭如火如荼，整個社會都在一生懸命、七生報國，卻要到戰後多年才能明白，原來自己信仰的軍國思想，竟只帶給同胞痛苦。

早苗來到沖繩尋找青木的身影，沒有工作也無法生活，為了存活下去，只能投入服務戰後美軍的酒家生活，每天陪放假的美軍跳舞喝酒，與軍人過夜陪睡，換取能存活下來的金錢。不只是早苗如此，戰後的日本社會，許許多多失去丈夫或家庭依靠的日本女子，因為身無一技之長，也只能藉由讓美國男性解除慾望，而存活下來……

「那些美國人啊……就連身上的味道，都和我們日本人不一樣啊……」早苗回憶起過往，和美軍跳舞時，感受到這些高大人種的寬大肩膀，早苗將頭靠在美軍的胸膛上，隨唱片音樂節奏搖擺，這是戰前的自己完全無法想到的景象啊。早苗仔細回想，自己當初投入戰爭，試著奉獻身體來和美國人對抗，因此與數千數萬個日本軍人上床……此刻在美國人身旁，儘管想忘卻當年曾在鶴松屋之事，卻也只能依靠身體存活下來，一樣只能將雙腿張開，從男人身上求取存活的機會……

「小林啊，那一些年來，我發覺自己……好像以前習慣那樣的生活，將身體隨便利用也無所謂……不管是對誰都一樣……」

早苗說著心事便哽咽起來，一張老臉全皺起，眼淚隨即從眼眶匯聚而出，滴落在她的雞尾酒杯之中。

「小林啊，我對美國人，對日本人，對那些英國還是澳洲來的觀光客，我愈來愈覺得沒有不一樣啊，男人就是男人……不管他們是什麼膚色，身材是高大還是瘦小，說話是什麼聲音，底下又是什麼尺寸，那都不重要了，眾人叫起來其實差不了多少，對吧……」

說起這句話時，林桑心底又被喚起關於當年的些許憎恨，只是抬頭一看，年邁的早苗忍不住雙頰都是淚珠。

當年的早苗承受不了如此生活，每次與外國人過夜的隔天，裸身從窗戶望向沖繩的湛藍大海時，早苗總想著今天大概就是人生的最後一日，但每次雙腳不由自主來到海邊時，卻又想起當時青木當時對自己所說。

「這不是我能決定的啊，如果可以，妳一定要好好活下來……我一定會來找妳，一定……一定……」

陽光穿破積雨雲，從雲縫中照亮海面，戰後的早苗在藍天大海之前痛哭流涕。

要活下來，就不能繼續過著之前的生活，早苗下定決心脫離陪睡的日子後，這才開設這間面海的小酒吧。

當然，早苗不會和採訪人員說出真正到來沖繩的緣由，只能說出睿智笑語，與眾人取樂。

那天，當林桑知曉早苗這數十年來的經歷，在離去前，早苗打開一盅當年最初在沖繩開店時進貨的清酒，這盅清酒已擺放近四十年，終於打開斟入酒杯，遞給林桑。

林桑看向杯中清酒如水，搖晃許久後終於平靜，早苗這才低下頭細聲問起。

「那時候……發生的事……小林……你……你會原諒我嗎？」

在鶴松屋之事都已過去幾十年，彼此都已是七旬老人，一腳已踏入棺木，此時也無所謂原諒或不原諒，心底只剩一股感傷。

「早苗姐，我已這年紀，說不定明天就會死去，但過去的事情我都沒有忘掉……」

林桑儘管感慨，卻也微笑舉起酒杯。

「但我很明白，並不是妳帶給我痛苦……早苗姐，我愈來愈清楚，是戰爭帶給我痛苦，是引發戰爭的人帶給我痛苦……並不是妳啊……」

早苗一聽又再度落淚，兩個老人忍耐不住傷懷，在酒吧乾杯，仰頭一飲而盡。

林桑找到早苗後，也繼續打聽當年認識的台灣慰安婦消息，只可惜一九九〇年代初，大多數的台灣慰安婦都不願曝光，林桑總是落空。

※※※

「這都是不能講的過去吧……」林桑如此回想，許多慰安婦都是被迫，心有苦衷隱藏一生，不願意和世人揭露自己的過往也是合情合理。但林桑仍不放棄，終於在尋找台灣慰安婦到第八年時，遇見富士初子。

當時代走到一九九〇年代過半，台灣解嚴之後民情改變，大家才開始不斷往前挖掘歷史，不管是高砂義勇軍、二二八或白色恐怖，許多隱藏在過往的回憶，都逐漸被揭開在社會大眾面前，台灣也開始了慰安婦的維權運動。而得知有個「林桑」正在尋找慰安婦的消息後，許多人私下轉達消息，富士初子便是在這樣的情狀下，得到林桑的電話號碼。

在一天夜裡，富士初子終於忐忑的撥通家中電話，告訴林桑她自己現在身在何處。林桑接到電話後，刻意不搭計程車或私家車，而是風塵僕僕搭上公車，來到富士初子所在的中部山區小鎮。

多年來，富士初子從未和他人說過自己曾是慰安婦，這是她隱藏數十年的祕密，也就是如此，當林桑與富士初子見面的那日，儘管已無人知曉自己的過往，林桑依然如約定好的客運站下車後，迎面便看到久違的富士初子，正坐在客運候車亭的水泥座椅上，兀自安靜的等待著。

這一小時才有一班車的客運等候站，平日人煙稀少，只有鄉間老者在此等公車。水泥候車亭可以防雨遮蔭，座位上遍布青苔，四周蟋蟀與蟬鳴不斷，嗡嗡咿咿覆蓋耳際。

過去數十年間，富士初子壓抑無人可說的心情，終於等到了林桑的到來，光是看著林桑下公車後的身影走近，富士初子還未開口說出一字，便泣不成聲。

身為台灣人，富士初子在日本投降後不久便被日軍遣散。戰後，富士初子想要成為一個「全新的人」，讓人生重新再來，但自己所住的部落內，從四處歸返的參戰軍人都知曉慰安婦的存在，富士初子身為被日軍帶走的女子，她的遭遇不言自明。富士初子無法逃離村人的目光，戰後只好搬到其他鄉鎮去，從此不與過往親戚朋友來往，才能隱瞞這段過往……

見著林桑，兩人坐在水泥座位上看向前方的山頭，富士初子下意識摸著下腹部。

「小林……我當年……不是懷孕流產離開鶴松屋嗎……後來我子宮發炎到軍醫院去，因為連續發高燒不退，每天我都以為自己要死了，本來醫生說要把我的子宮拿掉，不過後來又遇到美軍轟炸，醫院裡的人躲空襲去，沒空替我手術，只好一直給我抗生素，我躺在病床上發燒七天後才退燒，終於活下來……」

本以為自己不是病死在病床上，就是被美軍轟炸而屍骨不存，原本被評估會死去的富士初子，竟然撐過病程，意外保留子宮下來，所以才保有生育能力。

隱瞞一切過往的富士初子，戰後回復漢名叫做「陳靜初」，到處打零工為生，直到在一九五五年時，初子在醬油工廠認識一位時年四十歲的趙姓山東老兵，老趙因為國共戰爭敗落而輾轉來到台灣，因為身體有傷而退伍，只能當個工廠警衛維生。

初子與老趙相親結婚，儘管一人山東國語，一人日文夾雜台語，兩人話語大多不通，但顛沛流離的兩人互相扶持，三十一歲開始，初子陸續生育四個小孩。儘管兩人身為夫妻，但初子與老趙的床事也是一種折磨，只因初子當過慰安婦，生理上已對於性事冷感，怎樣吃藥與運動都無法回復功能。且老趙當過戰場軍人，身體一直維持強健，想要的時候，初子只能躺下跟老趙恩愛，卻又因為無感而必須演戲，簡單的哼哼叫叫，像是裝著自己仍然矜持。

每次懷孕，初子都慶幸自己當年沒有除去子宮，至少還能生育，畢竟只有懷孕的時候，才能藉口擔憂腹中小孩的安全，拒絕老趙求愛。

更何況，初子本來與老趙有語言隔閡，不能完全聽懂老趙的話語，但因為去飲料加工廠工作多年的關係，初子的普通話愈來愈流利，直到她抱著第三個孩子在哺乳時，才有聽聞丈夫與同袍在酒後說著過往，富士初子在一旁光是聽著，便被嚇得怔住。

「四五年那時候啊，日軍終於投降啦，我那部隊裡有人受不了，聽蔣委員長說什麼以德報怨……他奶奶的熊，那我們被打死的人就不算數嗎……那時候啊，部隊裡的士兵在路上隨便找日本軍人出氣啊，我有天聽到外面在打架，趕緊衝去外頭制止，才發現一個年輕日本軍人躺在地上，被木棍打到頭殼都凹下去一角，我看這日本人可能還不滿二十歲啊……可憐啊。」

老趙飲下一杯米酒，與同袍聊起當年便停不下來。

「那個日本士兵倒在路邊，眼睛瞪著看天空，全身好像觸電那樣發抖啊……我想這傢伙是活不下來了，我只能把他拖在路邊樹林裡面，朝他頭打一槍，趕快讓他歸西……一槍下去，頭殼破了一個洞，腦漿混著血噴到地上……」

富士初子聽聞當年殘酷的真相，總是害怕的不敢發聲。原來老趙不像外表那樣溫和，對日抗戰時殺了很多日本人，才能活到戰後……這些戰爭的過往隨著年歲過去卻愈發清晰。好多個夜裡老趙夢魘囈語不停，常常跌入惡夢中醒不來，富士初子必須輕拍老趙的臉，喚醒跌入夢魘深淵的老趙，隨後老趙滿頭豆大的汗珠，喃喃說起那些夢魘的過往。

「那一年……我跟著部隊去到重慶作戰……我們和日本軍隊的防線就卡在一起啊，我在玉米田裡躲藏，正好撞到一個日軍跑進來啊，他的三八式步槍很長呀，要是裝上刺刀，我肯定刺不贏他……他看到我就想開槍打我，我一躲他沒打中，我馬上抽出短刀刺他的肚子一下，他向後跌倒，我只能拿刀去捅他的肚子好多下啊……然後他拿把手槍拿出來，對著我的頭……」

老趙夜半夢魘驚醒，對當年的他來說，儘管已是二十多年前的戰爭回憶，卻成為記憶中的地縛靈，不斷從惡夢中拉扯自己的腳踝。

「啊哈哈，我剛剛以為我死了，我真以為我中彈死了，就躺在玉米田裡面啊，剛剛嚇醒才發現自己還活著呀……我還活著呀……」

老趙摸著自己的眉心，忍不住哈哈笑出聲，隨後露出無比慌張的恐懼神情，看著初子而不斷落淚叫媽媽。

初子也曾聽說過，曾有慰安婦和她一樣嫁給抗戰老兵，就是因為被知道「那段過去」而每日遭到毒打，差點丟掉生命，最終也只能離婚收場。對初子來說，一旦知曉老趙有著與日本人作戰時的心理陰影，初子便更加小心翼翼，絲毫不敢透露自己的過去，畢竟她當時就在慰安所，就是個服務日軍的慰安婦……若是當年對日本人以生命相搏的丈夫，知道妻子曾被日本軍人當做玩物，強迫性交數千數萬次，或許會精神崩潰……

富士初子十分明白，自己絕對不能說出這些過往，要隱瞞回憶直到走入墳墓裡。也因為有此心理準備，以至於時代過去，政府解嚴，台灣慰安婦的維權新聞屢屢出現，儘管富士初子也有出口氣的念頭，卻又擔憂起老趙的精神狀況，畢竟夫妻一場，彼此扶持數十年才能活到今天，富士初子不想讓丈夫傷心，便打算將一切埋入心底，永不再提。

「小林……其實我好幾年前，就知道你在找人的事，但我……我不敢聯繫你……我真的好怕被人知道，我曾經是……」

初子感慨微笑，擦去眼角的淚珠。林桑只能深嘆口氣，聽午後山邊洶湧的蟬聲而靜默不已。

對富士初子來說，更難以言喻的是去年，丈夫因戰爭後遺症影響，染上抽菸酗酒數十年，等到身體不適去看診時，才發覺已肝癌末期，生命已在倒數之際。初子將老趙從醫院接回家中照料，陪伴老趙等待生命的終曲。

在老趙臨死前，每天不斷譫妄，彷彿看見父母出現在身旁，還開口說出許多童年在鄉村玩耍的回憶，更沒想到最後那一晚，老趙彷彿迴光返照，突然對著初子眨眨眼，握著初子的雙手，口語清晰的說出。

「其實我早就知道……妳當年是慰安婦……」

躺臥病榻的老趙話語才說出口，富士初子看著病瘦如柴、肋骨分明的老趙，張大口不敢置信。

「當年遇見妳，相親之後……就有個台灣人偷偷告訴我，說妳戰爭的時候是慰安婦……但我想了想，那不重要啊，一個十幾歲的女生在那時代沒有選擇呀，妳一定是被強迫的……那不就和我一樣，我當年去打仗也是不得已的，我不想殺人，殺人真的好可怕，我真的好怕殺人，但真的要殺人也是沒辦法呀……我和妳一樣，都是不得已的……」

迴光返照之間，老趙話語斷斷續續說出心底祕密，富士初子不可置信，牙齒不斷打顫，握緊瀕死的老趙雙手不斷顫抖。

「我本想裝作不知道……就到我們老死了就算了……沒想到我要先死了……靜初啊，我走了之後，妳要好好生活……」

老趙說出這些話，讓富士初子咬牙落淚一整夜，自己隱藏這麼久的往昔，沒想到老趙全都知情，甚至包容而從不說出口，只為了讓她安心生活……難以相信這世上竟有這種事，富士初子明白老趙就是最愛她的人，只是彼此的緣分就到此為止，隔了一日天亮時，老趙已闔眼過世，結束彼此相互扶持的人生。

由於富士初子的四個孩子都已陸續結婚生子，搬離開老家山村在台灣各個都會生活，富士初子繼續住在山邊小鎮，做些簡單的農事維生。

獨自一人對鏡站立，初子看著自己年邁的身軀與臉龐，自老趙過世之後自己便無所畏懼，都這年歲了，人生至此還有什麼好擔心的，富士初子便回想起當年曾從一些老人基金會輾轉聽說，有人正在找尋一位「初子」的消息，便好奇要了電話撥過去，沒想到接起電話的，竟是當年的小林……

聽完富士初子顛沛的人生後，林桑嘆息不已，轉身從背包中拿出一張先前去日本探尋時的信封。林桑打開信封後拿出摺疊的灰白紙套，最內裡有一張黑白照，只不過看著照片一眼，初子的淚水便又忍不住潰堤。

那是長谷川洋子二十八歲時拍攝的一張黑白沙龍照，長谷川穿著花朵紋路的洋裝，頭髮微燙捲又戴上花朵髮箍，在鏡頭前笑容十分甜美。照片中的長谷川看起來洋氣十足又充滿自信，彷彿是個在外國留學的日籍女學生。

去年，林桑在日本到處打聽慰安婦的消息，發覺許多女子早在多年前過世，但林桑幸運連繫到長谷川的外甥女久美子。

那一日午後，已近六十歲的外甥女久美子緩緩從東京的飯店大廳走入，終於在大廳桌椅區與林桑相見，由於久美子與長谷川洋子的眼睛十分相似，讓林桑一看便知曉是她，兩人寒暄後，久美子便拿出這張照片放在桌上，交給了林桑。

「洋子阿姨回日本後過得很辛苦啊……我小時候每次看到她，她都打扮得好漂亮，就像照片中一樣，我好喜歡她的衣服，每次都摸著衣服上的花紋仔細看著呢……」

久美子想起長谷川，忍不住仰著頭思索起當年。

「可是阿姨很常哭，常常一哭就哭一個小時……她沒哭時也不說話，常常在窗戶一直抽菸，一抽就是一天，有一陣子好像很傷心，哭得變得好瘦好瘦啊……」

為了壓抑生活的苦痛，戰後的慰安婦們大多染上濃重的菸癮，這也是無可奈何之事。對久美子來說，更特別的是長谷川會從抽屜中拿出一張照片，說那是當年在北海道的朋友，名叫伊藤清子，兩人曾一起去過台灣，但最後只有長谷川自己回來……

「阿姨在我小時候說起好多好多的事……但我聽起來都覺得好不可思議……那真的是以前的日本嗎……」

這是外甥女對於長谷川的最直接記憶，每次長谷川在窗邊抽菸時，彷彿想通些什麼，便轉過頭來，看向正在寫國小一年級作業的外甥女如此說起。

「身為女子就是要堅強起來，不能再像過去一樣，日本女人不能當個弱女子，要強悍起來，不能像過去那樣順服了……」

長谷川對外甥女如是說，她不想與過去有什麼牽連，甚至打開衣櫃查看，每個日本女子都會有的和服，長谷川竟然一件都沒有，彷彿與過去割裂，戰後的長谷川每天都只穿洋裝。

甚至有一回，當久美子在外頭和同學玩耍，被推跌倒後哭著回來，膝蓋滿是瘀血破皮，長谷川便帶著久美子出門，找那幾個調皮的同學算帳，二話不說就賞男同學們一人一巴掌。

「把人弄受傷就要道歉啊！」男孩們被這突然的巴掌驚嚇不語，長谷川對著男孩們更是大吼。「是個男人，就要為自己做的事情負責，跪下來道歉啊——」

林桑的印象中，長谷川雖然在女子中算身材高大，但個性還算嬌弱，林桑真難相信戰後的長谷川，竟會有如此巨大的改變。

林桑更是從久美子口中知曉，原來當年長谷川和早苗、盧英珠一起被送離開鶴松屋後，便調派到另外一間陸軍的慰安所去。正如當時早苗先前所說，一般陸軍士兵的慰安所是更辛苦之處，畢竟來到一九四五年夏日，傳言美軍可能會集結進攻台灣，有過太平洋島嶼與沖繩的攻防經驗後，日本軍方便知道那會是一場宛如人間地獄的戰爭，所有士兵面對美軍進攻都極度高壓，在如此情境下，低階士兵便把對生命的不安恐懼發洩在「性」上，而承擔這壓力的更低層角色，就是慰安婦。

長谷川就是在更加密集的營業後染上淋病，終於停止她兩年餘的慰安婦任務，被送往軍醫院治療。治療過程可謂苦不堪言，畢竟淋病會嚴重影響泌尿道，且會重複發燒的病症，長谷川每次解尿時，都會痛得雙手捶牆怒吼，更何況因為戰時藥物管制，慰安婦還不能優先用藥，躺臥病床上昏沉之際，長谷川痛苦到覺得為什麼不乾脆馬上死去……

還好戰爭在不久後結束，在戰後重新開始海運航線後，台灣才重新能夠有藥物進口，醫生對長谷川使用青黴素幾次療程後，淋病才終於痊癒。

戰後沒過一個月，長谷川因為淋病甫康復，符合資格而有幸先搭上紅十字會的輪船回日本，正好見證戰後日本的毀敗與蕭條，東京車站邊際的街道上，到處都是餓死的無家可歸者……

更難以置信的，是整個社會的變化。

一九四五年的八月十五日，日本無條件投降，才到了八月十八日，戰爭結束過三天而已，日本政府內務省（相當於台灣的內政部）便發文給國內單位，說明要成立「國內慰安所」之問題。

到了八月二十六日，戰爭才結束九日，戰後的日本政府便開設了「特殊慰安設施協會」，理由是害怕登陸日本的美國軍人會大量強暴日本婦女，傷害純正的日本血緣，因此快速的成立慰安所，招募日本女子投入美軍占領軍士兵的性服務，更由於戰爭中因為美軍轟炸，都市人口疏開的緣故，原本的風俗女子都散落鄉下一時間回不了東京，政府只好招募那些轟炸後失去房屋的女子，或家人戰死後而無依無靠的女子，或戰後失業為了填飽肚子的女子們，投入性服務來賺取生活費用。

搭船回到日本，再轉火車回到東京，長谷川終於與自家大姐碰了面。

長谷川的大姊戰時在工廠製造飛機，由於工廠被轟炸後自己也受傷，便帶著一歲女兒疏開到鄉下。戰後，長谷川的大姐由於曾在飛機廠工作，便經由工廠認識之人的推薦，來到東京邊郊的飲料加工廠上班。當長谷川回日本時，也只有人在東京的大姊能接濟長谷川。

回去日本就得找工作餬口，只是加工廠已滿滿女工，無法接納長谷川。這時刻，長谷川當然知曉政府正在招募女子，要給予美軍性服務。儘管需要賺取生活費，但長谷川在戰爭中受過慰安婦工作之苦，便再也不相信政府，也再也不想當慰安婦。

戰後的日本百業都缺乏勞動力，有大量的男性戰俘在海外無法歸來，各種基礎工作都需要女子投入勞動，長谷川到處打探，終於找到了食品加工廠的工作，能夠在此維生。

只是對長谷川來說，一旦被人知曉慰安婦的過往，男人面對這些當時「主動投入戰場的女性」便另眼相待，長谷川儘管努力工作，竟也都無法持續太久，畢竟時間一長，總有些認識的人會口耳相傳。

「那個女生……就是戰爭的時候，被幾千個軍人上過的女人啊——」

「你有遇過這種女子嗎？」

「哎呀，我在南洋時和好幾個慰安婦做過，她們連續不停被幹一整天都不用休息，真是荒唐呢。」

戰後的退役軍人，儘管大多數可憐長谷川，但總有人口耳相傳，說起戰時與慰安婦的過往，便忍不住側目看向長谷川。

「她們就是腳打開，讓男人整天插的女子，一天要被幾十個，幾百個人插，真的好髒啊——搞不好現在身上還有病呢，你不要靠她太近，免得被傳染啊。」

一旦被知道戰時的過往，消息一傳開，總有男人在上班時調戲自己，長谷川甚至在上班時，被上級直接伸手入衣服內，觸摸自己的乳房。

「反正以前當慰安婦，也被摸習慣了吧？」上級如是說，長谷川儘管惱怒不已，全身氣憤到顫抖，卻也無力反抗，只為了保有工作而忍氣吞聲。

往後的日子，長谷川與工作場域的男人們關係都不好，不管是醬油工廠、罐頭工廠，或是成衣工廠都一樣，總是做不到幾個月就必須離職。加上陸續有軍人從海外歸國後，便不再缺乏長谷川這樣的女子勞動力。

長谷川在失業數個月後沒有選擇，只好嘆口氣，加入自己最不想加入的「特殊慰安設施協會」。

戰後的日本政府被美軍實質控管，更由於美軍駐兵日本，日本政府便開設「特殊慰安設施協會」來解決美軍的慰安需求，許多女子們接受政府的安排，一樣擔任慰安婦，直到這個奇特的單位被取消為止。

只是儘管戰後的「官方合法慰安所」開了又關，但東京依然有眾多的美軍，對於這群正值青春，血氣方剛的從軍男性來說，便會在放假時找尋女性發洩精力，此時雖然沒有明確的「官方慰安所」，卻依然有著私下的酒店和應召女。

時間至此，長谷川也無法回頭找到加工廠的工作，由於戰前沒有一技之長，已年近三十的長谷川總被相親對象打量身世，說媒之人一旦問起戰爭時在做什麼，長谷川便支支吾吾答不出來，相親嫁不掉也遇不到好人家，又持續找不到工作，最後長谷川只能咬牙，繼續投入對美軍私下應召性服務美軍的應召女子，在當時被稱呼為「潘潘女」，服務歐美人的便稱為「洋潘潘」。而長谷川那張穿著洋裝的沙龍照，其實是她當時招攬生意所用的照片，長谷川必須打扮出一副美軍喜好的模樣去拍照，洗出數十張相片後放入背包中，只要遇到美軍便遞上照片，希望他們能常常光顧，藉此維生。

只是長谷川投入應召的時間並沒有很長，在一九五二年的冬天，長谷川有一日夜晚要去應召時，走到巷弄時突然失去身影，隨後巷弄便發出爭吵拉扯的聲響，時間約莫數分鐘過去後，當時有一個老奶奶好奇走出門，查看噪音從何而來，只見一個穿美軍制服的男子從巷弄內匆忙跑出，只是由於燈光昏暗，老奶奶的視力因為戰爭時被轟炸引發的火災傷害，視力受損之外，目擊的時間又太短暫，看不出這軍人的膚色和五官，直到那軍人完全隱入黑暗，噠噠的軍靴跑步聲便消失在夜色中。

長谷川躺在巷弄內，因為頸子被勒住而窒息死亡。凌晨時落下大雨，還沒有人發現她的屍體存在，直到雨停後，一隻狗嗅到血腥氣味而朝巷弄吠叫，等路人小孩過去時，才發現長谷川已成為一具街角的冰冷屍體，她的上衣被扯下露出半乳，乳房上有著一道明顯的刺痕。

儘管有目擊證人，有屍體，但美軍卻無法找到犯人，而眾人也都知曉，美軍此時有不一樣的地位，就算真抓到犯人，也會送回美國去審判，而殺人罪犯多半能逃過死罪。

「這也沒辦法啊……誰叫我們打輸呢……」久美子說起這件事時，終於在林桑面前忍不住落淚說起。「所以美國人才會來啊……」

眼淚滴答落在飯店桌上，久美子擦去淚水，忍不住又回憶起當年的長谷川。

「那時候……阿姨真的對我很好很好，她和我說過好多好多戰爭時的事情，還有她去過台灣的事……因為家裡有阿姨多賺錢，我們家才能撐過那段戰後的時間……我當然知道阿姨當過慰安婦，但我卻沒有感到骯髒，我知道戰後的日子真的很辛苦，我媽媽照顧我們幾個孩子很吃力，我又是家裡唯一的女生，媽媽只把家裡資源給我兩個弟弟……所以阿姨一直拿錢給我媽媽，特別帶我去買東西吃，還帶我出去玩，買書給我看，還會幫忙我的功課……」

在人群來去的大廳角落，久美子再也忍不住情緒上湧而嚎啕哭起。

「我知道……那幾年，其實就是洋子阿姨賣身……養大我的……」

好不容易撐過許許多多的戰時日子，眼看戰後經濟狀況就要好轉，生活開始有了不一樣的轉機，長谷川洋子卻莫名慘死街邊，連個凶手都找不到，成為家族後輩一生的怨嘆。

戰時不管是主動還是被動投入慰安婦的女性，戰後看來仍是如此不堪……初子看著長谷川當年為了與美軍應召而拍攝的黑白沙龍照，又聽到當年長谷川慘死的消息，富士初子一時間便愣住，她腦中永遠忘不掉當年長谷川在鶴松屋內，送自己離去時那哽咽的呼喊……

「走啊，走了就不要回來了，拜託妳別回來了，快走啊——」

這段話在心底數十年無法忘卻，只因彼此有過一段超過友情的陪伴……這幾十年間，富士初子常常回想起長谷川的笑容，總認為她會在戰後有一段自己的新人生，她可是溫柔照顧人的長谷川——只是知曉長谷川慘死街頭後，初子再度忍不住，淚水滴答落在沙龍照中長谷川的笑容之上。

幾十年來，初子心底對長谷川依然有著滿滿的感謝，好想要當面擁抱著她，握緊她的手說著謝謝，謝謝她對自己的照顧，讓自己撐過當年而存活下來，只是這樣微小稀薄的想望，原來在一九五二年的一個夜裡便已徹底斷去。

「對不起……對不起……」初子仰頭呼喊著，在這荒野山鎮的公路邊，初子將幾十年來累加的思念與委屈，全部哭成一場山間的午後雷陣雨，閃電之後雷聲過去，雨水嘩啦落在水泥打造的候車亭頂棚上，遮蔽四周所有聲響。

雨水清冷，水花濺溼了鞋子，林桑靜默坐在水泥座位上，看向遠方山頭上的霧嵐飄搖，更前方山脈上的濃厚雲朵被山風吹動，像在趕路似的快速移動，不知會飄去哪裡。

第三十一章　盛放的往日櫻花

「性」是動物的繁衍本能，生物透過交換基因而產生不一樣的後代，在地球漫長的演化歷史中，只有能增加後代多樣性的生物，才能在環境持續不斷的嚴酷變換中存活下來。

「性」是本能，是生物自然演化的結果，人類當然也是如此。只不過在人類的社會中，「性」經過各種文化漂洗，逐步成為難以討論的禁忌，只因在男性為主的父系社會中，一個女子務必守貞，方能確定父系基因的純正。如果一個女子被其他男人「使用過」，不管是出於自願或是被強迫，女子便會因此「價值減損」……更奇特的是，在男性為主的社會，就算女子是被強暴，明明是受害者，卻也必須擔憂眾人的目光，害怕自己會被誤會、被責怪，被當成隨便的女子……

社會環境既然對女子如此嚴峻，受害的女子也自然不會將這些苦難說出口，只能靜默的吞忍一生。

林桑當然明白這道理，知曉自己註定找不回所有當年認識的女子，畢竟如果沒必要，誰會主動將這樣不堪的過往說出口？也就是如此，林桑想要找的盧英珠依舊失聯，儘管已積極連繫南韓的慰安婦單位許多年，卻依然音訊渺茫。

二戰後的韓國命運多舛，殘忍的二次大戰才結束沒幾年，好日子都還沒過上，戰後被分成南北韓的兩個政權，又迎來另一場殘酷的「南北韓戰爭」。連年戰爭讓眾多人無辜死去，所以林桑總想，或許盧英珠早已死在這場殘酷的內戰之中，畢竟戰爭就是如此，人民什麼抵抗能力都沒有，更何況弱小的女子。

尋找慰安婦近十年來，歷經各種尋找與探查，林桑都未能找到盧英珠，總是興起放棄的念頭，所以林桑未能料想到，此時老邁的盧英珠就在廂型車中與自己並肩而坐。對林桑來說，只要能找到人，一切尋找的辛勞往昔都不值一提，此刻眼前的盧英珠竟讓林桑覺得太不真實，雙目望著盧英珠眨眼數次，反覆確認一切為真。

「爸，到了。」廂型車緩緩停在產業道路邊，林桑兒子從駕駛座上轉頭過來說起，喚回林桑與盧英珠的回憶。

「盧姐，到了……」林桑指向窗外，指引盧英珠探看外方，車窗外看似一片荒地，還真不知已到了台灣的何處，就像當年來台灣時一樣……

幾個人一起走下廂型車，兒子扶起林桑下車後，也扶盧英珠緩緩走下，眾人腳踏荒草，走在這一片寬廣野地上，荒草比人高，隨著風吹晃蕩。林桑兒子拿刀子和登山杖在前方開路，砍出沙沙聲響，走過時的草叢中有野鳥驚飛，不知什麼動物懼怕人影而離開，讓腳邊的草葉搖晃不停。

幾個人一起前進，緩緩腳步在地上踩出一條路徑，這便是過往的車徑，碎石夾雜土沙的路基還在，只是每個能長出草苗的隙縫，全被漫出的雜草葉尖覆蓋，踏過的含羞草隨時合起葉片，鬼針草勾住每個人的褲腳，隨著步行被帶去遠處。

「盧姐……妳走後不久，鶴松屋這裡因為一直沒有被炸到，所以改成了放炸彈的倉庫，我也被換去別的地方服務，再沒過多久，戰爭就結束了……」

向前跨一步，林桑走在滿頭汗珠的盧英珠身旁，輕聲問起。

「盧姐……離開這裡後……後來妳過得好嗎？」

對盧英珠來說，被卡車載走的那日清晨開始，便是自己更動盪不安的日子，盧英珠輾轉被送去其他慰安所，但值得慶幸的是，戰爭很快便結束，那每天躺下張開雙腿，最多面對百人的殘酷生活，只經歷不到三個月……

知道日本投降的那一天，盧英珠當時人在台南的慰安所，和管理者與眾多慰安婦們一起立正等待天皇的玉音放送，聽著廣播的喇叭中吐出天皇的話語：「朕已旨使帝國政府，對米、英、支、蘇四國，通告受諾其共同宣言」……眾女子們聽不太懂內容，對天皇的聲音感到陌生之外，唯一知曉的結論便是日本已輸了戰爭。

知道戰爭正式結束的一瞬間，所有的慰安婦都忍不住哭了，不管是早苗、長谷川這樣的日本女子，或來自朝鮮的女子、台灣女子或南洋女子，大家全都嚎啕大哭，口中細碎喃喃這戰爭真的結束了嗎，自己當慰安婦的日子結束了嗎……一股股的酸楚自心底湧上，儘管想要壓抑情緒，卻止不住淚珠紛紛滑出眼眶落地。

不分種族與國籍，也不分當初是主動報國參加，還是被就職詐騙而來，經歷這樣苦痛的戰爭後，所有慰安婦都嚎啕大哭，自己終於自由了，不可置信啊，真的不用再如此了嗎——

只不過盧英珠和眾多還無法搭船回家的女子們，生活卻暫時沒有變化，繼續當日本軍營控制下的慰安婦，由於部分台灣軍人竟然在戰爭結束的當下就地解散，一旦面臨死亡的高壓狀況解除，慰安婦便不再像戰事緊繃時那樣一天面對百人，壓力便大大減緩許多。

隨後，當中國軍隊與美軍派人前來調查時，對戰勝的西方盟國來說，像盧英珠這樣身分的女人便顯得十分尷尬可疑，這些慰安婦不是軍人，卻也不是軍屬，更不是軍事單位的雇員，也並非軍護——莫非是間諜？在調查訊問之後才發覺，這群女人大多是被日本政府非法控制的女子。盟軍只能先清點身分後，讓慰安婦住在軍營宿舍內，直到一九四五年的十二月，盧英珠才被通知，朝鮮慰安婦都可以回朝鮮去。

盧英珠便是在等待返國的營區內染上濃重的菸癮，許多即將返國的日本軍人都會將身上的東西變賣或贈送給女子，盧英珠收到許多日本軍人的菸，每天一根一根的抽，將自己包圍在菸霧之中，彷彿暫時置身於另外一個世界，便能忘記現實的一切。

戰後數個月，美軍補給先上岸，由於先前戰時物資管制，女子們每天都有強烈的飢餓感，戰後的眾人換吃起美國支援的補給品，特別是那少見的「牛肉罐頭」來到眼前時，盧英珠一夥人先是疑惑，但一旦開罐吃起後，每個女子都忍不住閉眼感受這美國來的食物香氣，快速的把配給的罐頭吃光。

「能做出這好吃東西的國家，怎麼可能打得贏啊……」幾個女子私下聊天時都不免感慨不已，盧英珠卻突然想起佐佐木當時遞上的泡菜玻璃罐，離開鶴松屋時十分緊張，又是被早苗拉著走，沒有帶走那個空罐子……盧英珠時時刻刻只要閉上眼，便能回憶起當時透過窗光看向晶瑩剔透的泡菜，那罐因為材料不夠，對自己來說不夠酸也不夠辣，卻能讓內心激起波瀾的泡菜啊——

只不過現實在眼前，這些牛肉罐頭真的太好吃，竟讓盧英珠吃到嘴唇都發顫，她只能暫且忘卻過往，一心只想先感受味蕾上的脂肪香味。

一直到此刻，當盧英珠感受到牛肉罐頭的氣味後，才在心底再次確定，戰爭真的結束了……

盧英珠即將出發去基隆，準備搭船回釜山，早苗則是同時搭另艘船回日本去，離開營區之前，盧英珠特別與早苗見面。

當初在鶴松屋認識之人，如今身邊僅剩下早苗一人。「再會了，早苗姐姐。」臨別之前，盧英珠感慨的說起，就算當時有過不悅，但後來早苗與自己有著革命感情，更何況早苗說出那一夜發生之事……儘管軍官在外頭監視，佐佐木必要與自己發生關係，但佐佐木最後卻掙脫早苗，只跪坐在榻榻米上等待時間結束……

知曉真相後，盧英珠才回想起在鶴松屋的最後一夜，親眼看見佐佐木滿頭汗珠，卻不全然是自己所想的那樣，只是一切都已經太遲。此時就要分別，搭上不同的船各自回到韓國和日本，盧英珠與早苗緊緊擁抱後方才分別離去，就算彼此曾有過不愉快，但一同經歷戰爭後兩人便已和解，有著外人難以理解的感情。

終於能離開台灣，這將近兩年的台灣回憶竟是如此難以言喻，收拾行李要去搭船時，盧英珠在窄小的宿舍窗戶中看向窗外藍天白雲，忍不住回想起佐佐木曾說過要開飛機載著她飛行……盧英珠幻想天上會飛過一台飛機，佐佐木坐在駕駛艙前座，而自己坐在後座一同飛行，看著玻璃艙外雲朵在身邊穿過，佐佐木將飛機突然拉起，盧英珠便嚇得花容失色，連忙和佐佐木笑著求饒。「佐佐木，慢一些啊——」

「還沒結束呢——」佐佐木拉起飛機，在天空中劃著一個圈又一個圈……

撐著下巴看著天上飄過的白雲，盧英珠要自己不能再想，佐佐木是已逝的緣分。盧英珠便從包袱中拿出照片，看向照片中的妹妹盧英子，妹妹是當初自己會來台灣的原因，儘管這兩年如此折磨，至少自己要活著回釜山去，繼續照料妹妹。

時間到了，盧英珠提起行李，頭也不回的出發。終於，全台灣的朝鮮男女們，不分當初到來台灣的理由，如今都在基隆港集合，一同搭輪船回到釜山去。盧英珠緩步搭上輪船，回想起當初搭船到來時，滿船女子意氣風發，約好回釜山時相聚之事，此時甲板上的眾女子們卻全低頭靜默，畢竟彼此都明白經歷過如何痛苦之事，這些往事便無須再提。更何況，盧英珠在甲板上打量，回想當初搭船到台灣時，好多在甲板上討論起未來的女子們並沒有搭上這艘返家之船……她們去了哪裡，還留在台灣嗎，該不會死了？儘管盧英珠心有疑慮，卻也不敢問出口，戰爭已然結束，大家各有人生，就算是悲傷的過往，也不該彼此牽絆。

往後的日子，盧英珠再也沒有遇見輪船上的這些女子，或許是彼此不想再見，或許是盧英珠也不想被人記得，以至於往後的人生中，盧英珠常在市街上看見一個個彷彿熟識的女子臉龐，自己卻也是回憶不起來……甚至剛回去釜山時，盧英珠有時夢魘，發覺自己身在要去台灣的輪船甲板上，人在夢境中一時慌張，快步向前對著甲板上的女子們打探，更沒想到甲板上的每個女子抬起頭來，竟全都是盧英珠自己的臉……

儘管近兩年前離開釜山時的興奮已全然不在，但還能手腳安好的返家，對經歷戰爭之人已是萬幸。下船之前，盧英珠知曉自己將永遠擺脫「櫻子」這假名，永遠回到自己「盧英珠」，心底便有著重生的興奮。

下船後的第一件事情，便是想辦法回家與家人相聚。盧英珠老家就在釜山，下船後來到過往熟悉的港區，儘管旅途疲憊，盧英珠忍不住快步走上五公里遠，終於疲憊走回鄉下老家處，四周場景既熟悉卻又陌生，盧英珠十分忐忑，提著行李快步來到舅舅家前的街巷……

果真是近鄉情怯，盧英珠忐忑著，就連腳步都膽小如鼠，小小步伐走過轉角，正好看見舅媽正在門口掃著滿地落葉。未料會看見盧英珠遠遠走來，舅媽先是怔著，等盧英珠走近後，舅媽竟然向後想逃，卻一時失去平衡踉蹌跌倒，更沒想到舅媽一時間竟嚇到腳軟失力，身子撐在地上爬不起來，盧英珠這才快步上前去，扶起舅媽時輕聲說著。

「舅媽，我回來了……」

舅媽愣著，雙手觸摸起盧英珠的臉龐。

「英珠……妳……還活著……我們都以為妳死了，死在南洋了……」

舅媽眼眶有淚正在打轉，盧英珠還以為全家族親戚都會來安慰自己，更沒想到舅舅隨後揹著滿竹籃的馬鈴薯，才剛從田間歸來，一看見盧英珠便劈頭大吼。

「好啊，盧英珠啊，妳這個賤人原來還活著啊——」

千辛萬苦回到釜山，沒想到舅舅竟對自己如此大吼，還詛咒自己去死？盧英珠渾身惡寒，雞皮疙瘩一時間爬滿身子，卻不知該如何開口。甚至隔壁鄰居聽到盧英珠歸來了，竟跑來看她一眼，開口跟著咒罵。

「原來妳還活著啊，被多少日本人幹過啊，賤人？」

鄰居的話語讓盧英珠一聽就怔住，不知該如何開口回答，隨後又走來幾個長輩，不分男女全都迎面追問盧英珠。

「說啊，妳這個爛女人，沒被日本人幹死嗎？妳給多少日本人幹過！」

「給日本人隨便幹來賺錢，妳這個賤人！」

聽親族長輩與鄰居對自己的怒斥，一股股冷冽惡寒自腳底冒起，彷彿身處凜冬，盧英珠已恐慌得全身發顫，只能低下頭來不發一語，聽鄰居繼續怒罵自己。

「我們家族，我們村莊，沒有妳這麼賤的人！」

「村內不能接受妳這種人，滾啊！」

「去當日本兵的玩具啊，妳這個賤人，腳開開給人家亂幹來賺錢啊，下賤，被幹死幹爛好了，我們這邊不想要有妳這麼賤的人！」

鄰居們罵完許多難聽的話，一位年長鄰居竟走上盧英珠身邊，呸一聲口水吐地，噴濺到自己的衣裙，盧英珠終於悲憤莫名，忍不住開口便大喊回去。

「我是被強迫的啊，不是我願意的啊——誰會願意，誰願意好好的被人這樣對待——」

戰後有許多紅十字會的輪船陸續返回釜山，送回在南洋各處的朝鮮人。眾人方才知曉，原來許許多多被帶出去南洋的朝鮮女子，最初還以為只是打掃、衛生、看護婦……原來許多人最終當了慰安婦，從日本軍人那邊賺皮肉錢。

但是和大家印象相反的，這段慰安婦的經歷，盧英珠並沒有拿到錢，最初自己以為去當看護婦，當勤務打雜人員能賺錢，但戰爭後期戰況緊急，都視為國家徵用，加上日本戰敗後朝鮮政權移轉，對慰安婦這樣不屬於軍方編制的角色更顯尷尬，已幾乎沒有拿到錢的可能。

盧英珠每當窮困時，總回想起岡本先生當初說：「妳們的錢我都收著，等到戰爭結束，我一次給妳們——」原來在最初就是一串無法實現的謊言。

只是盧英珠更沒想到，就連當初自己想保護的妹妹盧英子，此時背著竹籃從田間歸返，竟然躲在舅舅的背後，懷疑且憤怒的看向自己。

「英子，我被當成慰安婦，不是我願意的，不是我願意的啊——」不管盧英珠如何解釋，妹妹英子卻滿眼淚珠，轉身跑出門去，再也不願意看盧英珠一眼。

韓國人對日本人的仇恨，來自於一九〇五年的日韓合併，來自更久遠的李朝時代日本侵韓戰爭，加上日本在朝鮮的後期統治方針，採取明顯的日韓差別的社會階級。戰後的日本人撤回日本去，幫助日軍工作的朝鮮男女便成為人民的出氣筒。更何況在事實上，也有部分女子是主動投入慰安婦工作來營生，以至於後來的人們便無法明確分辨，投入慰安婦的女子到底是主動還是無辜，只管將對日本人的憤怒，投射在所有被日軍徵用的女子身上。

「我當初……真的是應徵看護婦啊……」盧英珠仰頭悲泣，當初真的是主動「應徵」，但自己應徵的是「看護婦」啊——盧英珠看著妹妹快步離去的背影時，自己也終於忍不住心酸起身，向外奔跑離去。

盧英珠不想再解釋，任憑淚珠滑下臉頰，滴落在自己這些年來最想歸返的家鄉土地上。時代就是如此殘忍，而承受痛苦的女子，也不僅是盧英珠一人……

盧英珠被家族之人責怪且憎恨，無能為力下只能遠離老家，為了求一口飯吃，就先在釜山的市場獨居，到處幫工求生，有時幫忙帶小孩，有時幫傭打雜，有時扛貨送貨，儘管這年才十九歲，卻總是看來十分疲憊，絲毫沒有這年紀該有的青春活力。

說來荒唐，只因為深怕被人知道自己曾是慰安婦，儘管盧英珠身在釜山，卻沒有一個過往熟識的友人，最辛苦的這幾年間，盧英珠常常入夜後腦中浮現的，竟是身在遙遠台灣時認識的朋友。

想起富士初子深邃的輪廓，多麼期盼自己能和富士初子一樣，總是天真卻又堅毅，相信事情總會愈來愈好，也能勇敢面對自己的感情。

有時人生面對困難，必須縮衣節食之時，盧英珠便會想起劉惠。初來乍到時便塞刀刃給自己的劉惠，儘管自小就被賣去妓女戶，卻總是如此的勇敢。她無畏無懼的鑽出圍牆上的破洞，沒想到會成為一個如此悽慘的屍體……但不管如何，劉惠讓自己知曉，人生有機會就應該要去挑戰。

還有長谷川洋子……盧英珠永遠難忘長谷川讓自己學會做人要溫柔，不管發生任何事情，盧英珠永遠都溫和地說起話語，就算有些許爭執也不吵架。

至於早苗，她讓自己學會的竟是「義氣」，儘管當年曾欺負過自己，但在必要時，早苗明明可以一邊涼快去，卻會站出頭來出聲抗議。儘管最初對早苗感到害怕，但最後在被盟軍當成戰俘看管的那幾個月，早苗卻與自己十分緊密的生活，多年過去，回想起早苗真是又愛又恨。

至於勤務人員小林，他總是十分勤勞，彷彿時鐘一樣準確，完成所有指派的清潔與照顧任務。多年後回想起來，若非當年有小林偷偷照顧自己，說不定自己早就過於勞累，患病死在台灣。

當然，還有永遠無法忘記的佐佐木……若非有他給自己希望，自己會不會早死在某次被軍官毆打，或因為對未來絕望，而在某個夜裡在屋中上吊死去……

只是想起佐佐木，盧英珠內心依然十分折磨，如果那個夜裡能和他一起逃開，自己的人生還是現在這樣嗎？或許那場未曾發生的逃亡最後失敗，她和佐佐木一起被機場的衛兵開槍打死，被岡本拿棍子活活打死……

當然也有可能在跨出圍牆的那一刻開始，彼此就真的自由了，從此躲在台北某個街道之中，就這麼待到戰後……甚至留在台灣，從此過上全新的人生……

這些未曾發生過的事，總在夜深人靜時在盧英珠腦中不斷上演，但這樣的想像也只不過是加深遺憾，畢竟那一夜佐佐木真的赴約，並沒有欺騙自己，但自己誤解佐佐木的心思而沒翻出圍牆……說來都是自己的錯啊，或許回到最開頭，就不該天真的報名「戰地救護隊」，那一同出發的數十個女子，全是天真到不得了的傻子。

戰後的盧英珠在釜山生活數年，意外的，當南北韓戰爭開啟時，韓國軍隊的戰線節節敗退，釜山的「洛江東防線」竟成為南韓政權的最後生死防線，在這樣嚴峻的情境下，庶民光是存活下來都有困難，還好美軍仁川登陸扭轉戰局，原本就生存在釜山的盧英珠便掌握機會，在黑市間蒐集美軍私下交易的各種資源，賣給韓國人賺取價差。

數年過去，當韓戰停下時，盧英珠便用黑市賺來的錢在釜山街道開設一間雜貨店，更沒想到在更多年後，由於南韓的地位和台灣相同，都是與共產冷戰的第一道防線，因而受到美國的經濟救援，韓國經濟逐漸上升，工業也逐漸發達。整體國民生活水平上升後，盧英珠所在的過往商店街，竟逐步演變成為觀光市場，常有著搭輪船從釜山上岸的各地旅客前來光顧。

盧英珠坐在小小店面顧店時，總拿起桌前的鏡子看著自己，有天突然在眨眼之間，發覺鏡中的自己早已從青年人成為中年，再一眨眼已滿臉皺紋，彷佛照鏡子眨眼就會變得老去。

對盧英珠來說，在這戰後漫長的數十年間生活，都難以用三兩句話說得清。

停戰之後，盧英珠年屆三十之時，盧英珠也不得不思索「婚姻」與「生育後代」的問題，不管如何隱瞞身分，終有一天可能會被人知曉曾當過慰安婦……要是被人知曉，勢必又會被拋棄……加上曾被數千個男人進入過身體，戰爭下的軍人都無比暴力，總讓盧英珠隱隱擔憂自己的子宮受損，猜想自己無法健康生出小孩……更何況要是生出不健康的孩子，又該如何和小孩說明，是因為媽媽過去發生過的那些事所引起……

儘管內心無比委屈，但盧英珠內心總自責，當初報名去當「看護婦」，就得承擔往後的一切，自己應該孤獨終老一生。

甚至有一回，有個商店街長輩帶盧英珠去相親，長輩一看見盧英珠素顏的臉便問起。「要相親了怎麼不擦些粉，這樣好看一些啊。」

盧英珠戰後不曾化妝過，只因為化妝的臉，會讓自己想起鶴松屋的回憶，那時候自己還是「櫻子」，所以才需要化妝——盧英珠憎恨這段回憶，便再也不化妝。更何況當長輩帶領她來到約好的相親地點，市街上的日式餐館時，盧英珠光是看到餐館包廂的榻榻米便心悸不已，畢竟過去在鶴松屋，盧英珠日日夜夜都在榻榻米上，度過一年半的時光……

好不容易壓抑這濃重的不安，與比自己大上五歲的靦腆男子齊聚一桌相親時，盧英珠起初還能對答如流，但隨後發覺這位男子右手臂上有個子彈傷疤，右手中指還少去一節，盧英珠瞬間在腦中竄出岡本先生的臉，便忍不住心悸喘息。

「我們市場的盧英珠真的是個很好的女子呢，人很溫柔，工作認真，還有自己的店面呢。」長輩不斷說著盧英珠的好話，褒揚起這個商店街的女子工作有多認真，若是認真打扮起來人也美。

男子見盧英珠正不斷盯著自己手臂上的凹陷傷疤，只好先開口解釋。

「戰爭時，我被徵兵送到滿洲國去啊，好幾回差點就戰死了，戰爭結束之後，和我同部隊的日本人都送去西伯利亞了，前陣子我才知道，他們幾乎都死在那邊了……還好我戰後能回家，不然可能也早死了……」

不管這個男子如何解釋，盧英珠只要一看到男人的傷痕，便無法不聯想起岡本，儘管眼前的男子並非傷害自己的人，但自己的下腹隱隱作痛——回憶無法對自己說謊，只要看到軍人，看到受傷的軀體，身體依然記得那樣的痛楚，畢竟眼前的男人只要擔任過日軍，就可能也去過慰安所，找個女人發洩……

盧英珠緊緊壓抑不安與心悸，認真聽著相親對象解釋，腦中卻無來由的想起佐佐木的臉龐，當年在如此極端的情境中，佐佐木竟還會保護自己，竟然一次都沒有與自己做，還給予自己休息的時間……

當年自己年紀小，還不能明白這有多困難，直到戰後多年，當年紀漸長，更加理解「人」時，一時間竟無法相信，在戰時竟能遇見佐佐木這種人……盧英珠無法不回想起佐佐木，沒想到一生最討厭的是日本人，但是最保護自己的，竟然也是一個日本人……

望著相親男子的臉龐，盧英珠心底不斷反覆思索，佐佐木啊，你到底在哪呢，你答應過要來和我結婚，為什麼始終沒有出現……戰爭都結束好幾年了啊，佐佐木，你為何還不出現？

佐佐木啊——

盧英珠突然忍不住鼻酸而啜泣，一時悲傷到怎麼都停不下來，讓對方也十分慌張，不知該如何回應，這相親筵席只能早早結束。

「沒事吧，是不是這個男人不適合——還是他其實欺負過妳？」商店街的長輩私下安撫著說起，盧英珠卻只能低著頭。「沒事的……沒事的……是我不好，是我不好……」

盧英珠擦去眼淚，微笑回應安排相親的長輩，難以言喻自己的淚水，來自於那一段難以言說的回憶，來自一個與自己錯過的男子。

在此後的相親也多是如此，三十歲的女子別說嫁人，有個能互相陪伴的人就足夠……盧英珠也曾遇過與自己相處良好的男子，不過這些男子最後的結婚對象，都是十來歲的年輕女子，就像先前市場有位海魚攤販金尚德，戰時曾在工廠做子彈，個性也開朗喜歡孩子，許多空閒時刻都找盧英珠聊天，彼此總是聊起一些接濟育幼院的公益話題，由於兩人相談甚歡，甚至盧英珠有時與他聊天時，竟然差點就要順口說出自己不堪的過去……

只不過，如此投緣的兩人，金尚德先生在父母催婚的壓力下，便與一個來自農村的十五歲女子相親成婚。知道金尚德結婚那天，盧英珠想到自己年紀都已是相親女子的兩倍，不免只能唏噓苦笑。

金尚德結婚的那天，盧英珠坐在雜貨店中不斷抽菸，抽完這包菸後，便把菸屁股熄了，從此不再抽菸。盧英珠不想再被往事牽絆，不打算婚姻，也就無須面對韓國文化給予女子的壓力，她扭轉熄滅那些菸屁股，下定決心擺脫在慰安婦時期養出的壞習慣。

只是盧英珠每每回憶起過往，想起佐佐木的氣息，最後都會回憶起當年佐佐木送給自己的那罐泡菜。好幾回盧英珠因為太想念佐佐木，便親手做上一罐泡菜，但多年後不管怎麼製作調整，都再也做不出當時泡菜的氣味……

「終究是有緣無分啊……」盧英珠吃著清脆的泡菜，心底想著這泡菜的氣味，不能說不好吃，就是……再也不可能是當年的那個氣味。

多年來，盧英珠依舊隱瞞自己的過往，當然也曾興起過念頭，想去尋找當年鶴松屋的友人，好比早苗這讓自己又愛又恨的女子。只不過現實仍是難堪，要去尋找過去友人，就等於承認自己當過慰安婦，這依舊是羞怯到難以啟齒之事。

甚至在一九八〇年代尾的某一日，已屆中年的盧英珠遇到一個繞著商店街舉牌遊行的大學生維權團體，要求政府對日本追索各種戰時的賠償，其中也包含慰安婦賠償。維權團體的大學生遊行宣傳時，說起日本統治時代的看護婦與慰安婦都屬於強徵，和韓籍士兵一樣都應該獲得日本政府的賠償。

當時遊行隊伍正停在商店前方，還用擴音器宣傳，盧英珠光是聽到「慰安婦」三字，儘管內心翻騰卻當作不知情，低下頭看這團體走過眼前。但盧英珠怎麼也想像不到，曾擔任過駐菲律賓日軍護士的女子朴秀美，在聽著大學生的遊行宣傳詞後，生氣的拋下自家布匹店面，衝出街道，大聲怒斥這些大學生。

「不要亂講，什麼看護婦、慰安婦都能獲得補償——不要把我們看護婦和慰安婦混為一談，不要敗壞我們從軍護士的名聲，我們就是看護婦，不是隨便讓人幹的慰安婦好不好！」

盧英珠聽到朴秀美教訓遊行大學生的話語，一時間竟啞然張口，不知該如何回應。

在商店街的聯誼聚會時，盧英珠曾聽過朴秀美酒醉後說起，當初自己在菲律賓的馬尼拉當軍隊看護婦。日軍在與美軍打馬尼拉保衛戰時，戰況極其慘烈，日軍不斷後送傷兵，當時朴秀美的身體幾乎半身泡在受傷日軍的鮮血中，每天都要推開手術桌上的滿滿血液，再將士兵屍身扛起丟在一旁，直到美軍士兵攻入軍醫院，自己面對步槍舉起雙手投降……

經歷過戰地回憶，朴秀美對大學生吶喊，讓大學生們全愣住。

「我那時候幾乎就要死了啊，我真的以為自己就要被子彈打死了，我四周都是斷掉的屍體，手腳斷肢堆成一座小山，子彈飛來飛去，我是真正的看護婦啊──我不是妓女啊──」

朴秀美吶喊著擔任軍護的過往，眼眶忍不住冒起潺潺淚水。難以想像一個才一百四十多公分高的小小身體，竟然承擔如此巨大的壓力，盧英珠想著朴秀美的遭遇，忍不住脫口而出。

「真是可憐……」

只是盧英珠才說出口便愣住，回憶起當年自己的悲慘際遇。

「那我呢，我不可憐嗎？」

盧英珠突然怔在一旁，看著朴秀美的淚水與辯駁，至少她還能隨意的哭泣啊──自己身為被強迫的慰安婦，受盡了這麼多苦頭，卻連流下淚水的資格都沒有……

過往商店街聚會時，左鄰右舍問起戰時生活，盧英珠當然說不出自己是慰安婦，只能扯謊當時在鄉下種田，每天背負沉重的馬鈴薯，後來戰事緊張後，便去了子彈工廠工作──那些子彈工廠栩栩如生的經歷，全是之前從金尚德那裡聽來的過往，盧英珠將金尚德的回憶充當自己的過往，好完全掩蓋自己曾是慰安婦的過去。

隱瞞一切真相活著，又因此過了十多年，時光來到一九九八年，盧英珠已成為一個獨居老人。盧英珠每天顧店，叫貨整理賣出，儘管已七十來歲，日子仍充實，彷彿只要照顧這個店面，便沒有真正退休的一日。

只是怎麼也沒料到，這一夜當盧英珠關上店面，準備夜間晚餐時，先將泡菜夾入飯碗中，隨即打開電視節目看起。燈光稀薄的空間中，盧英珠在無線的三台中轉台，正想跟著歌唱節目哼唱演歌時，卻先看到報導節目，一個年邁的女子正在螢幕上訴說過往。

這不經意間的轉台，一瞬間竟讓盧英珠愣住。年邁的女子背對著訪問者，只讓攝影機拍攝到她的後背，髮色黑銀交雜，體型纖瘦，和年邁的盧英珠極為相似，就連穿上的碎花紋上衣，都彷彿從自己衣櫃中拿出的一樣。

更讓盧英珠驚訝的是，這年邁女子經過變聲的聲音，正喃喃說出的過往……

「我是在一九四四年一月出發，坐船出港，之後就被強迫當成了慰安婦……戰後才回來……那時候我去到了台灣，搭上了貨車，不知道去了哪裡……」

螢幕中儘管只有拍到背影，聲音也做了一些變聲處理，但這個老邁的女子訴說的過往和自己如此相似，說著沒幾句，女子便啜泣……盧英珠光是看著便渾身冒起雞皮疙瘩，彷彿自己隱藏多年的過往被人掀開，展露在眾人面前，手中的碗筷都因此掉下桌面。

盧英珠不忍再看，嚇得趕緊把電視關上，在慰安所的往事果真如夢魘一般，緊緊追著自己不放。

盧英珠隔天查詢報紙看著資料，原來這紀錄節目，是民間打算要去和日本政府抗議補償與道歉問題，只是離二戰結束愈久，盧英珠總想，就算自己揭露過去又如何，就算許許多多的慰安婦自願揭露過往，去抗議日本政府又如何，自己的青春和人生注定是無法彌補了啊……

坐在店面內，看著街坊鄰居的小孩在路上跑跑跳跳，盧英珠總想，讓孩子們活在一個乾乾淨淨的世界中，不用為長輩的髒汙過去而感到不安，難道這樣不好嗎？

就像戰後那些來釜山觀光的日本年輕人，來到自己店面購物時，親切的拿出韓元給盧英珠點頭道謝，年輕人的日語十分溫柔，每個人的眼神中都透出清澈的光，和上個時代的日本人完全不同，就連說起的日文口音與聲調，也和戰前之人不同感受。也就是如此，就算盧英珠怨恨日本人，卻也只是恨「過去的日本人」。

「說起來……都是當年的自己太笨了啊，我真的太天真啊，我把戰爭當成什麼了，戰爭就是要死人的，不管是看護婦也好，慰安婦也好，都是去犧牲的啊……真的是自己太笨了啊，我好好留在家鄉種田不好嗎？」

難忍的自責從心底升起，突然讓盧英珠的下腹感受到一陣發炎的灼熱，每每回憶起鶴松屋之事，第一次被軍官強迫進入身體所造成的撕裂傷，彷彿正隨著脈搏跳動一陣陣提醒自己，儘管幾十年過去，疤痕看似隨時間安撫下來，但心底的炎症卻還在灼燒，始終無藥可醫……

為什麼幾十年過去，仍感到自己無比髒汙，明明是當年軍國日本的錯，是戰爭的錯，一切並非自己的錯，但為什麼自己還要隱藏這些身分，還要感到自責與罪惡……

儘管隨著時代，韓國社會開始逐漸知曉慰安婦的痛苦過往，但盧英珠依然不願說出自己是慰安婦。直到那日清早，盧英珠如常起身打掃店面，隨後打開電動鐵捲門時，卻看見玻璃門外有著陌生的年邁女子身影……

盧英珠愣著，一大早誰會來買東西，肯定是有急需。誰知鐵門緩緩上升，這位老女人的臉映在眼前，儘管多年未見，隔著燒酒的廣告海報遮蔽了視線，但盧英珠只看了一眼，就知道她是誰。

「英子……妳怎麼……」

眼前的老女人，就是已經斷絕音訊數十年的妹妹，盧英子。

戰後，盧英珠曾嘗試與盧英子通訊，卻也總是斷訊，對盧英珠來說，儘管被誤解，但畢竟是自己親妹妹，盧英珠寄錢回過老家，試著支援妹妹的學業和生活，但這筆錢卻總是被退回，直到英子嫁去首爾後，兩人便斷訊四十餘年。

盧英珠內心知曉，這是妹妹盧英子刻意斷絕血緣的牽絆，儘管就身在同一片土地上，卻要當彼此並不存在……

更沒想到，直到上週，當盧英子夜間看電視，轉台時也正好看到同一個新聞報導，看到那位願意揭露自己過往的慰安婦背影，英子才著實愣著許久。

只因這個女子所說的過去，不就是姊姊盧英珠的過往嗎？

「媽，妳怎麼了？」英子的女兒愣著，看著這位接受採訪的女子講著過往戰爭時的委屈和苦痛，對盧英子來說，她真把這女子當成了盧英珠……

盧英子看過這節目之後，這才開始去詢問各種當年的事情，畢竟慰安婦之事被刻意隱瞞，對於英子這樣的普通人來說更是全然未知，直到讀了許多資料之後，這才明白當時姊姊英珠是真的想照顧自己，才會被騙去台灣，一切都是自己的誤會……

盧英子這才感慨莫名，趕緊連夜從首爾出發，前往釜山尋找盧英珠，兩日後終於來到店面之前。

盧英珠緩緩打開玻璃門，門外站立的盧英子臉上全是淚水，姊妹倆幾十年未見，沒想到盧英子竟然哭到失力，癱靠在玻璃門上站不起來。

「姊，我都知道了……對不起——對不起——那時候的我真的不是故意的，那時候……天天都有鄰居來說妳的不是，舅舅以為妳是自願去的啊……我們都以為妳……是……」

盧英子哀號著，多年來誤會自己的姐姐，直到此刻內心滿滿的歉疚滿溢而出。

「姊，都是因為妳要照顧我……才有這麼不好的人生啊——姊——請妳原諒我——原諒我——」

終於知曉姊姊並非自願要成為「慰安婦」，終於明白當年許許多多的年輕朝鮮女性捲入戰爭的漩渦中，出發前還天真的和親人微笑揮手道別，慶祝自己能有一份新工作。

姊姊是真心替自己著想，自己卻如此錯怪她幾十年……盧英子一張老臉皺成一團，與盧英珠兩人相擁而泣。

「姊姊——對不起——真的對不起——是我耽誤了妳的人生——原諒我——」

久違的姊妹兩人在窄小的雜貨店內落滿淚珠，連一旁從未見過的外甥女也跟著痛哭流涕，盧英珠心中自問自答，是嗎，真的是被「耽誤」嗎，當時就是這樣啊，一個普通的女人在那時代，已經出盡全力活著了，除此之外也別無他法，身為一個那時代的女人，又還能怎麼辦……

聊起盧英子嫁去首爾後的生活，盧英珠這才知曉，妹夫經營車輛販售業務有成，戰後工商經濟逐步成長，也開始變得富有，過著比過去更好的生活。

「英子啊，我早就當我沒有家人……但我忘不了妳，還好妳都能幸福……」盧英珠握緊盧英子的雙手，就彷彿當年困在鶴松屋時，懷中總是常常抱著英子的照片，而那張照片，至今仍壓在店面櫃檯的玻璃桌面下，每每顧店之際，就會低頭看著英子當年的身影。

明明在同一片土地上，兩人卻毫無音訊幾十年，談到過去不免悲傷，還好，至少在死去之前，姊妹倆終於有機會重新見面。

也因為與妹妹重新見面的過往，盧英珠終於想清楚，自己刻意隱瞞了數十年，但這些過往之事應該要揭露開來，讓現代的人知曉過去的不堪。盧英珠聯繫上了協助慰安婦的協會，在外甥女的協助下，搭車來到了首爾，雙方終於見了面。

與基金會成員見面，眼前的中年著套裝的女子原來是個大學教授，拿著攝影機放在一旁架設錄影，禮貌的說起。

「英珠奶奶真是不好意思，請您不要覺得我們很唐突，我們會錄影是要留下珍貴的影音記載，然後……要問妳這些問題，是因為我們會有一點補助金，所以我們想聽妳說一些過去的事情，要確定是不是真的……」

這一瞬間，盧英珠愣著，真的會有人想假造自己當過慰安婦嗎？盧英珠皺眉思索，不過或許這就是現實的社會問題，不管如何，盧英珠只有一個念頭，只要有人想聽，自己就該說出口。

盧英珠在鏡頭前對著教授侃侃而談，訴說自己當年在不知情之間去了台灣的事，許許多多女子被就職詐騙，一同出發前往台灣，自己被岡本先生毆打欺負，儘管已如此老邁，皮膚乾皺的雙腳上，仍然有著當年被打後的點點疤痕。

原本盧英珠對於「慰安婦」這三字的認識，幾乎都集中在鶴松屋內之事，就在盧英珠決定揭露自己的過往之後，這才有機會認識其他地方的慰安婦。小小的會議室內，幾個銀髮女子陸續進門坐下，慰安婦們彼此見了面，卻尷尬著無話可說。盧英珠並不知該如何與其他女子自我介紹，該是「我去了台灣」、「我被虐打過」、「我被很多人……」

既然往事又難堪得不知該如何說起，眾年邁的女子們便是一陣鴉雀無聲。還好在教授的主持下，一一介紹起女子們的背景，盧英珠這才知曉，由於二戰時除了前期日本本土招募的慰安婦之外，朝鮮慰安婦竟是日軍整體最多的族群，不管在台灣、南洋島嶼、中國東北、緬甸或是海南島，部隊內都會有朝鮮慰安婦存在。

好幾次的聚會中，盧英珠聽著其他慰安婦說出更誇張的戰爭經歷，讓盧英珠聽著更是張目結舌。

曾有日軍就在坑道內對美軍作戰，慰安婦就在坑道一角燒飯，還要跟著在壕溝中送彈鏈，面對隨時戰死的風險……

一群慰安婦被關在山洞中，除了性病與懷孕的傷害之外，部隊決定玉碎之際，士兵便對坑道內的慰安婦投擲手榴彈，想要全體玉碎，在幾個女子的軀體掩蓋之下，只有一個女子活了下來……

也曾有在南洋島嶼上，被美軍包圍而缺糧的日軍部隊，數十個慰安婦也跟著入山躲藏，最後只剩個位數的女子，能活著走下山……

還有還有，與軍人一樣面對霍亂、瘧疾傷害的慰安婦……被火焰噴射器活活燒死的慰安婦……吃了氰酸鉀全體自殺的慰安婦……生出小孩後卻被迫行軍，只得將嬰孩送給當地原住民的慰安婦……

每次聚會分享的場合，盧英珠聽著倖存慰安婦說出自己的經歷，眾人都情緒緊繃到快不能呼吸，想起過往的委屈，淚水便止不住嘩啦落地。

甚至還有些慰安婦女子，十分珍惜戰區所用的「軍票」，那是一張張的戰區「貨幣」，每次軍人前來光顧便給予一張「軍票」，誰知道回朝鮮後，這些軍票也無法換錢，就只是個垃圾紙片爾爾。當年慰安婦女子的身軀被如此利用，還以為是在「賺錢」，原來最後全是一場空，被欺騙而損失數年的青春與健康，甚至損失生命的朝鮮女子們比比皆是。帶回戰區軍票的女子們，也只能在冬天燒去軍票當燃料，換一次沸騰的熱水澡……

以上的女子至少還能從戰場倖存，歸返韓國故里，盧英珠更是發現當年自己要出發時，由於女子眾多，所以分成前後兩批，當初自己搶著第一批出發，而下一批同樣應徵看護婦的女子呢？盧英珠聽歷史調查的學者說明，才知曉隔一週後才出發的她們，在前往南洋的航程中遭遇美軍潛水艇的魚雷攻擊，船艦上全員葬身大海之中……

盧英珠這才明白，當年的一念之間爭取第一批出發，所以才能僥倖存活下來……原來當年能夠活著回來朝鮮，是因為去到台灣……原來當初剛去鶴松屋時，早苗對自己所說的「算妳好運」，竟是真的……如果當年的自己不是去到台灣，而是去到真正戰鬥前線，可能就和其他朝鮮女子一樣，早就死於當年的一顆手榴彈的爆炸破片，或一場噴來的燃燒火焰，或餓死在荒野之中，成為一具臉頰凹陷的乾燥屍骨……

盧英珠常常來到首爾，與許多慰安婦姐妹們分享著過往，這些過去不能與人說出口的話語，如今終於能傾吐給彼此知曉，那一場場的往事分享會，都要用盛滿淚水的手帕，來承接不堪的回憶。

更令盧英珠驚訝的是，有一日在釜山顧店時，研究慰安婦歷史的基金會人員打電話來，告知有人從台灣打電話來找她……那個人自稱是「小林」，留下了台灣的電話號碼。

「小林？」這兩字依稀在耳，是當年在鶴松屋時，每日相處的小林嗎？當年還是青少年的他，竟然還記得自己嗎？

對盧英珠來說，這一切都太不可思議，在傍晚收到小林電話號碼之後，盧英珠深思了一夜，自己應該打電話給他嗎？若是通上話了，又該說些什麼，還是……不應該打這通電話？

一大清早睡醒後，盧英珠在店內的橘黃燈光中，對鏡看著老邁的自己，都已經這個年歲了，還有什麼好失去的？盧英珠喘口氣，握緊電話閉眼沉思，終於撥出這通越洋電話……當嘟嘟聲電話響起時，每一聲都讓盧英珠無比忐忑，直到喀啦一聲電話接起，盧英珠怔著挺身，卻先聽見一個幼兒的稚嫩嗓音，盧英珠十分失望，或許電話找錯人，畢竟相隔數十年，與過去之人永遠見不到面，才是最正常之事……

還好，孫子阿明將電話轉給林桑——過去的小林。那陌生且蒼老的喉音卻說出熟悉的日語，盧英珠站在電話前全身發顫，彷彿一場地震正在搖晃。

「是我……我是小林啊，真的是妳……」林桑話語十分激動。「盧姐……真的是妳……我一直在找妳，我找了妳好多年了呀。」

接起電話的那刻，聽到林桑的日文，盧英珠內心無比洶湧，原來當年在鶴松屋遇見之人，竟還有人記得自己，自己那許久未說的日語也脫口應答，內心宛如颱風夜的海港波濤洶湧，怎麼都無法平靜下來。

戰後一輩子住在釜山，從未出國旅行的盧英珠，人生第一次搭飛機出國，便是來到當年同樣屬於日本掌控的台灣。儘管搭飛機對老人來說十分辛苦，但終於與林桑重逢。此刻林桑的家人開著廂型車，載著盧英珠來到往昔的機場附近，準備走到慰安所的遺址。

踩過雜草，盧英珠感慨不已，看向身邊的林桑，儘管年邁但腳步依舊硬朗。林桑正低頭看向腳下，過去能行車的土沙路，如今早已被雜草狂放的占據，看不出太多過往的痕跡。雜草就像時代中的人們，被踩踏，被遺忘，但一直就在那裡，儘管自己正將草葉踩出足跡，雜草也會在數日後變回原狀，將一切足跡掩蓋。

腳步踏過碎石與草葉而沙沙響，終於一群人停下腳步，林桑大兒子指著前方那棵樹。

「爸，就是這裡吧？」

林桑和盧英珠跟在孩子後方，慢慢走入這棵三層樓高櫻樹之下。林桑仰頭看著這棵櫻樹，時值五月初，櫻花早已落盡，新葉嫩綠早已展開，看來一片綠意盎然。

「盧姐……當年我被送走之後，也曾回來看過這裡，才知道後來鶴松屋被當作放炸彈的倉庫，也曾被美軍攻擊幾次，所以鶴松屋被炸垮剩下一角……戰爭結束後我也曾回來看看，戰後大家很窮，這裡所有能用的東西都被人拆走了，只剩地上一些柱子的痕跡，只剩下這棵樹還活著……」

原來這裡被炸過，難怪完全認不出原狀……盧英珠看向地面的殘跡，再仰頭看向僅存的這棵櫻樹，不知曉當年那一排樹的哪一棵存活了下來。

「還記得嗎，以前這些櫻樹我天天照顧啊，當時就只比圍牆高一些，現在都長這麼大了……」

林桑老邁而發皺的手掌，正緩緩觸摸櫻樹的樹皮紋理，畢竟當年這些櫻花樹他負責照顧，若是照顧不好，可是會被岡本先生嚴厲責打，當初憎恨這些櫻樹的存在，如今卻難以忘卻，畢竟樹就只是樹，當失去帝國的約束後，便只是一棵綠葉繁盛的回憶之樹。

盧英珠轉身環顧四周，鶴松屋當初是她多麼想逃開的地方，多麼想攀過的圍牆，多年過去後卻連一點痕跡都不留下，只剩下承諾與回憶的櫻樹還在。抬頭望向這繁茂枝葉之樹，回想那一夜，若不要懷疑佐佐木的真心，攀上櫻樹後逃出圍牆，人生便不一樣了。

一回憶起佐佐木便停不下來，盧英珠在鶴松屋將近兩年的時間裡，自己儘管曾被千百個男人進入過身體，卻只有從未進入過自己身體的佐佐木，走入自己的心。

「佐佐木，你還記得我嗎……我來了……我真的回來了啊……」

盧英珠抬頭看向櫻樹，風聲呼呼將櫻樹葉吹得沙沙響，四周地面上還有櫻花落下後，化為腐爛的土泥痕跡。

「可是啊，佐佐木……為什麼我要懷念你時，連張照片也沒有……我已經老了啊，我連你的臉……都快回憶不起來……」

盧英珠喃喃繫念，林桑在一旁聽起，便從孫子背包中拿出鐵盒，再把鐵盒打開後拿出裡面的機表與紙包。林桑再將紙包打開一看，這是佐佐木當年出征之前，在鶴松屋內剪下的黑髮。

「這是佐佐木在出征前一晚拿給我，要我白天再拿給妳，但是那天一早，妳們突然被軍車載走了，我那天一直跑，怎麼都追不上妳……」

盧英珠永遠記得，當年在這條路上，小林奮力追上卻跌倒在地。對於林桑而言，若當年自己能早些發覺，追上盧英珠，親手將東西交給盧英珠，也就能早些擱下心中的遺憾，畢竟這是當年自己對佐佐木的承諾，如今終於兌現。

林桑拿起機表和一束黑髮交給盧英珠，當年在卡車上的盧英珠只知曉佐佐木曾到來，並不知曉佐佐木有留東西給她，將近六十年後才知曉佐佐木竟有留給自己的遺物，盧英珠不可置信，手捧著機表和黑髮便忍住心酸。

「這麼久了……小林，你還留著他的東西……真的謝謝你。」

撫摸機表表面，盧英珠深呼吸口氣穩定情緒，抬頭看向林桑，眼眶再也忍不住淚珠。

「盧姐……當年佐佐木對我非常好，一直幫助我，我很想報恩，所以我一直想找妳，但是所有我問的人都認為……妳可能早就死了，可是……我總想著妳還活著，妳一定活著……」

林桑對盧英珠誠懇說道，盧英珠低頭細細看向機表，原來林桑將機表維持良好，看來彷彿才剛拆下似的，時間永遠停在七點四十五分。拆下表的那一刻，就是這些戰場青年的不歸路，既然要將身體成為火焰，便不需在乎時間。

林桑這才對盧英珠喃喃說起，關於佐佐木他有未能明白的部分。林桑去戰友會拜訪時，發現佐佐木當年過度嚴厲，讓幾個後輩身體負傷而提早結束軍旅生涯，就像鈴木政雄對林桑說起心底的猜測。

「多年後我才發覺，我總想佐佐木那樣對我……其實是在救我，當時的我真的想替日本成為一陣煙火，現在回想起來，那時候的我是否太愚笨了，我會像塵埃一樣死去，一點價值都沒有啊……」

不僅是鈴木，在林桑追索之下，還有西村、武田、大塚、菊地……幾個人陸續說起佐佐木時，總是感慨佐佐木當時真的很嚴厲，自己都吃了很多苦頭，但多年後回想佐佐木，若非有他，才讓自己沒死在接續的特攻中。

「所以，佐佐木他到底在想什麼……」

林桑聽聞眾飛行員所說時，最初也啞然無法理解，那位溫和的佐佐木，竟然折磨人如此痛楚，當年這些飛行員全都身體受傷，進入醫院療傷數個月，原來佐佐木竟是如此斯巴達教育的兩面人？

直到前陣子，林桑終於和一位與佐佐木同天出擊的飛行員見面，那是當時因為機翼中彈而墜機落海，最後被美軍俘擄的中島良寬先生。

年邁的中島先生因為住院躺臥病床上，一講起佐佐木便十分激動，讓身邊的儀器數字都上升，護理師還得上前來要求中斷談話，等儀器指標中的心跳血壓都回到標準，才能再繼續問答。

當年，中島因為落水後的強大衝擊，讓緊握操縱桿的手臂骨折，加上吸入海水肺炎需要急救，中島良寬成為俘虜後，便在美軍一艘軍艦上接受治療。那一年，當取出彈片與固定手臂骨折的手術結束後，麻醉退去，眼睛睜開的那一瞬間，中島看向四周便陷入強烈的心理錯亂，只因美軍的護理人員對敵方的受傷人員也會展開救治，和日軍所宣傳，會吃人的邪惡美軍完全不同。

「那後來……佐佐木呢？」林桑問起中島良寬，中島先生躺臥病床上，欠了欠身，喃喃說出口。

「我們編隊出去，都還沒到目標處，就被美軍的巡邏機攔截，我們沒有護衛機啊，全部都是特攻機，我跟隨佐佐木想要擺脫那些飛機，沒想到一架地獄貓就從斜上方飛來要對我射擊，我們飛機是沒有子彈的啊……那時候，我以為自己就要死了，沒想到佐佐木突然迴轉，穿出在我的斜前方，擋住對方射擊的路線。」

「他想救你？」林桑皺眉問起。

「我們去特攻都要死了啊，他竟然沒逃，還想救我……他到底在想什麼……」

中島良寬不能理解佐佐木的行為，但對小林來說，從過去找尋倖存的特攻隊員問答中，自己心裡已有了一個底。每個人看見不同面向的佐佐木，或許嚴厲，或許溫和，但林桑心底知曉，佐佐木的真實心聲，就是當初夜裡離別時，與自己懇切說出的那句「不要放棄生命」，如此而已。

儘管佐佐木前來拯救中島，但中島的飛機機翼仍被機槍打中，便無法再度穩定飛行，隨後失速向著海面墜落。中島落水後忍著痛苦爬出駕駛艙，在海水中踩水看向天際。前方的美軍軍艦以各種火炮向天空射擊，試著打落任何靠近的日軍飛機，但中島的意識隨出血過多而逐漸模糊。

在中島良寬最後的作戰記憶中，他仰頭看著佐佐木駕駛的一式戰鬥機，明明沒有武裝，竟然進行一個巨大的筋斗，用飛機向上飛行劃出一個圓，飛繞出到一架地獄貓的背後，兩架飛機隨即一起飛入濃雲，從此失去身影。

「我常想，以佐佐木的技術，他是不會輕易的死去的。」

中島良寬先生感慨的說起。

「佐佐木到這樣的時刻，竟然還想保護別人……這樣的人，不可能隨便死去的，對吧……我想，他肯定還活在這世界上的某處吧……」

盧英珠沒有爬出圍牆的那一夜，知曉小林所說的盧英珠狀況後，佐佐木仰頭看向櫻樹與月亮，儘管悲傷，但他不想獨自逃跑了，他想回機場去，並非要去面對死亡成為英雄，而是自己至少可以開著飛機，想辦法救回一個人……

佐佐木衝回機場去，回到宿舍後準備出征，只是昨日喝醉後大吼，要為天皇出征成為煙火的飛行員們，已有好幾人在機場邊嚇得身體癱軟，幾乎站不直身體，佐佐木一看，只能在心底大吼。

「回去啊——你們這群混蛋全給我昏倒過去，全給我送回去醫務所去啊——」

佐佐木在內心吶喊，希望這些膽怯的後輩們不要出征，由於這批成員看來十分畏戰，所以軍官便拿出安非他命，命令全體出征的年輕飛行員全都吸上幾口後，等待眾人重新亢奮激昂，才能出發投入作戰。

明知道飛出去後便不會歸返，軍官們也無可奈何，上級命令都必須確實完成，誰也不願意被軍法懲罰，那也是自己身為軍官的生命風險。出征飛行員吸完安非他命，回復些許精神之後，陸續列隊飲下一杯御前酒，隨後摔破酒杯後上飛機去。

出發之前，作為其中特攻出征的一名成員，佐佐木面對久保田中尉走近時的目光，竟遲疑半秒才摔破杯子。

「很好，我將會慢一步追上你們……」久保田中尉突然感傷大喊，身為應該要與敵人作戰的軍人，卻要看著自己的屬下前去赴死，整個小隊幾乎陣亡殆盡，久保田淚水忍不住滑下眼眶，對著每個飛行員高喊。

「各位，萬歲——」

聽著久保田中尉大喊萬歲，但佐佐木腦中仍竄過萬千念頭，今天真的是生命的最後一日嗎，佐佐木仍質疑，不可能，不可能，不可能今天是自己的死期，自己心底仍有願望——

「我要活下來……不能隨便死去……不能讓別人隨便死去……」

數架一式戰輕巧的起飛，爬上天際，才升空離開機場，佐佐木便發現一台軍用卡車正從鶴松屋開出，後車斗彷彿載許多女子離去，只是距離遙遠，看不清楚卡車的車斗上載著誰。

「盧英珠？」佐佐木疑慮，難道自己昨夜沒見到盧英珠，是因為她們被軍隊押走才會如此？若是這樣，自己豈不是錯怪她了嗎？

既然是最後一次出征，那些軍法什麼都已不重要，佐佐木索性將遮掩些許視線的駕駛艙玻璃解扣，隨即將玻璃向後滑推，大風吹得佐佐木的飛行帽簷不斷飄動，佐佐木側身看向卡車上眾女子，儘管不知道盧英珠是否在其中，但佐佐木控制操縱桿，隨即搖擺機翼三次，象徵自己最後的道別……

直到卡車被路樹遮蔽後，佐佐木便將駕駛艙蓋往前拉上，將飛機飛回正常編隊飛行，只留下呼嘯的聲響劃過天際。

那是盧英珠與佐佐木兩人遠遠相望的最後一面……，此刻從編隊飛行的駕駛艙中看出，四周是飛向外海而去的單程飛機，佐佐木視野如鳥望向人間，樹木與草葉都只是寬闊大地的裝飾，溪流是土地的分隔，翠綠的田野種滿填飽肚子的稻米，前方有蒼鬱的山丘，更前方有高聳的山脈，穿過山脈後的更遠方便是海，穿過海就是這趟旅程的終點……

佐佐木明白，自己會到此地步，一切都來自於自己的天真，投入戰爭就要面對死亡，自己已無處可逃，但就算如此，仍不要放棄生命的機會。

飛機向前再向前，飛向湛藍的海面，美軍艦隊就出現在前方海面，突然遇到從斜上方而來的地獄貓戰鬥機，就要針對中島良寬的飛機攻擊。由於敵機從斜上方進攻，一排子彈打下，高機率會打穿駕駛艙殺死飛行員，佐佐木隨即加速上飛，向前穿過地獄貓戰鬥機的視線，遮擋了它的進攻方向。

儘管佐佐木駕駛的特攻機並沒有武裝，但佐佐木竟然與這台地獄貓開始追擊狗鬥，直到最後做出筋斗，繞回到這台地獄貓的背後，隨即憤慨的按下射擊——只是飛機上並沒有一顆子彈……

隨後佐佐木駕駛的一式戰，與前方的地獄貓一起高速穿進雲裡，就此消失無形……

終於知曉佐佐木最後的消息，將近六十年後的現在，一陣輕風吹過盧英珠的臉龐，盧英珠嘆口氣後低下頭來，看向地上滿是腐爛為泥的花瓣。盧英珠緩緩蹲下，以地上撿起的樹枝，挖開地面上的一個小土洞，再和林桑兒子要一把小刀，隨即把自己一撮白髮割下，以自己的銀白髮絲包裹佐佐木當年剪下的黑髮，一起放入土洞中……

盧英珠隨後起身，轉頭問起身邊的林桑。

「小林，你可以幫我們證婚嗎？」

林桑聽著便微笑點頭，慎重看向盧英珠，以細碎的嗓音字字說起。

「我林家人在此為妳見證……盧英珠和佐佐木野，現在……已結為夫妻。」

「佐佐木，我們終於正式結婚了。」盧英珠喃喃看著土洞中以白髮包覆的黑髮，忍不住以韓文說起。

「你答應過我們要在一起，你會來帶我走……雖然後來沒辦法……但我來了，我來帶你走，讓我和你結婚吧……佐佐木，我們終於結婚了啊……」

盧英珠看向機表上不動的指針，看向機表的玻璃反光，映出自己一張老邁的臉龐，她緩緩閉上眼睛，喃喃唸禱。

「佐佐木，好希望我們生在這時代，不是過去啊……」

盧英珠動手覆土，將土壤逐漸覆蓋住黑白髮絲，也掩蓋住一旁的腐爛花瓣，彷彿把所有的遺憾也一併埋在時光之中。

此刻，彷彿耳際傳來過往熟悉的飛機引擎聲響，盧英珠抬起頭來，透過櫻樹葉，彷彿看見佐佐木駕駛的那台一式戰鬥機，正穿過一朵堆積的午後濃雲，在天空短暫現身後，又再度隱入雲裡。

那些年，整個世代的年輕人都陸續飛入濃雲之中，運氣好的重新出雲成人。運氣不好的人，便在飛入雲朵後也化身為雲。有些雲下起一陣雨滋潤大地，有些雲朵卻只是被風吹散，最後化為藍天中無形的水氣，隨風漂蕩到不知何處。

盧英珠仰身看向天際白雲，也看向這棵櫻樹，儘管是滿樹綠葉的季節，在盧英珠眼底，卻彷彿看見當年滿樹盛開的粉色櫻花……花樹盛放無分地域與國籍，也無分種樹之人的族群與年歲、信仰與理念。身而為樹，走過冬季的冷寒，便該有整樹的花朵。該是盛放的春日，便該撐起一身的燦爛。

後記

歷經漫長的二十四年，我已從一個青少年，成為一個眼皮像梅乾發皺的大叔。回首這篇小說從無到有，真是一段說來話長的發展過程。

一九九八那年的奧斯卡獎，是我對台灣歷史故事產生興趣的起點。這年的奧斯卡出現三部與二次大戰有關的電影，分別是《美麗人生》、《紅色警戒》與《搶救雷恩大兵》，放在整個電影史中，如此高品質又歷史留名的作品出現在同一年，真是非常少見。這一年，我從住了兩年的桃園農工宿舍搬回家去，媽媽讓我買了台捷安特彎把腳踏車，對青春期的男生來說那樣的腳踏車實在太帥，儘管不適合我的背型，仍忍耐著背脊酸痛而耍帥騎去上學。

桃園市區並不大，有了腳踏車就能去到任何地方，擁有移動自由後，我每週都和同學約好，一起騎車去桃園大廟後方的「金園戲院」看兩部二輪電影，明明是打發時間的消遣，卻意外啟發我思考「自由」的文藝之路。

當時這三部經典名片《美麗人生》、《紅色警戒》、《搶救雷恩大兵》，都是在金園戲院看完，由於我看兩輪電影時，往往會利用其中一部補眠，另一部才有精神從頭到尾看完，但這三部電影卻令我瞪大眼睛，從一而終完整看完，就在青春懵懂，又半夢半醒的陰暗電影院內，這三部電影給當時的我一記當頭棒喝，那是難以言喻的精神刺激——原來，五十年前的世界其他角落，竟發生過這些痛苦的事……我不禁自問：「那麼，同時間的台灣呢？」

電影不愧為第八藝術，記載時空且刺激思索，一九九八年時二戰已結束五十三年，當時經歷二戰者許多尚在人世。二〇二二年的現在，離二戰結束已過七十七個年頭，儘管距離已如此遙遠，參與之人大多也離開人間，但二戰電影卻不分地域依然不斷推出，可見得二戰在整個世界史中，有著多麼重要的地位。

對成長於和平年代的我來說，這三部電影所探討的內容與時空背景，全都是我青春時期以背誦為主的歷史教育中，難以深刻體會到的情感，也讓我常常回到家打開第四台看著台灣電影時，疑惑為何台灣電影並沒有像是《美麗人生》這樣的題材？

歷史課本提到，台灣人經歷過二次世界大戰，且若非二戰，台灣也不會是現在這樣，那麼為什麼，在我的生活中，這件事情卻彷彿並不存在？

當然，一直到許多年後，我才知曉台灣其實不是沒有二戰的電影與文學，只因當時並非網路時代，年輕的我能接觸到的資訊十分有限，所以才誤認為一片空白。

對台灣史產生好奇的我，開始大量閱讀許多資料與刊物，有天翻開報紙發現一則報導，大意就是「二戰時在台的韓國籍慰安婦，與日本神風特攻隊隊員之間的愛情故事」。多年後，那位已是阿嬤年紀的韓國女性返回台灣，尋找往日之戀的痕跡，讀來頗為淒美，但對當時的我來說，腦中又浮現新的問題——「慰安婦」是什麼？為什麼韓國人要來台灣？神風特攻隊又是什麼？這些曾落腳在台灣土地上的人們，究竟發生過什麼事？

當時熱衷於漫畫的我，看到一個編劇教學，提到要創造故事就要做兩個功課——「剪報」與「記夢」，我把那則關於慰安婦的報導剪下後，貼在筆記本上，只不過當時的我只是隨意為之，不帶目的，也不擅整理，隨著時間，這則剪報最終就不知去向了。

※※※

雪隧尚未開通前，我前往宜蘭唸書，由於宜蘭當地還保留著相當數量的地景與古蹟，我開始接觸到許多過往的台灣歷史資訊，一連串的經歷，竟使我逐漸成為「二次大戰宅」，總是對二戰資料娓娓道來。接著進入板橋的台灣藝術大學碩士班，有機會經常混跡於光華商場，用當時做設計稿的獎金和打工收入來購買圖鑑、收藏戰爭片、玩二戰相關的電玩遊戲等，就這樣逐漸將自己帶入二戰時空之中。

當時的我尚未投入寫作，史料閱讀都只是個人喜好，直到進入碩班，發覺到自己其實跟不上同學的影像能力，必須走出另外一條路，當時的我反覆思索，既然我喜歡寫故事，便開始練習寫小說與劇本。這是我真正「寫故事」的起始點，相較於許多早慧的創作者，起步較慢的我，此時已年近二十五歲。

奇妙的是，歷經多年在台灣四處求學，去過宜蘭、屏東、台南、板橋、花蓮等地後，那則關於慰安婦的剪報內容，早已淹沒在我腦中的資訊海洋之中，畢竟我不諳韓文，無法搜尋進一步資料，更何況這在台灣已幾乎是被遺忘的歷史，除了約略的大意之外，我漸漸遺忘這個或許可以發展的題目。

說也奇妙，歷經漫長又顛簸的求學之旅，二〇〇七年時，我在讀完藝術碩士後等待去成功嶺替代役入伍的空檔，因緣際會參與了紀錄片《不老騎士》的攝製。

《不老騎士》紀錄的是十數個平均八十餘歲的老先生、老太太騎摩托車環島的過程，隊伍中其中一位老先生，對我訴說起自己是當年在東埔寨時的神風特攻隊飛行員尉級教官，聽老邁的他唱起軍歌時，彷彿傳說中的歷史角色在我眼前現身，那一刻，漂浮的想像突然變得立體，那則早已被我遺忘的剪報，突然又浮現腦海。

我看著老先生的臉龐，突然興奮抓著一同拍攝紀錄片的同事說：「我想寫一篇小說！」

然而，歷史故事十分難寫，畢竟有太多未知的細節，我也不是學歷史出身，這事也就繼續擱著。又過一年後，二十八歲的我在太魯閣服替代役時，又產生了新的契機，由於太魯閣本身就是一個重要的歷史區域，有許多日本時代的史蹟，此時的我對於二戰史料的接觸與累積已經足夠，有幸身處在一個歷史場域，情感帶入感很強，又因為來回桃園和太魯閣的交通不易，我便趁著無法回家的假日空檔，將這段慰安婦歷史先寫成短篇小說〈殘夢之櫻〉。

我虛構出一個年輕日本軍人「佐佐木」與來到台灣的韓籍慰安婦「盧英珠」，兩人在窄小房間內傾吐心聲，互相依存，獲得該年的南瀛文學獎的小說獎。當時的我心底總覺得，這應是一篇長篇小說，但我自知能力不佳，還需要很多時間發展。

此外說也奇妙，當時的替代役室友大學就讀韓文系，他有一回翻看著〈殘夢之櫻〉竟落淚，便幫我翻譯「盧英珠」三字的韓文，我便沿用至今。

經過各種工作轉換，我來到了三十歲，此時我才真正肯定自己「有創作能力」，就算有著藝術大學的經歷，我仍如此自我懷疑。由於我不知道能寫多久，起步與下決心又太晚，所以我只能全力練習寫作，使用excel表記錄與督促自己每日書寫字數，練習長跑維持精神，建立起規律化的書寫節奏，累積上百篇短篇小說的書寫經驗後，終於才有能力讓《櫻》這故事發展成應有的模樣。

只是，當三十八歲的我真正開始將《櫻》寫成長篇小說時，我卻又不斷陷入自我懷疑。當初二十八歲時寫的短篇小說內容中，我對人性有著良善的想像，創造出一個不找慰安婦「營業」的軍人形象，透過與女主角互相扶持，而共同撐過難關。但……如此情節是否過於牽強？儘管我不斷蒐集資料和書刊，卻少見類似的內容去支撐我的想像，我想說服自己人性本善，卻又質疑這樣的情感過於矯作……

對創作者來說，一旦內心出現自我懷疑，故事的拓展便又再次中斷，直到遇到下一次突破的機緣。

小說書寫卡關時，我正就讀博班二年級，上紀錄片課時，台藝電影系的吳秀菁老師帶我們到校內的電影院上課，放映她所拍攝的慰安婦紀錄片《蘆葦之歌》，沒想到的是，紀錄片中記錄到阿嬤親口說出，原來還真有從不與女子「營業」的日本軍人，在斗室內彼此只聊天說話，舒緩面對戰爭的孤寂心情……

當時的我看著紀錄片時，忍不住全身起雞皮疙瘩，一直以來，我無從追問的，困擾著自己的疑惑，竟無須他求，在一節日常的課堂上迎刃而解——我原本的故事情感空缺竟就此完滿，我也因此不再擔憂。

一路以來，雖然我常常放下這故事，懼於故事的內容龐大而不敢動手，卻彷彿有個力量一直推著我向前，希望藉由我手去完成這故事似的，我心底就此篤定，動手將故事逐步完成。

對於我這樣也從事影視編劇的幕後人員來說，深知要被人「記得」，最好的方法就是寫成一個動人的故事，希望我寫的這段故事足夠深刻，足以記載那段難以言喻的台灣時空，將苦難女子們的心底痛楚完整呈現出來，永誌不忘。

張英珉　於二〇二二年八月

九歌文庫 1390

櫻

國家圖書館出版品預行編目（CIP）資料

櫻 / 張英珉著 . -- 初版 .
-- 台北市 : 九歌出版社有限公司 , 2022.10
面；　公分 . -- (九歌文庫 ; 1390)
ISBN 978-986-450-491-6 (平裝)
863.57　　111014134

作　　者——張英珉
責任編輯——鍾欣純
創 辦 人——蔡文甫
發 行 人——蔡澤玉
出　　版——九歌出版社有限公司
台北市 105 八德路 3 段 12 巷 57 弄 40 號
電話／02-25776564・傳真／02-25789205
郵政劃撥／0112295-1

九歌文學網　www.chiuko.com.tw

印　　刷——晨捷印製股份有限公司
法律顧問——龍躍天律師 ・ 蕭雄淋律師 ・ 董安丹律師
初　　版——2022 年 10 月
定　　價——480 元
書　　號——F1390
I S B N——978-986-450-491-6
9789864504893 (PDF)

本書榮獲 長篇小說 創作發表專案
國|藝|會 NCAF　PEGATRON 和碩聯合科技股份有限公司
長篇小說專題資料庫